Zu diesem Buch

Fesselnd und informativ zugleich erzählt der Erfolgsautor Hans Hellmut Kirst Leben und Schicksal einer der schillerndsten Figuren unserer Zeit: Dr. Richard Sorge. Er war ein hemmungsloser Trinker, Spieler und Liebhaber. Dennoch hat er Deutschlands Schicksal im Zweiten Weltkrieg entscheidend beeinflußt. Geheimnisvoll und sagenumwoben wie seine Tätigkeit als Doppelagent war auch sein Leben. Sorge war einer der letzten großen Einzelgänger seines Fachs, einer der letzten faszinierenden politischen Abenteurer aus Überzeugung. Nach ihm kamen nur noch die von Organisationen eingesetzten und nach Dienstplan gelenkten Agenten – die Verbürokratisierung selbst der Spionage, die verwegene und verkommene Idealisten wie Richard Sorge nicht mehr zuläßt. Nach dokumentarischen Unterlagen schrieb Kirst die dramatische Geschichte dieses Meisterspions.

Hans Hellmut Kirst, geboren am 5. Dezember 1914 in Osterode/Ostpreußen als Sohn eines Gendarmeriebeamten, arbeitete nach dem Besuch des Gymnasiums und einer höheren Handelsschule kurze Zeit in der Rendantur (Kassenverwaltung) eines Rittergutes. Von 1933 bis 1945 war er Berufssoldat. Nach dem Krieg war er in verschiedenen Gelegenheitsberufen tätig, ehe er 1947 Feuilleton-Redakteur des «Münchner Mittag» (später «Münchner Merkur») wurde. Er schrieb vor allem Filmkritiken, was er noch heute tut. Bereits sein erster Roman, «Wir nannten ihn Galgenstrick» (1950), wurde in sieben Sprachen übersetzt. Zu einem wahren Welterfolg wurde seine verfilmte Romantrilogie «08/15» (1954/55), die literarische Anerkennung allerdings vor allem im Ausland fand. Zu internationalen Bestsellern wurden unter seinen bisher über zwanzig Unterhaltungsromanen mit zeitkritischem Einschlag auch «Fabrik der Offiziere» (1960) und «Die Nacht der Generale» (1962). Seine jüngsten Romane sind «Alles hat seinen Preis» (1974) und «Die Nächte der langen Messer» (1975). In der rororo-Taschenbuchreihe erschienen die sozialkritischen Kriminalromane «Verdammt zum Erfolg» (Nr. 1644), «Verurteilt zur Wahrheit» (Nr. 1780) und «Verfolgt vom Schicksal» (Nr. 1931). Er schrieb ferner Dramen, eine «Bilanz der Traumfabrik» (1963), den Band «Deutschland deine Ostpreußen» (1968), eine Biographie «Heinz Rühmann» (1969) und stellte den ostpreußischen Geschichtenband «Und Petrulla lacht» (rororo Nr. 1703) vor. Hans Hellmut Kirst lebt in Feldafing am Starnberger See.

Hans Hellmut Kirst

Die letzte Karte spielt der Tod

Roman der Spionage

rororo

Rowohlt

Das Quellenmaterial für diesen Roman lieferten Bücher, Ausschnitte aus deutschen, europäischen und überseeischen Zeitungen, Zeitschriften und Nachrichtenmagazinen, ferner Unterredungen und Korrespondenzen mit Journalisten, Schriftstellern, Diplomaten, Agenten und Kriminalbeamten. In seinen Hauptteilen behandelt der Roman die Spionageaffäre Dr. Richard Sorge in Tokio, und zwar, bei aller Freiheit der Ausdeutung, in enger Anlehnung an das verfügbare Material; lediglich einige wenige Nebenfiguren und Szenen – wie beispielsweise die Gestalt des Polizeiattachés Branz, die Anrede mit Vornamen und die vorausschauenden Gespräche über den Drei-Mächte-Pakt zwischen dem deutschen Botschafter, seiner Frau und Dr. Sorge – sind, den Gesetzen des Romans entsprechend, frei erfunden.

Besonderer Dank gilt dem SPIEGEL, der dem Autor freundlicherweise die Mitbenutzung des im SPIEGEL erschienenen Fortsetzungsberichtes *Herr Sorge saß zu Tisch* gestattet hat. Weitere Quellen: Willoughby, *Shanghai-Conspiration;* Newman, *Spione;* Foote, *Handbuch für Spione;* Schreieder, *Englandspiel;* Borchers, *Monsieur Jean;* Roeder, *Die rote Kapelle;* Flicke, *Rote Kapelle;* Borchers, *La Chatte;* Moorehead, *Verratenes Atomgeheimnis.*

Umschlagentwurf Werner Rebhuhn

Veröffentlicht im Rowohlt Taschenbuch Verlag GmbH,
Reinbek bei Hamburg, November 1976

Gesamtherstellung Clausen & Bosse, Leck/Schleswig
Printed in Germany
480-ISBN 3 499 14010 1

General Willoughby:

„Hätten die Alliierten die Nachrichten gekannt, die Sorge während des Krieges nach Moskau funkte, wäre die ganze Weltgeschichte anders verlaufen."

Friedrich Sieburg:

„Ich bedauerte ihn heimlich wegen seiner Einsamkeit."

Richard Sorge:

„Ich bereue nichts."

Ein Spion, der um des Geldes willen sein Vaterland verrät – eine Kreatur und kein Wort wert. Ein Spion, der im fremden Land für seine Regierung Nachrichtenmaterial sammelt – ein Abenteurer oder ein Patriot, bereits in tausend und mehr Büchern geschildert.

Ein Spion jedoch, der aus innerem Antrieb handelt, dem ein ruheloses Gewissen Befehle gibt, der das besitzt, was man landläufig Idealismus nennt, der sogar bereit ist, dafür zu sterben – ein Phänomen und einer eingehenden Untersuchung wert.

Die Schlüsselfigur dieser erstaunlichen und zugleich erschrekkenden Zeiterscheinung heißt Dr. Richard Sorge.

Dr. Richard Sorge ist keine Ausnahme gewesen, wenn auch bei ihm alle Konturen bis ins Maßlose verzerrt scheinen. Er war lediglich das Glied einer Kette; und vielleicht sogar das Anfangsglied.

Was durch ihn geschah, geschah später immer wieder. Und einige Stationen des großen Verrats, der oft wie ein furchtbarer Irrtum anmutet, unter dem heute noch die ganze Menschheit zu leiden hat, heißen: Taylor Kent, Alger Hiss, Nunn May, Klaus Fuchs, Bruno Pontecorvo, Ethel und Julius Rosenberg. Andere werden noch dazukommen.

Ihre Taten hatten ungleiches Gewicht, aber sie alle hatten das gleiche Anliegen. Sie hatten verlernt zu wissen, was Heimat ist; sie kannten kein Vaterland mehr. Sie fühlten sich vergessen, mißverstanden, ausgestoßen. Einige von ihnen glaubten an die Tiefe und die Echtheit der großen Entscheidung zwischen dem ‚Westen' und dem ‚Osten' – und sie wählten den Osten. Andere wähnten, der ganzen Menschheit zu dienen – und verwechselten die ‚ganze Menschheit' mit der Sowjetunion.

Und all das Ungeheuerliche geschah bei vollem Verstand, völlig freiwillig, mit teils wilder, teils kühler Leidenschaft.

Der Deutsche Dr. Richard Sorge aber – geboren am 4. Oktober 1895 – vereinigte in sich all diese Torheiten und Taten, ihre kaum faßbare Größe und ihre erschütternde Niedrigkeit, die klassische Beherrschung eines dunklen Metiers und die Souveränität eines haltlosen Individuums.

„Sie können Deutschland abschreiben", sagte der Mann. Dabei versuchte er, verbindlich zu lächeln, was ihm nur mühsam gelang; aber jeder, der ihn sah, ohne hören zu können, was er sagte, mußte annehmen, er mache eine völlig nebensächliche Bemerkung.

„Ihr Deutschland steht bereits auf der Verlustliste der Weltgeschichte“, sagte der Mann abermals. Er stocherte in seinem Essen herum und warf einen scheinbar flüchtigen Blick auf die halbvolle Flasche Rum und das leere Wasserglas, die in seiner Nähe standen.

Der andere Mann am Tisch griff mit fester Hand nach der Rumflasche, kippte sie über das Glas und füllte es bis zum Rand. Er setzte das volle Glas an seine Lippen und betrachtete dabei den Mann, der betont ruhig an seinem Eisbein herumschnitt. Dann trank er das Glas mit langen, durstigen Zügen leer.

„Auf die Leiche“, sagte er; und seine Stimme klang dabei fest.

„Ich weiß“, sagte der Mann, der sich intensiv mit seinem Essen zu beschäftigen schien, „daß Sie mir das nicht glauben. Sie wollen mir das nicht glauben! Im Grund Ihres Wesens sind Sie ein sentimentaler Bursche, Sorge.“

Der Mann Sorge antwortete hierauf nicht; und er gab zu verstehen, daß er es für Zeitverschwendung halte, überhaupt hierauf zu antworten. Er trank die Flasche leer, ohne daß auch nur die geringste Wirkung des Alkohols an ihm spürbar gewesen wäre.

Der andere beendete sein Essen ohne Hast. Dann zündete er sich eine Zigarette an und ließ die Streichholzschachtel auf dem Tisch liegen. Sorge griff danach und begann, mit der Schachtel zu spielen. Dann zündete auch er sich eine Zigarette an und steckte dann, wie in Gedanken, die Streichholzschachtel des andern in seine Tasche.

„Dieses Tokio“, sagte der Mann, „scheint viel weniger von Berlin entfernt zu sein, als es nach der Landkarte den Anschein hat.“

„Wir sind eben eine Weltmacht“, sagte Sorge grinsend. „Da sieht man es wieder einmal.“ Und er rief den Wirt herbei und ließ sich eine neue Flasche Rum bringen.

„Wenn es Ihnen nur schmeckt, Doktor“, sagte der Wirt. „Mir soll's recht sein.“

„Und ob es dir recht ist, Papa!“ rief Sorge und schien jetzt nichts anderes zu sein als ein unternehmungslustiger Zecher, ein fröhlicher Schnapsvertilger, ein gutgelaunter Stammgast.

‚Papa‘, der Besitzer des ‚Rheingold‘ in Tokio – deutsche Spezialitäten: Bier, Eisbein mit Sauerkraut, Weiße mit Schuß, Bockwurst und falscher Hasenbraten –, räumte persönlich die Reste des Essens vom Tisch, wedelte mit einer Serviette darüber, brachte dann eine neue Flasche Rum und ein zweites Glas. Dann entfernte er sich eilfertig, nicht ohne Sorge herzgewinnend zugeblinzelt zu haben.

„Er hält Sie für einen Mann, Alex", sagte Sorge, auf das zweite Glas deutend, und goß den goldbraunen Rum sorgfältig ein.

Sie tranken schweigend.

Ihr Tisch stand in der Ecke des Lokals, abgeschirmt durch Bretterverschläge. Nur wenige Gäste waren anwesend. Neben der Theke saß ein japanisches Serviermädchen in deutscher Kellnerinnentracht und blätterte gelangweilt in einer Zeitung. Der Straßenlärm des Ginzaviertels drängte sich nur mühsam herein.

„Die Nazis können sich keinen Krieg leisten", sagte Sorge. „Sie müßten verrückt sein, wenn sie auch nur mit diesem Gedanken spielen."

„Sie sind verrückt", sagte Alex ruhig und mit großer Selbstverständlichkeit und so, als behaupte er, daß beim Regen normalerweise die Straßen naß zu werden pflegen.

Sorge wußte, daß es sinnlos war, mit Alex diskutieren zu wollen. Alex hatte keine Neigungen dafür und auch kaum jemals Zeit dazu. Er war lediglich Organisator, Koordinator. Und er war kein Mann, der Zeit für Dinge zu verschwenden pflegte, die für ihn selbstverständlich waren.

„Was Neues in München?" fragte Sorge.

München war der Deckname für Moskau. Dort pflegte Alex im vierten Büro des Generalstabs der Roten Armee Dienst zu tun, abgeschirmt von zwei Wachposten, von der Außenwelt getrennt durch ein Dutzend Türen. Ein Mann, der ruhig und verläßlich wie ein Schalterbeamter aussah, mit einem groben, gutmütigen Gesicht und mit den blassen blauen Augen eines weitgereisten Seemannes.

„Kaum Neuigkeiten von Bedeutung", sagte der Mann, der sich überall im Ausland von seinen Freunden und Mitarbeitern mit ‚Alex' anreden ließ und der in der Roten Armee einen hohen Rang bekleidete und einen Namen besaß, den selbst Stalin kannte. „Nur eins müssen Sie wissen, Sorge – Wolfgang hat mit seiner Arbeit Schluß gemacht."

Sorge zündete sich eine Zigarette an, mit einem Streichholz aus einer anderen Schachtel als der, die er vorhin eingesteckt hatte. Er betrachtete aufmerksam seine Hände; und es war ihm, als zitterten sie ein wenig.

Auch Alex sah auf diese kaum spürbar zitternden Hände. „Sie saufen zuviel, Sorge", sagte er aufrichtig.

„Das ist meine Sache", erwiderte Sorge schroff. „Oder beurteilen Sie neuerdings meine Arbeit nach meinem Lebenswandel?"

Alex beantwortete diese Frage nicht. Auch er zündete sich eine Zigarette an. Dann steckte er die Streichholzschachtel, die Sorge auf den Tisch gelegt hatte, in seine Tasche.

„Lebt Wolfgang noch?" fragte Sorge.

„Möglich", sagte Alex.

„Sind Anzeichen vorhanden, daß er gesprochen hat?"

„Noch nicht. Seien Sie trotzdem vorsichtiger als bisher, Sorge. Treffen Sie sich mit Ihren Mitarbeitern nur, wenn es sich nicht vermeiden läßt. Wechseln Sie dabei die Verkehrsmittel."

„Ersparen Sie sich weitere Hinweise, Alex. Ich habe nichts von dem vergessen, was ich einmal bei Ihnen gelernt habe."

„Um so besser", sagte der ruhig. „Es ist schließlich Ihr Kopf, den Sie hier riskieren. Und vergessen Sie nicht – Sie haben nur den einen."

Tiefe Falten gruben sie in Sorges Stirn. Diese Nachricht über Wolf ging ihm tief unter die Haut. Nicht, daß er deshalb Furcht empfand – er wäre sonst aus dem Zittern nicht herausgekommen, denn ähnliche Nachrichten gab es fast jeden Tag. Aber Wolfgang war wie er. Er war ihm mehr als nur ein Kamerad – er war sein Freund gewesen. Und es hat bitter wenig Freunde in seinem Leben gegeben. Es gibt keine Freundschaften in seinem Metier. Damit hat man sich abzufinden.

Aber Wolfgang hatte es schon gegeben, ehe er das alles tat, was jetzt sein Leben ausfüllte. Wolfgang hatte neben ihm in den Gräben am Toten Mann gelegen. Mit Wolfgang hatte er sich glühend und wild schreiend durch die Menge gedrängt, als in Berlin Spartakus die Straßen zu beherrschen versuchte. Gemeinsam mit Wolfgang hatte auch er die KPD gewählt. Und beide hatten sich entschlossen, für Moskau zu arbeiten.

Und Wolfgang arbeitet jetzt nicht mehr. Er war also der Gestapo in die Hände gefallen. Und die würden versuchen, alles aus ihm herauszupressen, was in ihm vermutet wurde. Namen vor allem! Namen. Und zu diesen Namen könnte auch der von Dr. Richard Sorge gehören. Dr. rer. pol. Richard Sorge, zur Zeit Korrespondent der ‚Frankfurter Zeitung' in Tokio.

„Es ist nicht damit zu rechnen", sagte Alex ruhig; und es war, als habe er die Gedanken von Richard Sorge erraten. „Aber es ist immer besser, auf alles vorbereitet zu sein."

Alex glaubte, Sorge genau zu kennen. Er hatte ihn in Moskau mehrere Monate lang nach allen Regeln der Kunst bearbeitet. Beide waren sie zäh und hart gewesen; sie hatten sich ineinander verbissen, bis zur geistigen Betäubung. Sorge war Alex' schwerster Fall gewesen; und jetzt war er sein bester Mann. Dieser breitschultrige Kerl mit den tigerhaften Bewegungen war dabei, ganz Japan in die Tasche zu stecken. Es mußte alles getan werden, um ihm den Rücken freizuhalten.

„Was haben Sie für Forderungen, Sorge?"

Richard Sorge zwang sich, nicht mehr an Wolfgang zu denken. Wolfgang war tot. Es war keine andere Lösung denkbar. Es war, für dieses Metier, ein durchaus normales Ende. Und jeder Mensch lag irgendwann einmal irgendwo auf seinem Gesicht; und in ihm weideten die Würmer. Sorge trank sein Glas leer und dachte: Wolfgang – zum letztenmal –: Wolfgang!

Dann sagte er: „Ich brauche ein Verbindungssystem in Tokio, Alex. Der Weg über Schanghai ist zu umständlich."

„Akzeptiert", sagte Alex.

Sorge blickte ihn erstaunt an. Diese sofortige, bedingungslose Zustimmung hatte er nicht erwartet. Er war auf eine schwere, langwierige Auseinandersetzung gefaßt gewesen, von dem Augenblick an, als er Alex gesehen hatte. Jeden anderen Kurier oder Verbindungsmann hätte er überfahren – bei Alex war das nicht möglich. Alex war dafür bekannt, daß er nur ganz selten persönlich im Ausland auftauchte; und das war immer alarmierend gewesen.

„Weiterhin", sagte Sorge, „werde ich den Kurierdienst einschränken und mich noch mehr als bisher auf Funk konzentrieren."

„Akzeptiert", sagte Alex.

„Trotzdem", sagte Sorge, „soll der Funkverkehr nur noch an ungeraden Tagen stattfinden und an Sonntagen. Und nur in der Zeit zwischen drei Uhr nachmittags und zehn Uhr morgens. Tokiozeit."

„Einverstanden", sagte Alex. „Die Umstellung wird in vierzehn Tagen wirksam, also am fünfzehnten September. Wir erwarten dann Ihre Sendungen in den ersten fünfzehn Minuten jeder Stunde."

Richard Sorge verriet mit keiner Regung, wie sehr ihn diese Unterredung verblüffte. Es ging alles glatt; zu glatt, wollte ihm scheinen. Er war darauf gefaßt, auf Granit zu beißen; denn sein Besucher galt bei den wenigen Menschen, die ihn kannten, als rücksichtslos. Zum letztenmal hatte er Alex vor sechs Jahren gesehen, 1933 in Schanghai. Und damals hatte ihm Alex den Auftrag erteilt, nach Japan zu gehen, in ein Land, dessen Sprache er nicht kannte, von dessen Menschen er nichts wußte, dessen Geschichte für ihn ein unbeschriebenes Blatt war und das er niemals vorher gesehen hatte.

Und was wollte Alex heute von ihm?

Der Mann aus Moskau, mit den ruhigen, starken Händen, der dasaß wie ein biederer Geschäftsvertreter, der nicht sonderlich intelligent aussah und von vornherein auf die Gutmütigkeit seiner Mitmenschen angewiesen zu sein schien, beherrschte, wie Sorge genau wußte, mindestens sechs Sprachen fließend, war ein genialer Organisator und ein konspiratives Genie. „Kennt Ihr Funker eigentlich den Geheimcode, Sorge?“ fragte er.

Sorge hielt es für angebracht, diese Frage sofort und ohne Umstände zu bejahen. „Das erleichtert meine Arbeit“, sagte er. „Oder bestehen irgendwelche Bedenken?“

„Nein“, sagte Alex gedehnt.

„Und wie haben Sie das ’rausbekommen?“

„Er ist ein guter Funker“, sagte Alex, „aber seine Orthographie ist miserabel.“

Sorge verzog sein Gesicht zu einem ausgedehnten Grinsen. Seine buschigen Augenbrauen rutschten hoch. Der volle Mund wurde schmal, öffnete sich aber nicht. Er schien maßlos belustigt zu sein; und das geschah völlig lautlos. Nur seine Augen beteiligten sich an dieser Belustigung nicht – und es war, als taste er seine Umgebung schnell und sicher mit den Augen ab.

Alex sagte: „Wenn es zum Krieg kommen sollte . . .“

„Die führen ja doch nur mit der Schnauze Krieg“, sagte Sorge heftig. „Sie machen sich in die Hosen, und mit dem Gebrüll, das sie veranstalten, glauben sie, den Gestank unwirksam zu machen, den sie verursachen.“

„Wenn es zum Krieg kommen sollte“, sagte Alex unverändert ruhig und so, als sei er niemals unterbrochen worden, „dann wird er, von Europa aus, bis hierher spürbar sein. Er wird England nicht auslassen und damit auch auf Amerika übergreifen.“

„Und die Sowjetunion?“

„Die Sowjetunion“, sagte Alex, „ist die einzige asiatische Weltmacht. Die zweite mögliche Weltmacht in Asien ist Japan. Die nächste Bedrohung der Sowjetunion aber könnte von Deutschland kommen. Deshalb haben wir Sie nach Tokio geschickt, Sorge!“

„Ich weiß", sagte Sorge. Aber er zog es vor, das nicht auszusprechen, was er wußte, dieses: Die Sowjetunion braucht einen deutschen Spion in Tokio! Das war die Lesart der Primitiven, der ewigen Klippschüler mit dem eingetrichterten Weltbild. Die Wirklichkeit aber, die Sorge genau kannte und die wohl er nur allein so genau kannte und vielleicht auch Alex, sah ein wenig anders aus, so nämlich: Sein von ihm freiwillig gewähltes Vaterland, die Sowjetunion, brauchte in Tokio einen Vertreter ihrer Interessen, der es verstand, auf die Mentalität der Deutschen einzugehen.

Und er sagte: „Eine Bedrohung der Sowjetunion durch Deutschland ist doch komplette Idiotie!"

„Es gibt Idioten", sagte Alex.

„Und was ist mit dem Nichtangriffspakt zwischen Deutschland und Rußland?"

„Er kann gebrochen werden", sagte Alex.

„Rechnet man damit?"

„Trauen Sie das Ihrem Deutschland nicht zu, Sorge?"

„Mein Deutschland!" rief Sorge wild; und die Empörung brach aus ihm, wie eine Stichflamme aus einem Schweißapparat zischt. Aber keinen Augenblick vergaß er, wo er war und mit wem er sich hier aufhielt. Seine Wildheit war nahezu lautlos und von erschreckender Heftigkeit.

Alex lächelte karg. Dann sagte er: „In der Streichholzschachtel, die Sie eingesteckt haben, sind meine neuen Instruktionen. Arbeiten Sie sie durch. Wir treffen uns morgen nachmittag kurz nach vier Uhr im Hauptpostamt. Wenn Sie ja zu allem sagen, tragen Sie zwei Zeitungen unter dem linken Arm. Wenn Sie Einwände haben, müssen wir uns noch einmal treffen."

„Ich werde morgen da sein", sagte Sorge. „Mit zwei Zeitungen unter dem linken Arm. Oder was haben Sie sonst erwartet?"

Alex lächelte noch stärker und sah dabei in das Lokal hinein; und es war genauso, als amüsiere ihn dort irgend etwas sehr. „Kommen Sie mit dem Geld aus?" fragte er dann. „Ich bin bereit zu erhöhen. Auf das Doppelte, wenn es sein muß."

Sorge, der nach dem halbvollen Glas griff, verharrte einige Sekunden lang in völliger Ruhe. Sein sehniger Körper schien auf der Lauer zu liegen. Alex wollte verdoppeln – allein das schon sprach Bände. Und er sagte: „Danke – nein."

„Das wär's", sagte Alex und blinzelte Sorge kurz zu.

Der erhob sich. Er sah auf Alex, seinen Lehrer und Mitstreiter, mit einem Blick, in dem Verehrung lag; Verehrung und zugleich Ironie über diese Verehrung. Sorge haßte es, zu zeigen, daß auch er sentimental veranlagt war.

Er ging, ohne Alex die Hand zu geben, ohne sich noch einmal nach ihm umzudrehen. Er fragte sich nicht einmal: Wieviel Jahre werden vergehen, ehe ich ihn wiedersehen kann? Und was wird dann sein?

Sorge ging zur Theke, zahlte ‚Papa' seine Rechnung – nur seine, die des Mannes, der zufällig an seinem Tisch Eisbein gegessen hatte, ging ihn ja nichts an –, griff dem japanischen Serviermädchen freundlich unter das Kinn und betrat die Straße. Er tauchte in den Strom der Menschen.

Und durch die Menschen mit den gleichförmigen Gesichtern hindurch drängten sich die Extrablattverkäufer. Das Bund kleiner Schellen, die sie am Gürtel trugen, klang wie das Geläute ferner Schlitten. Der helle, hastige Klang kam von der Ginza herauf, nervös und lockend, überstieg den dumpfen Lärm der Straße, drängte sich Sorge auf, machte vor ihm halt.

Sorge warf dem Extrablattverkäufer zehn Sen zu und las die fette, ins Auge fallende Überschrift.

Dort stand: *Deutsche Truppen marschieren in Polen ein.*

„Diese Narren!" rief Sorge, zerknüllte das Extrablatt zwischen seinen nervigen Händen und warf es auf die Straße. Dann trampelte er mit dem Fuß darauf.

Die Spionage ist so alt wie die Welt. In den frühesten Urkunden der Menschheitsgeschichte befinden sich Hinweise auf sie. Ohne sie schien schon damals, vor mehr als zehntausend Jahren, keine kriegerische Auseinandersetzung möglich gewesen zu sein.

Selbstverständlich befinden sich auch in der Bibel mehrfach Hinweise auf dieses Metier. Ein Joseph beschuldigt dort seine Brüder und ruft aus: „Ihr seid Kundschafter und seid kommen, zu sehen, wo das Land offen ist." In unseren Tagen werden ähnliche Verwandtengespräche zwischen Ostdeutschen und Westdeutschen, Rotchinesen und Nationalchinesen, Sozialamerikanern und McCarthy-Amerikanern durchaus nicht selten sein.

Jahve selbst gab, wie im Alten Testament nachzulesen ist, Moses den Rat, auf Kanaan Kundschafter anzusetzen. Und Moses persönlich stellte dann eine Agentenelite zusammen. Der Auftrag, den er ihnen vor dreitausendzweihundert Jahren gab, ist von klassischer Einfachheit und in seinen Grundzügen heute noch eine durchaus brauchbare Spionageanweisung: Land- und

Wegeerkundung, Beurteilung von Wehrkraft, Angaben über die Stimmung der Bevölkerung, ihr wirtschaftliches Potential und – Konzentration der Agententätigkeit auf schwache Positionen.

Rahab, die Hure von Jericho, war einwandfrei als Spionin tätig. Delila, die Samsons Schwächen auskundschaftete, war vermutlich die erste Spionin in der endlosen Kette derer, von denen in romantischen bis schwülstigen Artikeln immer wieder gerne behauptet wird, ihre körperlichen Reize hätten zu ihren Erfolgen geführt. Aber was bei Moses noch Patriotismus war, ist hier schon zum Geschäft geworden.

Die Geschichte, auch die der alten Ägypter und Chinesen, ist voll von spannenden Spionagedetails. Alexander der Große hat viel Geschick für Spionage entwickelt und sich als Briefzensor betätigt. Scipio Africanus setzte auf Hannibals Elefanten einen Spion an, der prompt herausbekam, daß diese Panzerwaffe des Altertums wirksam durch Lärm zu bekämpfen war. Crassus, ein Zeitgenosse des großen Cäsar, nahm die Gestapo vorweg. Die Nackttänzerin Theodora, die spätere byzantinische Kaiserin, war die Mata Hari ihrer Zeit. Dschingis-Khan hat das Spitzelsystem entwickelt, und Mohammed soll eine geradezu geniale Begabung für Gegenspionage besessen haben.

Es gibt keine Geschichtsschreibung, die, will sie objektiv sein, an all diesen Systemen von Spionage und Spitzelwesen, organisiertem Verrat, Gegenspionage und Spionageabwehr vorübergehen könnte. Die katholische Kirche des Mittelalters, Gustav Adolf, Heinrich VII., Friedrich der Große, Napoleon, Bismarck – sie alle haben nicht nur mit diesem dunklen Metier gerechnet, sie haben sich auch seiner ohne Scheu und nicht selten mit erstaunlichem Erfolg bedient.

Und fast alle, die an diesem gefährlichen Spiel hinter den Kulissen ihrer Zeit teilnahmen, mögen sie nun Abenteurer oder Patrioten, schmierige Spitzel oder billige Verräter gewesen sein, sie waren zumeist Einzelgänger. Erst unserer Zeit blieb es vorbehalten, den Mann durch die Organisation zu ersetzen, die Gruppe zur Armee im Dunkeln zu erweitern.

Dr. Richard Sorge aber war vermutlich der letzte große Individualist des Metiers, wohl Teil einer Organisation, aber zugleich selbstherrlicher Einzelgänger. Er war auch niemals ein Handlanger, er war ein heimlicher und überaus gefährlicher Diplomat. – Die Veränderung der Welt, nach der seine Organisation strebte: Er selbst glaubte, sie durchführen zu können, er allein. „Wenn einer Hitler stürzt", rief er einmal in einem seiner außerordentlich seltenen Augenblicke der Unbeherrschtheit aus, „dann bin ich es!“

Sorge schäkerte, wie er das fast immer tat, mit den niedlichen japanischen Garderobenmädchen des Hotels ‚Imperial‘. Ihre puppenhaften Porzellangesichter strahlten ihn mit mildem Glanz an. Sie liebten Sorge, denn er war immer nett zu ihnen wie kein anderer Weißer sonst; und er liebte sie auch. Sie waren wie Spielzeug und rührend einfältig. Es war Sorge eine Wohltat, bei ihnen für einige Augenblicke wenigstens vergessen zu können, was Raffinesse ist, was geistige Sprungbereitschaft, was lauernde Ungewißheit.

Sorge zupfte einem Garderobenmädchen, das mächtig verlegen und beglückt kicherte, die breite Kimonoschleife gerade. Dabei warf er einen kurzen Blick auf die Eingangstür zur Halle und sah dort das bleiche, besorgte Gesicht des Geschäftsführers des ‚Imperial‘. Und er grinste genußvoll, als er den Geschäftsführer alarmierend rufen hörte: „Sorge ist in Sicht!“

Er tätschelte das weißgepuderte Gesichtchen vor ihm herzhaft und griff in seine Tasche nach einem Geldstück. Das Mädchen lachte, knickste und trippelte dann davon. Sorge überprüfte kurz, ob sein Schlips, wie es sein mußte, ungerade saß; dann steckte er die Hände tief und spürbar provozierend in die Hosentaschen und schlenderte in die große Halle hinein.

Er bemerkte mit Genugtuung, daß einige Gespräche in der Halle verstummten. An der Bar lachte eine Frau hysterisch auf. Die Ober schienen leere Gläser eilfertig wegzuräumen. Auf ein Zeichen des Geschäftsführers setzte die Kapelle ein und fiedelte angestrengt einen Wiener Walzer.

„Nehmen Sie an der Bar Platz, Herr Doktor?“ fragte der Geschäftsführer dienstbereit. „Oder wollen Sie sich zu den Herrschaften von der deutschen Botschaft setzen? Rechts neben der Kapelle.“

„Die sogenannten Herrschaften von der deutschen Botschaft“, sagte Sorge stark, „die können mich alle ...“

„Gewiß, gewiß“, beeilte sich der Geschäftsführer zuzustimmen. Er wußte aus Erfahrung, daß es nicht ratsam war, Sorge zu widersprechen. Sorge war exzentrisch. Es gab viele exzentrische Ausländer in Tokio und besonders viele im ‚Imperial‘ – aber so wie Sorge war keiner.

Richard Sorge legte sich ein kühn-rabiates Mittelstürmergesicht zu; und es war, als sei er fest entschlossen, möglichst bald ein unaufhaltbares Tor zu schießen. Er hatte einen erfreulich-schlechten Ruf in Tokio; und der verpflichtete. Er galt als Außenseiter, als Rauhbein, als Radaubruder; er war ein Kuriosum. Empfindsame Gemüter, von denen es nicht allzu viele in Tokio gab, schauderten, wenn sie ihn nur sahen; aber alle nahmen ihn hin und hatten sich an ihn gewöhnt.

Der Geschäftsführer hatte inzwischen zu seiner Erleichterung festgestellt, daß Dr. Richard Sorge, der anerkannt bestinformierte Auslandskorrespondent in Tokio, der in allen Ecken Saufkumpane besaß, heute nur, wenn überhaupt, leicht angetrunken war. Somit war also die Gefahr eines neuen Skandals nicht sofort gegeben.

„Ich erlaube mir zu bemerken", sagte der Geschäftsführer verbindlich und diskret flüsternd, „daß heute Frau Schwarz anwesend ist. Frau Martina Schwarz."

„Wenn sie Blau hieße, wäre sie mir im Augenblick bedeutend lieber", sagte Sorge. Und der Geschäftsführer beeilte sich, diesen Scherz mit dezentem Gelächter zu quittieren, das sofort erstarb, als ihn Sorge kalt ansah.

Sorge betrachtete die Anwesenden ungeniert, so als besichtige er Ausstellungsstücke. Die geräumige Halle des ‚Imperial' war der anerkannte Promenadeplatz für die bessere Gesellschaft Tokios. Diese sogenannte bessere Gesellschaft bestand aus Geschäftsleuten, Diplomaten und Journalisten, aus Ausländern und Japanern, aus Männlein und Weiblein, aus Faschisten, Demokraten und Ewigneutralen. Eigentlich nur eins war allen gemeinsam: sie konnten sich die Preise des ‚Imperial' leisten.

Sorge steuerte quer durch die große Halle auf die Bar zu. Noch unterwegs hob er zwei Finger der rechten Hand; der Mixer verstand sofort und bereitete einen doppelten Whisky pur vor. Sorge schob sich zwei Stühle aus dem Weg; und die darauf saßen, beeilten sich, ihm schweigend auszuweichen. An der Bar angekommen, griff er nach seinem doppelten Whisky und trank ihn auf einen Zug leer. Der Mixer füllte sofort nach.

Siebert, ein Schriftsteller aus Frankfurt, der vorübergehend in Japan weilte, um hier eins seiner beliebten und vielgekauften Reisebücher zu schreiben, kam auf Sorge zu. Der Schriftsteller schätzte den Journalisten nicht nur als unerschöpfliche Nachrichtenquelle, auch als Persönlichkeit. Sorge wußte das, und wenn er auch nie zugab, daß ihm das schmeichelte, so begegnete er doch Siebert mit wohlabgewogener Duldsamkeit.

„Was sagen Sie eigentlich dazu, Sorge?" fragte Siebert.

„Wozu? Zum Whisky? Er hat leider nicht die richtige Temperatur."

„Und zum Ausbruch des Krieges haben Sie keinen anderen Kommentar?"

„Das einzige, was nach meiner Meinung ausgebrochen zu sein scheint, ist der pure Wahnsinn."

„Kriege", sagte Siebert zustimmend, „sind wohl niemals ein sicheres Zeichen für reine Vernunft."

Ein Mann, der neben ihnen an der Theke lehnte, mischte sich ein. „Immerhin", sagte er, „handelt es sich hier doch wohl um eine nationale Notwendigkeit."

Siebert sah überrascht hoch; er war ein Mann voller Takt und daher nicht gewohnt, daß man sich in seine Gespräche formlos einmischte. Sorge schien diese Situation zu genießen. Er trank sein Glas leer und wandte sich langsam zu dem Gesprächigen, fixierte ihn kurz und ließ ihn dann stehen.

„Gewiß wollen Sie jetzt wissen", sagte Sorge dann zu Siebert, „wer das ist, der sich hier in unsere Unterhaltung einmengt?"

„Ich bin nicht begierig", wehrte Siebert ab.

„Dieser Knülch", sagte Sorge lautstark, „heißt Branz, und wahrscheinlich August mit Vornamen. Er gehört zur deutschen Botschaft und will von Beruf Menschengreifer sein. Sehen Sie ihn sich genau an, Siebert – er ist ein Polizeiattaché."

„Schon gut", sagte Siebert, leicht beunruhigt.

Branz schob sich hartnäckig vor. „Über Ihre Manieren, Herr Sorge", sagte der Polizeiattaché, „wollen wir hier nicht erst diskutieren; sie sind allgemein bekannt. Dennoch muß ich Sie fragen, ob Sie den Krieg des Führers gegen Polen als Wahnsinn bezeichnen?"

Sorge sah ihn voll an. „Nicht als Wahnsinn", sagte er ruhig.

„Diese Gedankenverbindung steht uns fern", assistierte Siebert verbindlich.

„Das will ich auch hoffen", sagte Branz fest.

„Nicht als Wahnsinn", sagte Sorge noch einmal, „sondern als etwas anderes muß man diesen Krieg bezeichnen. Stellen Sie sich das vor: hier Deutschland – hier Polen. Können Sie sich das vorstellen? Nehmen wir einmal an: Ich bin Deutschland! Nur als Annahme, versteht sich." Und der breite, sehnige Mann streckte sich hoch, schob sein schönes, wildes Boxergesicht ein wenig vor und hob die Fäuste. Branz wich unwillkürlich zurück.

„Ich also bin Deutschland", sagte Sorge. „Und jetzt gehe ich nach draußen. Unmittelbar vor dem ‚Imperial' treiben sich die

Jungens herum. Einer von ihnen hat die Schwindsucht, ein kleines, bleiches, bibberndes Kerlchen, das Streichhölzer verkauft. Und auf dieses Menschlein gehe ich zu. Und ich haue ihm unter das Kinn, ich trete ihm in den Bauch, ich springe auf ihn, bis die schwachen Knochen knacken. Und genauso, Branz, ist dieser Krieg mit Polen. Kommen Sie mir da nicht mit nationalen Notwendigkeiten!"

„Schon gut, lieber Sorge", sagte Siebert bremsend und legte ihm seine schmale Hand auf den muskulösen Arm.

Branz, der Polizeiattaché, lächelte verzerrt. „Sehen Sie sich vor, Sorge", sagte er mit unüberhörbarer Drohung. „Auf die Dauer können auch Sie sich nicht alles leisten."

„Was heißt das?" fragte Sorge rauh.

„Sie sind Deutscher, Sie unterstehen der deutschen Gerichtsbarkeit. Und die deutsche Polizei hier in Tokio vertrete ich, Herr Sorge. Ich bin hier Polizeiattaché."

Sorge schloß die Augen bis auf einen winzigen Spalt. Seine Augenbrauen hoben sich bedrohlich. Er befahl sich Beherrschung. Drei schwere Sekunden vergingen. Dann ließ er die Arme sinken und lachte rauh. Er griff nach dem Whisky, den der Mixer ihm hingestellt hatte. Er stürzte ihn in sich hinein.

Branz drehte sich um. Er lächelte nicht mehr. Er zog den Kopf vorsichtig ein und bestellte sich dann ein neues Getränk. Seine Stimme klang dabei ein wenig unsicher; das beruhigte Sorge sehr.

„Kommen Sie", sagte Siebert und zog Sorge weg. „Setzen wir uns an irgendeinen Tisch." Und er sagte dann: „Seien Sie doch vorsichtig, Sorge. Ihre Äußerungen sind manchmal mehr als gewagt. Nun gut – so leicht werden Sie hier niemand treffen, der Ihnen solche Redensarten übelnimmt. Aber warum müssen Sie ausgerechnet den deutschen Polizeiattaché damit beglücken?"

„Vielleicht wollte ich einmal sehen, wie er darauf reagiert", erklärte Sorge überraschend friedlich.

„Und jetzt wissen Sie es also!" sagte Siebert. „Ihr Freund ist dieser Mann nicht."

„Das würde ich mir auch verbeten haben!"

„Und wenn er jetzt zu Ihrem Feind wird?"

„Viel Feind – viel Ehr!" sagte Sorge und lachte dabei unbekümmert auf. Und er sah noch einmal zur Bar zurück und bemerkte, daß Branz ihm nachdenklich und prüfend nachsah. Verfluchter alter Polizeispitzel, dachte Sorge; aber ihm war nicht sonderlich wohl bei diesem Gedanken.

Siebert steuerte mit Sorge auf den Tisch zu, an dem Martina Schwarz saß, umgeben von einem Rudel jener blutarmen Herdengeschöpfe, die man gemeinhin Verehrer nennt. „Ist es erlaubt?“ fragte Siebert.

Und ehe er noch eine zustimmende Antwort bekam, ergriff Sorge zwei zufällig vorübergehend leere Stühle vom Nebentisch, ohne den sofort lebhaft einsetzenden Protest auch nur durch eine winzige Geste zur Kenntnis zu nehmen. Er schob einen Stuhl rechts und den anderen links von Martina Schwarz, setzte sich und lud auch Siebert ein, Platz zu nehmen.

„Sie also sind Dr. Richard Sorge“, sagte Martina Schwarz neugierig.

„Auch ich“, sagte Sorge, „habe schon sehr viel von Ihnen gehört.“

„Angenehmes?“

„Zum Glück – nein“, sagte Sorge und winkte den Kellner herbei. Der schien sprungbereit darauf gewartet zu haben und spurtete, als nehme er an einer Weltmeisterschaftsentscheidung teil. „Whisky“, sagte Sorge, „vorläufig drei.“

„Drei Flaschen Whisky“, sagte der Kellner selbstverständlich, denn er kannte Sorge.

Das Rudel Verehrer der Frau Schwarz war spürbar unruhig geworden. Die mit Vorsicht aufgeregte, da zweier Stühle beraubte Gesellschaft am Nebentisch ließ sich durch den aufmerksamen Geschäftsführer beruhigen, der eigenhändig zwei Ersatzsitzgelegenheiten anschleppte. Selbst Siebert, der ansonsten nur schwer zu erschüttern war, fühlte sich nicht sonderlich wohl.

Sorge betrachtete mit allen Zeichen der Zufriedenheit die neben ihm sitzende Martina Schwarz. Auch ihr Ruf, und das gefiel Sorge in Besonderheit, war denkbar schlecht. Ihre zahlreichen Liebesabenteuer waren ein ständiges Gesprächsthema weit über die deutsche Kolonie hinaus geworden. Was ihren Lebenswandel anbetraf, durfte Martina Schwarz als international gelten. Aber für ihn, Sorge, besaß sie noch einen ganz besonderen Vorzug, von dem niemand etwas ahnte: Sie war die Frau eines Geschäftsmannes, der ein angesehenes deutsches Unternehmen vertrat – Rhein-Ruhr-Chemie. Und es war schon lange fällig, sich darüber Gedanken zu machen, wie stark wohl der Einfluß der deutschen Spezialindustrie in Japan war.

„Über was denken Sie nach, Herr Sorge?“ fragte Martina Schwarz.

„Über Sie“, sagte Sorge wahrheitsgemäß.

Sie lachte ihn an; und sie lachte nur mit den Augen, über den Rand des Glases hinweg, aus dem sie trank. Ihr Gesicht war ebenmäßig und glatt; die großen grünlichen Augen standen weit auseinander. Der volle Mund war immer ein wenig geöffnet, und sie atmete in tiefen, ausgedehnten Zügen, als bereite ihr allein das schon Genuß. Und ihre starke und offenbar feste Brust hob und senkte sich dabei in erregendem Rhythmus. Sorge war überzeugt davon, daß es viel Spaß machen müßte, mit ihr zu arbeiten.

Sie sahen sich an, tranken sich zu und fanden sich bemerkenswert. Ihre Umgebung schien Dekoration geworden zu sein. Sorge tat, als existiere niemand außer Martina Schwarz. Siebert erhob sich lächelnd und ging an die Bar. Dort blieb er. Das Rudel Verehrer brauchte längere Zeit, um sich überflüssig zu fühlen.

„Eigentlich schade", sagte Sorge, „daß wir uns nicht schon früher begegnet sind."

„Ich bin selten im ‚Imperial' gewesen", sagte Martina Schwarz.

„Das kann ich mir erklären! Es ist eine verstaubte Prunkbude; aber der Whisky ist gut, wenn auch niemand versteht, ihn auf die richtige Temperatur zu bringen. Und man trifft hier immer eine Menge Leute. Allerlei Tagediebe."

„Ich bin wohl mehr ein Nachtdieb", sagte Martina Schwarz und lachte. Dieses Lachen klang ein wenig gepreßt, krampfhaft, fast hysterisch. Der sonst so aufmerksame Sorge registrierte das nicht; er nahm lediglich an, sie habe einige Gläser mehr getrunken, als sie vertragen konnte. Das war ihm nicht unsympathisch.

Dann tanzten sie. Die Kapelle spielte mit müder Routine einen langsamen Foxtrott. Ein Saxophon winselte sich an den bizarren Wänden hoch. Das Schlagzeug stampfte mit monotoner Gleichmäßigkeit durch die Halle. Martina hatte sich eng an ihn gepreßt, und ihr voller Mund war ein wenig weiter noch als sonst geöffnet.

„Haben Sie Ihren Mann heute zu Hause gelassen?" fragte Sorge und fühlte ihren festen, biegsamen Rücken unter seiner Hand.

„Er ist verreist", sagte sie gleichgültig. „Er ist in Nagasaki."

Sorge, der Martina fest an sich drückte und dessen Hand zu ihrer Achsel vorglitt, sagte sich: Nagasaki – Industriestadt im Süden des Landes, dem chinesischen Festland zugelagert, elendes Drecknest, aber erstklassige Porzellanmanufakturen und die größten Torpedowerkstätten Japans, des Ostens überhaupt.

„Ich kenne Nagasaki", sagte Sorge. „Nicht sonderlich attraktiv, aber die Geishas dort sind die wohlerzogensten des Landes. Fragen Sie mal Ihren Mann danach, wenn er zurückkommt."

„Heute kommt er bestimmt noch nicht zurück", sagte Martina. „Und mit Geishas kann er nicht viel anfangen. Ich kenne ihn in diesem Punkt genau. Leider."

Sorge hielt es nicht für angebracht, sie darüber aufzuklären, daß Geishas keine Freudenmädchen sind. Wahrscheinlich wußte sie das auch; und eben weil sie es wußte, war die Bemerkung über die Grenzen der physischen Leistungsfähigkeit ihres Mannes besonders erfreulich. Er legte behutsam seinen Kopf an den ihren; und sie wich nicht aus.

Und sie sagte, mitten in diese zärtliche Stimmung hinein, mit weicher Stimme: „Sie verkehren doch beim deutschen Botschafter, nicht wahr?"

„Natürlich", sagte Sorge.

„Nehmen Sie mich dorthin mal mit?" wollte sie unvermindert zärtlich wissen.

„Selbstverständlich", sagte Sorge sofort. Und er meinte das auch genauso aufrichtig, wie er das sagte. Er war kein Mann, der gerne Geschenke annahm; und irgend etwas schuldig zu bleiben bereitete ihm geradezu Unbehagen. Und das, was sich hier anzubahnen schien, war nicht nur ein Vergnügen, es versprach auch ein gutes Geschäft zu werden. Eine glatte Transaktion: Du erzählst mir, welche Abschlüsse dein Mann in Nagasaki getätigt hat, und ich befriedige deinen gesellschaftlichen Ehrgeiz und führe dich beim deutschen Botschafter ein.

Nichts schuldig bleiben! Das war sein Prinzip. Und dazu gehörten klare Konsequenzen. Und dazu gehörte auch die Begleichung einer frisch aufgemachten Rechnung. Denn da war Branz, der Polizeiattaché, und der stand, vollgepumpt mit Alkohol, an der Bar und fixierte Sorge mit starrem Blick.

Sorge führte Martina Schwarz an die Bar, stellte sie dort neben Branz ab, bestellte ihr einen Gin und entschuldigte sich für ‚die schäbige Gesellschaft, die sich rundherum breitgemacht'. Er selbst ließ sich einen dreifachen Whisky geben, trank ihn in einem Zug aus und schob das leere Glas weit von sich.

Dann sagte er zu Branz: „Scheren Sie sich hier zum Teufel, Mann, und belästigen Sie die Dame nicht weiter."

Branz sah Sorge völlig entgeistert an. Martina fühlte sich

heftig amüsiert und lachte hektisch auf. Sorge verzog keine Miene.

„Was wollen Sie eigentlich von mir?“ fragte Branz. „Sie suchen wohl einen Vorwand?“

„Ihre dämliche Visage ist kein Vorwand“, sagte Sorge grob. „Die ist eine Herausforderung.“

In Branz dämmerte es langsam, daß ihm Schreckliches bevorstand. Der Mixer räumte behende Gläser und Flaschen von der Theke. Martina machte große Augen und nippte an ihrem Gin. Ein aufreizend leerer Raum bildete sich um Sorge und Branz.

„Ich gebe Ihnen noch eine letzte Chance“, sagte Sorge laut. „Entschuldigen Sie sich bei der Dame für Ihre Flegeleien.“

„Für welche Flegeleien?“ fragte Branz reichlich dumm.

„Man fixiert eine Dame der Gesellschaft nicht. Zumal dann nicht, wenn man solche Schweinsaugen wie Sie hat.“

Branz lachte nervös auf. „Dame der Gesellschaft!“ sagte er. „Daß ich nicht lache!“

„Sie werden nicht lachen“, sagte Sorge.

Sein erster Hieb kam blitzschnell. Er traf genau die Kinnspitze des Polizeiattachés Branz. Der prallte zurück und segelte rückwärts durch den freien Raum. Er schlug dumpf und hart auf und rutschte dann über das blanke Parkett; regungslos blieb er liegen.

Eine Frau kreischte wild und hemmungslos auf. Mehrere Personen verließen fluchtartig die Halle. Die Kapelle fiel wild über ihre Instrumente her. Martina kicherte aufgeregt über ihrem leeren Ginglas. Der Geschäftsführer flatterte todesmutig herbei.

Sorge zog ein Taschentuch aus der Hose und wischte sich umständlich die Hände ab. Dann sagte er: „Lassen Sie diesen Knülch hinaustragen. Einen doppelten Whisky für mich – und für die deutsche Botschaft einen neuen Polizeiattaché.“

„Aber Herr Doktor Sorge!“ rief der Geschäftsführer beschwörend. „Das geht doch nicht!“

„Und ob das geht! Das haben Sie doch ganz deutlich gesehen. Oder soll ich das noch mal wiederholen?“

„Aber wenn . . .“

„Hier ist eine Dame beleidigt worden; sagen Sie das jedem, der das wissen will. Und dann können Sie noch sagen: Wir haben hier Kriegsbeginn gespielt. Deutschland war ich – er war Polen. Kapiert?“

Sorge hielt es für überflüssig, auf eine Antwort zu warten.

Er drehte dem entgeisterten Geschäftsführer seinen breiten Rücken zu und widmete sich Martina Schwarz. „Und was machen wir beide jetzt?"

„Gehen wir zu mir nach Hause", sagte Martina entschlossen.

Die großen Spione und Verräter unserer Zeit sind, wenn man von ihren gemeinsamen Zielen absieht, kaum auf den gleichen Nenner zu bringen. Sie rekrutieren sich aus allen Ländern, allen Rassen, allen Berufen. Vielleicht ist bemerkenswert, daß keiner von ihnen sonderlich religiös war.

Eins nur zeichnete sie alle aus: sie waren intelligent. Viele waren Spezialisten von hohem Rang. Aber keiner verfügte über ein souveränes Weltbild – kein Philosoph befand sich unter ihnen.

Spione sind meist nur Zuträger; zwar können sie eminent wichtig sein, aber der große Griff in das Rad der Weltgeschichte gelingt ihnen sehr selten. Richard Sorge scheint diese Möglichkeit gehabt zu haben, vermutlich auch Alger Hiss und bestimmt Klaus Fuchs, der mit seinem Atomverrat die Gewichte der Weltpolitik entscheidend verschob.

Sorge und Fuchs waren Deutsche; und beginnt man, sie näher zu betrachten, so findet man zunächst selbst bei ihnen nichts Gemeinsames, wenn man davon absieht, daß beide allzu leicht dem Rausch der Geschwindigkeit verfielen und sich immer wieder zu lebensgefährlichen Auto- und Motorradfahrten hinreißen ließen. Ansonsten aber war der eine, Fuchs, ungesellig, scheu und grüblerisch, der andere jedoch, Sorge, ein wüster Draufgänger, ein wilder Freund von Alkohol und Frauen.

Und doch ist ihnen eines gemeinsam: ihre Vergangenheit, zusammengebraut im Hexenkessel Deutschland, in der Zeit zwischen dem Ersten Weltkrieg und dem totalen Zugriff des Nationalsozialismus.

Sorge erlebte den Krieg von der ersten bis zur letzten Stunde; auf dem Leben von Fuchs lag er wie ein dunkler Schatten. Beide verspürten die wirtschaftliche Depression der Nachkriegsjahre am eigenen Leib. Beide sahen, getrieben von jugendlich-revolutionärer Begeisterung, im Marxismus die einzige Hoffnung einer unglücklich gewordenen Welt.

Zu dem Sog der einen Seite kam das Abgestoßenwerden von der anderen: Der brutale, unduldsame, herrische deutsche Nationalismus widerte sie an. Mit Abscheu erlebten sie den aufflammenden Rassenhaß. Der Nationalsozialismus zerstörte auch noch den letzten Halt der beiden, die Familie. Angehörige von Fuchs, der einer protestantischen Pfarrersfamilie entstammte, wurden umgebracht. Angehörige von Sorge wurden gequält.

Und so wurden Fuchs und Sorge in die Arme des Kommunismus getrieben; auch die Sozialdemokraten, ihrer Ansicht nach verbürgerlicht, immer zu gefährlichen Kompromissen bereit, boten ihnen keinen Halt. Sie schworen sich, die Zeiten der ‚Halbheiten' seien nun vorbei; sie wollten die eindeutige Entscheidung.

Aus einem verschwommenen Traum vom freien Leben, aus Sehnsucht nach einer erträumten Gerechtigkeit, aus völligem Mangel an Geborgenheit und Liebe – wuchs der große Verrat. Und bei genauer Betrachtung tragen daran die Handlanger Hitlers wesentlich mehr Schuld als die Zutreiber des Kommunismus.

Das war der zweite Dienstag nach dem Ersten. Richard Sorge verließ an diesem Tage seine Wohnung am frühen Morgen nicht. Nachdem er unten geduscht hatte, stieg er in seine Zimmer hinauf und begann, seine Notizen zu ordnen. Diese Notizen bestanden aus Buchstaben und Zahlen und schienen Bestandteile eines Artikels über das altchinesische Bank- und Kreditsystem zu sein.

Dann stellte er sich, nur mit einem Bademantel bekleidet, an das Fenster und sah in den winzigen Garten hinunter, der ungepflegt das von ihm gemietete Häuschen umstand. Der schmale Fußweg, der von seiner Gartentüre ausging, schlängelte sich noch an zwei weiteren kleinen Häusern vorbei, ehe er in die Straße einmündete. Völlige Stille umgab Sorge. Der Lärm des Azubiviertels drang nicht bis zu ihm.

Er sah auf die Uhr. Es fehlten noch zwanzig Minuten bis acht. Und Miyagi war pünktlich. Da die Notizen bereit lagen, konnte er die Zeit bis zum Eintreffen seines Gehilfen beliebig ausfüllen. Er überlegte, ob er eine Schallplatte spielen sollte – Bach, Drittes Brandenburgisches Konzert. Nichts Erhabeneres wurde jemals komponiert.

Aber die geruhsame Stimmung, die diesen musikalischen Genuß erst vollkommen gemacht haben würde, fehlte ihm. Und so beschloß er, Freiübungen zu machen. Er warf den Bademantel ab, griff den Expander auf, der neben dem Fenster über einem Bücherstapel lag, und begann, ihn vor der Brust auszudehnen.

Er arbeitete sich in Schweiß. Er atmete mit weitgeöffnetem Mund, aber er tat das lautlos. Unter der rosigen Haut spielten die Muskeln in ausgewogenem Rhythmus. Dann rieb er sich mit einem Frottiertuch trocken; seine Bewegungen waren kraftvoll, heftig und kurz.

Nackt, und sich zu regelmäßigen, langsamen Atemzügen zwingend, stellte er sich ans Fenster und sah auf den Fußweg. Dort erschien ein Japaner und näherte sich dem Gartentor, ohne Hast, fast ein wenig zu langsam und so, als suchte er nach einer Adresse. Es war genau acht Uhr.

Der japanische Besucher öffnete das Tor, sah kurz auf eine Latte, die daneben lag, und schloß dann hinter sich das Tor gleichermaßen sorgsam. Sein Fuß verschob dabei wie unbeabsichtigt die Latte. Er ging auf das Häuschen zu und wartete einige Sekunden lang an der Tür. Dann klopfte er bescheiden.

Sorge warf sich den Bademantel wieder um, ging hinunter und öffnete wortlos. Der Japaner verbeugte sich zeremoniell und trat dann, ohne eine weitere Aufforderung abzuwarten, ein.

„Gehen wir nach oben, Miyagi", sagte Sorge. Und er sprach englisch mit seinem Besucher.

Miyagi zog seine Schuhe aus, um die Bodenmatten nicht zu beschädigen, und stieg dann vor Sorge die kurze, steile Treppe hinauf. Er zwängte sich in das enge, von Büchern, Zeitungen, Zeitschriften, Manuskripten und Schnapsflaschen angefüllte Arbeitszimmer und wartete an der Tür. Seine Augen blickten betrübt.

„Stört Sie die Unordnung bei mir schon wieder?" fragte Sorge gutgelaunt.

Miyagi war zu höflich, um das zu bestätigen.

Sorge hob einen Stuhl hoch und kippte ihn um. Die Bücher und Zeitungen, die dort gelegen hatten, polterten auf den Fußboden. Sorge wischte sie mit dem Fuß zur Seite. „So", sagte er befriedigt, „jetzt ist hier Ordnung! – Setzen Sie sich doch, Miyagi."

Miyagi nahm gehorsam Platz, aber die Betrübnis in seinen Augen schwand nicht. Er hob sein glattes, allzeit freundliches Gesicht Sorge entgegen und wartete mit Ergebenheit.

„Haben Sie die Unterlagen, Miyagi?"

Der nickte, öffnete einen Kasten mit Malgerät, den er bei sich führte, schraubte den Stiel eines Pinsels ab und übergab Sorge ein straff zusammengewickeltes Röllchen Papier.

Das wickelte Sorge auf, glättete es auf seinem Knie und

überlas es flüchtig. „Gut", sagte er dann. „Das sind also Einzelheiten über die Hundertundneunte Division. Wann kriege ich die über die Hundertundachte?"

„Das wird schwierig sein."

„Wer macht Schwierigkeiten?"

„Einer meiner Gewährsleute fällt aus. Der Korporal. Er will heiraten. Das ist sehr schade, denn er war gut. Sollen wir ihn zwingen . . .?"

„Nein", entschied Sorge sofort. „Dabei kommt nichts heraus. Entweder freiwillig oder gar nicht. Haben Sie ihm viel bezahlt?"

„Insgesamt etwa hundertundzwanzig Dollar – in vierzehn Monaten."

„Das genügt. Geben Sie ihm zehn Dollar extra, nicht mehr. Er soll uns im Gedächtnis behalten. Wenn es einmal hart auf hart kommt, greifen wir wieder auf ihn zurück. In Zukunft, Miyagi, werden wir nicht mehr mit Dollars bezahlen. Das könnte auffallen. Zahlen Sie in Yen aus."

„Gewiß", sagte Miyagi mit sanfter Stimme. „Wenn Sie es für richtig halten, wird es so geschehen."

„Ist irgend jemand von Ihren Leuten mit der japanischen Geheimpolizei in Berührung gekommen?"

„Nein."

„Glauben Sie das nur – oder wissen Sie das bestimmt?"

„Mir ist nichts Derartiges berichtet worden. Und ich habe jedem gesagt . . ."

„Schon gut, Miyagi, schon gut. Aber seien Sie vorsichtig; seien Sie in Zukunft noch vorsichtiger als bisher. Machen Sie Umwege; nicht drei, sondern fünf. Lassen Sie sich alles Material nur getarnt übergeben, und wenn es in einsamer Gegend ist, auch in der Nacht, auch in geschlossenen Räumen."

Miyagi sah Sorge wortlos an und nickte. Er wagte nicht, die Frage zu stellen, warum die Vorsichtsmaßnahmen noch mehr erweitert und verschärft werden sollten als bisher. Sein blaßgelbes Gesicht zeigte keinerlei Regung.

Sorge wußte, daß der Mann vor ihm krank war, todkrank. Die Tuberkulose fraß seine Kraft, zersetzte ihn und brachte ihm das Blut bei der geringsten Anstrengung zum Kochen. Eines Tages würde er verenden; und dieser Tag schien nicht mehr allzufern zu sein. Es war gut, ihn seelisch, wo es immer ging, zu entlasten.

„Ich sehe nicht mehr Gefahren als sonst", sagte Sorge. „Aber es ist Krieg – und ich könnte es mir nicht leisten, Miyagi, Sie gerade jetzt zu verlieren."

„Was in meinen Kräften steht, will ich tun", sagte Miyagi.

„Ich weiß, daß ich mich auf Sie verlassen kann. Und das ist keine Redensart, ich meine genau das, was ich sage. Ich bin nicht für pathetisches Geschwätz. Sie kennen mich."

Miyagi nickte. Er kannte Sorge. Der war nicht für pathetisches Geschwätz, das stand fest. Das stand vom ersten Tage an fest; das hatte sich niemals geändert. Es gab zwischen ihnen keine Redensarten, nur Berichte, Aufträge, Hinweise, Planungen. Zahlen, Namen, Daten – nichts sonst.

„Wieviel Geld brauchen Sie, Miyagi?"

„Nicht mehr als gewöhnlich. Es arbeiten nach wie vor vierzehn Personen fest für mich."

„Wer tritt an die Stelle des Korporals?"

„Eine Frau. Sie heißt Tomo."

Sorge lehnte sich zurück. „Eine Frau?" fragte er gedehnt. Er war grundsätzlich gegen Frauen in diesem Metier. Sie waren nicht sachlich genug, sie waren unzuverlässig, leicht abzulenken, bestechlicher als Männer. Und sie waren in der Lage, allein durch ihr Geschlecht, die Einheit jeder Gruppe zu sprengen.

„Was ist das für eine Frau, Miyagi?"

„Tomo mit Namen. Sie wird allgemein Tante Tomo genannt. Sie hat brauchbare Verbindungen."

„Zu wem?"

„Ihre Nichte ist Dienstmädchen im Hause Araki."

Sorge verzog heftig das Gesicht. Seine Stirn zeigte tiefe Querfalten. Er kannte diese Frau Araki genau. Sie war in seinen Augen das japanische liebe Kind im Hause des deutschen Botschafters. Frau eines Professors Araki, deutschfreundlich bis zum Dahinschmelzen. Flinke Augen und gutes Gehör. Außerdem hatte sie eine stadtbekannte Liebschaft mit dem Presseattaché – so überzeugend war sie den Deutschen zugetan.

„Und was hat die Nichte der Tante Tomo über die Frau Araki zu berichten gewußt?"

„Sie ist überzeugt, daß Frau Araki für den japanischen Geheimdienst arbeitet."

„Und was hat sie zu dieser Überzeugung gebracht?"

Miyagi berichtete mit sanfter Sachlichkeit: „Immer, wenn Frau Araki von der deutschen Botschaft nach Hause kommt – und sie ist fast täglich dort –, wartet bereits auf sie einer, der wie ein Geheimpolizist aussieht. Sie haben eine kurze Unterredung unter vier Augen. Als Mitglieder der Botschaft neulich dort zu Tee waren, wurde vorher ein Mikrophon angebracht. Wenn Frau Araki ihren Geliebten empfängt . . ."

Sorge lachte schallend und unbekümmert. Er schlug sich auf das Knie und schien sich köstlich zu amüsieren. Miyagi verstummte erstaunt.

Das war was für den Sohn von Sorges Vater! Das war eine Situation nach seinem Herzen: mit Anstrengung liebender Presseattaché auf Tonband des Geheimdienstes verewigt. Bettgespräche, sanft von Politik durchsetzt. Wenn das Herz aufgeht, dem läuft der Mund über!

Aber Sorge fing sich schnell. Er lachte noch ein wenig, und dann fragte er sofort, fast übergangslos, sachlich: „Wie sind Sie auf diese Tante Tomo mit der unbezahlbaren Nichte gekommen?"

„Ich kannte sie von San Franzisko her", sagte Miyagi.

Sorge sah seinen Besucher prüfend an. Miyagi war, aus San Franzisko kommend, bereits 1934 zu seiner Gruppe gestoßen und in den inneren Ring aufgenommen worden. Eine Order der Partei hatte ihn nach Tokio befohlen. Er war ein vorzüglicher Übersetzer und als solcher unentbehrlich. Er beschäftigte selbständig eine Agentengruppe und lieferte brauchbares Material. Aber er war nicht nur ein kranker Mann, ein todkranker Mann, er war auch nicht gerissen genug. Es war immer nötig gewesen, ihn straff zu führen, um auch nur den geringsten Mißgriff vorsorglich auszuschalten.

„War diese Tante Tomo Mitglied der Partei?"

„Ja. Aber nur drüben in Amerika. Jetzt gehört sie zu irgendeiner Sekte. Ich kenne sie persönlich recht genau. Und gelegentlich kann sie ein paar Dollars gut gebrauchen. Es geht ihr nicht besonders. Und sie ist sehr willig."

Sorge hörte sich regungslos diese wortreichen Erklärungen an; er schwieg, bis Miyagi verstummte. Dann sagte er: „Lassen Sie diese Tante Tomo aus dem Spiel, Miyagi. Es ist zu gefährlich. Und ich liebe keine alten persönlichen Bekanntschaften in der Gruppe. Wenn sie Geld braucht und Sie sich ihr gegenüber verpflichtet fühlen, dann geben Sie es ihr so – als Freund. Und geben Sie ihr nicht zu reichlich."

„Wie Sie wollen", sagte Miyagi; und er schien enttäuscht zu sein.

Sorge wollte ihn nicht verstimmen; der Mann war fleißig, verläßlich, gutwillig. Er war auch, wie Sorge, ein überzeugter

Kommunist. Er wollte sich nicht bereichern; er wollte nur das tun, was er tun zu müssen glaubte. Er war auch kein Untergebener – so etwas gab es in der Gruppe nicht –, er war Mitarbeiter. Und er war ein todkranker Mann, mit einem duldsamen Leichengesicht und einer immer mehr ermattenden Stimme.

Drüben, in San Franzisko, hatte er in der ‚Eule' gelebt, einem Künstlerlokal dritter Güte. Er zeichnete sich dort seinen Lebensunterhalt zusammen. Vermutlich hatte er, damals schon durch Krankheit geschwächt, Kraft aus den Brüsten der Tante Tomo gesogen. Die Partei beorderte ihn nach Tokio, weil Sorge einen verläßlichen Mann als Übersetzer angefordert hatte. Er sollte sich, so hieß es, für ein Jahr verpflichten. Und er kam und blieb; und aus einem Jahr waren fünf Jahre geworden – und wieviel würden es noch werden?

„Sehen Sie, Miyagi", sagte Sorge freundschaftlich und legte seine Hand auf den Arm des Japaners, „die Kette, die Sie da gebildet haben, scheint brauchbar zu sein: Sie – Tante Tomo – die Nichte – Frau Araki. Aber Gnade uns Gott, wenn diese Verbindung zurückgespult wird, und das ist doch sehr leicht möglich, wenn die Araki für den japanischen Geheimdienst arbeitet. Sie kennen doch diese geradezu lächerliche Spioneriecherei Ihrer Landsleute. Einmal, wenn die sehr viel Zeit haben, werden sie die nähere Umgebung ihrer Gewährsmännin Araki abtasten; und sie werden dann die Nichte bestimmt nicht verschonen. Und dann wird die Kette unweigerlich heißen: die Araki – Nichte – Tante Tomo – Sie!"

„Ich sehe ein, daß Sie recht haben", sagte Miyagi und senkte den Kopf.

Sorge freute sich nicht sonderlich über seinen Erfolg. Im Gegenteil: er war beunruhigt. Alles das, was er gesagt hatte, hätte Miyagi selbst wissen müssen. Das Metier verträgt keine ‚persönlichen Bekanntschaften', nur ganz enge Bindungen, eine Ehe zum Beispiel, Geld und wieder Geld und, das Sicherste, die Bindung durch gleiche Gesinnung. Alles andere ist Stümperei!

Und jede Unachtsamkeit kann mehr als das Ende der Arbeit bedeuten – sie kann das Ende des Lebens sein. Das große Spiel ist ein lebensgefährliches Spiel.

Wieder fühlte Sorge, wie schon seit Monaten nicht mehr, die Bedrohung körperlich, die ihn pausenlos umgab. Seine breiten Schultern zogen sich zusammen, und im Magen dehnte sich die

Leere. Er setzte beide Füße fest auf den Boden, und er fühlte die Härte seiner Muskeln und zugleich das Wachsen des Widerstandes in sich.

Er griff nach seiner Brieftasche, die offen auf dem Tisch lag, entnahm ihr einige Scheine und gab sie Miyagi. „Sechshundert Dollar", sagte er, „das muß für diesen Monat reichen."

„Das reicht für diesen Monat", sagte Miyagi.

„Und versuchen Sie sie in Yen umzuwechseln. Aber mit Vorsicht."

„Weitere Aufträge?"

Sorge griff nach seinen Notizen. Und mitten im Griff erstarrte seine Bewegung. Die Hand lag wie leblos auf den Papieren.

Das Gartentor wurde geöffnet. Es quietschte; und jemand fiel über die Latte, die dort lag. Die beiden Männer im Raum horchten gespannt.

Sorge erhob sich, während Miyagi regungslos sitzen blieb. Er stieg die Treppen hinunter, ohne jede Hast, und ging zur Tür. Dort stand ein Knabe und hielt einen Brief in der Hand. Es war ein längliches Kuvert, rosa.

„Mister Sorge?" fragte der Knabe.

„Bin ich!"

Der Knabe streckte Sorge den Brief entgegen. Der nahm ihn, las seinen Namen auf der Vorderseite, wendete ihn und erblickte dort die Buchstaben: *M. S.*

„Es ist gut", sagte Sorge und gab dem Jungen zwanzig Sen. Der strahlte und lief davon.

Sorge ging wieder nach oben, riß den Brief auf und las:

Liebster! Ich bin so allein und sehne mich nach Dir. Komm schnell her und drücke mich mit Deinen starken Armen tot.
Deine einsame Martina

Sorge kniff ein wenig die Augen zusammen; das war die einzige Regung auf diesen Brief, die an ihm sichtbar war. Und er verspürte das Verlangen, die Augen ganz zu schließen, um Martina vor sich zu sehen – seine leidenschaftliche, unersättliche, bedenkenlose Martina. Und ihm war, als könne er sie spüren.

„Machen wir Schluß für heute, Miyagi", sagte er. „Ich muß dringend weg."

Miyagi erhob sich sofort. „Und die Aufträge?" fragte er.

Sorge sah seinen japanischen Mitarbeiter an, als sehe er ihn zum erstenmal. In seinem Blick lag Erstaunen, aber dieses Erstaunen galt ihm selbst. Er hatte seine Arbeit vergessen. Es war das erstemal, daß er seine Arbeit vergaß. Und noch niemals in seinem Leben hatte er etwas vergessen, einer Frau wegen. Das verwunderte ihn stark.

Und dann sagte er: „Setzen Sie möglichst viele von Ihren Leuten auf die Fabriken an, die synthetisches Benzin herstellen. Ich will alles wissen: Nach welcher Methode wird fabriziert; wie hoch ist die Kapazität; wie groß ist die Belegschaft; welche Ausbaumöglichkeiten sind geplant und welche sind vorhanden; wie heißen die leitenden Ingenieure; welche Transportmittel stehen zur Verfügung; wo werden die Fabrikate gelagert; wo befinden sich die Zubringerindustrien? Und alles, was sonst noch wichtig ist. Eine Routinesache, Miyagi."

Miyagi nickte gehorsam; dann verabschiedete er sich mit einer zeremoniellen Verbeugung, ehe er ging.

Sorge zog sich in Eile an. Noch einmal las er den Brief. Dann warf er ihn wie achtlos mitten auf den Tisch. In einer halben Stunde etwa würde seine Wirtschafterin kommen. Und die war sehr neugierig.

Und alle Japaner, die bei Ausländern Dienst taten oder sonst regelmäßig mit ihnen zusammenkamen, wurden laufend von der japanischen Geheimpolizei verhört. So streng waren hier die Bräuche! Und das war ein offenes Geheimnis. Jeder Ausländer in Tokio wußte das und amüsierte sich köstlich darüber.

Auch Sorge beteiligte sich mit Eifer an diesem stadtbekannten Amüsement. Er hatte geradezu eine Leidenschaft dafür entwickelt, möglichst zahlreiche Hinweise auf sein Privatleben zu sammeln: Streichholzpäckchen mit Firmenaufdruck, Fahrkarten, Kinobilletts, Zeitungen, Briefe, Rechnungen. Und Martinas süße Torheit in Rosa würde, davon war Sorge überzeugt, die hinreißend primitive japanische Geheimpolizei aufs höchste entzücken.

Der Krieg überschreitet nicht nur die Grenzen, er zerstört sie auch. Die Auseinandersetzungen zwischen den Völkern finden nicht mehr ausschließlich an den Fronten statt. Und die ‚Heimatfront' der einen ist die heimliche Front der anderen.

In einem Zeitalter der ‚totalen' Kriege werden die Schlachten nicht von Soldaten allein entschieden – die herausgeforderten Völker nehmen intensiven Anteil. Und mit dem Blut der Gefallenen wird ein neuartiger, blutfordernder Patriotismus genährt. Die Macht usurpiert das Recht.

Die Generalprobe hierfür fand bereits im Ersten Weltkrieg statt. Damals nahmen Irländer Fühlung mit dem englandfeindlichen Deutschland. Und hinter den deutschen Linien wurde ein dichtes französisches Spionagenetz gewoben.

Im Zweiten Weltkrieg feierte der aufgeputschte und ausgenutzte Patriotismus hinter den Fronten wahre Orgien. Überall fanden sich Völker und Völkchen, Gruppen und Grüppchen, von Tirol bis zur Bretagne, von Arabien bis nach Bessarabien, vom Eismeer bis zum Kongo, die nach der Erlösung von irgendeinem Joch lechzten. Patrioten aller Spielarten wuchsen aus dem Boden wie Pilze nach warmem Regen.

In Frankreich bezeichneten die Vichy-Leute alle Kommunisten und Gaullisten als Hoch- und Landesverräter. Die Résistance ihrerseits nannte alle anderen verächtlich ‚Kollaborateure'. Wer gerade an der Macht war, sperrte die anderen ein oder vernichtete sie. Nach dem Sieg machte die französische Widerstandsbewegung ihre Gegner reihenweise nieder – Kenner schätzen die Opfer dieses pendelnden Patriotismus vorsichtig auf einhunderttausend.

In diesen Dschungeln der Gesinnung wucherte und wuchert die Spionage. Die Agentennetze im Hinterland waren verwirrend dicht. Und als Deutschland Millionen ausländischer Arbeiter ins Land holte, hatten die gegnerischen Spionagedienste Helfershelfer in Hülle und Fülle.

Allerorten wuchs das Mißtrauen. Die vorbereitenden Maßnahmen, auch für die kompliziertesten Fälle, wurden allenthalben routinemäßig getroffen. Als 1940 die Gefahr bestand, die Deutschen könnten in Südengland eine Invasion wagen, arbeitete die britische Spionageabwehr fieberhaft und schuf vorbeugend im eigenen Lande ein sorgfältig angelegtes Nachrichtennetz.

Niemand schloß sich mehr von der hektischen, wenn auch im Grunde durchaus verständlichen Spionageschnüffelei aus. Auch auf Japan griff die allgemeine Hysterie über. Doch diesem Land, das bisher von den Kulissenspielen ausländischer Spionagezentren so gut wie verschont geblieben war, mangelte es an den primitivsten Erfahrungen.

Die Abwehrmaßnahmen der Japaner, im einzelnen maßlos übersteigert, im ganzen planlos und unkonzentriert, wurden von dem geistig überlegenen und skrupellosen Richard Sorge mit einem Lächeln betrachtet.

Richard Sorge sah die Frau des deutschen Botschafters in Tokio auf sich zukommen. Sie schien ihn mit Ungeduld erwartet zu haben. Sie führte ihn sofort in das private Arbeitszimmer ihres Mannes.

„Sie hätten ruhig früher kommen können, Richard", sagte sie, aber es klang kein Vorwurf durch ihre warme, feste Stimme, eher ein Bedauern.

Sorge setzte sich unaufgefordert in einen Sessel neben dem Teetisch. „Sagen Sie jetzt nur nicht, Elga, daß der Botschafter Sehnsucht nach mir gehabt hat."

„Der Botschafter nicht – ihn ärgern Sie nur, Richard. Mich beunruhigen Sie!"

„Und wo bleibt der verärgerte Generalvertreter des großdeutschen Pinselquälers?"

„Ich werde ihn holen lassen", sagte Elga und setzte sich neben Sorge. „Er will Sie natürlich nicht offiziell sprechen, aber sprechen muß er mit Ihnen, Richard. Und damit das nicht zu unangenehm wird . . ."

„Für wen, Elga?"

„. . . habe ich ihm vorgeschlagen, die ganze unerfreuliche Angelegenheit beim Tee zu erledigen. Natürlich hat er zugestimmt."

„Wer könnte auch Ihnen widersprechen, Elga!"

Sorge betrachtete die große, schlanke Frau mit vertraulichem Lächeln. Ihr frühzeitig weiß gewordenes Haar umrahmte ein intelligentes und energisches Gesicht, das dennoch nicht ohne herben Liebreiz war. Sie sah überaus gesund und sportlich aus, und allgemein galt sie als impulsiv bis arrogant. Sorge wußte, daß dem nicht so war. Er kannte sie seit Jahren und hatte sie so manches Mal nervös, müde und verzweifelt gesehen. Es gab Zeiten, in denen sie sich todunglücklich fühlte, aber immer verstand sie das vor der Öffentlichkeit zu verbergen; nicht nur deshalb liebte Sorge sie.

„Sie machen es mir wirklich sehr schwer, Richard. Es ist, weiß Gott, alles andere als bequem, mit Ihnen befreundet zu sein."

„Elga", sagte Sorge, und das klang sehr aufrichtig, „Sie wissen doch genau, daß Sie der einzige Mensch sind, mit dem ich ehrlich befreundet bin – und das will ich auch bleiben."

Die Frau des Botschafters, mit den zierlichen und doch starken Händen, mit der kerzengeraden Haltung und den klugen Augen, bedeutete für ihn weit mehr als nur ein Mittel zum Zweck. Sie war ihm als Frau nicht gleichgültig, denn ihm gegenüber konnte sie charmant und offenherzig sein; und in solchen Augenblicken schien ihr volles, schneeweißes Haar nichts anderes zu sein als ein koketter, modischer Einfall. Darüber hinaus aber war Elga für ihn ein wirklicher Kamerad.

Er war nicht erstaunt, als er eines Tages hörte, daß sie früher, in ihrer ersten Ehe, mit einem Frankfurter Architekten verheiratet gewesen war, der der Kommunistischen Partei angehört hatte. 1919, während des Münchner Räteaufstandes, war sie begeisterte Parteigängerin. Und das muß mehr bei ihr gewesen sein als nur jugendliche Torheit – echte Begeisterung gehörte auch dazu, und an dieser Entscheidung beteiligt war auch ihr Verstand. Sie war eine Frau, die nicht die geringsten sklavischen Neigungen zeigte. Ihr kommunistisches Jugendabenteuer war zwar lange vorbei, aber die Erinnerungen daran schienen noch nicht tot zu sein. Und wohl nicht zuletzt deshalb waren ihr die Nazis zuwider.

„Was will der Botschafter von mir?" fragte Sorge.

Sie informierte ihn sofort und mit großer Selbstverständlichkeit. „Sie haben den Polizeiattaché Branz übel behandelt, Richard."

„Wieso denn? Hat er denn noch nicht genug abbekommen?"

„Nehmen Sie das nicht zu leicht, Richard. Branz hat sich nicht nur offiziell über Sie beschwert, er hat Sie sogar verdächtigt."

„Verdächtigt?" fragte Sorge ruhig und lehnte sich weit zurück.

„Er hat meinen Mann aufgefordert, sich die Leute, denen er sein Vertrauen schenkt, doch einmal genau anzusehen."

„Er hat das im Zusammenhang mit meinem Namen gesagt?"

„Das war mehr als nur eine Andeutung, Richard. Es war fast schon eine Behauptung."

Sorge zündete sich umständlich eine Zigarette an. Es befriedigte ihn, daß seine Hände ruhig arbeiteten. Dann sagte er: „Ich werde diesem Kerl die Fresse polieren, bis er sich nicht mehr wiedererkennt."

Elga schüttelte den Kopf. „Sie sind zu impulsiv, Richard."

„Ach was! Ihr seid nur alle an diese Waschweiberallüren gewöhnt und habt euch einreden lassen, das sei vornehm. Windelweich ist das! Das sind doch keine Kerle mehr. Die gebrauchen ihre Pfoten nur noch, um sich den Wanst vollzuschlagen. Aber ich werde ihm schon beibringen, wie sich ein Mann zu benehmen hat!"

„Bitte, Richard", sagte Elga und legte ihm eine Hand auf den

Arm. „Es geht doch auch ohne Gewalt. Und sogar sehr gut."

„Wie hat der Botschafter darauf reagiert, Elga?"

„Er hat Branz eine Abfuhr erteilt – was soll er denn sonst getan haben."

„So? Hat er das getan?"

„War das denn nicht selbstverständlich?"

Sorge lächelte zustimmend; aber erleichtert fühlte er sich nicht. Leute wie dieser Branz waren niemals ungefährlich. Denn einmal hatten sie viel Zeit und waren immer darauf aus, sich bestätigt zu fühlen. Zum anderen war Branz jetzt gereizt wie ein Stier; er sah also rot – und es mußte unter allen Umständen vermieden werden, daß er zuviel rotsah. Nun war aber Branz wie alle, die sich an einen Posten klammerten, im Grunde ein feiger Kerl. Doch er war hart im Nehmen. Ein Kinnhaken genügte ihm nicht. Würde ihm die Abfuhr, die ihm der Botschafter erteilt hatte, genügen? Vielleicht auch nicht. Dann mußte man eben mit noch stärkeren Geschützen auffahren.

„Ist das alles, was der Botschafter von mir will?"

„Ich glaube nicht", sagte Elga. „Er will diese Sache so schnell wie möglich bereinigen, um freie Hand für etwas anderes zu haben."

„Für was, Elga?"

„Er will Sie, glaube ich, noch mehr an die Botschaft binden."

Sorge horchte überrascht auf, mit völlig unbeweglichem Gesicht. Elgas Aufrichtigkeit war ihm schon immer eine Wohltat gewesen. Das eben war der Lohn einer echten Freundschaft! Und manchmal fragte er sich ganz ernsthaft, ob Elga wirklich nicht wisse, was für eine Paraderolle er hier heimlich spielte. Und immer wieder kam er zu der Überzeugung: Sie wußte das wirklich nicht! Für sie war er der gute Freund; und Vertrauen war selbstverständlich.

„Wissen Sie Einzelheiten, Elga?"

„Nein. Ich vermute, mein Mann will Sie veranlassen, eng mit dem Presseattaché zusammenzuarbeiten."

„Und das heißt auf gut deutsch: Man will den lieben Richard Sorge melken wie eine Kuh. Ich soll meine Informationen für mein geliebtes Vaterland und seinen herrlichen Führer ganz zur Verfügung stellen."

Elga lachte. „So ungefähr, Richard."

„Na schön", sagte der. „Dann schleppen Sie mal Ihr politisches Genie herbei."

Elga nickte ihm noch einmal freundschaftlich zu, sagte: „Wo

die Getränke stehen, wissen Sie ja!" und entfernte sich dann.

Sorge erhob sich geruhsam und schlenderte durch das private Arbeitszimmer. Er ging an den Schreibtisch des Botschafters, schlug eine Mappe auf, die dort lag, und überflog deren Inhalt. Er schien ohne besondere Bedeutung zu sein. Dann blätterte Sorge im Terminkalender, ebenfalls ohne auf brauchbare Einzelheiten zu stoßen. Aber er hatte auch keinerlei Ergebnisse von Wert erwartet, es widerstrebte ihm nur, eine günstige Gelegenheit ungenützt vorübergehen zu lassen.

Er füllte eine der bereitstehenden Teetassen mit Rum, setzte sich wieder und betrachtete gelangweilt die Einrichtung. Er fand sie eines deutschen Botschafters im befreundeten Ausland durchaus würdig. Der hinter dem Schreibtisch hängende Hitler, in Öl, sah aus wie ein Hahn.

Der Botschafter erschien und versuchte Würde auszustrahlen. Er war fast einen Kopf kleiner als seine Frau, die hinter ihm stand; und er bemühte sich, den auffälligen und für ihn gewiß peinlichen Größenunterschied durch eine gereckte, soldatische Haltung wieder wettzumachen. Er begrüßte Sorge nicht ohne Herzlichkeit. Dann ließ er sich nieder und bat seine Frau, den Tee kommen zu lassen.

Solange serviert wurde, plauderte er über das Wetter, über die erstaunlich feste Preispolitik der japanischen Freunde, über geplante Geselligkeiten in der Botschaft. Als sie dann wieder ganz unter sich waren, legte der Botschafter seine betont straffe Haltung ab und setzte sich gemütlich hin.

„Um gleich zur Sache zu kommen, mein lieber Sorge", sagte er, „das mit Branz ging natürlich zu weit."

„Ich bin da ganz Ihrer Meinung", sagte Sorge. „Auch ich hatte den Eindruck, daß Branz zu weit gegangen war. Man beleidigt nicht ungestraft eine Dame in meiner Gegenwart."

„Um welche Dame handelt es sich denn?" fragte Elga interessiert. „Diese Version ist mir völlig neu. Ich habe immer gedacht, es ging lediglich um politische Meinungsverschiedenheiten."

„Der liebe Sorge", sagte der Botschafter erklärend, „pflegt niemals scharfe Grenzen zu ziehen, wie du wohl selbst am besten weißt. Branz behauptet, es habe sich um eine rein politische Auseinandersetzung gehandelt; Sorge behauptet, das Streitobjekt sei eine Frau gewesen."

„Welche Frau?" wollte Elga hartnäckig wissen.

Der Botschafter lächelte verständnisvoll. „Es wird auf alle

Fälle eine attraktive Frau gewesen sein – das halte ich bei Sorge für sicher."

„Es war Frau Schwarz, Frau Martina Schwarz", sagte Sorge und genoß sichtlich die Verlegenheit, die bei Elga, und die Überraschung, die beim Botschafter deutlich spürbar wurde. „Aber sie ist wesentlich anders als ihr Ruf", fügte er hinzu.

„Hoffentlich", sagte der Botschafter und schien sich heimlich zu amüsieren.

„Noch schlechter als ihr Ruf?" fragte Elga.

„Überzeugt euch doch selbst", schlug Sorge vor.

„Das kann doch nicht Ihr Ernst sein, Richard?" sagte die Frau des Botschafters mit entschiedener Ablehnung.

„Ich werde sie einfach bei meinem nächsten Teebesuch mitbringen. Nicht zuletzt, um einen unparteiischen Zeugen anzuschleppen, der die Verleumdungen dieses Branz ad absurdum führen kann. Oder soll ich derartige, aus der Luft gegriffene Beschuldigungen einfach auf mir sitzen lassen?"

„Lieber Sorge", sagte der Botschafter begütigend, „ich habe immer geglaubt, ich könnte Sie und Branz wieder versöhnen. Ich liebe keine Streitigkeiten in meiner Umgebung."

„Sagen Sie das Ihrem Branz; der hat damit angefangen. Oder glauben Sie ihm mehr als mir?"

„Nun gut", sagte der Botschafter. „Verschieben wir dieses Thema. Aber nachprüfen muß ich den Fall, lieber Sorge – tut mir leid."

Elga schien verstimmt. Sie trank ihren Tee aus und verabschiedete sich dann. Die Männer taten, als bedauerten sie diesen Entschluß, aber es war ihnen deutlich anzumerken, daß sie es begrüßten, allein gelassen zu werden.

„Was ist diese Martina Schwarz für eine Frau?" fragte der Botschafter nicht ohne Neugier.

„Sie werden überrascht sein", versprach Sorge.

„Attraktiv?"

„Mehr als das."

„Ist sie wirklich so – leichtfertig, wie man allgemein behauptet?"

„Nein. Bestimmt nicht." Sorge sprach das mit derartig überraschendem Ernst aus, daß der Botschafter sichtlich aufhorchte. „Sie hat kein angenehmes Leben hinter sich gebracht. Sie wurde praktisch aus dem Mädchenzimmer heraus geheiratet, und dann gleich nach Japan. Irgend so ein Knülch vom Schwertadel, glaube ich, hat das geschafft. Der Kerl quälte sie, und sie ließ sich scheiden. Dann geriet sie an einen alten Knacker. Klar, daß sie da über die Stränge schlug. Und die ausländische Kolonie hier in Tokio ist ja schließlich, wie Sie genau wissen, alles andere als ein Kloster. Nein, nein – im Grunde ist sie ein sehr unglücklicher Mensch."

„Und für unglückliche Menschen haben Sie schon immer was übrig gehabt, nicht wahr, Sorge?"

Sorge trank, wie zur Bestätigung, seinen Rum aus und füllte die Teetasse sofort nach. „Sie werden sie kennenlernen", sagte er, „und Sie werden dann sehen, daß ich recht habe."

Der Botschafter nickte; und sein kantiges Gesicht verzog sich zu einem kargen, verständnisvollen Lächeln. Er hielt Sorge nicht nur für einen unvergleichlichen Nachrichtenmann, auch für einen sicheren Menschenkenner. Besonders Frauen kannte Sorge nach dem ersten Blick; und noch niemals hatte er sonderlich viel von ihnen gehalten – wenn man Elga ausdrücklich ausnahm. Ihn jetzt derartig anteilnehmend von einer Frau sprechen zu hören, das war nahezu eine Sensation.

Aber Sorge schien keinen gesteigerten Wert darauf zu legen, dem Botschafter die Gelegenheit zu geben, derartige Gedankengänge auszuspinnen. Die Stunden mit dem Botschafter gehörten zumeist der Politik, besonders in einer Zeit wie dieser, wo sich die Ereignisse überstürzten und wo die gemeinsamen Plaudereien etwas seltener als sonst stattfinden konnten.

„Die Japaner", sagte Sorge, „scheinen nicht gerade begeistert über die deutsche Politik zu sein."

„Leider", gestand der Botschafter zu. „Obwohl nicht der geringste Grund dafür vorliegt."

„Den Japanern liegt immer noch der deutsch-russische Nichtangriffspakt im Magen. Sie sind mißtrauisch geworden."

„Sie werden sehr bald einsehen, daß das unnötig ist."

„Die Japaner behaupten", sagte Sorge, „daß der deutsch-russische Nichtangriffspakt gegen das geheime Zusatzabkommen des Antikominternpaktes verstößt."

„Es gibt kein geheimes Zusatzabkommen", rief der Botschafter ungehalten. „Das allein ist die Wahrheit."

Sorge registrierte diese Bemerkung des Generalvertreters des Großdeutschen Reiches mit spürbarem Interesse. Offenbar sagte der Botschafter wirklich die Wahrheit, das heißt, er sagte das, was er für die Wahrheit hielt.

„Dieses geheime Zusatzabkommen soll militärischen Charakter tragen."

„Ich weiß von keinem geheimen militärischen Zusatzabkommen", sagte der Botschafter mit Heftigkeit; und fast war es, als wolle er sich dagegen wehren, an eine derartige Möglichkeit überhaupt zu glauben. „Wenn es so etwas gäbe, müßte ich das doch wissen."

„Warum?" fragte Sorge. „Die militärischen Verhandlungen haben Sie doch gar nicht geführt. Das bedeutet doch aber noch lange nicht, daß sie überhaupt nicht geführt worden sind."

„Dann müßte man mich, den deutschen Botschafter, übergangen haben."

„Halten Sie das für völlig ausgeschlossen?"

„Ja! Schließlich bin ich nicht nur Diplomat, ich bin auch General."

„Bereits neunzehnhundertsechsunddreißig", sagte Sorge sachlich und offenbar ohne jede persönliche Anteilnahme, „hat der japanische Generalstab direkte Verhandlungen in Berlin mit Ribbentrop geführt, Monate bevor der Pakt in Kraft trat. Und allein wegen ein paar allgemeiner Propagandaphrasen wird niemand endlos verhandeln, schon gar nicht mit militärischem Aufgebot. Daß es einen geheimen Militärpakt gibt, steht für mich außer Zweifel. Ich frage mich nur, ob es sich hier lediglich um ein Defensivabkommen oder um mehr handelt."

Der Botschafter schwieg, und seine Finger griffen nervös nach der Teetasse. Auf die Idee, sich zu fragen, woher Sorge diese Informationen hatte, kam er keinen Augenblick lang. Sorge wußte das eben! Sorge war der bestinformierte Mann Tokios. Das war schon immer so gewesen. Seit Jahren war das so. Man möge das Beziehung nennen, Kombinationsgabe, Inspiration – er war eben Sorge. Ein unerschöpflicher Nachrichtenquell; und er als Botschafter konnte sich glücklich schätzen, daran teilzuhaben.

„Ich weiß wirklich von nichts", sagte der Botschafter. „Und eine derartig fragwürdige Konstellation geht auch gegen meine Überzeugung. Ich kann mir einfach nicht vorstellen, daß Berlin blind genug ist, in ein Abenteuer zu rennen."

Das war für Sorge der springende Punkt. Krieg war mehr als nur ein Abenteuer. Krieg war Wahnsinn. Und seine Aufgabe, davon war Sorge überzeugt, bestand darin, alles zu tun, was in seiner Kraft lag, um den Irrsinn zu verhindern oder jetzt, nachdem er ausgebrochen war, wenigstens doch einzudämmen. Und dazu brauchte er den Mann, der glaubte, sich als seinen Freund bezeichnen zu dürfen – den deutschen Botschafter.

„Sie werden einmal Rechenschaft darüber ablegen müssen", sagte Sorge eindringlich und vergaß vollkommen, daß er sachlich sein wollte, daß er nur horchen und behutsam lenken wollte, „wie weit Sie am Ausbruch eines Krieges beteiligt gewesen sind. Das wird Ihnen nicht erspart bleiben. So oder so. Sie tragen eine persönliche Verantwortung, und die nimmt Ihnen niemand ab."

„Schon gut, Sorge", sagte der Botschafter abwehrend. „Werden Sie mir nicht pathetisch – das liegt Ihnen doch gar nicht."

„Sind wir Freunde?" fragte Sorge. „Zu Ihnen kann ich doch offen sprechen. Wir haben doch gemeinsame Ideale, zum mindesten mögen wir beide die Nazis nicht und wissen genau, daß ein leichtfertig vom Zaun gebrochener Krieg mehr als ein Verbrechen ist. Sie sind alter Reichswehroffizier und die rechte Hand des Generals Schleicher gewesen. Diese Vergangenheit ist doch nicht einfach wegzuwischen. Das bleibt doch für Sie eine Verpflichtung. Oder wollen auch Sie umkippen und sich den Nazis in die Arme werfen?"

„Wo denken Sie hin!" sagte der Botschafter mit Überzeugung. „Ich bin Deutscher und liebe mein Vaterland und werde immer nur das tun, was ich verantworten kann."

„Hoffentlich", sagte Sorge.

Seine Stimmung war plötzlich umgeschlagen. Er war jetzt wieder kalt und überlegen. Ihn ärgerte, daß er sich hatte gehenlassen. Die Kontrolle über sich war ihm abhanden gekommen. Er hatte sich in seinen Hirngespinsten verwickelt wie eine Fliege im Spinnennetz. War das ein Kardinalfehler gewesen? Allemal! Aber beim deutschen Botschafter wog er wohl nicht sonderlich schwer. Denn der war sein Freund und ein Ehrenmann. War er sein Freund? War er ein Ehrenmann? Oder gehörte jetzt auch er schon zu jenen Spielern mit Völkerschicksalen, die ihre Erfüllung in der erfolgreichen Vernichtung sehen? Wenn ja, dann wäre die Welt um einen Ehrenmann ärmer, und er hätte seinen letzten Freund verloren.

„Was ich noch sagen wollte, mein lieber Sorge", versuchte der Botschafter das Thema zu wechseln, „ich würde es begrüßen, wenn Sie, über unser gutes persönliches Verhältnis hinaus, bereit wären, sich auch enger an die Botschaft anzuschließen."

„Wie stellen Sie sich das praktisch vor? Wird bei Ihnen die Portierstelle frei?"

„Wie Sie wissen, lieber Freund, gibt die Botschaft allwöchentlich einen Informationsdienst für die hiesigen deutschen

Dienststellen und für bevorzugte Mitglieder der deutschen Kolonie heraus."

„Ich kenne diesen Seich. Nachrichten von vorgestern und kommißfarbige Hinweise."

„Sie haben Ihre Ansichten über diesen *Deutschen Dienst* mehr als einmal überaus deutlich in der Öffentlichkeit ausgesprochen. Das ist bekannt."

„Und das war auch berechtigt."

„Nun gut – zeigen Sie mal, wie man so was besser macht. Übernehmen Sie den *Deutschen Dienst.* Ich könnte Ihnen sogar ein monatliches Fixum dafür aussetzen."

„Das ist doch nicht Ihr Ernst?"

„Mein voller Ernst. Und Sie, Sorge, sind der richtige Mann dafür."

Sorge verzog sein Gesicht, als lache er lautlos. Tiefe Falten durchquerten seine Stirn. Er hatte alle Mühe, ein hemmungsloses Gelächter zu vermeiden. Schließlich sagte er: „Das könnte Ihnen so passen! Ich soll wohl die ganze Arbeit für Ihre faulen Burschen machen, was? Und die pumpen sich inzwischen mit Reiswein voll."

„Sie würden mir einen persönlichen Gefallen tun", sagte der Botschafter verbindlich.

„Na ja – wenn das so ist", sagte Sorge, „dann überschlafe ich die Sache erst noch einmal. Schließlich will ich Sie nicht gerne im Stich lassen."

„Ich rechne auf Sie, Sorge!"

„Das können Sie auch", versicherte der überzeugt.

Zug um Zug mit der Verschiebung aller Grenzen, verschob sich auch die Wertskala der internationalen Moral. Ein Vertrag war nur noch ein Täuschungsmittel, das Ehrenwort wurde zum Theatercoup.

Ein Dr. Klaus Fuchs leistete einen Treueeid, unterzeichnete eine Sicherheitsverpflichtung – und spionierte für die Sowjets, ehe noch die Tinte trocken war. Daran gemessen war Sorge geradezu ein Ehrenmann – er hat stets zu verstehen gegeben, und zwar ob man das hören wollte oder nicht, daß ihn die Nazis anwiderten.

Der Mann, der neben dir marschierte, konnte im gleichen Atemzug bereit sein, das Marschziel dem Feind zu melden. Es waren Zeiten, in denen man bei gleicher Sprache in gemeinsamen Grenzen zwei verschiedene Vaterländer haben konnte.

Schulze-Boysen, der wohl wichtigste Mann der ‚Roten Kapelle', saß mitten im Reichsluftfahrtministerium. Seine Frau, eine ehemalige Führerin im Reichsarbeitsdienst, war als Referentin für Kulturfilme bei Goebbels im Propagandaministerium beschäftigt. Beide lieferten der Sowjetunion Nachrichten.

Harnack, ein anderer bedeutender Mann dieser Gruppe, arbeitete als Oberregierungsrat im Reichswirtschaftsministerium; seine Frau war Lektorin an der Hochschule für Politik. Grete Kuckhoff übersetzte im Auftrag einer Dienststelle der NSDAP ‚Mein Kampf' ins Englische. Gräfin Erika Brockdorff war tagsüber im Reichsarbeitsministerium anzutreffen. Die Tänzerin Oda Schottmüller erfreute in der Wehrbetreuung die Soldaten und ließ in ihrer Wohnung einen Sender aufstellen. Und Leutnant Gehrts verwaltete im Reichsluftfahrtministerium ‚Geheime' und ‚Geheime Kommandosachen'.

Sie alle haßten Hitlers Deutschland. Sie klebten in den Nächten handgedruckte Plakate, trugen Nachrichten zusammen, betreuten illegale Funkstationen, halfen politischen Flüchtlingen, verabscheuten die Nazis und förderten die Sache der Sowjets. So unglückselig zerrissen war unser Volk – auseinandergesprengt durch den totalitären Machtanspruch der widerstreitenden Gruppen.

Und damit nicht genug: Der geniale deutsche Abwehrchef, Admiral Canaris, spielte selbst ein doppeltes Spiel und verlor dabei seinen Kopf. Aber auch der Leiter des Geheimen Nachrichtendienstes, der SS-General Schellenberg, konnte später nachweisen, daß er alle Anstrengungen gemacht hatte, den Krieg rechtzeitig zu beenden.

Hier wird eine historische Schuld des Nationalsozialismus sichtbar: die Zerstörung der Freiheit des Individuums; rücksichtsloser Druck zwang ein ganzes Volk, in eine einzige Richtung zu marschieren. Aus dieser Marschkolonne brachen dann, aus wechselnden Motiven, einige kühne Geister aus: Die Folgen waren für alle verheerend.

Ein Richard Sorge aber war erst gar nicht zu diesem Gewaltmarsch in den Abgrund angetreten. Er hatte ihn frühzeitig kommen sehen.

Zwei Holzkohlenbecken glühten dunkel in Martinas Schlafzimmer. Das spärliche Licht, das sie verbreiteten, lag still und zärtlich auf den nackten Körpern. Irgendwo, weit in der Ferne, quälte sich ein Radioapparat durch die beginnende Nacht.

„Ich glaube“, sagte Richard Sorge leise und starrte auf die mattweiße Decke hoch über sich, „ich habe noch niemals vorher geliebt.“ Und es war, als spräche er, maßlos verwundert, solche Worte allein zu sich. Seine Arme lagen eng neben dem Körper, und seine Handflächen waren offen.

Martina lächelte müde und glücklich; sie schob sich das zerzauste blonde Haar aus der Stirn und massierte ihr schweißiges Gesicht. „Auch ich“, sagte sie, „fühle wie du. Ich weiß nicht einmal mehr, ob ich vor dir einen anderen Mann gekannt habe.“

„Ich habe immer nur dich gesucht“, sagte Sorge. „Ich wußte es nicht, aber ich habe es getan.“

„Es hat so viele gegeben“, gestand Martina. „Aber jetzt weiß ich von niemand mehr.“

Sie tranken diese Gedanken wie Alkohol und berauschten sich daran. Die Luft im Zimmer war blutwarm und feucht wie ihre Körper. Das sanfte, matte Licht umhüllte sie eng. Sie spürten sich; und um sie war nur Dunkelheit und dahinter das Nichts. Sie trieben im Ozean ihrer heimlichsten Gefühle dahin.

Sie belogen sich selbst und einander mit schier endloser Geduld und hingebungsvoller Hartnäckigkeit. Sie waren beide nahe daran, alles das zu glauben, was sie sagten. Wenn sie sich schlaftrunken in die Augen sahen, glaubten sie, wie in Spiegeln ihre geheimen Sehnsüchte aufschimmern zu sehen.

Sie bangten voreinander und begehrten sich heftig. Manchmal zwangen sie sich mit aller Energie zu diesem Begehren. Und dann fielen sie sich an wie reißende Wölfe. Wenn später die große Ermattung über sie kam, schliefen die wilde Unruhe und alle fiebrigen Zweifel ein. Und dann erst wuchs das Verlangen in ihnen, sich ganz zu entblößen.

„Ich bin weggeschleppt worden“, sagte Martina dumpf in die Kissen hinein, „als ich fast noch ein Kind war. Und mein ganzes Liebesleben war eine endlose Vergewaltigung. Ich habe viele Hände auf meinem Körper gefühlt, und keine, die nicht brutal waren, und am brutalsten waren die gleichgültigen, die geschäftigen Hände, die ein Anrecht durch Ehe auf mich hatten. Und ich habe immer wieder verzweifelt gesucht, um jemand zu finden, der mich so liebt, daß ich sauber werde. Aber ich bin immer nur von einem Schmutz in den anderen gefallen. Ich habe mich verachtet und meine Sehnsucht immer mehr erstickt.“

„Wir gleichen uns“, sagte Sorge und legte seinen Kopf auf ihre Brust. „Auch ich habe viele Frauen gekannt. Ich habe mich in sie hineingewühlt, aber ich habe immer nur Oberfläche gespürt. Berechnung und Egoismus, wohin ich auch immer gefaßt habe, oder Dummheit, primitive Lust und Apathie, oder Amüsiertrieb und Neugierde. Und wo Liebe zu sein schien, mangelte es an Leidenschaft. Erst bei dir habe ich beides gefunden."

Martina spielte mit beiden Händen in seinen kurzen, krausen, harten Kopfhaaren. Sie tastete zärtlich seinen Schädel ab, und ihre Fingerspitzen fühlten Narben. Sie massierte sie sanft. Und ganz langsam begann in ihr wieder die Begierde nach seinem Körper zu wachsen.

Sie schloß die Augen und ließ ihre Hände an seinem Körper hinuntergleiten. Er warf sich auf sie, und sie versanken in ein Feuermeer aus Lust, Wildheit und Schmerz. Es war, als wollten sie sich ineinander verkriechen. Aber sie fielen erschöpft auseinander. Und die Sekunde kam, wo sie sich auflodernd haßten. Und wie ein jähes Licht überfiel sie die Erkenntnis: Sie konnten nicht ineinander aufgehen!

Sie hatten beide ihre Gefühle verbraucht. Sie hatten sie in zahllosen Nächten abgestumpft und vergeudet. Sie hatten leichtfertig verspielt, was unter Entsagungen errungen werden muß.

Sie liebkosten einander mechanisch, mit traumhaft sicheren Griffen, mit den Gebärden und Worten einer verschämten und verlogenen Routine. Und während noch ihre Körper einander nah waren, prallten ihre Gedanken, geboren aus Enttäuschung, Ekel und Berechnung, aufeinander. Sie lächelten sich zu, aber sie wünschten, sie wären durch Wände voneinander getrennt.

Auch er, sagte sich Martina, ist ein Mann wie alle anderen Männer. Gewiß, seine Leidenschaft war größer, seine Brutalität stärker, seine Ausdauer und seine Bedenkenlosigkeit allen anderen Männern überlegen. Aber auch er vermochte das Geheimnis nicht zu lösen, das in der Ernüchterung lag. Auch er vermochte nicht jenen Augenblick auszulöschen, in dem körperliche Liebe haltlos in wilden Geschlechterhaß umschlug. Auch er befreite sie nicht von jener würgenden Sekunde, in der sie den Ekel vor allem spürte, was männlich war. Ein Mann also wie alle anderen Männer auch. Ein Name auf der Liste, ein besonderer, groß geschriebener Name zwar, aber mehr nicht und etwas anderes erst recht nicht. Also auch: ein Mittel zum Zweck. Aber wie, fragte sie sich krampfhaft, sieht dieser Zweck aus?

Auch sie, sagte sich Richard Sorge, vermag mich nicht zu erlösen. Ich verströme mich bei ihr wie ein angeschossenes Tier, das Blut verliert, aber ich kann mich nicht aufgeben. Ich schließe die Augen, überspüle alle Gedanken mit meinem heißen Blut, will sterben und glaube auch zu sterben. Und dann öffne ich die Augen wieder, und nichts hat sich verändert. Was bleibt? Die immer wieder sich erhebenden Gedanken an eine Mappe mit Geschäftspapieren, Kalkulation, Vorverträge und Planungen über Chemikalien, künstliche Rohstoffe, synthetisches Benzin. Aber ich will doch nicht mit dieser Frau schlafen, nur um hinter die Geschäftsgeheimnisse ihres Mannes zu kommen!

„Führst du mich in die deutsche Botschaft ein, Richard?"

„Ich glaube schon."

„Bald?"

„Ja."

„Auch privat? Im kleinen Kreis?"

„Aber ja!"

„Was ist der Botschafter für ein Mensch?"

„Du meinst wohl: Was ist er für ein Mann?"

„Vielleicht", sagte Martina tändelnd. Und sie fuhr mit dem Zeigefinger ihrer rechten Hand spielerisch über Sorges Lippen.

„Laß das!" sagte Sorge grob.

Martina schloß die Augen, und ihre Wimpern zuckten nervös. „Sprich nicht so zu mir", sagte sie warnend.

Sorge richtete sich hastig auf. „Ich spreche zu dir, wie ich will. Und so, wie du es verdienst."

„Nimm dich, bitte, zusammen, Richard. Du bist hier nicht bei irgendeinem von deinen Freudenmädchen."

„Vielleicht doch!" rief Sorge unbeherrscht. Er schnellte hoch und stand nackend vor ihr. „Manchmal führst du dich so auf!"

„Dann liegt das nur an dir", sagte Martina böse. Sie hatte sich ein wenig aufgerichtet und ihren Oberkörper mit den Ellenbogen abgestützt. Sie betrachtete ihn mit unfreundlichen, leicht zusammengekniffenen Augen.

„Was bist du nur für ein Mensch!" sagte Sorge; und seine Stimme durchzitterten Verachtung und Bedauern.

„Ach!" rief sie. „Du willst wohl dein Versprechen nicht halten. Vermutlich bist du gar nicht fähig dazu. Und deshalb machst du diese Szene, um dein Versagen zu tarnen. Das ist billig. Zu billig für einen Mann wie dich."

„Ich pflege meine Versprechen zu halten", sagte Sorge heftig. „Von mir aus gleich morgen. Du kannst mit mir mitkommen. Regelmäßig jeden Montag spiele ich mit dem Botschafter Schach. Du kannst dich als eingeladen betrachten."

„Wirklich?"

„Du sollst haben, was du willst. Du kannst so dicht neben diesem begehrten Botschafter sitzen, daß du ihn atmen hörst. Du kannst die Stehlampe zurechtrücken, damit kein scharfes Licht auf seine Augen fällt. Du kannst ihm Bier eingießen und seine Zigaretten anzünden. Du kannst ihm die Hausschuhe anziehen und, wenn du durchaus willst, mit ihm ins Bett gehen."

Martina sah blinzelnd zu, wie sich Sorge anzog. Er würde sie also doch in die Botschaft mitnehmen. Das hatte sie sich schon immer gewünscht, solange sie in Tokio war. Einige offizielle Empfänge hatte sie bereits mitgemacht, aber zu einem persönlichen Kontakt mit Mitgliedern der Botschaft, oder gar mit dem Botschafter selbst, war es bisher nicht gekommen. Ihr Ruf war nicht gerade dazu angetan, das Ansehen ihrer Bekannten zu heben. Alle waren wohl bereit, mit ihr zu schlafen; aber sie offiziell präsentieren wollte keiner. Allein Richard Sorge hatte den Mut, das zu tun. Und er war mit dem Botschafter eng befreundet. Sie liebte ihn.

„Komm, sei vernünftig", sagte sie. „Zieh dich wieder aus. Die Nacht ist noch lang."

„Ich habe genug von dir!" rief Sorge und warf sich den Rock über.

„Aber ich habe nicht genug von dir", sagte sie leise und sah ihn verführerisch an.

Sorge stellte sich vor ihr auf. „Ich bin kein dummer Junge", sagte er.

„Eigentlich sehr schade, Richard. Ich wollte heute nicht mehr ausgehen. Aber wenn du mich allein läßt, zwingst du mich dazu. Ich finde im ‚Imperial' jederzeit angenehme Gesellschaft."

„Auch auf der Straße!" sagte Sorge grob.

„Deine Schuld, Richard. Soll ich gehen? Oder bleibst du bei mir?"

„Du widerst mich an", sagte Sorge.

„Ich weiß – mir geht es mit dir genauso. Auch ich bin dir verfallen. Komm, überzeuge dich doch noch einmal davon."

„Ich kann dich einfach nicht mehr sehen."

„Dann mach doch das Licht aus", sagte sie.

Aber Richard Sorge hörte sie nicht mehr. Er stürzte hinaus, an einer aufgeschreckten Bediensteten vorbei, und ging auf sein Motorrad zu, das am Zaun lehnte. Er trat wild auf den Anlasser, und der Motor brüllte auf.

Das Motorrad riß ihn, aufjaulend, vom Haus der Martina Schwarz weg und stieß ihn in das nächtliche Tokio. Er brauste durch die Straßen, und der Motor sang hell. Lampen flogen an ihm vorüber wie kurze Striche. Die Erde unter ihm und die Luft um ihn sangen ein rauhes Lied. Kleine Menschengestalten sprangen zur Seite.

In Tamenoi würgte er seinen Motor ab. Hier vegetierte die niedrigste und ärmste Prostitution. Hier waren die billigsten Preise und die willigsten Mädchen. Hier kostete die Hingabe nur wenige Sen. Und ehrliche Dankbarkeit war durch weitere Sen preiswert zu erkaufen. Und einige Mädchen mit weißgepuderten Gesichtern schoben sich hoffnungsvoll näher, und eine geriet in das scharfe Licht seines Scheinwerfers. Ihr Gesicht war grell, verlebt und angefüllt mit Gier, Hunger und Demut. Sorge packte Abscheu und Mitleid. Er griff in seine Tasche und warf ihr Geld zu.

Dann trat er seinen Motor wieder an, warf das Rad herum und brauste auf das Ginzaviertel zu. Hier schaltete er auf niedere Touren und ließ sich an den Restaurants, Cafés, Bars, Bierhallen, Dancings, Clubs und Stundenhotels vorbeirollen. Mehr als eintausendvierhundert Lokalitäten, die allein vom Vergnügen lebten, gab es hier. Ein Gewoge von Lampen und Lichtern, ein Gewinsel von Musik und Menschenstimmen. Und ein zäher Dunst aus Alkohol, Schweiß und Tabak.

Sorge hielt vor der ‚Fledermaus', schob sein Motorrad an die Hauswand und ging in die halbdunkle, verräucherte, verdreckte Bar hinein wie in eine Höhle. Der Wirt, ein Deutscher, der ihn kannte – und welcher Wirt im Ginzaviertel kannte Sorge nicht? –, ging freudig bewegt auf ihn zu. Wo Sorge weilte, erhöhte sich automatisch der Umsatz. Ein Sorge war immer willkommen, denn er bezahlte alles; nicht nur, was er trank, und er trank niemals wenig, auch was er zerschlug und demolierte. Und die Mädchen dazu.

Sorge schlug dem Wirt rauh auf die Schulter und winkte den beiden japanischen Barmädchen zu, die strahlende Gesichter zu machen versuchten. Sorge musterte die Gäste kurz.

Zwei der vier kleinen Tische waren unbesetzt. Am dritten Tisch saßen zwei schmächtige Japaner, offenbar Studenten, und knobelten. Am vierten Tisch hielt sich ein gemischtes Liebespaar auf, er ein Weißer, eine Art Bürohengst, sie eine Japanerin von eindeutigem Beruf; beide knutschten sich reichlich ungeniert ab. Auf einem der Hocker an der Bar saß ein Matrose unbestimmbarer Nationalität.

Sorge ließ sich an einem der freien Tische nieder, band sich den Schlips auf und schob seine Hosenbeine hoch. Das Barmädchen Keiko stand dienstbereit vor ihm. Sorge tätschelte dem Mädchen gleichgültig die Hüfte und sagte: „Wie üblich."

„Bier", rief der Wirt. „Bring dem Doktor Bier. Löwenbräu."

Sorge nickte. Keiko entfernte sich willig und kam sofort mit einer Flasche Exportbier und einem Glas zurück. Sie hielt das Glas so gegen das Licht, daß Sorge durchsehen konnte. Es war verhältnismäßig sauber. Dann öffnete sie die Flasche und goß ihm das leicht schäumende Bier ein. Sorge roch daran und trank das Glas auf einen Zug aus.

„Noch eins", befahl er.

Sorge trank in langen, durstigen Zügen. Nach kurzer Zeit schon standen unter seinem Tisch sechs leere Bierflaschen. Dann verlangte er Whisky und Soda. Bald danach verlangte er Whisky pur.

Mit ausgestreckten Beinen und zurückgelegtem Oberkörper hatte er sich in den Stuhl gelümmelt, und der ächzte, wenn sich Sorge bewegte. Aber er bewegte sich nicht oft. Er sah mit verschleierten Augen in den Rauch der Zigaretten, der immer dichter und dichter wurde, sich zusammenknäulte, zusammenballte, sich ineinanderverfilzte und zur breiigen, dumpfkochenden Masse zu werden schien. Er roch den betäubenden Dunst des Whiskys, aus dem Schwaden aus Lazarett, endlosen Bahnfahrten und schweißnassen Bettlaken aufstiegen.

Und seine Gedanken begannen zu rotieren wie ein dunkelglühender Wirbel, wie ein Schwungrad aus flüssigem Metall, wie eine Sonnenkugel, die sich verschleudert.

Und das sah er zuerst: Der arme Mensch Sorge, Soldat für Deutschland, hingeworfen am Toten Mann, umstanden von Stacheldraht, umflirrt von Leuchtspurgeschossen, umdröhnt von den Einschlägen der schweren Artillerie. Blut sickert durch seine Uniform und scheint von dort als Nebel aufzusteigen, der sich auf seine Augen legt. Und der Mensch Sorge, blutender Soldat für Deutschland, bekommt von ebendiesem Vaterland einen Fußtritt, der ihm die Eingeweide zu zerreißen droht. Dann spuckt ihm dieses Vaterland mitten ins Gesicht.

Und das sah er dann: Der gute Mensch Sorge, Kämpfer für die Weltrevolution, die Stufen zum Kreml emporsteigend, Beifall der Genossen um ihn, zu seinen Füßen Blumen; die Internationale, irgendwo angestimmt, umbrandet ihn und trägt ihn wie eine Welle empor. Und auf der letzten Stufe, mit übervollem Herzen erstiegen, fast zerberstend vor Glück, nach endlosen Strapazen endlich betreten, steht vor ihm Stalin, der Vater des

Vaterlandes aller Werktätigen. Und der schließt Sorge in seine Arme und drückt ihm seinen Schnauzbart ins Gesicht. In das gleiche Gesicht, in das Deutschland hineingespuckt hatte!

Und das Furchtbarste – er liebte dieses Deutschland!

Sorge schüttete ein volles Wasserglas Whisky in sich hinein, um diesen seinen gefährlichsten Gedanken – den an Deutschland – zu betäuben. Dann riß er wieder die Augen weit auf und blinzelte in den Qualm, den Dunst, den Dreck der ‚Fledermaus'-Bar hinein. Ihm war zum Speien übel. Und er blickte in das bleiche, primitive und bewegte Gesicht des Barmädchens Keiko.

Keiko war in ihn verliebt. Für sie war Sorge ein Halbgott, ein guter, starker, ewig trunkener Halbgott. Sie betete ihn an. Sie verzehrte ihn mit den Augen, wenn er kam. Sie saß still und ergeben neben ihm, wenn er trank. Sie war bereit, alles für ihn zu tun, was immer er auch von ihr verlangen würde. Aber er verlangte nichts von ihr. Er war gut zu ihr, er scherzte mit ihr, er gab ihr Geld, er tätschelte ihre Hüften, wenn sie eingoß, oder schlug ihr auf das Hinterteil, bevor sie neue Getränke für ihn holen ging – aber das war auch alles. Keiko sehnte sich heimlich nach mehr, aber sie wagte nicht einmal, daran zu denken.

„Liebst du mich, Keiko?" fragte Sorge.

Keiko nickte heftig. Soviel Deutsch verstand sie. „Ich liebe dich sehr", sagte sie mühsam.

„Das ist dein persönliches Pech", sagte Sorge mit schwerer Stimme. „Und dein ganz besonderes Glück ist, daß sich diese Liebe nie erfüllen wird. Verstehst du das?"

Sie verstand ihn nicht, aber sie nickte eifrig.

„Du bist nicht mein Typ", sagte Sorge. „Denn du bist ein anständiges Mädchen. Du gehst manchmal auf den Strich, weil du nicht hungern willst oder ein Paar neue Schuhe brauchst – aber das macht nichts. Du würdest mich, wenn ich nur wollte, lieben wie ein Wunder, wie den Sonnenaufgang, wie den Shintoschrein. Aber ich will nicht. Denn ich liebe eine Hure aus den besten Kreisen. So ein Idiot bin ich. Ein Trottel, ein Halbmensch, ein Narr! Oder etwa nicht?"

„Ich liebe dich sehr", sagte Keiko. Offenbar war das so ziemlich alles, was sie auf deutsch zu sagen wußte.

Sorge ließ noch mehr Whisky herbeischleppen. Inzwischen warf er die leeren Flaschen nacheinander an die Wand. Die beiden knobelnden Studenten riefen: „Hurra!" Das Knutschpärchen flüchtete. Der saufende Matrose an der Bar schien überhaupt nichts zu bemerken.

Die Tür ging knarrend auf. Ein kleiner Japaner schob sich herein und blieb ergeben grinsend am Eingang stehen. Es war, als wollte er um Entschuldigung bitten, daß er überhaupt existierte. Seine Augen wanderten suchend durch den Raum, tasteten flink die Gäste ab, während er unter seinem Kimono betulich eine Geige hervorzog. Er steckte sie unter sein Kinn und wollte den Bogen ansetzen.

„Du willst doch hier nicht etwas herumwimmern, mein Sohn?" fragte Sorge und erhob sich schwer.

„Nur ein wenig Musik", sagte der Japaner servil. „Zur Freude."

Sorge lachte rauh. „Jungchen", sagte er, „dein dämliches Gesicht kommt mir verdächtig vor. Du bist doch von der Polente. Du hast genau die Visage dafür."

„Ich will nur Musik machen", sagte der Japaner sichtlich verblüfft.

„Du willst hier herumschnüffeln", sagte Sorge. „Deine Sorte kenne ich. Du stinkst drei Meilen gegen den Wind nach Geheimpolizei."

Der Japaner versuchte verkniffen zu lächeln. Aber es gelang ihm nicht. Er fühlte sich überrumpelt und war verlegen. Er ließ die Arme hängen, und die Geige schlug mit dunklem Ton gegen einen Stuhl.

Für derartige Handlanger der Geheimpolizei hatte Sorge einen sechsten Sinn entwickelt. Es wimmelte in Tokio nur so von Spioneriechern. Sie standen an allen Straßenecken, watschelten durch die Lokale, drängten sich in die Bahnen hinein. Japans Furcht vor Spionen wurde langsam komisch und nahm Ausmaße an, die so ziemlich alles in den Schatten stellten, was bisher unter nationalen Komplexen bekannt war.

„Also hör mal zu, du Galgenvogel", brüllte Sorge den sichtlich erschütterten Japaner an. „Ich bin Sorge-san aus Berlin. Zeitungsschreiber, Hurenbock und Säufer. Merk dir das! Und jetzt hau ab mit deinem Wimmerkasten, oder ich trete dir in den Arsch, daß dir sämtliche Zähne klappern."

Der Japaner verschwand eilig, und nicht ohne anerkennend und furchtbar verlegen zugleich zu grinsen.

Sorge trank weiter. „Das ist ein Leben!" sagte er. „Wo man auch hinsieht, nichts wie Dreck. Diese Bruchbude hier, das sogenannte Vaterland und die Weiber! Was bleibt denn da noch übrig, Keiko? Das weißt du nicht, denn du bist dumm und gut. Und die dummen und guten Menschen sind das Salz der Erde;

das Salz, mit dem sich die Verbrecher in Staatsstellungen ihre Suppen würzen. Du weißt nicht, was bleibt, Keiko? Zwei Dinge bleiben: sich selbst eine Welt bauen und sein eigenes Leben leben!"

Sorge zahlte, tätschelte der sehnsüchtigen Keiko die schmale Wange und wankte dann hinaus. Er war betrunken; und er schien nahe daran, in die Sinnlosigkeit der Trunkenheit zu taumeln. Er fiel fast über sein Motorrad.

Mehrmals trat er wild auf den Anlasser, und dann brüllte plötzlich der Motor auf. Sorge ließ sich in die Nacht hineinreißen. Kühle prallte auf ihn, und der heftige Gegenwind richtete ihn hoch.

Er jagte über die lange Straße, die zu seinem Stadtteil Azubi hinführte. Die hohe Geschwindigkeit nahm Besitz von seinem Körper. Und dann schloß er die Augen fest und brauste in das Nichts hinein.

Ihm war, als fliege er in einen grenzenlosen Raum. Die Straße wich unter seinen Rädern. Sein Körper wurde zu einem Geschoß. Er preßte die Augen zu und fühlte sich frei. Und diese Freiheit war endlos. Und er war ganz Herr, ganz Beherrscher dieses Gefühls. Blind und gewaltig. Bedingungslos dem Ziel entgegen!

Das Motorrad stieß gegen eine Bordkante, drehte sich schleudernd, schoß auf eine Hecke zu, und das Gebrüll des Motors erstarb in einem Garten. Sorge prallte auf die Erde, wurde meterweit über sie hingestoßen und blieb dann röchelnd liegen.

Spionage ist mehr als ein simples Handwerk, sie erfordert ungewöhnliche Begabung. In den Händen von Männern wie Sorge kann sie zu einer Kunst werden: zur Kunst der Selbstbeherrschung, der Täuschung, der Intrige, des Spürsinns und der Improvisation.

Einige Voraussetzungen mehr allgemeiner Natur sind selbstverständlich – Wissen, das durch Fleiß zu erwerben ist. Das Wissen etwa um militärische Details, wie Rangabzeichen, Gliederungen, Waffenkunde. Ebenso der Einblick in die wirtschaftliche und politische Struktur eines Landes, das der Spion ausleuchten will.

Aber ein Sorge ging viel weiter: Er studierte die Geschichte Japans, er versuchte Eingang in das zwiespältige, schwer durchschaubare Wesen der Japaner zu finden, er war bemüht, die verschiedenartigen kulturellen Strömungen des Landes genau aus-

zuloten. Er war Spion und Forscher zugleich – selbst seine Feinde gestanden ihm bewundernd zu, daß er unter allen Weißen der unbestritten beste Kenner Japans war.

Dabei aber vernachlässigte er die primitiven Faustregeln seines Metiers niemals. Und seine Grundforderungen, die er später, nach Abschluß seiner Arbeit, schriftlich zu fixieren bestrebt war, haben Geltung für jegliche Art von Spionagetätigkeit, in welchem Land auch immer sie in Aktion treten mag.

Sorge verachtete die emsige Ameisenarbeit der blindwütigen Nachrichtensammler. Er selbst speicherte auf, sichtete und wertete aus. Er setzte kein Mosaik zusammen, er gab eine Analyse.

Frauen betrachtete Sorge für die aktive Spionage als völlig ungeeignet. Er duldete sie nicht einmal als Nachrichtenzuträger fünfter Güte. Sie alle, sagte er, hätten immer zuviel Gefühl und zuwenig Verstand und so gut wie gar kein klares Blut. Und ihre Nerven seien wie Fallstricke; einmal würden sie mit Sicherheit darüberstolpern.

Eine einzige Ausnahme ließ Sorge gelten – Agnes Smedley. Sie war eine robuste und intelligente Person und eine der fähigsten Reporterinnen der Sowjetpresse. Als Kriegskorrespondentin watete sie mit den damals verbündeten amerikanischen Truppen ungerührt durch den tiefsten Dschungeldreck des Fernen Ostens. Und Sorge kommentierte boshaft: „Ihr Wert als Frau war Null; kurz: Sie war ein Mann."

Geld hielt Sorge für die notwendige Voraussetzung jeder Spionage und Funk für das beste Verbindungsmittel. Die Mitarbeit befähigter Einwohner des auszuleuchtenden Landes hielt er für unerläßlich.

Und wie alle Spione, so rechnete auch er mit einem ganz wesentlichen Faktor: mit der Dummheit seiner Opfer. Und diese Rechnung ging fast immer auf.

Sorge schlenderte durch die ‚gute Stube des Ostens', durch die Halle des Hotels ‚Imperial'. Ein großes Heftpflaster klebte auf der linken Gesichtshälfte. Sein linker Arm war mitleiderregend bandagiert. Er hinkte ein wenig und pendelte stark mit den Armen.

Er hatte nach seinem Unfall fünf Tage im Krankenhaus liegen müssen und sich danach eine Woche Schonzeit gegönnt. Er verbrachte sie in seinem Häuschen in Azubi mit Büchern und Schallplatten. Er hatte sich geweigert, Besucher zu empfangen. Auch Miyagi durfte nicht über seine Schwelle. Und selbst den

Boten der liebebedürftigen Martina Schwarz hatte er hinausgefeuert, und zwar gleich dreimal, inklusive Brief.

Aber er konnte seine Arbeit nicht liegenlassen. Er hatte viel und mit Anstrengung über sie nachgedacht. Bisher war sie wichtig; jetzt wurde sie entscheidend. Es galt, sie zu intensivieren. Die Nachrichten mußten noch mehr gesiebt werden als bisher. Extrakt! Auf drei Fragen wollte er sich im Augenblick konzentrieren, sinngemäß den Anweisungen von ‚Alex'. Und für die Beantwortung dieser drei Fragen brauchte er Ozaki.

Er hatte Ozaki angerufen und die übliche Zeit mit dem üblichen Treffpunkt vereinbart: Bar in der Halle des Hotels ‚Imperial', fünfzehn Uhr und dreißig Minuten. Das ‚Imperial' war der große Wartesaal der Tokio-Prominenz; jedermann traf sich hier mit jedermann zu jeder Zeit. Wer sich mit wem traf, fiel niemandem auf. Der beginnende Nachmittag war besonders günstig. Um diese Zeit pflegte sich ganz langsam die Halle zu füllen, aber freie Tische, an denen man ungestört plaudern konnte, waren noch genügend vorhanden.

Sorge humpelte an die Bar und verzog sein Gesicht zu einem ausgedehnten Grinsen. Der Mixer grinste ungeniert zurück. „Sieht schlimm aus, Herr Doktor", sagte er. „Aber das Ärgste scheinen Sie bereits überstanden zu haben."

„Edle Körperteile sind nicht verletzt", sagte Sorge. „Und die Hauptsache ist, ich kann wieder saufen."

„Was soll's denn sein, Herr Doktor?"

„Einen Wermut", sagte Sorge und lehnte sich auf einen der Barhocker.

Der Mixer betrachtete ihn, während er eingoß, mit Anteilnahme. Wenn Sorge Wermut trank, mußte es doch nicht sonderlich gut mit ihm stehen. Der liebte sonst nur scharfe Sachen.

Aber Sorge hatte mit Bedacht den Wermut gewählt, um so nüchtern wie nur möglich zu bleiben. Bei Unterredungen mit Ozaki mußte er einen klaren Kopf haben. Ozaki war alles andere als ein Zechgenosse – er war so ziemlich der einzige, den Sorge wirklich respektierte.

Er sah in die Spiegel, die hinter der Bar hingen. Der Betrieb war mäßig. Kein interner Bekannter war in Sicht. Ein Boy klapperte ungeschickt mit Gläsern. Die wenigen Gäste unterhielten sich gedämpft. An der Bar hielt sich, außer Sorge, noch ein vollgefressener Kaufmann aus Hamburg auf, der nach Tokio gekommen war, um den Japanern automatische Waschmaschinen anzudrehen.

Der Kaufmann schob sich näher, denn er kannte Sorge flüchtig. „Was ist denn mit Ihnen passiert?“ fragte er neugierig.

„Ich bin aus einem fremden Bett gefallen“, sagte Sorge.

Dem umfangreichen Kaufmann aus Hamburg gefiel diese Version. War doch ein doller Kerl, dieser Sorge! Und er äußerte den Wunsch, mit ihm einen zu trinken. „Auf die Gesundheit, sozusagen!“

„Geht leider nicht“, sagte Sorge. „Ich erwarte den Ehemann der besagten Dame.“

Der Kaufmann lachte wieder. Und er hob sein Glas, um auf Sorges Wohl zu trinken. Der winkte automatisch, kurz mit der gesunden Hand und blickte dabei in den Spiegel.

Sorge sah Ozaki kommen. Der kleine, gedrungene, stiernakkige Japaner mit dem runden, bleichen Gesicht schien in Gedanken zu sein. Er achtete nicht auf die Anwesenden. Er ging, mit leicht gesenktem Kopf, auf die Bar zu und verlangte, ehe er sie noch ganz erreicht hatte, eine Selters mit Kognak.

Dann erst schien er Sorge zu bemerken und zu erkennen. „Ah, Herr Sorge“, sagte er höflich und verbeugte sich leicht. „Wenn man Sie so sieht, könnte man meinen, Sie hätten gerade den Krieg in Polen mitgemacht.“

„Ich beziehe meine Wunden auf anderen Kriegsschauplätzen“, sagte Sorge. „Und die haben die Eigenart, daß ich sie mir selbst aussuchen kann.“

Ozaki lächelte und erkundigte sich sodann danach, ob Sorge einen guten Arzt habe. Einen sehr guten, erwiderte Sorge. Und ob er bald völlig wiederhergestellt sei? Eine Sache von Tagen, meinte Sorge. Ob es sich um einen deutschen Arzt handele? Natürlich! Er, Ozaki, kenne auch deutsche Ärzte, auch Geheimrat Krauß aus Berlin. Geheimrat Krauß, behauptete Sorge, sei ihm in Berlin öfter begegnet. Ein vorzüglicher Arzt! Ein einzigartiger Mensch! Und Sorge wollte sagen: Inzwischen haben sie ihn totgeschlagen; denn Krauß war Jude.

„Setzen wir uns ein wenig?“ fragte Ozaki liebenswürdig. „Sie müssen mir noch etwas von Geheimrat Krauß erzählen.“

„Aber gerne“, sagte Sorge. „Das Herumstehen ist in diesem Zustand sowieso keine reine Wonne für mich.“

Der Kaufmann aus Hamburg hatte sich gelangweilt abgewendet; ihn interessierte dieses Gespräch nicht. Der Barmixer beschäftigte sich mit den Gläsern und polierte sie umständlich blank.

Sorge, von Ozaki begleitet, humpelte zu einem leeren Ecktisch hin. Alle Vorsichtsmaßregeln waren einwandfrei gewahrt worden – und bei Ozaki war das selbstverständlich: Das Treffen hatte einen durchaus zufälligen Charakter. Regel: Ozaki, hinzukommend, eröffnete das Gespräch – Allgemeinplätze mit persönlichem Einschlag – Aufforderung von Ozaki, dem Hinzugekommenen, das jedermann belanglos erscheinende Gespräch an irgendeinem Tisch fortzusetzen.

Sie nahmen Platz; das geschah förmlich, nach allen Regeln herkömmlicher Höflichkeit. Und Ozaki, mit gleichgültigem Gesicht, sagte: „Sie sind sehr unvorsichtig, Herr Sorge. Sie können sich in Ihrer Situation einfach keinen Unfall leisten."

„Ich gefährde niemand dadurch, Herr Ozaki", sagte Sorge ein wenig schroff.

„Das wollte ich damit auch nicht sagen. Ich meine lediglich: Sie dienen damit nicht unbedingt der Sache."

Sorge steckte diesen mit Sanftmut, aber unüberhörbar deutlich vorgetragenen Vorwurf wortlos ein, Ozaki durfte sich eine derartige Bemerkung ihm gegenüber leisten, denn Ozaki war für ihn ein Ausnahmemensch. Sorge gestand Ozaki zu, daß er ähnlich hohe Beweggründe für sein Handeln habe wie Sorge selbst. Niemand in der Gruppe sonst – nur Ozaki.

„Zunächst", sagte Sorge, „wollte ich Sie bitten, für Ihre Tochter einen Mann zu engagieren, der ihr private Unterrichtsstunden in japanischer Malerei erteilt. Ich brauche in Zukunft eine direkte und unauffällige Verbindung zu Ihnen."

„Wer soll der Mann sein?"

„Miyagi, mein Übersetzer. Er ist ein Fachmann für japanische Holzschnitte."

„Gut", sagte Ozaki nach langer Pause. „Wenn Sie das für richtig halten, dann schicken Sie ihn zu mir."

Sorge schüttelte behutsam den Kopf; er schien ihm zu schmerzen, denn er griff mit der gesunden Hand nach dem Leukoplaststreifen und drückte ihn fest. Dabei verzerrte er sein Gesicht. „Mit aller Vorsicht", sagte er. „Es muß nach einem Zufall aussehen, und Sie müssen das auch jederzeit beweisen können. Es gibt ein einfaches Mittel. Sie inserieren. Sagen wir in der ‚Osaka Asabi Shinbun', innerhalb der nächsten Woche. Unter den eintreffenden Bewerbern wählen Sie Miyagi aus."

„Ich bin damit einverstanden", sagte Ozaki. „Ist der Mann zuverlässig – in jeder Beziehung? Das heißt: Ist er nur der Verbindungsmann von Ihnen zu mir oder auch umgekehrt?"

„Sie können ihm jedes Material anvertrauen. Auch Geheimpläne und Akten. Bei besonders dringlichen Fällen können Sie mit einer Rückgabe innerhalb weniger Stunden rechnen."

Ozaki sah nachdenklich vor sich hin. „Das könnte vieles erleichtern. Ihr Plan ist gut, Herr Sorge. Ich frage mich nur eins: Warum haben Sie das nicht schon früher getan?"

„Erst jetzt", sagte Sorge mit Bestimmtheit, „ist die Zeit gekommen, alle, auch die letzten Reserven einzusetzen."

Obwohl Ozaki nichts hierauf erwiderte, spürte Sorge deutlich dessen Zustimmung. Und die Zustimmung dieses Mannes war ihm wertvoll. Denn Ozaki war einer der einflußreichsten Männer Japans, der anerkannt beste Chinakenner seines Landes, der ständige Berater des Fürsten Konoye, der Freund maßgeblicher Politiker und Wirtschaftsführer – und wie er Kommunist.

Es war, als habe Ozaki diese Gedankengänge Sorges erraten, denn er sagte jetzt: „Agnes Smedley hat mir geschrieben."

Sorge verbarg weder seine Überraschung noch seinen Unwillen. „Was denkt das Weib sich eigentlich", sagte er rauh.

„Sie ist eine ungewöhnliche Frau", sagte Ozaki und lächelte.

Gewiß, die Smedley war eine ungewöhnliche Frau – sie war vielleicht noch mehr als nur das: sie war wie ein Mann! Kommunistischer Weltreisender mit offenen Augen und vortrefflicher Feder. Egon Erwin Kisch in Weiberröcken! Und wenn auch niemand darauf wetten wollte, daß sie wirklich eine Frau war – und ausprobieren wollte das erst recht keiner! –, so wußte doch jedermann, der lesen konnte, hinter welcher Fahne sie hermarschierte. Sie hatte 1930 in China Sorge mit Ozaki bekannt gemacht. Das war eine Tat! Aber damit war es genug. Wie kam sie dazu, sich jetzt einzumischen!

„Hat sie ihren vollen Absender geschrieben?"

„Nein. Nicht auf den Umschlag."

„Und was haben Sie mit dem Wisch getan?"

„Ich habe ihn verbrannt."

Sorge lachte erleichtert auf. „Das einzig Richtige", sagte er. „Sie kennen mein Prinzip, Herr Ozaki: Keine, auch nicht die geringste Verbindung der Gruppe zu Personen, die als kommunistisch bekannt sind. Eine Ausnahme ist nicht möglich."

Er beschloß, in seinem nächsten Funkspruch nach Moskau dem für seine Gruppe gefährlichen Freundschaftsbedürfnis der Smedley ein Bein zu stellen. Man würde ihr, auf seine Vorstellung hin, ordentlich den Pelz waschen, und der prekäre Vorfall könnte sich dann nicht mehr wiederholen. Moskau pflegte auf ihn zu hören.

„Vielleicht sind Ihre Vorsichtsmaßnahmen, die mir manchmal übertrieben erscheinen wollen, gar nicht unberechtigt", sagte Ozaki. „Unsere Geheimpolizei überschlägt sich zur Zeit förmlich. Sie hat allein in der letzten Woche drei Kurzwellenempfänger aufgespürt."

„Es wird noch mehr davon in Tokio geben", sagte Sorge. „Ein Kurzwellenempfänger allein bedeutet noch nichts. Erst eine Sendevorrichtung macht die Sache interessant." Sorge tat, als ginge ihn diese Sache nichts an. Aber wieder war er beunruhigt. Schon wieder schlich ihn dieses ferne, würgende Gefühl an und versuchte, sich in seinen Eingeweiden breitzumachen. Er trank sein Glas leer.

Er fragte nicht danach, woher Ozaki sein Wissen bezogen hatte. Ozaki fragte er nie danach. Dessen Quellen flossen überall: aus der Kanzlei des Ministerpräsidenten; bei der erlesenen Frühstücksgesellschaft im Mampai-Hotel, die sich jeden Mittwoch traf; in den Büros der Südmandschurischen Eisenbahn, die keine Firma, mehr ein Imperium war. Und möglicherweise floß eine dieser Quellen direkt im Palast des Tennos.

„Der deutsche Botschafter", sagte Sorge, „behauptet, nichts von einem geheimen militärischen Zusatzabkommen zum Antikominternpakt zu wissen."

„Das Zusatzabkommen besteht", sagte Ozaki ruhig. „Legen Sie Wert auf den genauen Text?"

„Ich habe keinerlei Anweisung, ihn zu besorgen. Vermutlich besitzt ihn Moskau bereits über Berlin." Und er verschwieg, daß ‚Alex', auf diesen Punkt hingewiesen, nur kurz erwidert hatte: uninteressant.

„Und weshalb interessieren Sie sich dann so stark dafür?" fragte Ozaki und vermochte seine Neugierde nicht zu verbergen.

„Aus persönlichen Gründen", gestand Sorge, ohne genau zu überlegen, was er sagte. Ozaki war Sicherheit. In seiner Gegenwart war es nicht nötig, mit konsequenter Vorsicht zu operieren. Ozaki war mehr als nur ein Mitverschworener, mehr als ein Zuträger; Ozaki war wie er handelnde Person: ein Mann im Hintergrund, der seine eigene Weltgeschichte machte. „Ich muß wissen, ob mich der Botschafter belügt."

„Und wenn, dann vielleicht nur in diesem einzigen Fall. Er will vermutlich, wie man so sagt, sein Gesicht wahren – vor Ihnen in Besonderheit. Sie sind doch mit ihm befreundet, nicht wahr?"

Sorge preßte mit nervöser Hand seinen Leukoplastverband

fest. „Wenn der Botschafter tatsächlich um das geheime Zusatzabkommen weiß“, sagte Sorge grübelnd, „dann ist er nicht mehr mein Freund, dann hat er nicht nur sich verraten und seine Welt, dann ist auch er ein Kriegstreiber.“

„Und das wollen Sie nicht gerne glauben.“

„Ich kann es nicht glauben!“

„Dann glauben Sie es eben nicht“, sagte Ozaki einfach. „Und es ist tatsächlich möglich, falls Sie das beruhigt, daß der Botschafter nicht direkt an dem Militärabkommen beteiligt ist. Ob er wirklich nicht das geringste davon weiß, steht allerdings auf einem anderen Blatt. Und möglich ist doch auch, daß er gar nichts davon wissen will! Vielleicht beruhigt das sein Gewissen, wenn er sich wie Vogel Strauß benimmt.“

„Nun gut“, sagte Sorge und bemühte sich, von diesem Thema loszukommen. Das fiel ihm sehr schwer. Und erneut gestand er sich, daß die Triebkraft zu diesen Fragen aus ganz persönlichen Motiven kam, aus rein privaten Motiven fast. Das ärgerte ihn sehr; er ging sogar noch weiter und fand es schamlos. Und er fragte sich, ob Ozaki wohl ahne, warum dieses Thema angeschnitten wurde. Er sah Ozaki voll an. Und ihm wurde klar, daß Ozaki vieles von dem wußte, was ihn bewegte.

„Manchmal frage ich mich auch“, sagte Ozaki offen, doch nicht, ohne dabei durch sein sanftes Lächeln um Verzeihung zu bitten, „ob Sie wirklich das sind, was Sie zu sein glauben. Sie sind Individualist, eine eigengeartete Persönlichkeit, ein Außenseiter vermutlich gar – aber sind Sie auch Kommunist?“

„Sie zweifeln?“ fragte Sorge ungläubig. Er vermochte nicht zu begreifen, was Ozaki andeutete. Er wollte nicht wahrhaben, was dessen Bemerkung zu bedeuten hatte. Er sah Ozaki nahezu fassungslos an, und die sonst so sichere Haltung fiel von ihm ab, wie ein welkes Blatt im Herbstwind fällt. „Ist das ein Mißtrauensvotum?“ fragte er dann gepreßt.

„Nicht doch“, sagte Ozaki herzlich. „Bitte, fassen Sie das nicht so auf. Ich vertraue niemand mehr als Ihnen. Ich habe mehr als einen Beweis dafür geliefert; und das werde ich auch weiter tun. Aber Sie sind wie ein Vulkan, und das beunruhigt mich. Und ich fürchte auch nicht um mich – ich habe abgeschlossen. Ich fürchte um Sie, Richard Sorge.“

„Ich werde diesen Auftrag hier in Japan zu Ende führen, und wenn ich daran zugrunde gehen sollte!“ rief Sorge unterdrückt aus. Und jetzt riß er auch die kranke Hand hoch und preßte sie an seinen Kopf. Und dann, die Hände herunterfallen lassend, als wären sie ihm abgeschlagen, fragte er fordernd: „Glauben Sie mir das nicht?"

„Ich traue Ihnen das zu", sagte Ozaki. „Und wir werden darüber einmal ausführlich sprechen müssen, an einem Ort, wo wir nicht gestört werden können und wo wir mehr Zeit haben. Meinen Sie nicht auch, daß wir uns jetzt trennen sollten? Wir sitzen schon zu lange zusammen."

„Machen wir es also kurz", sagte Sorge und versuchte vergeblich, aus dem Strudel seiner wildbrausenden Gedanken aufzutauchen. Ozaki, dieser leise, lächelnde, sanftmütig erscheinende Mann, hatte ihn tief getroffen und genau an jener verbissen verborgenen Stelle, wo er am verwundbarsten war. Und von allen, mit denen er hier zusammenarbeitete, vermochte allein Ozaki diesen gefährlichen Punkt zu berühren. Und er hatte es getan! Warum hatte er es getan?

„Was wollen Sie mich fragen?"

Sorge überkam wieder rauschartig das Verlangen, zu trinken. Aber er wagte es nicht, in Gegenwart von Ozaki den Schnaps literweise in sich hineinzupumpen. Das wieder gab ihm das bohrende Gefühl, gedemütigt zu werden. Er tat doch immer, was er wollte, nahm sich alles, was er begehrte, sagte stets, was ihm gerade einfiel, kannte keine Rücksicht, wer immer auch ihm gegenüberstand – nur bei Ozaki war das anders. Bei Ozaki war alles anders.

Und dann wußte er: Ozaki war rein! Ozaki war das Ideal! Er hatte eine Frau, die er liebte, ein Kind, das ihn verehrte, Freunde, die ihm vertrauten. Er kannte keine Laster, keine Leidenschaften, keine Gier. Er kannte nicht den Rausch und wußte nicht, was Hörigkeit war. Er hatte den Kommunismus gewählt, wie andere eine Religion wählen. Es gab für ihn jetzt nichts anderes mehr, das daneben Bestand hatte.

„Ihre Fragen, bitte."

Sorge schüttelte entschlossen von sich, was ihn bedrängte. Er konzentrierte sich auf das, was er wissen wollte. „Erstens: Beabsichtigt Japan die UdSSR anzugreifen? Zweitens: Wie weit wird Japans Aktivität in China gehen – real gesehen und als politisches Wunschziel des Kabinetts? Drittens: Wie groß kann die Rolle der Armee in der Außenpolitik Japans werden?"

„Die Politik eines Volkes", begann Ozaki tastend, „ist nicht die Angelegenheit des Tages. Sie ist wie ein fahrender Zug, der nur schwer zum Stillstand zu bringen ist und der noch schwerer in eine andere Richtung gelenkt werden kann. Es gibt daher kaum Zufälle oder gar überraschende Wechsel, es gibt zumeist nur die Konsequenz."

„Ich brauche doch keine Belehrungen, Herr Ozaki", sagte Sorge mit betonter Sachlichkeit. „Ich brauche Unterlagen, speziell in diesen drei Fragen. Wann kann ich sie haben?"

„In zehn Tagen", sagte Ozaki.

Sorge erhob sich. „Das wäre alles", sagte er.

„Noch eins, Herr Sorge. Sie kennen doch sicherlich den deutschen Polizeiattaché Branz."

„Und?"

„Er sucht eine engere Verbindung mit unserer geheimen Polizei, der Kempetai. Er erstrebt einen Informationsaustausch und die gemeinsame Auswertung von Überwachungsergebnissen bei Ausländern. Die Kempetai scheint nicht abgeneigt. Es wäre empfehlenswert, auf Branz aufzupassen."

„Er steht auf meiner Liste", sagte Sorge. „Der macht so was nicht mehr lange. Danke für den Hinweis."

Und dann verließ Sorge Ozaki, ohne ihm die Hand zu geben. Er deutete lediglich, eventueller Zuschauer wegen, eine knappe Verbeugung an.

Ozaki nickte und lächelte. Und das Lächeln blieb, als Sorge an der Bar geräuschvoll, den gesunden Arm wie zum ‚Deutschen Gruß' hoch erhoben, einige Bekannte begrüßte. Aber in diesem Lächeln Ozakis nistete ferne Betrübnis; und hauchdünne Schleier von tiefer Traurigkeit schienen seine Augen zu trüben.

Der Dank des Vaterlandes ist schon immer eine recht ungewisse Angelegenheit gewesen – in Besonderheit für den Spion. Kein Staat existiert, der offiziell zugibt, Agenten bei einer fremden Macht, gleichgültig, ob es sich dabei um feindliche oder befreundete Mächte handelt, angesetzt zu haben.

Kaum jemals tritt ein Spion an das Licht der Öffentlichkeit. Lediglich gewesene Spione betätigen sich manchmal als Memoirenschreiber und ersetzen dabei durch üppige Phantasie, was ihnen an entscheidender Tatkraft mangelte.

Der ‚geborene' Spion – und wohl nur er ist dann später auch der große Spion – weiß, daß Dunkelheit um ihn sein muß, wenn er Erfolg haben will. Sein Ehrgeiz ist nicht der Tatsachenbericht, der den Tag nicht überlebt, sein Anliegen ist das heimliche Schachspiel mit der Macht. Spitzel wird man wegen des Geldes, der gekränkten Ehre oder der Weiber; Spion aber ist man aus echter Leidenschaft. Und der große Verrat wuchert heute in den Treibhäusern eines fehlgezüchteten Idealismus – genau besehen handelt es sich hier um weltweite Dummheit, die Mangel an gesunder Realität ist.

Der große Spion jedoch – und Sorge war einer – will die Hand am Hebel der Zeit haben und denkt gar nicht an einen kaschierten Nachruf in irgendeinem Geschichtsbuch.

Unter den vielen Tausenden, die Kriege beeinflußt und Schlachten entschieden haben, die das Blut von Tausenden Soldaten mit vergießen halfen und auch Tausende Soldaten davor bewahrten, es zu vergießen – von allen diesen sind nicht ein knappes Dutzend jemals in das strahlende Licht der Öffentlichkeit getreten und haben Ehrungen in Empfang genommen, die sie mehr verdient hätten als mancher Feldherr, der heute noch martialisch in Bronze vom Sockel blickt.

Napoleon belohnte seinen Meisterspion Karl Schulmeister lediglich mit Geld. Wilhelm Stiebner, Deutschlands Oberspion, von Bismarck geschätzt und sogar von Moltke anerkannt, wurde immerhin noch Geheimrat. Der Spion Bancroft erhielt eine Pension von tausend Pfund im Jahr. Einem einzigen, der überdies noch, mit anderen verglichen, ein Stümper war, wurden hohe Ehren zuteil: Major André ruht in der Westminster Abbey. Diverse Zeitgenossen wurden zu Film verarbeitet; was Spötter für das sicherste Zeichen halten, daß ihr fragwürdiger Ruhm den Tag nicht überleben wird.

Auch Sorge wußte, selbst wenn er immer wieder davon träumte, die große Ausnahme zu sein, daß er die Dunkelheit, die ihn umgab, niemals verlassen konnte. Sein großes Spiel war nur so lange ein gefährliches und entscheidendes Spiel, wie er es in aller Einsamkeit wagte – ohne Zustimmung, ohne Anerkennung, ohne Applaus.

Echte Spione sind wie Lebewesen aus großen Meerestiefen; wenn sie an die Oberfläche kommen, verenden sie.

Als Richard Sorge den Salon im Hause des Kaufmanns Max Klausen betrat, sah er den Hausherrn mit weit ausgestreckten Beinen in einem Sessel sitzen. Max Klausen las in einer Zeitung und schien nicht gewillt, seine Lektüre zu unterbrechen.

„Tag, Doktor!" rief er und winkte Sorge zu.

Sorge griff nach einem Stuhl und setzte sich Klausen gegenüber. Er grinste genußvoll; und der andere grinste zurück. Teure, aber reichlich geschmacklose Möbel von mitteleuropäischem Zuschnitt umstanden sie.

Die Geschäfte des Kaufmanns Klausen schienen gutzugehen. Das verrieten die schweren, seidenen Gardinen, der neue Teppich, die brauchbare Zigarre, die Klausen rauchte. Auch der Schlips, den er unordentlich trug, war neu und schreiend bunt. Das fleischige Gesicht darüber strahlte träges Wohlwollen aus.

„Was machen die Geschäfte, Max?"

„Sie blühen und gedeihen", sagte Klausen und schaufelte mit seinen starken Händen in der Luft herum. „Ich habe schon wieder einen neuen Kunden – die Mitsui-Munitionswerke. Gleich die ersten Lichtpausen, die sie bei mir anfertigen ließen, hatten es in sich."

„Hast du sie fotografieren lassen?"

„Klar. Die sind bei Voukelitsch in der Kamera. Sieben Stück im ganzen." Und dann beugte Klausen seine stämmige Figur vor und wollte wissen: „Glaubst du, daß dieser Voukelitsch wirklich zuverlässig ist?"

„Warum fragst du, Klausen?"

„Der Kerl ist doch ein Gigolo!"

„Ich gebe zu – Voukelitsch sieht genau wie ein Gigolo aus. Aber das hat weiter nichts zu bedeuten. Ich halte das sogar für eine ausgezeichnete Tarnung."

„Wenn du meinst...", sagte Klausen gedehnt und gab so deutlich zu erkennen, wie gleichgültig ihm im Grunde diese Sache war. Er hatte offen gesagt, was ihm gerade einfiel; alles andere lag bei Sorge – der allein hatte die Verantwortung.

„Hast du irgend etwas Besonderes bei Voukelitsch bemerkt?" fragte Sorge.

„Der hat eine neue Freundin."

„So was soll vorkommen."

„Aber vorkommen soll nicht, daß er sie in sein Schlafzimmer schleppt", sagte Klausen entschieden.

„Und warum nicht?"

„Weil dort im Schlafzimmer mein Sender steht", sagte Klausen.

Sorge griff nach einer Zigarette und zündete sie sich an. Dann ging er ans Fenster und sah hinaus – der kleine gepflegte Garten war leer.

„Hinter den Türen", sagte Klausen, „steht auch niemand. Meine Frau paßt auf."

Sorge schien die kleinen Sträucher des Gartens, die kiesbestreuten Wege und die zierliche Bank genau zu betrachten. In Wirklichkeit registrierte sein Hirn nichts von dem, was seine

Augen sahen. Sorge grübelte angestrengt. Und immer wieder kreisten seine Gedanken um einen Punkt: die Gefahr der Entdeckung! Sie lauerte in jedem Winkel, sie stand an jeder Straßenecke; sie saß in jedem Restaurant am Nebentisch.

„Ich werde das mit Voukelitsch bereinigen", sagte er dann. „Bis dahin nimm den Sender wieder zu dir nach Hause."

„Muß das sein?"

„Bereitet dir das Schwierigkeiten?"

„Hast du nicht selbst gesagt, Doktor, daß wir jetzt mit aller Vorsicht arbeiten müssen? Jeder nicht unbedingt notwendige Gang in dieser Sache ..."

„Du mußt heute noch senden", sagte Sorge. „Es ist ein wichtiger Funkspruch durchzugeben."

„Lang?"

„Etwa einhundertundsechzig Wortgruppen."

„Deine Riemen werden auch immer länger, Doktor. Wir sollten mehr mit Kurieren arbeiten."

„Das könnte dir so passen", sagte Sorge und lachte trocken. Er betrachtete Klausen ungeniert, und der grinste leicht verlegen. Klausen war recht stattlich geworden in den letzten Jahren; sein Gesicht bekam Hängebacken, und wenn er sich setzte, ächzte der Stuhl. Seine Hemden wurden immer weicher und die Krawatten bunter. Selbst die Socken an den großen Füßen schienen aus Seide zu sein.

Das also war Max Klausen, der anerkannt beste Funktechniker im Außendienst der Sowjetunion. Geboren 1899 auf der Insel Fehmarn, deutscher Soldat und Funker im Ersten Weltkrieg, dann Mitglied der KPD in Hamburg. Ausgebildet in Moskau. Seit 1929 mit Sorge zusammen im Fernen Osten, erst in Schanghai, dann, nach geringer Unterbrechung, hier in Tokio. Ein kleines technisches Genie, ein brauchbarer Saufkumpan und, wenn nichts dagegen unternommen wurde, ein werdender Bourgeois.

„Wie groß ist das Stammkapital deiner Firma, Klausen?" fragte Sorge unvermittelt.

Klausen nahm langsam die Zigarre aus dem fleischigen Gesicht und kniff seine Schweinsaugen zusammen. „Etwa hunderttausend Yen", sagte er dann. „Das sind etwa siebzigtausend Mark."

„Und deine Zweigstelle in Mukden?"

„Noch mal zwanzigtausend", sagte Klausen unwillig.

„In Zukunft", sagte Sorge ruhig, „wirst du dein Stammkapital langsam abbauen. Beginne gleich am kommenden Ersten damit."

„Aber ich kann doch nicht ..."

„Du kannst, Klausen!" Sorge warf mit einer entschiedenen Handbewegung seine Zigarette in den Aschenbecher. „Du hast die Firma von dem Kapital aufgebaut, das uns die Kuriere gebracht haben."

„Und ist die Firma Max Klausen-Shokai – Lichtpausen und Lichtpausmaschinen – nicht Gold wert? Eine bessere Tarnung gibt es doch gar nicht!" Max Klausen war sichtlich erregt, und es war, als verteidige er sein Lebenswerk.

„Vergiß nicht", sagte Sorge kalt und spürbar nicht gewillt, auch noch weiterhin Widerspruch zu dulden, „daß die Firma lediglich ein Vorwand, aber doch kein Selbstzweck ist."

„Jedenfalls habe ich mit dem Kapital, das ich bekommen habe, gut gearbeitet. Ich habe es nahezu verdoppelt. Das ist allein mein Verdienst."

„Und für wen hast du das getan, Klausen? Für dich? Für dich persönlich? Ich denke, du bist Kommunist."

„Natürlich", beeilte sich Klausen zu versichern, aber ihm war keinerlei Begeisterung anzumerken.

In Sorges Augen funkelte der Spott. „Mein lieber Max", sagte er. „Es rührt mich, dich so eifrig am Werk zu sehen."

Klausen verlagerte sein Gewicht, und der Sessel unter ihm ächzte fürchterlich. Er brummte irgend etwas vor sich hin, es war nicht zu verstehen, aber es hörte sich wenig freundlich an.

Sorge beugte sich vor und schlug Klausen auf den Arm. „Alter Knabe", sagte er, „beeile dich, wieder normal zu werden. Ich brauche jetzt alle Reserven, denn wir steigen in die letzte und entscheidende Runde. Ab kommendem Ersten also ziehst du Geld aus der Firma heraus, und zwar jeweils genausoviel, wie du für dich und Voukelitsch brauchst."

„Und die anderen Gelder, die hereinkommen?"

„Es wird nicht mehr allzuviel kommen; der Krieg erleichtert derartige Geldtransporte nicht gerade. Was aber kommt, geht an die anderen Mitglieder der Gruppe. Wir haben mehr Aufgaben und daher auch mehr Ausgaben; eins steigt mit dem anderen."

„Na schön", sagte Klausen unwillig, „tu, was du nicht lassen kannst. Schließlich hast du die Verantwortung."

Und er steckte sich eine neue Zigarre zwischen die dicken Lippen, beleckte sie hastig und biß dann die Spitze ab. Den so abgebissenen Tabak spuckte er in die gute Stube, mitten auf den Teppich. Er riß ein Streichholz an, aber das zerbrach dabei. Er riß ein weiteres Streichholz an, und damit setzte er seine Zigarre in Brand.

Dieser Sorge, dachte er, hat sich mächtig verändert in den letzten Jahren. Seine ganze lachende Überlegenheit ist dahin. Vorbei die Freude an den verwegenen Streichen. Der Mann ist gespannt wie ein Bogen. Er ist jetzt immer sprungbereit wie ein Tiger, der überall Jäger wittert.

„Ich habe einen neuen Freund", sagte Klausen, bewußt und mit Wonne provozierend. „Und der ist Polizist unten am Fischereihafen."

Es war Sorge nicht anzumerken, ob er zuhörte oder nicht. Er betrachtete seine Hände, und seine Augen sahen gelangweilt aus. Aber auf seinem Gesicht traten die Kiefermuskeln hervor.

„Mein neuer japanischer Freund", sagte Klausen herausfordernd und kam sich dabei witzig vor, „bekundete vor einigen Wochen das Verlangen, mich kennenzulernen. Ich kam gerade von einer kleinen Kahnpartie. In meiner Aktentasche hatte ich den Sender. Der kleine Armleuchter wollte wissen, wer ich sei. Ich gab ihm meine Visitenkarte. Dann wollte er wissen, was in meiner Aktentasche wäre. Und ich sagte: Warenmuster."

Sorge zog seine Hände, die er betrachtet hatte, zurück, denn ihm war, als hätten sie zu zittern begonnen. Ich saufe zuviel, sagte er sich. Und dann steckte er die Hände in die Seitentaschen seines Rockes.

„Seit der Zeit", berichtete Klausen weiter, „habe ich mich mit dem Polizisten richtiggehend angefreundet. Der Galgenvogel heißt Saida. Er kennt mich, und ich kenne ihn. Wir sind jetzt alte Bekannte. Und ich rückte ihm manchmal auf die Bude, stelle die Aktentasche mit dem Sender vor ihm auf den Tisch, und dann genehmigen wir uns einen."

Sorge griff nach einer Zigarette und begann hastig zu rauchen.

„Neulich", sagte Klausen munter und vermochte sich vor Freude kaum zu fassen, „hatte der Seidenaffe Saida gerade Dienstschluß. Und was meinst du, was er gemacht hat? Er hat mir die Aktentasche mit dem Sender wie ein Gepäckkuli nach Hause getragen. Stell dir das vor: Ein japanischer Polizist trägt einen sowjetischen Sender! Ist das eine Wolke? Was sagst du dazu?"

„Idiot!" sagte Sorge leise und scharf.

„Und ob der Kerl ein Idiot ist", stimmte Klausen freudig zu.
„Du bist der Idiot", sagte Sorge.

Max Klausen schnappte sichtlich ein. Er fühlte sich gekränkt. Und wenn der Vorwurf auch nicht sonderlich scharf war, so war er doch nicht zu überhören und in jedem Fall unberechtigt. „Noch vor ein paar Jahren", sagte Klausen maulend, „hättest du darüber gelacht."

„Herrgott!" rief Sorge unbeherrscht und stand auf. „Die Zeiten haben sich eben geändert. Jetzt ist Krieg! Vor ein paar Jahren war das noch ein Kinderspiel – jetzt aber spielen wir um unseren Kopf."

„Hast du Angst?" fragte Klausen rauh.

„Ich bin nur vorsichtig", sagte Sorge schnell. „Aber ihr seid leichtsinnig!" Er ging an das Fenster und sah abermals hinaus; und wieder registrierte sein wildarbeitendes Gehirn nichts von dem, was er sah. Er packte mit der rechten Hand fest in die schwere Gardine. Dann warf er sich herum und kam wieder auf Klausen zu.

„Wann werdet ihr begreifen", sagte er eindringlich, „worum es hier eigentlich geht! Es geht jetzt um das Ganze! Bisher war alles Übung – jetzt geht es um Kopf und Kragen und auch darum, ob wir diese Japse in die Tasche stecken können oder nicht. Aber was leistet ihr euch? Der eine beschäftigt irgendeine abgelegte Geliebte und nennt sie Tante Tomo. Der andere schleppt fremde Weiber in sein Haus und legt sie über ein Bett, unter dem der Geheimsender steht. Und du brüstest dich damit, die Polizei um den kleinen Finger wickeln zu können."

„Und du?"

„Ich habe den deutschen Polizeiattaché auf dem Hals."

„Schöne Aussichten", sagte Max Klausen und spuckte heftig aus; und sein sonst dunkelbraunes Gesicht bekam eine leichtgelbliche Färbung.

„Ein Fehler, ein winziger Fehler, von irgendeinem von uns – und wir alle baumeln."

„Du übertreibst, Menschenskind." Jetzt erhob sich auch Klausen unruhig, ging zum Schrank und angelte von dort eine Flasche hervor, irgendeine. Er stellte zwei Gläser auf den Tisch und begann einzugießen.

„Für mich nicht", sagte Sorge; und er verbrauchte viel Energie, um das mit Entschiedenheit zu sagen. Er roch den Alkohol, der ihm entgegenwehte. Er zog ihn tief in sich ein. Dann aber atmete er heftig aus.

Max Klausen vergaß vor Überraschung zu trinken. Wenn der Doktor einen Schnaps ablehnte, mußte es ernst sein. Oder nicht? Natürlich nicht! Wenn Sorge die Gefahr unmittelbar vor sich witterte, begann er erst recht zu trinken. Dann goß er den Alkohol literweise in sich hinein, als müsse er sich wie ein Auto volltanken. Und dann erst schien er jeder Belastung gewachsen.

Nachdenklich ergriff Klausen sein Glas. Oder war doch alles ganz anders? Hatte sich Sorge, der unbekümmerte Draufgänger von einst, wirklich so stark geändert – grundlegend, entscheidend verändert? Verstand er keinen Spaß mehr? Oder gab es jetzt keinen Spaß mehr? Klausen sah ratlos in die braungelbe Flüssigkeit, die er sich entgegenhielt. Dann stellte er das Glas wieder zurück, ohne getrunken zu haben.

„Übermorgen", sagte Sorge sachlich und rieb sich die linke Schläfe, als habe er dort Schmerzen, „wirst du mit deiner Frau ins Takarazuka-Theater gehen."

„Wie ich mich darauf freue", sagte Klausen, ohne daß es ihm auch nur im geringsten gelang, witzig zu wirken. „Für Theater habe ich schon immer eine Schwäche gehabt."

Sorge entnahm seiner Brieftasche zwei Eintrittskarten und gab sie Klausen. „Die höhere Nummer ist für dich. Die niedrigere ist für den Verbindungsmann, also für deine Frau. Die Person, die neben deiner Frau sitzen wird, ist der andere Verbindungsmann. Ihm händigt deine Frau alle Filmrollen aus, die sich inzwischen angesammelt haben."

„Also sechsunddreißig Stück."

„Achtunddreißig", korrigierte Sorge. „Die letzten Aufnahmen von deinen Lichtpausen kommen dazu. Außerdem müssen einige Dokumente fotografiert werden, die morgen nachmittag Miyagi zu Voukelitsch bringen wird. Die letzte Aufnahme ist die Abrechnung für das zweite Halbjahr neunzehnhundertneununddreißig, bis einschließlich Dezember."

„Einen Monat im voraus?"

„Setze die üblichen Monatssummen ein und verdopple sie für November und Dezember durch Anteile aus deinem Geschäft. Eine Kopie dieser Aufstellung will ich sehen."

„Der Teufel soll dich holen", sagte Klausen stark verärgert, und er hielt es nicht für nötig, diese Gemütsregung zu verbergen, „du ruinierst mir mein ganzes Unternehmen."

„Und wenn schon!" sagte Sorge ungerührt.

„Und sollen wir nur die achtunddreißig Filmrollen abliefern – oder kriegen wir auch was dafür ausgehändigt?"

„Fünftausend Dollar", sagte Sorge und beobachtete Klausen genau.

„Na also!" sagte der. „Und die vereinnahme ich dann in mein Geschäft."

„Du kannst sie bei dir arbeiten lassen, aber das Geld muß jederzeit auf Abruf lockerzumachen sein."

Klausen nickte unwillig.

„Und eins noch ist wichtig", sagte Sorge. „Es handelt sich um unsere erste Kontaktstelle direkt in Japan. Ich möchte gerne wissen, wer der Verbindungsmann ist. Sieh ihn dir, wenn es hell wird, genau an – aber ganz unauffällig, Max. Vielleicht kennst du ihn; vielleicht auch nicht."

„Wen vermutest du, Doktor?"

„Ich habe keine festen Vermutungen. Ich befürchte nur, daß sich Moskau die Sache ein wenig zu leicht macht. Und das wäre nicht ungefährlich."

„Du siehst Gespenster, Doktor!"

„Hoffentlich. Aber wenn das jemand von der Partei ist oder womöglich gar von der Sowjetbotschaft, dann pfeffere ich denen in Moskau ein Ding hin, daß sie genauso rot werden wie ihre Fahne."

„Darauf wollen wir einen trinken, Doktor!" sagte Klausen; und er war jetzt wieder ein wenig unternehmungslustiger geworden. Die letzte Bemerkung hatte endlich wieder den alten Sorge zum Vorschein kommen lassen, den Saufkumpan Sorge, das Rauhbein Sorge. Den *Was-kostet-die-Welt*-Sorge; wie einst in Schanghai!

Sorge lehnte es jetzt nicht mehr ab zu trinken. Er leerte sein Glas und sagte dann: „Es ist also alles klar." Er entnahm einer der Zeitungen, die er lose in der Jackentasche trug, einen Notizzettel und übergab ihn Klausen.

„Das ist der Text für heute nacht. Aber es wird ohne Polizeischutz gefunkt! Morgen nachmittag um drei Uhr soll Voukelitsch die Filme fertigmachen. Und Augen auf, Klausen, wenn du dann übermorgen abend im Theater bist. Ich muß wissen, ob die in Moskau uns hier für dumm verkaufen wollen."

Die Spionage hat kaum jemals irgend etwas mit Amüsement oder gar mit dem großen Abenteuer zu tun gehabt – sie ist vielmehr meist ein ziemlich robustes Handwerk und erfordert unendlich viel Geduld; wer das nicht einsieht, bleibt nicht lange bei diesem Beruf.

Übereinstimmend behaupten nun alle Spione zu allen Zeiten, es sei verhältnismäßig leicht, Nachrichten zu erhalten – die eigentliche Schwierigkeit bestehe darin, die Nachrichten schnell und sicher in die Hände des Empfängers gelangen zu lassen.

Dieser Transport, über die Grenzen hinweg, durch die Fronten hindurch, ist schon immer das eigentliche Problem gewesen; und findige Agenten haben es immer wieder überraschend gelöst. Gemessen an den Einfällen intelligenter Spione muten etwa die Schliche und Kniffe der Schmuggler und Grenzgänger wie billiger Mummenschanz an.

Die Skala der Möglichkeiten des Verbergens und Verschleierns ist bekannt: Anwendung von unsichtbarer Tinte, stures Auswendiglernen, das Rösselsprungverfahren, das primitive Geschäftsbriefe in hochwichtige Unterlagen verwandeln kann – bis zum unentwickelten Mikronegativ auf Hemdkragen oder Briefmarken.

Der Funk verwandelte die Situation grundlegend. Er kannte keinerlei Hindernisse. Die Geräte waren ohne besondere Schwierigkeiten zu bedienen. Selbst der Erzfeind aller Nachrichten, die Zeit, war hier zur Strecke gebracht.

Es gab nur eine Schwierigkeit: Jeder, der einen geeigneten Empfänger besaß, konnte bequem mithören. Das führte in Kürze zu raffinierten Schlüsselsystemen. Der Geheimcode wurde zur Bibel des Agenten.

Fortan gehörte zu einer Spionagegruppe der Funktechniker als zweitwichtigster Mann. Und Sorges Klausen war ein Meister in seinem Fach, nicht nur ein ausgezeichneter Funker, auch ein nahezu genialer Bastler. Das von ihm aus Einzelteilen zusammengebaute Funkgerät war nicht größer als eine Aktentasche und übersprang mit seiner Sendekapazität Entfernungen von mehr als tausend Kilometern.

Die sowjetische Spionage hat auf dem Gebiet der Nachrichtenübermittlung erstaunlich gute Arbeit geleistet. Ehe der Krieg begann, überzog Moskau Europa vorsorglich mit einem dichten Funknetz. Allen diesen Stellen war Funkstille geboten. Als dann der Krieg begann, brodelte der Äther auf dem Kurzwellenbereich.

In Polen befanden sich drei Sender, vier in der Tschechoslowakei, drei auf dem Balkan. Dazu kamen die Sender der ‚Roten Kapelle' in Deutschland, mit dem Schwerpunkt Berlin, und die Sender in Belgien und Frankreich. Eine weitere Gruppe funkte seit 1940 aus der Schweiz.

Nach vorsichtigen deutschen Schätzungen hatte eine Sendegruppe, zu der drei Stationen gehörten, nicht selten einen Absatz von vierhundert Telegrammen im Monat.

Das ‚Imperial' sah am frühen, fahlen Morgen noch weit protziger aus als sonst. Dieser Prunktempel für Halbgötter und Halbmenschen, auf den Richard Sorge zuging, hatte etwas an sich von jenem Tick der Geldbanausen, Buddhas als Briefbeschwerer zu benutzen oder mit Tempeltanzmasken Korridore auszustaffieren. Nur war hier diese Sucht ins Gigantisch-Banale hinaufgesteigert.

Das ‚Imperial' in Tokio galt als das bizarrste Hotel der Welt. Ein cleverer US-Baumeister hatte den Plan hierzu dem Geschmack weltreisender Geldbesitzer und Geschäftsleute angepaßt und heftigste Anleihen bei den altmexikanischen Aztekentempeln gemacht. Ein Prospekt verkündete stolz: Das ‚Imperial' ist völlig erdbebensicher. Es ist auf einem gewaltigen Betonklotz verankert, der auf morastigem Untergrund schwimmt.

Sorge betrachtete kurz die aufeinandergestapelten, ineinanderverschachtelten Platten und Säulen, Quadern und Kegel. Im Dämmerschein wuchs das alles zusammen, verlor an ausgeklügelter Vielfalt, wurde wuchtiger, mächtiger, pathetischer. Und es war das erstemal, daß Sorge vergaß, über diese protzige Fassade für internationale Spießbürger ausgedehnt zu grinsen.

Sorge hatte sich mit dem Schriftsteller Siebert aus Frankfurt zu einer Überlandtour verabredet. Sorge hatte Siebert versprechen müssen, ihm jene Elendsgebiete zu zeigen, in denen das Bauernproletariat vegetierte. Der vielgereiste Mann aus Frankfurt hatte einfach nicht glauben wollen, was ihm Sorge hierüber zu berichten wußte. Und da er zu jenen nicht allzu häufig anzutreffenden Reiseschriftstellern zählte, die ihre Nasen nicht nur in Fahrpläne und Speisekarten hineinzustecken pflegten, bestand er darauf, mit eigenen Augen zu sehen, was seine Ohren mit stets wacher Skepsis registriert hatten.

Diesen Mann aus Frankfurt achtete Sorge wie kaum jemand sonst. In seiner Gegenwart benahm er sich sogar nahezu gesittet, was alle anderen verwunderte und ihn selbst erstaunte. Aber Siebert war inmitten dieser wildwuchernden Geschäftigkeit ein Mann, dem es allein um Tatsachen ging, um die Wahrheit und – soweit das überhaupt jemals möglich war – um Objektivität. Siebert konnte sich das leisten, denn er hatte sich, dank seiner klugen Beobachtungsgabe und seiner brillanten Feder, so gut wie unabhängig geschrieben.

Nicht nur deshalb sah Sorge ihn gern – etwas anderes kam hinzu: bei Siebert witterte er Verständnis. Nicht etwa, daß der Mann Kommunist war, das nicht; bestimmt war er auch kein Nazi – er war aber ein freier Mensch. Alles andere hier in Tokio erfüllte lediglich eine Funktion und war irgendwie abhängig: die Geschäftsleute von ihren Provisionen, die Diplomaten von ihrer Laufbahn, die Journalisten vom Wohlwollen der Redakteure; Siebert aber gehörte zu den ganz wenigen, die völlig frei über sich selbst entscheiden konnten. Er war sein eigener Herr und konnte wählen, was ihm zusagte. Er war kein Lohndiener der Politik, er war ein Gestalter der öffentlichen Meinung. Er war frei! Und Sorge fühlte sich ihm verwandt.

Richard Sorge betrat, in froher Erwartung, die fast leere Halle und sah sich um. Er fand Siebert nicht sogleich. Dafür sah er Branz, den er gutgelaunt als obersten Polizeispitzel der deutschen Botschaft zu bezeichnen pflegte, bei einem stattlichen Frühstück sitzen. Branz winkte; und es war unverkennbar, daß er Sorge zuwinkte.

Sorge, dessen erwartungsvolle Stimmung jäh verflogen war, ging langsam auf Branz zu. „Sie haben sich wohl in der Adresse geirrt?“ fragte er rauh.

Branz gab sich betont freundschaftlich. „Aber nein!“ sagte er. „Wir sind doch miteinander verabredet.“

„Das ist mir neu“, sagte Sorge.

„Wir fahren doch zusammen aufs Land“, sagte Branz und schlürfte dann den heißen, schwarzen Kaffee. Er tat, als sei alles in bester Ordnung und zwischen ihnen noch niemals auch nur das geringste vorgefallen.

Sorge ließ ihn sitzen, drehte sich schroff um und ging auf den Ausgang zu. Hier traf er auf Siebert. Der mittelgroße Mann, auf dessen Gesicht Klugheit und Güte schimmerten, aber auch eine Empfindsamkeit, die fast fraulichen Ursprungs zu sein schien, dieser Mann mit den zierlichen Händen und der warmen Stimme begrüßte Sorge herzlich wie einen Freund. Und in Sorge wuchs ehrliche Freude.

„Ehe wir in die Halle hineingehen“, sagte Siebert, „muß ich Sie schonend auf etwas vorbereiten.“

„Auf diesen Branz?“

„Sie haben ihn bereits gesehen? Um so besser! Lassen Sie mich erklären, wie es dazu kam.“

„Ich brauche keine Erklärung", sagte Sorge spürbar gekränkt. „Nicht einmal von Ihnen. Nehmen Sie diesen Branz und fahren Sie mit ihm aufs Land. Aber mich verschonen Sie bitte vor dem Anblick dieser Greifervisage."

Siebert lächelte herzgewinnend; und die sanfte Überlegenheit, die er empfand, war ihm nicht anzumerken. „Lieber Herr Sorge", sagte er. „Wenn Sie wirklich nicht wünschen, daß Herr Branz uns begleitet, dann wird das auch nicht geschehen."

„Und warum sollte ich das nicht wünschen?" fragte Sorge.

„Ich bat gestern den deutschen Botschafter, mir ein Auto zur Verfügung zu stellen. Ich sagte ihm, daß ich die Absicht habe, mit Ihnen aufs Land hinauszufahren. Der Botschafter begrüßte diese meine Absicht lebhaft und sagte wörtlich zu mir: Sie können sich dazu beglückwünschen, wenn Sorge Sie begleiten will; niemand kennt dieses Land so gut wie er."

„Das rührt mich aber", sagte Sorge ablehnend. „Und was hat das alles mit Branz zu tun?"

„Auch das ist eine Idee des Botschafters. Er legt spürbar großen Wert darauf, daß Sie und Branz sich wieder versöhnen. Er meinte, bei einer Fahrt wie dieser würden Sie sich näherkommen. Und Branz, vom Botschafter in meiner Gegenwart dazu befragt, zeigte sich durchaus aufgeschlossen. Deshalb stellt Branz den Wagen und begleitet uns. Soll ich ihn jetzt wegschicken, Herr Sorge?"

„Meinetwegen nicht", sagte Sorge nach längerer Pause. „Auch ich lege einigen Wert darauf, diesem Herrn näherzukommen."

„Hoffentlich nicht gleich wieder mit der Faust", sagte Siebert scherzend.

Dann gingen sie in die Halle, begrüßten Branz, setzten sich noch ein wenig zu ihm und tranken eine Tasse heißen Kaffee. Siebert plauderte verbindlich, Branz machte ein paar gutgelaunte Bemerkungen. Sorge schwieg zumeist nur.

Kurz danach verließen sie im Fordwagen Tokio. Branz drückte, von Sorge mit bissigen Worten dazu verleitet, den Gashebel durch, und der Wagen flatterte über die nicht sonderlich gepflegten Straßen. Die Häuser von Tokio schienen langsam zusammenzufallen. Das Land schluckte die Stadt auf.

Sie fuhren landeinwärts, fast genau nach Norden. Nur noch vereinzelt standen Schirmkiefern am Weg. Die Häuser wurden zu Hütten. Die Menschen schienen die Straßen zu meiden; sie schlichen über die Felder, und an ihren Kleidern hing Erde.

Sorge ließ halten. „Wir kommen langsam in reines Agrargebiet", sagte er. „Das Land hier gilt noch im allgemeinen als fruchtbar. Es ist sozusagen japanischer Durchschnittsboden."

Siebert blickte über das harte, gekrümmte Land, das erstarrt zu sein schien. Er schwieg. Branz war ausgestiegen und stampfte mit den Beinen auf, die vierstündige Fahrt hatte seine Glieder steif werden lassen. Er sagte: „Das hier ist wohl Ihre Paradegegend, Sorge. Geschickt entdecktes Elend zwecks Fremdenführungen."

Sorge schien Branz überhaupt nicht zu beachten. Er breitete auf seinen Knien eine Karte aus. Branz kam interessiert näher und beugte sich vor.

„Woher haben Sie diese Spezialkarte, Herr Sorge?" fragte er. „Wenn mich meine Augen nicht täuschen, ist das eine sogenannte Generalstabskarte. Haben Sie die etwa aus dem Panzerschrank des Botschafters?"

„Lieber Herr Branz", sagte Siebert bremsend. „Sie sind hier doch nicht im Polizeidienst."

„Karten von dieser Sorte", erklärte Sorge grinsend, „sollen tatsächlich in der Botschaft als Geheimmaterial behandelt werden. Man kann sie aber in jedem Papiergeschäft in Tokio kaufen."

„Na also!" sagte Siebert befriedigt.

„Im übrigen", sagte Sorge, „befinden wir uns nicht etwa in einer ausgesprochenen Elendsgegend, sondern in einem der besseren Agrargebiete."

„Auch in Palästen", warf Branz ein, „gibt es einen Kohlenkeller. Ich wette, Sorge hat sich mit Fleiß genau diese besonders schäbige Stelle ausgesucht, um uns eine seiner Theorien einzureden."

„Lieber Herr Branz", sagte Siebert dämpfend, „diese Informationsreise ist für mich gedacht. Herr Sorge hat gewiß niemals die Absicht gehabt, Sie aufklären zu wollen."

„Was sollte das wohl auch für einen Zweck haben", sagte Sorge angriffslustig.

Siebert seufzte ein wenig; es war gar nicht so leicht, diese beiden Kampfhähne auseinander zu halten. Aber er durfte natürlich in seinen Bemühungen nicht nachlassen, das immer wieder zu versuchen. „Was ich hier sehe", sagte er, „beeindruckt mich stark. Die Bauern im Bayrischen Wald haben mit einem ähnlich kargen Boden zu kämpfen."

„Und das ist auch schon das ganze Problem", sagte Branz. „Der Boden! Hier können eben keine Bananen wachsen, ohne daß die Leutchen auch nur die Hand krumm zu machen brauchen. Das ist doch ganz einfach: fetter Boden gleich Wohlstand – magerer Boden gleich Hunger! Sorges sozialistische Betrachtungen sind hier lediglich hineingeheimnißt worden."

„Was wissen Sie von meinen sogenannten sozialistischen Ideen?" fragte Sorge.

Branz sah ihn verkniffen lächelnd an. „Ich habe mir alle Ihre Artikel kommen lassen, die Sie in den letzten Jahren geschrieben haben. Hochinteressante Lektüre!"

„Wie recht Sie haben", sagte Siebert schnell. „Auch ich kannte Herrn Sorge schon lange Jahre, bevor ich ihm hier begegnet bin, von seinen Artikeln in der ‚Frankfurter'. Es waren ohne Zweifel mit Abstand die besten Artikel in deutscher Sprache, die ich jemals über den Fernen Osten gelesen hatte."

Branz schluckte das protestlos. In Sorge kam Stolz auf und verdrängte alle anderen Gedanken in ihm. Das war das größte Lob, das er bisher über seine journalistischen Arbeiten gehört hatte. Ähnliches war ihm schon oft gesagt worden. Aber wenn ein Mann wie Siebert das sagte, dann hatte es Gewicht.

Sorge, der seine Freude nicht zeigen wollte, beugte sich wieder sachlich über die Karte. „Hier", sagte er, „befinden wir uns jetzt. Damit haben wir aber erst den Rand des großen Agrargebietes erreicht. Wir brauchen noch zwei Stunden Fahrt, um ungefähr dort zu sein, wo man von durchschnittlichen Verhältnissen sprechen könnte. Wohin wir von hieraus fahren, ist praktisch gleichgültig, ob nach Nordosten, Norden oder Nordwesten. Bestimmen Sie unser Ziel, Herr Siebert. Zeigen Sie auf irgendeinen Ort. Dort fahren wir dann hin. Und Sie werden sehen, daß sich alle meine Behauptungen bestätigen."

Siebert zögerte. Er suchte nach einem Ort, der nicht übermäßig einsam lag, der noch brauchbare Transportmöglichkeiten fand: Wasserwege, Eisenbahn in zwanzig Kilometer Entfernung, Straße mittlerer Ordnung etwa zwölf Kilometer daran vorüberführend. Siebert tippte mit seinem Finger auf die Karte und sagte: „Hier!"

Sorge nickte. Branz sah auf die Karte und sagte unwillig: „Ich bin doch kein Pfadfinder."

Dann zerrte der Motor den Wagen weiter über ausgefahrene Straßen, an kümmerlichen Bäumen vorbei, vorbei an Feldern, die bis zum winzigsten Zipfel ausgenützt schienen. Die Hütten wurden immer niedriger und ließen an primitive Eingangsschächte für Höhlen denken.

Sorge dirigierte die Fahrt an Hand seiner Karte mit sicheren Anweisungen. Branz kam sich vor wie ein Chauffeur. Siebert, hinten im Wagen, war völlig still geworden. Er saß vorgebeugt da, seine rechte Hand hielt den Griff der Wagentür umklammert, die Augen sogen die betäubend trostlose Landschaft in sich ein.

„Wir sind am Ziel", sagte Sorge. „Lassen Sie den Wagen hier irgendwo stehen."

Sie befanden sich in einem Dorf im Innern des Landes, etwa hundertdreißig Kilometer von Tokio entfernt. Hütten umstanden sie. Die wildzerfurchte Straße war grau. Die wenigen Kiefern, die sichtbar waren, schienen dahinsterben zu wollen. Die Sonne hatte sich verkrochen, und die Luft atmete Verwesung.

„Kunststück!" sagte Branz ungerührt. „In dieser Jahreszeit sieht selbst ein Luxusbad wie ein Elendsviertel aus."

Sorge zog Siebert mit sich. Einige Kinder liefen ihnen aus dem Weg. Sorge ging auf irgendeine der Hütten zu, auf die nächste, die erreichbar war. Er stieß die schiefe Holztür auf und trat ein. Siebert folgte ihm wortlos.

Einige Menschen starrten ihnen entgegen, mit dunklen, tiefliegenden, wie in Höhlen hineingepreßten Augen. Die Gesichter waren mehr grau als gelb. Sorge rief ein paar Worte in gebrochenem Japanisch.

Ein alter Mann erhob sich, verbeugte sich und setzte sich dann wieder.

Siebert griff nach Sorges Arm. Der Gestank der Armut betäubte ihn. Die Höflichkeit der im Elend Lebenden bereitete ihm ähnliche Qualen wie das letzte verlegene Lächeln jenes Sterbenden, dem er im Krieg die Augen zugedrückt hatte.

Sorge schien das alles nicht zu bemerken. Er zerrte Siebert aus der einen Hütte hinaus und in eine andere hinein. Das Bild des Elends wiederholte sich. Sorge schleppte Siebert in eine dritte Hütte, in eine vierte. Dessen Gesicht wurde grau, und er biß die Zähne zusammen.

„Alle diese Menschen", sagte Sorge, „sind Bauern. Sie hungern fast immer. Wenn der Reis nicht reicht, dann strecken sie ihn durch Baumrinde und Fischköpfe. Und ihr Tee ist fast immer nur warmes Wasser."

Sie gingen zum Auto zurück, an dem Branz herummontierte. Er hatte in den Tank Benzin aus Kanistern nachgefüllt, die Reifen überprüft und den Motor angeschaut. Was in den Hütten des Dorfes vor sich ging, interessierte ihn nicht.

„Ein armes Völkchen, was?" rief er, als Sorge und Siebert zurückkamen. „Aber auch ein tapferes Volk – alle Achtung! Unsere holsteinischen Kuhbauern wären schon lange abgekratzt bei diesem Lebensstandard. Aber diese Japaner machen alle Anstalten, sich den Fernen Osten in die Tasche zu stecken. Das nenne ich Heroismus, Herr Siebert. Das ist das einzige, was Sie wirklich aus Sorges Demonstration lernen können. So ein Volk ist reif zur Weltmacht. Der ganze soziale Zauber aber, an dem Sorge so sehr hängt, ist doch nur ein frommer Selbstbetrug."

Siebert wandte Branz den Rücken zu; das war schon das Äußerste, wozu er sich hinreißen ließ. „Wie ist das nur möglich?" fragte er noch immer fassungslos.

„Nur fünfzehn Prozent aller Bauern in Japan", erklärte Sorge, „sind einigermaßen selbständig. Sie besitzen ein bis drei Hektar Land. Der Rest aber ist ein Bauernproletariat, für das es wohl kein zweites Beispiel auf dieser Erde gibt. So ein gepachteter Bauernhaushalt ist nicht größer als ein mittlerer Garten bei uns, etwa hundert mal hundert Meter im Quadrat."

„Viehzucht?"

„Mehr als spärlich. Auf etwa neun Haushalte kommt ein Schwein."

„Steuern?"

„Etwa doppelt so hohe Steuern wie die Gewerbetreibenden. Und deshalb werden Hunderttausende von diesen Elendsbauern alljährlich in die Städte getrieben, und dort vergrößern sie das Industrieproletariat. Herrscht aber in den Industriestädten Arbeitslosigkeit, dann wandern die Arbeitslosen zurück in die Bauernhaushalte, und das Dorf nimmt sie stillschweigend wieder auf."

„Wenn ein Staat groß werden will", sagte Branz munter, „dann müssen Opfer gebracht werden. Nur dem Tüchtigen gehört die Welt!"

„Verschonen Sie uns gefälligst mit Ihren blöden Naziphrasen", sagte Sorge grob.

„Wollen Sie damit sagen", sagte Branz streng, „daß der Nationalsozialismus aus blöden Phrasen besteht?"

Siebert mischte sich sofort ein, und diesmal mit einer Deutlichkeit, die nichts mehr zu wünschen übrigließ. „Herr Branz", sagte er, „der Nationalsozialismus wird von uns als ein Machtfaktor respektiert. Aber wenn irgendeiner seiner Vertreter ungereimtes Zeug redet, nehmen wir uns die Freiheit, es als das zu bezeichnen, was es ist."

Branz zuckte mit den Achseln und verkroch sich unter der Motorhaube. Aber dort arbeitete er nicht; er hörte nur zu. Und man brauchte ihm nicht ins Gesicht zu sehen, um zu erraten, welche Gedankengänge ihn bewegten.

„Der japanische Bauer", sagte Sorge; und es war ihm anzumerken, wie sehr ihn diese Probleme beschäftigten, „pachtet das Grundstück gegen eine Jahresrente vom Grundbesitzer. Er muß bis zum zwanzigsten Dezember gezahlt haben, und zwar ist dabei völlig gleichgültig, wie die Ernte ausfällt. Diese Pachtverträge besagen aber auch, daß der Bauer seinen Haushalt zurückgeben muß, wann immer der Grundbesitzer das wünscht, und zwar auch dann, wenn die Pflanzen bereits gesetzt sind."

„Das ist grausam", sagte Siebert.

„Das ist japanisch", sagte Sorge; und sein wilder Haß gegen die Japaner kam so unverhüllt zum Ausdruck, daß Siebert zurückwich und seinen Begleiter befremdet musterte.

„Sie hassen Japan?" fragte er offen.

„Ja", gab Sorge, nicht minder offen, zu.

„Aus Instinkt? Aus Überlegung? Aus Erfahrung?" wollte Siebert wissen. Er wies auf das weitausgebreitete Elend um sich. „Das hier ist grausam – aber es läßt sich reformieren. Das ist ein derart übler Mißstand, wie ich ihn nur selten gesehen habe – aber es gibt Mittel, ihn zu beseitigen. Diese Dinge erfüllen mich mit Mitleid, fast mit Schwermut; ich leide darunter, aber ich weiß doch auch, daß es Abhilfe geben kann. Ich wünsche sie sehnlichst herbei – aber ich hasse nicht. Und warum sind Sie voller Haß, Sorge?"

„Weil ich die Japaner besser kenne als jeder andere. Weil meine Augen mehr gesehen haben, als Ihre Feder jemals beschreiben kann. Ich habe gesehen, wie Kommunisten in Schanghai blutig zusammengehauen wurden und wie man ihre Führer lebend – lebend! – in Lokomotivkesseln verheizt hat. Ich habe gesehen, wie Tschiang die kommunistisch durchsetzten Truppen vor die Maschinengewehre der Japaner trieb und wie diese Japaner sie niedergemetzelt haben, obwohl Kinder um Pardon winselten. Sie verbluteten alle. Alle! Noch heute rieche ich dieses Blut, das die Japaner grinsend verspritzt haben."

„Vielleicht", sagte Siebert traurig, „haben Sie in Ihrem Leben immer nur Blut fließen sehen, zu dem Sie sich hingezogen fühlen."

Branz tauchte aus der Motorhaube auf. „Ich habe jetzt zweimal hintereinander das Wort kommunistisch gehört. Es scheint Ihnen besonders zu gefallen, Herr Sorge."

Sorge sah Branz kalt an. Und in diesem Augenblick wußte er, daß es jetzt kein Zurückweichen mehr gab: er oder Branz – einer war zuviel in Japan. Diese Erkenntnis beruhigte ihn seltsamerweise sofort. Wie immer, wenn er eine Entscheidung getroffen hatte, war er sicher, das Ziel auch zu erreichen.

Und fast gleichgültig sagte er: „Ich bin Sozialist und habe das niemals verschwiegen. Und hier, in diesem erbärmlich regierten Land, in diesem letzten Dorado vorsintflutlicher Feudalherrschaft, wird man es im besonderen Maße. Nun ist aber im Fernen Osten fast alles, was sozialistisches Gedankengut verbreitet, zugleich kommunistisch. Man mag das bedauern, aber es ist Tatsache. Daher die zweimalige Benutzung dieses schärferen Wortes für Sozialismus."

„Das ist verständlich", sagte Siebert um Ausgleich bemüht. „Und vergessen Sie bitte nicht, Herr Branz, daß der Sozialismus – laut Programm! – auch ein Teil des Nationalsozialismus ist, und wahrlich kein kleiner."

„Dennoch", sagte Branz, „höre ich nicht ohne Verwunderung, daß ein Intimus des deutschen Botschafters Schmähreden auf die Japaner hält, obwohl es sich doch hier um unsere Verbündeten handelt."

„Da irren Sie sich ein wenig", sagte Siebert mühsam lächelnd. „Zunächst einmal trennen wir, wie alle Politiker, das Volk von seiner Führung, und dann verbindet speziell uns mit den Japanern lediglich ein lächerlich nichtssagender Antikominternpakt. Zwischen Deutschland und der Sowjetunion aber besteht ein Nichtangriffspakt, ohne den der ganze Krieg mehr als nur ein Abenteuer wäre."

„Mit Intellektuellen", sagte Branz verärgert, „kann man einfach über solche Sachen nicht reden. Sie entwinden sich wie die Aale!" Und reichlich unverschämt drohend fügte er hinzu: „Aber auf die Dauer wird das nicht glücken. Es wird schon noch die Gelegenheit kommen, wo einer ganz fest zupacken kann."

Wo illegal gefunkt wurde, trat automatisch die Funkabwehr in Tätigkeit. Jeder Zug auf dem internationalen Schachbrett der Spionage löste automatisch einen Gegenzug aus. Und auch dieses Spiel war reich an verblüffenden Finten.

Die geschicktesten Partien in diesem Spiel scheint die deutsche Funkabwehr geliefert zu haben. Das geschah mit Ausdauer,

Gründlichkeit und mit einer bestechend sicheren Organisation. Ingenieure und Inspektoren, wie Flicke und Stratenschulte, entwickelten sich im Verlauf der Kriegsjahre zu erfolgreichen Fallenstellern des Äthers.

Genauso groß wie die Vorteile des Funks sind auch seine Nachteile: Die Sendungen können mitgehört und, was weit gefährlicher ist, der Standort des Senders kann angepeilt und somit bestimmt werden.

Funkpeilung gleicht der Einkreisung von gejagtem Wild: Die Kreise werden immer enger und enger gezogen. Im günstigsten Fall genügen fünf Peilvorgänge: Beim ersten wird der Raum festgestellt, in dem der Sender arbeitet, beim zweiten die Stadt, beim dritten das Wohnviertel, beim vierten der Häuserblock, beim fünften die Wohnung.

Aber das Wild hält nicht still und wartet nicht tatenlos auf seine Gegner. Der Kampf zwischen den Peilern und den Funkstellen ist hart und listenreich: Die Funker wechseln laufend ihre Quartiere und senden wechselweise von drei bis vier weit auseinander liegenden Stellen, sie tauschen die Wellenlängen aus, sie verändern die Rufzeichen, und – als Glanzleistung – sie senden einen Spruch mit mehreren Sendern zugleich und springen von Gruppe zu Gruppe völlig unkontrollierbar im Äther umher. Und um ganz sicherzugehen, stellen sie während der Sendezeit handfeste Aufpasser in der Umgegend auf, die jeden Peilversuch sofort melden beziehungsweise unterbinden.

Dennoch kreiste die deutsche Funkabwehr Sender um Sender ein und legte so auch unter anderem den größten Teil der ‚Roten Kapelle' lahm. Aber das allein genügte unseren Fallensteller-Ingenieuren nicht, denn sie waren nicht nur geschickt, sie waren manchmal sogar kühn. Sie besetzten illegale Sender, ‚bogen' die Funker um oder lösten sie durch eigene Funker ab und stellten eine Tarnverbindung mit dem Gegner her. Und monatelang lieferten die Alliierten den Deutschen per Funk allerbeste Unterlagen und wertvolle Hinweise auf Sabotagematerial, Fallschirmabsprünge von Agenten, Spionagegruppen im Hinterland. Das war das berühmte Englandspiel.

Hand in Hand damit versuchten Spezialisten aller Länder, die Schlüsselsysteme der Gegner zu entziffern. Gelehrte von Rang und geschickte Studenten mit sprachlicher und mathematischer Begabung gaben sich alle Mühe, die kompliziertesten Austauschrätsel zu lösen. Großer Stolz in Deutschland, als es im August 1942 gelang, einen raffiniert durcheinandergewürfelten und doppelt überschlüsselten Funkspruch vom August 1941 zu dechiffrieren.

Natürlich saß gleich in der deutschen Entzifferungsgruppe ein Mitglied der ,Roten Kapelle' und meldete jeden Erfolg sofort weiter. Ein anderes Mitglied dieser Organisation war sogar leitender Ingenieur der Peilerfabrikation – er sorgte frühzeitig für deren ungenaues Arbeiten.

Auch die Funksprüche Klausens in Tokio wurden regelmäßig aufgefangen, sogar von deutschen Beobachtungsstellen mitten im alten Europa. Bei den Japanern füllten sich Schnellhefter um Schnellhefter mit Sorge-Nachrichten. Doch keiner dieser Funksprüche konnte ,geknackt' werden.

Außerdem war jeder Peilversuch bei Klausens vergeblich, zumal mangelnde Erfahrung und unzureichende Apparaturen die Japaner fast hilflos machten. Der ausgekochte Max Klausen wechselte aber seine Funkquartiere regelmäßig. Schließlich hatte er eine geniale Idee: Er wechselte sogar während der Sendung seinen Standort – er veranstaltete einfach Kahnpartien.

Das Verhältnis zwischen Richard Sorge und Martina Schwarz beschäftigte die Gemüter der deutschen Kolonie in Tokio heftig. Nicht, daß dieses Verhältnis überhaupt bestand, war ungewöhnlich – über so etwas sprach man kaum, das registrierte man höchstens: Man war nicht prüde und legte Wert darauf, als großzügig zu gelten, denn Deutschland war weit, und das Klima war anders, die Kirche hatte wenig Einfluß, und der Krieg nahm mancherlei Hemmungen. Und im Fernen Osten war schon immer irgendwo Krieg gewesen.

Nur der Umstand, daß dieses Verhältnis langsam skandalöse Formen annahm, sich zum stattlichen Teil vor aller Öffentlichkeit ungeniert abspielte und nicht im geringsten kaschiert wurde, beunruhigte die wahrlich nicht uninteressierten Zuschauer. Das, was aber allgemeine Verwunderung erregte, war die Dauer dieser Bindung.

In den ersten Wochen war es nahezu unmöglich, sie voneinander zu trennen. Es sollten sich sogar, berichteten einige besonders Informierte, überraschend zärtliche Szenen abgespielt haben: Martina und Richard Hand in Hand in einer Ecke des ,Imperial' sitzend. Ehemann Schwarz, so ging die Sage, habe es lange Zeit hindurch vermieden, das Schlafzimmer seiner Frau ohne vorherige Anmeldung zu betreten. Und eine ältere Dame der Gesellschaft soll sogar während dieser Taubenperiode von

Sorge mit vollendeter Höflichkeit eine Auskunft erhalten haben.

Höchst sonderbar das alles, zumal ja in normalen Zeiten Martinas Männerverbrauch enorm war und Sorges Eskapaden mehr als ausreichend Stoff für intime Teestunden lieferten. Daß ausgerechnet diese beiden sich zusammentaten, war ohne jeden Zweifel ein Verlust für die Gesellschaft. Denn die vollreife Martina war nicht nur gierig, sie konnte auch charmant sein und war den Herren aller Altersklassen eine Augenweide und vielen von ihnen vieles mehr als nur das. Der muskulöse Sorge hingegen, der die Damen seiner Umgebung mit Deutlichkeiten in jeder Form teils zu schockieren, teils zu erfreuen pflegte, wurde ebenfalls lebhaft vermißt.

Die ersten Anzeichen der Zerrüttung dieses überaus erstaunlichen Verhältnisses wurden in der Öffentlichkeit erst nach sechs Wochen bemerkt: Im ‚Imperial'-Theater ließ Sorge nach einem kurzen Streit Martina einfach sitzen und entfernte sich mit einem unerhört gewagten klassischen Zitat. Im Restaurant ‚Lohmeyer', drei Wochen später, ohrfeigte Martina ihren Richard Sorge zweimal kräftig kurz hintereinander; Sorge tat das gleiche. Sie versöhnten sich wieder eine halbe Stunde später. Zwei Wochen danach beschimpfte Sorge sie auf einem Empfang in der Botschaft, da er glaubte, allen Grund zu der Annahme zu haben, sie flirte schamlos, was auch tatsächlich der Fall gewesen war. Er zerrte sie, durch die freudig erstaunte Menge hindurch, hinaus und brachte sie nach Hause; dort blieb er, wie Eingeweihte wissen wollten, zwei Tage.

„Ich liebe dich maßlos", sagte Sorge und umschlang Martina wild. Er stieß gegen den Teetisch, eine Tasse fiel zu Boden und zerbrach. Sie achteten nicht darauf.

„So wie ich dich liebe, kannst du gar nicht lieben", sagte Martina und preßte sich an ihn.

Der japanische Erste Diener im Hause Schwarz, der lautlos herbeigeeilt war, als er die Tasse klirren hörte, blieb überrascht und leicht verlegen an der Tür stehen, sah dann ergeben zu Boden und entfernte sich eilig. Obwohl er schon lange Jahre dem Haushalt vorstand und Martina Schwarz persönlich zu betreuen pflegte, hatte er sich noch immer nicht an die kühnen Unbedenklichkeiten seiner überaus bemerkenswerten Herrin gewöhnt.

„Nicht hier", rief Martina unterdrückt und versuchte sich frei zu machen. „Nicht jetzt."

„Warum nicht?"

„Wir vergessen sonst wieder die Zeit."

„Sie ist nur noch wert, vergessen zu werden."
„Wir wollen ausgehen."
„Dann gehen wir eben nicht aus, Martina."
„Wollen wir nicht in die Botschaft gehen?"
Sorge gab sie nicht nur frei, er schob sie heftig von sich. „Das alles ist dir wichtiger als mich zu lieben!" rief er.
„Ich will mit dir ausgehen, weil ich es gern habe, wenn du mich begleitest – ist das so schlimm?"
„Wenn du einen Begleiter brauchst, dann schaff dir einen Hund an! Aber selbst ein Hund wird bei dir auf die Dauer nicht bleiben wollen!"
Sie sprang wild auf, stürzte auf ihn zu und versuchte ihn zu schlagen. Er fing ihren Arm auf, bog ihn scharf zurück, und sie stieß einen hellen Schrei aus und fiel in ihren Sessel zurück. Dort blieb sie liegen und sah ihn mit böse funkelnden Augen an.
„Geh", sagte sie. „Und komm niemals wieder!"
„Das höre ich gern", sagte er und ging.
Er setzte sich auf sein Motorrad und fuhr zur Botschaft. Dieses Weib, sagte er sich, ist mein Ruin; das heißt: es könnte mein Ruin sein, wenn ich ihr verfallen wäre. Aber ich mache mir nichts aus ihr – nicht so viel! Und es wird gut tun, sie nicht mehr zu sehen! Sie korrumpiert mich, sie behindert mich in meiner Arbeit, sie gefährdet mein Metier. Sie ist wie ein Vampir, und ich verabscheue sie, denn sie saugt nicht nur an meinen Kräften, sie zerrt, was weit schlimmer ist, an meinen Nerven. Noch niemals vorher ist das irgendeinem Weib gelungen. Es wird Zeit, sie aus meinem Leben auszustreichen.
Er überfuhr ein Signal, überholte mehrere Autos, glitt an einem Begräbniszug vorbei, ohne seine Geschwindigkeit zu mindern. Vor einer Postagentur bremste er scharf und würgte den Motor ab. Er lief hinein und zwängte sich in eine Fernsprechzelle. Dann wählte er Martinas Nummer. Sie meldete sich sofort. Aber er hing ein, ohne ein Wort zu sagen.
Kurz danach parkte er vor der Botschaft. Er ging hinein und gab vor, den Presseattaché im Hauptgebäude suchen zu wollen. Er schaute in mehrere Zimmer hinein, schäkerte reichlich derb mit den Sekretärinnen, von denen einige für ihn eine große Schwäche hatten, ohne daß er jemals in Versuchung gekommen wäre, auszuprobieren, wie groß eigentlich diese Schwäche war. Derartige Experimente hob er sich für entscheidende Stunden auf.
Er fand natürlich den Presseattaché nirgends. Dafür stieß er

auf Branz, der den Versuch unternahm, Sorge in ein Gespräch zu ziehen.

„Was ich Sie immer schon fragen wollte, Herr Sorge – woher haben Sie Ihre vorzüglichen Kartenkenntnisse? Ihr Orientierungsvermögen ist auffallend gut – unser letzter Ausflug in die bäuerlichen Gefilde hat mir das überdeutlich klargemacht."

„Das wird wohl daher kommen, Herr Branz, daß Ihr Orientierungsvermögen unter aller Sau ist – daher neigen Sie vermutlich leicht dazu, nicht nur in diesem Punkt, andere völlig falsch einzuschätzen."

Sorge ließ Branz stehen und suchte weiter. Auf dem oberen Korridor traf er ‚Paulchen', den Admiral, und begrüßte ihn herzlich.

„Wie geht es unserer Kaiserlichen Marine?" fragte Sorge.

‚Paulchen' winkte gutgelaunt ab. Er war fast immer gut gelaunt, denn er liebte das Leben und war sogar mit seinem Beruf zufrieden. Er war ein Seemann, wie er im Lesebuch steht; scharfer Wind hatte ihm um die Nase geweht, und Pulver hatte diese Nase auch gerochen.

„Die Kaiserliche Marine", sagte ‚Paulchen' augenzwinkernd, „muß bald wieder mal vor Anker gehen."

„Und welchen Hafen wollen Sie anlaufen, Herr Admiral? Es gibt doch wohl keinen mehr, den Sie nicht kennen."

‚Paulchen' lachte geschmeichelt. Das, in der Tat, war wahr! Er kannte bereits alle Häfen in seinem Bereich. Und von ihm ging die Sage, er sei der einzige lebende Europäer, der sämtliche eintausendvierhundert Vergnügungslokale des Ginzaviertels kenne, und zwar eingehend wie seine Hosentasche.

„Das ‚Glühwürmchen' allerdings habe ich noch nicht besichtigt", sagte der vielerfahrene Admiral nicht ohne Bedauern.

„Es ist erst vorige Woche eröffnet worden", sagte Sorge.

„Haben Sie schon mal hineingeschaut?"

„Natürlich", sagte Sorge. „Eine Bruchbude wie alle anderen. Mädchen wie aus dem Warenhaus. Die Getränke sind schlecht und teuer. Aber sie haben dort ein paar interessante amerikanische Schallplatten – Negermusik."

‚Paulchen' lachte unternehmungslustig. „Wir sollten das mal näher besichtigen – zur Bereicherung unserer Sammlung. Kommen Sie mit, Sorge?"

„Klar", sagte der. „Und wann?"

„Möglichst bald."

„Heute abend?"

„Das weiß ich noch nicht genau", sagte ‚Paulchen' und war sichtlich betrübt, daß er womöglich gezwungen sein könnte, diese willkommene Besichtigung noch länger hinauszuschieben. „Ich muß heute noch zu den Japanern – ins Kriegsministerium. Kleine Flottenkonferenz. Offenbar haben die Sorgen mit ihren U-Booten."

„Rufen Sie mich doch an, wenn Sie klarsehen", sagte Sorge.

„Und wie kann ich Sie erreichen?"

„Ich werde den Telefontanten in der Vermittlung sagen, wo ich mich heute aufhalte."

‚Paulchen' verabschiedete sich herzlich von Sorge. Es wurde deutlich, wie sehr er Sorge zugetan war. Sein ledernes Gesicht glänzte. Dieser Sorge war ein Kerl, trinkfest, handfest, ein Rauhbein und ein Draufgänger – verwunderlich eigentlich nur, daß er kein Seemann war. Das Zeug dazu hätte er!

Richard Sorge wanderte weiter durch die Korridore der Botschaft. Er gedachte, die Zeit auszunutzen und dem Botschafter einen kleinen Freundschaftsbesuch abzustatten. Er hatte ihn mehrere Tage überhaupt nicht gesehen, nicht einmal beim Frühstück. Diese Martina, dieses Luder, war eine glatte Gefahr für sein Metier!

Er öffnete die Tür zum ersten Vorzimmer des Botschafters, in dem zwei Sekretärinnen ihre Schreibmaschinen mit Heftigkeit bearbeiteten. „Na, Kinder!" rief Sorge. „Habt ihr euch noch nicht totgearbeitet?"

Die Mädchen unterbrachen ihre Tätigkeit und lächelten Sorge zu, und sie lächelten nicht nur, weil er der Intimus des Botschafters war, auch deshalb, weil sie ihn als Mann mochten. Er war, so schien ihnen, unkompliziert und ganz anders als die meisten Mitglieder der Botschaft. Die verströmten zumeist nur steife Würde, und wenn es hoch kam, gaben sie sich leutselig; Sorge aber machte sich, wie er mehrmals offen aussprach, einen Dreck aus Würde, und sein Benehmen ihnen gegenüber war herzlich.

Die eine reichte ihm einen Zettel hinüber. „Sie sollen diese Nummer anrufen, Herr Doktor. Es ist dringend."

Sorge nahm den Zettel und betrachtete ihn flüchtig; was er vermutet hatte, stimmte: Die Telefonnummer war die von Martina Schwarz.

„Soll ich Sie mit Frau Schwarz verbinden?" fragte die Sekretärin ungeniert.

Sorge lachte ihr zu: „Verbinden Sie mich mal."

Martina Schwarz sprach sofort, kaum daß er sich gemeldet hatte, lebhaft auf ihn ein: „Richard“, sagte sie hastig, „ich weiß, ich bin fürchterlich. Ich habe mich schlecht benommen. Ich habe mich aufgeführt wie ein hysterisches Weib. Ich hatte alle Kontrolle über mich verloren. Ich bin scheußlich, ich bin ekelhaft, ich bin ein widerliches Weib.“

„Stimmt“, sagte Sorge; aber seine Stimme klang alles andere als gleichgültig.

„Aber das alles kommt doch nur daher, weil ich dich liebe. Es macht mich langsam verrückt, wie sehr ich dich liebe. Das mußt du mir glauben. Ich kann einfach nicht anders. Mir ist ganz furchtbar zumute, Ika. Ich habe viel geweint. Ich könnte schreien! Bitte, sei mir nicht mehr böse – ich ertrage das nicht.“

„Schon gut. Ich verstehe dich ja. Mir geht es nicht anders.“

Ihre Stimme flackerte sofort wild auf. „Sei gut, Ika. Bitte! Es wird nicht mehr vorkommen; niemals mehr. Ich schwöre dir das. Glaubst du mir?“

„Ja“, sagte Sorge matt.

„Bitte, komm zu mir. Komm sofort zu mir. Du mußt mir zeigen, daß du mir verzeihst. Ja? Kommst du?“

„Ja“, sagte Sorge. Sodann legte er langsam den Hörer fort.

Er fuhr zu Martina Schwarz. Der Motor unter ihm glühte und sang schrill. Das Straßenpflaster schien davonzufliegen. Martina erwartete ihn am Eingang ihres Hauses und zog ihn hinein.

Sie schwiegen dann lange wie erschöpft. Sie saßen, weit nach rückwärts gelehnt, nebeneinander auf der Couch. Sie berührten sich kaum, aber es war ihnen, als fühlten sie ihr Blut pulsieren. Es strömte im aufgepeitschten, gleichmäßigen Rhythmus. Sie wagten kaum zu atmen.

„Es gibt jetzt Stunden“, sagte Sorge in das nebelhafte Dunkel hinein, das sie umgab, „da kann ich ganz vergessen, was mich treibt.“

„Was treibt dich, Ika?“

„Ich will mein Leben ausfüllen“, sagte Sorge traumhaft schwer. „Ich will es erfüllen.“

„Helfe ich dir dabei?“

„Ich habe jetzt durch dich, Martina, Stunden, in denen ich mich glücklich fühle. Ich brauche das. Ich muß sonst fürchten zu zerspringen. Denn was ist mein Leben? Reporter sein? Ist das ein Leben? Das ist eine Beschäftigung. Und jede Beschäftigung ist gewöhnliches Leben. Aber das Gewöhnliche ist keinen Atemzug wert. Man muß mehr wollen, wenn man die Daseinsberechtigung fühlen will: Menschen verändern – Mißstände beseitigen – Kriege vermeiden! Das sind Aufgaben. Dort sein, wo die Hebel angesetzt werden."

„Wie soll ich das verstehen. Ika? Träumst du?"

„Glaubst du, ich bin ein Reporter? Andere glauben, ich bin ein Säufer. Wieder andere halten mich für einen Hurenbock. Aber was bin ich wirklich? Wer bin ich? Ich bin Richard Sorge! Und wer ist Richard Sorge?"

„Der einzige Mann, den ich liebe – und neben dem es für mich keinen anderen Mann gibt und auch niemals geben wird."

„Und was weißt du wirklich von mir? Weißt du denn ..."

Es klopfte behutsam. Sie regten sich nicht. Aber sie hörten sich jetzt atmen. Es klopfte abermals.

„Ja", sagte Martina.

„Ein Gespräch für Herrn Dr. Sorge", sagte der Diener hinter der Tür!

„Nein!" rief Martina.

„Und wer will mich sprechen?" wollte Sorge wissen.

„Ein Herr Admiral", sagte der Diener.

Sorge erhob sich, entfernte behutsam Martinas fordernde Hand, die sich auf seinen Arm gelegt hatte, und ging hinaus.

„Na, wie ist es denn mit uns beiden?" wollte ‚Paulchen' gutgelaunt wissen.

„Ich weiß nicht recht", sagte Sorge zögernd.

„Seien Sie doch kein Spielverderber, Doktor", sagte ‚Paulchen' gutmütig brummend und spürbar enttäuscht über Sorges mangelnde Bereitschaft, sich mit ihm amüsieren zu wollen. „Ich habe eine Aufmunterung dringend nötig. Diese Kerle im Kriegsministerium sind die reinsten Nervtöter. Und vom U-Boot-Krieg verstehen die soviel wie unsereiner vom Innenleben der Filzlaus. Die wissen ja nicht mal, was ein Schnorchel ist. Also lassen Sie mich jetzt nur nicht allein, Sorge. Sonst haben Sie einen total bezechten Admiral auf dem Gewissen."

„Na schön", sagte Sorge und tat, als müsse er sich überwinden. Dabei interessierten ihn ‚Paulchens' Kenntnisse von den japanischen U-Boot-Sorgen mächtig. „Ich hole Sie in zwanzig Minuten von der Botschaft ab."

Sorge ging nachdenklich zu Martina zurück und sagte: „Bitte, sei lieb und laß mich gehen."

„Bleib hier!"

„Ich habe noch etwas sehr Wichtiges zu erledigen."

„Was ist wichtiger als ich!"

„Sei, bitte, vernünftig, Martina."

„Ich will nicht vernünftig sein! Wenn du jetzt gehst, brauchst du niemals wiederzukommen. Ich will dich dann niemals mehr sehen!"

„Dann nicht", sagte Sorge entschlossen und ging.

Er fuhr zur Botschaft, stellte dort sein Motorrad ab und stieg in den Mercedes, in dem ‚Paulchen' auf ihn wartete. Sie fuhren sofort in das Ginzaviertel hinein, suchten nach dem neuen Lokal ‚Glühwürmchen' und fanden es auch, dank Sorges vorzüglichem Orientierungssinn, nahezu mühelos.

Dieses ‚Glühwürmchen' war das neueste der zahlreichen Lokale in Tokio, die deutsche Namen trugen. Das sogenannte Nachtleben in dieser Stadt wurde maßgeblich von Deutschen bestimmt. In Schanghai war das nicht wesentlich anders. Ehemalige Seeleute, Geschäftsleute, Reisende, Kellner und Animierdamen waren fleißige Lokalgründer. Sie trugen Namen wie: Taudin, Lohmeyer, Ketel, Biersack und Schmelzer. Der Inhaber des ‚Glühwürmchens' hieß Weihmeyer, stammte aus Königsberg und war früher einmal Dampfschiffskapitän gewesen.

Sofort ergaben sich zwischen Kriegs- und Handelsmarine enge Berührungspunkte, die zunächst dazu führten, daß der Wirt seine geheiligten Reserven angriff und Original Danziger Goldwasser auftischte. Sorge verlangte schärferes Zeug und erhielt Bärenfang. Die Seebären redeten munter aufeinander ein und fingen zunächst einmal bei den Dreimastern an.

Sorge lümmelte sich mit beiden Armen auf den Tisch und beobachtete dabei unauffällig seine Umgebung und bemerkte, daß ein Japaner am Nebentisch seine Ohren spitzte, Sorge hatte für diese Typen einen sechsten Sinn. Er erhob sich, ging zu dem Japaner hin und packte seinen Arm.

„Komm her, mein Sohn", sagte er. Er schleppte den Japaner mit Stuhl an seinen Tisch und zwang ihn dann dazu, sich zu setzen. „Hier kannst du bequemer hören", sagte er befriedigt.

‚Paulchen', in seiner maritimen Unterhaltung gestört, wurde unwillig. Und der Wirt machte Anstalten, den Japaner hinauszuwerfen.

„Laßt mir diesen Wurm in Ruhe", sagte Sorge und schlug dem Japaner, der nur noch ein Häuflein Unglück war, mächtig auf die Schulter. „Dieses arme Schwein hier ist ein Spitzel, und ein saudummes Aas noch dazu. Aber was soll er schon machen – er muß sich seine Brötchen verdienen! Und deshalb betätigt er sich als Ohrwurm. Also sperr deine Löffel auf und lausche!"

Nach anfänglichem Unwillen fanden sich ‚Paulchen' und der Wirt gut in diese neue Situation, und Sorge schien sie geradezu zu genießen. Die Unterhaltung wurde fortgesetzt, und Sorge erklärte dem Japaner grinsend alles, was der nicht so recht zu verstehen schien. Der Spitzel war sichtlich gerührt, bedankte sich bei Sorge vielmals für dessen Visitenkarte und entfernte sich nach einer halben Stunde mit vielen Verbeugungen.

Der Alkoholkonsum stieg enorm. Die geheiligten Reserven des Wirtes schmolzen zusammen. Die Gespräche wurden lauter, verließen langsam die seligen Gefilde der christlichen Seefahrt, um sich den nicht weniger seligen Gefilden der fleischlichen Freuden zuzuwenden. Die Mädchen des Hauses wurden einzeln vorgestellt, eingehend begutachtet und für brauchbar befunden.

Nach Mitternacht verlangte ‚Paulchen', Bekanntschaft mit der versprochenen Negermusik zu machen. Als Louis Armstrong den ‚Basin Street Blues' sang, brach Sorges angespannte Aufmerksamkeit zusammen. ‚Paulchens' Erfahrungen mit der neuen japanischen U-Boot-Taktik interessierten ihn vorübergehend nicht. Armstrong mußte den Blues sechsmal hintereinander singen. Und der Admiral meinte gerührt, daß dieser Neger eine unverkennbare Seemannsstimme besitze, was ihn außerordentlich sympathisch mache.

Als der Morgen graute, schleppte Sorge, der trotz enormem Alkoholkonsums so gut wie nüchtern war, den stark schlingernden Admiral zum wartenden Mercedes. Sie fuhten zum Gelände der Botschaft, und Sorge verfrachtete ‚Paulchen' in dessen Unterkunft, Koje genannt, und verstaute ihn im Bett. Dann sah er sich in Ruhe um.

Nach geraumer Zeit fand er, was er suchte: Auf ‚Paulchens' Schreibtisch lag unter einer Menge Papieren eine Akte, die zur Dienststelle Branz gehörte. Es war nicht gerade eine ‚Geheime Reichssache', aber immerhin kein unwichtiger Vorgang. Es war eine Aufstellung von Sicherheitsmaßnahmen für die deutsche Botschaft.

Sorge entfernte drei Blatt daraus, faltete sie sorgfältig und steckte sie ein.

Kriminalisten behaupten, es gebe kein fehlerloses Verbrechen. Auch die Abwehrspezialisten der Spionage vertreten die Ansicht, daß kein Spion existiere, der vollkommen sei. Und sie alle schwören auf die ‚kleinen Zufälle'.

Sorge war sich seiner engen Mitarbeiter sicher. Ozaki war wie er Idealist. Die anderen konnten nicht abspringen, ohne in Lebensgefahr zu geraten. Wenn irgendwoher Bedrohung wuchs, mußte sie von unten kommen, von den kleinen Spitzeln und Zuträgern.

Émile, ein versoffener, dummer Schwätzer in Cherbourg, war der winzige, überaus schäbige Haken, an dem schließlich fast die ganze französische Widerstandsbewegung der Jahre 1940 und 1941 aufgehängt werden konnte. Als dieser allerletzte Kneipenspion in die Hände von zwei hochbegabten Abwehrleuten geriet, in die von Hauptmann Borchers und Unteroffizier Bleicher, war das ganze komplizierte Nachrichtennetz der französischen Widerstandsbewegung im deutschen Hinterland geliefert und keinen Sou mehr wert.

Ähnliche Beispiele könnten zu Hunderten aufgeführt werden, darunter jener haarsträubende Zufall, der zu der Entdeckung des Verräters Redl führte, des österreichischen Obersten, der als Chef der Spionage alle Geheimnisse seines Landes unbedenklich an Rußland verkaufte und sogar eigene Agenten von seinem Geschäftspartner aufhängen ließ. Und wenn sich dieser Fall im Handumdrehen zu einem Weltskandal auswuchs, dann war das wieder nur einem Zufall zu verdanken: E. E. Kisch, der ausgekochteste Reporter seiner Zeit, vermißte einen Fußballspieler; der aber hatte in seiner Eigenschaft als Schlosser im amtlichen Auftrag den Schreibtisch des Obersten aufgebrochen, worüber sich natürlich ein Journalist, der nicht gerade auf den Kopf gefallen ist, seine Gedanken macht.

Wie seltsam die Zufälle, die direkt zum Galgen führen, manchmal sein können, davon berichtet auch Bernhard Newman. Dieser Brite, einer der besten Spionageschriftsteller, die es gibt, versuchte beharrlich nachzuweisen, wie unbegabt die deutschen Spione waren und wie vorzüglich die britische Abwehr funktionierte. In der Tat weiß er allerdings von Zufällen zu berichten, die nur noch lebhaftes Kopfschütteln hervorzurufen vermögen:

Ein deutscher Spion springt über England ab, trifft dort auf einen LKW-Fahrer, der ihn nach dem Weg fragt. Der Deutsche, fahrlässig unorientiert, fängt an zu stottern, und der Brite fährt daraufhin zur nächsten Polizeistation.

Ein anderer deutscher Spion, reichlich mit Geld versehen, geht an einen Schalter und verlangt eine Fahrkarte. „Zwei und zehn", sagt der Beamte und meint: zwei Shilling und zehn

Pence. Der Deutsche zahlt daraufhin prompt: zwei Pfund und zehn Shilling.

Ein anderer deutscher Spion eignet sich nach der Landung ein Fahrrad an, besteigt es und – gelernt ist gelernt – fährt damit eisern auf der rechten Straßenseite.

Auch bei Sorge spielte der Zufall eine Rolle. So umsichtig er auch war, gegenüber dem Unwägbaren blieb er machtlos. Bei genauer Betrachtung war seine Gruppe schon geliefert, ehe sie bestand. Sein lebensgefährlicher Zufall war eine primitive Frau namens Tomo – Tante Tomo.

‚Papa' Ketel, der Wirt des ‚Rheingold' und ‚Mama' Ketel, eine breithüftige Japanerin mit gutmütigem Gesicht, dazu die drei Ketel-Kinder und der Ketel-Boy hatten sich nebeneinander aufgestellt, steif und nicht ohne Stolz, und sahen Sorge starr entgegen. Der hantierte mit seiner Leica und versuchte, ein weihnachtliches Gruppenbild der Familie einzufangen.

„Zieh deinen Bauch ein, Papa", sagte Sorge. „Und du, Mama, lächle wie ein Vollmond. Das kannst du. Und alle Kinder grinsen wie Pfannkuchen. Nur der Boy bleibt todernst – er hat keinen Grund zum Lachen."

Die also Angeredeten befolgten Sorges Anordnungen mit Geduld und Nachsicht. Und ‚Mama' produzierte, Sorges wegen, ein besonders schönes Vollmondlächeln. Der japanische Boy blickte todernst in die Kamera.

„Alle noch mehr nach links", sagte Sorge. „Damit das Festgemüse aufs Bild kommt." Mit ‚Festgemüse' bezeichnete er den Weihnachtsbaum.

Familie Ketel rückte geduldig nach links. Papa hatte eine weiße, Mama eine gelbe Hautfarbe; die Ketel-Kinder schienen im Lampenlicht Orangenköpfe zu tragen. Die Familienähnlichkeit aber war unverkennbar.

„Wenn ich euch so sehe", sagte Sorge belustigt, „fange ich langsam wieder an, an Deutschland zu glauben."

„Das können Sie auch, Doktor", sagte Papa Ketel nicht ohne Würde. „Wir Deutschen sind nicht nur gute Geschäftsleute, wir lieben auch unser Vaterland. Und hier im Ausland halten wir die deutsche Fahne hoch. Wer ist weit und breit der solideste, verläßlichste und ehrlichste Kaufmann? Der Deutsche! Darauf sind wir stolz."

Und Papa Ketel blickte auf seine liebe Frau, die Japanerin,

und die drei Kleinen, die Halbjapaner oder aber Halbgermanen waren, wie man es gerade nimmt. In seinen Augen lag gutes deutsches Selbstbewußtsein. „Singt mal dem Doktor euer Lied“, forderte er seine Kleinen auf.

Die Halbjapaner zierten sich nicht, traten vor und sangen herzhaft: Am Brunnen vor dem Tore, da steht ein Lindenbaum.

Das verschlug Sorge die Sprache. Er setzte sich auf den nächsten greifbaren Stuhl und hörte mit anhaltendem Staunen zu. Bei der dritten Strophe kamen die Kleinen ein wenig aus dem Text, aber Papa Ketel half mit kräftiger Baßstimme nach.

Nahezu drei Tage lang schon, seit dem Tag, der gewöhnlich im Kalender als Heiliger Abend bezeichnet wird, hielt sich Sorge im ‚Rheingold‘ auf, trank viel, lärmte ein wenig, schlief kaum, rasierte sich nicht und fraß seine Einsamkeit würgend in sich hinein. Die Familie Ketel duldete ihn nicht nur, weil er der beste Gast des Hauses war, sie behandelten ihn beinahe wie ein Mitglied der Familie, denn Papa mochte ihn gerne und Mama empfand ein tiefes Mitleid mit ihm. Er war ihr Sorge und ihr Sorgenkind.

Und Sorge liebte diese Leute fast, weil sie einfachen Gemütes waren, gutwillig und großzügig, ohne Komplikationen. Sie versuchten niemals, ihn zu erklären; sie dachten nicht im entferntesten daran, in seine Kreise einzudringen. Sie ließen ihn sagen, was ihm gerade einfiel, und tun, was er für richtig hielt.

Die Kinder hatten ihr Lied gefühlvoll zu Ende gesungen, und Sorge kargte nicht mit Lob. „Auch ich“, versprach er, „werde euch ein Lied beibringen. Und das heißt: Ich weiß nicht, was soll es bedeuten.“

Dann fotografierte er die Familie Ketel mit Boy und Festgemüse mehrmals. Er handhabte seine Kamera sicher, und die Einstellungen am Objektiv nahm er vor, ohne erst lange nachdenken zu müssen. In erstaunlich kurzer Zeit hatte er ein halbes Dutzend Aufnahmen gemacht; und man durfte sicher sein, daß es brauchbare Aufnahmen waren.

Nach diesem Intermezzo zerstreute sich die Familie Ketel wieder. Sorge blieb mit ‚Papa‘ allein im sogenannten Weihnachtszimmer, das in einem rückwärtigen Raum des Lokals eingerichtet worden war. Ihn beherrschte eine fast taumelnde Langeweile. Aber diese drei Tage, die für ihn trostlosesten Tage des Jahres, würden vorübergehen, und ihr Ende war ja auch greifbar nahe.

„Es geht doch nichts über eine gute deutsche Weihnachtsfeier", sagte Ketel versonnen. Und er sagte es ungefähr zum achtenmal in diesen drei Tagen.

„Sie haben keine Phantasie, Papa Ketel; und das ist Ihre besondere Stärke. Denn sonst würden Sie ahnen, was mit der guten deutschen Weihnachtsfeier für ein Schindluder getrieben wird. Als Kind habe ich mich nach diesen Tagen gesehnt, denn die Welt, soweit ich sie damals überblicken konnte, war gut und einfach. Ich war ein frommer Junge, Ketel. Ich glaubte noch an Wunder und sogar an Menschenwürde. Ich war knapp neunzehn Jahre alt, als der Krieg begann; und ich ging freiwillig. Und dann kamen Weihnachtsfeiertage, die waren voll Blut, Eiter, Gestank, Granaten, Lazarettgeruch und Alkoholdunst. Und die Idioten ringsherum brüllten: Friede auf Erden!"

Papa Ketel schüttelte betrübt den Kopf. „Warum vergessen Sie das nicht wie viele andere auch. Vergessen können ist ein Segen."

„Ich kam einfach nicht dazu", sagte Sorge. „Ich habe studiert und gehungert. Ich habe mich auf den Straßen warm gelaufen, weil meine Bude eisig kalt war. Und ich, Dr. rer. pol. Richard Sorge, habe noch mit siebenundzwanzig Jahren unter der Erde in einem Bergwerk arbeiten müssen, um nicht zu verhungern. Und das, Ketel, war noch nicht einmal ein deutsches Bergwerk, sondern ein belgisches – wir mußten damals bei Aachen schwarz über die Grenze gehen, um im Ausland ein paar Groschen verdienen zu können. Unsere gute deutsche Weihnachtsfeier war entsprechend, Ketel."

„Sie haben sicherlich viel Unglück in Ihrem Leben gehabt", sagte Papa Ketel voll Mitgefühl.

„Was ist denn überhaupt Unglück? Ist es Unglück, wenn man auf einen falschen Zug springt, der außerdem noch in einen Abgrund hineinrast? Ist es Unglück, in einem Land geboren zu werden, das nur Menschen gebrauchen kann, die in ein Schema hineinpassen, das schon immer den Versuch machte, eine einzige Kaserne zu sein und das jetzt zu einem Riesen-KZ geworden ist?"

„Wovon sprechen Sie eigentlich?" fragte Ketel verwirrt. „Vermutlich sind Sie viel zuviel allein. Was Sie brauchen, ist eine Frau. Nicht irgendein Weib – von der Sorte haben Sie ja mehr als genug, Doktor –, eine Frau brauchen Sie! Und Weihnachten ist nun mal das Fest der Familie!"

„Verschwinden Sie hier, Ketel", sagte Sorge mit urplötzlich hervorbrechender Heftigkeit, „und werfen Sie sich in die Arme

Ihrer Familie. Was wissen denn Sie Idiot schon von Deutschland, von dem lieben und guten Deutschland! Wissen Sie, was Sie hier betreiben? Rassenschande! Das ist in unserem lieben und guten Deutschland durch Gesetz verboten. Würden Sie in Ihrem Deutschland leben, Ketel, wären Sie jetzt allein – ohne Frau, ohne Kinder, ohne Boy. Wissen Sie, was ein KZ ist? Wissen Sie, daß beschnittene Menschen und Menschen mit einer anderen Hautfarbe grundsätzlich zweitklassige Menschen sind? Haben Sie schon mal was von einem Einstein gehört? Natürlich nicht. Der Mann ist der größte Gelehrte der Welt. Und er ist Deutscher, Ketel."

„Da sieht man es wieder einmal", sagte der naiv.

„Und Einstein ist Jude. Und als Jude ist er in dem lieben und guten Deutschland grundsätzlich ein Judenschwein, rassisch minderwertig und rangiert erst ganz weit hinter dem letzten, vertierten Totschläger in Parteiuniform."

Weihnachten. Fest der Familie. Fest des Friedens. Deutsche Weihnacht. Ihm graute vor dieser infantilen Verlogenheit, vor diesem Geschäftsrummel der Metzger, Wirte und Bäcker, vor diesem Schallplattengeschnatter aus Lautsprechern und von Kanzeln. Die ganze Menschheit spielt Vogel Strauß und steckt den Kopf in die Weihnachtsstuben!

Der brave Papa Ketel entfernte sich kopfschüttelnd. Das Serviermädchen Mitchiko erschien, lächelte Sorge an und begehrte zu wissen, was er trinken wolle. Sorge schüttelte unwillig den Kopf und starrte auf den Weihnachtsbaum.

Das Bedrückende für ihn war, daß er langsam nüchtern wurde. Er begann deutlicher zu sehen. Die dicke Alkoholschicht, die er über alles gelegt hatte, was er vergessen wollte, fing an, sich wie in Nebelfetzen zu verflüchtigen.

Er hatte sich in diesen dreitägigen Rausch hineingestürzt wie in ein kühlendes Wasser, das die brennende Hitze, die auf der Erde flimmerte, vergessen ließ. Sein Freund, der Botschafter, hatte ihn gefragt, ob er Weihnachten in seinem Hause verbringen wolle, im Kreise der Familie. Sorge hatte nein gesagt; er wollte die Lüge der Zufriedenheit erst recht nicht von Menschen hinnehmen, die er liebte. Dann wollte Martina wissen, ob er die Weihnachtsfeiertage mit ihr verbringen wolle, in der Familie Schwarz. Wieder hatte er, diesmal laut und heftig, nein gesagt und boshaft hinzugefügt: „Liebhaber gehören in ein Bett, aber doch nicht unter den Weihnachtsbaum."

Dann war er zu Ketel gegangen. Und die Ketels hatten ihn

mit offenen Armen aufgenommen. Hier konnte er sich geben wie er war. Niemand betrachtete ihn forschend, keiner dachte seinen Worten nach. Er war unter Menschen und dennoch ganz allein.

„Fest der Familie“ – sagte der biedere Papa Ketel nicht so? Familie! Sorge betrachtete die Verästelungen des primitiv zurechtgestutzten Baumes, an dem Flitter und Glaskugeln hingen. Familie! In Berlin-Lichterfelde, in dem Haus, in dem er seine Kindheit verbracht hatte, stand ein ähnlicher Baum, nur daß er größer und schlanker gewesen war, dicht mit glitzerndem Silber behangen. Und vor diesem Baum stand der Knabe im Matrosenanzug, sagte sein Gedicht auf und hielt nach dem Stapel der Pakete Ausschau, deren Inhalt ihm gehören würde. Und der schlanke, schöne Knabe Richard Sorge mit den eigenartig verträumten Augen war freudig erregt.

Und jetzt, knapp vierzig Jahre später, saß der gleiche Richard Sorge im Hinterzimmer eines Lokals in Tokio, unrasiert, im ungebügelten Anzug, mit einem wilden, immer noch schönen Gesicht voller Narben und Falten; und die einst so sanften Augen glitzerten kalt und fern, spiegelten Gier und Ekel wider, tiefe Traurigkeit und ferne Furcht. Der Knabe von einst spürte das würgende Gefühl, ein umstelltes Raubtier geworden zu sein.

Familie! Seine Mutter, eine Russin, war tot. Sein Vater, ein deutscher Ingenieur, war tot. Seinen Bruder in München, den heimlich geliebten und heftig beneideten Bruder, der ohne jede Leidenschaft war, hatte er 1933 zum letztenmal gesehen. Und der Bruder fürchtete sich vor dem, was kam: die Gestapo. Auch Christiane, seine Frau, die sich 1932 nach fast acht Jahren Ehe ohne Bitterkeit von ihm scheiden ließ, war voller Angst gewesen in jenem Jahr 1933, als er Deutschland zum letztenmal besucht hatte. Die einzigen Menschen seines Lebens, die ihn ganz gekannt hatten, waren entweder tot oder voller Unruhe. Für keinen, der den Namen Sorge trägt, gab es das, was eine infantile Welt als Weihnachtsfrieden so lange hinausposaunt, bis sie sich selbst betäubt hat.

Sorge griff nach einer halbvollen Flasche, die neben ihm stand, und warf sie in den weihnachtlichen Baum hinein. Der erzitterte heftig, kippte um und blieb, noch lange Sekunden in allen Ästen zitternd, auf dem Fußboden liegen. Die scharfriechende Flüssigkeit sickerte aus der zerbrochenen Flasche und glitt lautlos über die Dielen wie langsam sich verströmendes Blut. Es war, als verblute der Baum.

Mitchiko, das japanische Serviermädchen, eilte herbei und kniete sich nieder. Auf ihrem Gesicht lag leise Trauer, doch nicht der mindeste Vorwurf. Sie richtete den Baum wieder auf und stellte ihn sorgfältig und fast lautlos an seinen Platz. Dann sammelte sie die Scherben zusammen und wischte den Fußboden auf.

„Du bist ein gutes Mädchen, Mitchiko", sagte Sorge. Und zu sich sagte er: Sie hat jene Sanftmut, wie sie sonst nur Mütter haben; in ihrer Nähe beruhigen sich die wildzuckenden Nerven. Sie ist eine Frau, in deren Armen man getröstet schlafen kann. Aber sie hat nicht die Klugheit von Christiane und nicht die Leidenschaft von Martina. Alle diese drei Frauen vereinigt in einer einzigen Frau, und die Welt wäre vollkommen. Aber die Welt ist nicht vollkommen! –

Max Klausen schob sich durch die Tür. Und sein Erscheinen stieß Sorge in einen völlig anderen Gedankenkomplex. Klausen begrüßte den ‚Chef' lärmend; auch er hatte stark getrunken und war in einem Zustand, wo er das dringende Bedürfnis verspürte, die Menschheit, soweit sie seiner Weltanschauung entsprach, zu umarmen.

„Doktor!" rief er vorwurfsvoll. „Warum läßt du mich zwei Tage allein – noch dazu am Weihnachtsfest?! Auch Anna hat dich schwer vermißt. Seit wann säufst du ohne deine Freunde?"

„Seit wann feierst du Weihnachten, Klausen?"

„Alte Gewohnheit, Doktor. Solange ich denken kann, war mein Vater immer Weihnachten sternhagelvoll besoffen. Und ich bin sein Sohn!"

„Und Kommunist bist du nicht?"

„Und ob, Doktor!" Klausen ließ sich in einen Sessel fallen und streckte die Beine weit aus. „Und ob ich Kommunist bin! Aber mein Weihnachtsfest lasse ich mir trotzdem nicht nehmen. Das liegt mir so im Blut, Doktor. Und außerdem mache ich das natürlich meiner Frau zuliebe. Und wegen der Angestellten!"

„Klausen – du hast doch nicht etwa deutsche Weihnachten gefeiert?"

„Warum nicht? Nach allen Regeln der Kunst. Am Nachmittag des Heiligen Abends Bescherung von Arbeitern, Angestellten und Hauspersonal. Unter dem strahlenden Weihnachtsbaum! Max Klausen-Shokai vollzählig versammelt. Der Prokurist meldet die Belegschaft. Ich halte eine Rede – treudeutsch! Auch in der Ferne die Sitten der Heimat. Meine Japaner glotzen wie die Ölgötzen und sind sichtlich gerührt. Einer wimmert auf der Geige ‚Stille Nacht‘, und ich singe ein Solo, daß die Wachskerzen schmelzen. Dann Verteilung der Geschenke durch Anna, meine Hausfrau. Hier und dort Tränen. Ich genehmige mir einen doppelten Kognak.“

„Ich werde mir auch gleich einen doppelten Kognak genehmigen.“

Klausen war nicht zu halten. Er war sichtlich stolz auf seine Weihnachtsfeier; und dieser Stolz war selbst durch die kühl prüfenden Blicke von Sorge nicht zu trüben. „Und dann am Abend, mein Lieber – Putenbraten mit Rheinwein. Rüdesheimer. Und dann die Bescherung, im engen Familienkreis sozusagen. Meiner Anna habe ich einen Pelz geschenkt. Ein tolles Exemplar. Zweitausend Dollar.“

„Na, dann fröhliche Weihnachten, Max“, sagte Sorge.

„Auch für dich habe ich ein Geschenk, Doktor! Warum kommst du nicht? Wir haben auf dich gewartet – Anna, ich und eine ganze Kiste Black and White. Freust du dich denn gar nicht, Menschenskind? Black and White – fünfundzwanzig Flaschen.“

„Und ob ich mich freue“, sagte Sorge gepreßt.

„Und gestern“, berichtete Klausen lebhaft weiter, „war die halbe japanische Polizei bei mir zu Gast. Du erinnerst dich doch an den Knülch vom Fischereihafen? An den, der mein Sendegerät getragen hat?“

„Natürlich erinnere ich mich, Max.“

„Er steckte seine Nase in mein Haus. Er wollte mich mal besuchen! Ist doch rührend, was?“

„Zum Heulen“, sagte Sorge.

„Da habe ich ihn eben eingeladen, ihn und sein ganzes wachfreies Polizeirevier. Mensch, waren mir die Kerle alle dankbar! Sie waren nahe daran, mich zu umarmen. Und ich ließ auffahren, daß sie den Mund weit aufsperrten. Dann füllte ich sie voll, bis sie nicht mehr ‚piep‘ sagen konnten. Mit zwei Taxis ließ ich sie dann nach Hause fahren. Das sind jetzt alles meine Freunde. In Zukunft funke ich nur noch unter Polizeischutz. Na – ist das ein Weihnachtsfest oder nicht?“

„Das ist eine ziemliche Schweinerei, Max“, erklärte Sorge kalt.

Klausen fiel aus allen Weihnachtswolken. „Aber warum denn, Doktor?“

„Es ist alles falsch, Max! Du verwandelst dich langsam in

einen Spießbürger. Und nicht genug damit – du wirst außerdem noch unvernünftig. Immer wieder sage ich dir: Nicht auffallen! Nur nicht auffallen! Du bist hier ein seriöser Kaufmann. Das mit dem Pelz für zweitausend Dollar ist zur Not noch zu verzeihen, wenn es auch ganz scharf unseren Prinzipien widerspricht. Du weißt, daß ich für den ganzen Ring, und zwar für den inneren *und* den äußeren Ring, im Monat nicht mehr als tausend Dollar ausgebe. Ich selbst verbrauche so gut wie nichts davon und lebe fast ausschließlich von meinen Einnahmen als Korrespondent. Und du machst gleich zweitausend Dollar lokker, um deiner Frau einen Pelz zu kaufen."

„Na ja – sieh mal: Du weißt doch genau, wie Anna ist."

„Ich kenne Anna genau, Max, und ich weiß, was mit ihr los ist. Und deshalb nehme ich auch die Sache mit dem Zweitausenddollarpelz hin, wenn auch einer für fünfhundert Dollar mehr als genügt hätte. Gut – das soll also erledigt sein. Aber die Sache mit der besoffenen Polizei geht entschieden zuweit. Du machst diese Leute nur unnötig auf dich aufmerksam."

„Und wer hat im vorigen Jahr die französische Wache unter Alkohol gesetzt?" fragte Klausen.

„Du bist nicht in meiner Position, Klausen. Vergiß das nie. Du bist nicht der bunte Hund Sorge, der Saufbruder Sorge, der Freudenhauskenner Sorge, nicht der unberechenbare, verrückte, hoffnungslose, rücksichtslose, haltlose Sorge. Du bist Max Klausen, Kaufmann. Daran mußt du immer denken. Kaufleute haben immer was Seriöses an sich."

„Kann man denn gar nicht mehr richtig saufen!" rief Klausen entrüstet.

„Doch, mein Lieber", sagte Sorge, und er lächelte jetzt wieder verkniffen. „Mit mir kannst du saufen. Das fällt keinem auf. Denn jeder wird überzeugt sein, daß ich dich verführt habe."

Und so tranken sie denn. Zwei Stunden später verschwand Klausen. Sorge wälzte sich auf das Sofa unter dem Weihnachtsbaum und schlief wieder, wie er das nannte, ‚eine Runde'. Aber sein Schlaf war voller Unruhe.

In seinen Schlaf hinein dröhnte der Lärm einer betrunkenen Männergesellschaft. Aber es war kein grölender, gurgelnder Bierlärm, es war ein helles, heftiges Reisweingeschnatter, und das Lachen klang, als würden Hunderte von schrillen Sirenen mit Tüchern erdrosselt. Und diese ganze aufgeregte, hüpfende, wildgestikulierende Männerrunde trug japanische Polizeiuniformen; und viele Finger streckten sich ruckartig aus und wiesen auf ihn. Und ihm war, als spüre er in seinen Augen bohrende Schmerzen. Dann legte sich wohltuende Kühle über ihn.

Ganz langsam, fast schwebend und so, als trüge ihn ein großes Wasser, glitt er aus diesem betäubenden Lärm. Dann war Stille um ihn. Er begann vorsichtig die Augen zu öffnen.

Vor ihm saß das Mädchen Mitchiko und hatte eine weiche, kühle Hand auf seine Stirn gelegt. Das Mädchen betrachtete ihn. Und in ihrem Blick lag nicht Neugierde, nicht Mitleid, auch nicht Interesse, auch Duldsamkeit nicht. In ihren sanften Augen schimmerte Verstehen.

„Du bist ein gutes Mädchen, Mitchiko", sagte Sorge leise, kaum hörbar. Dann schlief er weiter.

Sorge verlor, solange er lebte, ein beklemmendes Angstgefühl niemals; er fürchtete sich davor, körperlich mißhandelt zu werden. Er traute der Kempetai, dem japanischen Gegenstück zur Gestapo, einfach alles zu.

Er war fest überzeugt davon, man würde ihn quälen. Sein Alpdruck war die Drahtschlinge: Zentimeter um Zentimeter werde sie zugezogen, „damit man noch ordentlich zappeln kann". Nicht zuletzt dieser Punkt war es, an dem sich Sorges ungezügelter Haß gegenüber Japan immer wieder neu entzündete.

Überall, wo die geistige Überlegenheit fehlt, pflegt prompt der brutale Terror einzusetzen. Ein Unteroffizier Hugo Bleicher, der wohl begabteste deutsche Abwehrmann, setzte sich mit seinen Gegnern auseinander, stellte Intellekt gegen Intellekt, schlug sie durch seine geistige Überlegenheit. Er hat seine Gegner geachtet. Brutale Gewalt verabscheute er.

Aber Spezialisten von seinem Format waren dünn gesät. Nicht wenige zogen die ‚Körpermühle' dem ‚Hirnduell' vor. Auch Bleicher weiß von Häftlingen zu berichten, die ‚auf dem Transport gestorben' waren – Transportunternehmer war der SD. Auch Flicke berichtet mit Widerwillen von ‚Kaltwassermethoden', die zumeist mit den jovialen Worten eingeleitet wurden: „Jetzt wollen wir mal ein wenig baden."

Aber keineswegs waren es die Deutschen allein, die ihre ‚Vernehmungen' durch solche Methoden erfolgreich machten. Fast jedes Buch gegen Sowjetrußland enthält Schilderungen, die die Phantasie eines Dante übertreffen.

Auch die Franzosen pflegten bei Spionen nicht erst lange zu fackeln. Da sie Sensualisten sind, verwandten sie gelegentlich auch Tantalusqualen. Eine ihrer Spezialitäten war die ‚Durst-

methode' – sie gaben dem ausgehungerten Häftling stark versalzenes Essen und stellten ihm Wein vor, jedoch nur, um ihm den Wein wieder wegzunehmen. Der Mann litt Qualen und redete dann zumeist; ein Fall ist überliefert, wonach ein wichtiger Delinquent bei der Anwendung derartiger Methoden irrsinnig wurde und damit unbrauchbar.

Jedenfalls ist die hier und dort immer noch anzutreffende Formulierung von den ‚ritterlichen Kampf im dunkeln' heute kaum mehr als eine Sage. Es geht hart auf hart zu. Pardon wird hier am allerwenigsten gegeben. Es geht hierbei manchmal um Tausende von Menschenleben. Da fällt jede Rücksicht. Und jede Gemeinheit wird prompt mit einer anderen beantwortet.

Schon immer hat der Spion mit seinem Leben gespielt. Heute spielt er noch dazu mit einer endlosen Qual.

Wenn der Herr Generalmajor, der Botschafter des Großdeutschen Reiches in Japan, Schach spielte, offenbarte sich auch hierbei sein Charakter ganz. Er war keiner von den glatten, undurchsichtigen, vielversprechenden Parkettdiplomaten. Er war gerade und einfach, ein Biedermann und stets um Würde bemüht. Er war immer Soldat. Seine Schachfiguren setzte er planvoll und zielstrebig; er beherrschte nur wenige Manöver, die aber vollkommen.

Dr. Richard Sorge, der ihm gegenübersaß, war auch als Schachspieler von wesentlich anderem Charakter. Er liebte die Überraschung, explosive Entwicklungen, völlig unerwartete, den normalen Regeln widersprechende Finten. Er opferte unbedenklich ganze Kolonnen von Schachfiguren, wenn es ihm nur gelang, dem Gegner gleichfalls große Verluste beizubringen.

„Mit Ihnen zu spielen, Doktor", sagte der Botschafter, der über ein völlig unerwartetes Läuferopfer von Sorge den Kopf schüttelte, „ist manchmal nervenaufreibend."

„Letzten Endes gewinnen Sie dennoch immer, Herr Botschafter."

„Lassen Sie mir doch die Genugtuung, Ihnen wenigstens im Schach überlegen zu sein."

Sorge lachte wie über einen Scherz. „Sie sind heute sehr gut aufgelegt", sagte er verbindlich. „Botschafter einer siegreichen Nation in einem befreundeten Land zu sein ist vermutlich ein reines Vergnügen."

„Das nicht gerade", sagte der sich als Diplomat betätigende

General und tippte mit dem Zeigefinger der rechten Hand versuchsweise auf den Kopf des Springers; er vermochte jedoch nicht, sich sofort zu entschließen. „Aber ganz langsam beginnen sich die Japaner über den deutsch-russischen Nichtangriffspakt zu beruhigen. Sie warten jetzt, nicht ohne Wohlwollen, auf das, was kommt."

„Und was wird kommen?"

„Frankreich vermutlich – was denn sonst? Das europäische Festland muß sicher in unserer Hand sein, erst dann werden wir die Entscheidung suchen können."

„Sie glauben – Frankreich läßt sich einfach überrennen?"

„Sicherlich. Was bleibt den Franzosen denn anders übrig? Ein Feldzug in Frankreich, mein lieber Doktor, ist kaum mehr als eine ohne sonderliche Schwierigkeiten zu lösende Rechenaufgabe; ähnlich wie Polen. Erst dann beginnen die eigentlichen Komplikationen; immer vorausgesetzt, daß England nicht frühzeitig kalte Füße bekommt."

„Und Amerika?"

„Amerika ist weit."

„Und Rußland?"

„Hat in den letzten vierzig Jahren nur Niederlagen einstekken müssen, und das dann noch durch Völker, die rein zahlenmäßig weit unterlegen waren – neunzehnhundertundfünf durch die Japaner, vierzehn bis achtzehn durch uns, vor einem Jahr durch die Finnen. Außerdem besteht ein Nichtangriffspakt. Und das muß man diesem Hitler lassen – er hat aus der Vergangenheit gelernt, er hält sich den Rücken frei."

„Ein Krieg gegen Rußland wäre ja auch glatter Wahnsinn", sagte Sorge überzeugt und suggestiv.

„Gewiß", stimmte der Botschafter zu. „In dieser Situation wäre ein solches Unternehmen mehr als kühn. Sie sind am Zug, Doktor."

Sie saßen in bequemen Sesseln in den Privaträumen des Botschafters. Die großen Schiebetüren zum Nebenraum waren weit geöffnet, und dort hielt sich Elga auf. Sie las in einem Buch und schien sich nicht zu langweilen. Von Zeit zu Zeit, und fast immer dann, wenn sie ein Blatt wendete, betrachtete sie kurz ihren Mann und Richard Sorge, den Freund. Sie vermochte kaum zu hören, was die beiden miteinander sprachen; und sie legte auch keinen besonderen Wert darauf, das zu verstehen. Aber die beiden friedlich Schach spielenden Männer boten ein Bild, das ihr gefiel.

Der Botschafter sah Veranlassung, sich intensiv auf das Schachspiel zu konzentrieren, denn Sorge hatte, durch die rücksichtslose Opferung eines Turmes, ganz überraschend seinen König in Gefahr gebracht. Der diplomatisierende General wußte nicht recht, wie diese Klippe zu umgehen war. Die sicherste und schnellste Lösung hätte ihn einen Läufer und einen Springer gekostet; und das wollte er nicht riskieren. So dachte er denn nach.

Sorge lehnte sich in seinem Sessel weit zurück. Er bot ein Bild großer Gelassenheit. Aber in Wirklichkeit war er alles andere als gelassen. In seiner Brusttasche steckten die drei Seiten aus der Akte, die zur Dienststelle Branz gehörte. Er hatte sie mehr als fünf Wochen mit sich herumgetragen, ganz bewußt, um absolut sicherzugehen, daß Seemann ‚Paulchen' schon lange nicht mehr im Besitz des kompromittierenden Aktenstückes war und somit allen eventuellen Nachforschungen entzogen zu sein schien. Aber jetzt wurde es langsam Zeit, diese drei Seiten wie eine Trumpfkarte auszuspielen. Doch die Veranlassung dazu durfte nicht von ihm ausgehen – die günstige Gelegenheit mußte wie durch Zufall auf ihn zukommen.

Er hatte in den letzten Tagen dem Botschafter reichlich Gelegenheit gegeben, das entscheidende Thema zu berühren. Er fand sich öfter als gewöhnlich zum Frühstück ein und gab sogar vor, in einer ‚Schachperiode' zu leben, obwohl er dieses Spiel gar nicht einmal übermäßig liebte und es eigentlich nur spielte, um dem Botschafter einen Gefallen zu erweisen.

Der Botschafter löste die Komplikationen um seinen König geschickt und so erfolgreich, daß es ihm gelang, Sorge mit vier weiteren Zügen schachmatt zu setzen. Sorge nahm diese Niederlage mit Haltung hin und bat um Revanche. Der Botschafter war sofort bereit sie zu gewähren.

Sie stellten das Spiel neu auf, und Sorge durfte beginnen. Er eröffnete mit einem gewagten Sprung, und der Botschafter schüttelte erneut, stark verwundert und mit leichtem Tadel, seinen kantigen Soldatenkopf. Aber bereits beim fünften Zug war seine Dame in Lebensgefahr.

„Sie machen die gewagtesten Sachen", sagte der Botschafter und versuchte Zeit zu gewinnen.

„Das sieht nur so aus", sagte Sorge taktvoll.

Der Botschafter sah noch immer nicht klar. Die Situation schien außerordentlich gefährlich zu sein. Wenn es ihm nicht gelang, in zwei, höchstens drei Zügen freizukommen, war er todsicher matt. Das, fand er, mußte in aller Ruhe überdacht sein.

„Können wir frischen Tee bekommen?“ rief er ins Nebenzimmer.

„Natürlich“, sagte Elga.

Sorge drängte nicht. Er legte seine Arme auf die Sessellehnen und gab so zu verstehen, daß er Zeit habe. Er blickte der Frau des Botschafters, die frischen Tee hereinbrachte, vertraulich entgegen.

Nachdem Elga wieder gegangen war, schien der Botschafter immer noch nicht klarzusehen. „Da wir gestört worden sind“, sagte er, „können wir das Spiel ruhig unterbrechen und uns ein wenig unterhalten.“

„Aber gern, Herr Botschafter“, stimmte Sorge sofort zu.

Der als Diplomat tätige General schien die hauchzarten Teetassen mit Interesse zu betrachten. Dann sagte er: „Viel Porzellan gibt es in diesem Land, Doktor.“

„Richtig“, sagte Sorge. „Und wo viel Porzellan ist, meinen Sie, kann auch viel zerschlagen werden – das wollten Sie doch wohl sagen?“

„Ja – das wollte ich damit sagen. Ich finde es bedauerlich, Doktor, daß Sie sich noch immer nicht die Zeit genommen haben, sich mit Branz zu versöhnen. Gelegenheit genug habe ich Ihnen doch dazu geboten.“

„Mag sein“, sagte Sorge und tat, als berühre ihn dies Gespräch nicht sonderlich. „Aber dieser Branz ist wohl mehr als nur ein hoffnungsloser Fall – er ist ein Idiot.“

„Langsam, mein lieber Sorge, nur langsam.“ Der Botschafter war von Sorge harte bis haarsträubende Bemerkungen gewöhnt; sie irritierten ihn kaum noch, denn eine derartig massive Ausdrucksweise gehörte zu den Eigenarten seines eigenwilligen Freundes. Aber sein ausgeprägtes Gerechtigkeitsgefühl gebot ihm, seinen Mitarbeiter Branz in Schutz zu nehmen.

„Lieber Doktor“, sagte er, „ich kann durchaus verstehen, wenn dem guten Branz die Nerven durchgehen. Sie scheinen ihm arg zuzusetzen. Sie provozieren ihn laufend, sogar vor den Angestellten der Botschaft. Im größeren Kreis soll das Wort ‚Polizeitrottel‘ gefallen sein.“

„Es ist gefallen“, sagte Sorge schlicht und sehr zufrieden. Jetzt hatte er das Gespräch genau dort, wo er es haben wollte.

„Und finden Sie nicht, Doktor, daß diese Äußerungen zuweit gehen?“

„Das finde ich gar nicht. Ich möchte sie vielmehr als sehr zurückhaltend bezeichnen.“

„Herrgott, Sorge! Machen Sie mir doch keine Schwierigkeiten! Nehmen Sie doch Rücksicht darauf, daß wir eng miteinander befreundet sind."

„Ich fasse das sogar als Verpflichtung auf."

Der General, der zum diplomatischen Dienst befohlen war, richtete sich schroff auf und saß kerzengerade da. Er war jetzt jeder Zoll ein Botschafter. Es war nicht zu übersehen, daß er jetzt Wert darauf legte, als solcher respektiert zu werden. „Allein Ihre Äußerungen über angebliche japanische Mißstände, Doktor, sollen unglaublich provozierend gewesen sein."

„Hat sich dieser Branz als Zuträger betätigt, Herr Botschafter?"

„Er hat mir Bericht erstattet – wenn Sie das meinen."

„Herr Botschafter", sagte Sorge, „Sie kennen diese Mißstände, von denen die Rede ist, genausogut wie ich. Es handelt sich keinesfalls um ‚angebliche' Mißstände, sondern um zum Himmel schreiendes Elend der japanischen Bauern. So was ist nicht aus der Welt zu schweigen."

„Ja, gewiß doch", gab der Botschafter zu. „Ich erinnere mich genau."

Er erinnerte sich jeder Einzelheit. Er hatte dieses Elend gesehen; und kein anderer als Sorge war es gewesen, der ihm die Augen dafür geöffnet hatte. Er wird jenen Nachmittag im Spätsommer 1933 nicht so leicht vergessen, als er, damals noch Oberstleutnant i. G., einem japanischen Artillerieregiment als Beobachter und Instruktor zugeteilt, auf einer Landstraße Richard Sorge zum erstenmal sah.

Es war ein Tag voller Staub, träger Hitze und körperlicher Müdigkeit gewesen. Sorge, verschmutzt, unrasiert, unruhig, streunte auf den Feldern herum. Er durchschnüffelte die Hütten der Bauern. Er prüfte, kniend, den Boden, betastete die Feldfrüchte, wühlte in den Vorräten. Er hatte tausend Fragen. Er schmierte die Seiten seines Notizbuches mit Zahlen und Daten voll.

Und sie sahen ihm fasziniert zu. Sie lauschten mit Bewunderung und Anteilnahme seinen Berichten. Er überschüttete sie, lebhaft gestikulierend, mit Tatsachen, Hypothesen und eigenwillig kühnen Schlußfolgerungen. Er imponierte ihnen maßlos. Elga war geneigt, ihn zu lieben, und der Oberstleutnant verspürte Respekt.

An jenem seltsamen, erregenden Nachmittag begann ihre Freundschaft. Es war, das fühlten sie alle, keine jener alltäglichen Begegnungen, die auf unterhaltsamen Teegesellschaften fortzudauern pflegen. Sie rauften sich zusammen. Sie debattierten, tranken, tasteten sich ab. Dann plötzlich erkannten sie den ersten entscheidenden Berührungspunkt: sie liebten die Nazis nicht. Und es schien sicher, daß er, der Reichswehroffizier, ein enger Mitarbeiter des Generals Schleicher, nicht zuletzt deshalb in den Fernen Osten abkommandiert worden war, um den Nazis nicht in die Hände zu fallen.

„Nun gut", sagte der Botschafter, „soll also als Tatsache gelten, daß die von Ihnen, Doktor, angeprangerten Mißstände in Japan auch heute noch existieren."

„Sie existieren nicht nur – sie haben sich verschlimmert."

„Ich will darüber nicht mit Ihnen streiten. Sie sind der anerkannt beste Experte auf diesem Gebiet, und ich respektiere das. Aber in der augenblicklichen Situation ist es für einen Ausländer in Japan ratsam, sich zu mäßigen – für einen Deutschen betrachte ich das geradezu als Pflicht. Wie, meinen Sie wohl, würde die Reichsregierung in Berlin darauf reagieren, wenn sie davon erfahren würde?"

„Hoffentlich derart, wie ich es mir davon verspreche: Berlin würde erkennen, daß die Japaner ein ganz mieser Partner sind, mit dem man keine Weltpolitik machen kann, ohne sich zu gefährden."

„Unter uns, mein lieber Sorge – Branz war nahe daran, über Sie und Ihre Äußerungen über die angebliche japanische Agrarsituation einen ausführlichen Bericht nach Berlin durchzugeben."

Sorge spürte das Verlangen, kurz die Augen zu schließen. Das war äußerst bedrohlich. Er sprang von einer Gefahr in die andere. Ihn umlauerte das Ende; aber das war im Grunde schon seit Jahren so und nicht anders. Das war das ewige, nie ruhende Risiko seines Metiers. Er zwang sich Gelassenheit auf. Und er fragte sich, mit ferner, sarkastischer Belustigung, ob wohl bei der Gestapo in Berlin eine bisher unbeachtet gebliebene Karteikarte existierte, mit Angaben über seine frühere Zugehörigkeit zur KPD und seine Tätigkeit bei einer Parteizeitung in den ersten zwanziger Jahren. Und kurz fragte er sich, ob er es wohl wagen könnte, es einfach darauf ankommen zu lassen. Aber er schleuderte diese Frage von sich wie ein heißes Eisen.

Er sagte: „Da sieht man wieder, Herr Botschafter, in welchem Umfang dieser Branz ein Idiot ist. Vor kurzem ist von mir ein mit außerordentlicher Offenheit geschriebener Artikel über dieses Thema in Deutschland erschienen. Und zwar in der amtlichen Halbmonatszeitschrift des Reichsnährstandes, unmittelbar anschließend an einen Artikel von Reichsleiter Reichsminister Dr. Darré."

„Wirklich, Doktor?" fragte der Botschafter maßlos erleichtert.

„Lesen Sie doch nach", empfahl Sorge. „Der Artikel wird mit Sicherheit im Archiv der Botschaft aufzufinden sein."

„Das beruhigt mich sehr", sagte der Botschafter ehrlich.

„Mich beruhigt das gar nicht", sagte Sorge übermäßig laut, und es kostete ihn keine Mühe, das mit Erregung zu sagen. „Ich habe einfach keine Lust, mich von irgendeinem Polizeitrottel irgendwie verdächtigen zu lassen."

Elga horchte im Nebenzimmer erstaunt auf, legte ihr Buch beiseite, erhob sich und kam herein. „Was ist geschehen?" fragte sie besorgt. „Habt ihr Streit miteinander?"

„Aber nein", wehrte der Botschafter verlegen ab. Seine Frau, mit den klugen, forschenden Augen und der selbstbewußten Stimme, war durchaus in der Lage ihn verlegen zu machen.

„Richard?" fragte die Frau des Botschafters fordernd.

„Lassen Sie nur, Elga", sagte der. „Wir bereinigen das schon."

„Hoffentlich", sagte sie fordernd und ging.

„Herr Botschafter", sagte Sorge mit unüberhörbarer Festigkeit, „ich muß Sie allen Ernstes und ganz offiziell bitten, diese Angelegenheit zu klären."

„Ich habe versucht es zu tun", sagte der General offen. „Ich habe mit Branz eine erneute, sehr scharfe Unterredung geführt. Ich habe ihn offen gefragt, ob er irgendwelche Beweise gegen Sie vorzubringen hätte?"

„Und?" fragte Sorge; seine Stimme war ohne Klarheit, ohne Schärfe.

„Er hat keine Beweise."

Sorge atmete tief aus; er fühlte sich maßlos erleichtert.

„Er hat lediglich einige Vermutungen", sagte der Botschafter und gab offen zu verstehen, wie wenig Freude ihm dieses Gespräch bereitete.

„Welche Vermutungen?" fragte Sorge. „Was hat sich diese taube Nuß aus den dreckigen Pfoten gesogen?"

Der Botschafter zögerte hierauf zu antworten. Dann, auf Sorges fordernden Blick hin, sagte er: „Ich habe Branz natürlich sofort klargemacht, daß er auf dem Holzweg ist. Aber der ist ja einfach verbohrt. Er behauptet, daß irgend etwas mit Ihnen los sei, Doktor. Davon ist er fest überzeugt. Er vermutet, daß

Sie Ihre gemeingefährlichen Äußerungen lediglich deshalb tun, um Ihre Umgebung zu provozieren. Er hält Sie nämlich für einen Spitzel der Gestapo."

Sorge sah aus, als erblicke er ein höchst kurioses Fabeltier. Diese überaus ehrliche, maßlose Verblüffung wich sekundenlang nicht von seinem Gesicht. Dann lachte er schallend auf. Er schlug sich wild auf die Schenkel und brüllte vor Lachen. Elga stürzte herbei und betrachtete ihn heiter.

„Auch ich finde ja die Sache reichlich komisch", sagte der Botschafter spürbar verlegen.

„Was sagen Sie nun, Elga!" rief Sorge, der sich einfach nicht beruhigen konnte, der seine krampfhafte Spannung, die würgende Furcht und die sprungbereite Vorsicht hemmungslos aus sich herauslachte. „Ich bin ein Gestapospitzel!"

„Sehr lustig", sagte sie, schüttelte den Kopf, sah ihren Mann betrübt an und ging.

„Freut mich", sagte der Botschafter, „wenn Sie diese Sache von der heiteren Seite nehmen."

„Moment mal", sagte Sorge und fing sich sofort. „So überaus heiter finde ich die Angelegenheit nun doch nicht." Er machte fast übergangslos ein ernstes, nachdenkliches Gesicht. Tatsache war, daß Branz, der von der Polizei kam, irgend etwas witterte. Was er witterte und daß er auf der falschen Fährte war, spielte im Augenblick gar keine Rolle. Fest stand nur: Branz schien entschlossen, Sorge nachzuspüren; aus welchen Gründen auch immer. Und das war die Gefahr. Denn die Möglichkeit bestand ja, daß er irgend etwas finden würde. Der Kerl bohrte nach Wasser und wäre vermutlich nicht schlecht überrascht, wenn er dabei auf Öl stieße.

„Ich habe nicht die geringste Lust, von einem derartigen Subjekt beschnüffelt zu werden. Das sieht mir fast nach dem beliebten Spiel ‚Haltet-den-Dieb' aus."

„Lieber Doktor", sagte der Botschafter bremsend, „Branz mag seine Fehler haben, aber er ist einer meiner Mitarbeiter."

„Kein guter Mitarbeiter, Herr Botschafter."

„Sie sind voreingenommen, Doktor. Sie tragen ihm diesen einen Fehler nach."

„Er leistet sich Sachen, die nicht ungefährlich sind."

„Das zu beurteilen überlassen Sie, bitte, mir", sagte der Botschafter mit Würde und unternahm den Versuch, anzudeuten, daß er dieses Gespräch als beendet betrachte, denn er beugte sich wieder über das Schachbrett.

„Im Gegensatz zu Branz“, sagte Sorge suggestiv, „behaupte ich nichts, was ich nicht auch beweisen kann.“

Der Botschafter richtete sich langsam wieder hoch. „Was heißt das?“ fragte er schwer.

„Auf dem alliierten Nachrichtenmarkt in Tokio werden neuerdings Unterlagen gehandelt, die vermutlich zu den Akten der Dienststelle Branz gehören.“

„Unmöglich, Sorge!“ Der Botschafter war ehrlich entsetzt. „Das kann nicht sein, Doktor.“

„Das ist aber so!“

Der Botschafter schwieg lange Zeit. Ihm war klar, daß Sorge soeben eine Bemerkung gemacht hatte, die nichts mehr mit Spaß zu tun hatte. Und er wußte aus Erfahrung, daß Sorge durchaus der Mann war, der Gelegenheit genug hatte, solche Sachen in Erfahrung zu bringen. Sorge schöpfte aus tausend Quellen. Er hatte seine Finger überall. Er war nicht umsonst der anerkannt bestinformierte Auslandskorrespondent in Tokio. Ein Mann mit Erfahrungen, Beziehungen, Querverbindungen. Aber hier, in diesem speziellen Punkt, konnte es sich immerhin um einen Gegenhieb auf den Feind Branz handeln. Aber was dann, wenn trotzdem die kaum faßbare Behauptung Sorges Hand und Fuß hatte?

„Können Sie das beweisen, Doktor?“

„Ja“, sagte der einfach.

„Dann tun Sie das!“ sagte der Botschafter mit großem Widerstreben.

„Unter einer Bedingung“, sagte Sorge.

„Welche?“

„Ich liefere Ihnen den Beweis. Und damit will ich sagen: Ich liefere Ihnen Unterlagen. Aber ich werde meine Quelle nicht angeben.“

„Einverstanden“, sagte der Botschafter.

„Und außerdem bitte ich Sie, im Amt nicht zu sagen, von wem Sie diese Unterlagen bekommen haben. Ich möchte meinen Gewährsleuten jede Schwierigkeiten ersparen. Und ich habe das alles nicht wegen Branz getan, nicht nur wegen Branz, um ehrlich zu sein – in erster Linie Ihretwegen, Herr Botschafter. Ich habe die Unterlagen aufgekauft, um Ihnen Schwierigkeiten zu ersparen. Das müssen Sie mir glauben.“

„Ich glaube es Ihnen“, sagte der Botschafter.

Und Sorge wußte, daß sein Freund, der General, wirklich das tat, was er soeben gesagt hatte. Sechs Jahre lang hatte er den Botschafter mit Informationen, Nachrichten und Unterlagen versorgt; nicht selten sogar völlig selbstlos. Der Botschafter war es gewöhnt, daß Sorge für ihn aus seinen tausend Quellen schöpfte. Er nahm das geradezu als selbstverständlich hin und hielt das für ein Zeichen echter Freundschaft.

Sorge griff in seine Brusttasche und zog jene drei sorgfältig zusammengelegten Blätter Papier hervor, die er vor Wochen dem Akt aus der Dienststelle Branz hatte entnehmen können, der auf dem Schreibtisch des unternehmungslustigen Admirals ‚Paulchen' gelegen hatte.

„Wohl nichts Besonderes", sagte Sorge mit Gleichmut. „Aber immerhin ein Vorgang aus der deutschen Botschaft." Und er fügte hinzu: „Wer weiß, was sich noch alles von Ihren Mitarbeitern auf dem schwarzen Markt in Tokio herumtreibt."

Und er warf die Papiere auf das Schachbrett. Einige Figuren kippten um, darunter der König aus dem Spiel des Botschafters.

Zwischen Spion und Verräter ist ein Unterschied; aber es gibt einige, die sind beides zugleich.

Ein Spion arbeitet zumeist gegen eine fremde Macht für sein Vaterland. Sorge arbeitete in Japan für die Sowjetunion, die er sein Vaterland nannte.

Ein Verräter arbeitet in seinem eigenen Vaterland für eine fremde Macht. Der deutsche Staatsbürger Sorge verwertete Material aus der deutschen Botschaft und lieferte es an Moskau aus. Somit war er auch ein Verräter.

Doch in einer Zeit wie der unseren verschieben und verzerren sich die Begriffe. Es kann Ostdeutsche geben, die Westdeutschland ihr Vaterland nennen – und umgekehrt.

Es gibt Leute, für die ist Spionage ein Beruf wie jeder andere. Sie arbeiten für den, der sie bezahlt. In den letzten hundert Jahren ist der Balkan der größte Lieferant käuflicher und begabter Agenten gewesen.

Auch unter den Militärs aufgeriebener Armeen befinden sich gar nicht wenige, die bereit sind, sich ihr Spezialwissen gut honorieren zu lassen. Doch auch hier sind die Grenzen zwischen Geschäft und Patriotismus nicht immer erkennbar. So war im letzten Weltkrieg ein ehemaliger polnischer Generalstabsoffizier der führende Kopf eines französischen Agentennetzes.

Ebenfalls im letzten Weltkrieg betätigte sich ein ehemaliger lettischer General, der nach Marseille emigriert war, gegen gutes Honorar für die Briten. Sein besonderes Pech war, daß es sich bei dem britischen Auftraggeber in Wirklichkeit um einen deutschen Spezialagenten handelte, der die Weisung hatte, eine echte Spionagegruppe gegen die Deutschen aufzuziehen – um sie sicher unter Kontrolle zu haben.

Der ‚echte' Spion jedoch springt mitten in den Feind hinein. Aber der Spion von morgen arbeitet nur noch mit dem Weltgewissen, das er für sich in Anspruch nimmt.

Ein Mann wie Richard Sorge in Japan mutet oft an wie der erste Bahnbrecher dieser neuartigen Anschauungen. Er haßte Deutschland, da er es nicht lieben konnte. Da er aber lieben wollte, wählte er sich die Sowjetunion dafür.

In der Tür des Hauses stand Edith de Voukelitsch und sah Richard Sorge mit Gleichmut entgegen. Sie nickte ihm zu, als er sich ihr näherte. Sie schien lange Zeit auf ihn gewartet zu haben.

„Komm zuerst zu mir, ehe du zu Branco gehst", sagte sie. „Ich will mit dir einiges besprechen."

Sorge nickte bereitwillig und folgte ihr schweigend. Er betrachtete die etwas schwere, volle Gestalt, die sich vor ihm bewegte und dachte dabei: Auch Edith wird alt; vor fünf Jahren noch tänzelte sie einher wie ein unternehmungslustiges Mädchen, jetzt geht sie dahin, als habe sie Lasten zu tragen.

In ihrem Zimmer forderte sie Sorge mit flüchtiger Handbewegung auf, Platz zu nehmen. Sie selbst ließ sich auf eine breite Couch fallen, die für die Nacht, wie Sorge noch von früher her wußte, bequem in ein Bett verwandelt werden konnte.

„Wenn ich dich richtig verstehe, Edith", begann Sorge ohne Umstände, „hast du jetzt genug von dieser ganzen Sache."

„Und zwar endgültig", sagte Edith.

Sorge war nicht im geringsten überrascht. Er hatte das, genau das, früher oder später kommen sehen. Solche Sachen gehen auf die Dauer niemals gut: Branco de Voukelitsch war ihm von Moskau aus zugeteilt worden. Branco kam aus Paris; war ein brauchbarer Korrespondent für französische Zeitungen, ein gewandter, leicht balkanesisch aussehender Salonlöwe in den französisch-britisch-amerikanischen Tokiokreisen und ein ausgezeichneter Fotograf mit einem raffiniert eingerichteten Labor. Und Branco schleppte Edith mit.

Und diese Edith war nicht nur Agentin der Komintern, eine zwar verläßliche, aber durchaus zweitklassige Agentin übrigens, sie wurde auch Branco de Voukelitschs Frau. Und Moskau hatte widerstrebend seinen Segen zu dieser Zusammenarbeit gegeben, die einmal schiefgehen mußte, nicht zuletzt, weil de Voukelitsch ein stets gutriechender Weiberheld mit öligen Haaren und scharf gebügelten Hosen war. Jetzt hatte Sorge diese beiden auf dem Hals.

„Dein Entschluß steht also unverändert fest?“ fragte Sorge. Und da sie ihn verwundert ansah, fügte er hinzu: „Ich will das jetzt ganz genau wissen, denn alle Maßnahmen, die ich dann treffen muß, werden nicht mehr rückgängig zu machen sein.“

„Ich bin fest entschlossen, Richard. Und es geht mir letzten Endes gar nicht mehr um diese Ehe, dic praktisch ja schon scit Jahren nicht mehr besteht, wie du selbst genau weißt, es geht auch um die Arbeit. Ich kann einfach nicht mehr mit ihm zusammenarbeiten. Es wird mir zu gefährlich. Denn er ist in letzter Zeit unvorsichtig geworden. Er läßt seine Mädchen im Nebenraum liegen, wenn er im Labor Fotokopien macht. Das kann nicht gutgehen. Und die letzte, eine Deutsche übrigens, ist schon sieben Tage hier im Haus.“

Sorge tat, als interessierten ihn diese Erklärungen wenig. Er betrachtete das gutmütige, volle Gesicht von Edith und fand, nicht ohne Bedauern, daß sich alle Feinheiten ihrer Züge langsam in eine fleischige Fläche auflösten. Er war grundsätzlich gegen die Verwendung von Frauen in seinem Metier; wenn sich das unter Umständen vermeiden ließ, wurden sie von ihm mit Ergänzungsarbeiten und zweitrangigen Erkundigungen beschäftigt oder zum routinemäßigen Kurierdienst eingesetzt. Im Grunde war er froh, daß er diese Frau los wurde.

„Ich werde darüber berichten und deine Ablösung fordern“, sagte er sachlich. „Die Entscheidung wird vermutlich in einer Woche eintreffen, und sie dürfte meinen Vorschlägen entsprechen. Du bekommst eine Abfindung und einen neuen Einsatzort zugeteilt, denn du scheidest natürlich aus meinem Bereich aus, nicht aus dem Metier. Wohin willst du, Edith? Nach Schanghai? Nach Amerika?“

„Wenn es geht, wieder zurück nach Paris, Richard. Dort kenne ich mich am besten aus.“

„In Ordnung“, sagte Sorge. „Du kannst schon langsam deine Koffer packen.“

„Ich danke dir, Richard“, sagte sie. „Für alles.“

Sorge stand auf und nickte ihr zu; und als auch sie neben ihm stand, schlug er ihr sanft auf den Oberarm und sagte: „Du bist ein netter Kerl: Du wirst mir fehlen.“ Und als er sah, daß

Ediths Augen, sentimentaler, ferner Erinnerungen wegen, feucht zu werden drohten, entfernte er sich sofort.

Er ging auf die breite Veranda hinaus und betrat von hier aus das große Arbeits-, Wohn- und Schlafzimmer von Branco de Voukelitsch, hinter dem sich die geräumige Dunkelkammer befand. Er erhoffte, ein Idyll zu stören. Aber Branco und das Mädchen saßen herum und blätterten in Magazinen. Sie sahen ihm interessiert entgegen, als sei er nur erschienen, um ihnen die Zeit zu verkürzen.

Sorge ließ sich in einem dritten Sessel nieder, ohne Umstände, ohne jemand begrüßt oder eine Aufforderung erhalten zu haben; er legte seine Kamera, die er um den Hals trug, neben sich auf den Tisch. Er betrachtete das Mädchen ungeniert. Es war ein nicht gerade billiges, aber sehr gutwilliges Mädchen; er hatte sie schon irgendwo einmal gesehen, vermutlich in einer dieser Bars im Ginzaviertel. „Na, Lola", rief er freundlich, „was macht das Geschäft?"

„Ich heiße nicht Lola", sagte das Mädchen.

„Aber du siehst so aus", beharrte Sorge gemütlich.

„Was willst du eigentlich?" fragte Branco, der zwischen Verlegenheit und Empörung hin und her schwankte.

„Was zu trinken", sagte Sorge fordernd. „Was denn sonst?"

Branco erhob sich widerwillig und ging hinaus.

Sorge betrachtete die Lola mit abschätzenden Blicken. Sie war offenbar hartnäckig, aber sie schien auch habgierig zu sein. Und er mußte sie aus dem Voukelitsch-Haus entfernen. Das hätte bequem mit dem billigsten und wirksamsten Mittel geschehen können; sie einfach zum Tempel hinausjagen und ihr einen Tritt in den wohlgeformten Hintern versetzen! Aber die Kleine war offenbar nicht auf den Kopf gefallen; die würde dann nicht nur eine unbezähmbare Wut haben, sondern sich auch ihre Gedanden darüber machen, woher es wohl käme, daß sich ein Franzose von einem Deutschen derartige Handgreiflichkeiten bei seiner Geliebten gefallen ließ.

Aber derartige Komplikationen ließen sich fast mühelos vermeiden, wenn man die internen Spielregeln und das Preisgefüge dieses Gewerbes auch nur einigermaßen konnt.

Und Sorge sagte: „Sie gefallen mir, Lola."

„Dafür kann ich mir nichts kaufen", sagte die Dame und verschob ihr Gesäß.

„Vielleicht doch", sagte Sorge. „Ich habe nämlich fünfzig Dollar zuviel. Können Sie die gebrauchen?"

Die Dame musterte Sorge; sie schätzte ihn mit Kennerblikken ab und kam zu dem Resultat, daß er durchaus der Mann war, ein derartiges Angebot ernsthaft zu meinen. Überdies, so wollte ihr scheinen, war das Geschäft nicht nur gut, auch das Vergnügen versprach groß zu werden. Dieser Sorge war ein Kerl. An ihm gemessen war dieser Branco nur ein Angeber, der außerdem schon eine Frau auf dem Hals hatte.

„Ich finde Sie nicht unsympathisch", sagte die Lola offenherzig. „Und wann wollen Sie sich mit mir unterhalten?"

„Am liebsten gleich!" sagte Sorge.

„Doch nicht etwa hier?"

Sorge grinste ausgedehnt. „Sagen wir; in einer Stunde? Wir treffen uns im ‚El Dorado'. Abgemacht?"

Die Dame erhob sich ohne weitere Umstände, kam auf Sorge zu und streckte ihre Hand aus. „Vorschuß", forderte sie.

„Das nenne ich Charakter", sagte Sorge lachend, öffnete seine Brieftasche, ließ sie in das gutgefüllte Geldfach hineinsehen und entnahm ihm zwei Zehndollarscheine.

Als Branco de Voukelitsch wieder hereinkam, machte die Lola gerade Anstalten, sich zu entfernen. „Ich muß noch einkaufen", sagte sie. Sie verabschiedete sich und ging. Branco brachte sie bis zur Haustür.

Branco kam kurz danach zurück, rieb sich unternehmungslustig die langen, braunen, gepflegten Hände und sagte: „Ein Prachtexemplar, die Kleine."

„Ich kann das ja mal ausprobieren", schlug Sorge vor.

„Das geht nicht so einfach", sagte Branco und betastete sein kleines, flottes Bärtchen. „Die liebt mich nämlich." Dann griff er nach Sorges Fotoapparat, begab sich damit in seine Dunkelkammer und ließ die Tür offen.

Sorge beschäftigte sich mit der Whiskyflasche und hörte, wie Branco im Nebenraum das Entwicklungs- und das Fixierbad vorbereitete. Eine Schale klapperte heftig auf einem harten Untersatz. De Voukelitsch fluchte unterdrückt und vermutlich auf serbisch.

Branco war 1904 in Serbien geboren worden. Er wurde dann Offizier und studierte später Architektur, insbesondere die von Mädchenkörpern. 1926 ging er nach Paris, und dort studierte er, außer Mädchen, wieder etwas anderes: Jura. 1932 trat er in die KP ein – ein typisches Produkt des Salonbolschewismus: ein proletarischer Gigolo. Aber als Parteimann verläßlich und als Fotograf ungewöhnlich gut.

„Die Sache mit Edith“, sagte Sorge, „wird erledigt – in ein bis zwei Wochen ist alles vorbei.“

„Verbindlichen Dank, Sorge!“ rief de Voukelitsch aus der Dunkelkammer. „Ich wußte, daß ich mich auf dich verlassen kann.“

Sorge lächelte zäh. Dieser weltrevolutionäre Lackaffe, dieser stark parfümierte Teetischverschwörer hatte das Gemüt eines Kindes. Er lebte reichlich unbesorgt in den Tag hinein. Er liebte schicke Weiber und dumme Sesselpolitik, geschwätzige Partys und banale Herrenabende. Auf den Gedanken, daß er sich hier in ständiger Lebensgefahr befand, schien der Mann überhaupt nicht zu kommen. Aber vielleicht war gerade das seine Stärke.

„Ich fange jetzt an“, verkündete de Voukelitsch. „Willst du zusehen?“ Als Sorge verneinte, schloß er die Tür, begann den Film aus Sorges Kamera zu nehmen und zu entwickeln.

Sorge sah sich um: eine gar nicht so billige, reichlich verwohnte europäische, vermutlich französische Ausstattung. Viel Seidenkissen und jene teuren Winzigkeiten für den verwöhnten Geschmack, wie Silberleuchter, Porzellanschalen, Vasen, Tischfeuerzeug, Lackkästen.

Was Sorge in Besonderheit mißbilligte, war nicht der Lebensstil von de Voukelitsch, sondern das zwar nicht übermäßig große, doch für aufmerksame Beobachter spürbare Mißverhältnis zwischen normalem Einkommen und Lebensstandard. Denn Branco war ein fauler Kerl und verdiente als Korrespondent nicht entfernt soviel wie der rastlose, niemals untätige, immer vorwärtsgetriebene Sorge. Und das bedeutete: de Voukelitsch lebte sichtbar auf Kosten des Ringes.

Und das war fast noch gefährlicher als seine Eitelkeit. Die Nachrichten, die er in alliierten Kreisen zusammentrug und anlieferte, waren kaum jemals sonderlich wichtig, allein seine Dienste als Fotograf und Verbindungsmann waren wertvoll. Sie waren gute Dollars wert. Aber in Zukunft, beschloß Sorge, muß dem de Voukelitsch schärfer auf die Finger gesehen werden, um Dummheiten zu entgehen. Was Edith über seine Leichtfertigkeit behauptet hatte, war nicht von der Hand zu weisen.

Sorge preßte sich die flachen Hände fest auf das Gesicht. Die Schwierigkeiten nahmen immer mehr zu. Oder: seine Nerven ließen immer mehr nach, und er begann jetzt bereits, in Dingen Schwierigkeiten zu sehen, die er noch vor zwei, drei Jahren als ganz selbstverständlich hingenommen hatte. Er füllte sein Glas voll bis zum Rand und trank es hastig aus.

Branco hatte inzwischen Sorges Filme entwickelt und fixiert. Ehe er ihn auf die Leine zum Trocknen hinhängte, betrachtete er ihn gegen eine Mattglasscheibe. Sorge, der jetzt hinter ihm stand, schrieb auf eine Zigarettenschachtel ein paar sinnlos anmutende Zeichen.

„Gute Arbeit“, sagte de Voukelitsch anerkennend. „Du bist ein ausgezeichneter Fotograf, Sorge. Du könntest auch als Bildberichterstatter viel Geld verdienen.“

„Unsinn!“ sagte Sorge heftig. „Für wen soll ich denn heute noch als Deutscher Bildchen knipsen? Doch nicht etwa für den ‚Illustrierten Beobachter‘?“

„Wirklich schade“, sagte Branco ehrlich.

Sorge war nicht ohne journalistischen Ehrgeiz. Aber er haßte die Nazis wie die Pest; und sein Haß war noch größer als sein Verlangen zu glänzen. Er dankte allen Göttern dafür, daß er wenigstens doch für das letzte, halbwegs anständige Blatt in Deutschland schreiben konnte, für die einst so berühmte ‚Frankfurter‘ und nicht für irgendein künstlich hochgepulvertes Parteiblättchen.

Sinnend betrachtete er die scharfen, wie gestochenen Negative, die Branco gegen das Mattglas hielt. Es waren einige wenige private Fotos dabei und zahlreiche Aufnahmen von Dokumenten; und einige dieser Dokumente hatte er, ihrer zu vermutenden Wichtigkeit wegen, zweimal fotografiert, um jede Möglichkeit eines Fehlers von vornherein auszuschalten. Aber ihm unterliefen in seinem Metier kaum jemals irgendwelche Fehler.

Natürlich war die Arbeit gut. Um das zu wissen, brauchte er nicht das Urteil eines Branco de Voukelitsch. Schon vor acht Jahren hatten ihm ausgekochte amerikanische Fotoexperten Beifall gespendet. Damals, in den Jahren 1930 und 1931, reiste er kreuz und quer durch China, beobachtend, schreibend und fotografierend. Das von ihm damals zusammengesammelte Material floß in drei Richtungen: die politischen Nachrichten bekam Moskau, die Ergebnisse seiner wirtschaftlichen Untersuchungen gingen an die Deutsch-Chinesische Gesellschaft und seine Fotos erschienen in US-Magazinen.

Damals noch stand ihm die ganze Welt offen. Zu seinen Bekannten gehörten Weißrussen, Nationalchinesen und Amerikaner ebenso wie Deutsche ohne Vaterland, Kolonialfranzosen und internationalisierte Ingenieure. Und als damals, 1931, im Frühjahr der Jangtsekiang weit über die Ufer trat und eine Hochwasserkatastrophe bis dahin unvorstellbaren Ausmaßes nach sich zog, damals nahm er an den Versorgungsflügen nach Hankow teil. Und der Mann, der ihn flog, den er interviewte und fotografierte, dessen Bild nachher beim größten Magazin der Welt auf der Titelseite erschien – Fotovermerk: Sorge –, hieß Lindbergh, Oberst Charles Lindbergh.

Vorbei das alles! Er fotografierte jetzt nur noch für Moskau und gelegentlich für sich privat. Damals brachten ihm seine Fotos stattliche Dollarbeträge; und die konnte er auch gut gebrauchen, denn das Leben in Schanghai war nicht billig, am wenigstens das, das er dort geführt hatte. Japan dagegen war kein teures Land. Er verdiente hier mit seinen Arbeiten weit mehr, als er jemals versaufen konnte. Von den Geldern für seinen Ring verbrauchte er für sich so gut wie nichts. Warum also noch fotografieren? Für die Nazipresse? Also!

Branco de Voukelitsch griff nach der von Sorge mit Zahlen und Zeichen versehenen Zigarettenschachtel. Die dort vorhandenen Angaben waren spielend leicht zu entziffern, denn sie besagten weiter nichts, als: Foto 1–4 wegschneiden, Foto 5-12 für den Kurier, Foto 13 und 14 vergrößern und von Miyagi übersetzen lassen, Foto 15–28 privat, Foto 29–32 für den Kurier.

Branco nickte und schaltete den Fön auf ‚warm', um das feuchte Negativ möglichst schnell zu trocknen. Irgendeine Bemerkung über das Material selbst erlaubte er sich nicht. Er hatte es noch niemals für angebracht gehalten, Sorges interne Arbeit zu kritisieren oder gar zu belobigen. Nur die rein fotografischen Qualitäten des ‚Meisters' pflegten ihn immer wieder zu entzücken.

Sie setzten sich einander gegenüber, und Sorge begann das weitere Gespräch mit unerwarteter Schärfe: „Deine Weibergeschichten gefallen mir nicht."

Branco war verblüfft. Sein Gesicht, das das Gesicht eines Tangojünglings war, zog sich in die Länge. „Erlaube mal", sagte er und machte den Versuch, das gemütlich zu sagen, „was gehen denn dich meine Weibergeschichten an? Ausgerechnet du mußt damit kommen! Habe ich schon jemals danach gefragt, was du dir auf diesem Gebiet leistest?"

„Branco", sagte Sorge unverändert scharf. „Es gibt da einige Unterschiede, die du zu übersehen scheinst. In meiner Wohnung befindet sich kein Sender und kein Labor. Und trotzdem bringe ich keine Weiber auf meine Bude. Das allein ist der springende Punkt. Oder dachtest du etwa, ich wollte dir Moral predigen?"

„Das dachte ich in der Tat", gestand Branco überzeugt; und sein Gesicht gab zu verstehen, daß er gekränkt war.

„Eines Tages kann hier ein Weib aufkreuzen, Branco, das dich übers Ohr haut."

„Mich?"

„Du bist wie geschaffen dafür. Denn du bist eitel wie ein Pfau. Oder glaubst du etwa, die Weiber lieben dich nur, weil sie dich so schön finden?"

„Zum großen Teil bestimmt", behauptete der weltrevolutionäre Casanova mit schlichter Überzeugung.

Sorge sah in diesem Augenblick ein, daß jede weitere Diskussion mit de Voukelitsch über diesen springenden Punkt völlig sinnlos war. Der Mann war labiler, als er jemals geahnt hatte – und damit gefährlich für die Gruppe. Hier halfen vermutlich nur noch radikale Maßnahmen. Und so ordnete er an: „In Zukunft kein Weiberbesuch mehr in deinem Haus, Branco. Besuche gefälligst deine Damen in ihren Betten oder nimm ein Hotelzimmer."

„Aber . . ."

Sorge unterbrach ihn sofort. „Diese Mädchen sind doch nicht blind, Branco. Und das selbst dann nicht, wenn sie verliebt sein sollten. Sie haben alle Augen im Kopf, und einmal werden sie dann sehen, was sie nie sehen dürfen. Alle Weiber sind neugierig."

„Nicht alle", verteidigte sich Branco. „Die, die ich jetzt habe . . ."

„Hat auch ihren Preis!" sagte Sorge.

„Wie kannst du das behaupten?"

„Ich habe das innerhalb fünf Minuten ausprobiert. Die Liebe kostet bei ihr fünfzig Dollar, und das ist bestimmt ein Höchstangebot. Du kannst dich davon überzeugen. Sie sitzt jetzt im ‚El Dorado' und wartet dort auf mich. Ich habe bereits zwanzig Dollar angezahlt, und soviel war mir der Spaß auch wert."

„Das hätte ich diesem Luder nie zugetraut", sagte de Voukelitsch reichlich kläglich. Auf die Idee, Sorges Behauptungen anzuzweifeln, kam er nicht eine Sekunde lang. Er kannte Sorge; besonders in diesem Punkt.

„Wenn für diese Dame die Liebe einen Preis hat, werden auch noch andere Dinge bei ihr zu kaufen sein. Für hundert

Dollar, Branco, verkauft die deine Haut dem Henker. Wollen wir wetten?"

Branco winkte ab. Sorge sah ihn kalt an. Und er dachte dabei: Wenn ich nicht scharf aufpasse, bringt mich dieser Kerl im Schlaf an den Galgen.

Das ebenso heimliche wie heftige Tauziehen zwischen den gegnerischen Spionagegruppen hat sich im Verlauf der letzten Jahrzehnte in ein wildes Massaker im Dunkeln verwandelt. Aus Einzelgängern sind kleine Armeen geworden. Das Geschäft blüht.

Im Ersten Weltkrieg fingen die Briten nicht ganz zwanzig, die Franzosen fast vierzig, die Deutschen aber insgesamt vierhundertundelf feindliche Spione. Und das ist kein Zufall, sondern ein Erfolg deutscher Organisation, ihrer Gründlichkeit und ihrer Ausdauer.

Der preußische Oberst Nicolai und der österreichische Generalmajor Ronge galten als Meister ihres Fachs. Wer hinfort von der Vorzüglichkeit der Spionageabwehr sprach, mußte von der deutschen und österreichischen Spionageabwehr sprechen. Und als die Canaris-Organisation zu versanden drohte, griff die Gestapo ein. Sie ersetzte nicht selten Tüchtigkeit durch Brutalität, aber erfolgreich war auch sie.

Drei große Gruppen gehörten zum ‚Amt Abwehr' beim Oberkommando der Wehrmacht:

1. *Aktive Spionage, geheimer Nachrichtendienst – eine offenbar etwas konfuse Organisation, ohne viel Phantasie, nicht souverän genug und ohne große Erfolge.*
2. *Sabotage im feindlichen Hinterland – ein stark vernachlässigter Aufgabenbereich, nicht zuletzt auf Grund der ritterlichen Haltung einiger Soldaten. Die große Skrupellosigkeit, die zu diesem Metier gehört, schien zu fehlen. Hinzu kam, daß Canaris persönlich bremste – genau besehen, sabotierte er die Sabotage.*
3. *Spionageabwehr und Gegenspionage – ein gewaltiger Apparat, zu dem unter anderen zahllose Abwehrbeauftragte in den Rüstungsbetrieben, bei der Bahn, der Post und in wichtigen Behören zählten. Eine kleine Armee war allein bei der Briefzensur tätig – eine einzige Stelle beschäftigte über dreitausend Schnüffler.*

Die mit Abstand interessanteste und wirksamste Gruppe der deutschen Abwehr trug die Bezeichnung III/3/F. Hier waren die oft genialen Spezialisten der Gegenspionge tätig, wie der einfallsreiche Unteroffizier Hugo Bleicher und der kühle, grundgescheite Oberst Relling. Von hier aus wurden die V-Leute und die Agenten eingesetzt. Und diese Wehrmachtgruppe führte auch den letzten Kampf gegen die Terrororganisation des SD – und verlor ihn.

Und es war wohl die zweideutige Haltung des Admirals Canaris, die eine undurchsichtige Entwicklung einleitete, die schließlich in einem Sumpf von Verrat, Doppelspiel und Sabotage zwischen deutschen Dienststellen endete. Seit Februar 1944 hatte der SD praktisch die militärische Abwehr lahmgelegt und verschluckt. Die Tragödie Deutschlands machte selbst vor den Kulissenspielen der Spitzel nicht halt.

Die französische Abwehr, soweit sie überhaupt in Tätigkeit trat, galt als ein wenig schlampig. Die englische Abwehr soll verhältnismäßig unbeweglich gewesen sein. Die Amerikaner liebten den großen Apparat, und die Sowjets schienen nach dem System der Entlausungsanstalten zu arbeiten.

In Japan aber herrschte krankhaftes Mißtrauen gegenüber allem und jedem. Die Abwehr trat wild und völlig planlos in Aktion. Es mangelte an Erfahrung, es fehlte die Zielstrebigkeit. Ein Sorge nutzte diese Systemlosigkeit kalten Blutes aus.

Die Ortsgruppe Tokio-Yokohama der NSDAP feierte auch am 30. Januar 1940 wie alljährlich den ‚Tag der Machtübernahme'. Und die Feier sollte, wie das dazu auffordernde Rundschreiben verkündet hatte, ‚schlicht und doch würdig' erfolgen. Auch Parteigenosse Dr. Richard Sorge war entschlossen, das Seine zu tun.

Der kleine Saal war bereits zehn Minuten vor Beginn der offiziellen Feierlichkeiten angenehm gefüllt. Zur deutschen Kolonie in Tokio gehörten etwa zweitausend Menschen; über vierhundert von ihnen waren Parteigenossen. Mehr als zweihundert davon waren erschienen.

Die Kaufleute und die Ingenieure, das Personal der Botschaft und der deutschen Handelskammer, zahlreiche Frauen und einige Männer in Uniform, dazu Journalisten, Polizisten und durch den Krieg steckengebliebene Reisende – sie alle saßen zusammen oder standen in Gruppen plaudernd nebeneinander. Nicht so sehr die Pflicht hatte die Parteigenossen aus Tokio zusammengeführt, mehr noch die Hoffnung, einen angenehmen Abend zu verbringen.

Parteigenosse Sorge erschien zehn Minuten nach der angesetzten Zeit mit zwei ausgesucht schönen Sekretärinnen der deutschen Botschaft. Offenbar hatten sie sich vorher Mut angetrunken. Sorge alberte mit ihnen, und sie kreischten vor Vergnügen. Der Ortsgruppenleiter, der die wohltuend gedämpfte Stimmung der Anwesenden gestört fühlte, eilte auf den Stiefelspitzen herbei.

„Aber mein lieber Parteigenosse Sorge!" rief er beschwörend. „Nehmen Sie doch bitte Rücksicht."

„Was denn!" rief Sorge munter. „Ist denn der offizielle Zauber noch nicht vorbei?"

„Wir haben noch gar nicht angefangen", sagte der Ortsgruppenleiter. „Wir warten auf den Botschafter."

„Da werden Sie lange warten können", sagte Sorge. „Der Botschafter bedauert. Er lauert auf einen wichtigen Funkspruch."

„In der Tat bedauerlich", sagte der Ortsgruppenleiter sichtlich niedergeschlagen. Er hatte mit dem Erscheinen des Botschafters gerechnet; der machte immer, und bei solchen Gelegenheiten besonders, eine gute Figur. Er war eine Zierde für jede Feierlichkeit. Daß der Botschafter tatsächlich nicht kommen würde, wenn Dr. Sorge das sagte, hielt der Ortsgruppenleiter für selbstverständlich. Er besaß keine sonderlich ausgeprägte Phantasie, um zu ahnen, daß sich Sorge diese Nachricht unbekümmert ausgedacht hatte.

„Dann fangen wir also an", sagte der Ortsgruppenleiter laut, worauf die Anwesenden begannen, ihre Plätze einzunehmen.

„Ich an Ihrer Stelle", riet ihm Sorge prompt, „würde sicherheitshalber noch einmal mit der Botschaft telefonieren. Vielleicht ist inzwischen der Funkspruch eingetroffen, und der Botschafter befindet sich bereits auf dem Weg hierher."

„Dann warten wir also noch!" rief der Ortsgruppenleiter in den Saal, worauf sich Teile der Anwesenden wieder erhoben, sich erneut zusammenstellten und weiter miteinander plauderten.

Sorge schob sich zwischen eine Gruppe Kaufleute. „Na", rief er, „wie geht es unseren Pfeffersäcken!"

Die Kaufleute, zumeist Generalvertreter von Industriekonzernen, die fleißigen Lieferanten, die erfolgreichen Im- und Exporteure von Chemikalien, Stahl, Werkzeugen, Gummifabrikaten und Maschinen, lachten freudig bei Sorges Erscheinen. Sie schätzten ihn nicht sonderlich, aber dennoch sahen sie ihn gerne, nicht zuletzt, um seinen groben Witzen zu lauschen, die so wenig kompliziert waren, daß sie selber von ihren unliterarischen Hirnen nahezu mühelos verstanden wurden.

„Eigentlich schade", sagte der Seidenaufkäufer Pfriemel aus Düsseldorf, „daß Sie hier nicht Ortsgruppenleiter geworden sind, Doktor. Dann hätten wir wenigstens was zum Lachen gehabt."

„Das hätte auch nicht viel geholfen", sagte Sorge. „Für jeden Parteigenossen kommt einmal die Stunde, wo er nichts mehr zu lachen haben wird."

Auch das wurde, wie alles, was von Sorge kam, ohne weiteres für einen Witz gehalten. Die Kaufleute amüsierten sich gut. Und Seidenaufkäufer Pfriemel, den Sorge mit überdeutlicher Aussprache stets ‚Priemel' nannte, glaubte ausdrücklich erklären zu müssen, was die meisten der Anwesenden bereits wußten. „Im Ernst, meine Herren", sagte er, „Sorge sollte tatsächlich Ortsgruppenleiter von Tokio werden, 1937, wenn ich mich nicht irre."

„Stimmt genau", sagte Sorge. „Aber ich habe den Burschen vorgeschlagen, die Parteiabende in die ‚Fledermaus' zu verlegen. Und da wollten sie doch nicht mitmachen."

Der Kreis um Sorge bedauerte die Tatsache lebhaft und ganz aufrichtig. Einige entsannen sich noch gut der beliebten Schulungsvorträge des Parteigenossen Dr. Richard Sorge aus dem Jahre 1935. Sie waren geradezu zum gesellschaftlichen Ereignis für Tokio geworden, wenn sie auch langsam immer mehr munteren Herrenabenden glichen, an denen auch Damen mit ungestillten Interessen zu Dutzenden teilnahmen.

Hinzu kam dann aber noch, daß Sorge ein wirklicher Kenner der fernöstlichen Wirtschaftsstruktur war und allein schon deshalb eine gute Fundgrube für auf weite Sicht spekulierende Kaufleute. Und Sorge gab ihnen auch bereitwillig Tips, von denen manche nicht mit Gold zu bezahlen waren. Dafür lieferten sie dann dem guten, ewig wissensdurstigen Sorge bereitwillig die eine oder andere Importzahl.

„Was ist das nun", rief Sorge unbekümmert durch den Saal, „fangen wir jetzt mit der Oper an, oder kann ich noch in Ruhe einen saufen gehen?"

Der Ortsgruppenleiter nahm diesen Zuruf mit großer Selbstverständlichkeit hin. Er dachte nicht im mindesten daran, in seiner Würde als örtlicher Hoheitsträger gekränkt zu sein. „Fangen wir also an", sagte er.

Das war nun mal der Umgangston im fernen Japan. Hier war die Partei kein sturer Weltanschauungsverein, mehr ein frischfröhlicher Interessenklub. Man war Parteigenosse aus Geschäftsgründen, und die einzige Überzeugung bestand darin, daß interne Schwierigkeiten vor dem Glanz des Parteiabzeichens dahinschmolzen. Das einzig echte Kennzeichen eines offiziellen Deutschen war zur Zeit das Hakenkreuz. Man trug es mit Fassung.

Sorge setzte sich zwischen die zwei munteren Sekretärinnen, die sofort wieder zu kichern begannen. Er schlug dem Mann, der vor ihm saß, kräftig auf die Schulter und rief: „Na, wie geht's denn dem lieben Branz!"

Branz fuhr herum und musterte Sorge haßerfüllt. Er schluckte und schien irgend etwas sagen zu wollen.

„Werden Sie nur nicht ausfallend", riet ihm Sorge freundlich. „Dafür sind Sie ein viel zu junger Parteigenosse. Ich habe die Mitgliedsnummer zwei Millionen siebenhunderteinundfünfzigtausendvierhundertsechsundsechzig. Und Sie?"

„Wir sprechen uns noch", sagte Branz und drehte sich weg. Nach kurzer Zeit stand er geräuschvoll auf und suchte sich einen anderen Platz, der weiter rückwärts lag.

„Sehr richtig", rief ihm Sorge nach. „Soweit kommt das noch, daß sich die jüngsten Parteigenossen auf die vordersten Plätze setzen."

Die süßen Sekretärinnen kicherten, und der Seidenaufkäufer aus Düsseldorf lachte hemmungslos mit tiefem Baß. Einige Frauen in der ersten Reihe zischten.

‚Parteigenossen! Parteigenossinnen!" rief der Ortsgruppenleiter.

Damit begann die offizielle Feier zum ‚Tag der Machtübernahme'. Der Ortsgruppenleiter begrüßte die Anwesenden ‚auf das herzlichste', dankte ihnen für ihr so zahlreiches Erscheinen und gab der Hoffnung Ausdruck, daß noch oft Gelegenheit sein möge, die Parteigenossenschaft in schöner Harmonie vereint zu sehen.

Sorge nickte nachhaltig und legte einer Sekretärin die Hand auf das Knie, was die auch, vermutlich um die Würde der Stunde nicht zu stören, duldete.

Sodann spielte ein Streichquartett leichtesten Mozart, und Sorge fragte sich, ob wohl auch Mozart, hätte er Gelegenheit dazu bekommen, in die Partei eingetreten wäre. Nach langem Überlegen ließ er diese Frage offen.

Danach betrat der Austauschpädagoge Professor Meerkatz das Podium und redete einiges von deutscher Wiederbesinnung, die gleichbedeutend mit deutscher Wiedergeburt sei, faselte mancherlei Schwülstiges über die unblutigste und doch umwälzendste Revolution aller Zeiten und über den deutschesten Genius aus Braunau am Inn.

Sorge seufzte tief und aus vollem Herzen; dann streckte er die Beine weit aus und betrachtete den Saalschmuck. Über dem Podium hing die Hakenkreuzfahne, daneben standen Kübel mit Blumen. Mancherlei Grün schmückte das Hitlerbild auf der Rückwand. Dort hing auch eine Flagge des befreundeten Italien und eine des Gastlandes Japan. Und Sorge fragte sich, wie lange es wohl dauern könnte, bis die Fahne der Sowjetunion allein dort hängen würde. Und er sagte sich: Wenn es soweit kommt, wird das nicht zuletzt mein Verdienst sein. Diese Überlegung machte ihn stolz.

Und der Anblick der Menschen im Saal schien ihm recht zu geben. Der Ortsgruppenleiter brütete mit entschlossenem Gesicht vor sich hin. Einige Weiber hatten den Mund weit aufgerissen und machten willige Augen. Auch der Generalvertreter einer Stuttgarter Autofirma hatte den Mund weit aufgerissen, aber nur, um zu gähnen.

„Die deutsche Nation", rief Professor Meerkatz mit greisenhafter Hartnäckigkeit, wobei er Speichel versprühte, „wird noch in ferner Geschichte diesen Tag der Machtübernahme als die große Zeitwende feiern."

Eine Frau atmete heftig und preßte eine Hand auf den wildwogenden Busen. Der Seidenaufkäufer kämpfte heroisch mit dem Schlaf. Der Ortsgruppenleiter unternahm den vergeblichen Versuch, sich noch mehr hochzurecken. Die Sekretärin neben Sorge verschob ihr Knie vorsichtig, so vorsichtig, daß Sorges Hand nicht davon abglitt. Ein japanischer Kellner, der die Tür bewachte, grinste dumm vor sich hin; Sorge hatte ihn auf den ersten Blick als Spitzel der Geheimpolizei erkannt.

„Das Wunder des Abendlandes", knödelte Professor Meerkatz hastig aus sich heraus, „an dem fähig Anteil genommen zu haben unsere Generation sich rühmen darf, wird den vollen Segen erst auf unsere Enkel ergießen, ehe es zum Jungbrunnen für den ganzen Erdball wird."

Nach dieser geradezu erhebenden Festrede, die manchen ergriffen hatte, doch keinen so mächtig wie Meerkatz selber, folgte die Führerehrung. Anschließend wurde das Horst-Wessel-Lied gesungen. Dann kamen die Kellner mit den Bieren.

„Dieser Sorge", sagte der Seidenaufkäufer aus Düsseldorf, sichtlich froh, die Feier überstanden zu haben, „hat schon wieder mal so viel geschrieben, daß er den lahmen Arm kaum hochheben konnte."

„Woher wollen Sie das wissen, Priemel?" fragte Sorge zurück. „Sie haben doch pausenlos geschlafen."

„Aber nicht im Stehen!" protestierte der. „Im Stehen kann ich nicht schlafen. Das habe ich mehrmals ausprobiert."

Sandner, Vertreter eines Farbstoffwerkes, ein kleiner, gedrungener Mann mit flinken Augen, nahm Sorge zur Seite. „Hören Sie mal, Doktor", sagte er. „Ich brauche Ihren Rat."

„Wenn es weiter nichts ist", sagte Sorge.

„Ich kann einen großen Schnitt machen", verriet ihm Sandner.

„Dann machen Sie ihn doch."

„Ich muß nur an die richtige Stelle herankommen, verstehen Sie, Doktor? Die Sache muß durch glatte Kanäle laufen, darf nicht irgendwo liegenbleiben, bis womöglich die Konkurrenz auftaucht."

„Worum handelt es sich?" fragte Sorge gelangweilt.

„Um eine neuartige Eisenfarbe. Sie ist etwa dreißig Prozent widerstandsfähiger als alle anderen bisher bekannten Farben für Schiffe. Insbesondere für Kriegsschiffe."

„So", sagte Sorge und gab sich geduldig. „Sie wollen also, ohne Umstände, gleich mit dem zuständigen Mann im japanischen Kriegsministerium verhandeln."

„Genau das ist es", sagte der Farbenverkäufer ehrlich begeistert. „Sie haben das sofort erfaßt. Also: wer ist der Mann, an den ich mich wenden muß, und wie komme ich am besten an ihn heran? Und, was meinen Sie – kann ich eine Empfehlung von der Botschaft, etwa vom Marineattaché, bekommen?"

„Nur langsam", sagte Sorge bremsend. „Ist Ihre unzersetzbare Farbe hinreichend ausprobiert worden?"

„Die deutsche Marine verwendet sie seit zwei Jahren mit bestem Erfolg", sagte der Mann stolz.

„Wollen Sie die Farbe liefern oder die Formeln für das Produktionsverfahren?"

„Die Formeln, Doktor. Das ist am bequemsten. Meine Firma ist mit einem bestimmten Anteil am Umsatz zufrieden."

Sorge dachte kurz nach. „Na schön", sagte er dann. „Das wird sich vielleicht machen lassen, vorausgesetzt, daß Ihr Verfahren wirklich Hand und Fuß hat und kein Bluff ist."

„Wie können Sie so was von mir denken, Doktor."

Sorge lächelte verkniffen. „Man kann nie wissen", sagte er ruhig. „Und ich möchte nicht gerne meinen guten Ruf aufs Spiel setzen. Wir machen das so: Sie zeigen mir mal in den nächsten Tagen Ihre Unterlagen, und wenn wirklich was dran ist, helfe ich Ihnen gerne."

„Doktor, Sie sind mein Mann!" rief begeistert der Farbenverkäufer en gros. „Wenn Sie wollen, können wir das auch gleich machen. Ich habe alle Unterlagen im Hotel."

Sorge zögerte einige Sekunden. Dann sagte er: „Nur nicht so eilig. Wir wollen nichts überstürzen, mein Lieber. Ich habe noch andere Sachen zu tun."

Und damit ließ er den hoffnungsvollen Verkäufer von Fabrikationsgeheimnissen stehen und ging zu einer anderen Gruppe, in der die beiden süßen Sekretärinnen ein wenig verlassen inmitten reifer Parteidamen standen.

„Kommt, Kinder", sagte er gutgelaunt. „Wir wollen einen trinken gehen." Und als er in die reichlich schockierten Gesichter der Parteidamen blickte, fügte er grinsend hinzu: „Natürlich auf das Wohl unseres lieben Führers, den wir alle so gern haben und von dem wir wünschen, daß er uns auch gern hat."

Im Nebenraum des Saales, wo die Theke stand, stieß Sorge auf Siebert, den Reiseschriftsteller aus Frankfurt, und war ehrlich erstaunt, ihn hier zu sehen. „Ich traue meinen Augen kaum", sagte Sorge.

„Ich bin sehr für Humor", sagte Siebert freundlich.

Sorge setzte die beiden süßen Sekretärinnen an einen Seitentisch, sagte ihnen, sie könnten sich bestellen, was sie wollten; er käme gleich zurück. Dann ging er wieder zu Siebert.

„Sind Sie etwa auch Parteigenosse?" fragte Sorge.

„Und wenn das so wäre?" fragte der zurück. „Ich kenne Parteigenossen, die wegen Hochverrats hingerichtet worden sind. Aber wenn Sie das beruhigt, lieber Sorge – ich bin lediglich in der Reichsschrifttumskammer."

„Und ob mich das beruhigt", sagte Sorge und hielt nach dem Ober Ausschau. „Und wenn Sie genau wissen wollen, wie ich darüber denke: In meinen Augen sind Sie nicht würdig."

„Sparen Sie sich Ihre Komplimente", sagte Siebert lächelnd. „Wenn Sie schon den Drang in sich verspüren, höflich zu sein, dann heben Sie sich diese Gefühle lieber für diejenigen auf, die sie gebrauchen könnten."

„Wer – zum Beispiel?"

„Branz."

„In diesem speziellen Punkt, scheint mir", sagte Sorge spürbar unfreundlich, „entwickeln Sie ein wenig zuviel Humor. Sie wissen doch genau, daß der Mann für mich ein rotes Tuch ist."

„Man schmeißt nicht nach einem getretenen Hund mit Steinen."

Sorge horchte auf. „Hund stimmt", sagte er versöhnlich. „Aber wer hat ihn denn getreten?"

Siebert lächelte leicht amüsiert. „Das ist wohl ziemlich das erste und einzige Mal, wo ich ein wenig früher informiert bin als Sie. Sie scheinen sich in den letzten Wochen ungewöhnlich stark ablenken zu lassen. Durch wen eigentlich? Immer noch Martina?"

Sorge überhörte so ziemlich alles, was Siebert sagte – bis auf eins. „Worüber sind Sie früher infomiert als ich?"

„Wissen Sie wirklich nicht, Sorge, daß der Botschafter heute vormittag mit Branz schlittengefahren sein soll?"

„Wie sinnig – ausgerechnet heute. Und warum, Monsieur Siebert?"

„Der gute Branz tut mir leid", sagte Siebert aufrichtig. „Offenbar ist irgendeine seiner Akten unkomplett."

Sorge zog die Stirn kraus und nahm jetzt jedes Wort, das Siebert aussprach, genußvoll auf. Der Botschafter hatte also bis heute gezögert. Und aus welchen Gründen auch immer das geschehen war, diese Verzögerung war günstig, äußerst günstig. Denn Sorge war dem Botschafter in den letzten Tagen wohlüberlegt aus dem Weg gegangen. Und selbst die hartnäckigsten Nachprüfungen von Branz, mit denen gerechnet werden mußte, würden keinen zeitlichen Zusammenhang zwischen den Papieren in der Hand des Botschafters und Sorge ergeben.

„Ich höre immer unkomplett", sagte Sorge munter. „Warum denn eigentlich? Ist denn der gute Branz mit den fehlenden drei Blatt austreten gegangen, oder hat er sie sonstwo verscheuert?"

Siebert sah überrascht hoch. Dann sagte er langsam: „Sie sind ein alter Bluffer, Sorge. Sie wissen ja doch wieder mehr als ich."

„Wieso?" fragte Sorge verwundert.

Siebert vermied es, Sorge anzusehen. Seine schmalen, langen Hände spielten mit dem Bierglas, und wie unbeteiligt sagte er: „Mir war nur der allgemeine Vorgang bekannt; Sie aber wußten bereits nähere Einzelheiten. Es fehlen also drei Blatt. Aus welchem Akt?"

„Aus irgendeinem", sagte Sorge schnell. Er warf einen kurzen, scharf prüfenden Blick auf Siebert, aber der sah auf seine Hände und auf das Glas und machte den Eindruck, nicht genau zuzuhören. Das beruhigte Sorge, zumal ihm die Nachricht über Branz immer noch wohltuend in den Ohren klang. „Und was bedeutet das schon!" rief er sofort. „Auch diese Angelegenheit wird sich, wie viele andere, bereinigen lassen. Es kann bis zum Himmel stinken, wenn es nur nicht bis nach Berlin stinkt."

Siebert schüttelte langsam den Kopf. „Wenn das wirklich so wäre, würde ich mich für Branz freuen. Gewiß, er mag ungeschickt gewesen sein, aber er ist kein schlechter Kerl. Doch in diesem speziellen Punkt, habe ich mir erzählen lassen, ist der Botschafter aus Eisen." – „Aus Gußeisen!"

„Er hat Branz vierundzwanzig Stunden Zeit gegeben, den Nachweis zu erbringen, wo die fehlenden Teile des Aktenstükkes geblieben sind. Gelingt ihm das nicht, wird er vermutlich zunächst einmal beurlaubt, und seine ganze Dienststelle wird eingehend überprüft. Der nächste Schritt bedeutet unweigerlich ein Disziplinarverfahren. Und das bedeutet Ablösung und Abberufung."

„Wie ich das bedaure!" rief Sorge und gab sich nicht die geringste Mühe, seine Genugtuung zu verbergen.

Dann rief er den Ober herbei. „Für die Damen Champagner! Und Sie, Siebert – was wollen Sie?"

„Nichts zu trinken, Sorge – aber etwas anderes. Helfen Sie Branz."

„Warum sollte ausgerechnet ich das tun? Für wen denn?"

„Ihretwegen, Sorge."

„Ich bin doch kein Wohltäter", sagte er verärgert. „Und am allerwenigsten in diesem Fall. Branz ist für mich ein Brechmittel. Ich werde einen Teppich auslegen lassen, wenn er zum letztenmal ein Flugzeug in Tokio besteigt. Und wie kommen Sie eigentlich dazu, zu verlangen, ich solle Branz meinetwegen helfen?"

„Sie sind ein Monstrum, Sorge", sagte Siebert ehrlich. „Aber ich habe Sie gern. Es würde mich traurig stimmen, wenn es Branz gelingen sollte, Ihnen Schaden zuzufügen. Und ganz ehrlich, Sorge, manchmal habe ich den Eindruck, das könnte ihm gelingen."

„Auch ich habe Sie gern", sagte Sorge und legte seine Hand behutsam, mit überraschender Zärtlichkeit, auf Sieberts Arm. „Und deshalb gebe ich Ihnen den guten Rat: Halten Sie sich aus der Schußlinie!"

Wenn erzählt wird, daß überraschte Spione ihre wichtigsten Unterlagen verschlucken, so handelt es sich hierbei nicht etwa um den Einfall eines Artikelschreibers, sondern um eine nahezu selbstverständliche Reaktion. Denn jeder Spion weiß, daß das Herumschleppen von Beweismaterial lebensgefährlich ist.

Die Praxis kennt daher eine Reihe von Vorsichtsmaßnahmen, die oftmals primitiv anmuten. Der gute Spion rechnet grundsätzlich damit, daß er jederzeit beschattet werden kann. Täuschungsmanöver gehören einfach zum Handwerk.

Es gibt keine geraden Wege. Es gibt keine Stammlokale. Es gibt keine festen Büros. Die ‚Treffs' wechseln laufend. Und wenn zwei Agenten einander begegnen sollen, die sich noch nie gesehen haben, werden vorher lang und breit völlig idiotensichere Kenngespräche vereinbart.

Insbesondere die Sowjets steigen in das Geschäft mit einem Verschwörerjargon, der ganz stark nach Theaterschmiere riecht. Aber die Praxis gibt ihnen durchaus recht – es kann niemals einfach und sicher genug zugehen.

Die sich überschneidenden, ineinandergreifenden, endlos sich wiederholenden Systeme der Vorsichtsmaßnahmen gehen zurück bis auf die vielschichtigen Erfahrungen der Verschwörer des Altertums. Doch was den Laien geheimnisvoll anmutet – Kennworte, Klopfzeichen, doppelte und dreifache Sicherungsriegel in Schrift, Bild und Geste – das ist der für den Fachmann lästige, aber immer unvermeidliche Spionagedrill.

Auch das System der dünnen Verbindungslinien ist uralt. Jede Einzelgruppe ist kaum stärker als vier bis sechs Mann. Nur ein einziger dieser Gruppe hat Verbindung zu einem einzigen aus einer ranghöheren Gruppe, und ein anderer hält die Verbindung mit einem einzigen einer rangniederen Gruppe aufrecht.

So kannten sich im Fall Sorge die Mitglieder des inneren Ringes fast alle. Doch nur Miyagi allein hielt Verbindung zu den Zentralagenten seiner Untergruppen – dort hatte niemand je etwas von Sorge gehört.

Wenn sich Spione gemeinsam auf einer Anklagebank wiederfinden, ist die allgemeine Überraschung oft groß – weil nur ganz wenige wissen, mit wem zusammen sie eigentlich gearbeitet haben. Und nicht wenige ‚Chefs' lernen erst hier ihre Mitarbeiter kennen.

Das erste, was Richard Sorge bei seinem Besuch bei Max Klausen auffiel, war ein neues Gesicht. Der ehrenwerte Kaufmann hatte sich einen zweiten Boy zugelegt – ein sicheres Zeichen für Wohlstand und Würde. Aber dieses neue Gesicht gefiel Sorge nicht.

Er begrüßte kurz, doch mit betonter Herzlichkeit, Anna Klausen. Sie reagierte darauf wie immer, freundlich, aber gelassen und gab deutlich zu verstehen, daß sie Sorge hinnahm wie ein unvermeidliches Ereignis, wie eine unheilbare Krankheit, mit der man sich abfinden muß. Sie sagte ihm, daß Max im Schlafzimmer liege.

Sorge stieg in den ersten Stock hoch. Max Klausen, der aufrecht im Bett saß und offenbar Geschäftspapiere durchblätterte, machte Anstalten, Sorge lärmend zu begrüßen. „Mich hat es erwischt", rief Max. „Ich habe die Grippe."

„Du wirst gesoffen haben", vermutete Sorge sachlich, zog sich einen Stuhl herbei und setzte sich neben Klausens Bett.

„Das ist auch möglich", gestand Max freimütig und versuchte, sein Nußknackergesicht zu einem genußvollen Grinsen zu verziehen, doch das gelang ihm nicht, sosehr er sich auch abquälte.

Max, folgerte Sorge sofort, ist entweder wirklich krank, oder er hat ein schlechtes Gewissen. Aber an sein schlechtes Gewissen müßte er sich eigentlich in letzter Zeit schon gewöhnt haben, denn das hatte er doch immer. „Du leistest dir einen neuen Boy?" begann Sorge tastend.

„Er ist besonders billig", sagte Klausen.

„Der sieht aber gar nicht so billig aus."

„Ich habe eben einen Blick für Menschen", sagte Klausen nicht ohne Stolz. „Unter allen Bewerbern machte er den besten Eindruck, und seine Forderungen waren gar nicht einmal so hoch."

„Genauso habe ich mir das auch vorgestellt", sagte Sorge.

Klausen wälzte sich unruhig in seinem Bett. „Was willst du damit behaupten?"

„Ist irgend etwas passiert?" fragte Sorge ruhig, doch nicht ohne Schärfe. Er sah Klausen bei dieser Frage nicht an; er schien die Seidendecke zu betrachten.

„Was soll denn schon passiert sein?" fragte Klausen unwillig zurück.

„Es ist etwas passiert!" sagte Sorge. „Deine Stimme verrät mir das – sie klingt mir zu bieder."

„Seit wann beunruhigen dich Kleinigkeiten?" fragte Klausen wenig freundlich; er war spürbar verärgert und fühlte sich zugleich überlegen. „Früher hast du bei ganz anderen Dingen nicht mit der Wimper gezuckt. Als wir uns den alten Sender in einen Rucksack packten und auf den Rücken schnallten, um ihn in einem See versaufen zu lassen, und dann der eine Bengel dämliche Fragen stellte ..."

„Was ist passiert?" unterbrach ihn Sorge scharf. Seine Hände spielten nervös mit einer Zeitung.

„Gar nichts Besonderes", sagte Klausen. „Sie haben vor fünf Tagen bei mir eine Haussuchung veranstaltet."

Sorge zerriß die Zeitung, die er in seinen Händen hielt, in zwei Teile. Aber seine Stimme klang beherrscht. „Was haben sie gefunden?"

„Nichts. Natürlich nichts." Klausen gab sich Mühe, so zu reden, als spreche er vom Wetter. „Sie haben nur meinen Kurzwellenempfänger mitgenommen."

„Deinen Kurzwellenempfänger!" rief Sorge wild. „Bist du des Teufels, Mann!"

„Nur ruhig", sagte Klausen und verschob seine massige Sitzfläche. Die Bettfedern knarrten gemütlich. „Da ist gar nichts dabei. Es war ein ganz gewöhnlicher Kurzwellenempfänger, englisches Fabrikat, handelsüblich – ein ganz normaler Rundfunkapparat also mit einem speziellen Kurzwellenteil für Amateure. Die Japaner sehen so was nicht gerne bei Ausländern – das ist alles."

„Und ausgerechnet bei dir muß man so einen Apparat finden? Und was noch schlimmer ist, Max – bei dir machen die Kerle eine Haussuchung! Hast du dir gar nichts dabei gedacht?"

„Aber selbstverständlich", sagte Klausen bieder. „Der erste Schreck war nicht von schlechten Eltern. Aber es hat doch schon ärger gebraust. Und dann erfuhr ich, durch meinen Freund von der Polizei, daß derartige Haussuchungen in letzter Zeit üblich sind. Die Japse sammeln Radioapparate ein – das ist das ganze Geheimnis. Und ich habe dann meine Löffel aufgesperrt. Allein von den Mitgliedern des deutschen Klubs ist es noch drei anderen genauso ergangen wie mir."

„Du hättest mir diese Sauerei sofort mitteilen müssen", sagte Sorge, der sich ein wenig beruhigt hatte. Er zerknüllte die zerrissene Zeitung und warf sie in den Papierkorb.

„Ich wollte deine Nerven schonen", sagte Klausen und fühlte sich wieder auf der Höhe.

Sorge betrachtete nachdenklich den dicken, weißgrauen Teppich, der fast den ganzen Boden des Schlafzimmers bedeckte. Er war nicht der Mann, der irgend etwas, das sein Metier berührte, leichtnahm. In diesem Punkt war er fast so etwas wie ein Pedant; ein überaus heimlicher, aber ein sehr hartnäckiger Pedant. Auch eine dieser typischen deutschen Eigenschaften, dachte er; ich komme nicht los von ihnen, und ich will von ihnen auch nicht loskommen.

„Du wirst eine Sendepause von mindestens vierzehn Tagen einlegen", sagte Sorge.

„Soll mir recht sein."

„Du wirst in Zukunft keinen von der Gruppe mehr von deinem Haus oder von deinem Geschäft aus anrufen; auch mich nicht, auch dann nicht, wenn du irgend etwas Privates für mich hast. Alle Anrufe werden in Zukunft von öffentlichen Fernsprechzellen aus geführt oder von neutralen Lokalen."

„Wenn du meinst!"

„In diesen vierzehn Tagen", sagte Sorge dann, „mußt du eine Reihe völlig neuer Orte erkunden, von denen aus du senden kannst. Der Fischereihafen, wo deine Polizeifreunde sitzen, kommt bis auf weiteres nicht mehr in Frage. Miete dir irgendwo ein anderes Boot."

„Du lieber Himmel!" knurrte Klausen unwillig. „Du hast aber auch gar keine Courage mehr! Wenn ich da an früher denke ..."

„Denk nicht an früher", sagte Sorge. „Die Zeiten haben sich inzwischen geändert, nur dein Verstand ist leider der gleiche geblieben."

„Nicht so, Doktor! In diesem Punkt bin ich empfindlich." Und Klausen tat, als mache er ein Scherzchen; in Wirklichkeit war es ihm sehr ernst mit dieser Forderung, denn er hielt sich für einen scharfen Geist.

„Weiter", sagte Sorge sachlich. „In Zukunft wirst du nicht mehr deinen Sender bei de Voukelitsch abholen, sondern der wird ihn dir an einem neutralen Ort übergeben oder ihn für dich deponieren."

„Die Sache wird ja immer komplizierter."

„Wir dürfen sie uns nicht mehr zu einfach machen – das ist alles. Außerdem mußt du in Zukunft, wenigstens aber doch in den nächsten sechs Wochen, grundsätzlich damit rechnen, daß du beobachtet wirst. Also keine geraden Wege mehr, wenn du für die Gruppe arbeitest."

„Und bis wann habe ich mir eine Tarnkappe anzuschaffen?"

Sorge überhörte auch diesen Scherz, obwohl es sich um einen bei Klausen ungewöhnlichen Scherz handelte, ließ doch die Erwähnung einer Tarnkappe auf eine zwar nicht sonderlich große, doch bei Klausen in jedem Fall ungewöhnliche Belesenheit schließen. „Seit wann hast du den neuen Boy?"

„Seit drei Tagen."

„Die Haussuchung war vor fünf Tagen, nicht wahr?"

„Verflucht!" rief Klausen. „Du willst doch nicht etwa im Ernst behaupten, daß hier ein Zusammenhang besteht?"

„Ich behaupte gar nichts", sagte Sorge. „Ich rechne nur damit. Und ich hoffe, du wirst dich danach richten."

„Du siehst schwarz, Doktor!"

„Das gehört zum Metier, Klausen. Solltest du das verlernt haben? Vorsicht und Mißtrauen?"

„Man soll das nicht übertreiben, Doktor."

„Lieber zehnmal übertreiben als einmal vernachlässigen, Max. Sieh mal – es kann durchaus sein, daß ich mich irre. Daß der Boy kurz nach der Haussuchung hier aufkreuzt, kann ein Zufall sein. Daß er intelligent und trotzdem billig ist, hat möglicherweise etwas mit deiner geschäftlichen Tüchtigkeit zu tun. Aber genausogut kann das doch anders sein – oder nicht?"

Klausen wurde langsam weich. „Möglich ist ja schließlich alles", sagte er. Und abermals ärgerte er sich, und diesmal über sich selbst. Dieser Sorge wickelte ihn immer wieder ein! Und er fiel jedesmal prompt darauf 'rein, ob das nun beim Saufen geschah, ob Sorge Befehle austeilte oder ob der ihn nach allen Regeln der Kunst einseifte.

Sorge witterte auch diesen letzten Widerstand in Klausen. Und wenn es um Fragen der Sicherheit ging, hielt es Sorge immer für richtig, zu überzeugen. Wenn er eine bestimmte Arbeit getan haben wollte, pflegte er anzuordnen. Ging es aber um Überzeugungen, um die Bereinigung verschiedenartiger Auffassungen, dann war kein aufklärendes Wort zuviel.

„Mein lieber Max", sagte Sorge kameradschaftlich und zwang sich, seinen prüfenden Blick von einem schweren Silberleuchter zu lösen, der protzig auf Klausens Nachttisch stand. „Als ich hier nach Japan kam, packte mich genauso wie beim ersten Anblick der Chinesen das große Staunen. Alle diese Kerle, so schien mir, hatten ein und dasselbe Gesicht. Aber das ist ein glatter Unsinn. Ich hatte das schon nach wenigen Monaten 'raus. In Wirklichkeit gibt es hier nicht zwei Burschen, die auch nur annähernd die gleiche Visage tragen. Und wenn sie auch alle durch die Bank grinsen, man kann auch in ihren Fressen lesen wie in Büchern."

„Für mich sieht ein Eierkopf wie der andere aus", sagte Klausen.

„Die Burschen von der Polente kenne ich auf den ersten Blick. Sie spielen nämlich Geheimpolizei, ohne genau zu wissen, was das ist. Man sieht ihnen das auf zehn Schritt Entfernung an. Und ich wette mit dir, Klausen – wenn ich zehn Kerle auf der Straße herausgreife, sind mindestens acht davon genau das, wofür ich sie halte."

„Geht in Ordnung, Doktor. Ich weiß, daß du das kannst."

„Und als ich vorhin deinen neuen Boy sah, Max, da schlug in mir der Zeiger aus."

Klausen gab sich geschlagen. „Kann schon sein."

„Ich kann mich auch irren." Sorge wußte, daß er jetzt Klausen genau dort hatte, wo er ihn haben wollte; er konnte sich nunmehr eine gewisse Großzügigkeit leisten. „Durchaus möglich, daß ich mich irre. Aber ich könnte wetten, Max, daß die Chancen, daß ich recht habe, für mich fünf zu eins stehen."

„Schon gut, Doktor. Ich feuere den Kerl noch heute zum Tempel hinaus."

„Laß dir Zeit, Max. Laß dir ruhig ein paar Tage Zeit. Warte ab, bis der Bursche irgendeinen Mist macht. Oder gib ihm eine Arbeit, die er nicht kann. Und dann verpasse ihm einen Tritt in den Hintern. Mit glaubwürdiger Begründung."

„Wird gemacht!"

Sorge erhob sich und ging an das Fenster. Er sah auf die Straße hinunter; aber er sah nichts, das ihm irgendwie verdächtig erschien. Dann ging er auf den Flur. Der war leer. Vom Fenster auf dem Ende des Ganges konnte der Hof gesehen werden, der an den Garten grenzte. Dort arbeitete der neue Boy, in der Nähe der Haustür. Sorge ging wieder in das Schlafzimmer von Klausen hinein. Der schien das Benehmen von Sorge völlig selbstverständlich zu finden.

Sorge fühlte sich erleichtert. Er überdachte noch einmal alle seine Maßnahmen. Er fand sie wohlüberlegt und notwendig. Er würde sein Metier unvollkommen beherrschen, wenn er nicht diese Vorsichtsmaßnahmen planmäßig in seine Arbeit miteinbezöge. Und das, genau das, war der wunde, der lebensgefährliche Punkt seiner Gruppe. Sie alle leisteten Brauchbares, aber sie alle, mit Ausnahme von Ozaki, hatten nicht den Instinkt für Sicherung. Hier mußte er für sie mitdenken.

Die Sache mit dem Kurzwellenempfänger konnte vergleichsweise unbedeutend und wirklich nur Teil einer allgemeinen

Aktion sein. Es konnte sich aber auch um eine akute Gefahr handeln. Der neue Boy, der intelligente und billige Boy, war möglicherweise ein Zeichen dafür. Nun gut – die Gegenmaßnahmen sind eingeleitet: Die Gruppe pausiert, die Sicherungen werden vergrößert. Die Geheimpolizei wird, wenn sie wirklich suchen sollte, keine Anhaltspunkte finden.

„Du mußt wieder einmal mit meiner Frau reden", sagte Klausen.

„Die alte Sache, Max?"

„Was denn sonst", sagte der und gab deutlich zu verstehen, daß er es reichlich albern fand, über diese Angelegenheit überhaupt noch ein Wort zu verlieren.

„Wird gemacht", versprach Sorge. ‚Und ich weiß auch schon, wie wir das Kind diesmal schaukeln. Aber vorher noch eins: Hast du herausbekommen, wer der neue Kurier ist?"

„Klar", sagte Klausen und war ehrlich froh, endlich auch einmal Sorge gegenüber wirksam zum Zug zu kommen.

„Wer?"

„Wie du vermutet hast, Doktor."

„Doch nicht etwa einer von der Sowjetbotschaft?"

„Genau!" sagte Klausen, nicht ohne Stolz auf seine Findigkeit. „Der sowjetische Handelsattaché."

„Das ist vielleicht eine Sauerei!" rief Sorge und war sichtlich erregt. „Wie können sie das nur tun? Aber ich habe es immer geahnt, Max – die Kerle machen sich das Leben leicht, und wir halten hier den Kopf hin. Einer von der Sowjetbotschaft! Warum denn nicht gleich der sowjetische Botschafter persönlich! Und das habe ich denen in Moskau immer wieder vorgesagt: keine Verbindung mit der örtlichen Partei; kein Kurier, der offiziell als Sowjetbeamter bekannt ist. Und was geschieht? Sie schicken uns einen Attaché auf den Hals."

„Ich habe mich auch gewundert", gab Klausen zu.

„Wie die ersten Menschen!" rief Sorge und war nicht zu beruhigen. „Dabei weiß hier jedes Kind, daß das gesamte führende Personal aller Botschaften grundsätzlich beschattet wird. Es ist einfach zum Kotzen! Wir bringen uns hier um, um nicht aufzufallen; und die marschieren mit wehenden Fahnen an. Aber das kann ich dir sagen, Max – den Kerlen in Moskau werde ich ein Ding hinfeuern, das nicht von schlechten Eltern ist."

Als Sorge langsam zu den unteren Räumen des Hauses hinunterstieg, versuchte er, wie er das immer tat, alles was geschehen war, als unabänderlich hinzunehmen. Aber diesmal gelang ihm das nur schwer. Es war, schien ihm, des Gefährlichen zuviel! Früher einmal hätte er vielleicht darüber gelacht. Damals noch warf sich alles in ihm jeder Bedrohung mit grimmiger Entschlossenheit entgegen; jetzt aber begann er langsam, sich in seine Probleme zu verbeißen. Damals lauerte er geradezu auf die Gefahr, es gab sogar Stunden, in denen er sie genoß; er fühlte sich dann voller Spannkraft, er spürte mit Genugtuung die Energie, die in ihm anwuchs. Damals war das Ganze noch ein großes, gefährliches, atemberaubend schönes Spiel – und jetzt? Was wurde jetzt daraus? Das Spiel war tödlich!

Gemessen an all dem waren die Sorgen, die ihm Anna Klausen regelmäßig zu bereiten pflegte, geradezu eine Bagatelle: eine Farce inmitten von Tragödien. Er ging mit Anna, die bereits auf ihn gewartet hatte, ins Wohnzimmer und begann sofort mit einem Angriff, um sich nicht von Anfang an nur verteidigen zu müssen.

„Mit aller Aufrichtigkeit, Anna – was Sie mit Max anstellen, erstaunt mich jetzt nicht mehr, ich fange langsam an, mich darüber zu wundern."

„Was stelle ich denn an?" fragte Anna Klausen leicht verwirrt.

Sie war eine große, stattliche Person, ein mütterlicher Typ, gutmütig, vollbusig und warmherzig. Sie war nicht mehr die jüngste, aber ihre kraftvolle Schönheit verblühte nur langsam. Ihr gütiges Vollmondgesicht verriet nichts von der Heftigkeit ihrer Gefühle.

„Sie haben Max dazu gebracht, das Personal zu vergrößern. Ihr Haushalt wird immer kostspieliger. Und der Pelz für zweitausend Dollar ist geradezu eine Herausforderung. Sie bringen Max in Gefahr, wenn Sie so weitermachen. Und Max weiß das auch, aber er tut nichts dagegen. Er wird immer machen, was Sie wollen, Anna. Aber so dürfen Sie seine Liebe nicht ausnutzen."

Sorge sah sofort, daß dieser Hieb saß; und er spürte auch, wie tief dieser Hieb saß. Er wußte genau, wo Anna am sichersten zu treffen war. Und Sorge zögerte nie, sein Wissen, wenn es sich lohnte, auszunutzen.

Was Annas Leben mit Max Klausen bestimmte, konnte ohne Übertreibung als Tragikomödie bezeichnet werden. Anna war Weißrussin; ihre Eltern hatten die Bolschewiken vor ihren Augen erschlagen. Sie selbst floh aus Rußland nach Schanghai. Wenn sie jemals in ihrem Leben gehaßt hatte, dann hatte sie die Sowjets gehaßt.

Und in Schanghai stieß sie auf Max Klausen. Erst wohnte er bei ihr, dann schlief er mit ihr. Womit er sich beschäftigte, wußte sie nicht. Erst nach drei Jahren entdeckte sie, wer Max in Wirklichkeit war: ein Mann, der für diejenigen arbeitete, die ihre Eltern ermordet hatten. Sie war entsetzt. Aber sie liebte Max. Und ihre Liebe war stärker als ihr Haß. So wurde sie denn, auf sein Drängen hin, Frau Klausen.

Sorge war überzeugt davon, daß Max seine Frau aufrichtig liebte; zwar wollte ihm das oftmals lächerlich erscheinen, aber es war dennoch eine feststehende Tatsache. Kein Zweifel bestand auch darüber, daß Anna ihren Mann liebte. Ihre Liebe ging sogar so weit, daß sie ihm behilflich war: Sie verabscheute die Sowjets aus übervollem Herzen, aber sie war dennoch bereit, ihrem Mann jeden Gefallen zu tun. So wurde sie denn gelegentlich zu Kurierdiensten eingesetzt; und an ihrem prächtigen Busen hatte manche Filmrolle geruht.

„Ich werde niemals seine Liebe ausnutzen", sagte Anna heftig zu Sorge. „Wie kann ich denn etwas ausnutzen, das es gar nicht gibt."

„Werden Sie nicht ungerecht, Anna", sagte Sorge und gab sich ernsthaft, während ihn in Wirklichkeit dieses Gespräch ungemein amüsierte, denn gemessen an allen anderen Dingen, mit denen er sich auseinanderzusetzen hatte, war Anna eine überaus harmlose Person und niemals eine Gefahr. Sie würde sich lieber in Stücke reißen lassen, ehe sie Anstalten machte, ihren Max zu gefährden.

„Glauben Sie denn wirklich, Richard, Max tut das alles aus Liebe – und nicht aus Berechnung?"

Die gute Anna, fand Sorge, war verhältnismäßig leicht zu überzeugen, denn sie brannte darauf, sich überzeugen zu lassen. „Sie sollten nie vergessen, Anna, was in Wirklichkeit geschehen ist. Max hat damals Himmel und Hölle in Bewegung gesetzt, um Sie heiraten zu können. Dafür bin ich Zeuge. Die guten Leute in Moskau waren außer sich. Und erst, als Max ‚entweder – oder' sagte und bereit war, zu kündigen – allein Ihretwegen, Anna! –, bekam er auch von dort seinen Segen. Und das soll nichts mit Liebe zu tun haben?"

Anna Klausen hörte diese Erklärungen gerne; sie waren ihr in allen Einzelheiten bekannt, Sorge hatte sie ihr im Verlaufe der Jahre ein gutes Dutzend Mal vorgebetet, aber sie hörte sie immer wieder gerne. Und erneut nahm sie sich vor, an sie zu glauben.

Sorge hatte große Mühe, nicht einfach loszulachen. Denn er kannte das genau, was er ihren Tick nannte. Anna hatte sich nämlich eingeredet, Max habe sie nur geheiratet, weil er als seriös erscheinender Geschäftsmann eine Ehefrau zur Tarnung gut gebrauchen konnte. Daß Anna obendrein Weißrussin war und aus ihrem Haß gegen die Sowjets kein Geheimnis machte, erhöhte nur noch ihren Wert.

„Nehmen Sie das nicht auf die leichte Schulter, Anna. Kommen Sie nie auf die Idee, seine Liebe anzuzweifeln, und zwar in einer Form, die man eheliche Erpressung nennen könnte. Max ist bereit, alles für Sie zu tun. Er ist sogar bereit, sich für Sie zu ruinieren. Wenn Sie das wollen, Anna, dann brauchen Sie nur so weiterzumachen."

„Sie wissen doch genau, daß ich das nicht will!"

„Dann benehmen Sie sich entsprechend", sagte Sorge und ging.

Der Beitrag Deutschlands zu dem seltsame Blüten treibenden Thema ‚Spionage aus glühendem Idealismus – Verräter aus ethischen Motiven' ist wahrlich nicht klein gewesen. Hitler hatte Deutschlands Seele in ein Trümmerfeld verwandelt, lange bevor die ersten Ruinen sichtbar wurden. Nicht wenige waren bereit, aus der Erkenntnis, daß der Nationalsozialismus mit Deutschland keineswegs identisch war, alle möglichen Konsequenzen zu ziehen.

So entstand die ‚Rote Kapelle' – eine große Gruppe deutscher Menschen mit überdurchschnittlicher Intelligenz; Militärs zählten ebenso dazu wie Schriftsteller, Wirtschaftler und Ingenieure, Künstler und Parteigenossen. Es waren an die sechshundert Menschen – heißt es in einem Artikel –, von denen zwei Drittel hingerichtet wurden. Doch der ehemalige Generalrichter Dr. M. Roeder, der bei den Prozessen gegen die Mitglieder der ‚Roten Kapelle' eine entscheidende Rolle spielte, gibt die Zahl der gefällten Todesurteile mit vierundvierig an.

Die Agentensender der ‚Roten Kapelle' scheinen teilweise bereits seit 1928 bereit gewesen zu sein. Aber erst mit Beginn des deutsch-sowjetischen Krieges traten sie in Tätigkeit. Im Frühjahr 1942 schätzten Experten ihre Zahl auf über hundert.

Es gibt mehrere Versionen darüber, wie das treffliche Kennwort ‚Rote Kapelle' entstanden sei. Flicke, der überaus erfolgreiche Feldherr der Funkpeiler, berichtet davon, daß jede Aktion gegen Spione als ‚Kapelle' bezeichnet wurde. Da nun diese Funkgruppen Verbindung mit Moskau hatten, kam nahezu automatisch das Wort ‚Rot' dazu.

Doch viel zutreffender scheint die Erklärung des Generalrichters Roeder zu sein. Alle Funker wurden im Sprachgebrauch der Nachrichtentruppen als ‚Musiker' bezeichnet. Arbeiteten sie nun unter einheitlicher Direktive und traten sie in Mengen auf, ergab sich ganz automatisch der Begriff ‚Kapelle'. Das ‚Rot' davor war nur logisch.

Was nun diese Mitglieder der ‚Roten Kapelle' angerichtet oder ausgerichtet haben, je nachdem, wie man ihre Tätigkeit zu betrachten geneigt ist, darüber wird noch zu reden sein. Die Urteile über diese Menschen und ihren Widerstand gehen weit auseinander; sie sammelten Nachrichten, strahlten Funksprüche nach Moskau aus, beklebten Zäune mit Zersetzungsplakaten und warfen illegale Flugblätter in Briefkästen.

Gemessen an dieser Menge war der Einzelgänger Sorge winzig. Doch gemessen an Sorges Wirkung war die Arbeit der Menge zumeist kaum mehr als blutiger Dilettantismus.

Das Abendessen im Restaurant ‚Lohmeyer' – Gastwirschaft und Restaurant – schmeckte Sorge nicht. Und das heftige Verlangen nach einer Zigarette überkam ihn auch nicht, obwohl er seit Stunden nicht mehr geraucht hatte. Er verspürte die Müdigkeit in den Gliedern, auch wenn er bewegungslos dasaß. Er mußte sich mit einer Grippe herumschleppen. Diese lästige Krankheit verfolgte ihn in den letzten Jahren immer häufiger; da sie mit Alkohol nicht mehr wirksam zu bekämpfen war, schluckte er Chinin.

Sein Kopf war schwer, und der Verstand arbeitete nur mühsam. Aber er konnte es sich nicht leisten, zu Hause zu bleiben, in dicken Decken liegend, umgeben von Büchern und Rumflaschen. Er war für heute und um diese Zeit telefonisch mit Ozaki verabredet. Während er mit langsamen, fast schwerfälligen Bewegungen ein kleines Stück Fleisch abschnitt, sah er auf seine Armbanduhr. Es fehlten noch fünf Minuten bis zur vereinbarten Zeit.

Er wollte nicht länger warten. Er legte Messer und Gabel schroff zur Seite und erhob sich. Die Muskelstränge seiner Beine waren schlaff, ohne Spannkraft. Jetzt, in diesem Zustand, dachte er bitter belustigt, könnte mich jedes Schulkind aus dem Anzug stoßen; selbst ein Branz bekäme das ohne sonderliche Schwierigkeiten fertig.

Sorge ging mit vorsichtigen Schritten auf die Telefonzelle zu. Er schwankte ein wenig und hielt sich kurz am Türrahmen fest. Ein Serviermädchen, das ihm zusah, lächelte verständnisvoll; vermutlich dachte sie: Der Doktor hat schon wieder einmal getrunken!

Sorge zwang sich zur Konzentration. Er wählte sorgfältig die vereinbarte Nummer, die er auswendig kannte. Dann horchte er angestrengt. Die ruhige, unerschütterliche, ein wenig gepreßte Stimme von Ozaki meldete sich: „Bitte?"

Obwohl beide ihre Stimmen genau kannten, war dennoch der Austausch von Kennworten angebracht, da schließlich keiner der Gesprächspartner wissen konnte, ob der Mann am anderen Ende allein war oder sich beobachtet fühlte oder von Menschen umgeben war, die nicht mithören durften, oder das Gefühl hatte, ein Dritter habe sich in die Leitung eingeschaltet. Auf die genaue, peinlich genaue Einhaltung aller Vorsichtsmaßnahmen legte Sorge Wert. Und Ozaki hatte mehrmals angedeutet, daß er das billige.

Sorge: „Ich habe Ihnen eine Bitte von John zu übermitteln."

Ozaki: „Er kann das geliehene Buch ruhig noch vierzehn Tage länger behalten."

Sorge: „Wird er auch den Ergänzungsband bekommen können?"

Ozaki: „Jederzeit."

Damit war geklärt, daß Ozaki ungestört sprechen konnte und überdies in der Lage war, die vorher vereinbarte Auskunft zu geben. Sorge sprang, ohne zu zögern, mitten in das Thema. „Bestehen irgendwelche Bedenken?"

„Es scheint so", sagte Ozaki ruhig; und es klang wie ein fernes, gleichmäßig dahinplätscherndes Wasser. „Jedenfalls ist mir nichts Allgemeines bekannt."

„Danke", sagte Sorge; und er versuchte, das mit betonter Gleichgültigkeit zu sagen. Dann legte er mit einer schweren Bewegung den Hörer ab, und seine Hand blieb noch lange Sekunden wie leblos auf dem Hörer liegen. Wieder spürte er, wie krank er war.

Die Auskunft, die ihm Ozaki, der Unfehlbare, soeben gegeben hatte, lautete ganz eindeutig: Von einer allgemeinen Aktion der japanischen Geheimpolizei gegen die Besitzer von Kurzwellenempfängern ist nichts bekannt, und es ist durchaus anzunehmen, daß jede Einzelaktion nicht unbedenklich ist.

Und das hieß: Es besteht durchaus die Möglichkeit, daß die

Gruppe gefährdet ist. Seine sofortigen Gegenmaßnahmen waren also berechtigt; mehr als berechtigt. Aber waren sie auch ausreichend?

Nach den allgemeinen Erfahrungen dauerte die Beschattung einer in Verdacht geratenen Person kaum jemals länger als vier bis sechs Wochen. Ereignete sich in dieser Zeit nichts Ungewöhnliches, also Verdächtiges, wurde die Überprüfung zumeist eingestellt. Es war also dringend nötig, Klausen für diese gefährliche Zeit zu isolieren und ihn ganz außer Funktion zu setzen. Das war umständlich, aber unvermeidlich. Die Nachrichtenvermittlung mußte also vorübergehend ausschließlich durch Kuriere erfolgen.

Sorge verließ die Telefonzelle und ging müde in das Lokal zurück. Die Beine taten ihm weh, und seine Arme hingen schlaff zu beiden Seiten des Körpers herab. Die Grippe zernagte seine Spannkraft. Er hatte nicht einmal so viel Energie, um Klausen, den leichtsinnigen Hund, zu verfluchen.

An seinem Tisch saß Martina Schwarz, in einem enganliegenden Kleid aus dunklem Blau; und das weißliche Blond ihrer Haare leuchtete aufdringlich und unübersehbar. Sie sah ihm unfreundlich und fordernd entgegen.

„Soweit kommt das noch“, sagte sie gereizt, und ohne eine Begrüßung auszusprechen oder abzuwarten, „soweit kommt das noch, daß ich dir nachlaufen muß.“

„Soweit ist es schon gekommen“, sagte Sorge und setzte sich schwer. Nicht nur die Krankheit in ihm machte ihn Martina gegenüber gleichgültig.

„Was ist mit dir los?“ fragte Martina.

„Was soll mit mir los sein?“ fragte Sorge und schob die fast noch gefüllten Teller angewidert zur Seite. „Ich bin krank.“

Martina antwortete hierauf vorerst nicht, obwohl ihr ein heftiges und, wie sie glaubte, treffliches Wortspiel eingefallen war. Sie unterdrückte es mit Anstrengung und begann sich zu beklagen. „Du vernachlässigst mich“, sagte sie. „Du warst vorige Woche beim Botschafter, ohne mich mitzunehmen. Du warst bei der Feier der Ortsgruppe am dreißigsten Januar, und mich hast du nicht dazu aufgefordert.“

„Und das verletzt wohl deine patriotischen Gefühle, was?“

„Ich will doch nur in deiner Nähe sein, verstehst du das nicht?“

„Und wer“, fragte Sorge nicht ohne Heftigkeit, „blieb vor drei Tagen die ganze Nacht im ‚Imperial‘, in irgendeinem Appartement? Da hast du wohl auch meine Nähe gesucht, wie?"

„Wenn du mich immer vernachlässigst!"

Sorge sah sie mit seinen übermüdeten, rotgeränderten Augen, die in leichtem Fieber glänzten, schweigend an.

Martina spürte die heftige Verachtung, die in seinem Blick lag, fast körperlich. Darauf, daß diese Verachtung gar nicht ihr allein galt, sondern allen Menschen, dem ganzen Leben, darauf kam sie nicht. Sie hielt es für angebracht, sich zu verteidigen. „Und was bedeutet das schon – es muß doch nicht gleich etwas passieren, wenn eine ausgedehnte Party eine ganze Nacht dauert. Wir waren ein gutes Dutzend Menschen in einem Raum. Du kannst dich danach erkundigen."

„Und wenn schon!" sagte Sorge dumpf und preßte sich die Handballen an die Schläfen. Sein Kopf schmerzte ihn zum Zerspringen.

„Warum willst du nicht einsehen, daß ich dich wirklich liebe", klagte Martina. „Ich liebe dich so sehr, daß ich alles für dich tun könnte. Alles."

„Dann laß mich in Ruhe!"

„Warum stößt du mich immer von dir? Warum läßt du mich nicht Anteil haben an deinem Leben?" Martina versuchte, ihm ihre schmalen, rosigen Hände auf den Unterarm zu legen.

Sorge entzog sich ihrem Zugriff heftig. „Anteil an meinem Leben! Wenn ich das schon höre! Was stellst du dir denn eigentlich unter ‚meinem' Leben vor? Tee trinken beim Botschafter? Phrasen schwingen mit den Parteibonzen? Dämliche Kaufleute mit dicken Brieftaschen durch Schweinereien ergötzen? Schäbige Zeitungsartikel zusammenschmieren? Das soll mein Leben sein? Du weißt nichts von mir, gar nichts! Was in diesem Hirn vorgeht, wirst du nie begreifen."

„Ich werde es, wenn du mir die Möglichkeit dazu gibst."

Sorge sah Martina wie durch Schleier; und dennoch glaubte er, sie mit aller Deutlichkeit zu sehen. Und er wußte auch, wie sie wirklich war; er wußte das mit jener traumhaften Sicherheit, die er Instinkt nannte und die ihn Menscheneigenarten wittern ließ. Seinem Metier kam das zugute, und hier nutzte er das auch unbekümmert aus, aber in seinem privaten Leben litt er heftig darunter.

Er vermied es, Martina ins Gesicht zu sehen; er hatte oft genug Gelegenheit dazu gehabt. Und im Morgengrauen war dieses Gesicht müde und schlaff, zeigte Falten unter den Augen und in den Mundwinkeln ein feines Netz des Verfalls, der Überforderung, des Absterbens. Am Abend aber war Martina strahlend schön, lebhaft, verlockend; und das Licht der Lampen glitt zärtlich über die glattgepuderte Fläche der Haut.

Martina, die wilde, lebenslustige, daseinsgierige Martina begann zu ahnen oder gar zu spüren, daß sie ihren Höhepunkt überschritten hatte und daß jetzt ihr bisher unbedenklich strapazierter Körper langsam, aber unaufhaltsam zusammenfiel und daß das Gefühl der Lust in wenigen Jahren schon verlöschen würde. Und in diesem Stadium begann sie nach dem Sinn ihres Lebens zu suchen, nach einem Menschen, der ihrem Leben einen Sinn geben könnte. Und so verfiel sie auf Sorge.

Sorge wußte das und schauderte davor. Auch er hatte nie vorher einen Menschen so rückhaltlos geliebt wie sie. Denn wohl auch er befand sich in einem ähnlichen Stadium des Verfalls. Und wenn sie zusammenlagen, war es oft, als klammerten sie sich voll wilder Verzweiflung aneinander. Aber da war sein Metier. Und das fraß ihn auf. Es durfte nichts anderes daneben geben.

„Komm mit!“ sagte er entschlossen. „Du sollst deinen Anteil an meinem Leben bekommen!“

Sie folgte ihm willig auf die Straße. Sie schoben sich durch die dichte, gesichtslose Menge. Sorge sprach kein Wort. Er schritt, mit leicht taumelnden Schritten, weit und heftig aus. Er ergriff ihren Arm und zog sie mit sich, als sie nicht so schnell zu folgen vermochte.

Die Firmenschilder der Lokale hingen wie Fahnen in die nächtliche Straße hinein. Bunte Lampen strahlten ein mattes, angenehm erwärmendes Licht und ließen Martinas leidenschaftliches Gesicht madonnensanft erscheinen. Lärm quoll in Schwaden auf sie zu. Sie rochen die stickige Luft des niederen Vergnügens.

„Hier sind wir“, sagte Sorge und zog sie auf eine Tür zu, über der in nicht sonderlich großen, unschönen Blockbuchstaben das Wort ‚Fledermaus‘ stand, dazu einige japanische Zeichen, schwungvoll und undeutlich hingeschmiert.

Der Wirt begrüßte Sorge lebhaft und machte eilig für seinen lieben Gast einen Tisch frei, indem er zwei Japaner, die sich das widerstandslos gefallen ließen, wegzerrte und sie an die Theke schob. Das Barmädchen Keiko lächelte selig, als es Sorge sah, dann zog ehrliche Betrübnis über das blasse Gesichtchen beim Anblick von Martina. Keiko stieß ein Glas so heftig von sich, daß es zerbrach.

„Rum!“ rief Sorge. „Dazu heißes Wasser und sehr viel Zukker.“

Martina sah sich hilflos in dem kleinen, verwahrlosten, schmutzigen Raum um. In ihren Augen lag Verwunderung und Ekel. Sie machte keinerlei Anstalten sich zu setzen.

Sorge zog seinen Schlips auf und öffnete sein Oberhemd weit. Dann sagte er: „Wenn es dir hier nicht gefällt, Martina, dann kannst du ruhig wieder gehen. Mir gefällt es hier.“

Der Wirt segelte mit einer ehemals weißen Serviette herbei, fegte damit den Tisch sauber, kippte einen halbvollen Aschenbecher auf die Erde und begann den Stuhl für Martina zu säubern.

„Setz dich doch schon!“ rief Sorge; und er zwang sich dazu, das laut und lärmend zu sagen. „Nimm Anteil an meinem Leben!“

Martina ließ sich widerwillig auf dem eigens für sie gereinigten Stuhl nieder. Das leuchtende Blond ihrer Haare schimmerte aufreizend sanft im trüben Licht der stickigen, verräucherten Kneipe. Die wenigen Anwesenden starrten sie an, bis Sorge eine drohende Bewegung machte; dann betrachteten sie ein wenig verlegen die Gläser, die vor ihnen standen.

Sorge tätschelte Keiko, die eine Flasche Rum und zwei Gläser brachte, die Hüfte. Keiko bediente weit langsamer als sonst und ließ sich Sorges rauhe Zärtlichkeiten demonstrativ gefallen. Sie sah ihn sanft und ergeben an; durch Martina sah sie mit Anstrengung hindurch.

„Das“, sagte Sorge, nachdem er das erste Wasserglas voll Rum auf einen Zug geleert hatte, „ist Keiko. Keiko liebt mich. Stimmt das, Keiko?“

„Ja“, sagte die ernsthaft und tapfer. „Ich liebe dich.“

„Das ist vermutlich der einzige Satz“, erklärte Sorge, „den Keiko in Deutsch hervorbringt. Aber dieser Satz ist ihr ganzes Leben. Das meint sie ganz ernsthaft. Habe ich recht, Keiko?“

Keiko nickte heftig. „Ich liebe dich“, sagte sie abermals und blieb erwartungsvoll stehen.

„Sieh dir dieses Mädchen an, Martina! Kein besonders schönes Mädchen, aber ein ungewöhnlich gutes Mädchen. Wenn ich zu ihr sage: Komm mit in mein Haus, unten habe ich eine Kammer, dort legst du dich hin und wartest, bis ich dich rufe – sie wird kommen, sich hinlegen und warten.“

„Was willst du eigentlich von mir?“ fragte Martina fassungslos.

„Dir zeigen, wie du nicht bist! Dir einmal vorführen, was dir alles fehlt!" rief Sorge mit seiner wilden, vom Fieber und Alkohol überhitzten Stimme. „Denn was bist du, verglichen mit diesem Mädchen? Ein Luxustierchen! Gehalten von einem Mann, der sich mehr leisten kann und will als seidenhaarige Windhunde. Trink jetzt!"

Martina trank mechanisch. Sie vermochte immer noch nicht zu fassen, was hier mit ihr passierte. Sie blickte hilflos und angeekelt in den schmierigen Raum hinein, als wimmle er vor Ungeziefer. Und sie sah auf das breitgrinsende Maul des Wirtes, in die lauernden Visagen der wenigen Gäste, in Keikos breitknochiges Gesicht, das ganz Ergebenheit war. Hastig griff sie zu ihrem Glas und trank abermals.

„Gut so!" rief Sorge. „Trinken – das ist eins von den Dingen, die du kannst. Trinken, dich herrichten, lieben, Konversation herunterschnattern, in teuren Geschäften teure Dinge kaufen – das alles kannst du prima! Ein Geschöpf aus Geld, Geschmack und Gier! Und will Anteil nehmen an dem Leben eines Mannes, dem manchmal die nackte Verzweiflung im Genick sitzt und der saufen muß – saufen, saufen, saufen! –, bis er zusammenbricht und die Welt um sich nicht mehr spürt! Also los – nimm Anteil!"

Martina Schwarz erhob sich entsetzt. Sie sah mit weit aufgerissenen Augen in sein zuckendes, flackernde Leidenschaft ausstrahlendes Gesicht, das wie betäubt war von wildem Leid. Und ihr war, als sei sie dem furchtbaren Mann, der vor ihr saß, noch niemals begegnet. Sie lief, wie gehetzt, hinaus; verfolgt von Sorges schallendem, heftig flatterndem Gelächter.

„Ich liebe dich", sagte Keiko mühsam.

Die heftige Erregung Sorges fiel genau so plötzlich zusammen, wie sie hervorgebrochen war. Jetzt fühlte er wieder die Schmerzen, die in seinem Kopf wühlten. Und ihm war, als müsse er zusammenbrechen.

„Schon gut, Keiko", sagte er schwer. „Schon gut. Du liebst mich, und ich liebe dich nicht – was macht man dagegen? Nichts! Du bist ein armseliges Geschöpf, Keiko – gemessen an Martina bist du wie ein gerupfter Spatz. Du hast nicht ihren Mund, auch nicht ihre Hüften, ihre Brüste auch nicht. Du verbrauchst viel weniger und viel schlechteres Parfüm und weißt nicht, wie man raffiniert liebt. Aber du hast ein großes und gutes Herz! Du hast eine Seele. Aber Seelen begehrt man nicht, und mit Herzen kann man nicht schlafen. Was macht man in solchem Fall? Was macht da ein Mensch wie ich, der keine Zeit mehr hat, in Sanftmut und Zärtlichkeit zu lieben?"

Sorge griff Keiko unter das Kinn. Dann gab er ihr einen leichten Klaps auf die Backe. Er warf Geld auf den Tisch und ging mit hängendem Kopf.

Er verbrachte eine unruhige Nacht. Er wälzte sich in leichtem Fieber auf seinen Matten. Und immer wieder sagte er sich in den kurzen, nebelhaften, taumelnden Unterbrechungen seines Schlafes: Sie sind alle nichts wert, sie haben alle ihren Preis, sie wollen nichts anderes als ihren Vorteil.

Am nächsten Morgen fand Sorge vor seiner Tür einen Brief und einen Blumenstrauß. In dem Brief stand mit unbeholfenen, schülerhaft deutlichen Schriftzeichen, daß Unterzeichnete, Keiko, die feste Absicht habe, ihrem Leben ein Ende zu bereiten. Sie werde mit dem Dampfer zur Insel Oshima hinausfahren und sich dort in den Vulkan hineinstürzen.

Sorge, der sich matt und zerschlagen fühlte, der immer noch nicht fieberfrei war und den der unruhige, verkrampfte, immer wieder heftig unterbrochene Schlaf taumelnd und willenlos gemacht hatte, schüttelte verwundert den Kopf. „Die Kleine spinnt doch!" sagte er.

Doch dann zog er sich an und lief zu einem Lokal in der Nähe seines Hauses. Er telefonierte zur ‚Fledermaus', und der Wirt meldete sich sofort. „Was macht Keiko?" wollte er wissen.

„Die sitzt hier herum!" sagte der Wirt brummend.

Sorge hängte beruhigt wieder ein. Er lachte ein wenig über sich und seine Dummheit. Selbstmord! Noch dazu aus Liebe. Albern.

Er ließ sich in dem Lokal, wo er telefoniert hatte, einen Kaffee geben. „Sonderbare Geschöpfe – diese Weiber", sagte er und schlürfte sein heißes Getränk. Selbstmord! Das soll wohl eine Art Erpressung sein: Liebe mich, oder ich gehe ins Wasser. Beziehungsweise: in einen Vulkan. Die Japaner können sich diese überaus attraktive Art von Selbstmord bequem leisten.

Überhaupt: Was ist das für ein Land! Hier riecht es nach Blut. In diesem Land war der Selbstmord eine durchaus ehrenwerte und keinesfalls ungewöhnliche Angelegenheit. Die Japaner töteten sich vorwiegend, um die Schande nicht zu erleben: die Schande, als Mörder gehenkt zu werden; die Schande, unzureichende Kriegstaten begangen zu haben; die Schande, dem Tenno zu mißfallen. Und die Schande, nicht geliebt zu werden.

Sorge ging abermals an das Telefon, und wieder meldete sich

der Wirt der ‚Fledermaus'. „Was macht Keiko jetzt?" wollte Sorge wissen.

„Die ist abgezogen", sagte der Wirt verärgert. „Die spinnt heute. Wenn sie nicht gerade meine beste Kraft wäre, würde ich sie zum Teufel jagen."

„Sie fährt nach Oshima", sagte Sorge. „Sie will sich dort in den Vulkan stürzen. Das hat sie mir in aller Ausführlichkeit mitgeteilt. Rennen Sie ihr nach, Mann. Holen Sie sie zurück. Bieten Sie ihr eine Gehaltserhöhung an. Für die Kosten komme ich auf."

„Verflucht!" rief der Wirt. „Die bekommt das glatt fertig und schädigt mir mein Geschäft." Dann ließ er sich die Nummer geben, unter der Sorge in der nächsten Stunde telefonisch zu erreichen sein würde; und dann hängte er ein.

Nach siebenundvierzig Minuten rief der Wirt der ‚Fledermaus', noch atemlos, aber nicht ohne Stolz, wieder an. Alles sei ‚in bester Ordnung'. Er habe Keiko so gut wie mit Gewalt vom Schiff holen müssen. Sie habe sich zuerst mächtig gesträubt, sei nahe daran gewesen, zu beißen und zu kratzen. Hierauf seien seine Überredungskünste in Tätigkeit getreten, allerdings ohne sofortige Wirkung zu zeitigen, was beweise, wie überaus ernst die ganze Angelegenheit war. Und erst, als er ihr Gehaltszulage versprochen habe, zwanzig Yen im Monat, was nahezu seinen Ruin bedeuten würde, wenn er nicht sicher sein könnte, daß ihm der verehrte Doktor jeden Schaden, wie versprochen, ersetzen werde, erst dann also siegte die Vernunft, und sie ließ sich von Deck ziehen.

„Na also!" sagte Sorge und hing mit einer schroffen Bewegung die Hörmuschel in die Gabel zurück.

Er legte seine Hände ineinander. Sie waren heiß und schweißig. Das Blut pochte heftig und zeigte ihm an, daß sein Fieber wieder gestiegen war.

Selbstmord! Noch dazu aus Liebe. Von wegen! Solche Gefühle ließen sich mit einer schäbigen Gehaltserhöhung regulieren. Was gab es denn überhaupt in dieser verseuchten, zerquälten, ausgebeuteten Welt der Diktatoren, Halbgötter und Vollidioten, das nicht seinen Preis hatte?

Er lachte verächtlich auf. Dann taumelte er eilig nach Hause und warf sich mit hohem Fieber auf sein Bett.

In einer Zeit, in der die Grenzen nicht mehr die einzelnen Nationen voneinander trennen, sondern quer durch die Völker geben und sie in Schichten aufzuschneiden scheinen, blüht der Weizen der Spionagechefs.

Und nur in einer Zeit wie dieser konnte ein Taylor Kent mit seiner infantilen Weltanschauung einen kaum faßbaren Schuljungenstreich verüben, der den Zweiten Weltkrieg erheblich ins Wanken brachte.

Taylor Kent, damals ganze dreiundzwanzig Jahre alt, war einer jener schiefen Idealisten, die sich als Pazifisten ausgeben, ohne genau zu wissen, was das eigentlich ist. Außerdem war der Jungamerikaner Taylor Antisemit, und zwar gleich ein ganz scharfer.

Ein solcher Mann kann gefährlich werden, wenn er an irgendeinem Hebel sitzt – und genau das war bei dem jungen Taylor Kent der Fall: er war Mitglied der amerikanischen Botschaft in London; und da er aus einer angesehenen Diplomatenfamilie stammte und auch sonst sehr smart war, wurde er gleich mit der Leitung der Chiffrierabteilung betraut.

Wohl selten ist je ein größerer Bock zum Gärtner gemacht worden; und Taylor geriet an Anna Wolkoff – eine Russin mit britischer Staatsangehörigkeit und einem Geldbeutel, der von Deutschland gefüllt wurde. Beide schwelgten im Antisemitismus und begannen ihren privaten Kreuzzug gegen das ‚Weltjudentum'.

Taylor, der Leiter der Chriffrierabteilung, fotografierte, was ihm in die Finger geriet – und das war so ziemlich alles, was die amerikanische Botschaft in London an Geheimpapieren besaß. Allein im Winter 1939/40 kopierte Kent mehr als fünfzehnhundert Dokumente. Und damit war Deutschland praktisch über alles im Bilde, was zwischen Washington und London verhandelt wurde.

Theoretisch und praktisch war diese Kent-Methode idiotensicher. Seine Kopien wanderten im Diplomatensack nach Rom und von dort nach Berlin. Er hatte sich lediglich als eifriger Fotograf zu betätigen. Aber dieser junge Mann war reichlich faul und viel zuwenig gerissen: er hatte einfach keine Lust mehr, seine Filme selbst zu entwickeln – und er gab sie in ein Fachgeschäft.

Damit aber hatte er sich selbst einen dicken Strick gedreht – sollte man annehmen. Er wurde aber lediglich zu sieben Jahren Gefängnis verurteilt. Und in Amerika war in einigen Zeitungen nachzulesen: Ein neuer Märtyrer jüdischer Hetze!

So also wüten Haß und Unduldsamkeit in den Hirnen unserer Zeitgenossen. Auch Sorge war nur eins ihrer Opfer.

Es war fünf Uhr früh, als Sorge das Gelände der deutschen Botschaft betrat. Er begegnete nur wenigen Menschen, lediglich das Wachpersonal und die Beamten vom Nachtdienst waren um diese Zeit an der Arbeit. Einige sahen ihn und grüßten; Sorge grüßte lässig zurück. Niemand war verwundert darüber, ihm zu so früher Stunde im Bereich der Botschaft zu begegnen.

Sorge hatte seine Umgebung auch an diese neueste seiner Eigenarten mit Ausdauer gewöhnt. Er war eben Frühaufsteher; nicht zuletzt, weil auch der Botschafter früh aufzustehen pflegte. Und er legte Wert darauf, daß ihn das gesamte Wach- und Sicherheitspersonal der Botschaft kannte; und das war am besten und erfolgreichsten in den frühen Morgenstunden möglich, nicht etwa im Verlauf des Tages, wo der geschäftige Leerlauf der Büros jede klare Übersicht verzögerte.

Sorge klärte das Personal der Botschaft systematisch über sich und seine Tätigkeit auf, allein dadurch, daß er sich zwar ungewöhnlich, aber doch keineswegs auffällig benahm. Er suggerierte allen Menschen, mit denen er in Berührung kam, daß er in jeder Beziehung Außenseiter war, mit einigen starken, aber im Grunde recht harmlosen Ticks. Und bald gewöhnte man sich an ihn und nahm seine Eigenheiten mit großer Selbstverständlichkeit in Kauf.

Er erschien nicht regelmäßig, aber wenn er erschien, war er fast immer der erste, der den Arbeitstag in der Botschaft eröffnete. Zumeist schlief dann noch alles. Und oftmals war er selber vorher erst gar nicht schlafen gegangen. Sein bequem geschneiderter Flanellanzug war dann zerknüllt, sein stets einfarbiges Oberhemd war nicht mehr ganz sauber, und Bartstoppeln umstanden dicht sein energisches Kinn. Dennoch machte er nicht etwa einen verwahrlosten Eindruck, ehe hätte man sagen können, daß er verwegen aussah.

Er ging in das alte Kanzleigebäude hinein, stieg hinauf in den ersten Stock und öffnete seinen Arbeitsraum. Er setzte sich an seinen Schreibtisch und begann die letzten eingelaufenen Nachrichten, die dort abgelegt waren, durchzusehen. Einige sortierte er aus, den Rest warf er in den Papierkorb.

Ehe er dann weiter daranging, die Unterlagen für den von ihm herausgegebenen *Deutschen Dienst* routinemäßig vorzubereiten, entnahm er seiner Brusttasche ein Bündel Notizzettel. Er blätterte kurz darin. Es waren die ersten von Miyagi gelieferten Angaben über die Herstellung von synthetischem Benzin in Japan, weiter neue Zahlen über die Torpedoproduktion und Daten über Truppenverschiebungen. Er pflegte derartige Unterlagen zunächst zu sammeln, ehe er daranging, sie systematisch auszuwerten und weiterzuleiten.

Er entnahm seiner Schreibtischschublade einen großen Briefumschlag, schrieb seinen Namen darauf, steckte seine Notizzettel hinein und klebte ihn sorgfältig zu. Diesen Umschlag würde er, wie gewöhnlich, im Tresorraum der Botschaft zur Aufbewahrung abgeben. Das war die sicherste Methode. Die Botschaft war exterritoriales Gebiet und der sicherste Ort in ganz Tokio.

Sorge steckte den Umschlag in seine Rocktasche. Dann verließ er sein Arbeitszimmer und begab sich auf Umwegen in den Nachrichtenraum. Hier liefen die Meldungen, Anfragen, Anordnungen aus Berlin ein. Der diensttuende Beamte begrüßte Sorge flüchtig und war ebenfalls nicht im geringsten überrascht. Sorge erschien hier regelmäßig, wenn er sich in der Botschaft aufhielt.

„Was Besonderes?" fragte Sorge.

„Immer der gleiche Zauber."

„Nachrichten über die deutsch-russische Zusammenarbeit?"

„Keine Komplikationen."

Sorge blätterte in einem Stapel Meldungen, die zur Seite gelegt waren und die sich fast alle ausschließlich mit dem deutschrussischen Verhältnis befaßten. „Horten Sie das für den Botschafter?" fragte er.

Der Beamte nickte. Er schob Sorge eine Kaffeetasse und die Thermosflasche zu. Sorge hielt dem Beamten seine Zigarettenpackung hin. Sie rauchten und tranken. Der Beamte sortierte die Meldungen, Anfragen und Anordnungen, die ihm seine Angestellten auf den Tisch legten.

„Übrigens", sagte er dann, „muß es in diesen Tagen losgehen."

„Frankreich?"

„Vermutlich", sagte der Beamte. „Alle Meldungen scheinen darauf hinzuweisen. Seit vorgestern werden offenbar alle in Bereitschaft gehaltenen Truppen in Richtung auf den Westwall in Bewegung gesetzt. Die letzten Nachrichten kommen aus dem Raum um Kassel; und gemeldet hat sie eine französische Agentur."

„Früher oder später war das zu erwarten", sagte Sorge gleichgültig. Er stand auf und verließ den Nachrichtenraum.

Abermals durchstreifte er die Botschaft. Am Büro des Marineattachés machte er halt, aber ‚Paulchen' war natürlich noch nicht im Amt. An der Tür des Polizeiattachés, an der er dann vorüberging, fehlte der Name Branz. Sorge fand das bemerkenswert.

Er sah kurz auf seine Uhr. Noch hatte er Zeit, fast eine halbe Stunde. Er ging wieder in das alte Kanzleigebäude und stieg zu seinem kleinen, schmucklosen Arbeitszimmer hoch. Ohne jede Konzentration stellte er seinen *Deutschen Dienst* für die Mitglieder der deutschen Kolonie, speziell Parteigenossen, zusammen: letzte Meldungen, Wehrmachtsbericht, Gemeindenachrichten. Die vorgesehenen zwei Schreibmaschinenseiten waren schnell gefüllt.

Fünf Minuten vor sieben Uhr erhob er sich und schlenderte zum Haus des Botschafters hinüber. Elga begrüßte ihn mit großer Selbstverständlichkeit. Der Frühstückstisch war bereits gedeckt, für drei Personen. Kurz darauf erschien auch der Botschafter: frisch geduscht, gut rasiert, vorzüglich gelaunt.

Als alter Soldat liebte der Botschafter den frühen Tag, den Geruch von Seife und letzter Nachtkühle, den Duft des Kaffees und das fröhliche Gespräch. Während das Personal servierte, wurde allgemein und unverbindlich geplaudert. Elga sorgte mit Aufmerksamkeit dafür, daß ‚ihre Männer' intensiv frühstückten.

„Ich habe das gute Frühstück schätzengelernt", sagte der Botschafter. „Bei mir zu Hause in Schwaben ist es immer schon gepflegt worden. Aber was ein Frühstück ist, habe ich erst als junger Offizier ganz kennengelernt, zumeist oben in Pommern oder gar erst in Ostpreußen. Die ostpreußischen Gutsbesitzer zum Beispiel lebten zu meiner Zeit noch wie die alten Kommandeure. Sie standen um fünf Uhr auf, gingen dann durch die Ställe oder ritten, während der Saat oder der Ernte, auf die Felder. Dann, um sieben Uhr, frühstückten sie. Eier, Schinken, Wurst und Schnaps."

Das Personal verzog sich lautlos, wie es gekommen war. Nun kam zumeist die erbauliche und die Verdauung fördernde halbe Stunde der ‚Neuigkeiten aus der Gesellschaft', die Richard Sorge zumeist allein bestritt.

„Ich habe gestern schon wieder einmal meinen Freund Siebert aufgeklärt", berichtete Sorge. „Durch einen Vortrag. Es war zum Brüllen!"

„Seit wann interessieren Sie sich für Vorträge, Richard?" fragte Elga liebenswürdig.

„Für solche schon! Ein japanischer Polizeioffizier hielt ihn vor Geishas, und natürlich über das Thema Nummer eins: Wie bekämpfe ich Spione!"

„Nun – und wie bekämpft er sie?"

„Wie im Dreigroschenroman – wie denn sonst? Der Polizeiknülch mit Riesenbrille, Froschmaul und Bürstenkopf behauptete ganz ernsthaft: Wenn ein Mann mit hochgeschlagenem Mantelkragen, Ballonmütze, Shagpfeife und mit Forscherblick ein Teehaus betritt, so ist das dann allemal ein Spion."

„Die Leute, die so was behaupten, müssen doch geistesgestört sein", sagte Elga mit der ihr eigenen Deutlichkeit.

Der Botschafter, stets um diplomatischen Takt bemüht, auch im engsten Familienkreise entschlossen, nicht ohne Würde ‚das Gesicht zu wahren', sagte bremsend: „Diese Eigenschaft, die man fast schon eine Nationaleigentümlichkeit nennen könnte, kommt aus der jahrhundertelangen Isolierung der Japaner und ist nicht zuletzt auf die vielen Enttäuschungen zurückzuführen, die dieses oft betrogene Land immer wieder erleiden mußte."

„Dieses schäbige Völkchen ist einfach noch nicht reif dazu", sagte Sorge, „mit den großen Nationen mitzureden. Bis auf die Kriegslüsternheit ist hier alles zweitklassig."

„Lieber Sorge", wehrte der Botschafter ab, „ich kenne Ihre extremen Gedanken zu diesem Punkt; und Sie wissen, als Botschafter teile ich sie nicht."

„Ich sage lediglich das, was auch Keyserling gesagt hat: ein kleines, aber mieses Volk!"

Elga war bemüht, dieses überaus heikle Thema abzubrechen. „Und was war mit den Geishas, Richard? Wie nahmen sie diese Belehrungen auf?"

„Sie kicherten – was sollten sie denn sonst tun? Selbst Siebert hatte alle Mühe, ernst zu bleiben. Allein schon der Anblick: diese zierlichen, zerbrechlichen Geschöpfe mit den kreidigen Gesichtern und den leuchtendbunten Kimonos und davor der gurgelnde, sich spreizende Polizeiknülch mit der Schalterbeamtenvisage und dem Korkenzieheranzug."

„Diesem Volk fehlt eben jede großstädtische Gerissenheit", sagte der Botschafter. „Ich weiß nicht mal, ob das so ein Nachteil ist."

„Die Japsen sind von einer Dummheit, die zum Himmel schreit", sagte Sorge überzeugt. „So behaupten sie doch auch allen Ernstes, daß weiße Spione stets daran zu erkennen sind, daß sie immer von oben nach unten fotografieren."

Elga lachte hellauf. Sie amüsierte sich köstlich und dachte nicht im entferntesten daran, irgendwelche diplomatischen Spielregeln auch nur in Erwägung zu ziehen. Ihr Mann wurde bei derartig heiklen Gesprächen, die Sorge völlig ungeniert allerorten zu führen pflegte, immer etwas steif und ablehnend; in den letzten Monaten fiel das besonders auf. Aber schließlich lächelte auch er, überaus vieldeutig, sozusagen diplomatisch.

„Da wir gerade bei diesem Thema sind", sagte Sorge unvermittelt und ohne Ironie. „Es ist vielleicht ratsam, Frau Araki gegenüber etwas vorsichtiger zu sein."

„Was wollen Sie damit sagen, Richard?"

„Genau das, was Sie sich denken. Frau Araki ist gewiß eine nette Person, und ich verstehe durchaus, daß Sie sie bevorzugen. Aber die Dame ist kein unbeschriebenes Blatt."

„Ihrer Amouren wegen? Das ist doch nichts Besonderes – die ganze Stadt weiß darüber Bescheid. Und unser Presseattaché wird sich schon vorsehen."

„Hoffentlich", sagte Sorge. Und jetzt, nachdem die Tante Tomo schon lange nicht mehr für die Gruppe arbeitete, konnte Sorge die ihm von Miyagi vor einigen Monaten gegebenen Informationen getrost weiterleiten, ohne irgendeinen Rückschlag befürchten zu müssen. Er erzählte also dem Botschafterehepaar so ziemlich alles, was er selber wußte.

„Ich werde das untersuchen lassen!" sagte der sich als Diplomat betätigende General entschlossen. Und er fügte mit ehrlichem Respekt hinzu: „Ganz erstaunlich, Doktor, wie Sie informiert sind. Wie machen Sie das nur?"

„Das ist mein Beruf", erklärte Sorge schlicht und überaus wahrheitsgemäß. „Ein guter Journalist unterscheidet sich von einem schlechteren eben dadurch, daß er die besseren Informationen hat."

Elga lächelte Sorge liebevoll zu und erhob sich. „Ich gehe jetzt in den Garten", sagte sie.

„Muß das sein?" fragte der Botschafter.

„Mir macht das Spaß", sagte sie entschieden und ging hinaus.

Der General, auf den das Los gefallen war, hier das Großdeutsche Reich zu vertreten, sah ihr ein wenig betrübt nach. Sie war eine prachtvolle Frau und eine repräsentative Frau obendrein; er hätte sich keine bessere wünschen können. Aber ihre Impulsivität bereitete ihm gelinde Sorgen. Sie dachte gar nicht daran, sich den landesüblichen Sitten und Gepflogenheiten anzupassen. Da war zum Beispiel die Sache mit dem Garten: Sie ordnete nicht nur an, was gesät oder angepflanzt werden sollte – sie arbeitete sogar selber darin. Sie zog sich Handschuhe über, ein Arbeitskleid an, setzte sich einen alten Strohhut auf und kniete sich zwischen die Beete. Und das tat keine Dame der Gesellschaft! In Japan jedenfalls nicht. Selbst die Küchenboys, die sonst nicht die Augen aufzuschlagen wagten, rümpften mit herausfordernder, geradezu beschämender Mißbilligung ihre Rotznasen.

„Welch eine Frau!" sagte Sorge begeistert. „Die schert sich den Teufel um alles Gequatsche. Die tut einfach das, was ihr Freude macht, Und wer leistet sich das schon!"

Kurz darauf, pünktlich um acht Uhr, erschienen zwei Referenten mit prallvollen Aktenmappen. Sie wurden vom Botschafter mit militärischer Kürze, doch nicht ohne diplomatische Liebenswürdigkeit aufgefordert, ihm ins Nebenzimmer zu folgen. Der diplomatisierende General schlug die Mappen auf und begann darin zu lesen.

„Brauchbare Arbeit", sagte der Botschafter nach längerer Pause, klappte die Akten wieder zu und legte sie vor sich auf den Tisch. „Wir gehen dieses Projekt noch heute vormittag durch. Bitte, halten Sie sich bereit."

Die Referenten verließen in vorbildlicher Haltung den Raum. Der Botschafter kehrte zu Sorge zurück. Der saß gleichgültig an seinem Platz und rührte mechanisch seinen inzwischen kalt gewordenen Kaffee um. Der Botschafter begann über die allgemeine Situation zu sprechen. Auch er vertrat die Ansicht, daß Frankreich in den nächsten Tagen ‚fällig' sein werde. In seiner Eigenschaft als Soldat gab er den Franzosen keine sonderlichen Chancen; er hielt den unvermeidlichen Frankreichfeldzug mehr für ein Rechenexempel, und er war fest davon überzeugt, daß er spätestens im Herbst beendet sein würde, und zwar mit allen Konsequenzen.

„Und was dann, Herr Botschafter?"

„Oh – es gibt dann immer noch sehr viel zu tun", sagte der General ausweichend. Und er stellte seinerseits eine Frage. „Wie beurteilen Sie die allgemeine Situation in Japan?"

Sorge war auf diese und ähnliche Fragen des Botschafters jederzeit gefaßt. Und er wußte auch genau, wie sie zu beantworten waren; und seinem Freund gegenüber zögerte er nie, das zu tun.

„Japan, Herr Botschafter, ist zur Zeit stark verschnupft und wird das deutsch-russische Abkommen nur schwer überwinden. Ein sicherer deutscher Sieg über Frankreich aber wird den Japanern wie Öl eingehen. Sie werden dann ihre alten Sympathien für Deutschland in vollem Umfang wieder entdecken. Ist aber der Sieg über Frankreich nicht nur ein sicherer Sieg, sondern sogar ein triumphaler, bedeutet das hier Regierungsumbildung und kaum noch zu zügelnden Expansionsdrang."

„Sie erwarten dann einen bewaffneten Spaziergang in Ostasien?"

„Natürlich. In Indochina."

Der Botschafter nickte zustimmend. „Ich sehe die Situation so ähnlich", sagte er vorsichtig.

Sorge lächelte überaus behutsam und kaum sichtbar. Nach seiner Ansicht war er es, der hier diesen soldatischen Menschen zum Botschafter des Großdeutschen Reiches gemacht hatte, er allein; nicht etwa dieser Hitler in Berlin oder gar das Auswärtige Amt. Sorge war überzeugt, daß er den Leuten drüben im alten Deutschland diesen Mann als Botschafter suggeriert hatte.

Das war ein langes und langwieriges Spiel gewesen, mit zäher Geduld unternommen und mit großer Zielstrebigkeit durchgeführt. Es hatte 1933 in Nagoya begonnen und war noch nicht zu Ende. Damals war der jetzige Botschafter ein Oberstleutnant i. G., dem 3. japanischen Artillerieregiment zugeteilt. Und schon damals stieß er auf Sorge. Sorge war dabeigewesen, als dieser Soldat sich mit diesem Land eingehend vertraut gemacht hatte. Sorge hatte seine Gedanken, Hypothesen und konkreten Forschungsergebnisse dem künftigen Botschafter immer wieder suggeriert. Sorge, der gute Freund Sorge, der Begleiter und Frühstücksgast der damaligen Zeit, war überzeugt, auch auf die Berichte des Generalstäblers an seine vorgesetzte Dienststelle eingewirkt zu haben, ja er war der Ansicht, daß der brave Preuße in Tokio durch sein maßgebliches Mitwirken Militärattaché geworden war.

Sorge zündete sich eine Zigarette an, während der Botschafter vorgebeugt in ein Aktenstück sah. Wenn es nach Sorge gegangen wäre, hätte dieser ehrenwerte Mann in Tokio gar nicht Botschafter zu werden brauchen. Ein fachlich glänzend fundierter Militärattaché mit allen dazugehörigen Quellen und Unterlagen wäre ihm lieber gewesen als dieser Berufssoldat auf dem diplomatischen Parkett. Die politische Situation in Japan vermochte ein Ozaki weit besser und sicherer zu beurteilen als ein halbes Dutzend Botschafter zusammengenommen. Aber die militärische Lage war nie so recht lückenlos zu überblicken.

Und daher hatte Sorge im April 1938, als sein Freund, der Generalmajor, Botschafter des Großdeutschen Reiches in Tokio werden sollte, ohne viel zu zögern, abgeraten. Nicht nur des Metiers wegen, auch aus persönlichen Gründen, aus rein freundschaftlichen Motiven. Als der Auserwählte damals seinen lieben Sorge um Rat fragte, hatte ihm der ganz offen gesagt: „Werden Sie es lieber nicht, denn Sie verlieren dadurch alle Ihre menschlichen Qualitäten." Er ist es aber doch geworden; und Sorge dachte manchmal, er hat wirklich viele von seinen menschlichen Qualitäten verloren.

„Ich habe übrigens", sagte der Botschafter, „die Dienststelle Branz eingehend überprüfen lassen."

„Mit Erfolg, vermute ich."

„Ich sträube mich, lieber Sorge, das als Erfolg zu bezeichnen. Jedenfalls hat sich einiges Unangenehme herausgestellt. So waren die drei Seiten, die Sie mir vor einiger Zeit übergeben hatten, tatsächlich aus einem Aktenstück der Dienststelle Branz."

„Ich habe es gewußt", sagte Sorge äußerst schlicht und überaus ehrlich.

„Das allein hätte natürlich noch nicht ausgereicht, ihn zu suspendieren. Es gab dann noch einige ähnliche Kleinigkeiten. Aber das entscheidende war sein Verhalten mir gegenüber. Er wurde ausfallend. Er beschuldigte mich und meine engsten Mitarbeiter."

„Beschuldigungen ohne Beweise?"

„Natürlich", sagte der Botschafter steif und immer noch spürbar gekränkt darüber, daß es einer seiner Mitarbeiter gewagt hatte, seine Lauterkeit anzuzweifeln. „Wüste Beschuldigungen – aber nicht der geringste überzeugende Beweis. Ich habe den Mann sofort seines Amtes enthoben und nach Berlin berichtet."

„Und?"

„Wir können in einigen Wochen mit Ersatz rechnen. Berlin hat sofort akzeptiert. Leider aber scheint es, als ob wir jetzt aus dem Regen in die Traufe kommen." Der Diplomatengeneral sah ehrlich betrübt aus.

„Warum, Herr Botschafter?"

„Ich habe die Ablösung von Branz nur mit Widerstreben gefordert. Denn Branz hat eine normale Polizeilaufbahn hinter sich gebracht. Aus dieser Richtung kommen zumeist ganz ordentliche und sehr zuverlässige Leute. Branz war leider eine Ausnahme. Nun scheint aber neuerdings in Berlin die Tendenz vorzuherrschen, alle Polizeiauslandsposten mit Gestapoleuten zu besetzen. Und gerade deshalb hat nun Berlin ohne jede Rückfrage, ohne das geringste Zögern meinen Ablösungsvorschlag sofort akzeptiert."

Sorge hustete stark; er hatte sich verschluckt. „Und ist schon heraus, wer der neue Mann sein wird?"

„Jawohl", sagte der Botschafter unfroh. „Der neue Polizeiattaché heißt Meisinger. Obersturmbannführer Meisinger." Und sichtlich resigniert fügte er hinzu: „Er kommt mit Sondervollmachten. Unter anderem soll er hier Kommunisten bekämpfen."

Die allgemeine Spionefurcht, hervorgerufen durch die ständigen Hinweise auf die ‚Fünfte Kolonne', trieb seltsame Blüten. Bei Kriegsausbruch wurden in England wie in den USA Tausende von verdächtigen Deutschen und ehemaligen Deutschen festgesetzt und in Gefängnisse und Lager gesteckt. Daß darunter auch zahlreiche Unschuldige waren, versteht sich von selbst. Anders scheinen die modernen Sicherheitssysteme nicht zu funktionieren.

In England schlugen die Wellen der allgemeinen Verdächtigungen besonders hoch – einige hundert Leute wollten geheimnisvolle Blinklichter und Signale gesehen haben. Tatsächlich gelang es, inmitten der meist unsinnigen Beschuldigungen zwei Tatbestände aufzudecken, die Hand und Fuß hatten: Einmal hatten zwei rabiate britische Faschisten als Wegweiser für deutsche Bomber ein paar Häuser in Brand gesteckt; ein andermal wurde eine kleine Funkstation entdeckt.

Das scheint sehr wenig, gemessen an den Zwangsmaßnahmen gegenüber Tausenden. Wie winzig aber diese Erfolge in Wirklichkeit waren, wird erst dann klar, wenn man weiß, daß sich unter diesen Kollektivopfern auch ein Mann namens Klaus Fuchs befand. Er wurde in den Laderäumen eines klapprigen Schiffes über den Atlantik deportiert, zusammengepfercht mit aufgegriffenen Nazis und aus Deutschland geflohenen Politikern und Juden. Danach verbrachte er Monate in primitiven Lagern – Klaus Fuchs, einer der besten Mathematiker unserer Zeit.

Dem stehen die geradezu lächerlichen ‚Erfolge' der Hitlerspionage gegenüber:

Zwei Elsässer haben in der Maginot-Linie Militärspionage getrieben; ein Dr. Kurt Roß, führender Autonomist des Elsaß, wurde später nach ähnlichen Vorwürfen erschossen.

Die sich am meisten durch die ‚Fünfte Kolonne' der Nazis bedroht fühlenden Engländer witterten Spione in jeder deutschen Hausangestellten, in jeder ‚Scheinehe' deutscher Frauen mit ihren Landsleuten. Andererseits wieder machten sie sich über die dilettantischen Fehler der deutschen Spione von Herzen lustig.

In den USA gab es tatsächlich vor dem Krieg Nazigruppen, die in SA-Uniformen stramm exerzierten und auf Kommando Bier tranken. Später sind dann aus diesen Sturmabteilungen etliche Saboteure und Spione in Aktion getreten.

Die meisten von ihnen waren ‚kleine Fische'. Der deutsche Einwanderer Erich Gleser, Soldat in der US-Army, war da schon ein richtiger ‚Fall' – er schrieb eifrig zwei Seiten eines ganz geheimen Codebuches ab und wurde dabei geschnappt.

Ein anderer, Dr. Griebl, schrieb auf der Innenseite einer Streichholzschachtel einen ganzen Code auf. Das FBI verhaftete Griebl, dem auf Anhieb nichts zu beweisen war, weil er mit einer Frau, die nicht seine Frau war, in einem Hotel übernachtet hatte. Danach verriet er zwanzig aktive Agenten – man muß das nicht glauben, aber man kann es nachlesen.

Jedenfalls waren die Spionage- und Sabotageleistungen der ‚Fünften Kolonne' gegenüber den Spitzenleistungen echter Spionage belanglos. Ein Sorge hätte sie mit einer einzigen verächtlichen Handbewegung abgetan.

Sorge schlenderte durch den Wildpark von Nara. Die Kamera baumelte vor seiner Brust. Es war fast so, als erbaue er sich an der erhabenen, unkomplizierten Schönheit der Landschaft, an der Klarheit des Himmels, an den sanften Hügeln. Er schien keine Eile zu haben. Aber schon auf weite Entfernung sah er den Mann auf der Ruhebank neben den zyklopisch getürmten Steinquadern sitzen.

Sorge beugte sich nieder, um das zierliche Strauchwerk mit den spinnwebzarten Verästelungen, das zu beiden Seiten des Weges stand, eingehend zu betrachten. Und es war, als widme er sich dieser Tätigkeit mit Hingabe. Der Mann neben den Steinquadern schien unbeweglich zu sein.

Sorge sah zu den Schirmkiefern hoch, hielt sich die Kamera prüfend vor das rechte Auge, ohne zu fotografieren. Dann sah er den Weg entlang, auf dem er gekommen war: Der Park schien, bis auf den Mann auf der Ruhebank, menschenleer. Fast täglich, mit Ausnahme der Feiertage, war das so.

Er hatte im Augenblick nicht das Gefühl, vorsichtig sein zu müssen. Sein zuverlässig reagierender Instinkt sagte ihm, daß nichts zu befürchten sei. Aber dennoch zögerte er keine Sekunde lang, sich so unauffällig wie nur irgendmöglich zu bewegen. Er haßte die primitive Art von Indianerspiel, sie war ihm zutiefst zuwider; und er sagte sich manchmal auch, daß sie seiner nicht würdig sei. Aber dennoch handelte er genau nach den banalsten Regeln des Metiers.

Wie zufällig näherte er sich dem gedrungenen, unbeweglichen Mann auf der Ruhebank. Es war Ozaki, der Unfehlbare, der bevorzugte Berater des mächtigen und einflußreichen Fürsten Konoye. Ozaki sah Sorge mild lächelnd entgegen.

„Diese Sommertage in unserem Land", sagte er, „sind wie aus jener Seide, die unsere schönsten Frauen tragen."

Sorge setzte sich neben ihn. Er gab Ozaki nicht die Hand, er nickte ihm nicht einmal zu. Er bewahrte auch rein räumlich Distanz. Er sah sich unauffällig prüfend um; während sein Körper ruhte, schienen seine Augen zu wandern.

„Seien Sie unbesorgt", sagte Ozaki. „Dieser Platz ist gut gewählt. Ich kenne ihn seit meiner frühesten Jugend. Er liegt völlig frei und bietet eine gute Übersicht; niemand kann sich nähern, ohne gesehen zu werden. Es gibt hier also keine Möglichkeit, uns zu belauschen."

Sorge wußte, daß er sich auf Ozaki verlassen konnte wie auf keinen anderen aus der Gruppe sonst; dennoch zögerte er nicht, sich von der Richtigkeit der Angaben Ozakis zu überzeugen. Alles war so, wie ihm soeben gesagt worden war. Sie konnten also ungestört sprechen. Und wenn einem von ihnen wirklich jemand gefolgt sein sollte, um sie jetzt aus der Ferne zu beobachten, würde er lediglich zwei Männer gleichgültig in der Mittagssonne sitzen sehen. Und daß sie hier zusammen saßen, schien ganz natürlich zu sein – diese Bank war der einzige Ruheplatz weit und breit.

„Ich habe Ihre Übersicht über die Rüstungsfabriken durchgesehen, Herr Sorge, und sie nach einigen Korrekturen wieder an Miyagi zurückgegeben."

„Ich habe sie erhalten", sagte Sorge.

„Eine recht gute Arbeit", sagte Ozaki anerkennend.

„Danke."

„Achten Sie in Zukunft auf das Gelände südlich von Osaka. Dort entstehen neue Fabriken für Spezialbomben."

„Wird gemacht", sagte Sorge und sah in den Park hinein.

Ozaki griff einen Ast auf, der zu seinen Füßen lag; er spielte behutsam damit und ließ seine Fingerspitzen darübergleiten. „In etwa drei bis vier Tagen", sagte er, „werde ich Ihnen neue Zahlen über die Kapazität der Aluminiumproduktion geben können."

„Bitte über Miyagi."

„Selbstverständlich", sagte Ozaki. „Und wie weit sind Sie sonst?"

Sorge hatte keinerlei Bedenken, Ozaki Einsicht in seine Arbeit zu geben. Das war zwar völlig ungewöhnlich, widersprach sogar streng seinen Prinzipien; aber Ozaki war eben in jeder Beziehung für Sorge eine Ausnahme. Für Ozaki, und nur für ihn allein, durchbrach er eine seiner verbindlichsten Regeln. Denn selbst Klausen, der Kumpan, der langjährige Funker, den die Moskauer Spezialisten wie einen Wunderknaben behandelten, wußte nicht alles, was er in den Äther jagte. Die wichtigsten Meldungen pflegte Sorge persönlich zu verschlüsseln und funkfertig zu machen.

Ozaki aber, der kleine, gedrungene Ozaki mit dem dicken Nacken, den kühl forschenden Augen und der seidensanften Stimme, dieser Ozaki war weit mehr als nur sein bester Nachrichtenträger, er war selbst, wie Sorge, ein Mann, der Übersicht besaß und der weit vorausschauend zu kombinieren verstand. Ein eminent politischer Kopf. Und ein bedingungsloser Kommunist. Wenn es einen Menschen gab, der es jemals fertigbringen würde, einem Sorge zu imponieren, ihm sogar Respekt abzunötigen, dann war es dieser Ozaki.

Und so zählte Sorge auf, als müsse er Ozaki davon überzeugen, wie wertvoll seine Arbeit sei: „Die Produktionskapazität für Tanks, Flugzeuge, Kraftwagen und Fahrräder ist listenmäßig erfaßt. Die Unterlagen gehen in den nächsten Tagen ab."

Ozaki zerbrach den Ast in seiner Hand. „Aus welcher Quelle?"

„Der deutsche Militärattaché – er weiß nur nichts von seinem Glück."

„Aus zweiter Hand?"

„Aus der ersten Hinterhand. Der Militärattaché selbst ist tabu."

„Und wissen Sie auch schon", fragte Ozaki nicht ohne Neugier, „daß zwischen der deutschen und der japanischen Marine Verhandlungen geführt werden?"

„Natürlich", sagte Sorge nicht ohne Stolz. „Sie verhandeln

wegen Materiallieferungen an die deutsche Marine, die in Australien und im Südpazifik operiert. Japanische Öllieferungen im Tausch gegen deutsche Dampfer."

„Die Quelle ist der deutsche Marineattaché, nicht wahr?"

„Natürlich!" sagte Sorge. „Admiral ‚Paulchen'! Wenn der Junge einen sitzen hat, frage ich in zwei Minuten aus ihm heraus, was ich wissen will."

Ozaki begann zu lachen; es war ein kaum vernehmbares, fast lautloses Lachen. Sein rundes Gesicht war wie im Schmerz verzogen. Seine Schultern zuckten ein wenig. Ihm war deutlich anzumerken, wie ungewohnt, wie beschwerlich ihm diese Tätigkeit war.

Sorge registrierte diese Regung seines ansonsten völlig unbeteiligt erscheinenden Mitarbeiters mit Verwunderung und nicht ohne Genugtuung. Es war seltsam, fast ein wenig bedrückend, diesen überlegenen und überaus reservierten Mann derartig lebhaft reagieren zu sehen.

„Imponierend", sagte Ozaki dann und war plötzlich wieder ernst; langsam wich aus seinem Gesicht jede Regung, und die Augen wurden klein und kalt. „Wirklich imponierend", murmelte er dann.

Er kannte das große Spiel genau und verachtete es ein wenig. Er liebte es nicht, durch die Schwächen seiner Mitmenschen zu gewinnen, und zog es in jedem Fall vor, durch die Schärfe seines Geistes, die Überlegenheit seiner Kombinationsgabe zum Ziel zu gelangen. In seinen Augen war Sorge ein Hasardeur – zwar genial, aber völlig skrupellos. Der ideale Kommunist war dieser Richard Sorge wirklich nicht; aber ein idealerer Nachrichtenmann als er war einfach nicht denkbar.

Sorge betrachtete die Steinquadern, nach denen die Erde griff; Gräser und Moose hatten sich an ihnen und zwischen ihnen festgesaugt, umklammerten sie, fraßen sich in sie hinein. Wassertropfen hatten in mühsamer Arbeit feine Sprengkanäle angelegt. Die Steinplatten begannen zu zerbersten; die tödlichen Adern des Verfalls durchzogen sie bereits. In einigen Menschenaltern würden auch sie Staub sein.

„Ein seltsames Volk, diese Japaner", sagte Sorge nachdenklich.

Ozaki nickte. „Man kann von Deutschland ähnliches behaupten. Ob es ein Zufall ist, daß wir die Preußen des Ostens genannt werden? Der Verstand unserer Männer ist nicht sonderlich kompliziert; sie sind ausgezeichnete Soldaten."

Spionage ...

. . . ist das Schlüsselloch im Hinterzimmer der Diplomatie mit Blick ins fremde Vorzimmer. Spione sind Leute, die durch dieses Schlüsselloch blicken und sich von der einen Seite auf Kosten der anderen bezahlen lassen. Geld ist für einen Spion der Preis seiner Vaterlandsliebe. Geheimagenten verkaufen Regierungen, ein Geschäft, das aber nicht nur Geld einbringen kann.

„Sie haben da nicht unrecht, Herr Ozaki. Es gibt einige Übereinstimmungen."

„Vermutlich bedingt durch das ähnliche Klima, durch eine nicht unverwandte Vegetation, durch einige recht flüchtige geschichtliche Übereinstimmungen. Und vor allem: Auch wir sind ein Volk ohne Raum – und die Spielarten der Expansion sind fast überall die gleichen."

„Und dann das Schwanken zwischen Depression und Rausch!"

„Halbgebildete Literaten halten diese zumeist nur peinliche Erscheinung manchmal für Traum und Wunschbild und verwechseln sie mit Romantik."

„Selbst in den Sagen und Mythen gibt es gewisse Übereinstimmungen."

„Die werden Sie in allen Kulturkreisen antreffen, Herr Sorge. Möglich, daß das ein Beweis dafür ist, daß die ganze Menschheit durch gewisse, sich ähnelnde Entwicklungsstufen hindurch muß. Es kann eine Frage der Zeit sein – Jahrhunderte sind da wie Tage. Nehmen Sie also ruhig an, daß Deutschland bereits, bei ähnlichen Voraussetzungen, auf einer höheren Stufe steht. So ist zum Beispiel der Selbstmord bei Ihnen nicht mehr unbedingt eine ehrenwerte Angelegenheit!"

„Bei uns ist jetzt die ganze Nation kurz davor, Harakiri zu machen."

„Es ist leichter, eine ganze Nation herdengleich in einen Rauschzustand zu versetzen, als jeden Menschen einzeln für irgend etwas voneinander Verschiedenes zu berauschen. Je freier aber der einzelne wird, um so höher veranlage ich den Wert eines Volkes. Und um das für mein Land zu erreichen, bezahle ich nicht zu teuer mit meinem Leben."

„Sie sind Kommunist, und dennoch lieben Sie Japan!" rief Sorge verwundert; und zum erstenmal sah er Ozaki voll und aufmerksam und fordernd an.

Ozaki wich diesem prüfenden, fest zupackenden Blick nicht eine Sekunde lang aus. „Ich bin Kommunist und liebe Japan; das eine schließt das andere nicht aus. Ich liebe mein Japan genauso, wie Sie Ihr Deutschland lieben."

„Ich liebe Deutschland nicht!" rief Sorge erregt. „Ich hasse Deutschland."

„Liebe und Haß", sagte Ozaki freundlich, „können arg miteinander verwandt sein; sie sind wie die Pole eines einzigen magnetischen Kraftfeldes. Und was wollen Sie machen – niemand kann in Ruhe ohne Heimat leben. Wir alle haben eine

Mutter gehabt; und eine Nabelschnur hält ewig. Und es ist im Grunde fast dasselbe, ob Sie lieben oder hassen – wenn Sie nur nicht gleichgültig sind."

„Wir beide sind Verräter", sagte Sorge hart. „Landesverräter. Spione."

„Wen verraten wir denn, lieber Freund Sorge? Unser Volk? Oder ein Regime? Einen Zustand, der niemals von Dauer ist, der sich ändern wird, weil er sich ändern muß? Wir greifen vor – vielleicht ist das schon alles, was wir tun. Und wer beurteilt uns – die Zeit oder die Geschichte? Nicht selten sind die Verräter von gestern die Helden von morgen und die Verfemten ihrer Zeit die Retter des Vaterlandes vor der Geschichte. Hier in meiner Brust" – und Ozaki schlug sich an die Brust – „ist alles klar und gut und sauber!"

Sorge starrte den stiernackigen Mann mit dem vollen, überaus friedlichen Gesicht maßlos erstaunt an. In ihm wühlten die Gedanken, rotierten und überschlugen sich, ohne einen Halt zu finden. Er verkrampfte die Hände zu Fäusten, um seine wildwuchernde Unruhe, die ihn bis zur Atemlosigkeit, bis zum Zerbersten ausfüllte, zu bannen. Es gelang ihm nicht.

Sorge schüttelte den Kopf, kurz und heftig. Er begriff Ozaki nicht. Er verstand dessen Sanftmut nicht, nicht dessen Festigkeit, nicht die unerschütterliche, fast schon unantastbare Gelassenheit. Er, Sorge, war ein Gehetzter, war Wild und Treiber zugleich, randgefüllt mit hektischer Unruhe; sein ganzes Hirn war ein einziges Schlachtfeld. Solange er wachte, saß ihm das würgende Mißtrauen im Nacken; und im Schlaf schreckte er hoch, biß sich in die Faust, um nicht aufzuschreien. Und Ozaki war die Ruhe.

„Ich verstehe Sie nicht", sagte Sorge fast hilflos.

„Einmal werden Sie mich verstehen", sagte Ozaki leise.

Sorge starrte vor sich hin. Ozaki sah in die Weite, über die sanftgeschwungenen Hügel hinweg. Der menschenleere Wildpark umstand sie lautlos lauernd. Die Erde schien voller Geduld zu warten.

Keiner von ihnen machte Anstalten, das Gespräch fortzusetzen. Es war, als hätten sie den Versuch gemacht, sich zu berühren, und dabei rotglühendes Eisen angepackt. Wir hätten uns auf sachliche Dinge beschränken sollen, sagte sich Sorge, alles andere hat keinen Sinn. Wir müssen uns auf sachliche Dinge beschränken, sagte sich Ozaki; alles andere ist zu gefährlich – für

Sorge. Der Mann ist ja ein unter Hochdruck stehender Kessel, der jederzeit zu explodieren droht.

„Wie sehen Sie die allgemeine Situation?“ fragte Sorge.

Ozaki zögerte seine Antwort hierauf hinaus, er ahnte, daß alles, was er Sorge zu diesem Punkt zu sagen hatte, bei dem wie Sprengstoff wirken würde. Er suchte nach einer Ausweichmöglichkeit, wußte aber sofort, daß das vergeblich war.

„Der Zusammenbruch Frankreichs“, sagte Sorge, „wird ohne Zweifel auch die japanische Außenpolitik beeinflussen. Die Frage ist nur, wie weit die Japaner zu gehen gewillt sind.“

„Was erwarten Sie, Herr Sorge?“

„Ich rechne mit einer gewissen Gerissenheit der Japaner. Sie werden, so hoffe ich, mit aller Vorsicht operieren. Der deutsche Sieg über Frankreich ist doch nicht das entscheidende Ereignis dieses Krieges. Die japanische Regierung hat gezeigt . . .“

„Die japanische Regierung kann wechseln“, sagte Ozaki vorsichtig. Und dann sah er Sorge voll an und sagte: „Sie wird wechseln!“

„Glauben Sie das wirklich?“ fragte Sorge lauernd.

„Ich weiß das“, sagte Ozaki einfach. „Die jetzige Regierung besteht aus einem Rudel alter Füchse. Es ist eine Regierung des Abwartens und des Ausgleichens. Sie wissen, daß die japanischen Industriefamilien möglichst viel verdienen wollen; Sie wissen aber auch, daß die Armee die Expansion fordert. Starke Veränderungen der weltpolitischen Lage verändern auch automatisch die fernöstliche Situation. Ein Ausschalten der Franzosen, ein starkes Engagement der Engländer und Amerikaner in Europa schafft hier ganz zwangsläufig ein Vakuum, das unsere Militärclique magisch anzieht. Die Füchse müssen also gehen, und die Löwen werden kommen.“

„Und wer wird vermutlich der nächste Ministerpräsident sein?“

„Der Fürst Konoye“, sagte Ozaki. Und er sagte das Unglaubliche mit großer Bescheidenheit, fast mit Demut.

Sorge erfaßte sofort die ungeheuerliche Bedeutung dieser Behauptung. Und sie durfte wahrhaftig als ungeheuerlich bezeichnet werden, denn Ozaki war der langjährige Berater des Fürsten Konoye, Gehirntrust in einer Person und rechte Hand zugleich. Die Politik Japans würde, dank Ozaki, in der nächsten Zeit offen vor ihm liegen wie ein leicht lesbares Buch.

„Aber Konoye“, sagte Sorge kombinierend, „ist noch lange nicht gleichbedeutend mit Militärdiktatur.“

Ozaki nickte zustimmend. „Und deshalb", sagte er, „wird die Regierung des Fürsten Konoye nichts weiter sein als ein Übergang. Aber schon allein dieser Übergang, seien Sie dessen versichert, Herr Sorge, wird kurz und heftig sein und ganz deutlich die Symptome der kommenden Katastrophe aufweisen. Denn auch der Fürst wird nicht mehr gegen den großen Strom schwimmen können, den dieser Krieg entfesselt hat."

„Das kann doch nicht sein", sagte Sorge ungläubig.

„Sie meinen – das paßt nicht in Ihr Konzept?"

„Mein gesunder Menschenverstand weigert sich einfach, daran zu glauben. Die Japaner sind doch keine Idioten; sie müssen fühlen, daß sie Deutschland nicht überschätzen dürfen. Die deutschen Erfolge sind Anfangserfolge; ihre Überlegenheit ist doch eine reine Materialangelegenheit. Jedes Kind kann schon allein an Hand der Friedensproduktionszahlen der Weltmächte ausrechnen, daß sich das Schwergewicht über kurz oder lang erheblich verlagern wird."

„Sie vergessen das Unberechenbare, das Unwägbare – die Menschen. Der deutsche Soldat gilt als der beste der Welt; und der japanische ist noch todesmutiger als er."

„Aber niemand kann einen Panzer mit einem Nußknacker öffnen."

„Kriege", meditierte Ozaki, nicht ohne spürbare Freude an seinen Gedankengängen, „dauern nicht ewig. Und Sieger ist immer der Überlebende. Wenn nun Deutschland und Japan von Anfang an so viel Stoßkraft zu entwickeln vermögen, daß der Gegner tödlich getroffen wird, ehe er sich noch stark machen kann, dann ist der Krieg für sie gewonnen."

„Eine Art Glücksspiel also!"

„Der Griff nach der Chance. Der Sprung durch das Feuer. Das Wagnis, das Weltgeschichte macht. Genau damit haben wir es zu tun."

Nun gut, sagte sich Sorge, dann werden wir diesen Burschen eben ein Bein stellen! Aber er zog es vor, derartige Gedankengänge nicht auszusprechen; er wußte, daß Ozaki die großen Worte nachsichtig zu belächeln pflegte. Und außerdem vermochte er immer noch nicht Ozakis Kombinationen ernst zu nehmen. Denn eins war sicher: Die Japaner konnten dieses Wagnis nicht gut unternehmen, ohne die deutsche Botschaft einzuschalten. Und dort saß sein Freund, der Reichswehroffizier, der Nazigegner, der aufrechte und ehrenwerte Mann; der würde alles tun, was in seiner Macht lag, um derartige halsbrecherische Abenteuer zu unterbinden.

„Sie zögern immer noch, mir zu glauben?“ fragte Ozaki nachsichtig.

„Ehrlich gesagt: ja. Es gibt noch Menschen, die sich weigern werden, mit Völkerschicksalen Poker zu spielen.“

Ozaki wußte genau, daß mit dieser Bemerkung der deutsche Botschafter gemeint war. Er bedauerte insgeheim Sorge, der trotz seiner bewundernswert sicheren Beherrschung des Metiers sich niemals ganz von einigen wenigen persönlichen Bindungen lösen zu können schien. Und sein Bedauern basierte auf einigen Tatsachen, die er über den diplomatisierenden General erfahren hatte. Es fiel ihm überaus schwer, Sorge damit zu belasten.

„Nehmen Sie folgendes als gegeben hin“, sagte er dann entschlossen. „Der nächste Ministerpräsident wird der Fürst Konoye sein. Seine erste Regierungserklärung, die bereits im Entwurf festliegt, wird in der Forderung gipfeln: Neuordnung der Welt! Und das kann der erste Schritt Japans in den Krieg sein; mit Sicherheit dann, wenn die Regierung Konoye, was zu erwarten ist, durch ein Militärkabinett abgelöst wird.“

„Und weiter?“ fragte Sorge rauh.

„Weiterhin ist mit dem Abschluß eines Drei-Mächte-Paktes zwischen Deutschland, Japan und Italien zu rechnen. Geheime Verhandlungen mit diesem Ziel werden bereits geführt.“

„Über die deutsche Botschaft?“

„Ja“, sagte Ozaki fest. „Unter Einschaltung des deutschen Botschafters.“

„Der Botschafter“, rief Sorge heftig; und es war, als wolle er sich das, was er zu diesem Punkt zu sagen hatte, intensiv einreden, „wird alles Erdenkliche tun, um diese tödliche Konstellation zu verhindern.“

„Hoffen wir es“, sagte Ozaki überaus höflich; und dennoch ließ er nicht den geringsten Zweifel darüber, daß er eine derartige Hoffnung für absurd hielt.

Auch der echte Spion hat seinen Ehrenkodex. Zwar ist jede Art der Täuschung, auch die gemeinste, erlaubt. Selbst der übelste Betrug kann ein Mittel des Metiers sein. Der schärfste Unterschied aber wird gemacht zwischen Doppelsieg und doppeltem Spiel.

Der genialste Doppelspieler der Spionagegeschichte war vermutlich Napoleons geheimer Liebling Schulmeister. Er siedelte sich in Wien an und wurde Chef des Nachrichtenwesens in der österreichischen Armee; und er versorgte von dort aus seinen Kaiser ‚frisch vom Faß'.

Das Musterbeispiel eines Doppelspielers war auch der russische Oberst Kaledin. Ihm gelang es, vor 1914 vom deutschen Geheimdienst angestellt zu werden. Ein Doppelspieler in unserer Zeit war Rudolf Rößler, genannt ‚Lucy'. Er bezog seine phantastischen Nachrichten direkt von der Quelle, vom Oberkommando der Wehrmacht, arbeitete dabei halb offiziell für den Schweizer Generalstab und heimlich und heftig für die Sowjets.

Auch Sorge beherrschte das raffinierte Doppelspiel, diese effektvolle Variante. Das ‚doppelte Spiel' jedoch empfindet selbst der letzte ‚saubere' Spitzel als verächtlich.

Ein Prototyp dieser doppelten Spieler war der britische Sträfling Chapman. Die Deutschen griffen ihn auf, er bot sich an und wurde über England abgesetzt. Hierauf bot sich Chapman den Briten an, erhielt ‚Spielmaterial' also: Scheinnachrichten, und landete wieder in Deutschland. Und der geborene Sträfling und doppelte Spieler Chapman wurde sogar mit dem EK I ausgezeichnet.

Auch ‚La Chatte', die Katze, betrieb das doppelte Spiel. Zuerst organisierte sie französische Patrioten, um sie dann, als sie von den Deutschen geschnappt wurden, nicht nur fallenzulassen, sondern sie einzeln ganz kaltblütig an das Messer zu liefern.

Von der Menge der kleinen, schäbigen doppelten Taschenspieler soll nur am Rande berichtet werden: Ihre ‚Zuneigung' galt immer dem, der gerade die größten Siegeschancen hatte. In Frankreich umwimmelten sie ergeben die Deutschen und schleppten ihre eigenen Landsleute zum Galgen, um dann, als die Invasion begann, verschüttete ‚Vaterlandsgefühle' wiederzuentdecken: Sie tauchten prompt im Maquis unter und halfen eifrig mit, ihr ‚geliebtes Frankreich' von der ‚Nazibrut' zu befreien.

Es gab auch andere. Es gab gegen Deutschland eingesetzte Agenten, die sich ‚umpolen' ließen, weil sie sich von ihren Kameraden verraten fühlten. Es gab andere, die glaubten, ihrem Vaterland einen Dienst zu erweisen, wenn sie Sabotage vermieden und dadurch ihre Landsleute vor Vergeltungsmaßnahmen schützten. Und es gab wieder andere, die waren für Deutschland, weil sie in Rußland den Hauptfeind erblickten.

Mit keinem dieser Probleme hatte sich Richard Sorge ausein-

anderzusetzen. Er glaubte genau zu wissen, was er wollte. Er sah sein Ziel deutlich vor sich – auf den Gedanken, daß es sich um eine gefährliche optische Täuschung handeln konnte, kam er nie.

Richard Sorge verlangsamte seine Schritte. Er hatte das sichere Gefühl, verfolgt zu werden. Es war, als spüre er die Augen, die ihn verfolgten, rein körperlich.

Das seltsame war, daß diese Beschattung, wenn es sich überhaupt um eine solche handelte, ohne jede Zwangsläufigkeit erfolgte; das heißt: es lag kein organisch gewachsener Grund dafür vor; und es fehlte offenbar jedes System.

Es gab sprunghafte Beschattungen und planmäßige; und dann noch eine dritte Sorte: die wilde Beschattung, die aber reichlich sinnlos war – die Zufallsspur, ein zumeist überflüssiger Spaziergang für Amateure. Die sprunghafte Beschattung war eine Art Stichprobenverfahren; sie setzte fast ausschließlich auf Wegen und Lokalen ein, die bekannt dafür waren, daß sie der Verdächtige mit einer gewissen Regelmäßigkeit besuchte. Die planmäßige Beschattung dagegen begann regelmäßig an Schlüsselpunkten und zu feststehenden Uhrzeiten: Dienstanfang oder Dienstende. Theaterschluß oder Konferenzbeginn. Das eine hieß Tastsystem, das andere Klebesystem.

Diesmal aber, das fühlte Sorge, mußte es sich um einen reinen Zufall handeln, um wilde Beschattung also – es sei denn, die Verfolgung kam von deutscher Seite. Er hatte die Botschaft zu einem völlig ungewöhnlichen Zeitpunkt verlassen und auf der Straße vor sich niemand gesehen, von dem anzunehmen war, daß er auf ihn gewartet habe. Somit blieb fast nur die eine Möglichkeit übrig: jemand war ihm aus der Botschaft gefolgt.

Sorge ging auf das Geschäftsviertel Kiobachi zu und vermied es dabei, sich umzusehen. Plötzlich machte er eine scharfe Rechtswendung und betrat mit etwas schnelleren Schritten das Kojimachi-Postamt. Er stellte sich an einen geschlossenen Schalter und schien eine der dort aushängenden Tariftabellen zu studieren, beobachtete aber den Eingang.

Die Person, die unmittelbar nach ihm das Postamt betrat, war eine dickliche Japanerin mit einem unruhigen Kind auf dem Arm. Sie war, entschied Sorge, unverdächtig. Die nächste Person war ein alter japanischer Herr, der sich mit Hilfe eines Stokkes recht mühsam vorwärtsbewegte. Sorge betrachtete ihn genau und erkannte, daß die Gebrechlichkeit des Alten nicht gespielt war. Unverdächtig, entschied Sorge. Als er die dritte Person sah, lachte er auf.

Der dritte war Branz. Er schob sich in die Schalterhalle, schien sofort nach einem Ausgang zu suchen und war sichtlich überrascht, als er in der Nähe der Tür den lachenden Sorge sah. Er faßte sich aber sofort und strebte auf die Telefonzellen zu.

Sorge trat ihm in den Weg. „Herr Branz", sagte er herausfordernd ruhig mit unüberhörbarer Drohung, „ich warne Sie."

„Geben Sie den Weg frei", sagte Branz.

Sorge hob ruhig die rechte Hand, dann schnellte diese Hand vor und umfaßte mit festem Griff den Rockaufschlag von Branz. Der bekam kleine Augen und war, da er um seine körperliche Unterlegenheit Sorge gegenüber wußte, auf das Schlimmste gefaßt. Aber Sorge ließ ebenso schnell los, wie er zugepackt hatte.

„Kommen Sie ja nicht auf die Idee, Branz, hier mit mir Karl May spielen zu wollen. Wenn ich noch einmal merke, daß Sie hinter mir herschnüffeln, dann knacke ich Sie wie eine Filzlaus."

Branz sah Sorge wild an, zog es aber vor, nichts zu sagen. Sorge griff nach seinem Taschentuch und säuberte sich die Hände. Das halbe Dutzend Menschen in der Schalterhalle gab sich gleichgültig.

„In diesen Dingen verstehe ich keinen Spaß", sagte Sorge. „Denken Sie daran, bevor Sie wieder einmal leichtsinnig werden."

Branz ging zwei Schritte zurück; es war, als wolle er sich in Sicherheit bringen. Dann sagte er, und das war als Warnung gedacht: „Damit Sie klarsehen – ich bin nicht mehr im Amt; man hat mich dort hinausgebissen. Ich bin jetzt nur noch Privatmann und brauche daher keinerlei Rücksichten mehr zu nehmen."

„Wie gut sich das trifft", sagte Sorge ruhig. „Auch ich bin Privatmann und weiß gar nicht, was Rücksichtnahme ist."

Branz nickte; und er verbarg nichts von seinem großen Haß, den er Sorge gegenüber empfand. „Passen Sie nur auf", sagte er, „daß Sie nicht eines schönen Tages so enden wie Mister Cox." Dann nickte er grimmig-befriedigt und ging.

Sorge verfolgte seinen Rückzug mit kleinen Augen und verspürte das heftige Verlangen, dem Schnüffler nachzulaufen und ihm in den Hintern zu treten. Was wollte der Kerl damit sagen – nicht so enden wie Mister Cox. Enden wie Mister Cox? Cox war Reuter-Korrespondent in Tokio, ein smarter, allzeit freundlicher Mann, eine Nachrichtenbiene und ein recht geistvoller Whiskytrinker. Enden wie er? Sollte irgend etwas mit Mister

Cox geschehen sein – irgend etwas, das mit ihm, Sorge, in Zusammenhang gebracht werden könnte, nach Ansicht von Branz?

Sorge klemmte sich in eine der Telefonzellen und rief das Deutsche Nachrichtenbüro in Tokio an. „Was ist los?“ fragte er. „Ist irgend etwas mit Reuter-Cox geschehen?“

„Große Sauerei“, sagte der Mann vom DNB widerwillig. „Vermutlich Selbstmord.“

„Was heißt: vermutlich? Was ist passiert? Und wie waren die näheren Umstände?“

„Es handelt sich nach offiziellen Angaben um einen Selbstmord“, sagte der DNB-Mann und wurde von Wort zu Wort immer unfreundlicher. „Mehr kann ich zu dieser Sache nicht sagen.“

„Warum denn nicht?“

„Herrgott, verstehen Sie mich doch, Sorge! Sie sind doch sonst nicht so blöd. Offiziell Selbstmord. Fertig. Kommen Sie 'rüber, und ich gebe es Ihnen schriftlich.“

„Schon gut“, sagte Sorge. „Habe schon verstanden.“ Er hing den Hörer in die Gabel und nickte. Und ob er verstanden hatte! Völlig klarer Fall: Die DNB-Leute wurden laufend vom japanischen Geheimdienst überwacht und ihre Telefongespräche automatisch mitgehört. Der Mann konnte nicht alles sagen, was er wußte, und was war wirklich mit Cox geschehen?

Sorge hatte Cox nur flüchtig gekannt; aber jetzt, nach dem Hinweis von Branz, begann er, sich für den Mann zu interessieren. Selbstmord – und dahinter ein großes Fragezeichen. Und davor die hämische Visage von Branz.

Sorge verließ das Kojimachi-Postamt und rief ein Taxi herbei. Er sah, während das Taxi auf ihn zurollte, Branz an der nächsten Ecke stehen; aber er fand diesmal nichts Besonderes dabei – schließlich konnte sich dieser Kerl ja nicht vom Erdboden verschlucken lassen. Er stieg in das Auto und rief dem Chauffeur die Adresse des DNB zu.

Hier wurde er bereits erwartet. Er ging in das Zimmer des Nachrichtenredakteurs hinein und sagte, ohne sich erst bei einer ausgedehnten Begrüßung aufzuhalten: „Tut mir leid – ich habe mich am Telefon wie ein Idiot benommen.“

„Schon gut, Sorge“, sagte der Redakteur. „Aber denke in Zukunft daran, daß die Burschen mithören, und bring uns nicht durch dumme Fragen in Verlegenheit.“

„Was ist mit Cox geschehen?“

Der Redakteur setzte sich auf einen Schreibtisch und wies

Sorge einen Platz in einem Sessel unmittelbar daneben an. Dann sprach er derartig gedämpft, als besäße er Grund zu der Annahme, daß die Wände Ohren hätten. „Ich will dir das sagen, Sorge. Aber das ist keine Nachricht – wir unterhalten uns hier privat."

„Brich dir keine Verzierungen ab, Mensch!"

„Offiziell", sagte der Redakteur ungekränkt, „handelt es sich hier um Selbstmord. Cox sprang aus dem dritten Stock eines Hauses auf die Straße und war sofort tot. Das ist die Nachricht – und mehr als das habe ich dir nicht gesagt, verstanden?"

„So ein großer Idiot bin ich ja nun auch wieder nicht. Mach weiter."

„Cox sprang also aus einem Fenster im dritten Stock auf die Straße. Das ist nicht gelogen. Aber die Sache wird erst dann interessant, wenn man weiß, wer dieses dritte Stockwerk bewohnt: die japanische Geheimpolizei – die Kempetai."

„Diese Blutsauger?"

„Ihre Methoden sollen so ziemlich genau mit denen der Gestapo übereinstimmen. Die Leiche von Cox soll entsprechend aussehen."

„Er sprang also, um einem langsamen Tod zu entgehen?"

„Es scheint so", sagte der Redakteur bitter. „Sie werden versucht haben, ihm die Knochen im Leib einzeln zu zerbrechen, sein Blut literweise abzuzapfen, ihm die Luft langsam abzudrehen."

„Und warum diese teuflischen Foltermethoden?"

Der Redakteur zuckte mit den Achseln. „Cox soll ein britischer Spion gewesen sein", sagte er.

Sorge schwieg lange Zeit. Eine aufreizende Stille machte sich breit. Im Nebenraum klapperte eine Schreibmaschine heftig. Die Sommerhitze lag brütend im Raum.

„Und das laßt ihr euch bieten?" fragte Sorge dann. „Das nehmt ihr einfach hin, ohne mit der Wimper zu zucken? Dieses Vieh quatscht irgend etwas von Selbstmord, und ihr wißt, daß es Mord war – aber offiziell ist euer Name Hase! Seid ihr denn ganz von Gott – oder wer da gerade bei euch oberste Instanz ist! – verlassen?"

„Was ist mit dir eigentlich los?" fragte der Redakteur verärgert. „Du bist doch sonst nicht so feinfühlig. Und der Polizeibericht ist doch für uns verbindlich – das weißt du doch genau. Oder denkst du denn, ich setze auf diese Sache einen Reporter an? Schön blöd wäre ich! Wir sind doch hier schließlich im befreundeten Japan. Und für uns Deutsche ist Cox nichts anderes als ein Angehöriger einer Feindmacht. Und warum soll er keine Spionage getrieben haben – du wirst lachen, aber so was gibt es."

„Und selbst, wenn das so wäre – was erst noch bewiesen werden müßte! –, diese Art von Verhör ist und bleibt ein Verbrechen gegen die Menschlichkeit."

„Daß ich nicht lache!" sagte der Redakteur todernst. „Du spinnst doch, Sorge. Du hast wohl vergessen, was in Deutschland los ist. Oder willst du dich über mich lustig machen? Natürlich, Mensch! Du willst mich auf den Arm nehmen – was denn sonst? Und ich sage dir im guten, Sorge: Hau ab, laß mich allein. In dieser Sache vertrage ich keinen Spaß."

Sorge schlug dem Redakteur, der ein überaus unglückliches, ein fast schon verzweifeltes Gesicht machte, mit rauher Herzlichkeit auf die Schulter. „Schon gut, alter Junge", sagte er. „Schon gut. Auch mir ist manchmal bis zum Kotzen übel bei diesem Beruf."

Dann ging er hinaus, blieb auf der Straße stehen und zündete sich umständlich eine Zigarette an. Dabei betrachtete er die Menschen, die an ihm vorüberzogen, flüchtig und einige wenige, die an Schaufenstern und vor Plakaten standen, mit Aufmerksamkeit. Er warf, mit einer weiten Bewegung, sein Streichholz weg. Er verspürte einen heftigen Durst, stieg in ein Taxi und ließ sich zum ‚Imperial' fahren.

Hier traf er auf Siebert, der in der Halle an einem Tisch saß und in einem Stapel Zeitungen herumblätterte. Siebert sah kurz auf, als sich Sorge, ohne um Erlaubnis zu fragen, an seinen Tisch setzte. Siebert lächelte dem finster dreinblickenden Sorge freundschaftlich zu und widmete sich dann weiter seinen Zeitungen.

Sorge trank in kürzester Zeit größere Mengen Alkohol in sich hinein. Er starrte auf Siebert, der aufmerksam in der ‚New York Times' zu lesen schien. Dann sagte er heftig: „Haben Sie das schon gehört, was mit Cox passiert ist?"

Siebert nickte.

Es schien, als flamme Sorge auf, vergleichbar mit einem Gasherd, der angezündet wird. „Sie nicken!" rief er hell empört. „Das ist alles, was Sie darauf zu sagen haben? Ein Mensch wird in den Tod gequält – und Sie nicken!"

Siebert sah auf. In seinen klugen Augen schimmerte dunkle Trauer. „Das ist nicht Gleichgültigkeit, lieber Sorge", sagte er.

„Das ist möglicherweise Gewohnheit. Ich kenne Mister Cox nicht, ich habe bis heute nichts von ihm gehört; und ich werde dennoch seinen Namen niemals mehr vergessen können. Aber Mister Cox ist der erste nicht, und er wird auch nicht der letzte sein. Es hat zwei Menschen gegeben, von denen ich jedem einzelnen mein Leben zu verdanken habe. Der eine hieß Gans, Professor Dr. Gans; er operierte mich, nachdem mich zwei andere Ärzte aufgegeben hatten – er war einer der ersten Juden, die in Frankfurt totgeschlagen worden sind. Der andere hieß Berske, Oberleutnant von Berske; er schleppte mich siebzehn Kilometer durch eine eisigkalte Nacht, bis zum Verbandplatz – er starb am Tor seines Gutshauses im Baltikum unter den Feuerstößen eines von Revolutionären bedienten Maschinengewehrs."

„Und was haben Sie dagegen getan?"

„Ich schreibe", sagte Siebert schlicht.

Sorge pumpte abermals Alkohol in Mengen in sich hinein. Dann sagte er: „Sie schreiben – das mag, weil Sie es sind, viel bedeuten. Ich aber tue mehr!"

Siebert nickte schwer; mehrmals. Er schob die Zeitungen von sich. Er stellte keine Frage; und es schien, als halte er das für überflüssig. Er schloß die Augen, als wolle er es vermeiden, daß irgend jemand in sie hineinsah.

„Dieser Cox", sagte Sorge dann, „soll ein britischer Spion gewesen sein. Aber was wird er schon getan haben? Doch nur das, was wir alle tun: er hat Nachrichten gesammelt. Das ist schließlich unser Beruf."

„Gefährdet ist jeder zu jeder Zeit", sagte Siebert. „Und niemand weiß, ob er eine Stunde später noch lebt. In der ‚New York Times' habe ich soeben eine seltsame Geschichte gelesen: Ein Ehepaar wurde in seinem Bett überfahren; ein Chauffeur verlor die Herrschaft über seinen Lastwagen und durchbrach mit ihm die Wand eines Hauses und tötete so die Schlafenden."

„Die Welt wimmelt von solchen Chauffeuren, die Amok fahren. Auch der Omnibus Deutschland braust einem Abgrund entgegen. Und wann werden wir überfahren werden?"

„Rechnen Sie jederzeit damit", sagte Siebert ausdruckslos. „So können Sie wenigstens nicht überrascht werden."

Sorge erhob sich schroff. „Kommen Sie mit?" fragte er. „Ich gehe jetzt saufen."

„Was erwarten Sie von mir, lieber Sorge?"

„Ah!" rief Sorge. „Wo werden Sie denn! Schließlich sind Sie

ja auch schon besoffen genug – Sie berauschen sich an Ihrer Weltweisheit."

Sorge verließ den ihm betrübt und dennoch fast ein wenig zärtlich nachlächelnden Siebert. Er schob den Geschäftsführer kräftig zur Seite, der vorsorglich herbeigeeilt war, um ihn abzuschirmen. Sorge strebte dem Ginzaviertel zu, um sich in der ‚Fledermaus' vollaufen zu lassen.

Doch bevor er das Lokal betrat, stellte er sich in einen Seiteneingang und schlug sein Wasser ab. Dabei beobachtete er, mehr aus Gewohnheit, denn aus Sicherheitsgründen, die Passanten. Und da sah er, drüben auf der anderen Straßenseite, an einem Schaukasten stehend, seinen Freund Branz.

Sorge beendete beschleunigt sein kleines Geschäft und ordnete in Eile die Kleider. Dann ging er, über die Straße hinweg und ohne jede Rücksicht auf den Verkehr, auf Branz zu. Branz erfaßte sofort, was ihm zu blühen schien; und er trat unverzüglich den Rückzug an.

Aber damit gab sich Sorge nicht zufrieden. Er folgte ihm, und zwar mit überaus deutlich erkennbaren Absichten. Branz ging, ohne noch eine Sekunde zu zögern, von seinem geordneten Rückzug in eine leicht überstürzte Flucht über. Die Hast, mit der das geschah, ließ keine Zielstrebigkeit aufkommen. Es gelang ihm nicht, Sorge abzuschütteln.

Sorge rückte beschleunigt nach. Einige Passanten blieben verwundert stehen, wichen aber prompt aus, als sich Sorge ihnen näherte. Während Branz immerfort auf Hindernisse stieß und sichtlich nervös geworden war, bildete sich vor Sorge eine Gasse, und seine Entschlossenheit nahm immer mehr zu.

Sorge sah nur noch Branz. Und er sagte sich: Dir werde ich es austreiben, mich eindeutig mit Cox zu vergleichen! Er schritt achtlos an den mattleuchtenden Reklameschriften vorüber, schlug eine Firmenfahne zur Seite, die ihm in das Gesicht hineinwehte. Und als Branz zu laufen begann, setzte sich auch Sorge in Trab.

Branz verschwand plötzlich in einem Lokal, über dessen Tür der Name ‚Trocadero' in dreckiggelben Schriftzeichen aufschimmerte. Sorge stieß sofort nach. Als er das Lokal, das er nur flüchtig kannte, betreten hatte, sah er sofort, daß Branz nicht mehr allein war. Drei Helfershelfer umstanden ihn.

Sorge blinzelte in das sparsam beleuchtete Lokal hinein. Großflächig, schon fleckig gewordene Glasspiegel hingen an den Wänden. Rote, abgegriffene Plüschsofas standen herum. Auf etwa einem Dutzend Tischen lagen einstmals weiße Decken. Das Publikum war gemischt und minderwertig und starrte Sorge feindselig an. Und da wußte Sorge, daß er sich mitten in Branz' Burg befand.

Dennoch zögerte er nicht, den Kampf aufzunehmen. Er stieß einem der Helfershelfer von Branz, der sich mutwillig vordrängte, die geballte Faust in die Visage. Der schrie verwundert auf und kippte nach hinten über. Der zweite sprang Sorge an; doch der fing ihn auf, umklammerte ihn und drückte ihm die Luft ab; der Kerl lief rot an und japste wild.

Da fühlte Sorge einen mächtigen Druck auf dem Schädel und wußte noch: Einer muß von hinten mit einem Knüppel versucht haben, mir einen Scheitel zu ziehen. Dann sackte er zusammen. Und das letzte, woran er sich dann noch erinnern konnte, war ein Fußtritt, der wie ein Blitz in seine Eingeweide fuhr.

Als er wieder zu sich kam, lag er draußen auf der Straße, in irgendeiner Ecke. Er schüttelte verwundert seinen Kopf. Dann betastete er seine Glieder und erhob sich fluchend. Der Magen brannte ihm, als habe er glühende Kohlen verspeist.

Der immer noch blutende Sorge schleppte sich in das nächstbeste Lokal hinein und erregte dort erhebliches Aufsehen. Er bestellte sich eine Reihe von Getränken, eine große Schüssel mit Wasser und ein Handtuch. Dann telefonierte er kurz.

Einige der anwesenden Gäste nahmen sich seiner an. Nach zehn Minuten schon fühlte sich Sorge wesentlich wohler. Nach weiteren fünf Minuten begann er, mit dem Serviermädchen zu schäkern. Zwanzig Minuten danach traf Max Klausen unternehmungslustig ein.

Eine halbe Stunde später war die ‚Trocadero'-Bar nur noch ein Trümmerhaufen. Und Branz befand sich auf dem Weg ins Krankenhaus.

Unter den Spionen unserer Zeit sind erstaunlich viel Journalisten anzutreffen. Das ist kein Zufall, denn das Anliegen jeder Spionagetätigkeit heißt: Nachrichten!

Sorge nannte diese ‚Nachrichten' schlicht Informationen. Informationen, die jedem halbwegs intelligenten Menschen zugänglich gewesen seien. Und diese Behauptung trifft zu. Aber es bleibt dabei ein Haken.

Ein Sorge ist niemals zur ‚Geheimhaltung' verpflichtet worden. Er ist wiederholt aufgefordert worden, beim Schreiben von Berichten behilflich zu sein, Berichte zu lesen und zu kommen-

tieren, wenn sie von Deutschland kamen oder ehe sie nach Deutschland gingen. Und das hat er denn auch gründlich getan.

Er hat niemals Gewalt angewendet, kaum jemals eine List gebraucht, er ist nicht durch Fenster gestiegen und hat keine Panzerschränke geknackt oder Akten gestohlen – er hatte alles das gar nicht nötig. Alles kam, bei geschicktester Direktion, auf ihn zu. Er arbeitete sogar mit Vorliebe nach dem Prinzip der Gegenseitigkeit. Gibst du mir eine Nachricht, gebe ich dir auch eine. Daß diese Nachrichten nicht selten Geheimnisse waren, darin liegt doch nicht seine Schuld.

Wenn Sorge ein Spion erster Klasse war, dann nicht zuletzt, weil ihm als Nachrichtenmann in seiner Umgebung keiner das Wasser reichen konnte. Er hat den Wust der wilden, unüberprüfbaren Meldungen der streunenden Herden von Geheimagenten ad absurdum geführt. Er hat gesichtet, geordnet, ausgewählt. Und diese Goldwäscherei war einfach unbezahlbar.

Das Zauberwort jeglicher Spionage heißt tatsächlich: Nachrichten! Und von Sorges spezieller Tätigkeit führt kein allzu weiter, kein sonderlich verschlungener Weg zu einigen verwandten Erscheinungen der Nachkriegszeit: zu dem Fall Oatis in Prag, zu dem Fall Platow in Bonn.

Und noch wesentlich gerader ist der Weg, der von Sorge zu Rößler, dem OKW-,Lucy' führt. Rößler, der empört ist, wenn einer ihn Spion nennt, mußte 1933 als deutscher Emigrant in die Schweiz gehen; hier gründete er einen Verlag; Seine Gehilfen hießen Boettcher und Pünter; der eine war ein geflüchteter deutscher Journalist, der andere ein Schweizer Journalist.

Als diese Gruppe, die noch lange nach dem Zweiten Weltkrieg die Tschechen mit Material versorgt hatte, deshalb vor ein Gericht gestellt wurde, erklärte Rößler ungerührt: „Das waren keine Nachrichten, sondern Analysen der politischen Lage in den verschiedenen Ländern." Die dafür erhaltenen ,Honorare' entsprachen einem Zeilenpreis von eins Komma zwanzig Schweizer Franken.

Ein Sorge aber ,diente' der Sache. Man kann ihm alles vorwerfen, nur eines nicht: Gewinnsucht. Er arbeitete unhonoriert.

Richard Sorge erstickte das wilde Klopfen seines Motorrades. Er sprang ab und lehnte mit hastigen Bewegungen sein Fahrzeug gegen die Hauswand; dort rutschte es ab und fiel dumpf polternd zur Erde. Sorge fluchte und richtete es wieder auf.

Dann ging er mit schnellen Schritten in das Haus des Botschafters hinein. Er schob die Dienstboten, die sich ihm diensteifrig näherten, zur Seite. Er ging an Elga, die ahnungsvoll herbeigeeilt war, ohne Gruß vorüber und direkt auf das Arbeitszimmer des Botschafters zu. Er stieß die Tür auf und sah seinen Freund, den General, am Schreibtisch sitzen.

Der Botschafter sah Sorge mit Aufmerksamkeit und Nachsicht zugleich entgegen. „Was verschafft uns die Ehre?“ fragte er, behutsam scherzend.

„Stimmt das, daß Sie in den nächsten Tagen einen Drei-Mächte-Pakt unterzeichnen werden?“

„Kommen Sie doch näher“, sagte der Botschafter, mit Energie um Freundlichkeit bemüht. „Setzen Sie sich doch, lieber Herr Doktor.“ Und da er seine Frau bemerkte, die hinter Sorge im Türrahmen stand, nicht minder erstaunt, doch ohne das zu verbergen, sagte er weiterhin: „Bring unserem Gast irgend etwas zu trinken, Elga.“

„Sie sollen mir eine Frage beantworten, Herr Botschafter. Das ist alles, was ich von Ihnen im Augenblick will.“

„Dann werde ich euch allein lassen“, sagte Elga und wollte die Schiebetür schließen.

„Bleiben Sie, bitte, Elga!“ sagte Sorge fordernd. „Das kann doch kein Staatsgeheimnis mehr sein, wenn der Unterzeichnungstermin bereits festzustehen scheint.“

Elga kam näher und ließ sich in einen Sessel fallen. „Setzen Sie sich auch, Richard“, forderte sie ihn auf.

Der blieb stehen. „Ich habe mir erlaubt, Ihnen eine Frage zu stellen, Herr Botschafter“, sagte Sorge hartnäckig.

Der Botschafter lehnte sich zurück, und das geschah mit energievoller Gelassenheit und sah beinahe wie gewachsene Würde aus. „Lieber Herr Sorge“, sagte er, „warum regen Sie sich eigentlich auf. Was haben Sie gegen einen möglichen Drei-Mächte-Pakt einzuwenden?“

„Was ich dagegen einzuwenden habe? Ausgerechnet Sie fragen mich danach? Ein Militärbündnis mit Japan ist doch eine klare Herausforderung der Sowjetunion. Und das ist der pure Wahnsinn.“

Der Botschafter versuchte, sich noch ein wenig mehr aufzurichten, was ihm aber nicht gelang. Er streckte abwehrend eine Hand aus und sagte mit diplomatischer Überzeugungskraft: „Der Drei-Mächte-Pakt kann doch bequem zu einem Vier-Mächte-Pakt, unter Einschluß der Sowjetunion, erweitert werden.“

„Das glauben Sie doch wohl selbst nicht, Herr Botschafter", sagte Sorge empört. „Jeder Anfänger weiß, daß es zwischen der Sowjetunion und Japan keinerlei Berührungspunkte hier im Fernen Osten gibt – ganz im Gegenteil: Beider Interessen sind einander genau entgegengesetzt. Sie sind die unvermeidlichsten Gegner, die man sich denken kann. Wer den einen zu seinem Freund erklärt, muß doch ganz zwangsläufig zum Gegner des anderen werden. Deutschland kann doch gar nicht so idiotisch sein und mit Rußland anbinden wollen!"

„Sie wissen doch genau", sagte der Botschafter, ehrlich um eine angenehme Atmosphäre bemüht, „wie sehr ich Sie und Ihre Ratschläge schätze, lieber Freund Sorge. Aber in diesem speziellen Punkt gehen unsere Ansichten auseinander."

„Was heißt das?" fragte Sorge mit drohendem Unterton. „Das heißt doch nicht etwa, daß Sie persönlich den Drei-Mächte-Pakt gutheißen und womöglich noch an ihm mitgearbeitet haben?"

Der Botschafter vermied es, diese Frage zu beantworten; und es schien fast, als halte er das für unter seiner Würde. Statt dessen sagte er, spürbar ungeduldig geworden: „Ich weiß genau, daß der Außenminister von Ribbentrop an einem Vier-Mächte-Pakt ganz ernsthaft interessiert ist."

„Aber der Mann ist doch mehr als nur ein Dilettant – der ist ein Idiot."

„Ich muß doch sehr bitten!" rief der Generalvertreter des Großdeutschen Reiches würdevoll. „Immerhin sprechen Sie von meinem direkten Vorgesetzten."

„Der seinerseits vermutlich Sie für einen Dilettanten hält!"

„Das steht doch hier nicht zur Debatte!"

„Bitte", sagte Elga mit erzwungener Ruhe, „fallen euch wirklich keine anderen Formulierungen ein?"

„Jedenfalls", sagte der Botschafter, und er schien das als abschließende Bemerkung zu sagen, „bin ich der Ansicht, daß dieser Drei-Mächte-Pakt nichts anderes darstellt als die Erhaltung der neutralen Substanz."

„Herrgott!" rief Sorge, und er brüllte dieses Wort unbeherrscht aus sich heraus. „Daraus kann doch ein Krieg zwischen Deutschland und Rußland entstehen, ein Krieg, der das große Unglück noch vergrößern wird – will das denn keiner einsehen! Habt ihr denn alle Bretter vor dem Kopf!"

„Bitte, Richard!" sagte Elga.

„Das geht wirklich zu weit, Herr Sorge", sagte der Botschafter mit Strenge. „Sie wollen doch nicht etwa behaupten, daß ich ..." – „Ja!" schrie Sorge.

Der General erhob sich und ging, steif und mit erhobenem Kopf, hinaus.

„Bitte, Eugen!" rief ihm Elga nach.

„Lassen Sie ihn nur gehen", sagte Sorge böse. „Mit Kriegstreibern will ich nichts mehr zu tun haben."

„Sie sehen Gespenster, Richard."

„Ich wittere Leichen, Verfall, Brand, Mord und Untergang! Ich rieche Verwesung. Und muß ich nicht alles tun, um das zu verhindern?"

„Manchmal", sagte Elga mit scheuem Lächeln, „sind Sie wie ein kleiner Junge."

Sorge stutzte, dann kam er, überaus verwundert, auf sie zu. „Was wollen Sie damit sagen, Elga?" und dann rief er: „Sie wollen doch damit nicht etwa sagen, daß ich kindliche Gedanken habe!"

„Aber nein", sagte Elga. „Das bestimmt nicht."

„Sie wenigstens sollten mich verstehen, Elga. Nicht nur diese haarsträubende Anstreicherpolitik treibt mich zur Verzweiflung – persönliche Enttäuschung kommt hinzu. Denn Sie selbst wissen am besten, Elga, wie sehr ich Eugen geliebt habe. Ich war ihm wie einem Bruder zugetan. Wir haben nicht in allen Punkten übereingestimmt – und was macht das schon! Nur in einem, im wichtigsten, waren wir uns immer einig: Wir beide haben die Nazis verabscheut. Und das muß jeder, der ein anständiger Mensch ist. Aber warum, Elga, versucht er jetzt, diesen Verbrechern die Bälle zuzuspielen? Er wird doch dadurch selbst zum Verbrecher!"

„Vielleicht sehen Sie das nicht ganz richtig, lieber Freund", sagte Elga besänftigend. „Eugen ist hier nun einmal der Botschafter des Großdeutschen Reiches, und er kann nicht allen Konsequenzen, die sich daraus ergeben, einfach ausweichen."

„Er hat sich korrumpieren lassen – er hat seinen Charakter verloren."

„Nein", sagte Elga, „bitte nicht so, Richard. Er ist davon überzeugt, daß er seine Gesinnung nicht verraten hat. Er glaubt an die Erhaltung der neutralen Substanz. Und wenn er am siebenundzwanzigsten September neunzehnhundertvierzig, beim Abschluß des Drei-Mächte-Paktes, das Großkreuz des Ordens der aufgehenden Sonne erhalten wird, dann darf er diese Auszeichnung mit Stolz tragen."

Sorge sah sie entsetzt an. „Sie billigen das alles, was er tut?"

„Ich versuche ihn zu verstehen, Richard. Warum versuchen Sie das nicht auch! Sie sind doch unser Freund!"

Da schrie Sorge auf: „Ich schreibe euch ab! Ihr existiert nicht mehr für mich. Ich will euch niemals mehr sehen – ihr widert mich an!"

Er stürzte hinaus, ließ sein Motorrad aufbrüllen und jagte in den sterbenden Tag hinein. Er fuhr ziellos und in hohem Tempo durch das Nihombachigeschäftsviertel, durchraste einige Seitenstraßen und riß dann seine Maschine herum, um nach Azubi zu seiner Wohnung hinauszufahren.

Aber mitten auf dem Weg bog er erneut ab und preschte mit seiner aufschreienden, heftig hämmernden Maschine auf die Wohnung von Klausen zu. Max war nicht da. Anna Klausen wußte nicht, wo er aufzufinden war.

Dann fuhr Sorge zur ‚Fledermaus', trank hastig einige Flaschen Löwenbräu, wurde immer unruhiger, stürzte wieder hinaus und suchte bei Martina Schwarz Zuflucht. „Ich weiß nicht, was ich anfangen soll", gestand er ihr verlegen.

Martina war sichtlich glücklich, ihn zu sehen. Sie zog ihn neben sich auf die Couch und überfiel ihn mit ihren heißhungrigen Zärtlichkeiten. Sorge ließ das wie willenlos mit sich geschehen. „Wie gut, daß du da bist", sagte Martina wild.

Und dann, kurz darauf, sagte sie: „Ich will unter Menschen sein."

„Ich kann heute niemand sehen", rief Sorge unterdrückt.

„Freunde werden dir gut tun."

„Ich habe keine Freunde, Martina."

„Komm, sei vernünftig, Ika. Wir fahren zur Botschaft."

„Nein", sagte Sorge fast hilflos und klammerte sich an sie.

„Tu mir diesen Gefallen. Ich bitte dich sehr darum."

Sorge löste sich schroff. „Nein!" rief er heftig. „Niemals. Niemals mehr. Das ist vorbei."

„Komm", sagte sie nachsichtig, „komm – und sei kein kleiner Junge."

Sorge stürzte wie gejagt hinaus. Er trieb den Motor seines Kraftrades nahezu übergangslos auf volle Touren. Die kühle Nachtluft umflatterte ihn heftig. Die Straße unter ihm begann hohe Töne zu singen. Häuser und Lichtfetzen flogen zitternd vorüber. Vor dem ‚Imperial' stellte er die Maschine ab.

Er stürmte in das Zimmer von Siebert hinauf, der lesend im Bett saß. „Kommen Sie mit?" fragte er. „Irgendwohin saufen."

„Um diese Zeit?“

„Ich kriege, wenn ich will, zu jeder Tages- und Nachtzeit in Tokio zu saufen – und ich will jetzt!“

Während sich Sorge auf Sieberts Bett krachend niederließ, erhob sich der mit großer Selbstverständlichkeit und begann sich anzuziehen. „Was ist mit Ihnen passiert?“ fragte er dabei.

„Ich habe meinen letzten Freund begraben“, sagte Sorge düster. „Jetzt will ich seine Leiche versaufen.“

„Ich habe leider nichts hier“, sagte Siebert mit aufrichtigem Bedauern.

„Moment!“ rief Sorge. Er taumelte hinaus; kurzes, ersticktes Geschrei war vom Korridor her zu vernehmen. Dann stolperte er wieder mit grimmiger Zufriedenheit in Sieberts Zimmer hinein; unter dem Arm hatte er eine volle, bereits entkorkte Flasche Whisky.

„Jetzt brauchen wir nur noch Gläser“, sagte Siebert nachgiebig.

„Sie brauchen ein Glas – ich trinke aus der Flasche.“ Sorge sah sich um und entdeckte das Zahnputzglas über dem Waschbecken. Er füllte es zur Hälfte und hielt es Siebert entgegen. Der nippte davon. Sorge setzte die Flasche an und trank in vollen Zügen.

„Dieser Kerl“, sagte er dann. „Dieses charakterlose Schwein. Er verkauft ein ganzes Volk für einen Orden. Und ich habe diesen Mann geliebt!“

Sorge leerte die Whiskyflasche bis auf den Grund. Dann erhob er sich und fragte fordernd: „Kommen Sie mit?“

„Ich bringe Sie hinunter“, sagte Siebert freundlich. Er legte seinen Arm behutsam um Sorge und führte ihn die Treppen hinunter, vor das Hauptportal des ‚Imperial‘. „Ist es nicht besser“, fragte er dann, „wenn ich Ihnen ein Taxi rufe?“

Sorge machte mit schweren, umständlichen Bewegungen seine Maschine startklar. „Ich brauche kein Taxi“, sagte er dabei. „Wo ich hinwill, komme ich allein schneller hin.“

„Ich würde Sie gerne bis nach Hause begleiten“, bot Siebert an.

Sorge ließ seine Maschine stehen und kam auf ihn zu. Er legte Siebert eine Hand schwer auf die Schulter. „Kommen Sie mit“, forderte er ihn auf. „Beweisen Sie mir mal, daß Sie nicht nur am Schreibtisch Mut haben.“

„Ich sehe keine Veranlassung dazu“, sagte Siebert behutsam.

„Im übrigen reichen meine Kräfte tatsächlich nur aus, um geistige Abenteuer zu bestehen."

Sorge wandte sich von ihm ab, bestieg seine Maschine und ließ den Motor aufbrüllen. „Leben Sie wohl, Sie Feigling!" schrie Sorge. Er kuppelte rücksichtslos ein, und die Maschine riß ihn davon, in die Nacht hinein.

Siebert blieb stehen; mit hängenden Schultern, unbeweglich. Er sah Sorge nach, der in die Dunkelheit hineinflog wie ein verirrtes Geschoß. Das schrille Singen des Motors verlor sich mit bedrückender Schnelligkeit. Dann umgab ihn lastende Stille. Aber er verließ seinen Platz nicht; er blieb stehen und horchte vergeblich in die Nacht.

Die Welt flog in Fetzen unter Sorge davon und versank hinter ihm ins Wesenlose. Seine Kleider flatterten wild wie eine Fahne im Sturm. Der Körper vibrierte im Rhythmus der kochenden Maschine.

Sorge riß die Augen weit auf und sog das Nachtbild, das vor ihm lag, tief ein. Dann schloß er die Augen fest. Jetzt war er wie ein Pfeil, losgeschleudert in das All; aber er trieb nicht willenlos dahin, er konnte wenden, sich abwenden, wann immer er wollte. Ein Pfeil war er, der seinen eigenen Willen besaß.

Dann riß er die Maschine im kurzen Bogen herum und stellte das Lenkrad nach einer atembeklemmenden Schwingung wieder gerade. Seine Nerven waren bis zum Zerbersten gespannt. Das Blut in ihm brauste, als schreie sich eine Orgel luftleer. Alles in ihm forderte: Öffne deine Augen! Aber er öffnete seine Augen nicht. Er zwang sich mit letzter Energie dazu, sie nicht zu öffnen.

Und er schoß weiter vorwärts, umgeben von wildem Gesang, ohne aufzuprallen. Triumph durchzitterte ihn. Er kostete diese Sekunde bis zur Neige aus. Dann erst öffnete er die Augen. Er befand sich in einer neuen Straße; und die Kurve, die er blind durchfahren hatte, lag weit hinter ihm. Er hätte schreien können vor Glück!

Noch dreimal wiederholte er dieses Wagnis. Beim viertenmal zerfetzte seine Welt und war zu Ende. Ein wuchtiger Schlag traf seinen Körper und warf ihn zerschmetternd zurück. Die Erde riß auf, und er versank; ein lauwarmes Meer aus Blut strömte auf ihn zu und spülte ihn in das Nichts.

„Siebert", rief Sorge wimmernd. „Imperial". Und immer wieder: „Siebert – Imperial." Die würgenden Blutwellen schlugen erneut über ihm zusammen. Er gurgelte ersterbend; seine Hände ruderten, zuckten, zitterten matt. „Siebert – Imperial", sagte er kaum vernehmbar. Immer nur das: „Siebert – Imperial."

Als Sibert, von der japanischen Verkehrspolizei herbeigerufen, an der Unfallstelle eintraf, lag Sorge, in Decken gehüllt, auf einer Bahre vor einem Sanitätsauto. Nur noch geringes Leben atmete röchelnd in ihm. In einer Blutlache zu seinen Füßen lagen einige Zähne. Sein Kopf schien ein Klumpen Brei zu sein.

„Er hat bereits eine Morphiumspritze bekommen", sagte ein japanischer Arzt. „Aber er ist immer noch ruhelos."

Siebert kniete vor Sorge nieder und näherte sich dem gräßlich verstümmelten Gesicht, aus dem das Blut sickerte. „Lieber Sorge", sagte er. „Hier bin ich – Siebert."

„Siebert", gurgelte Sorge und wollte sich wimmernd aufrichten. Aber er fiel in sich zusammen. Seine blutverschmierten Augen waren fordernd auf Siebert gerichtet. Eine seiner Hände tastet sich hoch und blieb matt, wie ersterbend, auf seiner Brust liegen.

Siebert verstand. Er griff in Sorges Brusttasche und zog ein Bündel zusammengelegter Papiere hervor.

„Ja", sagte Sorge mit letzter Kraft. Und kaum vernehmbar fügte er hinzu: „Verbrennen."

„Sie können sich auf mich verlassen, lieber Sorge."

„Gut", gurgelte Sorge erlöst. „Gut." Und dann brach er endgültig zusammen.

Es gibt keine Spionage, die irgend etwas mit Romantik zu tun hätte. Das große, gefährlich-schöne Abenteuer existiert in Wirklichkeit nicht. Das Metier ist kalt und grau und erfordert weit mehr Geduld als Draufgängertum.

Die meisten der angeblichen ‚Memoiren' entpuppen sich zumeist als recht klägliche Phantasiegebilde. Und besonders faul ist der Zauber, der um spionierende Frauen herum veranstaltet wird. Denn Spionage ist, wie auch das Führen von Kriegen, ein Männerhandwerk.

Ein Sorge, der immer bereit war, die Frauen zu lieben, schätzte es gar nicht, wenn sie ihre zarten Finger nach seinem Metier ausstreckten. Sie ließen sich verhältnismäßig leicht ‚ausnehmen', und es konnte praktisch sein, sie das Material überbringen zu lassen – aber zu mehr waren sie nicht zu gebrauchen.

Ihre ‚Rolle' in der Geschichte der Spionage ist immer wieder stark überschätzt worden. Schuld daran sind nicht zuletzt gewisse ‚Tatsachenberichte' und Filme, deren Verfasser offenbar glauben, beim Anblick einer wenig bekleideten Frau werde nur noch verbissen über Staats- und sonstige Geheimisse geplaudert.

Und so füllt denn eine Mata Hari, deren Wert als Spionin fünftrangig, wenn nicht gleich Null gewesen ist, dicke Bücher, mächtige Zelluloidrollen und regelmäßig zur Zeit der sauren Gurken diverse Wochenblättchen. Dabei war sie dumm und ehrgeizig. Der Brite Newman, der sich nicht nur auf diesem Spionagesektor außerordentlich gut auskennt, bezeichnet sie als ein ‚Opfer der deutschen Sparmethode'; Mitglieder des deutschen Geheimdienstes hätten mehrere Honorare für Liebe einfach auf Agentenkontos gebucht.

Auch ‚Mademoiselle Docteur', die sagenhafte Spionin des Ersten Weltkrieges, ist überschätzt und fast immer völlig verzeichnet worden. Ihre tollen ‚Abenteuer' sind an Literatenschreibtischen entstanden. Die echte ‚Mademoiselle Docteur' hieß Elisabeth Schagmüller, war tatsächlich eine außerordentlich tüchtige Person, aber keine Spionin, sondern eine Lehrerin für Spionage.

Die berüchtigte ‚Katze' des Zweiten Weltkrieges war wohl kaum mehr als ein sehr tüchtiges, ausgekochtes, völlig skrupelloses und von Ehrgeiz besessenes Freudenmädchen der Spionage. Die berühmte ‚Odette', die später Peter Churchill, einen Namensvetter des britischen Premiers, heiratete und die dann als Odette Churchill mehrfach dekoriert, in Büchern beschrieben und farbig verfilmt worden war – sie war ein brauchbarer Agentenorganisator, nicht mehr.

Sorge wußte genau, warum er den Frauen auf diesem Gebiet so gut wie nichts zutraute.

Als Richard Sorge, nachdem er betäubt, genäht und verbunden worden war, nur mühsam wieder erwachte, verwundert und vor Schwäche taumelnd um sich blinzelte, versuchte er zu sprechen. Und er sagte: „Was ist denn das hier für ein Freudenhaus!"

Er befand sich im amerikanischen St.-Luke-Hospital. Die Ärzte hatten ihn kunstgerecht zusammengeflickt. Dicke Verbände wanden sich um Nase und Mund. Sein linker Arm schien gebrochen zu sein und hing in einem dreieckigen Tuch. Wenn er zu sprechen versuchte, schmerzte ihn der Kopf bis in das Genick hinein.

„Bitte, nicht reden", sagte eine zärtliche Stimme neben ihm.

Sorge, der vor sich die weichen, weißen Verbände sah, dann,

wenn er den Blick ein wenig hob, papierweiße Wände und weiter eine lackweiße Zimmerdecke über sich, sonst nichts – versuchte, den Kopf ein wenig zu drehen. Sein ganzer Körper schien sofort vor Schmerz zu erzittern und zu dröhnen. Dennoch nahm er alle Energie zusammen und drehte unter Qualen seinen Kopf der zärtlichen Stimme entgegen.

Die Frau, die an seinem Bett saß, war eine andere als die, die er hier erwartet hatte. Es war eine Japanerin, mit einem guten, besorgten Gesicht. Und die Erkenntnis stieg langsam, nebelgleich in ihm auf, daß er dieses Gesicht schon einmal gesehen hatte, als er aus einem grausam bedrückenden Traum aufgewacht war – damals, vor Monaten, im Taumel jener dreitägigen Weihnachtsbetrübnis bei ‚Papa' Ketel im ‚Rheingold'.

„Mitchiko", sagte Sorge schwach.

Sie lächelte; und in diesem Lächeln lag wehes Glück. „Bitte, nicht sprechen", sagte sie; und sie sagte es schnell, in hoher, fast ein wenig schriller Tonlage, in deutscher Sprache; und es hörte sich an wie auswendig gelernt.

„Was ist los" fragte Sorge.

Sie antwortete gewissenhaft, diesmal auf japanisch, mit einfachen, einprägsamen, schulhaft kindlichen Sätzen: „Großer Unfall – vor vier Tagen – hier amerikanisches Hospital – sehr, sehr krank." Und wieder fügte sie in ihrem unbeholfenen Deutsch hinzu: „Nicht reden, bitte."

„Wer war hier – Mitchiko?"

„Herr Siebert, jeden Tag. Und die Frau aus der Botschaft, auch jeden Tag, mehrmals."

„Und sonst?" fragte Sorge angestrengt und fiebernd; und er erwartete zu hören: die Polizei.

Aber Mitchiko legte ihm ihre kühlen, weichen Hände auf die Stirn und sagte: „Sonst niemand. Viele Freunde wollten kommen, aber der Arzt hat immer gesagt: später!"

„Gut", sagte Sorge, wie von einer Last befreit. Und er hatte nicht mehr die Kraft, den Kopf zurückzudrehen. Er sah noch einmal Mitchiko voll an. Dann schloß er die Augen und versank in eine neue Ohnmacht.

Es vergingen weitere Tage, ehe sein Hirn wieder zu funktionieren begann. Nur langsam nahm er Anteil an allem, was um ihn herum geschah. Aber seine Energie, die stoßweise wiederkehrte, verbrauchte sich schnell.

Mitchiko war immer da, wenn er die Augen aufschlug. Sie plapperte mit viel Ernst und großer Geduld ihre wenigen deutschen Sätze: Nicht reden – still liegen – schlafen. Sie schirmte ihn mit besorgter Zärtlichkeit ab; sie ließ mit Ausnahme des amerikanischen Arztes und einer Nachtschwester niemand zu ihm.

„Wie kommst du eigentlich hierher?“ fragte Sorge.

„Nicht fragen“, sagte sie prompt. „Schlafen.“

„Ich will wissen, wie du hierherkommst?“ fragte Sorge hartnäckig. Und als sie wieder Anstalten machte, bei ihm einen ihrer Standardsätze anzubringen, sagte er mit Anstrengung: „Zum Teufel – ich bin doch kein kleines Kind. Ich habe dich etwas gefragt.“

„Ich bin von allein gekommen“, sagte sie eifrig und besorgt. „Sie brauchen doch jemand, der immer für Sie da ist. Und da bin ich eben gekommen. Herr Ketel hat nichts dagegen.“

„Du bist ein gutes Kind“, sagte Sorge und griff nach ihrer Hand, die sie ihm glücklich überließ.

Der Arzt, der ihn behandelte, war ein Mann mit gesundem Fleischerhumor und Sorge von Anfang an zugetan. Sobald ihm klar war, daß sein langsam genesender Patient nichts Säuglingshaftes mehr an sich hatte, zögerte er nicht, ihn über seinen Zustand aufzuklären.

„Sie haben sich den Unterkiefer gebrochen, und zwar gleich zweimal. Ihr Gaumen ist mehrfach zerfetzt und stellenweise zu Brei zerquetscht worden.“

Sorge grinste mühsam aus seinen Verbänden. „Sie trichtern mir flüssige Nahrung ein“, sagte er. „Das beruhigt mich ein wenig. Saufen werde ich also in Zukunft auch noch können.“

„Leider“, sagte der Arzt. „Einen Teil Ihrer Zähne haben wir noch im Rinnstein gefunden. Aber wir werden Ihnen ein neues Gebiß verpassen, das Sie dann fletschen können wie Douglas Fairbanks.“

„Wie ich mich darauf freue, Doktor!“

„Und wie ist es mit Ihrer Sehkraft? Nach meiner Diagnose muß sie nachgelassen haben. Aber auch das wird sich wieder legen.“

„Mir bleibt wenig erspart, Doktor – ich kann Sie sehen!“

Der Doktor schüttelte aufrichtig verwundert den Kopf. „Ihre Pferdenatur möchte ich haben wollen, Mister Sorge. Jeder normale Mensch an Ihrer Stelle wäre mindestens zwei Tode gestorben. Aber Sie scheinen ein Sonderfabrikat zu sein!“

„Und wann komme ich hier ’raus?“

„Vorläufig nicht. Gönnen Sie mir doch die Freude, Sie für mich allein zu haben."

„Wenn ich nicht wenigstens Besuche empfangen darf, Doktor, dann ziehe ich hier aus, und wenn ich auf allen vieren herauskriechen muß. Das ist meine endgültige Diagnose in dieser Sache, Doktor."

„Ruinieren Sie sich doch von mir aus, soviel Sie wollen!" rief der Arzt scheinbar entsetzt. „Empfangen Sie also Besuche. Aber nur einen Besucher täglich. Und nicht länger als fünf Minuten."

„Na also!" sagte Sorge befriedigt. „Das ist ein Wort. Sie werden mit mir zufrieden sein. Niemals mehr als einen Besucher auf einmal und den nicht länger als fünfzehn Minuten."

„Ich verlasse mich ganz auf Ihr Fräulein Mitchiko", sagte der Arzt diplomatisch und entfernte sich, wobei er nicht vergaß, gutgelaunt die Hände zu ringen.

„Hast du gehört, Mitchiko?" sagte Sorge sofort, nachdem der Doktor die Türe hinter sich geschlossen hatte. „Ich kann jetzt Besucher empfangen. Also dann los! Ich bitte zuerst Herrn Siebert, zu mir zu kommen."

Mitchiko machte ein ernstes Gesicht und schüttelte energisch ihren Kopf. „Bitte, nicht heute", sagte sie. „Vielleicht morgen."

„Was soll das?" fragte Sorge unwillig. „Bist du mein Vormund?"

„Nein", sagte Mitchiko und schien nahe daran zu weinen.

„Heul nur nicht", sagte Sorge. „Das kann ich nicht leiden. Das macht mich krank. Frauen müssen lachen, hörst du? Sie müssen freundlich sein und lieb und gut. Heulen können wir allein, denn wir haben mehr als genug mit uns herumzuschleppen. Warum belastet ihr uns denn noch mit euren Gefühlen?"

„Bin ich denn nicht gut", sagte sie unbeholfen. Und sehr leise fügte sie hinzu: „Und lieb?"

Sorge sah sie erstaunt an, sah prüfend in ihr gutmütiges Gesicht mit den sanften Augen, auf ihren kleinen, vollen, schöngeschwungenen Mund, der ein wenig zu zittern schien. Und er sagte, seltsam verlegen: „Schon gut, Kindchen. Also dann morgen."

Sofort strahlten ihre Augen in kindlicher Freude; und es war, als sei sie soeben großzügig beschenkt worden. Sie erhob sich, um zum Fenster zu gehen, als wolle sie vermeiden, daß er sie weiterhin intensiv betrachte und erkenne, wie sehr sie seine Nachgiebigkeit bewegte. Er drehte seinen Kopf zur Seite und folgte mit prüfenden Augen ihren Bewegungen. Ihre Figur war klein, aber nicht sonderlich zierlich, fast ein wenig zu voll. Doch ihr Gang verriet Energie und Temperament.

Und er dachte: Wie habe ich sie nur bisher übersehen können; das Mädchen liebt mich offenbar, und warum sollte ich zögern, diese Liebe zu erwidern – sie hat ihre Vorzüge, wenn sie auch keine ausgesuchte Schönheit ist, und diese Vorzüge sind Güte, Ausdauer und Unkompliziertheit. Und ich brauche einen Menschen, dem ich mich ungefährdet anvertrauen kann.

Er riß sich von diesen Betrachtungen los und sagte: „Aber morgen muß ich Siebert sprechen."

„Abcr ja", sagtc sic.

Am nächsten Vormittag löste der Arzt einige seiner Verbände. Als das geschehen war, sah Sorge zuerst das entsetzte Gesicht Mitchikos, die ihn anstarrte. Dann sah Sorge den Arzt an; der lächelte verkniffen.

„Na", fragte Sorge mühsam grinsend, „wie sieht meines Vaters Sohn aus? Wie Casanova?"

„So ähnlich", sagte der Arzt. „Bringen Sie ihm einen Spiegel, Fräulein Mitchiko."

„Nein", sagte sie entschlossen und schüttelte heftig den Kopf.

„Ist es wirklich so schlimm?" fragte Sorge.

Der Arzt lachte kurz auf; und er schien ehrlich belustigt zu sein, was Sorge sofort beruhigte. „Fast möchte ich sagen: es ist leider nicht so schlimm, wie es aussieht. Aber um Fräulein Mitchiko von einer Riesenlast zu befreien, muß ich sagen: Es ist wirklich nicht so schlimm. Ihre Visage sieht zur Zeit aus wie ein zusammengelaufener Vierfarbendruck. Aber das legt sich schon in wenigen Tagen."

„Wirklich?" fragte Mitchiko angstvoll.

„Bestimmt", sagte der Arzt. „Haben Sie denn noch niemals, etwa nach einer Prügelei, ein paar blutunterlaufene, blaugeschlagene Augen gesehen? Die sehen grausig aus. Aber in fünf Tagen bleibt nichts mehr davon übrig. Genauso ist es hier."

„Also her mit dem Spiegel!" rief Sorge.

Mitchiko trug einen Spiegel zögernd näher. Sie stellte ihn in einigen Metern Entfernung vor Sorge auf. Als der ungeduldig winkte, hielt sie ihn dicht vor Sorge, und sie war bemüht, nicht zu zittern.

Sorge sprang eine grellbunte, verquollene, fratzenhaft grinsende Masse Fleisch entgegen. Er mußte sich zwingen, nicht zurückzuweichen. Mit Energie hielt er die Augen geöffnet. Er erkannte zwei genähte Gesichtswunden von etwa vier Zentimeter

Länge; die eine befand sich über der Oberlippe, die andere zwischen den Augenbrauen. Der zum zerquälten Lächeln verzogene Mund entblößte einige Zahnlücken.

„Na“, fragte der Arzt, „wie gefallen Sie sich?“

„Kolossal“, sagte Sorge. „Ein Kinderschreck ist der letzte Dreck dagegen.“

„Wie gesagt: Das bleibt leider nicht so. In einigen Wochen können Sie schon wieder so aussehen, daß sich Hollywood um Sie reißt.“

„Hoffen wir das Schlimmste“, sagte Sorge.

Der Arzt nickte ihm zu, verbeugte sich andeutungsweise vor Mitchiko und ging.

Sorge ließ sich rückwärts in die Kissen fallen und schloß die Augen. Mitchiko blieb hilflos neben ihm stehen. Der Mann im Bett atmete jetzt schwer.

„Geh weg, Mitchiko“, sagte Sorge, ohne die Augen zu öffnen. „Geh weit weg. Komm in einem Monat wieder. Vielleicht kannst du mich dann ansehen, ohne zu schaudern.“

Sorge lag wie leblos da und wartete darauf, daß sich Mitchiko entferne. Aber sie schien sich nicht zu rühren, lange Sekunden nicht. Dann hörte er, daß sie sich bewegte. Und ihm war, als käme sie auf ihn zu. Er lauschte verwundert, angestrengt und begriff nicht sofort, was geschah. Sein entstelltes, schmerzendes Gesicht spürte eine weiche, kühle Haut, die sich zärtlich an ihn schmiegte. Ungläubig hielt er den Atem an.

Dann hob er die Hände, spürte warme und weiche Schultern, ein Haar, das wie aus Seide war, einen Kopf, der sich über ihn neigte. „Mitchiko“, sagte er.

Und dann schwiegen sie lange.

Am Nachmittag erschien Siebert. Er setzte sich zu Sorge an das Bett und sah ihn lange an. Dann sagte er: „Erstaunlich, daß Sie noch leben.“

„Wir staunen beide“, sagte Sorge.

Siebert beugte sich wie ein Arzt prüfend über ihn. „Ihre Zähne eitern“, sagte er sachlich.

„Ich bekomme auch ein neues Gebiß“, erklärte Sorge und gab sich ehrlich Mühe, das scherzend zu sagen. „Neue Haut, neue Haare, neue Knochen, neue Zähne. Ich bin auf dem besten Wege, ein ganz neuer Mensch zu werden.“

Siebert tippte Sorge auf die Brust. „Sie sollten auch hier drinnen einiges erneuern.“

„Halten Sie das für notwendig?“

„Sie nicht, Sorge?"

Sorge sah Siebert offen an und fragte ihn, ohne zu zögern: „Was haben Sie mit den Papieren gemacht, die ich Ihnen unmittelbar nach dem Unfall übergeben hatte?"

„Verbrannt", sagte Siebert einfach.

„Haben Sie sie vorher gelesen?"

„Was gehen mich Ihre Notizen an!" sagte Siebert.

Sorge nickte. „Gut", sagte er dann. „Sie sind so!"

„Leider", sagte Siebert und lächelte schwach.

Sorge legte seine Hand auf die Sieberts, ganz kurz, mit sanftem Druck. Mehr an Dank wäre zuviel gewesen. „Und was haben Sie mir sonst noch mitgebracht?" fragte er dann, lebhaft geworden. „Wo bleibt das Mitbringsel für den todkranken Mann? Wo haben Sie die Whiskyflasche versteckt?"

„Sie ist leer", sagte Siebert. „Ich habe sie bereits auf Ihr Wohl getrunken. Aber wenn Sie hier herauskommen, lieber Sorge, wird sie wieder voll sein."

„Ich habe Sie nicht verdient!" rief Sorge fiebrig.

„Scheint mir auch so!" sagte Siebert mit flüchtig aufschimmernder Ironie. Dann sagte er plötzlich: „So ein Gesicht wie Sie jetzt soll auch der aus dem Fenster gestürzte Reuter-Korrespondent Cox gehabt haben."

„Woher wollen Sie das wissen, Siebert?"

„Seine Leiche ist auf Ersuchen seiner britischen, amerikanischen und französischen Kollegen freigegeben worden. Auch ich hatte mich zu seinem Begräbnis eingefunden. Sie kennen ja meine Schwäche für in Lebensgefahr schwebende Journalisten, lieber Sorge. Jedenfalls muß, auf Grund der Friedhofserzählungen, das Gesicht des toten Cox Ähnlichkeiten mit dem Ihren jetzt aufgewiesen haben: regenbogenfarbig zerprügelt, blutunterlaufen, eine breiig-formlose Masse."

„Vielen Dank für Ihre überaus ermunternden Krankenhausgespräche", sagte Sorge matt.

„Gern geschehen", sagte Siebert und verabschiedete sich herzlich.

Als Siebert gegangen war, kam sofort Mitchiko wieder herein und betrachtete ihren Patienten mit besorgter Neugier. Sie sah seinem entspannten Gesicht an, daß er jetzt zufrieden war; und diese Zufriedenheit spürte sie fast körperlich. Sie war glücklich darüber.

„War das ein Freund?" fragte sie.

„Ja", sagte Sorge, „ich glaube, das war ein Freund."

Und eine große, wohltuende Ruhe legte sich zum erstenmal seit vielen Wochen über ihn und deckte ihn zu. Er genoß diese seltenen Augenblicke der Zufriedenheit. Er hatte einen Freund, den Botschafter, verloren – und er hatte einen anderen Freund, Siebert, gewonnen.

Aber Siebert würde Japan bald wieder verlassen, denn er hatte mehr als genug Material für sein Buch gesammelt; und beim Botschafter würde er bleiben müssen, um seinen Auftrag ganz zu erfüllen. Und fortan würde eine Spannung zwischen ihnen sein, vielleicht sogar Mißtrauen. Er, Sorge, war sich immer treu geblieben, doch der Botschafter hatte sich verändert und sich selber zum Handlanger Hitlers degradiert. Jetzt waren sie Gegner.

Am nächsten Tag ließ sich Mitchiko zum erstenmal für längere Zeit ablösen. Für sie fand sich Sorges Hausmädchen, die alte Amah, ein. Sie räumte mit ruhigen Bewegungen auf, dann saß sie lange Zeit neben Sorges Bett und studierte sein Gesicht, als lese sie in einem kompliziert geschriebenen Buch. Schließlich sagte sie: „Der Herr sind zäh wie zehn Ochsen. Aber ich habe das immer gewußt."

Dann berichtete die alte Amah mit dem traurigen Affengesicht von Sorges Häuschen und davon, daß alles in Ordnung sei und alles auf ihn warte – seine Bücher, seine Schallplatten, seine Kimonos und seine Schnapsflaschen. Und sie fügte hinzu: „Eigentlich ganz gut, daß Sie hier liegen; so konnte ich wenigstens einmal gründlich saubermachen."

Eine Krankenschwester erschien, flirtete kurz und sehr unmißverständlich mit Sorge, was diesem sehr wohltat, und winkte dann die alte Amah hinaus. Kurz danach erschien Amah wieder. „Die will wissen", sagte sie, „ob Sie Besuche empfangen."

„Aber natürlich", sagte Sorge. „Wer ist es denn?"

„Wer soll das denn schon sein?" fragte die alte Amah zurück. „Irgendeine von Ihren Damen."

Die alte Amah zog sich zurück, und herein kam Elga, die Frau des Botschafters. Sie ging auf Sorge zu und streckte ihm beide Hände entgegen. Ihr Gesicht zeigte nur Freude, keinen Ekel, nicht einmal Erschrecken. Offenbar hatte sie der Arzt eingehend auf Sorges Aussehen vorbereitet.

Sorge richtete sich hastig hoch und ergriff ihre Hände. „Da sind Sie ja endlich, Elga", sagte er. „Und ich habe jeden Tag auf Sie gewartet."

„Ich war fast jeden Tag hier, Richard, aber man ließ mich

nicht vor. Ihre japanische Freundin benimmt sich wie ein Zerberus."

„Wie schön, daß Sie da sind, Elga", sagte Sorge mit ehrlicher Freude.

Elga drückte ihn mit der ihr eigenen sanften Energie wieder in die Kissen zurück. „Sie haben uns allen einen furchtbaren Schrecken eingejagt, Richard. Wir hatten schon immer Angst um Sie gehabt, aber wir hätten nie geglaubt, daß diese Angst in so weitgehendem Maße berechtigt war."

„Wer ist – ‚wir', Elga?"

„Der Botschafter, ich, Martina Schwarz, unsere gemeinsamen Freunde. Und alle lassen Sie grüßen, Richard."

„Ist Martina jetzt öfters bei Ihnen?"

„Das ist doch sicherlich ganz in Ihrem Sinne, Richard. Mein Mann kümmert sich um Martina; ich glaube, die beiden verstehen sich ausgezeichnet. Wo sollte sie denn auch sonst hin mit ihrem Kummer?"

„Sie hätte zu mir kommen können – zum Beispiel."

„Ist sie denn nicht hier gewesen?" fragte Elga ehrlich erstaunt.

„Nein", sagte Sorge schroff.

„Oh – das tut mir aber leid."

„Das braucht Ihnen nicht leid zu tun, Elga. Ich finde das ganz natürlich. Das paßt zu Martina. Und im Grunde ist das gut so. Früher oder später mußte das kommen."

„Aber doch nicht jetzt!"

„Ich finde diesen Zeitpunkt außerordentlich gut gewählt", sagte Sorge mit Festigkeit. Und kurz schloß er die Augen: Den Freund verloren, den geliebten Menschen verloren – was blieb? Ein neuer, durch nichts mehr belasteter Anfang! Das Metier als nunmehr alleiniger Mittelpunkt seines Lebens, endlich völlig unbeschwert von jedem doch nur hemmenden persönlichen Gefühl.

„Sie müssen zu uns kommen, Richard, wenn der Arzt Sie entläßt. Sie brauchen jemand, der sich intensiv um Sie kümmert."

„Wie soll ich das verstehen, Elga?"

„Sobald Sie transportfähig sind, ziehen Sie zu uns in die Botschaft. Ich lasse das große Südzimmer für Sie herrichten. Und ich selbst werde Sie dann pflegen, Richard, damit Sie schnell gesund werden."

„Kein schlechter Vorschlag", sagte Sorge nachdenklich. „Ein längerer Aufenthalt bei Ihnen in der Botschaft würde mir vermutlich guttun."

In einer Zeit wie dieser, da Kinder gegen ihre Mütter zeugen, da sich Brüder mit der Waffe gegenüberstehen können, da Väter ihre Kinder opfern, um einen Eid zu erfüllen, der später als Irrtum erklärt wird – in einer Zeit wie dieser ist einfach alles möglich.

Da schickte ein General blutjunge Menschen nach einer schwungvollen Rede an die Front und erklärte seiner engeren Umgebung kurz danach, daß Hitler ein Halbirrer sei. Tausende starben voller Idealismus und ahnten nicht, in welchem Umfang sie belogen und betrogen worden waren. Das Spiel im Dunkeln ging über sie hinweg.

Die Gruppe blutjunger Französinnen, die sich freiwillig zum Arbeitseinsatz nach Deutschland meldeten, sie waren weder Dirnen noch Kollaborateure – sie waren Patrioten; sie zogen nach Hamburg, überwachten die Hauptbahnstrecken und das Hafengelände und lieferten genaueste Transportnachrichten in ihre Heimat.

Eine Gruppe polnischer Arbeiter in Deutschland bewahrte England vor einer unvorstellbaren Katastrophe. Dieses Spiel begann 1941 – in Warschau. Ein polnischer Widerstandskämpfer, der Verbindung zu britischen Agenten hatte, sagte zu den abreisenden Arbeitern: „Wenn ihr irgend etwas Ungewöhnliches bemerkt, schreibt: Ich möchte wohl wissen, wie Tante Jadwiga dieses Wetter gefällt."

Geraume Zeit danach wurde tatsächlich ‚Tante Jadwiga' in einem dieser Briefe erwähnt. Und drei Wochen später traf bei dem Briefschreiber ein Mann in deutscher Uniform ein, offiziell ein Angehöriger der ‚Organisation Todt', in Wirklichkeit ein Agent. Der Ort, an dem sie sich trafen, hieß Peenemünde. Und in Peenemünde befand sich das Fabrikationsgelände der deutschen V-Waffen.

Diese Nachricht ging nach England; dort stiegen Fernaufklärer auf. Das große Ziel wurde vorsichtig ausgemacht. Dann flog die RAF mit massierten Kräften den wohl größten Bombenangriff des Zweiten Weltkrieges. Peenemünde wurde ausgelöscht und die deutsche V-Waffen-Forschung um Jahre zurückgeworfen. Und Churchill zögerte nicht, 1944 diese Glanzleistung seiner Agenten im Unterhaus zu würdigen.

Doch dieses beispiellose V-Waffen-Spiel war damit noch nicht zu Ende. Die ausländischen Arbeiter lieferten Nachricht um Nachricht, und die RAF bombardierte laufend Orte, von denen die Öffentlichkeit vorher noch niemals etwas gehört hatte.

Und als eines Tages eine dieser V-Waffen bei Lublin explodierte, funkten die Briten: Mehr Nachrichten! Sammelt Splitter! Liefert Einzelteile!

Und dann geschah etwas kaum Faßbares: Die polnischen Arbeiter und Agenten, unterstützt von der Bevölkerung, lieferten den Briten ein ganzes, völlig intaktes V-Geschoß.

Dieses Geschoß landete eines Tages bei einem Dorf am Bug, ohne zu explodieren. Sofort strömten Agenten der polnischen Untergrundbewegung zum Schauplatz und riegelten ihn ab. Das V-Geschoß wurde in den Fluß geschoben. Polnische Ingenieure trafen aus Warschau ein und verfaßten eingehende Berichte. Diese gelangten sicher nach London.

Doch dann wurde im polnischen Programm des britischen Rundfunks folgende Formulierung ausgestrahlt: „Hitler ist mit papierenen Versprechungen nicht zufrieden; er will etwas in der Hand haben. Nun, das wollen wir auch." Und damit wurde der V-Waffen-Transport nach Großbritannien eingeleitet, die berühmte ‚Operation Whitehall' gestartet.

Eine Dakota-Maschine der RAF landete, aus Italien kommend, in Polen, praktisch den deutschen Besatzungstruppen vor der Nase. Sie wurde mit der Bombe beladen – und versackte dann im weichen Boden. Bauern und Agenten gruben das Flugzeug mit Spaten und Händen aus dem Dreck. Kurz danach landete die erste deutsche V-Waffe völlig unversehrt in den Laboratorien der Briten.

Richard Sorge, im Hause des deutschen Botschafters einquartiert, begann sich genau zu beobachten. Er glaubte Veranlassung dazu zu haben. Ihm war, als habe er sich nicht nur im Aussehen verändert, auch im Wesen.

Wenn er allein war, begann er systematisch Gedankenkontrollen vorzunehmen. So befahl er sich etwa, den Inhalt der letzten zehn Funksprüche zu rekonstruieren. Er war froh, daß ihm das beinahe mühelos gelang. Dann ertappte er sich bei dem Einfall, den letzten Organisationsplan des japanischen Heeres auf einem Blatt Papier aufzuzeichnen. Erst als die Skizze nahezu vollständig war, wurde ihm bewußt, wie gefährlich eine derartige Tätigkeit unter diesen Umständen sein konnte. Er verbrannte sorgfältig seine Zeichnung und zerrieb die Asche.

Dann ging er immer wieder zum Spiegel, um sich zu betrachten. Seine Narben verheilten gut. Seine tiefen Stirnfalten nahmen sie auf und machten sie nahezu unsichtbar. Sein Gesicht glich jetzt ein wenig jener wilden japanischen Kriegsmaske, deren Bild er immer bei sich trug, um mit ihr bei Bedarf den aggressiven Charakter dieses Volkes zu demonstrieren. Er – er! – begann, diesen Fratzen zu gleichen!

Was war aus ihm geworden in diesen wenigen Jahren in Tokio, und in den letzten zwölf Monaten seit Kriegsbeginn im besonderen? Er war hier voller Energie, Überlegenheit und Verachtung gelandet; jetzt sah er aus wie ein Gezeichneter, der Grimassen schnitt, anstatt zu lächeln, der auf der Lauer lag und nicht mehr wußte, was Ruhe war. Als er hierherkam, hatte er Deutschland, sein Vaterland, abgeschrieben, und er fühlte Kraft genug in sich, das zu tun; dann glaubte er im Botschafter einen Freund gefunden zu haben und in Martina Schwarz eine geliebte Frau. Aber er besaß weder die Zeit noch die Charakterlosigkeit, beide durch Vernachlässigung seiner großen Aufgabe zu halten; und möglich war jetzt sogar, daß ihn der Freund mit seiner Geliebten betrog.

Was aber blieb, wofür es sich jetzt einzig noch zu leben lohnte? Sowjetrußland!

Er zerrte einen Anzug aus dem Schrank und begann sich anzukleiden. Der Unfall hatte ihn nahezu drei Wochen Zeit gekostet; drei unschätzbare Wochen. Er hatte, soweit das möglich war, seine Gruppe von seinem Krankenlager aus dirigiert. Jetzt mußte sich das Material stapeln. Es verlangte danach, gesichtet, sortiert und ausgewertet zu werden. Wladiwostok durfte nicht länger auf Funksprüche von Sorge warten.

Elga, die Frau des Botschafters, erschien und betrachtete Sorge verwundert. „Was haben Sie, Richard? Was ist mit Ihnen los? Sie wollen doch nicht etwa ausgehen?"

„Sie sehen wieder einmal bezaubernd aus, Elga."

„Versuchen Sie bitte nicht, mich abzulenken, Richard."

„Wirklich, ich meine es ehrlich." Elga war so ziemlich die einzige Frau, der Richard Sorge während seiner Tokiozeit Komplimente gemacht hatte; und sie wußte das auch. „Wen wollen Sie mit soviel Eleganz schwach machen, Elga?"

„Sie nicht, Richard. Wir veranstalten heute eins der üblichen Konzerte."

„Wird Bach gespielt?"

„Ja – ich glaube schon."

„Dann komme ich auch zum Konzert", sagte Sorge entschlossen.

Elga wehrte mit beiden Händen ab. „Unmöglich, Richard!

Dazu sind Sie noch viel zu krank. Eigentlich sollten Sie sogar im Bett liegen. Der Arzt sprach etwa von vier bis sechs Wochen."

„Das ist nicht der erste Arzt, der sich geirrt hat."

Elga ging auf ihn zu und legte ihre Hand zart auf seinen kranken Arm. „Seien Sie doch vernünftig, Richard. Das können Sie wirklich nicht tun."

„Bach wird mich gesund machen", sagte Sorge hartnäckig.

„Wenn Sie unbedingt wollen, Richard, können Sie Ihren geliebten Bach auch hier hören. Ich werde Frau Harich-Schneider bitten, für Sie privat zu spielen."

„Das können wir dieser netten kleinen Frau doch nicht zumuten", sagte Sorge. „Ein Konzert ist eine anstrengende Sache."

„Richard", sagte Elga sichtlich verärgert, „Sie benehmen sich manchmal wirklich wie ein widerspenstiger kleiner Junge."

„Herrgott, Elga! Ich will endlich wieder auf meinen beiden Beinen stehen, unter Menschen gehn, mich an ihren blöden Gesichtern erfreuen. Ich halte es hier einfach nicht mehr aus. Verstehen Sie denn das nicht? Sie wenigstens sollten das doch verstehen!"

Elga schüttelte mißbilligend den Kopf. „Sie sind ein hoffnungsloser Fall, Richard", sagte sie dann resigniert. „Also gut, Sie sollen Ihren Willen haben. Machen Sie sich fertig. Ziehen Sie einen dunklen Anzug an. In einer Viertelstunde hole ich Sie ab."

„Na also!" sagte Sorge. „Warum denn nicht gleich so?"

Elga ging, und Sorge legte seinen dunkelblauen Homespunanzug zurecht, dazu ein graues Seidenhemd. Als er sich bückte, um seine Schuhe zu schnüren, verspürte er heftige, schwindelerregende Schmerzen im Hinterkopf. Er taumelte und fiel auf den Teppich. Lange Sekunden lag er wie leblos da. Dann tastete sich seine gesunde Hand zum Kopf vor und begann ihn zu massieren.

Mühsam erhob er sich wieder und starrte in den großen Wandspiegel. Von dort sah ihm ein zusammengekrümmter Mann mit verzerrtem, aschgrauem Gesicht entgegen. Er grinste sich unter Schmerzen an. Und einige Sekunden lang zog er in Erwägung, sich über sein Bett zu werfen und zu schlafen, um zu vergessen, alles, vor allem die Schmerzen.

Doch dann erhob er sich und begann sich anzukleiden. Als Elga ihn abholen kam, war er gerade fertig geworden. Er tupfte sich, als sie nicht hersah, sein Gesicht ab, das schweißbedeckt war. „Der Anblick all der dämlichen Visagen wird mir gut tun", sagte er. „Also los!"

„Ehe wir gehen, Richard", sagte Elga besorgt, „ist es vielleicht gut, wenn ich Ihnen sage, daß Martina Schwarz anwesend ist."

„Wer ist Martina Schwarz?" fragte Sorge verkniffen zurück. „Noch niemals was von der Dame gehört."

„Ich habe sie auch nicht eingeladen, Richard."

„Wer denn – der Herr Botschafter persönlich?"

„Und wenn das so wäre, Richard?"

„Mit meinem Segen!" rief Sorge. „Sie sind einander würdig."

„Sie sind wirklich noch nicht gesund, Richard."

„Und ob ich gesund bin! Ich könnte Bäume ausreißen und Branntweinfässer leer saufen. Ich fühle mich sogar stark genug, Bach zu hören. Also los!"

Elga ging mit langsamen Schritten voran. Sie wußte um seine Schwäche und tat alles, um ihn zu schonen. Er versuchte, an ihrer Seite zu gehen, was ihm auch gut gelang. Als er sie dann überholen wollte, legte sie ihre Hand auf seinen Arm und hielt ihn zurück.

Sie verließen das Wohnhaus und gingen auf das große Gebäude zu. Die Wege waren gepflegt, vereinzelte Bänke frisch gestrichen; die Sträucher schienen gestutzt worden zu sein, und die Blumen in den Beeten waren sorgfältig, vermutlich mit einer Schnur, ausgerichtet worden. Ein deutscher Garten in Japan.

„Jetzt komme ich mir beinahe vor wie damals im Ersten Weltkrieg. Auch damals ging ich neben einer Frau und kam nicht so recht von der Stelle."

„Fühlen Sie sich nicht wohl, Richard? Sollen wir uns auf eine Bank setzen, damit Sie sich ausruhen können?"

„Das meine ich nicht", sagte Sorge. „Die Bilder gleichen sich nur. Damals lag ich in einem Lazarett in Königsberg."

„Ihrer Wunde am Bein wegen, Richard?"

„Ja. Damals war ich sehr unglücklich. Ich war der Meinung, ich würde ein ganzes Leben lang hinken müssen, weil nach der Operation ein Bein kürzer war als das andere. Später habe ich dann dieses Gebrechen durch Körpertraining einigermaßen ausgleichen können – wer nicht genau weiß, daß ich ein Krüppel bin, merkt kaum etwas davon und denkt vermutlich, ich halte mich schief, weil ich einen sitzen habe."

Elga verlangsamte ihre Schritte noch mehr; sie war nachsichtig wie eine Mutter mit ihrem kranken Kind. „Macht es Ihnen Freude, davon zu reden?"

„Ja – seltsamerweise ja. Denn damals bangte ich um meine Knochen; heute weiß ich, daß sie ausgewechselt werden können, ohne daß das Hirn Schaden nimmt. Damals lebte ich in einer Depression, heute springe ich darüber hinweg."

Auch damals in Königsberg ging eine Frau neben ihm. Eine sanftmütige, zärtliche, braunäugige Frau. Aber er fand nicht die Kraft, sich ihr ganz zu widmen. Sein Verstand registrierte nur, was in seinen zerschossenen Gliedern vorging. Wenn er sich bewegte, konzentrierten sich alle seine Sinne auf seine lädierten Knochen, auf die zerfetzten Muskelstränge, auf das verfaulte Fleisch, in das sein Blut neues Leben hineinpumpte.

Und die Frau, die damals an seiner Seite ging, die seine ersten Schritte nach der Operation aufmerksam bewachte, deren sicher zupackende Hand er noch jetzt zu spüren vermeinte, diese Frau mit dem süßen und sanften Gesicht wird heute vermutlich eine tote Frau sein. Denn sie war Halbjüdin.

„Fühlen Sie sich wirklich stark genug, Richard?"

„Aber ja!" sagte er. „Gehen wir ruhig in den Raubtierzwinger hinein. Mich kann so leicht nichts mehr umwerfen."

Die nicht sonderlich große Gesellschaft verstummte nahezu bei Sorges Anblick. Die Konzertgäste des Botschafters, die in kleineren Gruppen beisammenstanden, unterbrachen ihre Gespräche und wandten sich dem Manne zu, der an der Tür stehenblieb und seinen Bekannten zunickte.

Der Botschafter, gereckt wie immer, löste sich von seinen Gesprächspartnern und schritt Sorge entgegen. Er streckte ihm die Rechte entgegen. „Da sind Sie ja, mein lieber Sorge!" sagte er betont herzlich und brachte einen derart kräftigen Händedruck an, daß Sorge beinahe vor Schmerz aufgeschrien hätte. Aber er überwand diese Schwäche und verzog sein Gesicht zu einer Grimasse.

‚Paulchen', der Admiral, machte Anstalten, Sorge an seine deutsche Seemannsbrust zu drücken, aber der entzog sich ihm durch eine vorsichtige Bewegung nach rückwärts. „Meine Damen und Herren", rief ‚Paulchen' betriebsam, „Sie erlauben mir, Ihnen vorzustellen: Dr. rer. pol. Richard Sorge, Korrespondent der ‚Frankfurter Zeitung', Herausgeber des *Deutschen Dienstes,* Lebemann und Rennfahrer – auferstanden von den Toten!"

Dann schlug er Sorge in herzlich-rauher Seebärenart derartig heftig auf die Schulter, daß dem ein wilder, stechender Schmerz durch das Kreuz fuhr. Es war Sorge, als verliere er das Gleichgewicht. Er taumelte ein wenig und griff instinktiv nach Elga, die ihn sofort stützte.

„Sie haben etwas Schlagseite, verehrter Doktor", sagte ‚Paulchen' unbekümmert. „Ist das noch von Ihrer Krankheit oder schon wieder vom Alkohol?" Und dabei lachte er, als sei ihm ein besonders guter Witz gelungen.

„Das kommt von Ihrem Anblick, Herr Admiral", sagte Sorge mit Anstrengung. Dann sah er sich suchend um und sagte: „Ich vermisse ein liebes Gesicht. Wo ist Branz?"

„Nicht mehr hier. Er verspürte kein Verlangen mehr danach, sich noch länger in Tokio aufzuhalten. Er hat sich unmittelbar vom Krankenhaus zum Flugplatz begeben."

„Wie mir das leid tut!" rief Sorge. „Wie ich bedaure, daß ich ihm nicht persönlich Blumen zum Abschied überreichen konnte. Ich hätte sogar einen Zusammenbruch riskiert, nur um ihm nachwinken zu können."

Andere Gäste kamen auf ihn zu, um ihn zu begrüßen. Er hielt ihnen allen, unter Schmerzen, stand. Auch Frau Araki, die zierliche Japanerin, näherte sich; diese Dame mit den engeren Bindungen zu höheren Botschaftsbeamten und den ausgezeichneten Verbindungen zum japanischen Geheimdienst, wobei das eine ein öffentliches Geheimnis in ganz Tokio, das andere in diesem Kreis nur Sorge allein mit näheren Einzelheiten bekannt war.

„Wir alle freuen uns", sagte sie und hielt mit ihren kleinen, niedlichen Samtpfoten seine nervige Hand, „daß Sie wieder gesund sind."

„Auch ich freue mich", sagte Sorge und bemühte sich um eine Verbeugung, „nunmehr wieder in der Lage zu sein, Ihnen Material für Ihre Berichte zu liefern."

„Sie scherzen", sagte Frau Araki mühsam.

„Wollen Sie etwa in diesem speziellen Punkt ernstgenommen werden?" erkundigte sich Sorge mit betonter Höflichkeit. „Lieber nicht!"

„Unmöglich wie immer", sagte neben ihm eine Stimme, die er genau kannte. Aber er drehte sich nicht um. Er fixierte Frau Araki, die sich sichtlich konsterniert von ihm entfernte.

„Willst du mir nicht guten Tag sagen?" fragte Martina Schwarz neben ihm.

„Guten Tag", sagte Sorge, ohne sie anzusehen.

„Gib mir doch wenigstens die Hand!"

„Ich habe mich gerade gewaschen", sagte Sorge. Er ließ Martina stehen und ging mit leichttaumelnden Schritten auf Frau Eta Harich-Schneider zu, die neben dem Cembalo stand und bereit war, auf ein Zeichen mit dem Konzert zu beginnen.

„Ihretwegen" sagte Sorge mit ungewohnter Herzlichkeit, „bin ich hier. Was werden Sie spielen?"

Die kleine, zierliche Frau mit den graziösen, lebhaften Bewegungen nickte ihm freundlich zu. „Was wollen Sie gern hören, lieber Herr Sorge?"

„Was immer Sie wollen – Sie wissen, daß ich Ihr dankbarer Zuhörer bin."

„Soll ich Bach für Sie spielen?"

Sorge ergriff ihre Hand und beugte sich darüber, obwohl sich erneut heftige Schmerzen in seinen Hinterkopf krallten. „Sie sind eine wunderbare Frau", sagte er aufrichtig.

Frau Harich-Schneider lächelte ihm zu. Elga näherte sich und sagte: „Wenn er Odysseus wäre, müßten die Sirenen Cembalo spielen können, um seine Aufmerksamkeit zu erregen. Wollen wir anfangen?"

Frau Harich-Schneider nickte. „Ich werde also Bach spielen", sagte sie. „Das dritte und das sechste Brandenburgische Konzert."

„Wenn ich mich noch einmal verlieben sollte", scherzte Sorge, glücklich über ihre Wahl „dann nur in Sie."

„Womit habe ich das verdient!" rief Frau Harich-Schneider in komischem Entsetzen.

Elga bat ihre Gäste Platz zu nehmen. Die meisten kamen ihrer Aufforderung sofort nach. Sie gruppierten sich, lebhaftes Interesse heuchelnd, um das Cembalo. Sorge bezog erleichtert und erwartungsvoll einen Stuhl, von dem aus er Frau Harich-Schneider auf die Hände sehen konnte. Hinten am Büfett vermochten sich zwei Herren nicht zu trennen und plauderten unentwegt weiter.

Sorge drehte sich um und fragte ungeniert mit lauter Stimme: „Hört die Quasselei dort hinten bald auf? Oder muß ich erst nachhelfen?"

Die Anwesenden, die Sorge kannten, lächelten. Die gerügten Herren am Büfett verstummten sofort und suchten ihre Plätze auf. Und der Admiral rief zufrieden: „Alle Anzeichen sprechen dafür, daß Sorges Genesung rasche Forschritte macht."

Eta Harich-Schneider konzentrierte sich und begann zu spielen. Sorge lehnte sich zurück und schloß, umspült von reinem

Glück, die Augen. Seine Schmerzen versanken, und sein Körper entspannte sich. Und von ihm wich alles, was ihn quälte.

Er liebte Musik, und von aller Musik, die er liebte, war Johann Sebastian Bach die Krönung. Diese Musik war kristallklar; sie war für ihn die edelste Mathematik, erhabene Architektur, überwältigende Logik. Er gab sich dieser vollendeten Reinheit mit fast kindlich anmutender Ehrfurcht hin. Und es war Gläubigkeit in dieser Hingabe. Es war die Erfüllung aller seiner heimlichen Sehnsüchte. Er vergaß sich ganz.

Er vermochte sich nur schwer aus dieser Verzauberung zu lösen. Das heftige Klatschen, das unmittelbar nach den letzten Tönen einsetzte, verwundete ihn. Er mußte sich zwingen ruhig zu bleiben. Er drückte das heftige Verlangen in sich nieder, aufzuspringen und die Klatschenden anzubrüllen und sie hinauszuwerfen. Er haßte diese Menschen! Haßte er alle Menschen?

Er erhob sich und sagte rauh: „Das macht Durst!" Dann humpelte er auf das Büfett zu.

Elga ging ihm sofort nach. „Sie dürfen noch nichts trinken, Richard", sagte sie besorgt.

„Ich darf nicht, aber ich will! Also werde ich trinken!"

Sie entwand ihm mit sanftem Zugriff das Whiskyglas, das er sich ausgesucht hatte. „Wenn es unbedingt etwas zu trinken sein muß, Richard – dann Wein. Wein oder gar nichts."

„Na schön", sagte Sorge unwillig. „Dann werde ich eben dieses konzentrierte Saftwasser in mich hineinschütten."

Er ließ sich ein Glas füllen und trank es in einem Zug leer. Er stand nachdenklich da und horchte in seinen Körper hinein. Die Reaktion auf den Alkohol setzte fast unmittelbar ein: Ein heftiger Schwindel fiel ihn an; sein Blut begann zu kochen, und er spürte, wie ihm der Schweiß ausbrach.

„Noch ein Glas!" rief er. Aber er trank dieses Glas nicht aus, er sah sich um, ging auf einen Sessel zu, der in der Nähe stand, und ließ sich in ihn hineinfallen. Sein ganzer Körper war matt und willenlos.

Er bemerkte nicht sofort, daß sich Martina Schwarz neben ihn hinsetzte. Sie beugte sich zu ihm und sagte: „Ich wollte immer kommen, aber ich hatte einfach keine Zeit."

„Scher dich zum Teufel!" sagte er schwer.

„Sei bitte nicht ungerecht", sagte sie. „Ich habe die ganze Zeit, während du krank lagst, an dich gedacht."

„Bestimmt war das so! Das glaube ich dir aufs Wort. Du

hast an mich gedacht; und hast gedacht: Hoffentlich krepiert der Kerl! Aber der Kerl krepiert nicht so leicht."

„Warum quälst du mich immer? Warum müssen wir uns immer quälen?"

Sorge drehte langsam seinen Kopf zu ihr hinüber und sah sie voll an. Wieder verzog sich sein lädiertes, vernähtes Gesicht zu einer wilden Grimasse, und er sagte leise: „Du ekelst mich an!"

Er trank sein Glas, das er neben sich auf die Lehne des Sessels gestellt hatte, hastig aus. Sein ganzer Körper schien zu dröhnen. Die Schmerzen griffen hart nach ihm mit ihren spitzen, tief eindringenden Krallen. Er hätte aufschreien können.

Er sagte: „Dreck. Nichts als Dreck. Wohin man auch faßt."

Und er erhob sich mühsam und taumelte hinaus.

Von allen Mächten, die sich einen großen Spionageapparat leisten können, verfügt die in diesem Punkt von ausländischen Experten vielbeneidete Sowjetunion über eine derartig umfangreiche Organisation, daß, gemessen an ihren Spionageheeren, die anderen über kaum mehr als Spezialtruppen verfügen.

Die meisten Weltmächte arbeiten mit Berufsagenten, die so etwas wie Soldaten der Spionage sind, also noch als Patrioten angesprochen werden können, und mit bezahlten Spitzeln, mit Verrätern aus Angst oder Konjunktur. Die Sowjets aber haben noch Idealisten zur Verfügung.

Die kommunistische Ideologie ist ein weit festeres Band als die auf geschäftlicher Basis geregelte Vaterlandsliebe. Die Sowjets arbeiten mit einer Dynamik, die selbst in den Bereichen der Spionage, wo wahrlich niemand mit Samthandschuhen werkt, als erschreckend durchschlagskräftig bezeichnet werden muß.

Auch die Spionage der Sowjets hat vor niemandem haltgemacht. Sie richtet sich nicht nur gegen die Feinde und zugleich auch gegen die Verbündeten, was durchaus nicht ungewöhnlich und zu allen Zeiten bewährte Spionagetaktik gewesen ist – sie richtet sich auch gegen ihre eigenen Leute. Das Spitzelsystem in seiner letzten Konsequenz gehört hier zum Metier.

Sowjetagenten rekrutieren sich zumeist aus Gesinnungsfreunden aller Schattierungen und weit weniger, als man allgemein anzunehmen geneigt ist, aus den Mitgliedern der Partei. Ein Sorge etwa beschäftigte grundsätzlich niemand, der in Japan jemals irgend etwas mit der Partei zu tun gehabt hatte oder in irgendeiner Verbindung mit der sowjetischen Botschaft stand.

Aber allerorten wurden die zukünftigen Agenten aus ‚Studiengruppen', Sympathievereinen, Freundschaftsverbänden und sonstigen Tarnorganisationen herausgefischt. Und es kam nun lediglich darauf an, daß sich der ‚Auserwählte' entweder für das Metier als begabt erwies oder aber einer jener Knaben war, die an den ‚Quellen' saßen. Traf das eine oder andere zu, wurde der Agent von morgen planmäßig ‚entwickelt'.

Dabei arbeiteten die Sowjets mit Testsystemen, die die Erfindung des ‚Fragebogens', die bisher als eine ureigene US-Idee angesehen wurde, längst vorwegnahm. Auch wurde an Hand von Listen und Karteien geradezu eine Spionagebürokratie entwickelt, die ebenso bezeichnend wie bemerkenswert ist.

So interessierten sich die Sowjets grundsätzlich immer für die finanziellen Verhältnisse ihrer Gläubigen. Und sorgfältig wurde verzeichnet, welche guten und natürlich auch welche schlechten Eigenschaften ihr zukünftiger Agent aus weltanschaulichen Gründen besaß.

Feststeht, daß der Anreiz für die meisten dieser Zuträger nicht etwa finanzieller Natur war. Ganz abgesehen davon, daß die Sowjets auf diesem Gebiet als ausgesprochen knauserig galten – ihre Organisation war eben zu groß –, ist letzten Endes ein derartiger ‚Idealismus' wirklich unbezahlbar. Dennoch wurde solchen Jüngern mit voller Überlegung dann und wann ein kleiner Betrag für ‚Auslagen' förmlich aufgedrängt – so was erweist sich schließlich immer zu gegebener Zeit als ein gutes Fundament für eine Erpressung.

Zu diesen heimlichen Armeen infantiler Abenteurer, eisern entschlossener Dilettanten und Idealisten mit Fehlzündung kommen dann noch die vorzüglich ausgebildeten und glänzend ausgerüsteten Stoßtrupps der Lizenzspione: die Militär-, Marine- und Luftwaffenattachés bei den Botschaften.

Auch hier sind die Sowjets absolut führend – zumindest quantitativ. Es gibt eine ganz primitive Methode, das zu beweisen: den Personalvergleich.

So beschäftigen die Ägypter an ihrer Botschaft in Moskau knapp ein Dutzend Mann Personal. Umgekehrt aber haben die Sowjets in Kairo, und zwar aus durchaus einleuchtenden Gründen, ungefähr dreihundert Mann sitzen. Diese Beispiele lassen sich beliebig vermehren. Die Briten etwa sind in Moskau mit zweiunddreißig Mann vertreten; die Sowjets in London aber gleich mit einhundertundsiebenundachtzig, plus Personal für zweiundsiebzig Agenturen. Nun behaupten die Briten aber noch, bei dieser Stärke von einhundertundsiebenundachtzig handle es sich lediglich um offiziell ‚angemeldetes' Personal; und völlig unangemeldet beglückten noch zusätzlich ungefähr hundert Mann die britische Hauptstadt.

Es ist gar nicht uninteressant, sich einmal Gedanken über eine derartige diplomatische Angestelltenzahl zu machen.

Da ist auch die Sache mit dem historischen ‚Diplomatensack'. Das war früher einmal eine Art ‚versiegelter Postsack'. In unserer Zeit aber ist aus diesem durchaus ehrenwerten Behälter ein verkapptes Transportunternehmen geworden. Es sind Fälle bekannt, wo – immer im ‚Diplomatensack' – Weinkisten und Kaviartonnen, Luxushunde und Stilmöbel transportiert worden sind. Auch daß im letzten Krieg ein Mitglied der britischen Botschaft in Moskau, als dort die Seife knapp wurde, seine schmutzige Wäsche regelmäßig im ‚Diplomatensack' nach London transportieren ließ – auch das ist kein Witz, das war durchaus ‚üblich'.

Was Wunder, wenn dann in solchen ‚Diplomatensäcken' die Fotokopien eines Taylor Kent nach Deutschland, die Berechnungen eines Klaus Fuchs nach Moskau transportiert wurden. Und nicht genug damit – auf diesem Weg wurden Flugzeugteile, Metallproben, Geschosse, Stapel von Druckschriften und ganze Motore im- und exportiert.

Natürlich nutzte auch ein Richard Sorge derartige diplomatische Gepflogenheiten gründlich aus. So ist überliefert, daß er mehrmals seine Unterlagen in den Safe der exterritorialen deutschen Botschaft einschließen ließ – nirgendwo waren sie sicherer. Nur mit der sowjetischen Botschaft in Tokio wollte Sorge nichts zu tun haben. Auf diesem Gebiet leistete er sich nicht den geringsten Fehler – er hat niemals etwas getan, das erkennen ließ, daß er in direkter Verbindung mit den Sowjets stand.

Richard Sorge schien einer der wenigen Deutschen in Tokio zu sein, die bereit waren, dem neuen Polizeiattaché Joseph Meisinger selbstlos mit Rat und Tat zur Seite zu stehen. Meisinger schätzte das nicht nur, er entwickelte sogar so etwas wie Dankbarkeit dafür, die sich darin äußerte, daß er Sorge zunächst mit seiner Vergangenheit vertraut machte, später dann sogar die Neigung verriet, ihn in seine Zukunftspläne einzuweihen.

Denn Meisinger, Oberregierungsrat, der als eine seiner ersten Taten in Tokio den Einfall hatte, sich schlicht zum ‚Oberst der Polizei' zu befördern, stieß, wo immer er auch hinspuckte, sofort auf erheblichen Widerstand. Dieser unangenehme, aber keinesfalls öffentliche Widerstand gegen ihn hatte zwei Quellen: einmal war er persönlich den wenigsten sympathisch; dann aber sahen die Berufsdiplomaten in Fernost und ihr Anhang in ihm nicht nur einen Eindringling, sondern auch einen echten Nazi. Und das vertrug sich nicht mit ihrem Lebensstil, geschweige denn mit ihrer Weltanschauung.

„Diese Leutchen hier wissen ja gar nicht", sagte Meisinger überzeugt, „was überhaupt gespielt wird." Und er sah seinen Gast fordernd an.

„Bestimmt nicht", pflichtete ihm Sorge bei.

„Dabei geht es um die Wurst!"

„Sicherlich", sagte Sorge.

Meisinger, ein bulliger, stiernackiger Mann mit energischen Gesichtszügen, ein elastischer Schwergewichtler und mit geradezu entwaffnender Selbstverständlichkeit von sich überzeugt, hob sein Glas Sorge entgegen. Beide tranken aus. „Sie sind richtig!" sagte Meisinger überzeugt. „Die anderen sind zumeist nur Lackaffen."

„Mangel an Tätigkeit macht schläfrig", sagte Sorge und betrachtete Meisinger mit großer Aufmerksamkeit, was der als Respekt auslegte. „Hier ist Etappe – Sie kommen, wenn ich richtig informiert bin, von der Front."

„Klar", sagte Meisinger zustimmend.

Sorge war wie immer richtig informiert. Er hatte, ehe Meisinger in Tokio eintraf, bereits Einsicht in dessen Personalakte genommen. Und auf den ersten Blick war mühelos zu sehen gewesen, daß dieser Mann alles andere als ein unbeschriebenes Blatt war.

„Ich habe das Drecknest Warschau gesäubert", sagte Meisinger mit unüberhörbarem Stolz. „Und zwar nach allen Regeln der Kunst."

Sorge nickte. Was die Personalakte aus Berlin taktvoll verschwieg, hatte ihm der sowjetische Nachrichtendienst durch Kurier in allen Einzelheiten mitgeteilt: Meisinger war in Warschau Kommandeur der Sicherheitspolizei gewesen und wurde sinnigerweise allgemein nur ‚der Schlächter' genannt. Er war der Ausradierer der Warschauer Untergrundbewegungen, die er bis aufs Blut zu reizen und quälen pflegte, bevor er seine umfangreichen Kleinkriege führte. Seine farbigen Berichte waren selbst für die nur noch schwer zu begeisternde Gestapozentrale in Berlin eine wirkliche Sensation gewesen.

„Denen habe ich vielleicht die Hölle heiß gemacht!" sagte Meisinger und empfand ehrlichen Respekt vor seinen eigenen Leistungen. „Aber hier imponiert das offenbar keinem!"

„Mir schon", sagte Sorge und leerte sein Glas.

„Sie haben auch Gefühl für so was, Herr Doktor!"

„Und ob", sagte Sorge und schnitt eine Grimasse.

Dann sah sich Sorge prüfend und ungeniert um. Er betrachtete eingehend die enge Wohnung, in der noch ungeöffnete Koffer herumstanden. Ein Haufen Bekleidungsstücke lag in einer Ecke. „Reichlich primitiv hier, Herr Oberst – finden Sie das nicht auch?"

„Gewiß – ich habe schon besser gewohnt", gab Meisinger zu. „In Warschau hatte ich eine Villa für mich allein."

„Und in Berlin?"

„So was Ähnliches."

„Anständige Büroräume?"

„Selbstverständlich. Schließlich war ich dort Abteilungsleiter. Und zwar seit neunzehnhundertvierunddreißig, wohlgemerkt! Damals krebste unser Botschafter hier noch als Oberstleutnant in möblierten Zimmern herum; und ich bewohnte eine ganze Etage."

Sorge war auch hierüber ausreichend informiert. Blutordensträger Meisinger gehörte zu Himmlers ‚bayerischer Invasion' und war frühzeitig in Amt und Würden. Bei der Gestapo hatte er das Referat ‚Parteiangelegenheiten' unter sich, und gleichzeitig widmete er sich, in amtlicher Eigenschaft selbstverständlich, der Homosexualität und der Abtreibung. Sorge fand, daß das eine sehr sinnvolle Ergänzung gewesen sein mußte.

„Als andere noch nicht wußten, was ein Chauffeur ist, habe ich bereits den ganzen Röhm-Putsch geschmissen."

„Das hat sich bis hierher herumgesprochen", sagte Sorge aufmerksam.

„So?" fragte Meisinger mißtrauisch. „Und wer weiß darüber Bescheid?"

„Ziemlich alle, Herr Oberst. Der Botschafter hat das neulich erwähnt."

„Hat er das?"

„In durchaus anerkennender Weise, natürlich. Der Botschafter weiß Ihre Verdienste zu würdigen, Herr Oberst."

„So? Tut er das? Das sollte mich freuen."

Und ob der diplomatisierende General derartige Leistungen zu ‚würdigen' wußte! Der Botschafter hatte darüber gesprochen, als erzähle er von Schlangenbissen oder Lepra. Derartige Einzelheiten über die sogenannte Laufbahn des neuen Polizeiattachés wollte und konnte er seinen Mitarbeitern nicht vorenthalten. Er nannte das ‚einen reinen Tisch machen'. Seine soldatische Korrektheit drängte ihn dazu.

Dabei wußte der Botschafter von seinem neuen Mann nicht einen Bruchteil von dem, was Sorge bereits erfahren hatte. Es war nicht nur der Röhm-Putsch, bei dem Meisinger ganz groß, und von seiner Warte aus auch außerordentlich erfolgreich, eingestiegen war. Meisinger war auch der Motor, der die Prozesse gegen die katholischen Ordensgeistlichen angetrieben hatte. Und nicht zuletzt war er der Mann, der geglaubt hatte, dem Generalobersten Fritsch eine äußerst peinliche Affäre nachweisen zu können; fälschlicherweise, wie sich dann später herausstellte, ohne daß dieser ‚Irrtum' die Laufbahn des verdienstvollen Meisinger irgendwie ernstlich gefährdet hätte.

„Aber wer würdigt heute so was schon", sagte Meisinger betrübt. Dann schenkte er wieder die Gläser voll.

„Herr Oberst", sagte Sorge mit einer Stimme, als sei er dabei, in geradezu feierlicher Weise die Verdienste des Mannes vor ihm zu würdigen, „es ist natürlich völlig ausgeschlossen, daß Sie hier unstandesgemäß behandelt werden."

Meisinger ahnte nicht, worauf Sorge hinauswollte. Aber er witterte Wohlwollen und mehr; das stimmte ihn milde. „Ich stelle natürlich keine ungewöhnlichen Ansprüche", verkündete er.

„Sie sind zu bescheiden", sagte Sorge und bemühte sich, ernst zu bleiben.

„Man war Soldat", sagte Meisinger mit ungewohnter Zurückhaltung.

„Sie können sich ganz auf den Botschafter verlassen", sagte Sorge suggestiv. „Er begrüßt Ihre Anwesenheit in Tokio sehr. Ich weiß das."

„Sie sind mit ihm sehr eng befreundet, nicht wahr, Herr Doktor?"

„So gut man eben mit einem Repräsentanten des Deutschen Reiches befreundet sein kann!" sagte Sorge bremsend. „Er beehrt mich gelegentlich mit seinem Vertrauen."

Meisinger nickte zustimmend. „Ich kann das gut verstehen."

„Und daher weiß ich auch", log Sorge unbekümmert weiter, „daß sich der Botschafter speziell von Ihrer Mitarbeit viel verspricht."

„Wenn das so ist", sagte Meisinger mit guter Haltung, „dann wird er sich auf mich verlassen können. Meine jeweiligen Vorgesetzten waren immer mit mir zufrieden, wenn sie mir vertrauten."

„Sie werden ausgezeichnet mit dem Botschafter zusammenarbeiten", versicherte Sorge.

„An mir soll es nicht liegen."

„Natürlich", sagte Sorge, „sind die Verhältnisse hier wesentlich anders als in Berlin oder gar in Warschau."

„Das verstehe ich durchaus", versicherte Meisinger.

„Die deutsche Botschaft hier in Tokio ist alles andere als eine verschworene nationalsozialistische Gemeinschaft", sagte Sorge. Und er fügte schnell hinzu: „Leider."

Meisinger schnappte auch bei diesem Köder sofort zu. „Ich weiß das", sagte er. „Man hat mich in Berlin ausdrücklich darauf aufmerksam gemacht. Und nicht zuletzt liegt hier meine spezielle Aufgabe. Ich werde diese Kerle schon auf Vordermann bringen."

„Und die Bekämpfung der Kommunisten?" fragte Sorge reichlich kühn.

„Darin haben wir doch Praxis, lieber Doktor. Das erledigen wir so ganz nebenbei und dennoch gründlich, verlassen Sie sich darauf. Gewissermaßen machen wir das mit der linken Hand."

Sorge verschluckte sich kurz, denn er hatte zu hastig getrunken. Meisinger war nahe daran, seinem lieben Gast hilfreich auf den Rücken zu klopfen. Aber der beruhigte sich rasch und grinste ausgedehnt, was Meisinger ohne Umstände als Bewunderung auslegte.

„In Warschau", sagte er, „habe ich diese Burschen reihenweise umgelegt. Bei mir mußten sie hängen; und zwar an Klaviersaiten. Aber schweifen wir nicht vom Thema ab. Über solche Dinge werden wir noch oft genug plaudern können. Und nun mal ganz offen, lieber Doktor – wie können wir die Wohnungsangelegenheit am besten schaukeln?"

„Genau darauf wollte ich hinaus", sagte Sorge eifrig und überaus froh, das Thema wechseln zu können. Er mußte sich zwingen, gelassen zu erscheinen. Er verachtete diesen Meisinger nicht nur, er haßte ihn sogar, und er verspürte das heftige Verlangen, ihm ins Gesicht zu spucken. Aber sein Verstand war immer noch stark genug, seine Gefühle zu bändigen. Er brauchte diesen Kerl; und dieser Kerl ließ sich gebrauchen – das Metier triumphierte mühelos.

„Der Botschafter", sagte Sorge, „muß natürlich Rücksicht nehmen. Aber er wird, wie ich ihn kenne, alle Ihre Wünsche unterstützen. Natürlich gibt es hier genug Beamte, die versuchen werden, Schwierigkeiten zu machen. Aber natürlich werden Sie, Herr Oberst, diese Leutchen überspielen."

„Na ja", sagte Meisinger gedehnt.

„Selbstverständlich müssen Sie eine bessere Wohnung bekommen als diese Notunterkunft. Und ebenso selbstverständlich ist, daß sich Ihre Diensträume im Hauptgebäude der Botschaft befinden müssen."

Meisinger sah Sorge vertrauensvoll an. „Meinen Sie, das wird sich machen lassen?"

„Wenn Sie mir die Erlaubnis dazu geben, Herr Oberst, dann werde ich das mal in die Hand nehmen."

„Natürlich haben Sie meine Erlaubnis", sagte Meisinger mit Eifer. „Und wenn Sie das schaffen, mein lieber Doktor . . ."

Der ‚liebe Doktor' schaffte das in wenigen Tagen. Er spielte geschickt seine Beziehungen in der Botschaft aus, spannte überaus behutsam den Botschafter persönlich ein und verschaffte mit viel heimlicher Freude dem neuen Polizeiattaché den Nimbus eines großen Mannes, der alle Anlagen zu einem ruhigen Mann hätte, sobald sein persönlicher Ehrgeiz befriedigt werde. Meisinger erhielt schließlich seine repräsentativen Räume im Hauptgebäude der Botschaft. Und ehe er noch dort einzog, hatte Sorge bereits sämtliche Schlüssel dazu in der Tasche.

Einer der ersten, die Oberst Meisinger in seinem komfortablen Büro empfing, war natürlich der liebe Doktor Richard Sorge. Ihm war Meisinger zugetan, hatte er doch nicht nur ausgezeichnete Beziehungen, sondern war auch ein Mann von Format; randgefüllt mit Informationen, beschlagen auf allen Gebieten, ein begnadeter Säufer vor dem Herrn und ein geschickter Pokerspieler obendrein. Er war der erste auf der Liste für Meisingers Freitagabend-Pokerklub.

„Mein lieber Doktor", sagte Meisinger jovial, und sein energisches Gesicht überzog sich mit Wohlwollen. „Sie sind immer herzlich bei mir willkommen. Sehen Sie sich ruhig um. Wie finden Sie das? Was sagen Sie dazu? Wie haben wir das gemacht?"

Sorge sah sich, wie aufgefordert, um. Und was er sah, ließ auf eine bestimmte Sorte Tüchtigkeit schließen. Kaum saß Meisinger drei Tage mitten in der Botschaft, hatte er auch schon seine Räume erstaunlich gut ausstaffiert. Sein Büro war wesentlich komfortabler als das des Botschafters, wozu allerdings nicht sonderlich viel gehörte, da der alte Soldat Wert auf Schlichtheit legte, wobei er dann immer wieder mit dem Diplomaten in sich in Konflikt geriet, der zu Repräsentation verpflichtet war.

„Ihre Einrichtung kann sich sehen lassen", sagte Sorge.

„Jawohl." Meisinger war mit sich zufrieden. „Und damit hätten wir das Wesentliche geschafft."

„Bis auf die Bekämpfung der Kommunisten", erlaubte sich Sorge zu bemerken.

„Das ist ja wohl selbstverständlich", sagte Meisinger. „Und ich hoffe auf Ihre Unterstützung."

„Bei der Bekämpfung von Kommunisten?" fragte Sorge mit lebhaftem Interesse.

„Überhaupt!" sagte Meisinger und thronte hinter seinem wuchtigen Schreibtisch wie eine überdimensionale Renaissancefigur. „Wenn es Ihnen recht ist, lieber Doktor, dann gehen wir mal in den nächsten Tagen die Liste der Botschaftsmitglieder durch. Am besten gemeinsam mit dem Botschafter. Ich werde hier mal alles, was kriechen kann, unter die Lupe nehmen."

„Tun Sie das", sagte Sorge. „Ich bin jetzt schon gespannt, was dabei herauskommt."

„Sie werden staunen, lieber Doktor!"

„Scheint mir auch so, Herr Oberst."

„Und wie ist das mit der japanischen Polizei? Kann man mit der zusammenarbeiten?"

„Sie werden das sicherlich können, Herr Oberst."

„Brauchbare Leute darunter, Doktor?"

„Wie man es nimmt. Jedenfalls ist die Organisation hier ungefähr mit der der deutschen Polizei zu vergleichen."

„Die Burschen haben von uns gelernt, was?"

Sorge nickte zustimmend. „Das kann man wohl behaupten. Die normale Schutz- und Ordnungspolizei ist sehr verläßlich und gut diszipliniert. Die Geheimpolizei ist ein Sauhaufen, ein maßlos aufgeblähter Apparat, ohne ausreichende Ausbildung."

„Aha!" sagte Meisinger.

„Die Kempetai aber, Herr Oberst, kann wohl ohne Übertreibung mit unserer einzigartigen Gestapo verglichen werden."

„Im Ernst?" fragte Meisinger, angenehm berührt. „Das sollte mich freuen. Jedenfalls werde ich so schnell wie möglich Verbindung aufnehmen und den Chef der Tokio-Polizei in den nächsten Tagen aufsuchen. Ich habe ihm auch ein Geschenk mitgebracht."

„Da wird er sich aber freuen", sagte Sorge mit Vorsicht belustigt. „Was ist es denn?"

„Der Preußenkönig in Porzellan."

„Sehr sinnig", sagte Sorge, nunmehr ungeniert feixend. „Für Porzellan haben die Japanerchen was übrig."

Und Meisinger, nach wie vor fest davon überzeugt, daß sein aus Deutschland mitgebrachtes Geschenk ein äußerst sinniges und außerordentlich ansehnliches Geschenk sei, kam selbst nach Sorges Bemerkung immer noch nicht auf den Gedanken, daß er hier sozusagen Eulen nach Athen getragen hatte; denn Japanporzellane waren eine der Hauptindustrien des Landes. Auch der Alte Fritz war hier schon serienweise hergestellt worden – als Souvenir für sentimentale Deutsche.

„Wird hier auch Sport getrieben?" wollte Meisinger wissen.

„In Japan?"

„Unter den Angehörigen der Botschaft."

„Wie man es nimmt", sagte Sorge. „Es kommt ganz darauf an, was man als Sport gelten lassen will."

„Jedenfalls", sagte Meisinger, „bin ich ein überzeugter Anhänger der Leibesertüchtigung durch Kampfsport."

„Dann werden Sie hier so ziemlich der einzige sein."

„Aber nicht bleiben!" sagte Meisinger überzeugt. „Wir werden hier einen deutschen Sportklub gründen, Mannschaften aufstellen, Wettspiele austragen. Fußball. Hockey. Und so was. Was sagen Sie dazu?"

„Viel Vergnügen."

Meisinger, beide Arme vor sich auf die Schreibtischplatte gestemmt, sah mit Besorgnis, daß sein lieber Doktor ein reichlich uninteressiertes Gesicht machte. „Oder glauben Sie etwa, der Botschafter ist dagegen?"

„Warum sollte er dagegen sein? Er ist Soldat. Er hat für diese Dinge gewiß Verständnis."

„Na also!" rief Meisinger sichtlich erleichtert. Und Sorge registrierte kühl, daß der so überaus unternehmungslustig erscheinende Herrenmensch vor ihm ein ausgeprägtes Gefühl für Untergebenendisziplin hatte. Bei brauchbarer Gelegenheit, sagte sich Sorge, sollte das ausgenutzt werden.

„Was hier fehlt", rief Meisinger überzeugt, „ist ein kräftiger Wind. Und ich bin der richtige Mann dafür. Diese Bande reißt sich offenbar nicht genug am Riemen. Es fehlt einfach an allem. Vorgestern habe ich mir den Ortsgruppenleiter kommen lassen

– der Kerl ist eine taube Nuß. Von Parteidisziplin nichts zu spüren. Den Burschen fehlt Begeisterung."

„Sie werden sie schon noch so weit bringen", sagte Sorge überzeugt.

„Allemal!" rief Meisinger „Die werden hier ihr blaues Wunder erleben."

Sorge nickte genußvoll. Und er unterdrückte tapfer die Bemerkung, daß es sich bei dem angekündigten blauen Wunder wohl mehr um ein braunes handeln werde. Das zu erleben war gewiß nicht uninteressant.

Der Spionageapparat der Sowjets ist einmalig. Keine andere Macht der Erde hat ‚Nachwuchs' und ‚Ersatz' in so unvorstellbaren Mengen. In Abwandlung des bekannten Kampfrufes kann man getrost sagen: Spione aller Länder vereinigt euch!

Parallel zu jeder Kommunistenpartei in jedem Land ist der ‚AM-Apparat' geschaltet: der illegale Apparat. Und in ihm sind anzutreffen unter anderen die Gruppen für Betriebsspionage, Sabotage, Propaganda, Legitimationsfälschung und die ‚Briefträger'.

Nicht minder straff sind die eigentlichen Spionagegruppen organisiert, wobei das Schema überall das gleiche war, ob nun in Paris, in Rom oder bei Richard Sorge in Tokio. An der Spitze des Unternehmens steht der ‚Direktor', ein General der Roten Armee in Moskau – es ist nicht immer derselbe General; auch für diesen weit vom Schuß sitzenden Mann kann ein einziger Fehler lebensgefährlich sein.

Der Leiter eines ausgebauten Landesnetzes, also ‚Netz Schweiz' oder ‚Netz Japan', heißt in der Amtssprache der Sowjetspionage: Residenturleiter. Er ist theoretisch Oberst der Roten Armee und erhält, je nach Wert, ein Monatsgehalt von zweihundertundfünfzig bis fünfhundert Dollar. (Die Sowjets bezahlen ihre Spitzenagenten fast ausschließlich mit der verhältnismäßig marktfesten, fast überall anerkannten amerikanischen Währung.)

Unter diesem Residenturleiter arbeiten die Mittelleute, die Spezialagenten und die Kuriere. Für besonders wichtig wird der Funker gehalten; und das ist durchaus verständlich. So ein Funker erhielt hundert bis zweihundert Dollar im Monat und ist theoretisch Major der Roten Armee.

Alle Nachrichten, die so ein Netz zusammenträgt, gehören ausschließlich den Sowjets. Warnungen oder gar die Weitergabe von Material an verbündete Mächte sind streng verboten. Als es zum Beispiel im letzten Weltkrieg dem Schweizer Netz gelang, ein Codebuch aufzuspüren, das derartig umfangreich war, daß es einfach unmöglich schien, seinen Inhalt durch Funk weiterzugeben, wurde der Vorschlag gemacht, es den damals befreundeten Engländern auszuhändigen. Moskau funkte empört: Unter keinen Umständen! – Verbrennen!

Die Zentrale in Moskau und ihr Direktor waren absolut rücksichtslos. Sie ließen jeden fallen, der gestolpert war. Sie erledigten jeden, der ihnen gefährlich zu werden schien. Ein Abspringen war unmöglich. Es gab keinen freiwilligen ‚Austritt' aus dem Apparat.

Und jeder Agent wußte das – auch Richard Sorge in Tokio.

Richard Sorge belauerte sich systmatisch. Er horchte seine Stimmungen ab, tastete seinen Gefühlen nach. Ihn beherrschte die Überzeugung, daß das nötig sei.

Früher einmal, vor einigen Monaten noch, hatte er instinktiv und stets zuverlässig reagiert. Dann aber schien seine Spannkraft nachzulassen, denn ihm unterliefen Fehler, eigentlich nur winzige Versäumnisse, aber das beunruhigte ihn. Nach seinem Unfall jedoch gab es Sekunden, in denen sein Körper ohne Energie war wie eine Leitung ohne Strom. Das machte ihm angst.

Und das alles tastete nach ihm, würgte in ihm, überflutete ihn wie eine Woge aus Gewürm: die Wildheit im Entschluß; die pausenlose Anspannung, um einer plötzlich von irgendwoher auftauchenden Gefahr entspringen zu können; das ewige Verlangen, Teilen seiner Umgebung in die süffisanten Gesichter hineinzuschreien, wie widerwärtig er sie finde. Und daraus wuchs ewige Unruhe.

„Komm zu mir, Mitchiko", sagte er zu dem Mädchen.

Mitchiko, die im ‚Rheingold' bediente, sah sich ein wenig hilflos um. „Jetzt?" fragte sie.

„Jetzt und für immer", sagte Sorge. „Zieh zu mir in mein Haus. Willst du?"

Mitchiko sah ihn ergeben an. „Ja", sagte sie einfach.

„Ich gebe dir zweihundert Yen im Monat", erklärte ihr Sorge.

„Nein", sagte Mitchiko ruhig. „Nicht deshalb."

„Deshalb nicht", sagte Sorge. „Natürlich nicht. Aber du bekommst die zweihundert Yen und hundert Yen extra für deine

Mutter. Ich zahle sie dir an jedem Ersten, für den ganzen Monat voraus."

„Bitte, nicht darüber reden", sagte Mitchiko. „Das Geld zählt nicht. Ich komme nicht, weil du zahlst; ich komme, weil du es willst."

„Ich brauche dich", sagte Sorge.

Mitchiko nickte. „Eine halbe Stunde Zeit brauche ich. Willst du warten?" Dann ging sie an die Theke, legte dort ihre Schürze nieder, rechnete ab und stieg zu ihrem Zimmer hoch, um ihren Koffer zu packen. Alles geschah mit stiller Selbstverständlichkeit.

Der Wirt Ketel, ‚Papa', kam an Sorges Tisch, blieb wortlos stehen und blickte Sorge betrübt an.

„Jetzt keine großen Reden, Papa", sagte Sorge warnend.

„Sie ist ein gutes Mädchen!"

„Deshalb nehme ich sie ja auch mit."

„Du mußt sie anständig behandeln, Doktor. Sie verdient das. Und das eine kannst du ihr sagen: Wenn sie zurückwill, soll sie kommen. Jederzeit."

„Danke dir, Papa Ketel. Aber es werden einige Monate vergehen, bis es soweit ist."

„Und wenn es Jahre dauert! Und ewig wirst du auch nicht leben, Doktor, wenn du so weitermachst wie bisher."

„Schon gut, Papa. Du hast recht wie immer: Ich werde nicht ewig leben. Als Junge, Papa, wollte ich mit dreißig Jahren sterben; mit dreißig Jahren – habe ich mir damals gesagt – habe ich das Leben ausgekostet. Was dann kommt, ist ein Abfall. Jetzt bin ich vierundvierzig Jahre alt und lebe immer noch. Aber manchmal, Papa Ketel, wünsche ich mir wirklich, ich wäre mit dreißig Jahren gestorben."

„Dich soll nun ein normaler Mensch verstehen!" rief Papa Ketel kopfschüttelnd. „Aber habe ich dir nicht immer gesagt: Du brauchst eine Frau! Jeder Mann braucht eine Frau, und sei es nur, um ihren Atem hören zu können, wenn er keinen Schlaf findet."

„Wie wahr!" sagte Sorge. „Wie richtig!" sagte er abermals zu sich. Er brauchte einen Menschen, der für ihn da war, den er neben sich sitzen sehen konnte, wenn er abends zu Hause über seinen Notizen grübelte, an den er sich pressen konnte, wenn ihn das kalte Fieber überfiel, nach dem er greifen konnte, wenn ihn seine aufgepeitschten Nerven aus dem Schlaf rissen. Und das alles hieß: Er vermochte es nicht mehr, allein zu sein.

Nie in seinem Leben hatte er daran gedacht, Sehnsucht nach der Nähe eines Menschen zu empfinden. Als Junge hatte er sich oft auf dem Dachboden der elterlichen Wohnung verkrochen, zwischen Körben und Kisten; dort las er Schiller und Shakespeare, und oft las er dann laut und mit feurigem Pathos. Er liebte die Abende, wenn niemand in der Wohnung war; dann verkleidete er sich und spielte vor dem großen Spiegel Held, König und Heiliger. Er liebte einsame Kirchen und menschenleere Wälder; und wenn er sich allein in einem Zugabteil befand, schrie er glücklich zum Fenster hinaus.

Als er Soldat war, haßte er das Gedränge, den Lärm und die widerliche Stallwärme der Stuben. An der Front bevorzugte er das verlassene Schützenloch, die Wohltat der Nachtwache und die große Einsamkeit im Gebrüll der Kanonen. Er vermochte nicht neben einer Frau einzuschlafen. In seinen Hungerjahren tat und opferte er alles, um einen Raum für sich allein zu besitzen. Später dann, als er Geld genug verdiente, leistete er sich Einzelkabinen, Einzelabteile, abgeschlossene Appartements. Und niemand durfte in sein Gesicht blicken, wenn er schlief.

In seinen ersten Jahren in Tokio war er allein glücklich in seinem kleinen, abgelegenen, verwahrlosten Häuschen in der Nagusaka-cho dreißig im Stadtteil Azubi, wo nur die alte Amah tagsüber für ein paar Stunden seine Abgeschiedenheit störte. Wie herrlich waren die Nächte mit Bach und Beethoven, wo er gelöst auf seiner Matte lag, in das All hineinlauschte und davon überzeugt war, ihm sei Kraft genug gegeben, die Welt zu verändern und die Geschichte zu beeinflussen. Aus dieser Einsamkeit wuchs seine Stärke.

Vorbei das alles! Er war jetzt nur noch ein Bündel Unruhe. Er konnte jetzt nicht mehr allein sein. Martina, um deren Verstehen er gebettelt hatte wie ein Hund, war eine Qual; Mitchiko sollte die Erlösung sein.

„Sie wird dir guttun", sagte Papa Ketel. „Als es meine Frau noch nicht gab, wollte ich immer nur saufen, huren und Geld verdienen. Jetzt lebe ich. Und die Frauen in diesem Land, Doktor, sind gut und bescheiden. Sie sind dankbar, wenn du sie anständig behandelst; wenn du sie aber liebst, dann lassen sie sich für dich lächelnd in Stücke schneiden. Doch hüte dich vor ihrem Haß! In diesem Land lehnt der Tod an jeder Haustür."

Mitchiko kam und stellte ihren Koffer ab. Sie setzte sich Sorge gegenüber und sagte: „Wir können gehen, wenn du hier fertig bist."

Sorge erhob sich sofort. „Wir werden immer wieder zu dir kommen, Papa Ketel", sagte er.

„Ja", sagte der. „Tut das. Und kommt oft." Er ergriff Mitchikos Koffer, obwohl sie abwehrte, und trug ihr ihn hinaus.

Draußen stand das kleine, gebrauchte, blaulackierte Auto, Marke ‚Datsun', das sich Sorge nach dem großen Unfall, auf den hartnäckigen Rat von Elga hin, gekauft hatte. Er verstaute Mitchikos Koffer, und sie stiegen beide ein.

Papa Ketel winkte ihnen lange nach.

In den ersten Tagen mit Mitchiko trank Sorge weit weniger als sonst, ohne daß seine Unruhe merkbar zugenommen hätte. Sie war so, wie er gehofft hatte: Sie war still und bescheiden, ein ruhig atmendes Lebewesen ohne Aufdringlichkeit, einer großen, sanften Katze vergleichbar. Sie kannte keine Launen, forderte nie, war bemüht, alles zu tun, was ihm behagte; und wenn er nach ihr verlangte, entzog sie sich ihm nie.

Neue Kraft wuchs in ihm; seine fiebrige Nervosität schwand fast ganz, seine Stimme wurde wieder sicher und laut; und selbst die Narben des großen Unfalls verkrochen sich in seine Haut. Und das Zittern seiner Hände war kaum noch zu bemerken. Fortan waren seine Anzüge gebügelt und sauber; und seine nach wie vor einfarbigen Krawatten leuchteten in hellen Tönen.

Die ersten, die diese erneute Konzentration Sorges zu spüren bekamen, waren die Angehörigen seiner Gruppe. Klausen, der Funker, vermerkte in seiner Betriebskladde eine weit größere Anzahl von Wortgruppen als in den ganzen vier Monaten vorher. Branco de Voukelitsch mußte ganze Nächte in seiner Dunkelkammer verbringen. Und Miyagis Zuträger kamen kaum noch zum Verschnaufen. Die Übersicht über die japanischen Divisionen, ihre Stärke, ihre Personalpolitik, ihre Übungsziele, ihre Stellungen, wurde nahezu lückenlos nach Moskau gemeldet.

Sorges blaues Autochen, der ‚Datsun', wurde in kurzer Zeit der Schrecken der Verkehrspolizei von Tokio. Der Doktor fuhr damit nicht weniger schnell und gewagt wie seinerzeit mit dem Motorrad. Elga war außer sich, wenn sie davon hörte. Und Sorge hatte seine Freude daran, sie zu beunruhigen.

„Nichts Besonderes, Elga", telefonierte er. „Ich habe heute lediglich einen Lieferwagen und eine Verkehrskanzel gerammt."

Und die Polizisten im Kiobachiviertel stoppten eine Zeitlang, wenn sich Sorges blauer Datsun näherte, automatisch den gesamten Verkehr, damit der verrückte Doktor ohne Karambolage passieren konnte. Als Dank wurden sie dann von Sorge kräftig unter Alkohol gesetzt, bis sie gemeinsam das Kimigayolied sangen, die weihevolle Nationalhymne Japans.

Der große Unfall schien der Vergangenheit anzugehören und Sorge tatsächlich wieder ‚der alte' geworden zu sein. Nur seine Gesichtszüge gehorchten ihm nicht mehr; sie blieben steif und maskenhaft verzerrt. Und wenn er zu lächeln versuchte, wurde sein Gesicht zur Grimasse. Gelegentlich überfielen ihn auch die Schmerzen wieder, diese gierigen, zügellosen, wild zukrallenden Schmerzen im Hinterkopf, und warfen ihn zu Boden. Er betäubte sich durch Alkohol.

Aber sein Metier vernachlässigte er nicht, auch dann nicht, als ihm der sonst an seinem persönlichen Leben kaum jemals Anteil nehmende Ozaki dringend zur Mäßigung riet. Die Tage waren angefüllt mit Arbeit, die Nächte voller Ruhe und Entspannung. Und er begann die ihm wohltuende Mitchiko aufrichtig zu lieben.

Als er darum gebeten wurde, das Deutsche Nachrichtenbüro, DNB, in Tokio vertretungsweise zu übernehmen, da sich der zuständige Redakteur einen ausgedehnten Urlaub gönnen wollte, zögerte er nicht. Und er zog dort ein wie ein Triumphator. Und die zumeist japanischen Angestellten waren begeistert.

Er versammelte sie in seinem Büro und hielt ihnen eine Antrittsrede, die schlagartig eine neue fernöstliche Nachrichtenära einleitete, die Berlin in maßloses Erstaunen versetzen sollte! „Kerls!" sagte er zu seinen Mitarbeitern. „Ihr arbeitet hier für Deutschland und seinen geliebten Führer. Das verpflichtet."

„Jawohl", riefen die Angestellten; und sie riefen es deutsch.

„Gut", sagte Sorge. „Das wollen wir ausprobieren."

Er ließ Bier anrollen, deutsches Bier selbstverständlich, und zwar ‚Löwenbräu', das er selbst am liebsten trank. Er legte sich eine ‚Konsumliste' an, gab das Startsignal, und die erste der internen DNB-Prüfungen begann. Sorgfältig verzeichnete er grinsend die verkonsumierten Biere. Zwei Stunden später sangen sie gemeinsam: Puppchen, du bist mein Augenstern.

Am nächsten Tag kamen die ersten Rückfragen von Berlin: Was ist los? Texte total verstümmelt. Woran liegt das?

Und Sorge drahtete zurück: Liegt vermutlich daran, daß ihr nicht mehr richtig deutsch lesen könnt!

In seiner Eigenschaft als ‚Stellvertretender Chef des DNB', Korrespondent der ‚Frankfurter Zeitung' und diverser Zeitschriften besuchte er auch verschiedene Pressekonferenzen im japanischen Außenministerium und führte dort gelegentlich mit der ihm eigenen Deutlichkeit das große Wort.

Im spiegelblanken, mit Seidentapeten ausgeschlagenen kleinen Saal pflegten sich die akkreditierten Korrespondenten der Weltpresse regelmäßig einmal im Monat einzufinden, gelegentlich auch nach vorheriger Aufforderung aus Anlaß bestimmter Ereignisse. Die Journalisten waren pünktlich wie immer. Exzellenz Harada, von zwei Sekretären flankiert, stand klein und freundlich hinter einem großflächigen Tisch.

„Warum fangen wir denn nicht an?" fragte Sorge ungeniert. „Wie lange sollen wir denn noch warten? Auch unsere Zeit ist kostbar!"

Exzellenz Harada lächelte überaus verbindlich. Dann gab er eine reichlich nichtssagende Erklärung über den Einmarsch japanischer Truppen in Indochina ab. Er sprach von Bedrohung der Sicherheit, Verpflichtung zur Befriedung und Verantwortung für die friedliche Entwicklung des Fernen Ostens. Es handelte sich um eine örtlich begrenzte Aktion, und jede irgendwie geartete Beunruhigung sei ein Verkennung der gegebenen Tatsachen. Die Achsenjournalisten schwiegen befriedigt; selbst Sorge schwieg, aber nur, weil ihm die ganze Angelegenheit zu dämlich war, um irgendwelche klärenden Fragen anzubringen. Die alliierten Korrespondenten murmelten Protest, den Exzellenz Harada, wie zu erwarten gewesen war, höflich überhörte. Die Neutralen sahen verlegen zu Boden und mimten Nachdenklichkeit.

Whistler, Korrespondent von ‚Chicago Tribune' und ‚San Francisco News', ein hagerer, zäher, großgewachsener Mann mit Boxerkinn und schmallippigem Mund, hatte eine Frage, nicht zum Thema, das halte er für unnötig, eine Frage mehr allgemeiner Natur. „Exzellenz", sagte er, „vor mehr als sechs Monaten ist unser Kollege Mister Cox gestorben. Wir vermissen immer noch eine amtliche Erklärung zu seinem Tod."

Sorge horchte auf und reckte sein wildzerfurchtes Gesicht hoch. Eine starke Spannung lag plötzlich im Raum. Selbst die Achsenjournalisten machten nicht den geringsten Versuch, diese lastende und lauernde Stimmung zu stören.

Exzellenz Harada lächelte unentwegt. „Ich bedaure aufrichtig", sagte er sanft, „Ihnen hierauf keine Antwort erteilen zu können, da die besagte Angelegenheit nicht meinem Ressort untersteht, sondern allein Sache des Innenministeriums ist."

„Exzellenz", sagte Whistler hartnäckig, „es ist bekannt, daß die britische und die amerikanische Regierung wegen Mister Cox interveniert haben. Ihnen ist die Auskunft erteilt worden, daß das Außenministerium um eine Klärung bemüht sein wird. Seitdem sind mehr als vier Monate vergangen."

„Gewiß", sagte Exzellenz Harada geschmeidig, „das mag sein. Aber ich bin zu keiner offiziellen Verlautbarung ermächtigt. Vermutlich sind die Untersuchungen noch nicht abgeschlossen."

„Und wann wird das sein?" fragte Whistler ungeduldig.

Exzellenz Harada zuckte bedauernd die Schultern. „Das entzieht sich leider meiner Kenntnis."

Plötzlich durchbrach die laute, polternde Stimme von Doktor Richard Sorge die nervöse, gespannte Atmosphäre. „Hören Sie mal, Herr Harada", sagte Sorge grob, „Sie sind doch nicht etwa der Ansicht, daß Sie hier eine Horde dummer Jungen vor sich haben."

„Aber ich bitte Sie!" sagte Exzellenz Harada überaus höflich.

„Und außerdem, Herr Harada, haben wir nicht so viel Zeit wie Sie. Reden Sie hier doch nicht herum! Wollen Sie uns nun den Standpunkt Ihrer Regierung zu diesem Punkt erklären oder nicht? Das mit Cox war doch glatter Mord. Oder wollen Sie das etwa nicht wahrhaben?"

Exzellenz Harada verneigte sich verbindlich und völlig ungekränkt in Richtung von Sorge. „Ich darf versichern", sagte er sanftmütig, „daß meine Regierung alles in ihrer Macht Stehende tun wird . . ."

„Das ist doch reichlich albern!" sagte Sorge herzhaft. „Sie wollen also nicht, Herr Harada, oder Sie können nicht. Bleibt jetzt nur noch die Frage übrig, wann Sie wollen und können. Also wann – bei der nächsten Pressekonferenz, in einem Jahr oder, was Ihnen noch ähnlicher sieht, überhaupt nicht."

„Ich bedaure aufrichtig, aber . . ."

„Dann können wir ja wohl gehen", sagte Sorge, drehte sich um und verließ den kleinen Saal. Sämtliche Korrespondenten folgten ihm. Exzellenz Harada stand mit verlegenem Lächeln allein im Raum. Die Pressekonferenz war beendet.

Am Abend des gleichen Tages gab USA-Whistler im ‚Imperial' eine Party für seine Kollegen. Dabei wurde ein Toast auf Sorge ausgebracht. „Ich kann den Kerl zwar nicht ausstehen", sagte Whistler, „denn er ist der typischste Nazi, der mir jemals über den Weg gelaufen ist. Aber Mut hat der Bursche, das muß man ihm lassen."

Zur selben Stunde versammelte sich eine Anzahl Achsenjournalisten im ‚Deutschen Klub'. In vorgerückter Stimmung wurde ein dreifaches ‚Hurra' auf Sorge ausgebracht. Dabei hielt der fernöstliche Kriegsberichterstatter des ‚Völkischen Beobachters' eine lange und, wie nicht anders zu erwarten gewesen war, überaus patriotische Rede, die in der Erkenntnis gipfelte: „Wir sind zwar Verbündete auf Deubel-komm'-'raus, aber es muß von Zeit zu Zeit immer wieder einmal klargemacht werden, wer die eigentliche Führernation ist. Das hat dieser Sorge klar erkannt."

Richard Sorge ließ es sich nicht nehmen, die Frau des Botschafters anzurufen. „Elga", verkündete er, „ich habe schon wieder einmal einen überfahren."

„Sie leisten sich die unmöglichsten Sachen, Richard. Ich bin wirklich besorgt um Sie. Wen haben Sie denn diesmal überfahren?"

„Einen gewissen Harada, von Beruf Exzellenz. Aber leider nur mit dem Mund und zufälligerweise mal nicht mit dem Auto. Aber beruhigen Sie sich, Elga – das hole ich schon noch nach!"

Dann zog Sorge mit der gesamten Belegschaft des DNB in die nächste Kneipe. Hier vervollständigte er seine Konsumliste, redigierte zwischendurch Nachrichten und brachte seinen ‚Kerls' das Lied bei: „Ich bin ein Preuße, kennt ihr meine Farben!"

Kurz nach Mitternacht focht er mit einem japanischen Admiral ein Säbelduell mit Gardinenstangen aus. Dann trank er den wackeren Streiter unter den Tisch, zog ihm die Hosen aus und lieferte ihn in der nächstgelegenen Marinekaserne ab.

Die letzte Tagesmeldung des DNB nach Berlin, die ein Angestellter durchgab, der sich einen Ehrenplatz auf Sorges Konsumliste erworben hatte und deshalb kaum noch sprechen und nur sehr mangelhaft sehen konnte, begann mit den Worten: Das offizielle Geschwätz, das heute der Staatskuli Harada anläßlich eines Presseauftriebs zum besten gab . . .

Dann schwang sich Sorge in sein blaues Autochen, raste seiner Wohnung entgegen und freute sich auf Mitchiko. Dabei vergaß er nicht, bei dem Verkehrspolizisten in seinem Stadtteil zu halten, der, wie er genau wußte, des Nachts die Aufgabe hatte, alle Fahrzeuge von Ausländern mit genauer Uhrzeit für den Geheimdienst zu notieren.

Sorge rief ihm zu: „Schau her, du Transuse. Hier ist Sorge-san aus Berlin. Kritzle das auf deinen Zettel. Und schreibe weiter, daß ich jetzt ins Bett gehe – aber nicht allein!"

Auch der Spion hat seine ‚Berufssprache', seinen Jargon – genauso, wie etwa auch Seeleute oder Artisten oder Gauner ihren Jargon haben.

Der Jargon der Spione allerdings ist nicht nur eine Fachsprache allein. Er wird maßgeblich von den Kenn- und Tarnworten mitbestimmt. Und auch hier haben die Sowjets mit ihrer Riesenorganisation gewissermaßen ‚sprachbildend' gewirkt.

Die peinlich zu beachtenden Vorsichtsmaßnahmen erlauben es den Agenten niemals, von einem Dritten zu reden, ohne dessen Tarnnamen zu gebrauchen. Und das geschieht selbst dann, wenn die Gesprächspartner absolut sicher sind, von niemandem belauscht zu werden.

Doch nicht nur Personennamen werden so frisiert, auch Ortsbezeichnungen, Begriffsbestimmungen und sogar Daten und Zahlen. Wenn Sorge, der eine Zeitlang den Tarnnamen Ramses trug, von Moskau sprach, dann sagte er München, meinte er Wladiwostok, wo sich der Auffangsender des ‚Direktors' befand, sagte er Wiesbaden.

Derartige Tarnnamen wurden zumeist recht willkürlich gewählt; und es war stets vergeblich, irgendeinen ‚Sinn' dahinter zu suchen. Nur ein einziger Fall ist bekannt, wo selbst ausgekochteste Sowjetagenten leicht melancholische Anwandlungen bekamen: Wenn sie das Wort ‚Sowjetunion' verdecken wollten, dann sagten sie – Heimat. So gefühlvoll ging es manchmal im Spionagedschungel zu.

Reichlich kuriose Wortgebilde entstanden. Wenn etwa irgendwo gehört werden konnte: Ramses ersuchte Kopernikus um Wurst – so war durchaus möglich, daß das ‚klar' hieß: Residenturleiter Tokio ersucht Sowjetbotschaft um Dollaranweisung.

Der ‚Jargon' selbst war zum Teil ausgesprochen gemütlich, wie das ja gerade bei den finstersten Berufen immer wieder anzutreffen ist. Daß Funker ‚Musiker' genannt werden oder auch ‚Pianisten', davon wurde bereits berichtet. Spionage heißt ‚Spiel', Spionagetätigkeit sinngemäß ‚spielen'; Spionagenachrichten, insbesondere dann, wenn sie gefälscht waren und zur Täuschung gebraucht wurden, tragen die Bezeichnung ‚Spielmaterial'. Agenten werden nicht beseitigt oder lahmgelegt, sie werden vielmehr ‚abgeschaltet' oder ‚aus dem Spiel genommen'.

Daraus ergibt sich, daß eine ‚Spieluhr' ein Funkgerät war. Wer geschnappt wurde, kam nicht etwa in ein Gefängnis, sondern in ein ‚Krankenhaus'. Und wie wurde die Polizei wohl genannt? Erraten –: ‚Arzt'.

Die erfolgreiche deutsche Abwehr hatte eine besondere Spezialität entwickelt: das ‚Umdrehen'. Einen ‚Agenten umdrehen' heißt ganz schlicht: ihn dazu bringen, für die Seite zu arbeiten, gegen die er ursprünglich angesetzt war.

In Europa war das ‚Umdrehen' an der Tagesordnung. Im Bereich der Gruppe Sorge war das undenkbar, denn Richard Sorge war weder ein Routinemann noch ein Rädchen einer Maschine. Er war ein Außenseiter und ein konspiratives Genie.

Richard Sorge lag neben Mitchiko und starrte in das Nichts. Um ihn war Ruhe. Und die Frau an seiner Seite schien nicht einmal zu atmen.

Er tastete mit einer Hand zu Mitchiko hin. Sie schob ihre Schulter dieser Hand entgegen. Sie tat das ohne Hast und mit großer Sicherheit. Die eigenartige Scheu, die sie immer vor Sorge empfunden hatte, war ganz und, wie sie hoffte, für immer gewichen.

„Es ist gut, daß du da bist", sagte er. „Es ist gut, daß es dich gibt."

Mitchiko lächelte. Dann fragte sie, ohne ihn dabei anzusehen: „Wie war deine Frau?"

„Welche Frau?"

„Die, mit der du verheiratet warst."

„Gib mir was zu trinken", sagte Sorge und streckte seine Hand aus. „Aber nimm nicht wieder soviel Wasser."

Mitchiko beeilte sich, seinen Wunsch zu erfullen. Sie legte ihm das Glas behutsam in die geöffnete Hand und kniete sich nieder. „Soll ich so was nicht fragen?"

„Du kannst alles fragen, Mitchiko."

„Du mußt mir keine Antwort geben", sagte sie eifrig. „Es ist auch nicht wichtig, bestimmt nicht. Es fiel mir nur gerade ein."

Sorge dachte: Was ich sage oder nicht, ist ganz allein meine Sache; und ich sage immer, was ich sagen will! Und weiter dachte er: Ich werde ihr alles sagen, was ich sie wissen lassen will, und alles, was ich mir von der Seele reden muß. Denn sie ist gut; und sie ist mir ergeben. Außerdem ist sie dumm. Sie ist wie ein Schwamm, der Tränen trocknen kann; und diese Tränen werden ihr nichts anhaben können, denn sie ist aus einem anderen Stoff.

„Meine Frau hieß Christiane", sagte er. „Und sie war sehr klug; sie war viel klüger als ich, denn sie sah bald ein, daß wir beide nicht zusammenleben konnten. Wir haben uns ohne Groll getrennt und denken heute noch gut voneinander, denn wir haben uns geliebt. Und wenn zwei Menschen, die sich einmal wirklich geliebt haben, voneinander scheiden, dann ist diese Liebe nicht tot."

„Ich verstehe dich", sagte Mitchiko. „Und du mußt nicht denken, daß es bei uns anders sein wird. Ich verlasse dich, wenn du willst; und wenn es ein muß, verlasse ich dich gleich. Aber nichts wird sterben, was war. Und ich werde niemals ein schlechtes Wort über dich sagen."

Sorge griff nach ihrer Hand und streichelte sie mit mechanischer Zärtlichkeit.

„Ich weiß, daß ich sehr dumm bin", sagte Mitchiko. „Aber was hat die Klugheit mit der Liebe zu tun?"

„Ein gutes Gefühl ist wohl mehr als große Intelligenz", sagte Sorge versonnen. „Christiane aber besaß beides; es war nur eine Frage der Zeit, was sich stärker in ihr entwickeln würde."

Und dieser Entwicklung hatte er damals nachgeholfen; mit voller Überlegung. Sie war zu gut für ihn! Sie war zu schade für sein Leben. Wer die große Entscheidung sucht, darf sich nicht binden. Nur wer Angst hat, klammert sich an einen Begleiter.

„Du tust mir weh", sagte Mitchiko leise.

Sorge schreckte hoch; er sah voll Staunen auf seine Hand, die Mitchikos Arm umklammert hielt. Dann löste er verwundert seinen wilden Griff. Er starrte auf seine jetzt geöffnete Hand mit den leichtgekrümmten Fingern. Mühsam erhob er sich.

„Ich habe noch einiges zu erledigen", sagte er. Er zog sich hastig den Rock über und ging hinaus. Er ließ sich in sein blaues Autochen fallen und fuhr in die Stadt. Und obwohl er ohne festes Ziel war, trieb er den Motor des Wagens auf hohe Touren.

Er fuhr in die Botschaft. Aber so spät arbeitete niemand mehr. Er hielt sich einige Zeit in der Nachrichtenzentrale auf, ohne sich auf die einlaufenden Meldungen konzentrieren zu können. Als die Schmerzen im Hinterkopf wieder nach ihm zu greifen begannen, stürmte er ins Freie.

Er blieb kurz stehen und horchte in die Nacht hinein. Aus Meisingers Räumen klang Lärm; vermutlich wurde dort gepokert. Aber er verspürte kein Verlangen danach, dem Polizeiattaché in die selbstgefällige Visage zu sehen.

Auch im Wohnhaus des Botschafters brannte noch Licht. Von dort erklang gedämpfte Musik; und Sorge näherte sich langsam. Die Musik schien aus einem Lautsprecher zu kommen. Es handelte sich um eine jener billigen Geräuschkulissen aus süßlichen

Tanzmelodien. Sorge überwand seine Abneigung gegen das, was er als Ätherlimonade zu bezeichnen pflegte, und ging hinein.

Elga freute sich ehrlich, als sie ihn sah. Auch der Botschafter nickte ihm zu. Sorge betrachtete, von der Tür aus, die wenigen Gäste. Und als er Martina Schwarz bemerkte, die neben dem Radioapparat in der Nähe des Botschafters saß, machte er kurz entschlossen wieder kehrt.

„Ich will hier nicht stören", sagte er.

Elga ging ihm nach. „Sie stören nicht, Richard."

„Sie nicht, Elga – ich weiß. Aber vielleicht störe ich andere. Oder, um ganz genau zu sein: Ich fühle mich durch einen gewissen Anblick gestört."

„Können Sie diese Frau nicht vergessen, Richard?"

„Ich vergesse mich zu leicht in ihrer Gegenwart. Das ist es, Elga. Und das will ich Ihnen nicht antun."

„Wir beide können uns, wenn Sie wollen, in einen Nebenraum setzen."

„Elga", sagte Sorge und sah sie traurig an, „warum sind Sie so zu mir? Warum haben Sie keine Bedenken, sich durch mich ins Gerede bringen zu lassen? Sie wissen doch genau, wie dreckig diese Hirne denken! Warum setzen Sie sich diesem Gesabbel aus? Warum, Elga?"

„Seit wann haben Sie diese dummen Gedanken, Richard?"

„Warum tun Sie das, Elga?" fragte Sorge hartnäckig. „Aus Mitleid?"

„Sind Sie betrunken, Richard?"

„Noch nicht", sagte er und ging hinaus.

Lange blieb er vor seinem kleinen ‚Datsun' stehen und wußte nicht, wohin. Dann fuhr er ins ‚Rheingold' zu ‚Papa' Ketel.

„Laß sie nicht zuviel allein", sagte ‚Papa' und setzte sich.

„Wir sind nicht zusammengebunden!"

„Wenn du hierherkommst, warum bringst du Mitchiko nicht mit? Sie würde sich freuen."

„Quatsch mich nicht so dämlich an, Papa", sagte Sorge rauh. „Bring mir lieber was zu saufen!"

„Habt ihr euch gezankt, Doktor?" fragte Ketel besorgt.

„Du redest mir zuviel", sagte Sorge, stand auf und ging.

Sein Autochen brauste wild durch das Ginzaviertel, dann jagte er in eine Nebenstraße hinein, fuhr auf einer Parallelstraße wieder zurück, schlug noch zwei Haken, rein gewohnheitsmäßig, ohne sonderliche Überlegung. Dann näherte er sich dem Haus von Max Klausen.

Dort parkte ein Auto. Und als Sorge erkannte, daß es sich um ein Polizeiauto handelte, gab er sofort wieder Gas und fuhr daran vorbei. Und er dachte: Dieser Klausen, dieser leichtsinnige Hund, säuft vermutlich schon wieder einmal mit Polizisten und kommt sich dabei wer weiß wie klug vor.

Sorge hielt an irgendeiner Kneipe. Er ging hinein, drückte einen Japaner zur Seite, um Platz an der Bar zu haben, und verlangte zu trinken. Dann drehte er sich um und sah gelangweilt in das Lokal hinein. Die wenigen Gäste tranken und redeten aufeinander ein; mit hellen Stimmen schnatterten sie heftig. Sorge versuchte zuzuhören, aber sie sprachen zu schnell.

Ein Japaner kam auf ihn zu, verbeugte sich vor ihm und blieb dann stehen.

„Was willst du?" fragte Sorge. „Wer bist du?"

„Ich bin hier Musiker", sagte der Japaner. „Was wünschen Sie zu hören?"

„Wimmerst du auf der Geige?"

„Klavier", sagte der artig.

„Kennst du Bach, Beethoven, Schumann?"

Der Japaner schüttelte bedauernd den Kopf.

„Und du willst Musiker sein? Ein Armleuchter bist du! Kannst du deutsche Lieder spielen?"

„O ja!" sagte der Japaner lebhaft. „Deutschland, Deutschland über alles."

„Das spiel!" sagte Sorge. „Ich bin schon den ganzen Tag scharf darauf, mich zu amüsieren."

Der Japaner trabte an das Klavier. Sorge ließ sich sein Glas nachfüllen. Dann nickte er dem Klavierspieler zu. Der hackte diensteifrig auf den Tasten herum und ließ das Deutschlandlied ertönen.

„Steht gefälligst auf!" brüllte Sorge die überraschten Gäste im Lokal an. „Wenn unsere Nationalhymne ertönt, habt ihr strammzustehen. Verstanden?"

Die meisten der Anwesenden erhoben sich gehorsam. Einige zögerten. Sorge griff sich einen von ihnen heraus und riß ihn so gewaltig hoch, daß dem das Hemd platzte. Der Rest der Gäste kam nunmehr eilig seiner Aufforderung nach.

„Fang noch mal von vorne an!" rief Sorge dem Klavierspieler zu. Der zögerte keine Sekunde lang. Und wieder erklang das Deutschlandlied.

Sorge, das leere Glas in der Hand, starrte in die verräucherte Kneipe hinein. Wie oft schon hatte er dieses Lied gehört? Als er noch jung war, traten ihm regelmäßig Tränen in die Augen, wenn er diese wundersame Haydn-Melodie vernahm. Er war oft so ergriffen, daß er nicht mitsingen konnte. Und noch heute war ihm, als vernehme er neben sich die tiefe, feste Stimme seines Vaters, der dastand wie ein Baum und seine Vaterlandsliebe aus sich herausschrie, mit mächtigem, heiligem Ernst.

Und viele Jahre später, lange nach dem Ersten Weltkrieg, nahm er für immer Abschied von diesem Lied. An jenem trüben Novemberabend, am Abend eines neunten November, zerrte er einen blutig geschlagenen Freund in einen Toreingang. Der wimmerte und Sorge preßte ihm die Hand auf den nassen, Blut spuckenden Mund, um dieses Wimmern zu ersticken. Denn sie suchten nach ihm. In diesem Toreingang hielt er sich längere Zeit mit dem schwerverletzten Freund versteckt, bis die Totschläger, ehe sie sich trennten, das Deutschlandlied grölten. Und dann das Horst-Wessel-Lied.

Sorge schmetterte das Glas, das er in der Hand hielt, gegen die Wand. Es zersplitterte nach dumpfem Knall. „Ihr könnt euch wieder auf eure Hintern setzen!" rief Sorge den Gästen zu. „Ihr seid ein saudummes Volk, wenn ihr bei jedem Dreck aufsteht!"

Dann warf er dem Klavierspieler einen Geldschein zu. „Du hast gespielt wie eine Sau", sagte er. „Und deshalb wirst du jetzt belohnt."

Draußen, in seinem ‚Datsun', saß dann Sorge längere Zeit und sah in die matten Lichter der Straße, die zu ersterben schienen. Und er sagte leise vor sich hin: „Damals, als ich noch ein Junge war und dabei weinen konnte . . ." Dann unterbrach er sich erschreckt und drückte wie wild auf den Startknopf.

Er fuhr ins ‚Imperial' und trommelte Siebert aus dem Bett. Der war, wie fast immer, gelassen und kaum überrascht.

„Sie wollten doch gerne wissen, wo und wie ich wohne, Siebert. Kommen Sie mit. Nie wiederkehrende Gelegenheit! Ich zeige Ihnen meinen Puff."

Siebert zögerte nicht. Und Sorge wußte genau, daß er nicht zögern würde. Das Angebot war zu verlockend. Siebert hatte schon oft den Wunsch geäußert, Sorges Wohnung kennenzulernen; aber der war bisher immer ausgewichen. Ich lasse mir nicht gerne in den Kochtopf gucken – hatte er gesagt.

„Nehmen Sie Rücksicht auf meine Nerven", sagte Siebert, als sie im ‚Datsun' saßen. „Ich bin noch nicht lebensmüde."

Sorge lachte und trat auf den Gashebel. Sie flogen durch die Nacht, und Siebert hielt seinen Hut fest. Der Wind riß ihnen die wenigen Worte, die sie zu sprechen versuchten, vom Mund.

Die Torlampe vor Sorges Haus brannte dunkelrot.

„Ist das ein besonderes Zeichen?" fragte Siebert.

„Klar", sagte Sorge. „Sie können sich das merken: Wenn die Lampe nicht brennt, dann heißt das, daß ich nicht gestört werden will."

Sie betraten das Haus, und Sorge rief: „Tee, Mitchiko."

„Keine Umstände meinetwegen", sagte Siebert.

„Keine Angst", sagte Sorge ernsthaft. „Aber wir dürfen sie nicht kränken. Sie ist hier Hausfrau. Sie wird sich freuen, wenn sie dem Gast eine Tasse Tee anbieten darf."

Sie gingen nach oben, und Siebert sah sich interessiert um. Bücher, Bücher und wieder Bücher, offenbar wahllos aufeinandergestapelt. Siebert begann sofort zu wühlen.

„Alles Japanliteratur", sagte Sorge. „Klassiker, moderne Lyrik, Soziologie, Geschichte – so ziemlich alles, was über dieses Völkchen in Übersetzungen existiert. Sie können sich mitnehmen, was Sie wollen."

„Das bekäme ich nicht fertig", sagte Siebert, der angestrengt zwischen den Büchern kniete. „Ich selbst lebe in Deutschland mit meiner Bibliothek – ich vermisse sie hier fast so lebhaft wie meine Frau."

„Ich brauche das alles nicht mehr", sagte Sorge.

Dann kam der Tee. Mitchiko reichte ihn mit artigen Verbeugungen. Sie wurde mit Siebert bekannt gemacht, und der betrachtete sie mit Interesse. Sie schlürften fast andächtig ihre Tassen leer, und dann sagte Sorge: „Jetzt laß uns allein, Mitchiko."

„Sie ist ein sehr mütterlicher Mensch", sagte Siebert, nachdem sie gegangen war.

Sorge machte eine ungeduldige Handbewegung. „Ich zahle ihr zweihundert Yen im Monat. Und das ist sie auch wert." Und er fügte hinzu: „Ein Mittelschullehrer in Japan verdient etwa hundertfünfzig Yen. Und das ist zuwenig."

Siebert lehnte sich auf dem Seegrassofa, auf dem er Platz genommen hatte, zurück. „Warum eigentlich", fragte er, „versuchen Sie immer wieder, lieber Sorge, Ihre Gefühle anderen gegenüber zu entwerten?"

„Weil meine Gefühle jeden anderen einen Dreck angehen!" rief Sorge heftig.

„Schon gut", sagte Siebert besänftigend. „Sie müssen mich nicht anbrüllen – ich verstehe Sie auch so."

Sie tranken Whisky pur aus Wassergläsern. Siebert zündete

sich eine Zigarre an. Sie betrachteten sich wie gute alte Freunde, die Anlauf nahmen, ein Geschäft miteinander abzuschließen. Und wenn sie gelegentlich schwiegen, hörten sie das ermüdende Ticken einer Uhr; und die Nachtstille vor dem Fenster schien wie ein fernes Meer zu rauschen.

„Sie sprechen englisch, französisch, chinesisch und japanisch", sagte Siebert nachdenklich.

„Japanisch nur sehr mangelhaft."

„Wo haben Sie das gelernt?"

„Zumeist im Bett, Siebert. Irritiert Sie das?"

„Und russisch sprechen Sie nicht?"

„Wie kommen Sie darauf?"

„Ich möchte fast wetten, Sorge, daß Sie auch russisch sprechen können – aber noch niemand hat Sie russisch sprechen hören."

„Mir scheint", sagte Sorge schwer, „Sie denken ein wenig zuviel über mich nach. Ich weiß nicht recht, was ich davon halten soll. Manchmal gefällt mir das garnicht, Siebert."

„Machen Sie sich darüber keine überflüssigen Gedanken, Sorge. Das meiste, was in meinem Kopf vorgeht, bleibt auch dort. Und ich bin, wenn ich will, von großer Vergeßlichkeit."

Sorge nickte Siebert zu. Dann hielt er ihm sein Glas entgegen. „Ein schlechtes Gedächtnis", sagte er, „kann manchmal ein Leben verlängern."

Siebert trank sein Glas aus. „Wie recht Sie haben! Denn genauso sicher kann manchmal ein zu gut funktionierender Verstand ein Leben verkürzen."

„Trinken wir auf die Dummen!" rief Sorge. „Sie haben fast immer Glück in der Liebe, und ein ausgedehntes Leben ist ihnen sicher. Und sie finden sich auch am leichtesten in ihrem Vaterland zurecht!"

Siebert nickte und trank. Er zog nachdenklich an seiner Zigarre und betrachtete die dünnen Rauchschleier, die zur Decke schwebten. „Manchmal", sagte er, „beneide ich Sie; und doch habe ich kein Verlangen, in Ihrer Haut zu stecken."

„Sie fürchten, sie könnte Ihnen jederzeit über die Ohren gezogen werden?"

„Und Sie haben sich an dieses Gefühl gewöhnt, Sorge?"

Sorge öffnete den Kapselverschluß einer neuen Flasche Whisky und füllte ihre Gläser bis zum Rand. „Auf die siebenundvierzig Ronin!" rief Sorge und trank.

Auch Siebert trank, nicht weniger, nur langsamer; und während er trank, blickte er unverwandt auf Sorge. Die siebenundvierzig Ronin! Er kannte dieses seltsame und überaus bezeichnende Kapitel aus der Geschichte Japans: Die siebenundvierzig Ronin, Samurairitter, wollten den Tod ihres Herrn blutig rächen, und sie zerstreuten jeden Verdacht ihrer Gegner dadurch, daß sie den Anschein erweckten, ein haltloses Leben zu führen – sie tranken, hurten und vernachlässigten die Religion und ihre Familien. Doch als die Gegner sich sicher wähnten und in ihrer Wachsamkeit nachließen, da erhoben sich die siebenundvierzig Ronin, und ihre Rache war furchtbar.

„Ich trinke auf den achtundvierzigsten Ronin", sagte Siebert gedämpft.

Sie versanken in Alkohol und nebelhafter Meditation. Wie Fetzen flogen ihre Worte aufeinander zu. Sie vermieden mit der Sicherheit der Betrunkenen jede Deutlichkeit. Ihre Gedanken kreisten um Alleinsein, Verlassenheit, Einsamkeit.

Dann schliefen sie, wo sie saßen, ein. Und die brennende Zigarre entglitt Siebert und fiel auf das Seegrassofa. Langsam begann die Glut sich dort einzufressen. Dünne Rauchfäden lösten sich zuerst. Dann fraß die schwelende Glut immer mehr um sich, und der Rauch wurde dichter. Ein süßlicher, betäubender Gestank breitete sich aus.

Sorges schwerer, regelmäßiger Atem war plötzlich nicht mehr hörbar. Ohne die Augen zu öffnen, atmete er dann in kurzen, hastigen Zügen die Luft ein. Sein Gesicht verzerrte sich, und er sprang auf. Er stieß den hilflos und erschreckt um sich blickenden Siebert zur Seite, ergriff dann das Seegrassofa, hob es mit seiner enormen Kraft und drückte es mit wilden Stößen durch das zersplitterte Fenster. Dumpf polterte es unten im Garten auf.

„Mensch!" rief Sorge, vor Erregung zitternd. „Dieser Gestank! Der würde mich von den Toten auferwecken."

Siebert erhob sich verstört. Er versuchte zu lächeln, aber dieser Versuch endete mit einem kläglichen Grinsen. Er starrte verwundert auf das klaffende Loch in der Wand; selbst Teile des Fensterrahmens waren von der Wucht der Stöße weggerissen worden.

„An der Somme", sagte Sorge wie abwesend, „sah ich einen von Flammenwerfern ausgeräucherten Unterstand. Die verkohlten Leichen – genau derselbe Gestank!"

„Sie hassen den Krieg?" fragte Siebert.

„Ja", sagte Sorge hart. „Und ich hasse auch alle, die nichts tun, um ihn zu vermeiden." Er packte seinen zurückweichenden Gast am Oberarm, mit starkem, forderndem Griff. „Sehen Sie, Siebert, ich war Soldat, ein begeisterter Freiwilliger, ein guter Soldat, mehrfach ausgezeichnet, mehrfach verwundet. Ich war immer an der Front oder im Lazarett, vier Jahre lang. Ich habe gekämpft und gehungert, getötet und geblutet. Ich kenne den Krieg. Ich will ihm nie wieder begegnen. Nie wieder!"

Dann stürzte er hinunter und zog Siebert mit sich. Der kaltsüßliche Leichengestank verfolgte ihn. Er schlief tagelang auswärts.

Daß es einzelnen Spionen gelingen kann, die Hände in das Räderwerk der Weltgeschichte zu stecken, darüber besteht kaum mehr ein Zweifel. Natürlich sind die Chancen hierfür bei Berufsspionen und Spionen aus Patriotismus gleich Null. Nur dem Spion aus ‚Idealismus' kann der große Griff gelingen.

Es gibt nicht wenige auf dieser Welt, die die Konferenz von Jalta ein großes Unglück nennen. Damals, so heißt es immer wieder, sei Präsident Roosevelt von Stalin überspielt worden. Nun ist es leicht, die Fehler der Vergangenheit anzuprangern; eins stimmt aber doch bedenklich: Einer der engsten Ratgeber des US-Präsidenten bei der Jaltakonferenz war Alger Hiss.

Alger Hiss entstammte, ähnlich wie Taylor Kent, einer hochangesehenen Familie. Seine Laufbahn war glänzend: Musterschüler der berühmten Harvarduniversität, Jurist mit Ehrgeiz, schon früh Beamter im Außenministerium, Berater des Präsidenten, wobei er maßgeblichen Anteil an Roosevelts ‚New Deal' hatte; und schließlich, 1945, war Hiss erster Generalsekretär der entstehenden Vereinten Nationen.

Aber 1948 wurde ein ehemaliger Kommunist ‚überprüft' und gestand seine frühere illegale Tätigkeit, ohne zu zögern, ein. Darüber hinaus nannte er Namen von einstigen Nachrichtenlieferanten – und darunter den Namen von Alger Hiss.

Sofort verwandelte sich Amerika in einen Hexenkessel, und eine verbissene Schlacht entbrannte zwischen Demokraten und Republikanern. Hiss selbst leugnete hartnäckig und setzte den Apparat der Justiz in Bewegung. Da holte der bekehrte Kommunist Dokumente hervor; sie waren zwar zehn Jahre alt, aber vernichtend: fünfundsechzig Geheimpapiere des Außenministeriums, davon drei handgeschriebene. Und Sachverständige erklärten übereinstimmend diese Handschrift als die von Alger Hiss.

Hiss schwor, von all dem nichts zu wissen. Der Exkommunist beschwor das Gegenteil. Die Geschworenen jedoch akzeptierten das Beweismaterial. Hiss erhielt eine Gefängnisstrafe von fünf Jahren – eine Bestrafung wegen Spionage war nicht möglich: Da alles, was Hiss bewiesen werden konnte, im Jahre 1938 geschehen war, konnten die einschlägigen Gesetze nicht angewendet werden.

Ob Hiss noch weiter Spionagearbeit geleistet hat, ist ungewiß. Jedenfalls schwieg er – und die Sowjets schweigen erst recht.

Würden die Mächte der Welt jemals ihre Spionageakten der Öffentlichkeit zugänglich machen, wären die Folgen nicht abzusehen: so mancher Ehrenmann würde sich als gemeiner Verräter oder Spion entpuppen.

Doch diese Gefahr besteht kaum. Derartige Akten, die zur Erpressung vorzüglich geeignet sind, haben schließlich nur Wert, solange sie im Hintergrund bleiben. Zudem besteht ein ungeschriebenes, aber alles beherrschendes ‚Gesetz' in diesem Metier. Danach wird kein Staat jemals offiziell zugeben, Spionagegruppen zu besitzen. Wenn aber Spione abfallen und ihre Memoiren schreiben, wird der betroffene Staat sein Gesicht wahren und es nicht einmal für nötig halten, irgendein Dementi herauszugeben, geschweige denn eine Erklärung.

Alger Hiss war ein überführter Spion – wie viele seiner Sorte mögen wohl heute noch an entscheidenden Stellen in Ministerien, auf den Hochburgen der Forschung und an den Hebeln der Wirtschaft sitzen? Das Mißtrauen wuchert allerorten. Menschen wie Kent und Fuchs, wie Hiss und Sorge haben es gesät.

Doch die letzte und eigentliche Schuld tragen alle diejenigen, die den Boden hierzu vorbereitet haben. Wer in Menschenherzen Haß pflanzt, wird schließlich selbst von diesem Haß getroffen werden.

Richard Sorge betrat das ‚Rheingold' und steuerte auf das private Hinterzimmer zu. Es gab in diesem Lokal, das Wert darauf legte, daß sich die Gäste in ihm wohl fühlten, abgetrennte Nischen, mehrere Nebenräume, ein sogenanntes Hinterzimmer und das private Hinterzimmer. Wenn Sorge ‚in Ruhe essen' wollte, sorgte Papa Ketel eisern dafür, daß sein Lieblingsgast nicht gestört wurde.

Papa Ketel hatte Sorge heimlich in Verdacht, der sei ein ganz gerissener Geschäftsmann. Denn nur wer gut verdiente, konnte viel saufen. Daß man als Korrespondent diverser Zeitungen und Nachrichtenbüros ganz brauchbare Summen einzustecken in der Lage war, immer vorausgesetzt, daß man nicht faulenzte, das vermochte Papa Ketel nur schwer zu begreifen. Auch dann wollte er das noch immer nicht so recht glauben, als ihm Sorge, um weitere Spekulationen zu vermeiden, seine monatlichen Honorarabrechnungen zeigte.

Jedenfalls war Papa Ketel, der den guten Doktor tief in sein Herz geschlossen hatte, immer bereit, alles für Sorge zu tun, was der wünschte. Bevorzugte Sorge eine bestimmte Sorte Whisky – gerade jetzt war Label an der Reihe –, dann setzte Papa Ketel sämtliche Importeure in Bewegung, um sein Lager entsprechend aufzufüllen. Hätte Sorge den Wunsch ausgesprochen, sich an einer Hawaiikapelle ergötzen zu wollen, Ketel wäre es gelungen, auch die aufzutreiben. Verlangte Sorge, im privaten Hinterzimmer zu speisen, dann wurde das selbstverständlich für ihn frei gemacht.

Ozaki wartete bereits. Er erhob sich, als Sorge eintrat, verbeugte sich zeremoniell. Dann streckte er seine Hand aus.

„Es ist sehr selten geworden, daß wir uns in dieser Form treffen", sagte er.

„Dieses Lokal", sagte Sorge, „ist der unauffälligste und sicherste Treffpunkt. Wenn ich vermeiden will, daß sich das ändert, darf ich nur spärlichen Gebrauch davon machen. Nur bei Besprechungen von besonderer Wichtigkeit, wenn wir wirklich Zeit brauchen und uns völlig unbehindert fühlen wollen, nur dann treffe ich mich mit Ihnen hier."

„Und was, glauben Sie, Herr Sorge, ist von besonderer Wichtigkeit?"

„Haben Sie von dem Planspiel in der deutschen Botschaft gehört?"

Ozaki lachte kaum vernehmbar auf. „Ach", sagte er, „es handelt sich also im Grunde um das alte Thema – wollen Sie es immer noch nicht als abgeschlossen betrachten?"

„Wir wollen zunächst unsere Bestellungen aufgeben", sagte Sorge. „Dann erst werden wir völlig ungestört miteinander reden können – auch über das, was Sie das alte Thema nennen."

„Ich stehe wie immer ganz zu Ihrer Verfügung", sagte Ozaki höflich.

Sorge drückte auf den Klingelknopf neben der Tür, dreimal kurz. Bald danach erschien Mama Ketel, blieb an der Tür stehen, lächelte freundlich und erkundigte sich nach den Wünschen der Herren.

Sorge bestellte für sich Sashini, einen rohen, in Scheiben geschnittenen Fisch; Ozaki trug den Wunsch vor, ein deutsches Beefsteak zu essen. Auf die Frage, was sie zu trinken wünschten, verlangte Sorge, mit Rücksicht auf Ozaki, eine Flasche Wein, Frankenwein; der Japaner aber bestellte, nach kurzem Zögern, eine Flasche Whisky. Sorge musterte ihn daraufhin mißtrauisch.

Bevor das Essen serviert wurde, tauschten sie ein paar allgemeine Neuigkeiten aus, denen keine besondere Bedeutung zuzuschreiben war. Sorge berichtete von der Routinearbeit der Gruppe, Ozaki erzählte von neuen Gesichtern im Frühstücksklub.

„Die allgemeine Unruhe in der japanischen Führungsschicht", sagte er, „wird immer größer. Es ist eine Atmosphäre steigender Nervosität. Das immer dringlicher werdende Verlangen, nach der großen Chance zu greifen, ist nicht mehr zu übersehen. Jetzt reifen hier die letzten Entschlüsse."

„Und wenn sie gefaßt werden, dann sind die letzten Würfel dieses Krieges gefallen, dann sind alle Fronten klar, und nichts läßt sich mehr verändern."

„Ja", sagte Ozaki. „Und damit wird auch der entscheidende Teil unserer Tätigkeit hier zu Ende sein. Und was dann?"

„Dann rollen alle Züge. Und wenn sie wieder halten, ist der Krieg zu Ende, und ein neues Zeitalter beginnt."

Das Essen und die Getränke wurden aufgetragen. Sie unterbrachen ihre Gespräche und begannen zu speisen. Sie aßen mit großem Appetit.

„Geben Sie mir ein wenig von Ihrem Wein", verlangte Ozaki.

„Sie haben doch Whisky!"

„Wir können, wenn Sie wollen, tauschen", sagte Ozaki lächelnd. „Bitte, bedienen Sie sich doch."

Sorge sah Ozaki verwundert an, aber der schien nicht auf ihn zu achten. Sorge wollte nach der Whiskyflasche greifen; aber dann sagte er sich, daß es klug sei, in Ozakis Gegenwart größere Mengen von Alkohol zu vermeiden. Ozaki war der einzige Mensch in seiner jetzigen Umgebung, bei dem er einen klaren Kopf brauchte.

„Schriftsteller", sagte Ozaki, und er schien das ganz beiläufig zu sagen, „leben oft von den Geschichten, die sich andere leisten."

„Die meisten", sagte Sorge, „wühlen in ihrem eigenen Mist."

„Viele Schriftsteller", sagte Ozaki und schlürfte ein wenig

Wein, „sind in das Leben verliebt, und sie wollen wie alle Liebenden soviel wie möglich davon besitzen. Es soll Autoren geben, die ihre intimsten Erlebnisse literarisch auszuschlachten pflegen."

„Worauf wollen Sie eigentlich hinaus?" fragte Sorge. „Sie sind doch nicht der Mann, der sich in banalen Geschwätzigkeiten gefällt."

„So ein Schriftsteller", sagte Ozaki unverändert ruhig und mild, „sucht manchmal mehr als jeder gewöhnliche Sterbliche nach dem Sinn des Lebens, wenn er ein sogenannter Dichter ist, oder nach dem Sinn eines anderen Lebens, wenn er zu den Beobachtern gehört."

„Ach!" rief Sorge überrascht, denn jetzt wußte er plötzlich, worauf Ozaki hinauswollte. „Sie meinen, Siebert verfüge über besonders gute Beobachtungsgaben."

Ozaki nickte zufrieden. „Ich halte Herrn Siebert sogar für einen vorzüglichen Beobachter. Ich habe einige seiner Bücher gelesen; er hat nicht nur ein sicheres künstlerisches Gefühl, er besitzt auch Instinkt, erstaunlich viel Instinkt. Gefährlich viel Instinkt. Und ich bin überzeugt, er wird ein blendendes Buch über Japan schreiben."

„Bestimmt", sagte Sorge kauend. „Aber ich komme nicht darin vor."

„Sind Sie dessen so sicher?"

Sorge stutzte. Er hörte auf, zu kauen. Er griff automatisch nach der Whiskyflasche. Ozaki verfolgte jede seiner Bewegungen mit regungslosem Gesicht.

„Ich bin oft mit Siebert zusammen, gewiß." Sorge trank das Glas nahezu leer. „Aber was besagt das schon! Ich halte ihn für einen überaus anständigen Kerl."

„Aber gerade doch das müßte Sie vorsichtig machen!"

„Unsinn", sagte Sorge heftig. „Der Mann weiß nichts, der ahnt nichts. Und selbst wenn – er würde es niemals auswerten. Seine Art zu denken ist der meinen nicht fremd."

„Einer meiner Freunde", sagte Ozaki, „hat Herrn Siebert vor kurzem in der öffentlichen Staatsbibliothek getroffen."

„Nein, wie aufregend!" rief Sorge höhnisch.

„Herr Siebert hat sich die letzten sechs Jahrgänge der ‚Frankfurter Zeitung' geben lassen und sie dann systematisch auf Japanartikel durchgesehen. Und alle diese Japanartikel haben doch Sie geschrieben, Herr Sorge."

„Na – und? Was bedeutet das denn schon? Sind die Artikel etwa schlecht?“

„Gewiß nicht. Aber das Interesse von Herrn Siebert an Ihrer Arbeit ist nicht zu übersehen.“

„Das ehrt mich!“

„Und ich frage mich, ob sich dieses Interesse ausschließlich auf Ihre Artikel beschränkt, Herr Sorge. Denn ich sage mir: Wenn Herr Siebert mit Ihnen befreundet ist, wie Sie glauben, dann hätte er doch einfach zu Ihnen kommen können, um sich alle Ausschnitte, auf die er Wert legt, zu leihen. Und Sie hätten sie ihm doch gegeben, zum Teil wenigstens, und jede Erklärung dazu. Aber das geschah nicht! Oder doch?“

Sorge griff sich an den Hinterkopf. Da waren sie wieder, diese dumpfen, sich ausdehnenden Schmerzen, die bis zu den Stirnhöhlen vorkriechen konnten. Er leerte mit heftigen Schlukken sein Glas; und die Schmerzen verschwanden.

„Alles Unsinn!“ sagte Sorge heftig.

„Für eine der wesentlichsten Eigenschaften aller guten Beobachter halte ich die Neugier. Es gibt in den westlichen Ländern Beispiele genug dafür.“ Ozaki nippte vorsichtig an seinem Glas. „Niemand wird ohne zwingende Gründe an einem ungewöhnlichen Ereignis vorübergehen, ohne davon Notiz zu nehmen.“

„Nun halten Sie aber die Luft an!“ polterte Sorge los. „Sie wollen doch nicht etwa die gängigen Reporterwitze à la Kisch für bare Münze nehmen – etwa: Ich zeuge mit der einen Hälfte eines siamesischen Zwillings ein Kind, nur um als erster darüber berichten zu können! Nein, mein Lieber – dieser Siebert ist gewiß kein Spaßvogel.“

„Ich finde das, was er entdecken könnte, auch nicht sehr spaßig.“ Ozaki fuhr mit den Fingerspitzen behutsam über das Tischtuch. „Es gibt doch tatsächlich so etwas, was man die Sternstunde eines Reporters nennen könnte, und es gibt wohl keinen, der sie nicht nutzt, wenn er Verstand hat und seinem Beruf verfallen ist.“

„Goethe und die Kanonade von Valmy – meinen Sie diese Sorte Binsenweisheit?“

„Bleiben Sie ruhig in der Gegenwart. Der von Ihnen zitierte Kisch verdankt seinen Ruhm so manch einem Zufall – er war eben dabei. Denken Sie an die amerikanische Höhlenreportage, an das südenglische Eisenbahnunglück, an den französischen Präsidentenmord – kein leidenschaftlicher Beobachter konnte Augenzeuge sein, ohne nicht sofort darüber zu schreiben.

Glauben Sie wirklich im Ernst, lieber Herr Sorge, ein Mann wie Herr Siebert würde schweigen, wenn er die Gelegenheit hätte, einem geradezu sensationellen Spionagefall auf die Spur zu kommen?"

„Sie haben noch niemals vorher soviel Blödsinn zusammengeredet", sagte Sorge stark verärgert und griff nach der Whiskyflasche. „Was bezwecken Sie eigentlich damit? Soll das eine Art Retourkutsche dafür sein, daß ich Ihnen vor einigen Monaten die Verbindungsaufnahme mit der Smedley ausgeredet habe? Oder wollen Sie mich im Ernst glauben machen, Sie wären besorgt um mich?"

„Vielleicht will ich nur ein einziges Mal erleben", sagte Ozaki freundlich, „daß auch Sie einen Fehler machen."

„Ein einziger Fehler in unserem Metier kann tödliche Folgen haben."

„Nicht zuletzt deshalb gebe ich mir Mühe, Ihre Wachsamkeit herauszufordern."

„Völlig unnötig bei Siebert, Herr Ozaki."

„Ist das eine Theorie von Ihnen, oder haben Sie das bereits praktisch ausprobiert?"

„Bei meinem Unfall", sagte Sorge, „übergab ich Siebert alle Notizen, die ich bei mir hatte, bevor ich ins Krankenhaus eingeliefert wurde. Er hat sie verbrannt."

„Woher wollen Sie das so genau wissen?" fragte Ozaki prompt. „Besteht nicht auch die andere Möglichkeit? Weist nicht das Interesse, das Herr Siebert für sie entwickelt, in diese Richtung? Sie selbst machten ihn nicht nur aufmerksam, Sie gaben ihm sogar Anhaltspunkte. Was liegt näher, als daß er jetzt weiteres Material sammelt?"

„Ich habe einen brauchbar entwickelten Gefahreninstinkt", sagte Sorge unfreundlich. „Bei Siebert meldet er sich nicht." Dann sagte er ganz hart, und es war zu spüren, daß er einen Entschluß gefaßt hatte: „Wenn es Sie beruhigt, werde ich ihm auf den Zahn fühlen."

„Es würde mich beruhigen."

„Ich kenne doch diesen Siebert", sagte Sorge, „und er kennt mich. Er weiß genau, daß er nichts wissen darf, wenn er nicht mit seinem Leben spielen will."

„Ein Mann mit seinen geistigen Qualitäten wird niemals so plump vorgehen wie ein Branz."

„Die beiden sind in keinem Fall miteinander zu vergleichen."

„Ich bewundere Ihre Überlegenheit", sagte Ozaki mild; und

es war, obwohl Sorge genau zuhörte, nicht der winzigste Anflug von Ironie spürbar.

Sorge stand auf, klingelte die Bedienung herbei und ließ abräumen. Dann verlangte er eine neue Flasche Whisky. Ozaki ließ Wein kommen, einen leichten Moselwein.

„Beginnen wir endlich ernsthaft mit der Arbeit", sagte Sorge, als sie wieder allein waren.

„Haben wir das nicht bereits getan?" fragte Ozaki.

Sorge überhörte diese Frage. „Kommen wir also zum Wesentlichen", sagte er.

„Zum Planspiel in der Botschaft?"

Auch diese Frage überhörte Sorge. „Mich interessiert", sagte er sachlich, „die bevorstehende Reise des Außenministers Matsuoka."

Ozaki lächelte; und sein Lächeln verriet Überraschung und dann Bewunderung. Er nickte. „Sie sind wirklich ausgezeichnet informiert", sagte er dann ehrlich.

Sorge steckte dieses Lob gelassen ein; und nichts an ihm verriet, wie sehr es ihm schmeichelte. „Matsuoka", sagte er, „folgt einer Einladung Hitlers. Für diesen Deutschlandbesuch hat er, laut Material des Botschafters, vom Ministerpräsidenten Konoye die Vollmacht erhalten, den Nazis eine inoffizielle Garantie zu geben."

„So weit richtig", bestätigte Ozaki.

„Seine Weiterreise nach Rußland dient dann lediglich zur Tarnung. Jedenfalls ist das die Lesart der hiesigen deutschen Botschaft."

„Und das ist falsch", sagte Ozaki.

„Sondern?" fragte Sorge gespannt.

„Außenminister Matsuoka", sagte Ozaki, „hat den Auftrag, die deutschen Absichten lediglich zu erkunden und die Situation an Ort und Stelle zu begutachten. Er darf keinerlei feste Abmachungen treffen."

„Und in Rußland?"

„In Rußland hat er das Recht, politische Abmachungen zu treffen."

Sorge schlug mit der flachen Hand impulsiv auf den Tisch. „Erstaunlich!" rief er. „Ganz erstaunlich! Mein Kompliment! Die Regierung Konoye besitzt einen einzigartigen Berater." Er verbeugte sich ohne Ironie. „Und die Japaner sind also bei weitem nicht so dumm, wie die Nazis glauben. Sie mißtrauen der deutschen Selbstherrlichkeit. Sie haben Verstand genug, nicht mit Rußland anbinden zu wollen. Sie sind sogar bereit, ihren größenwahnsinnigen Achsenpartner zu verkaufen."

„Vorläufig wenigstens", sagte Ozaki bremsend. „Das alles bedeutet lediglich, daß Japan zur Zeit keinen Wert darauf legt, Rußland zum Feind zu haben. Das bedeutet aber nicht, daß Japan etwa dazu entschlossen ist, das Bündnis mit Deutschland aufzugeben. Im Gegenteil: Es ist nach wie vor bereit, von den deutschen Erfolgen zu profitieren."

„Kein Problem!" sagte Sorge. „Die deutschen Anfangserfolge werden nachlassen, und damit wird automatisch auch Japans Interesse an Deutschland schwinden." Sorge massierte, in Gedanken versunken, sein zerfurchtes Gesicht. „Es käme jetzt darauf an, Deutschland klarzumachen, was es zu erwarten hat."

„Sie wollen Deutschland warnen?" fragte Ozaki leise; und sein volles, sonst so überaus unbewegliches Gesicht verriet ein fernes, maßloses Erstaunen.

„Aufklären", sagte Sorge grübelnd.

„Aber warum?"

„Um gefährliche Mißgriffe zu verhindern."

„Ah!" rief Ozaki äußerst überrascht. Und ihm war, als habe ein gewaltiger Blitzschlag die ganze bisher unkenntliche Szenerie um Sorge erhellt, grell und blendend, bis in die kleinsten Winkel hinein. „Jetzt verstehe ich Sie."

„Glauben Sie?"

„Sie wollen mehr sein als das, was Sie sind."

„Sprechen Sie sich ruhig aus, Herr Ozaki. Ich will mehr sein als was – mehr als ein Spion?"

„Ja", sagte Ozaki. „Weit mehr als das. Sie wollen Diplomat sein – ein Diplomat im Hintergrund. Sie wollen die deutsche Botschaft in die Richtung schieben, die Ihnen genehm ist."

„Unsinn!" rief Sorge heftig.

„Das ist kein Unsinn", sagte Ozaki beharrlich. „Das ist Ihr eigentliches Anliegen. Unverkennbar. Sie wollen jede Komplikation zwischen Rußland und Deutschland vermeiden. Rußlands wegen? Deutschlands wegen? Warum?"

„Herr Ozaki", sagte Sorge hart, „überlassen Sie diese Dinge getrost mir. Ich leite die Organisation. Sie kennen meine Weisungen nicht. Oder mißtrauen Sie mir?"

Ozaki schwieg.

„Mißtrauen Sie mir?" fragte Sorge abermals.

Ozaki schwieg immer noch. Jetzt endlich vermochte er sich vorzustellen, was in Wirklichkeit geschah. Und die Wirklichkeit zeigte auf, daß Sorge ein Phantast war, ein politischer Narr, ein idealistischer Amokläufer. Er hatte die Vermessenheit, die deutsche Politik, über den hiesigen Botschafter, dirigieren zu wollen. Er besaß Verbohrtheit genug, zu glauben, es genüge bereits, dem deutschen Botschafter Informationen über Japans Unzuverlässigkeit, bei der es sich in Wirklichkeit um recht reale Winkelzüge handelte, zukommen zu lassen, und schon werde Deutschland abstoppen. Als ob eine ausgestreckte Hand genügte, einen rasenden Zug aufzuhalten!

„Ich erwarte eine Antwort!“ sagte Sorge fordernd. „Mißtrauen Sie mir?“

„Ich setze wenig Vertrauen in den deutschen Botschafter“, sagte Ozaki ausweichend.

„Der deutsche Botschafter“, sagte Sorge bestimmt, „wird niemals gegen die Interessen seines Landes handeln.“

Ozaki zuckte mit seinen massigen Schultern. „Es kommt immer darauf an, was man darunter versteht. Das Planspiel im Januar hat mich mehr als nur mißtrauisch gemacht.“

„Es war eine soldatische Spielerei – kaum etwas anderes.“

„Die Gefährlichkeit derartiger Spielereien sollte sich inzwischen herumgesprochen haben. Und Sie kennen doch das Ergebnis? Sie wissen doch, daß der Satz gefallen ist: Singapur ist leicht zu nehmen.“

„Mit dem Maul allemal – warum auch nicht? Lassen Sie doch den Leuten ihre kleinen strategischen Freuden.“

„Aber diese Strategen werden doch niemals so kurzsichtig gewesen sein, um nicht zu wissen, daß ein Angriff der Japaner auf Singapur den Krieg gegen England bedeutet. Und damit wird ganz automatisch auch Amerika mit in den Krieg hineingezogen. Wer also mit einem Angriff auf Singapur spielt, spielt mit dem Weltkrieg.“

Sorge machte eine schroffe Handbewegung. „Der Botschafter hat damit nichts zu tun.“

„Er hatte lediglich die Leitung dieses Planspiels.“

„Genug!“ sagte Sorge heftig. Dann trank er wieder. Dann sagte er: „Sie haben mir noch immer nicht meine Frage von vorhin beantwortet, Herr Ozaki.“

Ozaki zögerte. Dann sagte er: „Meine Antwort lautet: Ja!“

Die Skala der praktischen Betätigung in der Spionage reicht vom primitiven Zuträgerdienst bis zu der Auslieferung von Fabrikationsformeln, vom Bericht über Rangabzeichen bis zur

Fotokopie von Feldzugsplänen, von der Beschattung von Dienstmädchen bis zum politischen Mord.

Mit den Fortschritten der Technik, insbesondere der Nachrichtenmittel, wächst nicht nur die Gefährlichkeit der Spionage, ihre Unmittelbarkeit und ihre verheerende Kraft – auch der Umfang ihrer Organisation nimmt fast automatisch zu.

Als Oberspion Stiebner, dessen Talente selbst ein Moltke zu würdigen wußte, in Frankreich ein ausgedehntes Spionagenetz aufzog, ehe die Preußen kamen, ahnte niemand, wie erstaunlich groß seine Organisation war. Und als dann herauskam, daß dieser erste große Manager der Spionagegeschichte über viertausend – viertausend! – Spitzel angeworben hatte und nicht wenige davon höchstpersönlich als fliegende Händler mit Heiligenbildern und Pornographien, war die einzige Reaktion ein allgemeines Schütteln des Kopfes. Heute wird Stiebners enormes Personalaufgebot vielfach übertroffen.

Aber die ausschließlich durch eine Persönlichkeit errungenen Glanzleistungen der Spionagegeschichte gehören heute der Vergangenheit an; sie schillern, werden bewundert, sind aber überholt. Hierzu gehören auch die geradezu phantastisch anmutenden Privatkriege, die der britische Oberst Lawrence und der deutsche Konsul Waßmuß gegeneinander im Nahen Osten inszeniert hatten. Heute sind die genialen Einzelgänger seltene Ausnahmen, höchst unerwünschte noch dazu; damals aber war ohne sie Spionage im großen Stil einfach nicht denkbar.

In unseren Tagen arbeiten die Manager wie die Hollerithmaschinen. Auch der politische Mord scheint überholt. Die Chronisten lächeln ebenso verächtlich über den kläglich gescheiterten Versuch des damaligen deutschen Geheimdienstes, eine Mördergruppe von acht Gestapoleuten zur Teheran-Konferenz zu senden, wie über den Versuch des einstigen Sowjetagenten Foote, ein Bombenattentat auf Hitler vorzubereiten.

Heute beherrscht der Riesenapparat das Feld. Wie die Zentrale in Moskau aussieht, darüber liegen keine konkreten Nachrichten vor, nur Vermutungen und Spekulationen, die einander kraß widersprechen.

Wie aber ein so komplizierter Führungsapparat tatsächlich aussehen könnte, davon läßt die Superorganisation des amerikanischen FBI einiges ahnen. Daß dort weit über hundert Millionen Fingerabdrücke greifbar sind, ist bekannt; auch daß diese genialen Techniker des Fahndungsdienstes Verfahren entwickelt haben, mit denen jeder vorgelegte Fingerabdruck innerhalb von drei Minuten mit den aufbewahrten Mustern verglichen werden kann.

Das FBI verfügt offiziell über ein Personal von fünfzehntausend Mann; und viele seiner Spezialisten sind Wissenschaftler von hohem Rang. Die Aktensäle dieser Organisation haben ein Fassungsvermögen wie keine Bibliothek der Welt; ihre chemischen Labors sind eine Fabrik für sich, und die Funkabteilung des FBI versetzt den gewiegtesten Experten in helles Entzücken.

Daß dieses FBI, das sich offiziell erst seit 1939 mit Spionageabwehr beziehungsweise Gegenspionage beschäftigt, ebenso rücksichtslos wie durchschlagend zu arbeiten versteht, darüber geben zwei Zahlen Aufschluß: Als Amerika in den Zweiten Weltkrieg eintrat, wurden innerhalb achtundvierzig Stunden eintausendsiebenhunderteinundsiebzig verdächtige Personen verhaftet und weitere zwölftausend in der gleichen Zeit ‚zwecks gründlicher Durchleuchtung' festgenommen.

Die Organisationen unserer Tage greifen rücksichtslos zu. Die Gefangenen von morgen sind heute schon gebündelte Karteikarten. Bald wird man versucht sein, einen Sorge den Romantikern zuzuzählen.

Sorge starrte Ozaki schweigend an. Er starrte durch die dünnen, flatternden Rauchschwaden hindurch, die den untersetzten Mann wie hauchdünne Seidenschleier umwehten. Die Sonne verfing sich in einem roten Vorhang und legte auf Ozakis unbewegliches Gesicht milde Glut.

„Sie mißtrauen mir also", sagte Sorge schwer und mit deutlicher Drohung.

„Ja", sagte Ozaki einfach. „Denn Sie sind nicht primitiv genug für dieses Metier, Herr Sorge."

„Und Sie?"

„Ich", sagte Ozaki ruhig, „ich bin ein Zuträger, ein ewiger Berater. Ich habe weder eine Aufgabe noch eine Verantwortung in Ihrem Sinne. Ich bin ein viel freierer Mensch. Sie sind ein Chef. Von Ihnen wird eine bestimmte Leistung erwartet. Sie haben Ihre Zielsetzung. Aber Sie konzentrieren sich nicht allein auf dieses Ziel."

„Wollen Sie etwa behaupten", fragte Sorge mit Schärfe, „daß ich ein doppeltes Spiel treibe?"

„Keinesfalls", sagte Ozaki sofort. „Sie sind sich und Ihrer Überzeugung immer treu geblieben. Und ganz genau besehen, sind Sie weit mehr Ehrenmann als manch einer Ihrer Würdenträger, die über Hitler und die Nazis herziehen und doch keinen Augenblick zögern, für sie und ihr Monatsgehalt brauchbare Arbeit zu leisten. Verglichen mit all diesen Leuten sind Sie eine wahre Idealgestalt: Sie sagen, was Sie denken, schreiben, ohne zu lügen, tun, was Ihnen gefällt. Sie sind der letzte Individualist."

„Nun gut – aber warum mißtrauen Sie mir?"

„Eben weil Sie ein leidenschaftlicher Individualist und ein heimlicher Idealist sind. Ihre Arbeit für die Sowjetunion genügt Ihnen nicht."

„Sie ist der Kernpunkt aller meiner Bemühungen."

„Mag sein. Aber hier liegt nicht Ihre einzige Antriebskraft. Aber lassen wir das – es führt zu nichts."

„Fahren Sie ruhig, wenn es Ihnen Spaß macht, in Ihrer Kabarettnummer fort", sagte Sorge bissig. „Sie ist zwar nur mittelmäßig, aber sie langweilt mich nicht."

„Ich komme dann gleich zur Pointe", sagte Ozaki.

„Sehen Sie, wie sich meine Ohren spitzen?"

Ozaki sagte entschlossen: „Der Motor, der Sie treibt, ist Ihre unerwiderte Liebe zu Deutschland."

Sorges zerfurchtes Gesicht verzog sich zu einer wilden Grimasse, die vergeblich Hohn auszudrücken versuchte. Er ballte die Hand zur Faust und verbarg sie unter dem Tisch. Er biß die Zähne aufeinander; seine Kiefer schmerzten wild.

Dann sagte Sorge gepreßt: „Kein guter Witz."

Ozaki zuckte mit der mächtigen, fleischigen Schulter. „Leider", sagte er.

Vorgebeugt saßen sie einander gegenüber und betrachteten sich. Keiner wich dem Blick des anderen aus. Von einer abgelegten Zigarette zitterte der Rauch in dünnen Fäden aufwärts.

„Geht Ihr Mißtrauen mir gegenüber, Herr Ozaki, so weit, daß Sie sich weigern, mich in Zukunft auch weiterhin mit Material zu beliefern?"

„Natürlich nicht", sagte Ozaki. „Ich bin überzeugt, daß alles, was Sie für wesentlich halten, auch weitergeleitet wird. Was mich lediglich stört, ist die Vermutung, daß Sie Teile dieses Materials dazu verwenden, den deutschen Botschafter in die Ihnen genehme Richtung zu drängen."

„Aber wenn das geschehen sollte – wenn! –, dann doch nicht, damit Deutschland siegt, sondern nur, um weitere blutige Verbrechen zu verhindern. Für Deutschland Vorteile suchen zu wollen liegt mir fern, Herr Ozaki. Weltenfern."

„Sie sagen das mit sehr viel Überzeugung, Herr Sorge."

„Für diese Überzeugung bürgt mein Leben. Sehen Sie, Herr Ozaki: Ich habe für Deutschland gelebt, gekämpft und geblutet. Aber dieses Deutschland hat mir als Dank dafür – es war der Dank des Vaterlandes, Herr Ozaki, und er war uns gewiß! – einen Fußtritt verpaßt. Durch die Weimarer Republik habe ich mich durchgehungert, von einer Ecke in die andere gestoßen. Und ich habe ein Volk kennengelernt, das auf seine größten Dummheiten maßlos stolz war und jederzeit bereit, sie noch einmal zu begehen. Dann kamen die Nazis; und sie haben mir meine liebsten Freunde getötet und meine Familie gequält. Und jetzt haben dieselben Nazis den letzten aufrechten Deutschen, den ich kannte und liebte, korrumpiert – und aus einem aufrechten Soldaten ist ein großdeutscher Popanz und Botschafter geworden. Nach und nach habe ich so alles verloren: das Vaterland; die Heimat; die Familie; die Freunde – mich selbst. Und was bleibt?"

„Was bleibt Ihnen, Herr Sorge?"

„Die Sowjetunion. Das Vaterland aller Werktätigen."

Ozaki beugte wie ergeben den Kopf. „Und wenn Sie sich täuschen?" fragte er leise.

„Das darf nicht sein", sagte Sorge, und seine Sprache taumelte wie unbeholfen durch den echolosen Raum. „Das kann nicht sein." Und dann rief er laut und unbeherrscht und so, als müsse er sich das zuschreien: „Das ist undenkbar!"

Ozaki wich Sorges fragenden, fast flehenden Blicken aus. Er erhob sich und schien plötzlich in Eile zu sein. „Ich muß gehen", sagte er. „Meine Zeit ist bemessen."

„Gehen Sie zum Teufel", sagte Sorge.

Ozaki lächelte dünn. „Nicht ohne Sie", sagte er dann. Er streckte seine kurze, fleischige Hand Sorge entgegen. „Die nächsten Unterlagen erhalten Sie über Miyagi. Leben Sie wohl."

„Grüßen Sie den Tenno von mir. Er soll aufpassen, daß er nicht von seinem hohen Roß fällt. Wir leben in einer Zeit, wo viele Pferde scheu werden."

Sie gaben sich die Hand. Ozaki zögerte noch ein wenig. Dann wandte er sich um und ging. Aber an der Tür blieb er stehen.

„Letzten Endes", sagte Ozaki, „bleiben wir immer allein. Es gibt keine Gemeinschaft, die ewigen Bestand hat. Und selbst der gemeinsame Tod ist nichts anderes als romantische Verzükkung oder feige Verlegenheit. Wir sind immer einsam. Sich frühzeitig damit abzufinden ist Weisheit."

Sorge sah Ozaki nach. Er starrte immer noch auf die Tür, als sich diese lange schon hinter dem stämmigen, schwerbeweglichen Mann geschlossen hatte. Noch immer schien die wundersam gedämpfte, hochsingende Stimme Ozakis im Raum zu liegen, diese gelassene, ein wenig monotone, überaus eindringliche Stimme. Diesen Mann hätte er lieben können, wenn nicht Welten zwischen ihnen lägen und wenn ihn nicht das Gefühl beherrschte, diesen Mann respektieren zu müssen.

Noch immer auf die Tür starrend, tastete Sorge automatisch nach der Whiskyflasche, die auf dem Tisch stand. Aber sie war leer. Wie hilflos sah er sich um. Der Raum, der ihn umgab, war hell und verhältnismäßig sauber. Es war kein Raum, um darin zu saufen und zu meditieren.

Er verließ das ‚Rheingold' und schlenderte über die Ginza. Er betrachtete die Menschen, die an ihm vorüberströmten. Er sah in weiße, braune und gelbe Gesichter; und er sah in ihnen Hunger, Hast und Gier und jene müde Gleichgültigkeit, die das Ende jeder Resignation ist. Nur in wenigen Gesichtern lag ein Schimmer von Glück. Und wer Augen hatte, zu sehen, sah, wie das Glück der Welt ausstarb.

Mit Bitterkeit ließ er zu, mitten auf der Ginza, im Zentrum des billigen Vergnügens, daß ihn seine Jugenderinnerungen anfielen, jene glückliche Zeit des noch sorglosen Sorge in Berlin-Lankwitz. Die Gartenspiele mit den lustig kichernden Nachbarskindern, die Rummelplatzvergnügungen voll Musikgedudel, Luftballons und schwindelnder Karussellfahrten, der sonntägliche Waldspaziergang im weißen Matrosenanzug, der am Abend, zu Vaters unbändigem Vergnügen, immer aussah wie die Berufskleidung eines Kohlenträgers. Zufriedener Vater, glückliche Mutter, der gute Bruder, die fröhlichen Freunde, die lustigen Mädchen – alles ausgelöscht durch den Krieg. Und alles das immer wieder neu zertrümmert in der lärmenden Pause zwischen zwei Kriegen.

Sorge verspürte das Verlangen zu trinken, um das zu vergessen. Und ihn quälte das heftige Bedürfnis, irgend etwas zu tun, um das zu verhindern. Er drängte sich auf ein Taxi zu und ließ sich zur Botschaft fahren.

Er ging zu Meisinger. Bei Meisinger, ‚Oberst' und ‚Polizeiattaché', beides von eigenen Gnaden, war er immer willkommen. Der vitale Meisinger hatte stets das Bedürfnis nach Zuhörern, Mitkämpfern, Staatsfreunden, Gesinnungsgenossen und Kriegskameraden. Besonders groß war bei ihm zu jeder Zeit sein Verlangen nach Pokerspielern ausgeprägt. Und jeden Freitag pflegten sich regelmäßig die mutigsten Hasardeure der faschistischen Kolonie bei ihm einzufinden; darunter der liebe Kamerad Sorge.

Meisinger begrüßte ihn mit brüllender Herzlichkeit. „Sie kommen wie gerufen, Doktor! Ich bin gerade dabei, einigen die Hosen auszuziehen, aber die sträuben sich, vermutlich aus Anstandsgefühl, denn sie haben in sie hineingemacht."

Sorge versuchte sich in dem rauchgeschwängerten Raum zu orientieren. Auf einem runden Tisch unter einer Hängelampe standen Gläser, Flaschen und mit Wasser gefüllte Aschenschalen. Um diesen Tisch herum saßen Meisingers Pokerfreunde, etwas mehr als ein halbes Dutzend. Sie redeten angeregt durcheinander und schwiegen eigentlich nur, und das lediglich kurz, wenn die Karten aufgedeckt wurden.

Meisinger hatte bereits stark getrunken. Sein glattes, klobiges Gesicht mit den dünnen Energiefalten glänzte in dunklem Rosa. Die gutgeölte Kommandostimme setzte sich mühelos durch. Er war schon wieder einmal dabei, kräftig zu gewinnen, denn für Poker war er besonders begabt.

Sorge zog einen Stuhl herbei, klemmte sich zwischen die Spieler, die ihm bereitwillig, und ohne erst einen Wink von Meisinger abzuwarten, Platz machten. Er beteiligte sich sofort. Er bekam zunächst zwei schlechte Spiele und paßte. Beim drittenmal erhielt er bemerkenswert gute Karten. Er ging mit und trieb den Einsatz hoch. Ein Spieler nach dem anderen schied, je mehr sich die Geldscheine häuften, erbleichend aus. Schließlich blieben nur noch Meisinger und Sorge übrig.

Meisinger erhöhte den Einsatz abermals. „Noch hundert", sagte er. „Und damit ist Schluß."

„Gut", sagte Sorge. „Decken Sie auf."

Meisinger hatte drei Damen und einen Buben. Die legte er lauernd auf den Tisch. Sorge wies vier Könige vor und hatte damit das Spiel gewonnen.

Meisinger zuckte zusammen. „Verflucht!" sagte er und starrte verärgert auf den Haufen Geldscheine.

„Der ganze Einsatz für einen Block Benzinscheine", sagte Sorge.

„Gemacht!" rief Meisinger, ohne zu zögern. Er scharrte das Geld mit zwei weiten Armbewegungen zu sich. Nicht eine Sekunde lang dachte er daran, daß er hier vor sechs Zeugen demonstrierte, wie bestechlich er war.

Das Spiel ging weiter. Sorge schien jedes Interesse daran verloren zu haben; und Meisinger war das recht – er konnte im Augenblick keinen Pokergegner brauchen, der offensichtlich eine Glückssträhne hatte.

Der Kaufmann Wimser, ein Waffenhändler aus Bochum, wollte sich nach einem brauchbaren Gewinn zurückziehen. Meisinger winkte nur ab. Wimser blieb hartnäckig. Meisinger schüttelte unwillig den Kopf. Wimser versteifte sich abermals.

„Bis zum bitteren Ende!“ rief Meisinger gutgelaunt, zog eine Pistole aus der Rocktasche und knallte sie auf den Tisch. Er blickte siegessicher um sich. Die Anwesenden grinsten verkniffen Zustimmung. Wimser war sofort bereit weiterzuspielen.

„Na also!“ rief Meisinger dröhnend und gab Karten.

Sorge erfaßte diesen günstigen Augenblick sofort. Er beteiligte sich, mit gelangweilt aussehenden Bewegungen, am nächsten Spiel. Er griff seine Karten auf. Sie waren nicht sonderlich gut. Aber er sagte sich, daß jetzt, in diesem Augenblick, unmittelbar nach der herausfordernden Geste mit der Pistole, der sich in Siegesstimmung befindliche Meisinger leichtsinnig einiges wagen würde, nur um zu zeigen, was für ein Kerl er sei.

Um die anderen Spieler auszuschalten, verdreifachte Sorge den Einsatz zunächst; er hätte ihn auch verfünffachen können, aber das wäre möglicherweise zu auffällig gewesen. Meisinger zog sofort nach. Vier Spieler fielen auf Anhieb aus. Sorge ließ sich drei neue Karten geben und verdoppelte jetzt. Meisinger, spürbar im Rausch seiner Selbstherrlichkeit, ging mit, nachdem er zwei neue Karten verlangt hatte. Die nächsten beiden Spieler warfen ihre Spiele auf den Tisch.

Sorge blinzelte Meisinger zu. Dann verdoppelte er seinen Einsatz abermals. Und er ließ die Brieftasche, die ein dickes Bündel Geldscheine enthielt – die Maisumme für den Ring –, neben sich liegen.

Meisinger zögerte jetzt. Seine buschigen Augenbrauen senkten sich. Er machte eine hastige Bewegung, und sein Revolver glitt mit scharrendem, dumpfem Geräusch einige Zentimeter über die Tischplatte. In der allgemeinen Stille konnte man ihn schnaufen hören.

„Schon am Ende?“ fragte Sorge freundlich.

„Von wegen!“ rief Meisinger, und sein Gesicht glänzte wie geölt.

Er warf mit einer hastigen Bewegung und so, als habe er einen elektrischen Schlag erhalten, den letzten Rest seiner Geldscheine auf den Haufen Papier, der mitten auf dem Tisch lag. „So!“ rief er aufgeregt. „Und jetzt die Hosen ’runter!“

Sorge deckte langsam seine Karten auf. Eine nach der anderen. Die Anwesenden beugten sich nahezu atemlos vor. Dann lachten sie wie erlöst auf. Das Blatt von Sorge war nicht sonderlich gut.

Aber das Blatt von Meisinger war noch schlechter. Er knallte es unbeherrscht auf den Tisch. „Verdammte Scheiße!“ rief er rauh und laut.

Dann aber faßte er sich sogleich und fragte, ungeniert auf den Geldhaufen deutend? „Wollen wir das auch verrechnen?“

„Vielleicht“, sagte Sorge gedehnt.

Einer der Anwesenden lachte gepreßt. Meisinger sah ihn mit scharfem, vernichtendem Blick an. Der schwieg sofort und hüstelte dann.

„Damit hier kein Aas auf falsche Gedanken kommt“, erklärte Meisinger breit und mit unverkennbarer Drohung. „Hier wird nichts von Botschaftsbeständen abgezweigt. Ich habe lediglich mein privates Lager. Ist das klar?“

„Klar“, echoten einige.

„Ich frage, ob das klar ist?“ forderte Meisinger abermals.

„Aber ja!“ sagte der Rest.

„Im übrigen“, sagte Meisinger, „habe ich jetzt die Schnauze voll! Wir trinken noch einen, und dann machen wir hier Schluß.“

Die Anwesenden waren sofort damit einverstanden. Sie tranken ihre Gläser aus, und dann gingen sie. Nur Sorge blieb sitzen.

Und liegen blieb ein Haufen Papiergeld, mitten zwischen Gläsern, Flaschen und Aschenschalen. Ein Haufen abgegriffener, zerknüllter Banknoten. Ungefähr eintausend Mark.

Sorge und Meisinger schienen den Stapel Geldscheine zu übersehen. Sie gossen Gin und Wermut zusammen. Dann stießen sie an und tranken aus.

„Na, Doktor, Sie alter Salonlöwe“, rief Meisinger herzgewinnend, „wie geht es denn immer! Was machen die Weiber?“

„Vermutlich lechzen sie danach, von Ihnen organisiert zu werden.“

„Gar kein schlechter Gedanke“, sagte Meisinger und lächelte nicht ohne Stolz.

In den wenigen Monaten, die er an der Botschaft war, hatte er sich mächtig breitgemacht. Sein Einzug in die frischrequirierten Räume im Hauptgebäude war lediglich ein ganz bescheidener Auftakt gewesen. Dank Sorge und seinen vorzüglichen Hinweisen, hatte er so nach und nach eine Funktion nach der anderen an sich gerissen. Er beziehungsweise seine Dienststelle beziehungsweise die ihm unterstellten oder angegliederten Dienststellen verwalteten bereits eine ganze Reihe Fahrzeuge, Räumlichkeiten, Sport- und Parteiorganisationen, einige Lager mit zwangsbewirtschafteten Waren, kontrollierten die Benzinausgabe, die Kantine und die Postleitstelle. Alles unter dem Kennwort: Sicherheit um jeden Preis – die Polizei, dein Freund und Helfer!

„Wenn das so weitergeht", sagte Sorge und schnitt eine Grimasse, „wird hier niemand mehr auf den Lokus gehen können, ohne vorher bei Ihnen drei Blatt Papier angefordert zu haben."

Meisinger lachte geschmeichelt auf. „Prost!" rief er. „Das ist ein guter Witz."

„Und wie ist es mit dem Luftschutz?" fragte Sorge und grinste verkniffen.

„Wieso?" fragte Meisinger reichlich dumm zurück. „Hier ist doch noch kein Krieg."

„Und die vorbereitenden Maßnahmen?"

„Ja – da haben Sie recht", sagte Meisinger gedehnt; und er war sehr nachdenklich geworden.

„So eine Organisation", sagte Sorge mit freudiger Ironie, „muß doch schon in Friedenszeiten vorbereitet werden. Und da müssen alle 'ran, alle – auch die Damen! Merken Sie was, Herr Oberst? Oder wollen Sie etwa warten, bis Ihnen da ein anderer zuvorkommt?"

„Mensch!" rief Meisinger begeistert. „Da haben Sie recht! Das ist gar kein schlechter Gedanke. Da müssen alle 'ran – ohne Ausnahme."

„Eben", sagte Sorge nickend. „Genau das Richtige für Sie."

Meisinger schlug Sorge kameradschaftlich auf die Schulter. Und Sorge schlug, nicht minder kräftig, zurück. Sie lachten sich an.

„Ganz ausgezeichnete Idee!" rief Meisinger und füllte die Gläser. Und dann, in einem Anflug von Großzügigkeit, fragte er augenzwinkernd: „Wollen Sie Luftschutzwart werden, Doktor – bei den Damen?"

„Danke für Obst!" sagte Sorge. Und er fügte zufrieden hinzu:

„Ich bin außer Obligo. Schließlich gehöre ich ja nicht offiziell zur Botschaft."

„Aber inoffiziell um so mehr, was?" rief Meisinger anzüglich. Aber als Sorge nachdenklich den immer noch auf dem Tisch liegenden Haufen Banknoten betrachtete, gab sich Meisinger sofort verbindlich. „Das war ein Witz, Doktor."

Sie tranken erneut. Das zusammengepantschte Zeug schmeckte scheußlich, und Sorge verlangte Whisky. Meisinger beeilte sich, ihn eigenhändig aus der Küche herbeizuschleppen.

„Für Sie ist immer Whisky da, Doktor", erklärte er. „Für die anderen genügt schäbiger Faßgin."

Und dann fragte Meisinger, intensiv mit der Whiskyflasche beschäftigt: „Kennen Sie eigentlich einen Siebert?"

„Ja", sagte Sorge gedehnt. „Warum fragen Sie danach?"

„Der schmeißt sich neuerdings an mich 'ran!" verkündete Meisinger. „Angeblich mit Empfehlung des Botschafters. Der Kerl kann einem auf die Nerven gehen. Der fragt mir Löcher in den Bauch."

„Was will er denn gerne wissen?"

„Allerlei Quatsch! Sicherheitsbestimmungen und den Käse! Spionage, Sabotage, und was sich diese Bücherfabrikanten sonst noch gerne aus den Fingern saugen."

„Hatte er ein spezielles Anliegen? Hat er irgendwelche Namen genannt?" fragte Sorge gespannt.

Meisinger entkorkte mit Anstrengung die Flasche. „Keine Spur", sagte er desinteressiert. „Nur Geseich. Ich habe ihm gesagt, wenn er was wissen will, soll er sich an Sie wenden. Sie wissen alles."

„Kann schon sein", sagte Sorge gefährlich ruhig. „Ich bin gar nicht abgeneigt, ihn aufzuklären."

Dann spann Meisinger intensiv an ‚seinem' Luftschutzplan, den er als geradezu genial bezeichnete. Dieser Organisation, dessen war er gewiß, würde sich niemand entziehen können. Damit hatte er sie endlich alle unter seinem Kommando. Alle!

„Wie ist das eigentlich, Herr Oberst – wir kriegen Zuwachs, habe ich gehört?"

„Woher wissen Sie denn das schon wieder?" fragte Meisinger erstaunt.

„Das spricht sich so herum", sagte Sorge gleichgültig.

„Aber wer kommen soll, wissen Sie nicht – was?"

„Noch nicht", sagte Sorge freundlich. „Aber vermutlich werden Sie mir das gleich erzählen."

„Warum nicht", sagte Meisinger. „Wenn ich Ihnen das nicht sage, hören Sie es morgen beim Frühstück vom Botschafter. Also – warum nicht gleich?"

„Eben", sagte Sorge und setzte sich zurecht.

„Ein neuer Achsenschmierer ist unterwegs", berichtete Meisinger gemütlich. „Verstärkung für den Botschafter. Ein sogenannter Gesandter Erster Klasse. Fordt oder Mordt oder so ähnlich heißt der Knabe."

„Soll er den Botschafter überwachen?"

„Er soll ihn unterstützen."

„Hat das der Botschafter nötig?"

„Es sieht fast so aus, Doktor. Er kommt vermutlich mit einigen Vollmachten. Aber wir werden ihm ganz schnell beibringen, daß er hier damit nicht allzuviel anfangen kann. Bei uns nicht! Außerdem bleibt ja der Botschafter sein Vorgesetzter – und was ein Vorgesetzter darstellt, weiß unser General genau."

„So ein Mann", sagte Sorge gedehnt, „wird sich, wenn er schon einmal hier ist, eine Beschäftigung suchen wollen. Na – und auf wen wird er dann stoßen? Auf Sie, Oberst."

„Und ich werde dann zurückstoßen", sagte Meisinger und fühlte sich entschlossen. Er war bereit, in dem neuen Achsenschmierer einen Gegner zu sehen. Und fair, wie er veranlagt zu sein glaubte, begann er bereits für ihn zu bangen.

Sorge erhob sich. „Ich bin müde", sagte er. Dann zeigte er mit der Hand flüchtig auf den Haufen Papiergeld. „Das gehört Ihnen, Herr Oberst. Honorar für Auskünfte."

„Sie sind ein kleiner Schäker", rief Meisinger freudestrahlend und reichlich ahnungslos.

Jede Spionage ist in erster Linie Militärspionage. Auch Zahlen und Nachrichten aus der Wirtschaft interessieren dann besonders, wenn es sich um Wehrwirtschaft handelt. Der Krieg, der kommende oder der, der gerade geführt wird, steht immer im Mittelpunkt.

Auch die Sowjets haben niemals einen Zweifel darüber aufkommen lassen, daß Politik sie wenig interessierte, Spekulationen oder Hypothesen unerwünscht waren und militärische Daten und Zahlen das wichtigste seien.

Auf diesem speziellen Gebiet arbeitete auch Sorge mit seinen Leuten nach einem Schema. Und genau wie er und seine Gruppe sammelten in fast allen Ländern der Erde Tausende mit Bie-

nenfleiß, was ihnen in die Finger geriet. In Moskau fand dann das große Zusammensetzspiel statt.

Daß Sorge auch in diesem Zahlenspiel unbestritten ein Meister war, geht aus den vielen hundert Funksprüchen hervor, die die Japaner laufend aufgefangen hatten, die sie aber erst viel später, lange nachdem Sorge zu arbeiten aufgehört hatte, zu entziffern vermochten.

Sorge hatte laufend über fast alle Rüstungsfabriken Japans berichtet. Seine Aufstellungen über die Produktion von synthetischem Benzin und Aluminium waren beinahe genauso vollständig wie die des japanischen Kriegsministeriums. Durch ihn wußte Moskau, wieviel Flugzeuge die Japaner produzierten, wieviel Tanks, wieviel Kraftwagen – ja selbst wieviel Fahrräder.

Alle Verhandlungen, die zwischen der deutschen und der japanischen Marine stattfanden, wo Dampfer gegen Öl getauscht, Kriegserfahrungen diskutiert und Patente ausgehandelt wurden, funkte Sorge nach Moskau, noch ehe unter den Verträgen die Tinte trocken war. Auch die Armee wurde nicht vergessen. So leitete Sorge Personallisten weiter, auf denen die meisten Offiziere, vom Major aufwärts, mit präzisen Angaben über Dienststellung und Einsatzbereich verzeichnet waren.

An anderen Stellen war es nicht wesentlich anders. Mitglieder der ‚Roten Kapelle', die an Staatsbesprechungen teilgenommen hatten, legten unmittelbar danach ihre Protokolle Moskau vor. Vom OKH scheint eine direkte Verbindung zu Rößler in der Schweiz bestanden zu haben; und von dort war der Funkverkehr nach Moskau kein Kunststück. Ein Hiss zapfte den USA-Präsidenten direkt an. Ein Fuchs hatte stets die neuesten Atomformeln im Kopf.

Und Moskau sammelte ein, registrierte, katalogisierte, wertete aus. Aber Moskau war nicht die einzige Sammelzentrale. Auch Berlin, London und Washington waren nicht minder eifrig am Werk.

Daß etwa heute eine einzige dieser Organisationen auf ihren Lorbeeren ausruht – vielleicht von der deutschen Zentrale abgesehen, deren Nachfolger auf zwei Schultern tragen und noch sehr schwach auf den Füßen zu stehen scheinen –, das glaubt selbst der Laie nicht.

Richard Sorge stellte seinen kleinen blauen ‚Datsun' auf der Hauptstraße ab und ging den schmalen Fußweg entlang auf sein

Häuschen zu. Er hatte einige Unterlagen vergessen, die für den Botschafter bestimmt waren. Unterlagen mehr allgemeiner Natur, über das religiöse Fundament der japanischen Armee – eine Aufstellung von Thesen, die sich seit Jahrhunderten kaum verändert hatten.

In der Nähe seines Hauses trieb sich ein Japaner herum, ein hageres Kerlchen in einer schlotternden Leinenjacke. Als der Mann Sorge sah, versuchte er sofort sich zu entfernen. Obwohl das ohne sonderliche Hast zu geschehen schien, witterte Sorge in dem Hageren sofort den Polizeispitzel.

Sorge ging dem Mann nach, mit langen, eiligen Schritten, und stellte ihn. Er drückte ihn sanft gegen den Zaun und sagte: „Ich bin Sorge-san aus Berlin. Und wer bist du?"

Der Japaner versuchte sich zu verbeugen, aber Sorges festzugreifende Hand hinderte ihn daran. „Ich heiße Aoyama", sagte er verlegen.

„Ich bin Zeitungsmann", sagte Sorge. „Und was bist du?"

Der Japaner bemühte sich um ein Lächeln. Seine grünlichen Augen schimmerten aufgeregt. Er bleckte die Zähne.

„Du bist ein Polizeispitzel!" rief Sorge mit rauhem Lachen. „Habe ich recht?"

Der Japaner nickte schluckend. „Ich bin Polizeigehilfe", sagte er. „Ich gehöre zum Polizeirevier, das für diesen Bezirk zuständig ist."

„Du willst also bei mir schnüffeln? Dann komm 'rein, du Null!" Sorge nahm den sich sträubenden Japaner unter den Arm und zog ihn auf sein Häuschen zu.

Mitchiko öffnete ihnen; sie schien den Japaner gar nicht zu bemerken, sie hatte nur Augen, zärtliche, gütige, mütterliche Augen für Sorge. Sie stellte ihm die Hausschuhe bereit. Aber Sorge winkte schroff ab.

„Hier, dieser ausgefranste Weihnachtsmann", rief er, „will seine Reisweinnase liebend gern in mein Privatleben stecken. Schau dir diese Kanalratte an, Mitchiko – der bibbert danach, in meinem Schlafzimmer herumzuschnüffeln."

Der Polizeigehilfe Aoyama versuchte zu grinsen. Er verstand nicht alles, was Sorge über ihn und zu ihm sagte. Und höflich, wie er war, nahm er Sorges krampfhaft fröhliches Gebrüll für eine Aufforderung.

„Fang ruhig an zu wühlen, du Napfkuchen! Ich helfe dir dabei. Komm her, du Matratzenhorcher. Was willst du zuerst sehen?"

„Er kennt schon alles", sagte Mitchiko ruhig.

„Er war schon mal hier?" fragte Sorge bedrohlich. „Er ist hier aufgekreuzt, während ich nicht da war?"

„Ja", sagte Mitchiko. „Er war bei mir."

Der Japaner in dem schlotternden Leinenjackett, der jetzt ziemlich alles verstand, schüttelte heftig den Kopf, als wolle er einen ihm peinlichen Verdacht abwehren. Er hob bedauernd wie ein Trödler, der geprellt werden soll, die Hände. Dann sagt: Eine Frau, die mit einem haarigen Fremden zusammen-Revier."

„Und was wollte der Kerl hier?" fragte Sorge Mitchiko.

„Er wollte mich warnen", sagte Mitchiko.

„Warnen?" fragte Sorge bedrohlich. „Wovor?"

Mitchiko blickte Sorge mit sanftem Lächeln an. „Er hat mich gefragt, ob ich die japanische Staatsidee kenne. Und er hat gesagt: Eine Frau, die mit einem haarigen Fremden zusammen lebt, ist keine Japanerin."

Sorge sprang mit einem Satz auf den Japaner zu und krallte seine beiden Hände in dessen Leinenjackett. Langsam zog er den Mann zu sich. „Ist das wahr?" fragte er. „Hast du Kuli das gesagt?"

Der Japaner nickte. „Ich mußte das sagen. Im Auftrag von meinem Revier."

„Und das ist meine Antwort darauf", sagte Sorge. Er ließ den Japaner ruckartig los, trat kurz zurück und knallte ihm die Faust unter das Kinn. Dessen Oberkörper beschrieb einen kurzen, heftigen Bogen nach rückwärts. Dann sackte er zusammen.

Sorge ergriff eine vollgefüllte Wasserkanne, die in einer Ecke stand, und leerte sie in hohem Bogen über dem Polizeigehilfen. Der begann sich wieder zu regen, richtete sich taumelnd auf und schüttelte sich wie ein aus dem Wasser gezogener Hund.

Sorge riß ihn hoch, bis er wieder schwankend auf seinen Beinen stand. „Freundchen", sagte Sorge voll kalter Wut, „komm mir nicht mit diesem Mist. Wenn ich was von Rassenschande höre, dann geht mir das Messer in der Tasche auf. Was seid ihr doch bloß für ein mieses Volk – wie die Nazis! Ihr wollt mir mein Mädchen ausspannen? Mit euren schäbigen Nationalidiotien! In die Fresse schlagen werde ich euch – reihenweise! Und sage deinem obersten Polizeihengst: Wenn ihr Japse mir mein Mädel kassieren wollt, dann werde ich dafür sorgen, daß eure Sorte bei uns in Deutschland für rassisch minderwertig erklärt wird. Hast du das kapiert, Blödling?"

Der Japaner versuchte zugleich zu nicken und sich Sorges Zugriff zu entziehen. Er zappelte heftig. Das sah ungemein komisch aus, glich den Bewegungen eines Hampelmannes, aber niemand existierte, der das amüsant fand.

„Mach die Tür auf, Mitchiko!“ rief Sorge.

Die beeilte sich, seiner Aufforderung nachzukommen. Sorge drehte den Polizeigehilfen herum und trat ihm mit Macht in den Hintern. Der flog wie ein Schleudergeschoß in den Garten.

Sorge ging auf Mitchiko zu. „Hab keine Angst“, sagte er. „Mit den Kerlen werde ich schon fertig. Du brauchst keine Angst zu haben.“

Und während er Mitchiko mit rauher Zärtlichkeit über das Haar strich, spürte sie mit weher Verwunderung, daß seine Hand zitterte.

Er riß sich von ihr los, eilte nach oben in sein wüstes Arbeitszimmer. Hier suchte er hastig die Unterlagen für den Botschafter zusammen. Dann ließ er sich in einen Stuhl fallen, wie erschöpft und so, als habe ihn all seine Energie verlassen. Er starrte dumpf vor sich hin. „Diese Schweine“, sagte er. „Sie wollen mir auch Mitchiko nehmen. Auch Mitchiko! Alles wollen sie mir nehmen.“

Dann, nach längerer Pause der Erschöpfung, während der er schwer, mühsam wie ein Verwundeter, atmete, sprang er plötzlich wieder auf. Er polterte die wenigen Stufen hinunter und eilte, ohne noch einen Blick auf die wartende Mitchiko zu werfen, auf sein Autochen zu. Er raste zur Botschaft.

Der deutsche Botschafter hatte eine kleine Gesellschaft zu Ehren des neuen Achsenschmierers, des Gesandten Erster Klasse Fordt oder Mordt oder doch so ähnlich, um sich versammelt. Sorge entledigte sich der geschraubten Begrüßungszeremonie, die auch den Diplomatengeneral, der gewöhnlich jede Überschwenglichkeit haßte, außerordentlich verwunderte, mit verletzender Knappheit.

Der neue Mann war von bestechender Liebenswürdigkeit, aalglatt, mit gutgeölten Wortgebilden wohl versehen. Er nannte Sorge schlicht ‚Professor‘, sprach den Wunsch nach guter Zusammenarbeit aus und deutete an, daß er schon viel, aber auch schon sehr viel über Sorge gehört habe.

Der Parkettakrobat und das Rauhbein fanden sich von der ersten Sekunde an von Herzen widerlich. Sie hatten reichlich Mühe, das zu verbergen. Sie lächelten sich zäh zu und wünschten einander dahin, wo der Pfeffer wächst.

Elga rettete wie gewöhnlich die Situation, indem sie vorgab, Sorge entführen zu müssen. „Ich habe eine Überraschung für Sie, Richard."

„Damit bin ich eingedeckt, Elga. Der neue Achsenschmierer ist mehr als ausreichend."

„Ein Mann mit vorbildlichen Umgangsformen", sagte Elga. „Der geborene Diplomat."

„Ein leibhaftiger Lackaffe!" sagte Sorge überzeugt. „Überhaupt wird dieser Schwalbenklub hier immer feudaler. Ihr überlebt den Krieg nicht schlecht!"

Elga sah Sorge tadelnd an. „Sie haben entweder zuviel oder zuwenig getrunken, Richard!"

„Immer zuwenig! Aber wo bleibt Ihre Überraschung für mich, Elga?"

Die Frau des Botschafters schob Sorge auf den Nebenraum zu. „Dort drin!" sagte sie. Dann legte sie ganz zart ihre Hand auf seinen Oberarm und nickte ihm zu.

Im Nebenraum saß Oberst Scholl, der deutsche Militärattaché auf Siam, ein langjähriger Mitarbeiter des diplomatisierenden Generals, einer von Sorges wenigen Freunden. Scholl winkte Sorge zu. Und diese Bewegung war ein wenig müde. „Da sind Sie ja, Doktor! Lassen Sie sich anschauen. Schöner sind Sie nicht geworden. Was ist mit Ihnen los? Ist Ihnen ein Lastwagen über die Visage gefahren?"

„Eine Frau hat sich irrtümlich auf mein Gesicht gesetzt – was denn sonst?" Sorge schnitt eine Grimasse, die Freude ausdrükken sollte. Er ergriff die Hand des Obersten Scholl und schüttelte sie kräftig.

In die kühlen, prüfenden Augen des Obersten stieg Wärme, dann eine ferne, sehr männliche Zärtlichkeit, die immer wieder von feiner Ironie zugedeckt wurde. Sie setzten sich einander gegenüber, sahen sich lange an und nickten sich dann zu.

„Sie sehen aus, Doktor", sagte der Oberst, „als führten Sie den Krieg ganz allein."

„Und Sie sehen so aus", sagte Sorge, „als hätten Sie ihn ganz allein ausgearbeitet."

„Sie trauen mir aber auch jeden Dreck zu", sagte Oberst Scholl mit bitterer Ironie; „selbst den Verstand eines Anstreichers."

Sorge mischte ein scharfes Getränk zusammen, aus Gin, Kognak und Cherry. Er nannte es ‚Jungfernwasser'. Er goß damit zwei große Gläser bis zum Rand voll, gab eins davon Oberst Scholl und sagte: „Auf den deutschen Genius!"

„Es lebe unser Schweißfußhannibal!" sagte Scholl und trank aus.

„Haben Sie Kummer, Oberst – Sie saufen heute wie zwei Kamele nach langer Wüstenfahrt."

„Wüste ist überall", sagte Scholl. „Und solange sich nichts ändert, bleiben wir Kamele."

Sorge betrachtete Oberst Scholl mit stiller Freude. Sie beide kannten sich schon lange, hatten viele Nächte durchgezecht und waren sich in ausgedehnten Gesprächen sehr nahegekommen, fast bis an das Herz. Oberst Scholl war, wie der Botschafter, Offizier der Reichswehr und, gleichfalls wie der Botschafter, ein Produkt aus der Schule Seeckt und Schleicher. Offizier aus Leidenschaft und nicht ohne politischen Instinkt, Deutscher mit Leib und Seele – und damit, ganz zwangsläufig, ein Gegner Hitlers. Und genau das war, immer wieder, die Basis, auf der sich Sorges wenige wirkliche Freundschaften aufbauten.

„Diese Uniform", sagte Scholl bitter und schlug sich mit der flachen Hand auf die Brust, „macht immer weniger Freude."

„Sie beschmutzen sie nicht", sagte Sorge ehrlich und mit hoher Aufmerksamkeit. „Sie nicht!"

„Dieser Dreck", sagte Scholl angewidert, „ist nur noch mit Blut abzuwaschen. Manchmal ekle ich mich vor mir selber. Wissen Sie, wonach ich Verlangen habe, Doktor? Irgendwo an die Front zu kommen, gleich wo, gleich wie. Nur endlich unter ehrlichen Soldaten sein! Kämpfen! Sich sauber fühlen. Sterben, wenn es sein muß – nicht für Hitler, beileibe nicht. Aber für Deutschland. Ein anständiger Tod wäscht vieles wieder sauber."

„Was ist los, Oberst? Was haben Sie? Was bedrückt Sie? Was ist denn passiert, alter Freund? Irgend etwas muß doch passiert sein?"

„Sie hören das Gras wachsen, Doktor", sagte Scholl und lachte gepreßt auf. „Halten Sie sich lieber die Ohren zu. Sie schlafen dann besser."

Sorge witterte das Besondere. Sein ausgeprägter Instinkt trat alarmierend in Tätigkeit. Und sofort zwang er sich dazu, dieses Thema vorübergehend einschlafen zu lassen, um nicht durch eine ununterbrochene Kette von Fragen das Mißtrauen herbeizuführen.

„Fühlen Sie sich eigentlich sehr wohl in diesem Schwalbenklub?" fragte Sorge.

„Sauwohl", sagte Oberst Scholl. „Ich ersticke hier fast vor Behaglichkeit." Er stand auf und fragte: „Wo gehen wir hin, Doktor?"

„Irgendwohin."

Sie verließen, ohne sich erst zu verabschieden, die Botschaft, bestiegen Sorges ‚Datsun' und brausten davon. Sie landeten in irgendeinem Lokal im Ginzaviertel, probierten einige Getränke aus und fuhren dann weiter. Erst in der fünften Bar schien es ihnen einigermaßen zu gefallen.

Das Lokal zeichnete sich durch besondere Ruhe aus. Nicht einmal ein Klavierspieler versuchte die wenigen Gäste zu belästigen. Und der Whisky hatte genau die richtige Männertemperatur. Er roch wie bekömmliche Medizin.

Sie saßen an einem Ecktisch, der auf einer Art Podium stand. Von hier aus konnten sie, beinahe wie auf einer Balustrade sitzend, das ganze Lokal überblicken. Die Anwesenden bestanden aus Liebespaaren, stillen Zechern und zähen Geschäftemachern. Die Gespräche versickerten im Raum. Ein Mädchen kreischte wonnig auf, und mehrere Gäste blickten überrascht und sehr mißbilligend hoch.

Sorge und Oberst Scholl führten außerordentlich private Gespräche. Ihr Thema war Berlin, die Stadt, die sie beide kannten und liebten, die Restaurants dieser Stadt, ihre Theater und Mädchen, die unruhigen Nächte und die Kahnpartien auf dem Wannsee, das erste Frühbier bei Kempinski und die scharfe Bardame aus dem ‚Kairo', der Bummel über den Kurfürstendamm und das Rendezvous bei Kranzler.

„Wer weiß", sagte Scholl düster, „wann wir Berlin einmal wiedersehen werden. Und wer weiß, was dann noch von Berlin übriggeblieben ist."

„Es gibt keinen Krieg, der ewig dauert."

„Vielleicht", sagte der Oberst in sein Glas hinein, mit schwerer Stimme, müde und bitter, „vielleicht werden wir Berlin niemals mehr sehen. Wenn der große Wahnsinn offen ausbricht, ist alles möglich."

„Es gibt Irrenanstalten", sagte Sorge.

„Leider nicht für diesen Kerl!" sagte der Oberst hart.

„Auch der hat manchmal lichte Momente." Sorge trank, füllte die Gläser nach, trank wieder. „Als er den Nichtangriffspakt mit Rußland abschloß."

„Das ehrt Sie", sagte Scholl mit beißender, vernichtender, in

Alkohol aufgelöster Ironie. „Manchmal glauben Sie doch noch an den Weihnachtsmann."

„Was ist los, alter Freund? Was haben Sie an unserem Feldherrngenie auszusetzen?"

„Der Kerl schaufelt sich ein Grab."

„Freuen Sie sich doch darüber, Oberst."

„Aber dieses Grab ist so groß, Doktor, daß ganz Deutschland darin Platz hat."

Sorges hellwacher Verstand rastete sofort ein. Noch scheute er sich zu glauben, was sein Hirn zu wissen begann. „Der versucht doch nicht etwa, seine Pfoten nach Rußland auszustrekken?"

„Genau das", sagte der Oberst.

„Will er den Vertrag annullieren?"

„Mehr. Er will ihn brechen."

Sorge spürte, daß ihm der Schweiß ausbrach. Das Blut in ihm kochte. Flammende Hitze schlug gegen seinen Verstand. Er preßte seine Hände fest auf die Tischplatte. Aber seine Stimme klang gleichmäßig ruhig.

„Das ist Selbstmord", sagte er.

„Wem sagen Sie das, Doktor."

„Ist das eine Fiktion von Ihnen, Oberst – oder wissen Sie Konkretes?"

Scholl stürzte den Inhalt seines Glases in sich hinein. „Tatsachen", sagte er. „Truppenansammlungen im Osten; in Polen, Westpreußen, Schlesien, Ostpreußen, auf österreichischem und tschechischem Gebiet – und so weiter."

„Vorbeugend?"

„Streng nach Operationsplan, Doktor. Offensive! Stoßrichtung Moskau."

„Wann?"

„Am zwanzigsten Juni."

„Wieviel?"

„Hundertsiebzig bis hundertneunzig Divisionen."

Sorge lehnte sich zurück. Er fühlte sich matt und zerschlagen, wie zerschmettert. Sein Hirn schien im Rhythmus seines Blutes gegen die Stirn zu pochen. „Unmöglich", sagte er. Und doch wußte er genau, daß Oberst Scholl die Wahrheit gesagt hatte.

„Es ist Wahnsinn", sagte der Oberst. „Als ich davon gehört hatte, glaubte ich es auch nicht. Aber es ist amtlich. Ich mußte mit dem General darüber sprechen. Deshalb kam ich her."

„Und was sagte der Botschafter?"

„Er ist beunruhigt – natürlich. Vielleicht ist er sogar entsetzt. Aber er hat Vertrauen. Und er weiß, was Disziplin ist. Er weiß das, Doktor. Ich weiß das nicht mehr."

Sie tranken heftig. Eine wilde Maßlosigkeit schien Sorge zu beherrschen. Er schlug der nächsten Flasche, die kam, den Hals ab. Nur wenig Zeit verging, und Scholl schien bis zur Bewußtlosigkeit betrunken zu sein.

Sorge ging auf die Toilette, drehte den Wasserhahn auf und hielt, mehrere Minuten lang, seinen Kopf darunter. Er steckte sich den Zeigefinger in den Hals, würgte und versuchte sich zu erbrechen, was ihm aber nicht gelang. Heftige Schmerzen zuckten in seinem Hinterkopf.

Er schleppte den Oberst Scholl zu einem Taxistand und verfrachtete ihn dort. Er selbst bestieg seinen ‚Datsun' und fuhr zu Max Klausen. In einer Nebenstraße stellte er seinen Wagen ab und ging den Rest zu Fuß.

Max Klausen schien bereits zu schlafen. Das Haus lag dunkel und gleichgültig zwischen Bäumen. Sorge sprang über den Zaun in den Garten, stieg über den Balkon in das Schlafzimmer seines Funkers und weckte ihn.

Klausen war über den nächtlichen Besucher nicht sonderlich erstaunt. Er schüttelte sich, massierte kurz sein Gesicht, ordnete die Haare und machte Anstalten aufzustehen. „Schlaf ruhig weiter, Anna", sagte er zu seiner Frau. „Der Doktor braucht offenbar dringend eine Stärkung."

Sie begaben sich in Max Klausens privates Arbeitszimmer, im oberen Stockwerk des Hauses, ganz am Ende des Ganges. Der stämmige Max hatte sich in einen Bademantel gehüllt und gähnte herzhaft. „Was soll's denn sein, Doktor?"

„Du mußt sofort einen Funkspruch absetzen, Max."

„Jetzt? Mitten in der Nacht! Du scheinst stark besoffen zu sein, Doktor. Ich kann doch nicht um diese Zeit mit meinem Sender durch die Stadt segeln."

„Du wirst von hier aus senden, Max."

„Du spinnst, Doktor", sagte Klausen spürbar beunruhigt. „Das ist doch viel zu gefährlich. Das können wir uns doch nur in ganz besonderen Ausnahmefällen leisten."

„Es ist soweit!"

Max Klausen warf einen kurzen, prüfenden Blick auf seinen Chef. Der sah aus wie ein lebender Leichnam, graugrün und verfallen, aber seine Stimme war fest und kalt, es war genau die unverkennbare, nur selten zu hörende, aber unvergessene Stimme des ‚Meisters', die keinen Widerspruch duldete.

„Auf deine Verantwortung, Doktor."

Klausen begann unverzüglich mit den Vorbereitungen. Er legte sich kariertes Schreibpapier zurecht, zog die Gruppenlinien und warf den Buchschlüssel auf den Tisch. Er schlug dieses ‚Statistische Jahrbuch des Großdeutschen Reiches neunzehnhundertachtunddreißig' auf und sagte: „Spruch einhundertachtunddreißig. Zwanzigster Mai neunzehnhunderteinundvierzig. Welcher Inhalt?"

Sorge beugte sich vor, konzentrierte sich und begann zu diktieren: „Massierte Streitkräfte in der Stärke von hundertundsiebzig bis hundertundneunzig Divisionen marschieren im deutsch-russischen Grenzgebiet auf, um am zwanzigsten Juni mit dem Stoßziel Moskau anzugreifen."

Klausen richtete sich schroff auf. „Das ist doch ein Witz, Doktor", rief er verärgert.

„Mach schon, Max. Wir haben keine Zeit zu verlieren."

„Doktor", sagte Klausen beharrlich. „Du bist doch besoffen!"

„Los, mach deinen Sender klar", sagte Sorge fordernd. „Ich werde den Spruch inzwischen verschlüsseln."

„Tu, was du nicht lassen kannst!" Max Klausen war stark verärgert. Er wunderte sich außerdem maßlos. Er vermochte nicht zu begreifen, was vorging. Diesen Sorge ritt der Teufel! Einige hundert Chefagenten gibt es – und ausgerechnet den mußte er erwischen!

Max Klausen machte seinen Sender klar. Er zog ihn aus der Aktentasche, montierte die Senderöhren, schaltete ihn an das Stromnetz an. Er überprüfte sorgfältig, ob die Frequenzklemme fest und richtig saß. Er setzte den Voltmeter an. Dann steckte er die Taste.

Sorge verschlüsselte inzwischen den Funkspruch. Er trug die Fünfergruppen sorgfältig ein. Dann reichte er das Papier an Max Klausen weiter. Der stellte den Funkkopf zusammen, aus Rufzeichen, Buchstabenzahl und Kenngruppe.

„Noch sieben Minuten", sagte Sorge. „Sieben Minuten bis vier Uhr fünfzehn."

Sie warteten wortlos. Die Uhr, die vor ihnen neben dem Sender lag, tickte heftig. Quälende Ruhe umgab sie.

„Noch zehn Sekunden", sagte Sorge dann. „Noch fünf." Und dann, mit einer knappen Handbewegung: „Jetzt!"

Klausen setzte den Sender unter Strom und tastete das Rufzeichen. Dreimal. Seine sonst so schwer wirkende Hand tanzte über die Gebertaste.

Sofort schaltete Klausen auf Empfang um. Er lauschte angestrengt. Sorges Atem ging schwer.

„Wiesbaden kommt!" rief Klausen.

Wiesbaden war der Deckname für Wladiwostok. Klausen nickte befriedigt und nicht ohne Stolz. Sofort schaltete er auf ‚Senden' um und setzte seinen Spruch ab. Die Bestätigung kam prompt.

„Erledigt", sagte Sorge und schloß erleichtert die Augen. Und dann, nach längerer Pause, sagte er befriedigt: „Die Gesichter unserer Freunde im Kreml möchte ich gerne sehen, wenn sie diesen Funkspruch vorgelegt bekommen."

Klausen schaltete den Strom ab und zuckte mißmutig mit den massigen Schultern: „Was werden die schon für ein Gesicht machen! Dasselbe wie ich. Sie werden denken: Der Doktor hat mehr gesoffen, als er verträgt."

Der Erste Weltkrieg scheint der letzte Krieg im ‚klassischen Stil' gewesen zu sein. Damals waren die Fronten noch verhältnismäßig klar zu übersehen. Die Politiker wußten meist, was sie wollten; und die Soldaten glaubten fast ausnahmslos an das, wofür sie kämpften. Und die Scharmützel der Spione im Hinterland gingen nach den überlieferten Regeln der ‚Kunst' vor sich.

Damals durfte der österreichische Generalmajor Ronge, einer der genialsten Schachspieler der Spionage, souverän erklären: Es hat im Ersten Weltkrieg nur wenige wirkliche Geheimnisse gegeben. Jede größere Offensive hatten Spione vorher, zumeist mit allen Details, angekündigt.

Die Spionageexperten in aller Welt lassen übereinstimmend für 1914–1918 nur zwei Ausnahmen gelten: die Caporettoschlacht, die genau besehen von den Büros des Generals Ronge gewonnen wurde und die nach meisterlicher Tarnung mit den raffiniertesten Mitteln der Propaganda und der Täuschung völlig überraschend die Italiener aus ihren Stellungen warf, und – die Tankschlacht bei Cambrai, die große Überraschung der Westfront, eine Glanzleistung der britischen Abwehr.

Im Zweiten Weltkrieg war alles ganz anders. Nicht nur die Fronten waren bis zur Unkenntlichkeit verwischt, auch die Weltanschauungen verfilzten sich hoffnungslos ineinander. Und je größer die Organisationen wurden, um so stärker wuchs das Mißtrauen. Jeder mißtraute jedem. Und folgerichtig mißtraute ein Hitler selbst seiner engsten Umgebung; heute können Reichsleiter und Naziminister nachweisen, wie sehr sie bestrebt waren, den Tyrannen zu vernichten. Der brave Soldat, der seinen Kopf hinhielt, wurde schamlos ausgenutzt.

Das Treiben der Gewaltpolitiker war voll von Betrugsmanövern, Roßtäuschereien und einem wildwuchernden Mißtrauen selbst gegen die eigenen Kumpane. Deutschland ließ Italien bespitzeln, und die Sowjetunion verbarg ihre Informationen vor ihren Alliierten, selbst wenn sie für sie selbst so gut wie wertlos waren, für ihre Verbündeten aber entscheidend sein konnten.

Aber dieses Mißtrauen, nicht selten gepaart mit dummer Überheblichkeit, ging noch viel weiter: Einige Politiker wiesen jede Nachricht zurück, die nicht mit ihren Vorurteilen übereinstimmte.

Die bei weitem wunderlichste Komödie, die die damalige Zeit inszenierte, ist als der ‚Fall Cicero' bekanntgeworden. ‚Cicero' war der Tarnname für den balkanesischen Kammerdiener des britischen Botschafters in Ankara. ‚Cicero', ein heimlicher und hochbegabter Fotoamateur, bürstete nicht nur allabendlich seinem Botschafter die Anzüge, er räumte ihm auch die Taschen aus. Und wenn Exzellenz nach vollbrachtem Tagewerk schliefen, machte sich ‚Cicero' über die im Safe liegenden Geheimpapiere her und fotografierte sie säuberlich.

Bis dahin war das ein an sich ‚normaler' Spionagevorgang: ‚Cicero' lieferte einfach alles – Konferenzpläne, Protokolle von Bündnisbesprechungen, Invasionsinformationen. Nach dem Jüngling Kent war dieser Kammerdiener der mit Abstand größte Exporteur von alliiertem Material für die Achsenmächte. Doch dann begann die Komödie der beamteten Dilettanten. Sofort lagen sich das Berliner Auswärtige Amt und die Dienststellen der Geheimen Staatspolizei in den Haaren und versuchten, sich gegenseitig den ‚fetten Brocken' zu entreißen. Sie mißtrauten sich maßlos; und dann mißtrauten sie auch noch dem ‚Cicero'-Material, das echt wie reines Gold und im Grunde unbezahlbar war. So legten sie denn einige Dutzend Filme mit kriegsentscheidenden Dokumenten aufs Eis und bezahlten ‚Cicero' außerdem noch mit Falschgeld. Wenn ein Gauner auf einen anderen prallt, verdoppelt sich die Gaunerei nicht etwa – sie löst sich in Nichts auf.

Nicht minder bezeichnend für die geradezu sagenhafte Selbstherrlichkeit deutscher Schreibtischstrategen ist das, was Unteroffizier Hugo Bleicher, das As der deutschen Abwehr in Frank-

reich, zu berichten weiß. Durch Agentensysteme, die Verbindung mit der Londoner Spionageabwehrzentrale hatten, wußten deutsche Stellen bereits einen Tag vorher mit absoluter Sicherheit den Zeitpunkt der Invasion. Sofort wurde das OKW verständigt. Und von dort kam die geradezu klassische Antwort: „Wir sind schon seit Jahren vorbereitet!"

Ihren höchsten Punkt aber scheinen die Wellen des Mißtrauens in der Sowjetunion erreicht zu haben. Das ist einmal aus den Methoden des Systems selbst zu erklären: Wer sich im eigenen Land ein Heer der Spitzel leistet und nicht zögert, Denunzianten staatlichen Schutz angedeihen zu lassen, rechnet von vornherein mit jeder Sorte Gemeinheit, mit Bluffs, Tricks, Täuschungen und Unaufrichtigkeit.

Dann aber sind die Sowjets, neunzehnhundertneununddreißig, fürchterlich reingefallen. Sie haben den Berichten und Meldungen vieler Genossen, die alles andere als brauchbare Nachrichtenleute waren, getraut und ließen sich durch diese Wunschträumer einreden, daß das finnische Volk sie mit offenen Armen aufnehmen würde. Leichtfertig und ohne intensive Vorbereitung entstand so die Katastrophe Finnland, die dann wiederum die Grundlage zu Hitlers entscheidendem Rechenfehler wurde.

Geradezu gigantisch aber mutet des Versagen der Sowjets im Jahre neunzehnhundertundeinundvierzig an. Hier scheinen sie wahrhaftig mit Blindheit geschlagen gewesen zu sein. Sorge war sicherlich der erste ihrer Agenten, der den Sowjets klarzumachen versuchte, was ihnen von Deutschland aus bevorstand; aber er blieb nicht der einzige. Seine erste Meldung, vier Wochen vor dem Ausbruch des deutsch-sowjetischen Krieges, stimmte in allen Einzelheiten – sie war vier Wochen später keinesfalls überholt; aber die Sowjets dachten gar nicht daran, auf ihren besten Agenten zu hören.

Feststeht heute, daß Richard Sorge den Reigen der Agentenwarnungen an Sowjetrußland lediglich eröffnet hat – andere funkten von anderen Ländern das gleiche. Doch erst zwei Wochen vor dem geplanten Angriff trat auch die Schweizer Gruppe. die über ausgezeichnete OKW-Beziehungen verfügte, in Aktion und meldete: Deutschland wird am zwanzigsten Juni angreifen. Die Sowjets legten auch diese Meldung achselzuckend zur Seite. Und heute weiß man, daß der britische Botschafter in Moskau das richtige deutsche Angriffsdatum bereits am 24. April vorausgesagt hat – aber der Kreml hat noch niemals viel von fremden Diplomaten gehalten.

Mitte Juni war die Situation sonnenklar – für alle; nur nicht für die Sowjets. Alle kriegführenden Mächte wußten um die riesigen Truppenansammlungen im Osten – die Sowjets wollten davon nichts wissen. Sie übersahen zweihundertundfünfzig marschbereite Divisionen.

Kurz bevor diese gewaltige Macht die Sowjets zu zerfetzen drohte, griff Churchill persönlich ein: er warnte Stalin. Und noch einen Tag vor dem deutschen Angriff beschimpften die sowjetischen Sender England und verdammten die Alliierten in Grund und Boden, weil sie versucht hätten, ‚den Geist der deutsch-russischen Einigung zu zerstören'.

Die dann folgende Katastrophe ist weltbekannt: Die sowjetischen Armeen wurden überrascht und überrollt; viele hundert Flugzeuge wurden am Boden zerstört; Panzer wurden in Rudeln wie auf Schießplätzen zerfetzt. Für ganze Armeekorps war der Krieg praktisch zu Ende, ehe sie überhaupt noch von ihm gehört hatten.

Feststeht heute, daß die Agenten der Sowjets keinesfalls versagt haben. Die großen Versager scheinen in diesem Fall im vierten Büro der Roten Armee und im Kreml gesessen zu haben.

Der von ihm angekündigte, immer näherkommende Tag X, der zwanzigste Juni, beunruhigte Richard Sorge in steigendem Maße. Er sah diesen Tag heranrollen wie eine Dampfwalze, unaufhaltsam und wuchtig. Und er fahndete blind nach einer Möglichkeit, diesem drohenden Verhängnis auszuweichen.

Zunächst konzentrierte er sich darauf, wie die Durchschlagskraft seiner Meldung zu vergrößern, wie ihr Inhalt noch überzeugender zu detaillieren sei. Die Meldung war, das stand fest, mehr als ungewöhnlich – sie war unglaublich. Ihm selbst war sie auf Anhieb absurd erschienen, unfaßbar, nicht mit dem gesunden Menschenverstand zu vereinbaren.

Aber er war absolut sicher, daß dieser Meldung ganz konkrete Tatsachen zugrunde lagen. Dafür bürgte allein schon die Persönlichkeit des Obersten Scholl. Der Oberst war kein Mann mit lebhafter Phantasie und niemals ein Aufschneider. Und Sorge hatte, um ganz sicherzugehen, obwohl das völlig überflüssig war, kurz vor der Abreise des Obersten noch einmal ein vorsichtiges Echogespräch geführt: dieselben Angaben, die gleichen Daten. Die Quelle Scholl war zuverlässig, ohne Einschränkung.

Um Material für weitere Meldungen zu dieser Sache zu erhalten, hatte Sorge mit der bei ihm selbstverständlichen Vorsicht und der ihm eigenen Intensität alle ihm zur Verfügung stehenden Quellen angezapft und getestet, was sich testen ließ. Die Unterlagen des deutschen Militärattachés in Tokio, an die er über Zwischenträger nur mühsam herankam, schienen alle Einzelheiten zu bestätigen; die Zahl der bereitgestellten Divisionen erhöhte sich auf zweihundertundfünfzig. Der Botschafter selbst allerdings machte ganz den Eindruck, als sei er nur unvollkommen infomiert.

Ozaki, der Unfehlbare, konnte hierzu weder Zahlen noch gar ein Datum angeben, aber daß starke deutsche Truppenverschiebungen nach dem Osten Europas stattgefunden hatten, wußte auch er. Aus internen und offiziellen Nachrichten, aus Briefen, Gesprächen, Vermutungen und Kombinationen ergab sich ferner, daß das Oberkommando der Wehrmacht von anderen Kriegsschauplätzen Panzereinheiten abgezogen hatte. Der Bau von deutschen Flugplätzen in Polen schien ebenfalls Tatsache zu sein.

Das alles ließ Sorge erneut nach Moskau funken, konzentriert, kurz und spürbar sachlich. Mehr konnte er, hier in Tokio, nicht tun. Aber was er getan hatte, war mehr als genug und von entscheidender Bedeutung.

Jetzt lag die Initiative allein beim vierten Büro der Roten Armee, dann beim Kreml. Und Sorge war überzeugt, daß dort alles Erdenkliche geschehen werde, um der großen Gefahr wirksam zu begegnen. Und langsam wich die gewaltige Anspannung wieder von ihm.

Er setzte noch schnell Miyagis Agenten ausschließlich zur Bewegungskontrolle japanischer Eliteverbände an – er wollte erkunden, ob Japan irgendwelche eigenen Unternehmungen im Zusammenhang mit einem möglichen deutschen Angriff auf Sowjetrußland geplant hatte. Er glaubte das zwar nicht, schon weil es Ozaki verneint hatte, aber er wollte nichts versäumen, um die Situation erschöpfend auszudeuten.

Als er das getan hatte, machte er von sich aus den Versuch vorzugreifen; genauer: in das Räderwerk der Politik einzugreifen. Er informierte Ozaki vollständig und gab sich Mühe, ihn zu einem Bericht an die japanische Regierung zu inspirieren, mit dem Ziel, Mißtrauen, deutlich auszusprechendes Mißtrauen zu erregen. Auch der deutsche Botschafter wurde gesprächsweise informiert, und Sorge versuchte ihn zu einem Protest, verbunden mit einem vernichtenden militärischen Urteil, zu bewegen.

Aber der General sah keinerlei Veranlassung, ‚irgendwelchen kursierenden Gerüchten' Glauben zu schenken.

Sorge wollte einfach nicht glauben, daß ein derartig wahnsinniger Plan von Dauer sein könnte, ohne auf den entschlossenen Widerstand einsichtiger Generäle zu stoßen. Und er hoffte auf die sofortige Wachsamkeit der Sowjets, die ihrerseits durch starke Truppenkonzentrierung die lebensgefährliche Bedrohung abzuschwächen, wenn nicht gar wirkungslos machen würden.

Jeder Krieg, so sagte er sich immer wieder, ist ein Unglück Ein Krieg zwischen Deutschland und Rußland aber wäre die große Katastrophe. Für beide Völker. Das war es letzten Endes: nicht nur der mögliche Untergang der Nazis – die Ausblutung Deutschlands! Und damit, ganz zwangsläufig, ein ewiger Haß zwischen diesen Völkern. Und zu beiden gehörte er gleichermaßen! Ihm war, als würden sich, wenn dieser Krieg unvermeidlich wäre, Vater und Mutter vor seinen Augen blutig schlagen – bis zum Verröcheln des einen.

Das durfte nicht sein! Sorge durchraste Tokio, immer auf der Suche nach neuen Informationen, immer bereit, über die völlige Sinnlosigkeit einer derartigen Auseinandersetzung zu diskutieren. Er durchredete die Tage; er fragte sich in trunkenen Nächten nach neuen Nachrichten durch; er trieb Miyagis Agentenrudel an, er zwang de Voukelitsch und Klausen zu erhöhter Aktivität, er klebte an Ozaki und forderte Unterlagen. Er zechte mit Meisinger, spielte mit dem Botschafter Schach, schlief wieder mit Martina, tobte im ‚Imperial' herum. Er vernachlässigte die ihm stillergebene Mitchiko und kam nur noch nach Hause, um sich todmüde auf sein Bett zu werfen und zu schlafen.

Seine wilde Entschlossenheit wuchs beängstigend, seine Stimme wurde lauter und hastiger, seine Gesten schroffer, seine Bemerkungen zynischer. Seine wenigen Freunde begannen um ihn zu bangen.

Siebert versuchte immer wieder, Sorge zu sprechen, aber der wich ihm aus. Nach mehreren vergeblichen Versuchen gelang es Siebert schließlich, Sorge auf dem Gelände der Botschaft zu stellen. „Haben Sie denn gar keine Zeit mehr für Ihre Freunde?"

„Wer ist mein Freund? Sie, Siebert? Das glauben Sie doch wohl selbst nicht."

„Wollen wir zusammen essen?"

„Kein Verlangen danach."

„Zusammen trinken?"

Sorge sah Siebert groß an. „Kommen Sie mit", sagte er dann. „Das Vergnügen will ich Ihnen gönnen."

Sorge zog Siebert mit sich, packte ihn in seinen kleinen blauen ‚Datsun', ließ den Motor aufjaulen und trieb ihn zu hoher Geschwindigkeit. Er riß den Wagen wild durch einige Kurven, bis er schleuderte, dann fing er ihn wieder und blickte dabei Siebert grinsend an. Der war bemüht nicht zu verraten, wie sehr er das Ende dieser Fahrt herbeiwünschte. Plötzlich bremste Sorge scharf. Sie hielten vor der ‚Fledermaus'.

Sorge schob Siebert vor sich in den halbdunklen, niedrigen Raum hinein und brüllte nach Whisky. Dann räumte er einen Tisch frei und ließ sich nieder. „Sie wollen mit mir trinken, Siebert? Warum?"

„Ich will mich mit Ihnen ungestört unterhalten können, Herr Sorge."

„Sie wollen mich ausnehmen! Sie wollen irgend etwas Bestimmtes von mir. Das sieht man Ihnen an der Nasenspitze an. Aber was?"

Siebert produzierte eine verlegene Bewegung, die vergeblich Protest ausdrücken sollte. Er versuchte sich mit dem Whisky zu beschäftigen. Aber der schmeckte ihm scheußlich.

„Los, los, Siebert", forderte Sorge hartnäckig, „zieren Sie sich hier nicht wie eine Jungfrau. Was haben Sie im Rohr?"

„Ich fahre bald wieder nach Deutschland zurück, mein lieber Sorge."

„Das wird mir leid tun, Herr Siebert. Ganz aufrichtig. Und das wissen Sie vermutlich auch."

„Meine Arbeit hier ist so gut wie beendet. Ich habe mehr als genug Material für ein Buch. Und langsam kriege ich auch wieder Sehnsucht nach Deutschland."

„Nach den Nazis?"

„Nach meiner Frau, meinen Büchern, meinem kleinen Haus. Sehnsucht nach einer Flasche Wein in einem Garten, an irgendeinem Fluß. Nach einem einsamen Waldspaziergang."

„Das mag sein, Siebert. Aber warum erzählen Sie gerade mir das?"

Siebert legte behutsam seine Hand auf Sorges Arm. Dann sagte er eindringlich: „Kommen Sie mit mir. Kommen Sie mit mir nach Deutschland."

Sorge zog heftig seinen Arm zurück. „Was soll das?" fragte er böse. „Was bezwecken Sie mit diesem dämlichen Witz?"

„Das ist kein Scherz, lieber Freund Sorge." Siebert schien sich durch die schroffe Reaktion auf seinen Vorschlag nicht gekränkt zu fühlen. „Das ist ein verbindliches Angebot."

„Sie wollen mich nach Deutschland mitnehmen?" fragte Sorge lauernd.

„Ja", sagte Siebert.

„Und als was soll ich mitkommen – als Reiseandenken? Oder als eine Art Rückversicherung? Oder als handgreifliches Material für ein neues Buch?" Sorge erregte sich immer mehr. „Ich frage mich, was Sie von mir denken müssen. Mich interessiert langsam, wie Sie mich einschätzen. Wie kommen Sie auf diese Idee, Siebert? Heraus mit der Sprache!"

Sorge beugte sich vor. Dabei stieß er eine Whiskyflasche um; die rollte über den Tisch, fiel dann auf den Boden und zerschellte. Er achtete nicht darauf. Er packte Sieberts Arm fest und drückte zu. „Also los – spielen Sie endlich mit offenen Karten."

Siebert versuchte vergeblich, sich aus Sorges Griff zu befreien. Er war sichtlich stark verärgert. „Macht denn Ihr ewiges Mißtrauen vor niemand halt?"

„Vor Ihnen nicht mehr. Sie scheinen nämlich alle Anlagen zu einem Spitzel zu besitzen. Und das selbst dann, wenn es Ihnen nicht um Geld geht, sondern vielleicht um literarischen Ruhm. Aber der setzt sich ja auch in Honorare um."

„Lassen Sie mich los, Sorge."

„Ich habe Sie etwas gefragt, und ich verlange jetzt eine Antwort. Also!"

„Sie machen es mir schwer", sagte Siebert. „Sehr schwer!" Und dann sagte er. „Da Sie keine Ruhe geben, Sorge – der Gedanke, Sie nach Deutschland zu verfrachten, stammt nicht von mir."

„Von wem denn?"

„Vom deutschen Botschafter", sagte Siebert.

Sorge sah ihn erstaunt an. Dann lockerte sich sein Griff. Er zog die Hand hastig zurück. „Ach!" rief er nur.

„Ja", sagte Siebert. „Der Botschafter bat mich darum, dieses Thema mit Ihnen durchzusprechen. Und ich habe mich dazu bereit erklärt. Und warum denn auch nicht? Kommen Sie doch wieder zurück nach Deutschland, Sorge. Deutschland liegt jetzt mitten im Brennpunkt der Ereignisse. Ein Mann von Ihren Qualitäten kann dort wie nirgendwo anders voll zum Zug kommen."

„Wie meinen Sie das?" forschte Sorge mit stets wachem Mißtrauen.

„Der Botschafter selbst will sich in jeder Beziehung für Sie einsetzen. Sie bekommen das beste Zeugnis mit, jede Empfehlung. Eine feste, doppelt so hoch wie hier honorierte Anstellung bei einem Berliner Institut ist Ihnen sicher. Sie werden zahlreiche Großfirmen finden, die Sie laufend über fernöstliche Geschäftsverbindungen beraten können. Eine Berliner Zeitung . . ."

„Quatsch!" rief Sorge heftig. „Das ist doch alles Unsinn!"

„Aber warum denn?" fragte Siebert ruhig. „Eine weitgreifende Veränderung würde Ihnen nur guttun."

„Blödsinn!" Sorge machte eine schroffe Handbewegung und fegte ein Glas vom Tisch, das sofort erneuert wurde. „Was soll ich in Deutschland, in diesem Riesen-KZ? Hier bin ich Richard Sorge, der beste Mann weit und breit. Dort bin ich womöglich Pg. Sorge, ein dämlicher Spaliersteher, ein Wiederkäuer von Parolen, ein Arsch für SA-Stiefel. Das können Sie mir doch nicht im Ernst zumuten, Siebert?"

„Schon recht", sagte Siebert und war spürbar verlegen. „Natürlich haben Sie recht, Sorge. Aber ich dachte . . . Ich habe dem Botschafter einen Gefallen tun wollen. Aber ich sehe ein, daß es sinnlos ist. Und auch unzweckmäßig."

„Es ist geradezu widernatürlich", sagte Sorge.

Siebert nickte. „Sie werden recht haben."

„Und warum sagt mir das der Botschafter nicht selbst?"

Siebert zögerte mit der Antwort. „Ich habe ihn auch danach gefragt. Und er sagte: Das kann ich nicht tun – ich bin doch sein Freund."

„Der und mein Freund!" brauste Sorge auf. Und seine maßlose, gestaute Enttäuschung brach sich, wenn auch nur für Sekunden, Bahn. „Der war einmal mein Freund! Und was ist er jetzt? Ein glatter Verräter! Er hat sich selbst und seine Gesinnung verraten. Und mich will er abschieben. Mich! Warum? Um besser schlafen zu können? Um niemand mehr sehen zu müssen, der ihm ins Gewissen redet? Darum? Oder wegen dieses Weibsstücks, dieser Martina? Ich schenke sie ihm! Und wenn er will, mit Gebrauchsanweisung."

„Sie verkennen, daß der Botschafter wirklich aufrichtig um Sie besorgt ist. Nur ein Freund kann diese Sorgen haben. Warum stoßen Sie ihn zurück? Müssen Sie ihn kränken?"

„Warum gerade jetzt, Siebert?" bohrte Sorge. „Warum gerade jetzt in diesem Augenblick?"

„Wir alle fürchten um Sie", sagte Siebert behutsam.

„Glaubt der Botschafter an einen Krieg zwischen Deutschland und Rußland?"

„Das weiß ich nicht. Aber er scheint darauf gefaßt zu sein."

„Glauben Sie daran, Siebert?"

„Ja", sagte der einfach.

„Und warum?"

„Weil allen Verbrechern die letzte menschliche Klugheit fehlt."

Sorges Gesicht hatte sich zu einer erschreckenden Grimasse verzogen. In seinen Augen lauerte die Wildheit der Raubtiere. Sein ganzer, leicht vorgebeugter Körper schien sich wie zum Sprung zu sammeln. Seine Hände griffen um die Kanten der Tischplatte.

Dann schnellte er hoch und verließ mit hängenden Schultern das Lokal. Es war, als existiere Siebert überhaupt nicht mehr für ihn. Er sprang in seinen Wagen und raste zur Botschaft.

Er traf Meisinger in dessen Arbeitszimmer. Der Polizeiattaché begrüßte ihn mit weiten Armbewegungen. „Jetzt geht es endlich los!" sagte er.

„Was geht los, Herr Oberst?"

„Wir werden die Kerle langsam auf Vordermann bringen!"

„Welche Kerle?"

„Die vom Kloster, Doktor. Wir haben doch hier ein deutsches Kloster in der Gegend. Heute nachmittag habe ich den Abt fertiggemacht."

„Und der hat sich fertigmachen lassen?"

„Der braucht uns doch!" rief Meisinger pathetisch. „Die Brüder können doch ohne unseren Segen gar nicht existieren. Der liebe Gott hat sie zwar erleuchtet, aber mit Finanzen versorgt er sie nicht."

„Und was haben Sie damit zu tun?" fragte Sorge voller Ekel und Neugier.

„Das kommt alles von der Koordination der Dienststellen", erklärte Meisinger hochbefriedigt. „Mir unterstehen jetzt alle Deutschen in Japan – in jeder Beziehung. Und einige davon habe ich besonders in mein Herz geschlossen. Und für die Pfaffen hatte ich schon immer eine Schwäche. Hier vor dem Schreibtisch stand der Stellvertreter Gottes. Und er hob die Flosse zum Deutschen Gruß."

„Sie haben ihn dazu gezwungen?"

„Nur mehrmals höflich aufgefordert. Das Zeug zu einem Märtyrer hatte der Mann nicht."

„Und was machen Ihre Kommunisten?“ fragte Sorge rauh.
„Die erledigen wir jetzt bald en gros“, erklärte Meisinger zufrieden.
„Sie halten es tatsächlich für möglich, daß Deutschland die Sowjetunion angreifen wird?“
„Für eine Tatsache halte ich das! Hitler wäre ja auch schön dumm, wenn er sich diese einmalige Gelegenheit entgehen ließe.“
„Welche einmalige Gelegenheit?“ fragte Sorge und stellte sich dumm.
Meisinger ließ sich gerne zu einer, wie ihm schien, erschöpfenden Erklärung herab. „Hitler hat jetzt gerade das ganze Volk mobilisiert, das muß er ausnutzen. Die zehn Millionen Soldaten können doch nicht einfach in eine Ecke gestellt werden. Die müssen ’ran! Und da wir bekanntlich ein Volk ohne Raum sind . . .“
„Und die Russen, glauben Sie, werden einfach zulassen . . .“
„Die Sowjets“, sagte Meisinger mit Überzeugung, „sind ein zweitklassiges Volk. Der finnische Feldzug hat das bewiesen. Wir fegen sie einfach von der Landkarte.“
„Auch ein Napoleon . . .“
„Wir sind jetzt motorisiert“, erklärte Meisinger, „unsere Armeen gehen nicht zu Fuß. Nach vier Wochen sind wir in Leningrad, nach sechs in Moskau. Drei Monate später werden hier bei uns in Japan die ersten russischen Flüchtlinge eintreffen.“
Sorge drehte sich um und ging. Meisingers Argumente waren ihm zu dumm. Aber dann sagte er sich betroffen, daß die dummen Argumente zur Zeit die gültigen waren. Und diese deprimierenden Gedankengänge trieben ihn erneut in einen Alkoholrausch hinein.
Und mitten in der Trunkenheit rief er wahllos einige seiner Bekannten an und schrie ihnen entgegen: „Die Nazis sollen sich nur unterstehen, Rußland anzugreifen. Dieses Riesenreich! Und wenn sie bis nach Moskau kommen, dann ist das nur ein Flohbiß!“
Am nächsten Tag schrie er unbeherrscht auf dem Korridor im alten Botschaftsgebäude einen Referenten zusammen, der sich geweigert hatte, seine Argumente zu teilen. „Ihr alle seid nichts als Zuhälter! Kriegstreiber! Gesindel! Aber einmal werdet ihr nahe daran sein zu baumeln, und dann werdet ihr euren Hitler verfluchen wie den letzten Dreck!“
Am 20. Juni taumelte Sorge betrunken durch einige Lokale,

beschimpfte den Botschafter, dann Hitler, dann alle, die ihm über den Weg liefen. „Diese Schweine!" rief er. „Diese elenden Schweine!" In der Nacht heulte er wie ein geprügeltes Kind, und Mitchiko hielt angstvoll zitternd an seinem Bett Wache.

Am 22. Juni, nachdem sich herausgestellt hatte, daß der Angriff am Tage X plus 2, also nicht am 20., sondern am 22. Juni stattfinden würde, lauschte Sorge im Hause des Botschafters auf die offizielle Kriegsnachricht.

Die allgemeine Stimmung war alles andere als festlich-erwartungsvoll, sie war eher niederdrückend, voll ungelöster Nervosität. Niemand dachte mehr an konzentrierte Arbeit. In den Büros liefen die Radioapparate ununterbrochen. Die Angehörigen der einzelnen Dienststellen hatten sich zusammengesetzt. Bei Meisinger wurde mannhaft gesoffen.

Sorge lief wie ein Tier hinter Gittern herum. Niemand schien sich mehr daran zu stoßen. Seine knurrenden Schimpfworte erregten kaum noch Protest.

In der immer mehr steigenden, wildbrodelnden Erregung fielen auch die letzten Masken ab wie Blätter im Herbstwind. Martina Schwarz erklärte, Sorge sei ihre einzige Leidenschaft, sonst niemand. Sorge beschimpfte sie haltlos und nannte sie Hure. Sorge beschimpfte sie alle und trank maßlos.

Am Nachmittag wurde der Kriegsbeginn mit Rußland offiziell bekanntgegeben.

Der Botschafter bestieg sein Auto und ließ sich zu Martina Schwarz fahren. Elga aber sagte starr: „Berlin hat recht. Wenn uns die Russen jeden Lebensraum verweigern und den Krieg nur benutzen wollen, um sich auf unsere Kosten zu bereichern, dann verdienen sie auch nichts anderes als dafür bestraft zu werden."

Sorge starrte sie wild an, mit schmerzlich verzogenem Gesicht. Dann wandte er sich ab. Und er hätte aufheulen können bei dem Gedanken, nun auch noch sie ganz verloren zu haben.

Die Stimmung beim Essen im kleinen Kreis war von der nachklingenden Erregung wie in Fetzen zerrissen worden. Die Anwesenden sprachen kaum, und wenn sie sprachen, wechselten sie banale Worte. Die Bestecke klapperten aufdringlich laut. Nervosität durchzitterte den Raum und drohte sich zu entladen.

Plötzlich schlug Sorge, der niedergedrückt und wortlos dagesessen hatte, mit beiden Fäusten wild auf den Tisch. Das Geschirr klirrte heftig; ein Glas fiel um und zerbrach mit schrillem Klang. Sorge lachte. Dann schrie er: „Ihr werdet euch noch wundern – alle, wie ihr hier sitzt! An Rußland wird sich Hitler noch die Zähne ausbeißen!“

Dann sprang er auf, blickte wild um sich, fixierte die erstarrten Gäste. Dann packte er den Stuhl, auf dem er gesessen hatte, mit beiden nervigen Händen, riß ihn hoch, hielt ihn so wild keuchend einige Sekunden über sich. Dann schmetterte er ihn mit gewaltiger Kraft gegen die Wand.

Richard Sorge verließ die Botschaft und fuhr ins ‚Imperial‘. Er ging mit langen Schritten durch die Vorhalle hindurch, in die Halle hinein, bahnte sich einen Weg durch einige tanzende Paare und stellte sich vor den Musikern auf. Dann sagte er: „Bach.“

Die Musiker blickten hilfesuchend zum Geschäftsführer, der sichtlich bemüht war, sich zu drücken. Die Tanzpaare wagten Protest. Zwei Kellner versuchten vergeblich sie zu beruhigen.

Sorge drehte sich um und sagte: „Haltet eure Fressen!“

Vier Paare verzogen sich sofort, dezente Verwünschungen murmelnd. Zwei Paare aber, offenbar in völliger Unkenntnis ihrer Situation, wagten offenen Widerstand. Sorge sprang sofort zu und prügelte die männlichen Tanzpartner hinaus; einen Kellner und zwei Gäste, die sich einmischen wollten, dazu.

Noch während die Zusammengeschlagenen hinaustransportiert wurden, ordnete Sorge gelassen seinen Anzug, wischte sich etwas Blut aus den Mundwinkeln und suchte sich einen Stuhl.

Bevor er sich setzte, sagte er zu den erstarrten Anwesenden: „Herrschaften! Heute, zu Beginn des glorreichen Krieges, bitte ich mir eine feierliche Stimmung aus. Es lebe Deutschland!“

„Deutschland erwache!“ rief ein bezechter Gast begeistert im Hintergrund.

„Zu spät“, sagte Sorge murmelnd. Dann setzte er sich erwartungsvoll hin, nickte den Musikern zu und sagte: „Bach.“

Die Erfolge der einen führen automatisch zu den Verlusten der anderen.

Es ist verhältnismäßig leicht, die Opfer eines Bombenangriffes oder die Verluste einer Schlacht zahlenmäßig festzulegen. Wie ‚groß‘ aber die Erfolge der Spionage, umgerechnet in Menschenleben, tatsächlich sind, das kann niemand sagen. Und keiner wird auch jemals ermessen können, wie viele Menschenleben die Spionageabwehr zu erhalten vermocht hat.

Dennoch tauchen immer wieder Zahlen auf. Und obwohl diesen Zahlen eine gewisse Wahrscheinlichkeit nicht abzusprechen ist, bleiben sie immer vage.

Das deutsche Amt Ausland Abwehr hat im letzten Weltkrieg eine dieser außerordentlich fragwürdigen Zahlen veröffentlicht: durch die Tätigkeit feindlicher Agenten seien ‚mutmaßliche Mehrverluste von zweihunderttausend Mann' eingetreten. Selbst Admiral Canaris schloß sich dieser Schätzung an.

Andere Zahlen scheinen ‚greifbarer'. Daß die Blindheit der Sowjets im Juni 1941 sie Millionen Menschenleben und um ein Haar die ganze Existenz gekostet hat, ist glaubhaft. Daß ein Klaus Fuchs mit einigen auf Zetteln geschriebenen Endformeln den sowjetischen Atomwissenschaftlern etwa ein bis zwei Jahre anstrengendster und kostspieligster Arbeit erspart hat, ist ziemlich sicher.

Doch präzise sind die Zahlen, die nicht den Erfolg aufzeigen, sondern die Höhe der Unkosten angeben, die zu diesen Erfolgen geführt haben. Und da zeigt es sich, daß keine Großmacht in diesem Punkt knausrig war.

Fast immer erbringen diese Zahlen den Beweis, daß Großzügigkeit sich in gewisser Weise auch bezahlt macht. So soll der österreichische Oberst Redl, der als Spionagechef die Russen aus allererster Quelle versorgte, ein geradezu königliches Jahreshonorar erhalten haben, das nach heutigen Währungsmaßstäben mit ungefähr zwei Millionen D-Mark angesetzt werden muß.

Die großen Organisationen aber verschlingen riesige Summen. Deutschland hat jährlich dreißig bis vierzig Millionen R-Mark für Spionage und Gegenspionage ausgegeben. Experten schätzen, daß die Sowjets allein in den Jahren 1939 und 1940 für die Bespitzelung des ‚Nichtangriffspartners' Deutschland rund vierzehn Millionen Mark ausgeworfen haben. Die gewaltigste Zahl auf diesem Gebiet jedoch ist im letzten Jahr bekanntgeworden: Die Vereinigten Staaten bewilligten ihren Spionagespezialisten offiziell die Summe von fünfhundert Millionen US-Dollar – also etwa zwei Milliarden D-Mark.

Nun kann man für viel Geld zwar viel, doch beileibe nicht alles kaufen. Und immer wieder hat sich gezeigt, daß ein ‚billiger' Mann Millionen wert und im Grunde unbezahlbar ist. Klaus Fuchs ist ein Musterbeispiel dafür. Sein unschätzbar wertvolles Material kostete die Sowjets praktisch keinen Pfennig – nur einmal gelang es, Fuchs ein paar hundert Dollar, für Spesen, aufzudrängen.

Auch Richard Sorge war so ein billiger Mann. Sein Material muß den Sowjetrussen viele Millionen Dollar wert gewesen sein – doch er und seine Gruppe, samt Untergruppe und Zuträger, schafften es herbei, ohne jemals im Monat mehr als fünfzehnhundert Dollar ausgegeben zu haben.

Die Leistungen der Sorge-Gruppe stehen im Verhältnis zu ihren Kosten wie etwa der Gesamtinhalt des Tresors zu dem Preis eines Tresorschlüssels. In sieben überaus erfolgreichen Jahren hat Richard Sorge für sich und seine Leute insgesamt ungefähr vierzigtausend US-Dollar ausgegeben. Ein einziger Bomber kostet das Vielfache.

Und der tieferstaunte General Willoughby, der Abwehrchef Mac Arthurs, der dem ‚Fall Sorge' sehr großzügig und mit unverkennbaren antisowjetischen Vorurteilen nachgespürt hatte, stellte kopfschüttelnd fest: Unglaublich! Was dieser Kerl mit seiner ganzen Organisation in einem Monat verbraucht hat, das ist ja ‚viel weniger' als das Gehalt eines mittelbezahlten Waffenattachés!

Richard Sorge lag auf seinem Bett und starrte an die Decke. Seit zwei Tagen lag er so, ohne sonderlich viel zu sagen. Mitchiko lag neben ihm und horchte angestrengt auf jede seiner Bewegungen. Aber er lag fast immer wie leblos da.

Sorge war von Schmerzen und Alkohol überwältigt. Er hatte sich, nach der durchtobten Nacht, die dem 22. Juni gefolgt war, mit letzter Kraft nach Hause geschleppt. Auf der Treppe seines Häuschens brach er zusammen. Mitchiko zerrte ihn auf sein Lager und zog ihn aus.

Es war, als existiere er nicht mehr. Sein Körper schien steif zu sein, und seine Augen waren geschlossen. Aber Mitchiko wußte, daß er wach war; hellwach. Seit Stunden schon. Aber er sprach kein Wort.

Draußen war der Himmel lichtblau. Die warme Sommernacht drängte sich herein. Und ein kaum spürbarer Wind hauchte sie heiß an. Die Kerze, die auf dem Tisch stand, brannte ruhig und warf ein mildes Licht auf die Regale mit den Büchern, die zertretenen Teppiche, die halbvollen Flaschen, die herumstanden, auf die beiden Menschen, die regungslos nebeneinander lagen.

Langsam schlich auf Mitchiko Angst zu, eine lauernde, dunkle, dumpfe Angst. Sie preßte sich die Hände fest auf die Brust und atmete schwer. Dann schob sie diese Hände höher, bis zu ihrem lautlos aufgerissenen Mund hin. Sie biß zu. Und sie zitterte am ganzen Körper.

„Hab keine Angst", sagte Sorge leise.

Ihr Zittern hörte sofort auf. Sie horchte mit beglückter Verwunderung auf seine Worte. Dann verlor sie ihre Beherrschung und warf sich weinend über ihn.

Sorge zog sie fest an sich und streichelte ihr schwarzes Haar. Das geschah nahezu mechanisch und dennoch mit großer Zärtlichkeit. Seine Augen blieben geschlossen.

„Weine nicht", sagte er. „Weine nicht über dich, denn du hast noch ein langes Leben vor dir. Und weine nicht über mich – ich bin das nicht wert."

„Ich werde dich immer lieben", sagte sie heftig. Und dann fügte sie, den Mund dicht an seinem Hals, hinzu: „Warum haben wir kein Kind."

Sorges Bewegungen erstarrten. Seine Hand lag jetzt regungslos auf ihrem Kopf. Und es war, als atme er nicht.

„Es wird dein Kind sein", sagte sie stammelnd, „aber es wird dir niemals Sorgen machen. Ich werde es großziehen, ganz allein. Und dann werde ich dich immer bei mir haben – so wie ich dich kenne."

„Es darf kein Kind geben, dessen Vater Richard Sorge heißt", sagte er. „Du würdest ein Leben lang darunter zu leiden haben."

„Ich würde ein Leben lang glücklich sein."

„Einmal wird die Welt wissen, wer Richard Sorge war. Und die Menschen drüben in meiner Heimat werden mich verfluchen, oder sie werden mich nicht verstehen. Hier in Japan aber wird nur Haß sein, wenn der Name Richard Sorge fällt. Sie werden mit Steinen nach dir werfen, sie werden dich anspucken; und unser Kind würde ohne Freund und ohne Freude sein. Und mit jedem Atemzug würdet ihr nichts als Haß einatmen."

„Das ist mir gleich", sagte Mitchiko einfach.

Sorge preßte sie an sich. Jetzt atmete er schwer. Er sagte: „Es hat viel Frauen in meinem Leben gegeben, Mitchiko."

„Nicht", sagte sie hastig. „Bitte – nicht!"

Sorge wehrte sie zart ab. „Viele Frauen, Mitchiko. Ein Heer von Frauen. Schönheit, Leidenschaft, Verderbtheit – rudelweise. Alle Farben, alle Rassen, alle Größen. Und einige darunter, die um mich geweint haben. Und einige, denen ich nachtrauere. Und zwei oder drei darunter, die mir klargemacht haben, wie verfehlt mein Leben ist."

„Sprich nicht davon", stammelte Mitchiko. „Du leidest darunter."

Sorge schüttelte langsam den Kopf. „Ich bin ganz ruhig",

sagte er. „Es tut mir sogar gut, darüber zu sprechen. Das befreit mich. Ich habe diese Dinge ein Leben lang in mich hineingefressen, Mitchiko. Ich habe über sie gelacht. Ich habe mir suggeriert, sie seien unwichtig. Und heute fühle ich, daß ich mich belogen habe, solange ich denken kann."

Und plötzlich schrie er wild wie eine Anklage aus sich heraus: „Und heute weiß ich auch, daß ich betrogen worden bin – solange ich lebe. Ich bin um mein Leben betrogen worden!"

„Nimm mein Leben dafür", sagte Mitchiko kaum hörbar.

Sorge öffnete langsam die Augen; und fast war ihm, als öffne er sie zum erstenmal. Er sah in das milde, ruhige Licht der Kerze. Er umfaßte mit beiden Händen Mitchikos Kopf und betrachtete sie mit hilflosem Staunen.

Dann sagte er, sich abwendend: „Als ich damals aus dem Krieg kam, war irgend etwas in mir zerborsten. Ich suchte nach Heilung, aber in den Jahren danach brach alles auseinander. Und ich fand meine Kindheit nie mehr; niemals mehr die Familie; das stille Glück, wenn die Augen der Eltern auf mir ruhten; die große Geborgenheit neben dem Bruder. Ich habe immer von einer Familie geträumt, Mitchiko – von meiner Familie: von Kindern, die zu meinen Füßen spielten, von einer Frau, die glücklich neben mir saß."

„Es ist noch nicht zu spät."

„Es ist zu spät!" rief Sorge hart. „Es ist alles in mir und um mich herum zerschlagen worden. Ich habe nicht gelebt, ich mußte vegetieren. Ich schlug mich mit den gleichen Menschen blutig, die neben mir an der Front gelegen hatten. Viele Herzen in Deutschland sind nur noch Trümmerhaufen, Mitchiko. Und als die Nazis kamen, waren nur noch Dunkelheit und Mord um mich. Und sie haben Menschen, die ich liebte, gequält. Sie haben sie bis zum Verrecken gepeinigt! Ich werde das niemals vergessen! Niemals!"

Mitchiko suchte seinen Mund mit zitternden Lippen. Sie kannte nicht alle Worte, die er sprach, sie vermochte seinen hastigen Formulierungen nicht zu folgen – aber sie verstand ihn. Sie verstand ihn ganz. Und sie wurde geschüttelt von dem Verlangen, ihm das zu zeigen.

„Und das sollst du wissen", sagte Sorge stark und klar. „Unter den vielen Frauen meines Lebens war nicht eine – nicht eine –, bei der ich das Verlangen hatte, sie möge die Mutter meiner Kinder werden. Du aber bist die erste, Mitchiko. Du bist die einzige."

Sie weinte haltlos. Ihre Tränen strömten über sein Gesicht; und sie entdeckte nicht, daß auch er weinte. Und ihr war, als schwebe über ihnen der Tod.

„Weine nicht wegen Richard Sorge", sagte er mit Härte. „Versuche ihn zu vergessen. Verfluche ihn meinetwegen, wie ihn andere verfluchen werden. Er ist ein Gezeichneter."

„Ich liebe dich", sagte sie schluchzend.

„An allem schuld ist der Krieg", sagte er. „Er hat mich versaut. Und die Nazis! Sie haben mir den Rest gegeben." Und gepreßt, verschämt, mit heimlichem, wildem Haß fügte er hinzu: „Sie haben mir die Heimat genommen."

Und kaum vernehmbar sagte er: „Deutschland."

Mitchiko schüttelte wie verlegen den Kopf. Das verstand sie nicht. Der Krieg war weit, Deutschland war noch weiter – und wer die Nazis waren, wußte sie nicht. Ihre kleine Welt hieß Richard Sorge.

„Der Krieg ist grausam", sagte er. „Er vergiftet alle Menschen. Und die Völker wollen ihn nicht, aber sie werden in ihn hineingetrieben. Denn die Staatsmänner rechnen mit ihm; und wenn sie ihn auch für ein Übel halten, so doch für ein unvermeidliches Übel. Sie sind nicht nur auf ihn gefaßt – sie machen sich für ihn bereit. Und wir müssen ihn führen! Ich habe dem Krieg in die Fresse gesehen, Mitchiko – mehrmals. Ich habe gesehen, wie französische und deutsche Soldaten zusammen gebadet haben. Und am nächsten Tag schossen sie sich gegenseitig tot."

Richard Sorge schob Mitchiko zur Seite. Dann riß er das dünne Laken von seinem Körper und lag nackend da. „Sieh mich genau an", forderte er sie auf. „Was siehst du?"

Mitchiko betrachtete ihn scheu. Sie betrachtete seinen rosigen, festen, wohlgebildeten Körper, die vollen Schultern, die sehnigen Arme, die breite, gutgewölbte Brust, die straffen, harten Schenkel. Er war gewachsen wie ein Gott.

„Sieh auf meine Beine", sagte er. „Fällt dir auf, daß das eine kürzer ist als das andere? Beim Gehen merkt man das kaum. Aber das eine Bein ist kürzer. Ich bin damals im Krieg zusammengeschossen worden – in Rußland. Ich lag im Dreck und blutete. Stundenlang lag ich allein, wimmernd und zerfressen vom Fieber. Und da fand mich ein russischer Soldat. Und er gab mir zu trinken, der gab mir auch Zigaretten und versuchte mich zu verbinden. Es sind prächtige Menschen, die Russen. Der damals war zu mir wie ein Bruder."

Mitchiko beugte sich vor und legte ihren Kopf zärtlich auf seine Beine. So blieb sie, gekrümmt, vor ihm liegen. Und er fühlte ihre vollen, weichen Lippen.

Sorge stieß sie zurück. „Nein", sagte er. „Tu das nicht. Tu nichts mehr für mich. Geh! Verlaß dieses Haus und komme niemals wieder."

„Nein", sagte sie fassungslos.

Sorge richtete sich heftig auf. „Du mußt gehen", sagte er. „Und du sollst jedem sagen, daß du mich widerlich findest, daß du nicht mit mir zusammenleben kannst. Niemand kann das. Ich bin wie verflucht. Ich bringe allen Menschen Unglück. Und jeder verläßt mich. Meine Familie ist zerrieben. Mein Vaterland hat mir ins Genick gespuckt. Manfred, meinen Kriegskameraden, meinen Jugendfreund, haben die Nazis zu Tode geprügelt. Meiner Frau habe ich die Kraft genommen, weiter mit mir zu leben. Martina hat meine Leidenschaft zerstört. Mein letzter Freund, der General, ist zu meinen Todfeinden übergelaufen. Jetzt bleibt mir nur noch eins – mein neues Vaterland!"

„Und ich!"

„Du nicht!" rief Sorge. „Ich will nicht, daß du an mir zugrunde gehst. Weil ich dich liebe, will ich das nicht."

Sorge sprang auf und stellte sich vor sie hin. „Ich werde dir Geld geben", sagte er. „Ausreichend Geld. Fünftausend Yen. Auch mehr, wenn du willst. Du sollst versorgt sein."

„Ich will kein Geld", sagte sie heftig. „Nicht dein Geld und auch nicht das andere."

Sorge zögerte plötzlich. „Welches andere Geld?" fragte er dann. „Wer hat dir noch Geld angeboten?"

„Herr Siebert", sagte sie. – „Wann war das?"

„Vor zwei Tagen."

Sorge sagte kein Wort mehr. Er zog sich mit hastigen Bewegungen an. Dann stürzte er hinaus. Er bestieg seinen kleinen blauen ‚Datsun' und suchte Siebert.

Er fand den Schriftsteller im Restaurant ‚Lohmeyer'. Dort saß er mit einigen Angehörigen der deutschen Kolonie, mit zwei Ingenieuren und einem Kaufmann, und trank Dortmunder Exportbier. Sie schienen eine gepflegte, leicht langweilige Unterhaltung zu führen.

„Ich muß Sie sprechen", sagte Sorge fordernd zu Siebert, ohne von den Anwesenden Notiz zu nehmen.

Siebert erhob sich bereitwillig. „Wenn es sein muß", sagte er und folgte Sorge hinaus.

Als sie, wortlos, auf den zerbeulten und staubbedeckten ‚Datsun' zugingen, fragte Siebert zögernd: „Und das läßt sich auch nicht vermeiden?"

„Das ist das schlimmste nicht", sagte Sorge, riß den Schlag auf und wies Siebert einen Platz an. Dann stieg auch er ein, gab Gas und brauste davon.

Der Motor des kleinen Autos fauchte, spuckte und verfiel dann in ein schrilles, sirenenartiges Gebrüll. Sie verließen die Innenstadt, jagten durch einige Seitenstraßen, fuhren dann dicht an der Mole des Handelshafens vorbei. Plötzlich stoppte Sorge seinen Wagen ab, riß das Steuer herum und fuhr den Wagen rückwärts.

„Was soll das?" fragte Siebert unruhig. „Was wollen Sie eigentlich von mir?"

„Wie gefällt Ihnen diese Gegend?" fragte Sorge lauernd. „Ziemlich einsam – wie? Ein kaum benutzter Teil des Hafens. Von unserem Standpunkt aus bis zum Wasser sind genau dreißig Meter. Der Damm selbst, auf dem wir jetzt stehen, fällt dort vor uns senkrecht ab: vier Meter bis zur Wasseroberfläche und dann weitere zwölf Meter bis zum Grund."

Der Motor, den Sorge nicht abgestellt hatte, sang leise. Siebert hatte sich in seinen Sitz zurückgelehnt und sagte nichts. Zahlreiche Lichter spiegelten sich im Wasser. In der Ferne war der Lärm der Stadt vernehmbar. Außer ihnen schien sich niemand in dieser Gegend aufzuhalten.

Sorge drehte sich zu Siebert herum und beugte sich lauernd vor. Sein zerfurchtes Gesicht war völlig regungslos. Nur seine Augen funkelten bedrohlich.

„Sie sind ein völlig unberechenbarer Mensch", sagte Siebert bedrückt.

Plötzlich riß sich Sorge herum, trat wild auf den Gashebel, stieß den ersten Gang in das Getriebe und ließ die Kupplung los. Der Wagen sprang vorwärts, kam schnell auf Touren und jagte geradeaus auf das Wasser zu. Siebert schrie unterdrückt auf und duckte sich. Aber Sorge trat mit aller Kraft auf die Bremse, blockierte die Räder, und der ‚Datsun' stand fauchend still – vierzig Zentimeter vom Rand der Mole.

„Gefällt Ihnen das?" fragte Sorge.

Ohne eine Antwort abzuwarten, legte er den Rückwärtsgang ein und ließ den Wagen in die Ausgangsstellung zurückrollen. Er kuppelte aus. Und wieder sang der Motor leise.

„Völlig unberechenbar“, sagte Siebert kraftlos. Er zog ein Taschentuch und betupfte sich das Gesicht.

„Warum versuchen Sie nicht auszusteigen?“ fragte Sorge mit Hohn. „Warum rufen Sie nicht um Hilfe?“

„Warum sollte ich das tun?“ fragte Siebert zurück.

„Es wäre auch zwecklos!“ Sorge fuhr mit der linken Hand mehrmals über das Steuerrad seines Wagens. Das geschah nicht mechanisch, das verriet dem aufmerksamen Siebert Nervosität. „Diese Gegend ist ziemlich einsam – ich kenne mich hier aus. Und ich bin Ihnen körperlich in jeder Beziehung überlegen; das wissen Sie genau. Ich laufe schneller als Sie, ich schlage härter zu, ich schwimme auch besser. Und wenn Sie und ich und mein ‚Datsun‘ ins Wasser fallen sollten, wird jeder sagen: Die Kerle waren schon wieder einmal besoffen, aber dieser Sorge kann auch dann noch schwimmen, wenn er besoffen ist.“

„Was muß in Ihnen vorgehen?“ fragte Siebert; und durch seine Worte klang Trauer.

„Ich wehre mich meiner Haut“, sagte Sorge rauh. „Noch brauche ich sie – nicht mehr lange, vermutlich, aber im Augenblick besonders dringend.“ – „Ich gefährde Sie nicht.“

„Sie haben Mitchiko Geld angeboten, Siebert. Warum? Was wollten Sie damit erreichen?“

„Ich wollte ihr helfen. Sie ist ein liebenswerter Mensch. Es wäre bedauerlich, wenn sie in Not geraten würde.“

„Sie sind ein Wohltäter“, sagte Sorge mit kalter Ironie. „Und warum spionieren Sie mir nach? Warum interessieren Sie sich für meine Tätigkeit, meine Vergangenheit, meine Unternehmungen?“

„Ich interessiere mich lediglich für den Menschen Sorge.“

„Was wissen Sie von mir?“

„So gut wie nichts von dem, was in Ihnen vorgeht. Einiges von Ihrer Tätigkeit.“

„Dann wissen Sie also zuviel“, sagte Sorge hart.

Siebert legte behutsam seine Hand auf Sorges Arm. „Haben Sie denn noch immer nicht gemerkt“, sagte er ruhig, „daß ich Sie liebe.“

Sorge zog heftig seinen Arm zurück. „Kommen Sie mir nicht damit!“ rief er überrascht. „Lassen Sie mich mit diesem elenden Seich zufrieden! Lieben! Das Wort haben Sie doch aus dem Lexikon.“

„Lieber Freund Sorge“, sagte Siebert, als spräche er zu sich, „warum sind Sie so verbittert?“

„Sie öden mich an, Mensch!"

„Ich bedaure Sie nur. Und mich dauern alle Menschen, die unter Ihnen leiden müssen. Sie glauben, keine Freunde zu haben. Aber Sie wissen nicht, wie furchtbar schwer Sie es Ihren Freunden machen. Die arme Mitchiko liebt Sie. Der Botschafter ist Ihnen zugetan wie einem guten Kriegskameraden. Frau Elga ist zu Ihnen wie eine Mutter. Ich grüble, wie ich Ihnen helfen kann. Und was tun Sie, Richard? Sie stoßen uns alle zurück."

Sorge krampfte beide Hände um das Lenkrad. „Und wenn das wirklich so ist – ich kann doch nicht anders!"

„Wenn Sie schon nicht lieben können – warum quälen Sie dann noch?"

„Aber das will ich doch nicht!"

„Kein Mensch hat das Recht, die Liebe mit Füßen zu trampeln."

„Besser so!" rief Sorge. „Das ist besser als diese Liebe langsam verbluten zu sehen. Wenn Sie wirklich das alles von mir wissen, was ich glaube, Siebert, dann müssen doch wenigstens Sie mich verstehen! Ich muß allein sein. Ich muß den letzten Weg ohne Begleitung zu Ende gehen. Mein Unglück genügt. Niemand soll daran teilhaben!"

Siebert sank in seinem Sitz zusammen. Er starrte auf das Wasser, in dem die fernen Lichter taumelten. Dieser Mensch, dachte er verzagt, leidet wie ein Tier. Und kein Sterblicher kann ihm helfen.

„Es ist mir gleich, was du tust", sagte Siebert, „es ist mir gleich, wie du endest – ich kann dich nicht entschuldigen und auch nicht verteidigen. Aber ich werde immer dein Freund bleiben und mich in jeder Situation wie dein Freund benehmen."

Sorge ließ die Hände, die auf dem Lenkrad lagen, fallen. Er saß da, als horche er in sich hinein. Sein ganzer Körper begann zu zittern.

Dann raffte er sich auf und sagte: „Es ist kalt. Und ich bin müde."

Von Richard Sorge zu Klaus Fuchs führt ein gerader, wenn auch etwas unübersichtlicher Weg. Wenn man sie beide nachträglich betrachtet, waren sie wie heimliche Brüder – der sich verraten fühlende Soldat aus dem Ersten Weltkrieg und der gequälte Idealist der aufdämmernden Hitlerzeit. Schuld an allen beiden trägt ein Deutschland, das die Deutschen spaltete.

Klaus Fuchs wurde in Rüsselsheim geboren, am 29. Dezember 1911. Sein Vater war protestantischer Pfarrer, ein ehrlicher Pazifist und ein mutiger, streitbarer Herr und der erste Geistliche seiner Konfession, der nach dem Ersten Weltkrieg der SPD beitrat. Sein Sohn Klaus aber fühlte sich wie viele Intellektuelle seiner Generation zum Kommunismus hingezogen.

Die Handlanger Hitlers vernichteten die Familie Fuchs gründlich. Sie sperrten den Vater in ein KZ. Sie trieben, nachdem die Mutter Selbstmord begangen hatte, den ältesten Sohn und die jüngste Tochter ins Ausland. Sie quälten eine andere Tochter, bis auch sie den Freitod suchte und sich vor die Untergrundbahn warf. Und sie hetzten ihre Spitzel auf Klaus, den jüngsten Sohn, schlugen ihn blutig, warfen ihn ins Wasser und zwangen auch ihn, ins Exil zu gehen.

So entkam Klaus Fuchs nach England. Seine ungewöhnliche mathematische Begabung wurde bald erkannt. 1938 promovierte er in Bristol zum Doktor der Philosophie; dann in Edinburgh zum Doktor der Naturwissenschaften. Seine Lehrer wußten schon früh, daß er ein Atomphysiker von hohem Rang werden würde. Er galt als ein ‚kommender Mann'.

1940 aber durchlitt Klaus Fuchs die zweite große Katastrophe seines qualvollen Lebens: Er wurde als Deutscher automatisch interniert und unter entwürdigenden Umständen nach Kanada abtransportiert. Nahezu ein Jahr lebte er, einer der glänzendsten Wissenschaftler seiner Zeit, hinter Stacheldraht.

In dieser Zeit begann sein großer Verrat greifbare Formen anzunehmen: Er geriet in diesem Lager an einen sowjetischen Mittelsmann. Man muß versuchen, seine Situation zu verstehen: Deutschland war für ihn ein großes KZ geworden; die freie westliche Welt hatte ihn behandelt wie Aussatz – was blieb ihm noch außer der Sowjetunion? Und so ging auch er den Weg eines Richard Sorge.

Anfang 1942 wurde er wieder nach England zurücktransportiert; und ein britischer Spionageexperte schreibt dazu naiv: Es gab so wenige Atomphysiker, daß man alle heranziehen mußte. Fuchs arbeitete im Atomforschungsinstitut in Birmingham; und seine Arbeiten waren glänzend und erregten Bewunderung. Jetzt erst wurde er britischer Staatsbürger, um als Mitglied der britischen Atomkommission nach Amerika gehen zu können. Und der soeben zitierte britische Spionageexperte schreibt hierzu: Das war einer der Gründe, weshalb ihm die Einbürgerung so aufgedrängt wurde.

Fuchs ging nach Amerika. Er hatte gewichtigen Anteil an den Reihenversuchen, die zur fertigen Atombombe führten. Nach dem Krieg kehrte er nach England zurück und arbeitete in führender Position für das britische Atomzentrum Harvell. Und während dieser ganzen Zeit spielte er den Sowjetagenten Material in die Hände – entscheidendes Material: die Endergebnisse der amerikanisch-britischen Atomforschung.

1949 begann Fuchs unter der Last seines Gewissens zusammenzubrechen. Er wollte und konnte nicht mehr. Er lehnte es hinfort ab, noch weiter für die Sowjets zu arbeiten. Er sagte sich von ihnen los. Er war sogar bereit, von sich aus ein umfassendes Geständnis abzulegen. Aber es war zu spät. Denn im gleichen Jahr explodierte in Sowjetrußland die erste Atombombe.

Heute arbeitet Klaus Fuchs nach Zuchthausjahren in Stafford als Naturwissenschaftler in der DDR. Ein Forscher von Format hat nach vielen Irrwegen, nach Schuld und Sühne, seinen Arbeitsplatz gefunden.

Seine Schuld ist unbestreitbar. Wer aber mißt heute noch den Anteil derjenigen, die ihn in diese Schuld hineingetrieben haben? Nicht selten sind die, die Buße tun, selbst nur Opfer.

Sorge preßte letzte Energie aus sich heraus. Er zwang sich dazu, während der Arbeit nur mäßig zu trinken; und er arbeitete viel. Wenn er erreicht hatte, was er wollte, pumpte er sich mit Alkohol voll, bis er zusammenbrach.

Er war in diesen Wochen nach dem 22. Juni wieder ein anderer, überraschend neuer Sorge, der aber doch stets unverkennbar und völlig unverwechselbar Richard Sorge blieb. Sein Witz war seltener, aber viel bissiger und verletzender geworden. Er legte offenbar keinen sonderlichen Wert mehr darauf, seine Umgebung zu schockieren; nur die zynischen Blicke, mit denen er sie betrachtete, sprachen Bände.

Seine Freunde, Bekannten und Mitarbeiter begann er durch letzte Sachlichkeit zu erfreuen. Er redete nicht mehr herum, er wich nicht mehr aus, war von einer entwaffnenden Offenheit. Jedes Problem, das ihm gegenüber angeschnitten wurde, packte er ohne Zögern, ohne Ausflüchte, ohne verbrämende Redensarten an. Er legte es frei und sondierte es ganz.

Und selbst Admiral ‚Paulchen' sagte entwaffnend, mit Bewunderung und Erstaunen, aber ohne jede Konsequenz daraus zu ziehen: „Der Mann weiß ja ungeheuer viel!"

Selbst der Botschafter verlor in diesen Wochen seine heftige

Besorgnis. Er begann wieder freier zu atmen, wenn er an Sorge dachte. Und die Arbeit mit dem Freund wurde wieder, wie in den besten Zeiten, fast zu einem Genuß und fast immer, wie er fest glaubte, zu einem Gewinn. Es war, als würden sie noch einmal neu anfangen.

Sorge vermied dem Botschafter gegenüber jeden Vorwurf, ob nun rein privater oder hochpolitischer Natur. Das kostete ihn gewaltige Anstrengung, aber er schaffte es immer wieder, sich zu überwinden, allein der Sache wegen. Wenn es ihm zuviel wurde, verkroch er sich, trank, stöhnte vor sich hin, trank dann wieder bis zur Bewußtlosigkeit.

„Dieser Sorge", sagte der Botschafter nachdenklich und nicht ohne Zufriedenheit, „scheint sich endlich ganz gefunden zu haben."

Sorge hatte sich ganz gefunden. Er hatte alles um sich herum abgeschrieben, er hatte sich von allem befreit, was ihm lange Jahre niederdrückende Belastung war. Jetzt kannte er keine Heimat mehr, keine Freunde, keine Liebe. Jetzt existierte nur noch Rußland für ihn – nichts anderes sonst.

Das klare Wissen um diese letzte, große Entscheidung lag ihm im Blut. Und immer wieder, wenn er am Steuer seines Autos saß, wenn er über den Schnapsflaschen brütete, wenn er fiebernd wach und von Schmerzen gepeinigt im Bett lag, immer dann redete er sich ein, daß diese letzte große persönliche Entscheidung auch die dieses Krieges sein mußte. Er – kein anderer! – mußte diesen Krieg entscheiden.

Das fraß er in sich hinein, das setzte sich in seinem Hirn fest, das beherrschte alle seine Gedanken, war der Motor seines Tuns, dafür pumpte er sich aus bis zur völligen Ermattung, bis zur restlosen Erschöpfung. Und nur einmal verlor er die Nerven ganz.

Nach einem langen, bohrenden Gespräch mit Kaufleuten, nach deren vagen Andeutungen und entschlußlosen Redensarten, nach deren resignierenden Beteuerungen der Ohnmacht, brüllte er auf: „Wenn einer Hitler stürzt, dann bin ich es!"

Die Anwesenden nahmen das als eine typische Sorge-Reaktion, als einen der üblichen hemmungslosen Ausfälle, als Witz womöglich, geboren aus Alkohol und der Freude an der Herausforderung. Niemand kam auch nur im entferntesten auf den Gedanken, daß Sorge es ernst meinen könnte. Für sie war und blieb er immer der rauhe Spaßvogel, der zynische Raufbold. Ein schwieriger Mann, aber von unschätzbarem Wert.

Gestapo-Meisinger sagte es allen, die es hören wollten: „Dieser Sorge ist der beste Nationalsozialist in der ganzen Gegend. Der ist der geborene Alte Kämpfer, dem liegt die Revolution immer noch im Blut." Und anläßlich einer seiner Pokersaufereien mit gezogenem Revolver machte er Anstalten, sein Goldenes Parteiabzeichen an Sorges Brust zu heften. Eine Ehrung, der sich Sorge mit den Worten entzog: „Ich muß mal kotzen gehen."

Die Mitglieder seines Spionageringes peitschte Sorge zu Höchstleistungen auf. Zum erstenmal ließ er alle zusätzlichen Vorsichtsmaßnahmen fallen. Er wechselte zwar die Treffpunkte immer noch, aber er zögerte jetzt nicht mehr, zwei oder gar drei Mitglieder des inneren Ringes zusammenkommen zu lassen, zumeist bei de Voukelitsch oder bei Klausen.

Max machte ernsthafte Anstalten, sich bei Sorge darüber zu beschweren. „Ich bin ja schon einiges gewöhnt", sagte er, „aber was du dir in letzter Zeit leistest, Doktor, grenzt an Selbstmord. Du bist doch nicht etwa lebensmüde?"

„Was ich tue, kann ich auch verantworten", sagte Sorge schroff. „Oder bist du anderer Meinung?"

Max Klausen zuckte die Schultern, wandte sich ab und murmelte einige Verwünschungen. „Lange geht das so nicht gut", sagte er.

„Es wird überhaupt nicht mehr lange so weitergehen", sagte Sorge. „Jetzt fallen die letzten Würfel, Max. Wenn das geschehen ist, ist unsere Aufgabe erledigt."

„Tatsächlich, Doktor?" fragte Klausen hoffnungsvoll.

„Ja. Dann kannst du machen, was du willst. Dann kannst du hier als serlöser Kaufmann versauern."

„Das Opfer bringe ich!" sagte Klausen grinsend.

Sorge war entschlossen, mehr zu tun, weit mehr als nur über die Situation zu berichten. Er wollte eingreifen, Einfluß nehmen, seine Verbindungen zu zwei Regierungen ausspielen, ausnutzen. Er wollte nicht nur Beobachter, er wollte Akteur sein.

Das war die Situation: Nach dem deutsch-russischen Nichtangriffspakt kam der deutsch-russische Krieg. Was würde jetzt in Japan geschehen? Würde es gelingen, die große japanische Enttäuschung über den deutsch-russischen Nichtangriffspakt vergessen zu machen? Würde dann Japan an der Seite Deutschlands in den Krieg mit Rußland eingreifen – in diesem Fall würde das bedrängte Rußland, sein Rußland, in eine lebensgefährliche Zange genommen werden. Oder würde es gelingen, das expansionswütige Japan abzulenken, in eine andere Richtung zu dirigieren und womöglich gar neutral – neutral! – zu halten?

Das wäre ein schwerer Schlag für die Nazis, und das bedeutete Rückendeckung für die Sowjets. Das könnte die Entscheidung dieses Krieges sein – die Entscheidung gegen Hitler. Wenn ihm, Sorge, das gelang, dann war er, Hitler, ein toter Mann. Dann hatte ein Journalist in Tokio dem Diktator in Berlin ein schmähliches, ruhmloses und vernichtendes Ende bereitet.

Sorge ließ alle seine Verbindungen spielen. Er riß alle finanziellen Reserven an; er forderte durch seinen Verbindungsmann von der sowjetischen Botschaft direkt Geld, und er erhielt es auch, nachdem Moskau nach einem kurzen Austausch reichlich grober Funksprüche ausnahmsweise seine Genehmigung dazu erteilt hatte.

„Nehmen Sie jetzt an Agenten, was Sie kriegen können", sagte er zu Miyagi, der ihn mit neuen Unterlagen aufgesucht hatte. „Bezahlen Sie mehr. Geben Sie Sonderprämien für besonders wertvolle Nachrichten. Setzen Sie Reserveagenten an. Veranlassen Sie, daß auch alle inzwischen ausgeschiedenen Agenten, wie dieser Korporal, ihre Arbeit wiederaufnehmen."

„Das wird nicht leicht sein", sagte Miyagi und hustete stark. „Freiwillig ..."

„Wenden Sie Zwang an, wenn es nicht anders geht. Es muß sein, Miyagi. Ich brauche jetzt jede Meldung."

„Ich will es versuchen", sagte der ergeben. Wieder hustete er heftig und anhaltend. Sein Gesicht war graugelb, und seine Augen glänzten fiebrig.

Sorge griff impulsiv nach Miyagis Hand. Sie war heiß und naß vor Schweiß. Und Sorge dachte: Er ist ein todkranker Mann, dieser Miyagi. Die Tuberkulose zerfrißt ihn, sie kocht ihn aus. Er vegetiert nur noch; und wenn es nach den Ärzten ginge, hätte er schon lange tot sein müssen.

Sorge sagte: „Nur noch einige Wochen, Miyagi. Wir sind jetzt bald am Ziel. Aber so lange müssen Sie durchhalten. Bis dahin brauche ich mehr Nachrichten als in den ganzen Jahren vorher. Und Sie werden sie mir verschaffen, Miyagi. Ohne Rücksicht auf sich, ohne Rücksicht auf jeden anderen."

„Ich tue, was ich kann", sagte Miyagi ergeben.

Sorge löste sich von dieser bedrückenden Stimmung. Er gab sich gutgelaunt, schlug Miyagi ohne sonderliche Kraftentfaltung gegen den Arm und rief: „Aber jetzt den Kopf hoch, Freund.

Bald ist alles überstanden. Dann machen wir eine große Pause. Dann ziehen Sie irgendwohin, wo das Klima für Sie gut ist, und dort legen Sie sich auf die Haut und pflegen sich. Monatelang. Bis Sie wieder ganz gesund sind."

Miyagi lächelte. Und in seinem Lächeln lagen ferne Freude und schmerzende Hoffnungslosigkeit. „Hier", sagte er und übergab Sorge ein Bündel Unterlagen, das er aus der Rocktasche gezogen hatte, „sind alle erreichbaren Angaben über die Mobilisierung der japanischen Streitkräfte."

Sorge nahm sie und blätterte darin. „Gut", sagte er. „Sehr brauchbar. Nahezu eine Million Mann also; das ist für die Anfangsphase nicht schlecht. Aber jetzt will ich wissen, wohin die Truppen geschoben werden, Miyagi. Das ist für Sie in den nächsten Tagen der Auftrag Nummer eins."

„Soviel ist sicher", sagte Miyagi, der sich ehrliche Mühe gab, zu erraten, worauf Sorge hinaus wollte, „daß nur ein Teil der mobilisierten Truppen in der Mandschurei eingesetzt wird."

„Gut", sagte Sorge. „Sehr gut sogar. Das ist der springende Punkt. Bravo, Miyagi! Sie haben viel gelernt, alter Freund! Aber mit einer Vermutung allein kann ich nichts anfangen. Ich brauche detaillierte Unterlagen, konkrete Zahlen, genaue Daten. Ich will so präzise wie nur irgendmöglich wissen, wie groß der Truppenzuwachs in der Mandschurei ist." Und er sagte sich: Verstärkung der Truppen in der Mandschurei ist gleichbedeutend mit einem japanischen Angriff auf Rußland.

„Ich verstehe jetzt." Miyagi nickte mit Eifer.

„Wenn aber", sagte Sorge, „die mobilisierten Truppen nicht nach der Mandschurei geschickt werden – wo bleiben sie dann? Das ist der nächste Punkt, den Sie klären müssen, Miyagi."

Der nickte abermals. „Werden Angaben über die Benzinvorräte Japans gebraucht?"

Sorge sah verwundert hoch. „Warum fragen Sie danach? Das ist doch selbstverständlich, daß ich solche Angaben haben will."

„Ich dachte nur", versuchte Miyagi zu erklären, „daß jetzt, wo wir uns ganz auf bestimmte Punkte konzentrieren, eine doppelte Arbeit ..."

„Bringen Sie mir Ihre Benzinzahlen. So was interessiert immer." Sorge hielt es für völlig unnötig, Miyagi gegenüber auch nur zu erwähnen, daß er gerade jetzt in den Besitz von ziemlich umfassenden Zahlen zu diesem Punkt gelangt war. Er hatte sie in der deutschen Botschaft, aus zwei Richtungen, erhalten. Er zögerte keinen Augenblick, sich von Miyagis Agenten Vergleichszahlen hierzu anliefern zu lassen. So nur ging er absolut sicher; und hier lag auch eine jener Möglichkeiten, die er sich als gewiegter Nachrichtenmann niemals entgehen ließ, die Zuverlässigkeit seiner Lieferanten doppelt nachzuprüfen.

Er verabschiedete Miyagi, nicht ohne dem ein paar grobe Scherzworte mit auf den Weg gegeben zu haben. Das fiel ihm gar nicht einmal so leicht, denn der Japaner sah aus wie das Prunkstück eines Leichenschauhauses. Auch der ist gezeichnet, dachte Sorge bitter und sah ihm lange nach.

Sorge stellte noch einmal alle Recherchen der letzten Wochen zusammen: 22. Juni Kriegsbeginn mit Rußland. Das japanische Heer will acht oder zehn Wochen später eingreifen. Die japanische Marine zeigt sich ablehnend und scheint gewillt, einen Krieg mit Rußland zu vermeiden. Der japanische Außenminister versichert dem deutschen Botschafter, daß Japan nicht abgeneigt ist, an der Seite Deutschlands zu kämpfen.

Soweit die ersten Erwägungen, Versprechungen, Planungen, in einer Reihe Funksprüche weitergegeben nach Moskau. Dann vergingen einige Wochen und nichts Entscheidendes geschah, von einem Griff nach Französisch-Indochina, unter kaltblütiger Ausnutzung der gegebenen Situation, abgesehen. Nach wie vor versicherte die japanische Regierung der Reichsregierung über die deutsche Botschaft in Tokio ihre Bereitschaft; dann ihr Interesse; dann ihre Anteilnahme: waffenkameradschaftlich, mit Eifer, höflich. Aber es geschah nichts Konkretes.

So warfen sie sich gegenseitig die Bälle zu: der deutsche Botschafter dem japanischen Außenminister, die Waffenattachés ihren Generalstäben, die Armeen ihren Regierungen, und eine Regierung der anderen. Und Richard Sorge fühlte sich mit im Spiel und glaubte, alle diese Bälle auffangen zu können, um sie nach Belieben weiterzugeben.

Sorge traf Ozaki an den heißen Quellen von Atamo. Sie begegneten sich wie zufällig beim Baden. Nackend wie alle anderen auch saßen sie eine Weile nebeneinander und genossen die wohltuend entspannende Wärme des Wassers. Dann legten sie sich auf ausgebreitete Decken, rieben sich die Haut trocken und streckten sich aus.

Ozaki hatte den Kopf hochgestützt und blickte scheinbar gleichgültig und gelangweilt um sich. Die Liegewiesen waren voll von Menschen beiderlei Geschlechts. Ihr Platz lag ein wenig abseits des allgemeinen Badetumults. Die kleinen Augen Ozakis tasteten die nähere Umgebung ab. Hier, abgeschirmt von einer Menschenmenge, waren sie sicher. Wenn sie nicht allzu laut sprachen, konnte sie niemand hören.

„Nun?“ fragte Sorge gespannt.

„Es scheint, als ob Sie recht behalten werden“, sagte Ozaki. „Die japanische Regierung traut den deutschen Anfangserfolgen nicht.“

„Na also! Langsam werden mir sogar die Japaner sympathisch. Es haben also nicht nur engstirnige Draufgänger bei euch am meisten zu reden.“

„Tut mir leid“, sagte Ozaki mit feiner Ironie, „Sie ein wenig enttäuschen zu müssen, Herr Sorge. Es ist nicht nur politischer Weitblick, der die japanische Regierung zügelt, es handelt sich auch um materielle Mängel.“

„Benzinmangel?“

„Unter anderem. Die Situation will klug bedacht sein. Und da das Nibelungenlied hier so gut wie unbekannt ist, darf jetzt kaum noch damit gerechnet werden, daß Japan Bereitschaft dazu zeigt, sich für Deutschland ausbluten zu lassen.“ Und er fügte behutsam hinzu: „Für Deutschland nicht.“

„Sie sind also sicher, Herr Ozaki, daß Japan Rußland im Augenblick nicht angreifen wird?“

„Im Augenblick nicht – das halte ich für absolut sicher.“

„Und wann, Ihrer Meinung nach? Noch in diesem Jahr?“

„Auch in diesem Jahr nicht mehr.“

Sorge schloß die Augen. Das war eine der wichtigsten Nachrichten, die jemals durch seine Hände ging. Denn damit blieb Rußland, seinem Rußland, bis auf weiteres der Rücken frei. „Ist überhaupt mit einer Neutralität Japans gegenüber Rußland zu rechnen?“

Ozaki dehnte seinen schweren, gedrungenen Körper. Er betrachtete lauernd seine Umgebung, ohne etwas Verdächtiges zu bemerken. Er schien auf das fröhliche Geplätscher der Badenden zu lauschen, auf ihr helles, ungetrübtes Gelächter.

Dann sagte er: „Hitler hat durch seinen Angriff auf die Sowjetunion ganz automatisch die Russen in das Lager seiner Gegner getrieben. Das wird einmal als eine der gehirnlosesten Entscheidungen in die gewiß nicht immer sonderlich geistvolle Weltgeschichte eingehen.“

„Bitte, keine Philosophie, Herr Ozaki. Ich brauche Tatsachen.“

„Ich bin dabei“, sagte der ungekränkt. „Dieses Rußland ist unbestreitbar der größte Gegner Japans im Fernen Osten – aber nicht sein einziger. Dieses Rußland ist jetzt schwer beschäftigt, und das wird ein Krieg ohne Kompromisse. Deutschland muß, wenn es siegen will, die Sowjetunion ausradieren; eine zweite Möglichkeit gibt es nicht. Warum soll sich Japan an einer Arbeit beteiligen, die ein anderer tun muß? Es gibt andere Dinge zu erledigen, die niemand Japan abnehmen wird."

„Also Neutralität gegenüber Rußland – und Stoß nach dem Süden!"

„Scheint so", sagte Ozaki vorsichtig.

„Und die Verhandlungen Japans mit Amerika?"

Ozaki zuckte wie gelangweilt die Achseln. „Was sind schon Verhandlungen!" sagte er. „Es kann sich um ehrliches Maklertum handeln, es können dabei krumme Geschäfte gemacht werden, es kann aber auch ein glattes Täuschungsmanöver sein."

„Und Sie glauben im Ernst, Herr Ozaki, Japan würde es jemals wagen, Amerika anzugreifen? Das wäre doch Wahnsinn!"

„Hat nicht Hitler auch Rußland angegriffen? Es ist viel Wahnsinn in der Welt."

Sorge richtete sich entschlossen auf. „Also gut", sagte er. „Belegen Sie mir Ihre Theorie durch einige konkrete Angaben, und ich melde das weiter. Und denken Sie daran, wenn das stimmt, was Sie sagen, dann ist die letzte Entscheidung in diesem Krieg gefallen. Dann liegen alle Karten offen auf dem Tisch. Dann können keine Weichen mehr gestellt werden, und der D-Zug Weltgeschichte rast."

„Warten Sie noch zwei oder drei Tage", sagte Ozaki. „Warten Sie bis zum fünfzehnten Oktober. Dann werden Sie endgültige Gewißheit haben."

„Und dann, Ozaki", sagte Sorge überzeugt, „haben wir die Aufgabe unseres Lebens erfüllt."

Bis in unsere Zeit hinein gab es nur Spione und Verräter, deren Motive klar erkennbar waren. Den einen ging es um das Geld. Andere wollten Anteil an der Macht. Wieder andere handelten aus Furcht oder Haß.

Aber in unserer Zeit ist ein völlig neuer Typus in die Spionage eingebrochen und droht alle Erfahrungen ad absurdum zu führen. Diese Neuen arbeiten gar nicht mehr aus Gewinnsucht, nicht aus krankhafter Lust am Abenteuer, nicht einmal auf Grund irgendeines bestimmten Glaubensbekenntnisses.

Ihnen geht es, wie es einmal Klaus Fuchs geradezu feierlich verkündet hat, schlechthin ‚um das Wohl der ganzen Menschheit'.

Und damit fallen alle Schranken. Die Zweckbekenntnisse der Weltpolitiker aller Lager, es gehe gar nicht mehr um einen Machtkampf zwischen den Ländern, sondern nur noch um Befriedung und Befreiung der Welt, worunter jeder das genaue Gegenteil versteht, stellen viele Menschen vor eine Entscheidung, der sie nicht gewachsen sind.

Den ersten Griff nach den Herzen und den Hirnen ihrer Anhänger jenseits der Landesgrenzen hat die Sowjetunion gewagt. Den zweiten Griff tat Hitler. Den dritten versuchte McCarthy mit seinen Gesinnungsgenossen.

Sie alle können oder konnten nur leben, wenn sie jeden Individualismus in ihrer Umgebung ersticken. Sie kennen nur Freunde oder Feinde, sie wollen sich entweder verbrüdern oder hassen. Wer nicht mit ihnen ist, ist automatisch wider sie.

Im Bereich dieser Unduldsamkeit wuchert eine neue Form von Spionage aus Weltanschauung. Das Unversöhnliche schafft den Nährboden für unbefriedigte Idealisten, die nicht mehr wissen, wohin sie gehören.

Einen Richard Sorge und einen Klaus Fuchs haben die Handlanger Hitlers auf dem Gewissen. Sie waren es, die diese beiden Menschen dem Kommunismus in die offenen Arme trieben. Und an dem erschütternden Lebenslauf dieser beiden tiefunglücklichen Menschen ist auch deutlich zu erkennen, wo die anderen Quellen sind, aus denen der Verrat fließt.

Beide waren frei von Bindungen jeglicher Art. Menschen ihrer Sprache und ihres Vaterlandes hatten ihnen die Urzelle der Moral und Gesittung zerstört: die Familie. So vegetierten sie dahin, ohne Bindungen, ohne Freundschaft, ohne Liebe. Sie konnten in ihrer Heimat nicht mehr frei von Furcht leben.

Und hier, genau hier, liegt der Krebsschaden unserer Zeit. Die Politiker wagen es, Hirne wie nach der Schnur ausrichten zu wollen. Sie sind der Magie der Masse erlegen; sie haben es gelernt, mit billigen Phrasen Armeen zu mobilisieren.

Dabei vergessen sie, die selbst Massenmenschen geworden sind, die entscheidende Tatsache: Der Geist einer Zeit lebt in wenigen Hirnen. Und diese wenigen, auf die es letzten Endes ankommt, lassen sich nicht geistig uniformieren. Sie werden jeden Versuch dazu mit Renitenz oder gar mit Rebellion beantworten. Sorge und Fuchs taten im Grunde nichts anderes.

Ein Staatsgebilde, das es nicht versteht, seinen besten Köpfen das Leben lebenswert zu machen, wird in ihnen seine schärfsten und gefährlichsten Gegner haben. Und das grenzt an Selbstmord.

Richard Sorge begann die Situation zu beherrschen. Die Agenten des Miyagi waren die Anschlepper der Nachrichten-Mosaiksteinchen. Branco de Voukelitsch tastete alle Angehörigen von alliierten Zeitungen ab, mit denen er bekannt war; und der Kreis seiner Bekannten war groß.

Sorge graste die deutsche Botschaft ab, und er melkte jeden, der sich melken ließ; und das waren nicht wenige. Ozaki aber, umringt von Freunden aus der Regierung, zapfte jene heiligen Quellen an, die im Palast des Tennos flossen. Seine Nachrichten waren kurz, doch von erdrückendem Gewicht. Max Klausen aber strapazierte den Äther.

Sorge begann sich durch Pervitin aufzuputschen. Alkohol und Frauen genügten ihm nicht mehr. Er beutete sich rücksichtslos aus. Die bohrenden Kopfschmerzen, die von seinem Nacken aufstiegen und in die Stirnhöhle vorzudringen versuchten, wollten ihn nicht mehr verlassen. Seine Stimme klang jetzt zumeist rauh und war in Volltrunkenheit dem Gekläff eines Wolfes zu vergleichen. Wenn er seine Hände ausstreckte, zitterten sie wild.

Er wollte keinen Zeugen seines Zusammenbrechens neben sich dulden. Er wies Mitchiko aus seinem Haus. Er stellte ihr eine größere Summe zur Verfügung, er bezahlte ihre Mutter. Er suchte die japanische Polizei auf, die an Mitchikos ständiger Anwesenheit in seinem Haus Anstoß genommen hatte. Er versuchte, sich als Alleinschuldigen hinzustellen; er war sogar bereit, sich von diesen Leuten demütigen zu lassen. Als er die Versicherung erhielt, Mitchiko werde keinerlei Nachteile zu erdulden haben, weil sie in wilder Ehe mit einem Ausländer zusammen gelebt hätte, war er zufrieden. Niemand, auch Mitchiko nicht, konnte ahnen, daß er hier das größte Opfer für eine Frau gebracht hatte, dessen er fähig war.

„Ich gehe", hatte Mitchiko gesagt, „denn du brauchst mich nicht."

„Ich brauche keinen Menschen", hatte er schroff erwidert. „Ich habe niemals im Leben einen Menschen gebraucht."

Als sie ihn verlassen hatte, saß er lange Zeit zusammengesunken vor der Lagerstätte, auf der sie beide oftmals gelegen hatten. Ihm war, als sehe er ihren vollen, hellglänzenden Körper. Und ihn peinigte das Gefühl: Wenn ich jetzt meine Hand ausstrecke, kann ich mir die Wärme ihres Wesens neu ertasten. Und dann streckte er, langsam, die Hand aus. Und diese Hand griff ins Leere und zitterte heftig.

So vergingen Stunden. Er saß fast unbeweglich da, bis in die tiefe Nacht hinein. Er scheute sich davor, Kerzen anzuzünden, denn sie hatte Kerzen geliebt. Einige Male hob er den Kopf und horchte; aber ihn umgab lauernde Stille. Dann trank er wieder. Und in der Trunkenheit sprach er mit ihr.

„Ich habe dich nicht geliebt", sagte er. „Ich weiß jetzt nicht mehr, was Liebe ist; ich weiß nur noch, daß sie Schmerzen bereitet. Mein Vaterland habe ich einmal geliebt – es hat mir ins Gesicht gespuckt. Meine Frau habe ich geliebt – und diese Liebe hat ihr nichts wie Qualen bereitet. Ich habe auch Martina geliebt – und sie hat mich erkennen lassen, wieviel Dreck in mir ist. Und um nicht wieder angespuckt zu werden, nicht zu quälen, um nicht den Dreck in mir zu sehen, deshalb will ich nicht mehr wissen, was Liebe ist. Ich liebe niemand mehr, hörst du! Niemand mehr! Nicht den Menschen, der der Botschafter ist, nicht den Mann Siebert, nicht dich, Mitchiko."

Und dann, in das Dunkel starrend, durchlodert von Schmerzen, betäubt vom Alkohol: „Es lebe das, was dem ausgestoßenen Mann allein noch bleibt – es lebe die Sowjetunion."

Erst als der Morgen dämmerte, schlief er ein. Er sank ganz in sich zusammen, kippte vornüber, fiel vom Stuhl auf die Lagerstatt. Und sein Kopf schlug dort auf, wo immer Mitchikos Füße gelegen hatten. Als die Sonne aufging, eine fahle, kraftlose Sonne, spiegelte sie sich blaß in seinem tränennassen Gesicht.

Er erwachte spät. Er massierte stöhnend sein Gesicht. Ihn beherrschte lange Sekunden das Gefühl, sein Kreuz sei zerbrochen.

Dann nahm er seine Arbeit wieder auf. Er lauerte auf die letzte, auf die abschließende Meldung von Ozaki. Aber er hatte nicht die Kraft, geduldig abzuwarten.

Richard Sorge begann zu wandern. Er tauchte plötzlich irgendwo auf, hielt einen Menschen fest, steckte seinen Kopf in irgendein Zimmer, sagte irgend etwas, zumeist wenig Freundliches, und verschwand dann wieder ebenso unmittelbar, wie er aufgetaucht war. Kaum einer wunderte sich darüber. Sorge hatte Narrenfreiheit!

Er betrat den Garten des Botschafters, wo Elga mit einigen ihrer Hausangestellten die herbstliche Säuberung vornahm. Elga hörte ihn nicht kommen. Sie kniete auf der Erde und stutzte einige Ziersträucher.

Sorge stellte sich hinter sie und betrachtete sie lange. Dann sagte er: „Sie sind zu schade, Elga."

Die Frau des Botschafters sah überrascht auf. „Die Arbeit macht mir Freude", sagte sie.

„Sie sind zu schade, Elga", sagte Sorge hartnäckig. „Zu schade für diese dreckige Welt."

Sie schüttelte den Kopf, ihr weißes Haar leuchtete und funkelte in der späten Sonne des Tages. Sie sah lächelnd zu Sorge hoch und sagte: „Es ist nicht alles so schlecht, wie Sie glauben, Richard."

„Es ist alles viel schlechter, als ich gefürchtet habe, Elga."

„Und warum tun Sie nichts dagegen, Richard? Fangen Sie doch bei sich an!"

„Ich habe mehr getan als jeder andere hier, um diese Welt zu ändern. Einmal wird man das merken. Aber von euch wird mich niemand verstehen – auch Sie nicht, Elga."

Er ging und ließ sie allein. Sie sah ihm verwundert nach. Und sie sagte leise: „Er ist sehr krank." Dann stand sie auf. Sie konnte nicht mehr weiterarbeiten.

Richard Sorge tauchte bei der Familie Schwarz auf. Er betrat, ohne sich um die Dienstboten zu kümmern, die darauf versessen waren, ihn anzumelden, das Eßzimmer, wo der Generalvertreter mit seiner Frau speiste.

Schwarz versuchte einen Scherz anzubringen. „Sie wollen doch bestimmt nicht zu mir", sagte er. Er war immer bemüht, die Eskapaden seiner Frau auf die leichte Schulter zu nehmen. Er gönnte ihr jedes erdenkliche Vergnügen, insbesondere solche, die er ihr, seiner geschwächten Konstitution wegen, nicht mehr in erwünschtem Ausmaß zu bereiten vermochte. Aber auf gewisse Formen legte er Wert.

„Sie wollen doch nicht etwa zu mir, Herr Sorge?" fragte Martina ironisch.

Sorge setzte sich, ohne eine Aufforderung erhalten zu haben, an den Tisch. Er übersah den Hausherrn und musterte Martina ungeniert. Dabei stützte er sich auf seine Ellbogen und beugte sich in herausfordernder Weise vor.

„Essen Sie mit uns?" fragte Schwarz nervös.

„Ich habe schon genug Gastfreundschaft in diesem Hause genossen", sagte Sorge rauh. „Mehr als genug. In jeder Beziehung."

„Was wollen Sie eigentlich?" fragte Martina mit Schärfe.

„Ich wollte dich sehen", sagte Sorge.

Der Generalvertreter Schwarz machte Anstalten, sich zu erheben. „Wenn ich hier störe", sagte er mühsam, „dann will ich lieber . . ."

„Bleiben Sie", sagte Sorge. „Sie haben noch niemals gestört."

Schwarz, perplex und sichtlich im unklaren darüber, wie er diese Situation zu deuten habe, setzte sich wieder.

„Ich wollte dich sehen", sagte Sorge abermals.

„Nun gut!" sagte Martina heftig. „Du hast mich also gesehen! Und was jetzt?"

„Soll ich nicht doch lieber . . ."

Sorge drückte Schwarz auf den Stuhl zurück. Der blinzelte hilflos und wütend zugleich hinter seiner Brille hervor. Beim Atmen bewegte sich sein Bauch heftig.

„Ich habe mir ein Bild von dir gemacht", sagte Sorge und starrte Martina an. „Und erst in letzter Zeit hat dieses Bild klare Umrisse bekommen. Es war kein schmeichelhaftes Bild. Und ich wollte mich noch einmal davon überzeugen, ob es stimmt."

„Und?" fragte Martina unbeherrscht, doch nicht ohne selbstgefällige Neugier.

„Es stimmt nicht!"

„Ach!"

„Die Wirklichkeit ist noch viel abscheulicher."

Martina sprang auf. „Geh sofort hinaus!" rief sie. „Mit einem Säufer wollen wir nichts zu tun haben."

Sorge lachte. Es war ein hartes, grelles, wildes Lachen. Er stieß ihr seinen Atem ins Gesicht, so daß sie zurückwich. „Der Säufer, die Hure und der Hahnrei – das Gesellschaftsporträt des zwanzigsten Jahrhunderts."

„Herr Doktor Sorge!" rief Schwarz und bemühte sich krampfhaft, Empörung auszustrahlen.

„Halt deine Fresse!" sagte Sorge verächtlich. „Dir muß doch klargeworden sein, daß du eine ganz klägliche Erscheinung bist."

„Hinaus!" rief Martina.

Schwarz erhob sich, versuchte Würde anzudeuten, und ging.

„Spül dich durch den Lokus, du Null!" brüllte ihm Sorge nach.

Als sie allein waren, setzte sich Martina wieder und musterte Sorge mit ihren grünschillernden Augen. Ihr seidiges Blondhaar umrahmte ein Gesicht, das jetzt von leidenschaftlicher Erwartung erfüllt schien. Sorge schwieg erwartungsvoll und betrachtete sie lauernd.

Dann begann sie zu sprechen. „Bedeute ich dir immer noch so viel?" fragte sie heiser.

„Du hast für zu viele Menschen Bedeutung gehabt."

„Im Grunde", sagte sie leise, „warst du der einzige."

„Einer ist immer der einzige – wenigstens doch für bestimmte Zeit."

„Wenn du willst", sagte sie offen, „kann diese Zeit wiederkommen." Und sie fügte hinzu: „Ich habe dich niemals vergessen. Die anderen waren nicht einmal Ersatz."

Sorge erhob sich mit langsamen, tigerhaften Bewegungen. „Komm in dein Schlafzimmer", sagte er.

Ihre Augen wurden klein. Ihr Mund öffnete sich leicht. Sie sah ihn prüfend an. Dann senkte sie ihren Blick kurz und musterte den gedeckten Tisch, die herumliegenden Servietten, den noch halbgefüllten Teller ihres Mannes. Sie lachte leicht auf. Dann ging sie entschlossen voran.

Sorge folgte ihr. „Zieh dich aus", sagte er.

Sie begann sich auszuziehen, und sie lächelte dabei. Sorge folgte jeder ihrer Bewegungen mit nahezu fassungslosem Staunen.

Sie warf die Kleider ab und stand nackt vor ihm.

„Soll ich mich hinlegen?" fragte sie.

Sorge betrachtete sie mit weitgeöffneten Augen. Sein Atem ging schwer. Er ballte die Hände zu Fäusten, um das Zittern seines Körpers zu stauen.

Dann sagte er: „Du bist wie Gift."

Sie lachte hemmungslos, aber unterdrückt, leise, voller Gier. „Nimm dieses Gift", sagte sie.

Sorge trat auf sie zu. Und in diesem Augenblick warfen sich die Schmerzen seines Hinterkopfes mit gewaltiger Kraft nach vorne, prallten gegen seine Stirn und ließen ihn taumeln. Er brach zu ihren Füßen zusammen.

Martina wich entsetzt zurück.

Sorge versuchte sich zu erheben. Und ihm war, als brächen seine Beine unter ihm wie Streichhölzer. Ein vernichtender Lärm erfüllte sein Hirn. Blutrote Schleier legten sich vor seine Augen. Ein Sumpf umklammerte ihn und zog ihn saugend nieder.

„Ich bin am Ende", sagte er lallend.

Dann erhob er sich schwer, ohne noch einen Blick auf die

nackte Frau zu werfen, und taumelte hinaus. Draußen lehnte er sich gegen eine Wand. Er betastete seine Mundwinkel, und der Speichel, der dort herausfloß, widerte ihn an. Sein Ekel vor sich selbst war so stark, daß er sich erbrechen mußte.

Er schleppte sich nach Hause. Hier schlief er wie ein Toter. Und nach diesem Schlaf wußte er, daß sein Körper zu verwesen begann.

Wieder grübelte er lange über sich nach. „In meiner Jugend", sagte er, „war ich ein guter Läufer. Niemand war schneller als ich. An der Front war ich ein zäher Kämpfer; einmal lag ich vierzehn Stunden lang hinter meinem Maschinengewehr in einem Wasserloch. Am Toten Mann habe ich sieben Tage und sieben Nächte lang kein Auge zugemacht, und dennoch verspürte ich keine Müdigkeit."

Er tastete seine Arme ab; sie waren schwer wie Blei. Er versuchte, seine Füße zu heben; die Gelenke schmerzten ihn, und seine Muskeln glichen morschen Stricken. Wenn er ganz tief atmete, taten ihm die Seiten weh, und sein Herz schien zu flattern. Das heiße Gesicht glänzte schweißig.

„In Schanghai", sagte er, „tranken wir drei Tage ununterbrochen, dann räumte ich ein Lokal leer und schlief danach mit zwei Mädchen. In Peking mieteten wir uns ein ganzes Freudenhaus und blieben vierzehn Tage verschwunden. Und noch vor vier Jahren habe ich hier in Tokio achtzehn trinkfeste Männer unter den Tisch gesoffen und unmittelbar danach einen Artikel geschrieben und fünf Funksprüche formuliert. Mein Körper war wie eine Präzisionsmaschine. Jetzt aber bin ich am Ende."

Und dann, nach langen, durchgrübelten Minuten, stieß er sich hoch und schrie: „Sie kriegen mich nicht klein. Ich krepiere erst, wenn sicher ist, daß auch Hitler krepiert!"

Er erhob sich, übergoß sich mit kaltem Wasser, fuhr in die Stadt und rief vom Hauptpostamt aus Ozaki an.

„Ist das Fieber gestiegen?" fragte er voller Spannung. „Oder erholt sich der Patient?"

„Der endgültige Befund", sagte Ozaki, „ist noch nicht heraus. Ich erwarte ihn stündlich. Bitte später noch einmal anzurufen."

„Gute Besserung", sagte Sorge enttäuscht und hing ein.

Er fuhr zur Botschaft. Er wanderte voller Unruhe durch die Gänge des Hauptgebäudes, ohne die, die ihm begegneten, zu grüßen, ohne Grüße zu erwidern. Es war, als sehe er nichts.

Er ging in das Arbeitszimmer des Botschafters hinein. Der General saß an seinem Schreibtisch und sah dem Eintretenden mit Nachsicht entgegen. Und er bemühte sich, zu übersehen, wie nachlässig gekleidet sein Freund war.

„Sie sollten wirklich ausspannen, Doktor", sagte er mit ehrlicher Besorgnis. „Fahren Sie doch hinaus an das Meer. Mein Landhaus in Akiya steht Ihnen immer zur Verfügung, das wissen Sie doch. Machen Sie Gebrauch davon."

Sorge beachtete die Einladung des Botschafters nicht. „Ist Ihnen klar", fragte er, „daß Ihre geliebten Japanerchen gar nicht so dumm sind, wie es den Anschein hatte? Sie werden sich hüten, für Hitler über die Klinge zu springen."

„Noch ist nichts entschieden", sagte der General abwehrend.

„Melden Sie das getrost nach Berlin, Herr Botschafter: Japan wird nicht mit den Russen anbinden!"

„Das scheint Sie zu freuen, Doktor!"

„Das macht mich über alle Maßen glücklich", sagte Sorge bitter. „Ich zerspringe fast vor Glück bei dem Gedanken, daß dieser Hitler Millionen deutsche Soldaten sinnlos opfert, daß er die Existenz Deutschlands aufs Spiel setzt, daß er ein ganzes Volk in den Abgrund reitet. Herrgott, ist das ein Glücksfall!"

„Ich habe getan, was ich konnte", sagte der Botschafter und breitet die Hände aus, „um mein Vaterland vor dem Schlimmsten zu bewahren."

„Vergessen Sie dieses Wort nie!" rief Sorge mit leidenschaftlichem Pathos. „Denken Sie immer daran. Und glauben Sie, bitte, daß auch ich immer versucht habe, das Beste zu erreichen."

„Aber das weiß ich doch, lieber Doktor!"

„Sie müssen das glauben, Herr Botschafter!" rief Sorge beschwörend. „Auch dann – dann erst recht! –, wenn Sie es nicht mehr mit Sicherheit wissen."

„Wie soll ich das verstehen?"

„Wir sind lange Jahre Schulter an Schulter marschiert, Herr Botschafter. Vergessen Sie das nie. Und alle meine Ratschläge, die ich Ihnen erteilen durfte und auf die Sie gehört haben, waren ehrliche Ratschläge."

„Aber natürlich, Doktor."

„Das ist nicht natürlich! Aber es ist die Wahrheit."

„Gewiß", sagte der General, ein wenig hilflos geworden durch Sorges ungewohnte intensive Beredsamkeit.

„Sie sind nicht immer konsequent gewesen", sagte Sorge mit anklagendem Eifer. „Sie haben Deutschland dienen wollen, Sie haben aber auch den Nazis gedient. Beides ist nicht miteinander zu vereinbaren."

„Es blieb uns keine Wahl", sagte der Botschafter. „Es gab mehr als eine Situation, wo der Dienst an Deutschland – leider! – auch zugleich ein Dienst an Hitler war."

„Ich", sagte Sorge nicht ohne Stolz, „habe niemals Hitler gedient."

„Nur Deutschland?"

„Nur meinem Vaterland", sagte Sorge und ging.

Er begab sich wieder zur Hauptpost und rief Ozaki an.

„Steht der Befund jetzt fest?" fragte Sorge.

„Ja", sagte Ozaki. „Das Herz ist außer Gefahr. Der Krankheitsherd verlagert sich, wie wir es angenommen hatten."

„Ich danke Ihnen", sagte Sorge. Er atmete tief und schloß die Augen. Die Genugtuung überwältigte ihn. Hier in einer engen, abgegriffenen, stickigen Telefonzelle durchlebte er in wenigen Sekunden den größten und abschließenden Triumph seines Metiers.

Er sagte: „Ich empfehle einen langen Genesungsurlaub. Leben Sie wohl!"

Ozaki sagte: „Ich danke Ihnen, lieber Freund."

Sorge legte den Hörer ab. Es vergingen Minuten, ehe er sich wieder ganz in der Gewalt hatte. Immer noch dröhnte in ihm das Herz.

Dann fuhr er zu Max Klausen. „Alles fertigmachen", sagte er. „Dringender Funkspruch."

„Schon wieder?" fragte Klausen mißmutig.

„Der letzte", sagte Sorge.

Dann diktierte er: „Von Ramses an Direktor. 15. Oktober 1941. Kwangtung-Armee wird Sibirien nicht angreifen. Japan ist entschlossen, nur nach Süden vorzustoßen. Wiederhole: Japanische Neutralität absolut sicher. Rußland wird von Japan nicht angegriffen werden."

„Das", sagte Klausen mit deutlichem Respekt, „kann den Krieg entscheiden, Doktor. Jetzt können die Russen alle verfügbaren Kräfte, ohne Rücksicht auf Rückendeckung, den Deutschen entgegenwerfen."

„Und noch eine Meldung", sagte Sorge mit leiser Stimme.

„Noch eine?"

„Die allerletzte, Max."

„Hoffentlich", sagte der.

Sorge diktierte: „Habe den Wunsch, entweder als einfacher

Soldat für mein Vaterland, die Sowjetunion, zu kämpfen oder meine Spionagetätigkeit im feindlichen Deutschland fortzusetzen. Ich warte auf Weisung."

Nach diesen Worten verließ Sorge den Raum. Er betrachtete seine Tätigkeit als beendet. Alle Würfel dieses Krieges waren gefallen.

Er ging nach Hause, legte seine Hände auf seine Bücher, verbrannte alles, was noch an Material vorhanden war. Dann spielte er Schallplatten – Beethoven-Sonaten mit Edwin Fischer – und pumpte sich voll mit Alkohol. Ein heftiges Fieber sprang ihn an und warf ihn nieder.

Er lag drei Tage, glühend heiß, stöhnend und verfolgt von düsteren Bildern. Niemand kümmerte sich um ihn. Er wühlte sich in die Kissen und zog sich die Decken über den Kopf. Von Zeit zu Zeit schrie er auf. Wenn er völlig erschlafft dalag, sah er aus wie ein Leichnam.

Am dritten Tag wurde er verhaftet.

Die Spionageorganisationen schlafen nicht. Und sie sind am ‚kalten Krieg' nicht nur maßgeblich beteiligt – man darf behaupten, daß sie es sind, die ihn in erster Linie führen.

Genauso wie in der Weltpolitik, so haben sich auch auf den heimlichen Schlachtfeldern der Spionage zwei verbissen miteinander ringende Parteien herauskristallisiert: die Vereinigten Staaten und die Sowjetunion. Die einen verfügen über Geld und technische Intelligenz, die anderen über Beziehungen und ein geradezu unerschöpfliches Agentenreservoir.

Immer noch liegt die große Unzulänglichkeit darin, daß man wohl mit einem umfangreichen, präzis arbeitenden Beschattungs- und Durchleuchtungsapparat die Finanzen, die Tätigkeit, die Freizeit und die Lebensweise eines Verdächtigen oder nur automatisch Verdächtigen feststellen kann – nicht aber die Tätigkeit seines Gehirns. Und die heutige Spionage aus Weltanschauungsgründen sprengt alle in Jahrhunderten gesammelten Erfahrungen. Hier liegt eine große Gefahr für die westliche Welt – und eine besondere Stärke der Sowjets.

Die Nachrichten der letzen Jahre machen deutlich, daß der Einsatz der Sowjets in diesem Metier keinesfalls geringer geworden ist. Die großen Spionagefälle der Nachkriegszeit zeigen sie mit großer Zähigkeit am Werk.

Der schwedische Unteroffizier Ernst Andersson, der gegen ein mittelmäßiges Honorar den Sowjets die Küstenverteidigun-

gen seines Landes verriet, ist da kaum mehr als ein ‚kleiner Fisch'. Das Aufleben einer langsam immer straffer gelenkten Organisation, die man mit einiger Berechtigung als Nachfolgeorganisation der ‚Roten Kapelle' bezeichnen kann, ist gewichtiger: ihre Exponenten sitzen in Italien ebenso wie in Frankreich, in der Schweiz und natürlich auch in Ostdeutschland, von wo aus ‚Briefträger' und Streuagenten bis in den letzten Winkel von Westdeutschland hineinreichen. Zahlreiche Prozesse in allen westlichen Ländern mit Amateurspitzeln, Miniaturverrätern und drittklassigen Agenten zeigen das deutlich.

Schwer verständlich war das Absplittern angesehener Diplomaten, die nicht selten aus den besten Familien ihres Landes kamen. Das Verschwinden der Briten MacLean und Burgess, die beide Schlüsselstellungen im britischen Außenministerium innehatten, war ein Alarmsignal. Auch der Fall John blieb keine Ausnahme. Alle Fehler der Vergangenheit, alle Konzessionen aus zeitpolitischen Gründen scheinen sich fürchterlich zu rächen. Es ist wohl kein Zufall, daß einer dieser abgesprungenen Diplomaten engere Beziehungen zu Kommunisten besaß, die maßgeblich an den Sendungen des ‚Soldatensenders Calais' beteiligt waren. Die Taten eines Alger Hiss liegen auf der gleichen Linie.

Der Höhepunkt dieser Serie von Verrat und Spionage aus Weltanschauung, wo dann nur noch von ‚Verantwortung der ganzen Menschheit gegenüber' und von ‚Weltgewissen' gesprochen wurde, war die Kette der Atomspione. Der Engländer Nunn May, der Deutsche Klaus Fuchs, der Italiener Bruno Pontecorvo und die Amerikaner Ethel und Julius Rosenberg – Idealisten und Träumer, menschlich sauber, von anständigem Charakter und offenbar wirklich fest davon überzeugt, der ganzen Menschheit zu dienen.

Und sie sind nicht die einzigen. Andere werden ihnen folgen. Und wer will wissen, wie vielen es gelang, Verrat zu üben, ohne daß jemals ein Dritter davon erfuhr?

Für Richard Sorge war die Zelle zunächst wie ein Sarg. Er lag entkräftet auf seiner Pritsche. Sein Blut schrie nach Alkohol. Und manchmal legte er sich, als wolle er rauchen, zwei Finger auf den Mund; und seine Lippen verzogen sich schmerzvoll.

Dann fing er sich langsam. Die heftigen Schmerzen in seinem Hinterkopf verebbten, sein Blut begann ruhig zu fließen, und seine Hände zitterten nicht mehr. Wenn er die Augen schloß, verspürte er eine leise rauschende Ruhe um sich.

Er verweigerte in den ersten Tagen seiner Haft jede Antwort. Nur einmal, fast ganz zu Beginn seiner Vernehmungen, erklärte er: „Machen Sie keinen Fehler – das könnte Japan teuer zu stehen kommen."

Er war darauf gefaßt, mit Gewalt zu einer Aussage gepreßt zu werden. Er sah jeder Mißhandlung mit letzter Ruhe entgegen. Geschlagen, gewürgt und getreten zu werden, gebrannt und gebrüht, unterkühlt und schlaflos gemacht – er war entschlossen, alles über sich ergehen zu lassen. Er würde nicht aus dem Fenster springen wie der Journalist Cox. Er war in keinen Selbstmord hineinzutreiben. Um ihn zu beseitigen, mußte man morden.

Aber nichts dergleichen geschah. Sorge fand drei Gründe, die dazu geführt haben mochten: Er war der Intimus des deutschen Botschafters und das wohl prominenteste Mitglied der deutschen Kolonie; man konnte ihn nicht foltern, ohne mit einem scharfen Protest rechnen zu müssen. Dann aber mußten die Japaner mit aller Behutsamkeit auch auf die zweite Großmacht Rücksicht nehmen, die offenbar im Spiel war – auf Sowjetrußland. Drittens aber, und dieser Gedanke bedrückte Sorge sehr, brauchten die Japaner ihn möglicherweise vorerst gar nicht, wenn es ihnen nämlich gelungen sein sollte, andere Mitglieder seiner Gruppe zu verhaften.

Und genau das, mutmaßte Sorge, mußte ihnen gelungen sein. Und diese bohrende, quälende Frage füllte seine ersten Tage ganz aus; wo oder wer war das schwache Glied, das die Kette zum Reißen gebracht hatte? Wo lagen die Fehler, die Versäumnisse, das Versagen? Denn Verrat, davon war er überzeugt, war ausgeschlossen.

Der japanische Staatsanwalt, der die Vernehmungen durchführte, setzte sich in den ersten Tagen zu Sorge in die Zelle. Er war überaus höflich, aber er vergaß es offenbar, seinen Namen zu nennen. Da er eine riesige Hornbrille trug und oft lange Minuten nichts tat als Sorge anzustarren, nannte ihn dieser: Staatsanwalt Eule.

Der Staatsanwalt versuchte Sorge auf japanisch anzureden; Sorge tat, als höre er diese Sprache zum erstenmal. Dann folgte ein Versuch mit der englischen Sprache; auch auf diese reagierte Sorge nicht. Als Staatsanwalt Eule ein holpriges Schulfranzösisch anbringen wollte, lächelte Sorge nur. „Ich bin Deutscher", sagte er.

Fortan sprach Staatsanwalt Eule deutsch; es war ein gutturales, geschraubtes Beamtendeutsch, ohne sonderlichen Wortreichtum. „Ich fordere Sie auf, unverzüglich zu gestehen, daß Sie Spionage getrieben haben, und zwar für Sowjetrußland."

„Ich habe nichts zu gestehen", sagte Sorge.

„Jedes Geständnis kann Ihre Situation nur erleichtern und wird mir die Möglichkeit geben, Ihnen zu helfen."

„Sie sind nicht der erste Staatsanwalt, der behauptet, ein Seelsorger zu sein", sagte Sorge.

„Ihre Genossen sind da wesentlich klüger", verriet Staatsanwalt Eule.

„Das freut mich für meine sogenannten Genossen."

Der Staatsanwalt starrte Sorge lange an; er war ganz Eule. „Max Klausen, zum Beispiel, arbeitet bereits eng mit uns zusammen. Und zwar ohne jeden Vorbehalt."

„Ich gratuliere Ihnen zu diesem Mitarbeiter", sagte Sorge.

„Max Klausen hat alles gestanden. Es gibt nichts, das ich nicht weiß."

„Dann brauchen Sie mich ja gar nicht, Herr Staatsanwalt." Sorge schloß kurz die Augen. Er war nicht sonderlich überrascht. Er war auf alle Möglichkeiten gefaßt.

„Max Klausen hat den gesamten Funkverkehr für uns rekonstruiert. Er beschuldigt Sie, Herr Doktor Sorge. Er nennt Sie einen Teufel."

Sorge verzog sein Gesicht zu einer höhnischen Grimasse.

„Warum verteidigen Sie sich nicht?"

„Sie müssen aufhören, mich für einen Idioten zu halten, Herr Staatsanwalt. Ich bin so etwas wie ein Diplomat in geheimer Mission. Und ich kenne die alten Regeln, nach welchen immer wieder versucht wird, einen Gefangenen gegen den anderen auszuspielen und den einen mit den Aussagen des anderen aufzuputschen. Diese plumpen Methoden verfangen bei mir nicht. Wenn Sie weiterkommen wollen, dann legen Sie die Karten offen auf den Tisch. Also – wen haben Sie noch, außer meiner Person, verhaftet."

„Alle!"

„Nennen Sie Namen."

Staatsanwalt Eule starrte lange Minuten Sorge an. Dann sagte er langsam, Wort für Wort betonend und so, als spiele er gewichtig eine Trumpfkarte nach der anderen aus: „Miyagi. Max Klausen. Branco de Voukelitsch. Und – Ozaki. Dazu drei bis vier Dutzend andere."

Sorge nickte. Damit war der ganze Spionagering Tokio gesprengt. Nichts blieb mehr übrig. Der Zusammenbruch war vollkommen.

„Wollen Sie jetzt reden?“ fragte der Staatsanwalt.

„Warum sollte ich das tun? Ich sehe keine Veranlassung dazu.“

„Spüren Sie denn nicht, daß jedes weitere Leugnen zwecklos ist?“

Sorge antwortete nicht. Durch sein Schweigen gab er zu verstehen, daß er diese Unterredung als beendet betrachtete. Er brauchte viel Zeit; er mußte nachdenken.

Der Staatsanwalt ging und kam immer wieder. Er brachte Unterlagen mit, las Auszüge aus Vernehmungen vor, gab zu erkennen, daß er über den Geheimcode der Gruppe völlig informiert war. Er redete Sorge gut zu, mit kaum faßbarer Ausdauer; er beschwor Sorge, sich zu verteidigen. Dann begann er zu drohen.

Sorge schwieg. Wochenlang. Monatelang.

Ihm war klargeworden, daß alle gesprochen hatten: Max Klausen überschlug sich mit seinen freiwilligen Geständnissen; Miyagi leugnete nichts; Branco de Voukelitsch versuchte sich auf Kosten von Sorge reinzuwaschen. Und Ozaki bekannte sich offen zu allem, was er getan hatte.

Aber wie – und das fragte sich Sorge immer wieder – konnte es überhaupt zu diesen Verhaftungen gekommen sein? Wer hatte versagt? Wo lag die Falle, wer hatte sie gestellt, und wer fiel ihr zum Opfer?

Nach drei Monaten, in denen der Staatsanwalt fast täglich mit Sorge zusammengekommen war, nach drei Monaten, die mit konzentrierter Vernehmungstechnik angefüllt gewesen waren, mit lauernden Zwiegesprächen und tastenden Angriffen, hatte Sorge seinen Gegner mit zäher Verschleppungstaktik so weit gebracht, daß dieser sich bereit erklärte, Einzelheiten über die Voraussetzungen für die Verhaftung mitzuteilen.

„Der schwache Punkt in Ihrer Kette war Miyagi“, teilte die Eule mit.

„Der todkranke Miyagi? Ihre Leute haben ein Geständnis aus diesem lebenden Leichnam herausgeprügelt!“

Der Staatsanwalt hob beschwörend die Hand. „Wir stießen durch einen Zufall auf ihn. Kennen Sie einen Mann, der Ito Ritsu heißt?“

„Ich kenne diesen Mann nicht“, sagte Sorge. „Aber ich habe

von ihm gehört. Er gehört, wenn ich mich nicht irre, zu den Führern der japanischen kommunistischen Partei."

„Natürlich irren Sie sich nicht", sagte der Staatsanwalt mit sanfter Bosheit. „Sie kennen sich doch in diesen Kreisen genau aus."

„Falsch", sagte Sorge entschieden. „Ich habe bei meiner Arbeit grundsätzlich jeden Kontakt mit der örtlichen kommunistischen Partei vermieden. Ich konnte keine Aushängeschilder gebrauchen. Ich wollte nicht mit Leuten zusammenarbeiten, die sich bereits in der Öffentlichkeit festgelegt hatten. Das war eine meiner unabänderlichen Forderungen. Sie ist von Moskau, wie alle meine anderen Forderungen auch, vorbehaltlos respektiert worden."

Der Staatsanwalt strahlte ungeniert. Seine wässerigen Augen funkelten hinter den dicken Brillengläsern. Er war nahe daran, sich die Hände zu reiben. Denn Sorge hatte soeben sein erstes Geständnis gemacht.

„Freuen Sie sich nicht zu früh", sagte Sorge ruhig. „Was ich Ihnen soeben gesagt habe, ist noch nicht protokolliert. Und ich kann es jederzeit widerrufen. Aber vielleicht will ich das gar nicht. Es kommt ganz darauf an, wie weit Sie mir gegenüber aufrichtig sind. Was also war mit Ito Ritsu?"

Der Staatsanwalt wähnte sich nahe am Ziel und beeilte sich reinen Wein, wenigstens doch in dieser Angelegenheit, einzuschenken. „Ritsu war uns verdächtig wie alle Kommunisten. Wir unterzogen ihn einem scharfen Verhör."

„Die Kempetai schlug ihn also halb tot."

„Er sollte Namen nennen. Und er nannte auch, bereits nach zwei Tagen schon, einen Namen. Den Namen Tomo."

„Tomo?" grübelte Sorge angestrengt. Und plötzlich rastete sein vorzügliches Gehirn ein. „Tante Tomo!" sagte er, maßlos überrascht.

Und er sah vor sich mit allen Einzelheiten jene Szene vor zwei Jahren wieder, er konnte fast wörtlich das Gespräch rekonstruieren, das er damals mit Miyagi geführt hatte: Miyagi will einen neuen Agenten beschäftigen – Tomo, Tante Tomo – Miyagi kennt sie von San Franzisko her – gutmütige Person – persönliche Bindung. Und damals meldete sich sofort sein sicherer Instinkt. Und sein Instinkt befahl ihm, Miyagi zu warnen. Keine Tante Tomo im Ring!

Das also war der Zufall, den niemand steuern kann, der Stein, über den alle gestolpert sind, um bis an den Rand des

Galgens zu fallen. Das Ende des Spionageringes in Tokio hatte sich bereits angebahnt, ehe dieser Ring überhaupt existierte: In San Franzisko, 1931/32, lebt Miyagi und malt – in der ‚Eule' treffen sich die Kommunisten – dort findet sich auch vorübergehend ein gewisser Ritsu ein – beide, Ritsu und Miyagi, umwerben Tomo – Tomo aber erhört Miyagi – Ritsu fühlt sich verschmäht – fast zehn Jahre danach trifft Ritsu in Tokio wieder auf Tomo – Tomo ist nicht mehr Kommunistin, sie ist fromm geworden; sie ist auch sonst nicht mehr begehrenswert – von Miyagi weiß Ritsu nichts, er hat ihn vergessen – als Ritsu zusammengeschlagen wird, soll er Namen nennen; einen Namen muß er nennen, wenigstens einen, damit die Qualen aufhören; und er nennt den Namen Tomo – er weiß, daß sie unwichtig ist, aber soll sie doch in Schwierigkeiten kommen, sie hat ihn verschmäht und sich obendrein vom Kommunismus losgesagt. Und so fliegt Moskaus erfolgreichster Spionagering in die Luft.

„Und diese Tante Tomo hat, in die Enge getrieben, Ihren Leuten den Namen Miyagi genannt?"

„Genauso war das", sagte der Staatsanwalt hochbefriedigt. Und mit einem gewissen Bedauern fügte er hinzu: „Unsere Leute waren sich zuerst gar nicht darüber im klaren, welchen Fang sie mit Miyagi gemacht hatten."

„Miyagi schwieg?"

„Er schwieg zunächst." Der Staatsanwalt nickte. „Aber sein Körper versagte – er ist todkrank, nicht wahr? Tuberkulose, wenn ich nicht irre. Jedenfalls war zunächst aus ihm nichts herauszukriegen. Aber dann machte er einen Fehler."

„Welchen?"

Der Staatsanwalt zögerte; wieder blickte er wie eine Eule, geraume Zeit. Dann sagte er: „Miyagi wollte sich weiteren Vernehmungen entziehen. Offenbar fürchtete er, nicht weiter durchhalten zu können. Er sprang aus dem Fenster."

„Wie Cox – aus einem Fenster im dritten Stock!"

„Ja", sagte der Staatsanwalt. „Aber es war ein anderes Fenster. Und unter diesem Fenster stand ein Baum mit dichtem Astwerk. Dort sprang Miyagi hinein. Seine Verletzungen waren daher nur leichter Natur. Aber die Vernehmungsbeamten waren aufmerksam geworden und fragten sich verständlicherweise, was dieser Miyagi wohl alles zu verbergen habe, wenn er den Freitod einem Geständnis vorzog. Sie nahmen ihn verschärft in die Mache. Nach einem pausenlosen strengen Verhör von zweiunddreißig Stunden begann Miyagi Namen zu nennen."

Sorge stand auf. Sein Gesicht war bleich wie die Wand der Zelle, an die er sich lehnte. Er schloß die Augen lange Zeit.

Dann sagte er, wohlüberlegt: „Das alles kann Ihrem Land teuer zu stehen kommen, Herr Staatsanwalt."

„Wie soll ich das verstehen?"

„Legt denn Ihr Land so großen Wert darauf, die Sowjetunion herauszufordern?"

„Es ist mir völlig unklar, was Sie damit sagen wollen."

„Denken Sie einmal darüber nach", sagte Sorge.

An diesem Tag sprach er nichts mehr. Der Staatsanwalt verließ ihn kopfschüttelnd. Aber er begann über Sorges Worte nachzudenken; sie fingen an ihn zu verfolgen. Und immer wieder fragte er sich: Was will dieser Sorge damit bezwecken?

Inzwischen versuchten Sorges Freunde, die hohen Schranken, die Staatsanwalt Eule um seinen Gefangenen errichtet hatte, zu durchbrechen. Niemand in Tokio, der Sorge näher gekannt hatte, wollte glauben, daß der Doktor irgend etwas mit Spionage zu tun gehabt haben könnte. Und im Deutschen Klub behauptete ein Kaufmann aus Stettin unter allgemeiner Zustimmung: „Ausgeschlossen – kein Spion kann so gotteslästerlich saufen wie dieser Sorge, ohne sich dabei zu verraten."

Auch Elga glaubte an Sorge. Sie schickte ihm Schlafdecken ins Gefängnis, Obst und Lektüre: *Dem lieben Freund in Treue, Elga!* Der deutsche Botschafter aber versammelte alle seine Mitarbeiter um sich und beklagte sich bitter über die sattsam bekannte Spionageriecherei der Japaner, deren neuestes Opfer der Freund Sorge geworden sei.

Der eifrigste Verteidiger des ‚unschuldigen Opfers' aber war kein Geringerer als Gestapo-Meisinger. Er drohte kurzerhand jedem, der ‚üble Nachrede' wagte, mit dem KZ. Und dann arbeitete der Kommunistenfeind und Pokerfreund Meisinger ein ausführliches Memorandum aus, in welchem er mit annähernd zwanzig Punkten außerordentlich überzeugend nachwies, daß Sorge niemals ein Spion gewesen sein konnte.

Der Botschafter, der ehrenwerte Offizier, und Meisinger, der skrupellose Bluthund, saßen plötzlich im gleichen Dampfer. Einige Waffenattachés wurden beim General vorstellig und erörterten mit ihm, ob die Lage seinen Rücktritt erfordere. Aber der Botschafter fühlte sich, da er an Sorge glaubte, unschuldig. Die japanische Regierung ließ ihm auf vertraulichem Wege höflich mitteilen, daß sie es bedauern würde, wenn er zurückträte. Dem diplomatischen Korps empfahlen Spötter einen neuen Wappenspruch: Hier stehe ich – ich kann auch anders.

Inzwischen hatte Sorge zu einem letzten, großen Schachzug angesetzt. Fünf volle Monate schwieg er beharrlich. Dann, als für ihn kein Zweifel mehr darüber bestand, daß seine Mitarbeiter alles, restlos alles, ausgesagt hatten, was sie wußten, eröffnete er Staatsanwalt Eule, daß er nunmehr gewillt sei, jede gewünschte Aufklärung zu geben.

„Aber unter einer Bedingung, Herr Staatsanwalt."

„Stellen Sie sie."

„Alles Material, das ich Ihnen übergebe, muß von Ihnen zunächst als Geheime Staatssache behandelt werden."

„Wie soll ich das verstehen?"

„Diese Unterlagen dürfen untergeordneten Stellen zunächst nicht zugänglich gemacht werden. Und Sie müssen mir versprechen, nur Ihren unmittelbaren Vorgesetzten oder den Kabinettsmitgliedern darüber zu berichten."

Staatsanwalt Eule war reichlich ratlos. „Erlauben Sie mal!" sagte er ungewöhnlich scharf. „Wir sammeln hier kein geheimes Staatsmaterial, sondern doch allein Unterlagen für einen Prozeß."

„Langsam, Herr Staatsanwalt, nur langsam. Ich habe immer wieder das Wort ‚zunächst' gebraucht. Damit wollte ich sagen: Sie können alles Material, das ich Ihnen gebe, verwenden, wie Sie es für richtig halten. Das aber erst später, wenn Sie einen vollkommenen Überblick gewonnen haben. Ich bin nämlich überzeugt davon, daß Sie Ihrem Lande einen großen Dienst erweisen können, wenn Sie in diesem Fall richtig handeln."

„Wollen Sie damit andeuten, daß ein Prozeß über Ihren Fall Japan zum Schaden gereichen kann?"

„Sie haben es erraten, Herr Staatsanwalt."

Der Staatsanwalt lehnte sich zurück und dachte nach. Er ließ sich viel Zeit dazu. Sorge wartete geduldig; er war absolut sicher, daß die Eule zuschnappen würde. Er hatte nicht umsonst fünf Monate lang das Gehirn dieses Mannes abgetastet.

„Ich mache Ihnen folgenden Vorschlag, Herr Staatsanwalt. Sie machen mich mit allen Punkten bekannt, auf die Sie besonderen Wert legen. Danach werde ich selbst ein ausführliches Geständnis niederschreiben, mit zusätzlichen Erklärungen der von mir bevorzugten Spionagemethoden. Zu diesen ganzen Arbeiten brauche ich drei Wochen Zeit. Wenn ich damit fertig bin, dürfen zunächst nur Sie allein und Ihre unmittelbaren Vorgesetzten und die Mitglieder des Kabinetts davon Kenntnis nehmen. Halten Sie dann alle immer noch eine Prozeßaufnahme für gerechtfertigt, dann können Sie das tun."

„Einverstanden", sagte der Staatsanwalt.

Und Sorge schrieb. Er erhielt einen Stapel Papier und eine Schreibmaschine. Er konzentrierte sich ganz auf diese Arbeit. Und es handelte sich hierbei um weit mehr als nur ein Geständnis. Es war ein letzter Versuch, Japan zu überspielen und seinen Kopf zu retten.

In diesen Monaten seiner Haft war Sorge wieder ein neuer, ein anderer Mensch geworden, ohne sich jedoch grundlegend zu wandeln. Sein Blut wurde frei von Alkohol. Sein Hirn, bar jeglicher Schmerzen, arbeitete wieder klar und präzis. Durch Gymnastik hielt er seinen Körper elastisch.

Er hatte mit dem, was gewesen war, abgeschlossen. Er war auf dem Höhepunkt seiner Erfolge abgetreten; daß er dann, nachdem er von sich aus Schluß gemacht hatte, verhaftet worden war, hatte keine Bedeutung. Alles war weit von ihm gerückt: sein Vaterland, das ihn weggestoßen hatte, und seine Freunde, die er hintergehen mußte. Vor ihm lag nur noch eins, für das er leben wollte: seine neue Heimat, die Sowjetunion.

In die spärlichen Sonnenstrahlen, die in sein Zellenfenster hineinfielen, streckte er seine Hand. Sie zitterte nicht. Und er schwor sich: Ich werde nie mehr in meinem Leben Alkohol trinken. Und er war ganz fest davon überzeugt, daß er diesen Schwur halten werde. Nur das quälende Verlangen nach einer Zigarette überfiel ihn immer wieder.

Als Sorge seine umfangreichen Aufzeichnungen abgeschlossen hatte, übergab er sie dem Staatsanwalt. Der stürzte sich sofort darauf und begann mit großer Spannung zu lesen. Sorge betrachtete ihn dabei gelassen. Er war von der Wirkung seiner Niederschrift voll überzeugt.

Des Staatsanwalts steigende Erregung erfüllte alle Erwartungen, die Sorge in seine Arbeit gesetzt hatte. Die Eule begann hastiger zu atmen; von Zeit zu Zeit unterbrach sie ihre Lektüre und starrte Sorge ungläubig an. Der lächelte.

Und Sorge sagte nicht ohne Stolz: „So war das – wenn ich funkte, dann marschierten Millionen."

„Und das alles stimmt?" fragte der Staatsanwalt schließlich. Das Material, in das er soeben Einsicht genommen hatte, war überwältigend.

„Es stimmt", sagte Sorge mit spürbarer Zufriedenheit.

„Sie haben Manijelski gekannt? Sie waren im Kreml? Sie sind Offizier der Roten Armee?"

Sorge lehnte sich gegen die grauweiße Mauer seiner Zellenwand. Er kreuzte die Arme über der Brust. Auf seinem bleichen Gesicht lag Triumph. „Der große Manijelski", sagte er, „hat mich verpflichtet; er war mein Freund, und er erzählte mir die gleichen Witze, die er schon Lenin erzählt hatte. Ich kenne den Kreml genau, und viele meiner Funksprüche haben Stalin vorgelegen. Einige Weisungen bekam ich von ihm direkt. Meinem Dienstrang nach bin ich Oberst der Roten Armee."

Dem Staatsanwalt brach der Schweiß aus. Er war erstaunt und zugleich voller Genugtuung. Gleich darauf überfielen ihn Zweifel, aber es waren Zweifel an der eigenen Kühnheit. Das Material, das er in seinen Händen hielt, war phantastisch. Er vermochte nicht, auf Anhieb einen klaren Gedanken zu fassen.

Sorge zögerte nicht, die Gedankengänge des Staatsanwaltes in eine bestimmte Richtung zu drängen. Er hatte übertrieben, er hatte seine Rolle aufgebauscht, er hatte sich wichtiger gemacht als er war. Und das wurde ihm geglaubt. Er war der erfolgreichste Spion der Sowjets, das bewies seine Arbeit eindeutig. Jetzt wollte er für einen führenden Sowjetrussen gehalten werden – nur so konnte der letzte große Sprung gelingen.

„Meine Arbeit in diesem Land", sagte er, „war Arbeit für die Neutralität zwischen Rußland und Japan."

„Es war Arbeit gegen Japan, für Rußland", sagte der Staatsanwalt schwach.

„Wenn Japan gegen Rußland ist", sagte Sorge suggestiv, „dann allerdings habe ich gegen Japan gearbeitet."

Der Staatsanwalt begriff langsam, worauf Sorge hinauswollte. „Ich habe Sie bisher", sagte er, „dem Zugriff der deutschen Behörden entziehen können. Es ist mehr als ein Antrag gestellt worden, Sie auszuliefern. Wir haben niemals auch nur in Erwägung gezogen, dem zuzustimmen."

„Damit haben Sie instinktiv das Richtige getan", sagte Sorge.

„Aber", sagte dann der Staatsanwalt zögernd, „die russische Botschaft hat Ihretwegen bisher nicht interveniert."

„Denken Sie doch nach!" sagte Sorge. „Kann das denn die russische Botschaft von sich aus überhaupt wagen, solange sie nicht weiß, wie weit Sie mit Ihren Untersuchungen gekommen sind Oder glauben Sie etwa im Ernst, von dort wird irgend jemand den Versuch machen, Sie vorzeitig über mich und meine

Rolle aufzuklären? Kein Staat der Erde wird fahrlässig seine Spionagegeheimnisse preisgeben."

„Damit können Sie recht haben, Herr Sorge", sagte der Staatsanwalt tastend.

„Sie sind am Zug. Sie allein! Spielen Sie getrost Ihre Karte gegenüber der sowjetischen Botschaft aus. Es wird Japans Schaden nicht sein."

Oberst Nicolai, der geniale deutsche Abwehrchef, konnte im Ersten Weltkrieg noch mit einiger Würde feststellen: „Spionieren ist eine Arbeit für Gentlemen." Die heutige Spionage stützt sich vornehmlich auf vielschichtigen Landesverrat und ist kaum noch faßbar.

Es ist Unfug, die Schuld hierfür allein Sowjetrußland zuschieben zu wollen. Diesen Sumpf aus Mißtrauen haben alle mitgeschaffen, denen der Augenblickserfolg wichtiger war als eine internationale Moral.

Aus der allgemeinen Unduldsamkeit wuchs die große Katastrophe.

Immerhin ist Sowjetrußland heute der entscheidende Faktor. Und es hieße die Situation völlig verkennen, wenn man erwarten würde, die Sowjets könnten von sich aus auf jede dieser einmaligen Chancen verzichten, die ihnen die Wegelagererpolitik des alten Europa allerorten bietet. Sie werden sie, ganz im Gegenteil, mit aller Konsequenz nutzen.

Es ist sinnlos, die Sowjetunion deswegen zu beschimpfen oder gar anzuklagen. Es kann allein darauf ankommen, jeden Zug mit einem Gegenzug zu beantworten.

Dabei ist es entscheidend, daß man sich von Phrasen frei macht und zum Realismus bekennt. Ein Vaterland muß geschaffen werden, in dem jeder, aber auch jeder, gleich welcher Rasse, Konfession oder Weltanschauung, ohne Atembeklemmung leben kann. Denn aus den blutigen Weltanschauungsschlachten allein sind der Spion Sorge und der Verräter Fuchs hervorgegangen.

Im Sinne dieses Buches bedeutet Realismus aber auch Aufklärung. Man kann nämlich eine Nation nicht einfach in Helden und Schweinehunde aufteilen. Und man muß Gefahrenquellen nicht nur erkennen, sondern auch kenntlich machen.

Einen Sorge hat immer wieder eines mit zynischer Verwunderung erfüllt: die sagenhafte Dummheit seiner Opfer, die von Hitlers Handlangern dumm und wehrlos gemacht worden waren.

Bemerkenswert in diesem Zusammenhang ist die Tatsache, daß dem damaligen deutschen Botschafter in Tokio kein noch so strenger Kritiker ein fahrlässiges oder gar dienstwidriges Verhalten nachweisen konnte. Er war die Korrektheit in Person. Er hatte lediglich das Unglück, daß ausgerechnet in seinem Bereich ein Richard Sorge seinem Metier nachging. Doch sein Beispiel zeigt, daß selbst das unbestechlichste Beamtentum keine unübersteigbaren Mauern aufrichtet, wenn es um Dinge geht, die mit menschlichem Anstand nicht das geringste zu tun haben.

Richard Sorge durchlebte die nächsten Wochen mit der Gelassenheit eines Mannes, der seine Arbeit getan hat und den die Überzeugung ausfüllte, daß diese Arbeit gut war. Er wußte, daß jetzt die Verhandlungen zwischen den Japanern und den Russen laufen würden; komplizierte, höchst vorsichtige, überaus behutsame Verhandlungen. Aber das Ende, dessen war er sicher, würde seine Freiheit sein.

Hier war eine einfache, große und übersichtliche Rechnung zu begleichen: Er opferte der Sowjetunion, bis auf sein Leben, alles, was jemals für ihn Bedeutung gehabt hatte – seine Heimat, seine Familie, seine Freunde und ihr Vertrauen. Es war ihm gelungen, für die Sowjetunion mehr zu erreichen als jeder andere Sterbliche – er allein hatte seinem neuen Vaterland in entscheidender Stunde den Rücken freigehalten; und damit hatte er vermutlich zugleich diesen Krieg, den Zweiten Weltkrieg, entschieden.

Das war die Rechnung, die Rechnung seines bisherigen konzentrierten und erfüllten Lebens. Und sie war zu begleichen mit einem einzigen Federzug, mit einem Ja, mit einer kurzen Erklärung. Mehr wollte er nicht.

Die Wochen flogen davon wie Wolken im Wind. Ihnen folgten die Monate. Dann glitt das erste Jahr hinter Gittern an Sorge vorüber. Er verlor nicht die Geduld. Die Russen, so sagte er sich, sind langsam, und sie sind vorsichtig; und beides frißt die Zeit.

Der Staatsanwalt, der nach wie vor ‚Eule' genannt wurde und der auch immer mehr einer Eule glich, behandelte Sorge mit großer Vorsicht. Er verwehrte ihm nichts, was sich in Einklang mit den Haftbestimmungen bringen ließ, die dem deutschen Recht angeglichen waren. Sorge erhielt Bücher und Zeitschriften – keine Zeitungen. Aber der Staatsanwalt, der sich zu Sorge hingezogen fühlte, diskutierte mit ihm die Frontlage. Und Sorges Bemerkungen dazu schrieb er auf, wenn er die Zelle wieder verlassen hatte; diese Notizen wanderten weiter und wurden mit großem Interesse von einflußreichen Beamten gelesen.

„Die Verhandlungen laufen", berichtete der Staatsanwalt.

„Sie laufen sehr langsam."

„Die Russen sind zäh und von übergroßer Vorsicht."

„Ich kenne ihre Mentalität."

„Sie verhandeln auch nicht direkt. Sie haben einen Mittelsmann eingeschaltet."

„Sie werden nie direkt arbeiten. In diesem Metier bestimmt nicht."

Sorge kannte diese Methoden; und er hatte auch keine anderen erwartet. Deshalb verließ ihn seine Ruhe nicht; selbst monatelanges Warten konnte sie nicht erschüttern. Denn am Ende, und diese Überzeugung erfüllte ihn ganz, stand seine Freiheit.

„Wer ist als Mittelsmann angesetzt?" fragte Sorge.

„Der Korrespondent der ‚Prawda' in Tokio", sagte der Staatsanwalt. „Er ist ein Intimus des sowjetischen Botschafters Jakob Malik."

„Alle ‚Prawda'-Korrespondenten von Format", sagte Sorge suggestiv, „sind genausoviel wert wie ein Botschafter. Einige sind allerdings noch gefährlicher, denn sie brauchen weit weniger Rücksicht zu nehmen als ein akkreditierter Diplomat."

„Und was dann, Herr Sorge, wenn unsere Verhandlungen mit der Sowjetunion scheitern?"

„Sie werden nur dann scheitern, wenn Sie sich ungeschickt benehmen. Ungeschicklichkeit an entscheidender Stelle hat schon mehr als einmal verheerende Folgen gehabt."

„Wir tun, was wir können – aber . . ."

„Dann werde ich hängen!"

Der Staatsanwalt wehrte ab. „Dann wird ein Prozeß unvermeidlich sein. Von weiteren Konsequenzen wollen wir noch nicht sprechen. Im übrigen ist bisher noch niemals in Japan ein Todesurteil gegenüber einem Weißen vollstreckt worden."

„Dann werde ich eben der erste sein!"

Der Staatsanwalt starrte Sorge mit seinem Eulenblick lange an. Dann sagte er: „Nicht, daß ich Sie bewundere, Herr Sorge, aber . . . Jedenfalls werde ich alles tun, was ich kann, um meinem Vaterland zu dienen."

„Tun Sie das!" sagte Sorge.

Sorges Zelle im Sugamogefängnis war ein enger, hoher Raum

mit einem quadratischen Fenster, hinter dem sich der Himmel wie ein straffes Segel gespannt zu haben schien. Einige Bücher lagen verstreut herum. In der hinteren linken Ecke waren etliche Wäschestücke aufgestapelt, und auf ihnen, fein säuberlich mit einem Badetuch abgedeckt, lag ein dunkler Anzug: fast neu, staubfrei und gut gebügelt. Ihm würde Sorge, so hatte er sich vorgenommen, anziehen, wenn er in die Freiheit schritt.

Die tiefen Falten in seinem früher so verwitterten, wilden Gesicht waren verschwunden, die Narben nahezu verheilt. Sein Gang war ruhig geworden, seine Bewegungen gelassen. Nichts mehr war spürbar von seiner sprunghaften, raubtiergleichen Unrast. Er hatte ein großes Werk hinter sich gebracht, er hatte eine unmenschliche Last abgeworfen – er war voller Stolz und Demut.

Die Flüche und Verwünschungen, die seinetwegen ausgestoßen wurden, reichten nicht bis in seine Zelle. Von all dem Haß und der verzweifelten Liebe, die er hervorgerufen hatte, blieb er verschont. Er wußte darum, und er litt darunter. Aber er wußte auch, daß es ihm nicht gegeben war, irgend etwas daran zu ändern, daß es seine Bestimmung gewesen war, Leid und Enttäuschung auszulösen, um das Größte zu erreichen. Dieses Wissen gab ihm Kraft. Und der Glaube daran, daß er sich durch alle diese Qualen eine neue Heimat und ein besseres Vaterland erzwungen hatte, die Sowjetunion, erfüllte ihn ganz.

Seine Zeit hinter den Gittern war inzwischen auf siebzehn Monate angewachsen. Die Deutschen waren an Rußland zerbrochen, genauso, wie er es vorausgesehen hatte. Bei Stalingrad bluteten sich zwei Völker aus, zwischen denen er hin und her geworfen worden war.

In diesen Tagen erschien der Staatsanwalt Eule und lächelte verbindlicher als sonst: „Sie werden Besuch erhalten", sagte er.

„Wieder eine dieser Gegenüberstellungen mit genau geregeltem Ablauf, sorgfältig vorbereiteten Fragen und mit ausgehandelten Antworten? Sie wissen, ich will das nicht!"

Der Staatsanwalt schüttelte mit geheimnisvoller Freundlichkeit den Kopf. „Nichts dergleichen", sagte er. „Es wird ein Gespräch unter vier Augen sein. Sie werden etwa eine Stunde Zeit haben. Dann muß sich alles entscheiden."

„Und wer wird mein Gesprächspartner sein?" fragte Sorge gespannt.

„Das weiß ich nicht", sagte der Staatsanwalt verbindlich lächelnd. Und er fügte, da er Sorges Mißtrauen wach werden sah, sofort hinzu: „Das weiß ich wirklich nicht. Es ist ein Verbindungsmann der Sowjetunion, der einige Fragen an Sie richten will. Diese Bedingung war nicht zu umgehen. Dieser Mann, den ich nicht kenne und dem freies Geleit und jede Sicherheit zugesagt wurden, wird mir heute gegen Abend vom hiesigen Korrespondenten der ‚Prawda' zugeführt werden. Ich lasse Sie beide dann allein. Danach werden wir weitersehen."

Sorge erwartete seinen Besucher mit heiterer Gelassenheit. Ihm war, als rüste er sich zu einem Fest. Er versuchte sogar die Unordnung in seiner Zelle zu beheben, was ihm auch beinahe gelang. Dann rasierte er sich und wechselte sein Hemd. Er wartete.

Als der Himmel anfing zu verblassen, als sich fern hinter dem Horizont das Rot des Abends zusammenzubrauen begann, in dieser bedrückenden Stunde zwischen Tag und Dunkelheit, wurde ihm sein Besucher zugeführt.

Richard Sorge erkannte ihn nicht gleich. Die letzten Sonnenstrahlen blendeten.

Und dann hatte er diesen, gerade diesen Mann am allerwenigsten erwartet. Jeden anderen – diesen nicht.

„Haben Sie die Sprache verloren, Doktor?" fragte ‚Alex' mit rauher Herzlichkeit.

„Ich glaube meinen Augen nicht trauen zu können", sagte Sorge; und er wußte nicht, ob er Veranlassung dazu hatte, glücklich zu sein. Denn ‚Alex' war niemals ein Glücksbote gewesen.

‚Alex' gab Sorge die Hand, stellte sich breitbeinig auf und musterte die Einrichtung der Zelle. In wenigen Sekunden hatte er alles registriert. Er zog sich einen Schemel herbei und setzte sich darauf. Dann wies er Sorge, so als sei er der Herr dieser Zelle, einen Platz auf der Lagerstatt an.

Beide schwiegen zunächst und betrachteten sich. ‚Alex' sah unscheinbar aus wie immer; ein biederer Großaufkäufer für Schlachtvieh, bei dessen Anblick jedermann glaubt, man könne ihn ohne sonderliche Anstrengung übers Ohr hauen. Und doch ein sicherer Jongleur von einem halben Dutzend Sprachen, einer der begabtesten und kaltblütigsten Organisatoren der Roten Armee, einer der vermutlich erfolgreichsten Spionagechefs Sowjetrußlands und damit der Welt.

„Wenn ich Sie so vor mir sitzen sehe, Alex, dann möchte ich annehmen, Sie sind inzwischen General geworden."

„Und wenn schon!" sagte ‚Alex'. „Ich habe noch niemals eine Uniform getragen, und ich werde das auch nicht tun. Ich scheiße auf Titel, Sorge; das wenigstens müssen Sie doch noch wissen.

Bei uns geht es nur um das Metier. Alles andere ist Mist. Wer Orden haben oder Memoiren schreiben will, hat bei uns nichts zu suchen."

„Sind Sie hier, Alex, um mir das zu sagen?"

„Auch deshalb. Aber in erster Linie bin ich hier, um einen neuen Ring in Tokio aufzubauen, nachdem ihr Kerle so kläglich zusammengeklappt seid."

Sorge wurde wütend. „Ach was!" rief er. „Kommen Sie mir doch nicht jetzt mit Ihrer Schreibtischweisheit! Ganz genau besehen ist nämlich der Laden hier zusammengeklappt, weil ihr mir einen todkranken Mann zugeteilt habt. Und ich habe zweimal per Funk Miyagis Abberufung vorgeschlagen und Ersatz für ihn angefordert. Da liegt der Fehler, bei euch – nicht bei mir."

„Schon gut, Sorge", sagte ‚Alex' besänftigend, „schon gut. Natürlich haben Sie recht! Niemand macht Ihnen einen Vorwurf. Ihre Arbeit war ausgezeichnet, ganz ausgezeichnet. Es war mit Abstand die beste Arbeit unserer Gesamtorganisation."

„Na also!"

„Aber jetzt ist hier nur noch ein Trümmerhaufen übriggeblieben. Wir müssen nunmehr die Reste, die noch verwendungsfähig sind, zusammenkratzen. Und deshalb bin ich hier, Sorge." Eilig fügte er hinzu: „Auch deshalb! Und das wollen wir zuerst erledigen."

Sorge nickte. Da sie keine Zeit mehr zu verlieren hatten, arbeiteten sie intensiv. Sie verglichen Namen und Ortsbezeichnungen, Zahlen und Adressen. Alles geschah ohne jede Unterlage. Sie besaßen beide ein vorzügliches Gedächtnis.

„Und wie ist das mit Ihrem sogenannten Geständnis, Sorge?"

„Es geht in keinem Punkt über das hinaus, was vorher die mir zumeist von Ihnen, Alex, zugeteilten Mitarbeiter ausgesagt haben."

‚Alex' steckte diesen massiven, unüberhörbaren Vorwurf gelassen ein. Der stämmige Mann war hart im Nehmen, und er besaß die Gabe, Gewissen und Gefühl nach Belieben abschalten zu können. Jetzt war es, als habe er beides überhaupt niemals besessen.

Noch einmal verglichen sie ihre Angaben. Der Himmel hinter dem Zellenfenster war blutigrot geworden. Ihre Gesichter schienen aus Bronze zu sein; sie leuchteten matt.

„Jetzt zu Ihnen, Sorge", sagte ‚Alex' entschlossen.

„Es wird Zeit, Alex."

„Wollen Sie uns erpressen?“

„Das ist doch absurd, Alex!“

„Wie denn sonst soll ich Ihre Bemühungen auslegen?“

„Ich habe in diesen Jahren . . .“

„Niemand weiß das mehr zu würdigen als ich, was Sie in diesen Jahren getan haben, Sorge. Darauf kommt es doch aber auch gar nicht an!“

Sorge betrachtete seinen Besucher mit steigender Verwunderung. Er vermochte nicht zu glauben, was er hörte. Und er zwang sich dazu, keinerlei Folgerungen aus dem Gehörten zu ziehen. Eine heftige, würgende, beengende Unruhe begann in ihm hochzufluten. Der Abendhimmel hinter dem Zellenfenster versprühte jetzt Blut – es war kochendes und dennoch kaltes Blut. Und es war, als dränge es sich näher. Sorge schloß kurz und heftig die Augen. Das brodelnde Rot erstarb nicht.

„Sorge“, sagte jetzt ‚Alex‘, und er war bemüht, das im rauhen, kameradschaftlichen Ton zu sagen, „als Sie damals bei mir in Moskau waren und ich Ihnen die Regeln des Metiers beibrachte, als Sie mich dann verließen und mehr geworden waren als nur ein Meisterschüler, damals wußten sie und ich genau, was die letzte Forderung war, und wir beide haben sie auch akzeptiert.“

„Ganz oder gar nicht – ich weiß.“

„Und Sie wußten, daß Sie sich nicht einem Versorgungsinstitut angeschlossen hatten.“

„Auch das war mir bekannt. Aber von leichtfertigem Menschenverschleiß habe ich nichts gewußt.“

„Sorge! Nicht diese Kindergedanken! Nicht bei Ihnen. Für uns in Moskau sind Sie die bewunderte Nummer eins. Und Sie werden das immer bleiben – wenn Sie sich nicht untreu werden.“

Sorge stieß alle belastenden Gedanken von sich. Er zwang sich zur Klarheit. Er zwang sein Hirn dazu, mit kalter Logik zu funktionieren. Er mußte ‚Alex‘ überzeugen – einen anderen Weg gab es nicht mehr. „Bleiben wir real, Alex. Was ich will, ist eine neue Verwendung. Ihr habt die Möglichkeit dazu, sie mir zu verschaffen.“

„Sie kennen doch die Regel, Sorge!“ ‚Alex‘ war hart wie Granit. „Bei uns wird ein Mann von seinem Posten nur dann abgelöst, wenn er unfähig ist, wenn er woanders besser verwendet werden kann, wenn er selbst am Ende ist oder aber wenn für ihn unmittelbare Gefahr besteht. Nichts davon trifft auf Sie zu. Denn bei Ihnen fehlt die wichtigste Voraussetzung: Sie sind nicht unentdeckt geblieben.“

„War das meine Schuld?“

„Natürlich nicht, Sorge“, sagte ‚Alex‘ unwillig.

„War es nicht vielmehr, genau besehen, Ihre Schuld?“

„Und selbst dann, wenn es meine oder unsere Schuld ist – was ändert das? Sie sind entdeckt worden! Es wurde Material gefunden. Die Tatsache der Spionage ist offenkundig; sie ist beweisbar.“

„Aber dennoch will Japan austauschen! Haben Sie denn nichts für mich zu bieten? Irgendeinen Gestapohäuptling, Papiere, Nachrichten? Japan wird zugreifen. Den Japanern ist ein wertvoller Hinweis lieber als ein Gefangener. Bin ich Ihnen denn gar nichts wert?“

„Mehr als eine Armee, Sorge!“

„Ein Stück Papier wird genügen.“

„Und warum vergessen Sie das Wichtigste? Warum vergessen Sie, daß kein Land auf dieser Erde existiert, das offen zugeben wird, jemals Spionage getrieben zu haben?“

„Sie lassen mich fallen, Alex?“

Und abermals sagte Sorge, gepreßt und kaum vernehmbar: „Sie lassen mich fallen.“

‚Alex‘ schwieg zunächst. Er blickte hoch, zum Zellenfenster, hinter dem die beginnende Nacht emporgekrochen war. Der blutrote Himmel war verweht. Schwarzblaue Wolken hatten ihn verdunkelt. Sorges Gesicht war eine graue, konturlose Masse. Es war, als atmete er nicht mehr.

Immer noch schwieg ‚Alex‘. Dann, nach längerer, erwartungsvoller, dumpf bedrückender Pause sagte er: „Ich bin sehr glücklich über Ihre Haltung, Sorge. Sie winseln nicht, Sie fallen nicht vor mir auf die Knie, Sie drohen nicht, Sie spucken nicht. Sie sind wie ein Soldat. Die Rote Armee ist stolz auf Sie.“ Sorge sagte kein Wort.

„Ich soll Grüße bestellen, Sorge. Grüße aus dem Kreml. Ich habe eine Unterredung mit IHM gehabt, ehe ich nach Tokio flog. Ich mußte IHM viel von Ihnen erzählen, Sorge. ER hat seine Adjutanten und seine Sekretäre warten lassen, nur um von Ihnen zu hören. ER weiß um Ihren Anteil an unserer Sache. ER hat gesagt: Jetzt glaube ich an unseren Sieg.“ Sorge sagte kein Wort.

„Und Grüße an Sie, Sorge, von allen Männern aus dem vierten Büro der Roten Armee. Wir haben Ihre Arbeit immer mit Bewunderung verfolgt. Niemand reichte an Sie heran. Wir sind alle sehr unglücklich darüber gewesen, daß Ihre frühe Meldung über den Angriff der Deutschen von unseren Politikern als unglaublich angesehen wurde. Das hat uns einige Divisionen gekostet und viel Unglück über unser Vaterland gebracht. Aber dann kam Ihre Meldung, daß Japan Rußland nicht angreifen werde. Ihr wurde sofort geglaubt. Sie hat den Krieg entschieden. Sie haben den Krieg entschieden, Sorge."

Sorge sagte kein Wort.

Jetzt hatte sich die Dunkelheit ganz über die Zelle gelegt. Die beiden massigen Männer waren nur noch wie Schatten. Aus der Ferne klang ein Schrei; und niemand vermochte zu sagen, ob es ein Mensch oder ein Vogel war, der da geschrien hatte.

„Wenn es nach mir gegangen wäre, Sorge, hätten wir Sie ausgetauscht. Aber die Politik ist mächtiger als die Armee. Wir können uns, in dieser kritischen Weltsituation, keine Blöße geben, kein Zugeständnis machen. Wir dürfen uns nicht offiziell zu einer Spionageorganisation bekennen."

„Gut, dann werde ich also krepieren!"

„Sie werden weiter warten müssen, Sorge. Das ist alles. Der Krieg befindet sich bereits auf seinem absteigenden Ast. Er bricht in spätestens einem Jahr zusammen. Dann schlägt auch die Stunde Ihrer Befreiung! Denn selbst, wenn man es wagen sollte, Sie zu verurteilen, hinrichten wird man Sie nicht. Rußlands wegen nicht. Und noch niemals ist in Japan das Todesurteil gegen einen Weißen vollstreckt worden. Denken Sie auch daran."

„Ihre Zeit ist um", sagte Sorge. „Ihre Mission ist erfüllt."

„Einmal", sagte ‚Alex', „wird die Zeit kommen, wo wir unsere Helden vor aller Öffentlichkeit werden auszeichnen können. Das wird dann auch Ihre große Stunde sein, Sorge. Denn Sie gehören zu den Größten unseres Vaterlandes. Leben Sie wohl!"

Als er gegangen war, brach Sorge zusammen. Er taumelte und fiel über das Wäschepaket in der linken, hinteren Ecke seiner Zelle. Er weinte.

Und seine Tränen drangen in den Anzug ein, mit dem er sich hatte bekleiden wollen, wenn die Stunde der Freiheit gekommen wäre. Jetzt wußte er, daß es sein Todesanzug werden würde. Er hatte alles gewagt und alles verloren. Sein Leben war verspielt.

Im September 1943 wurde er zum Tode verurteilt. Am 15. März 1944 wurde das Todesurteil bestätigt. Am 7. November 1944 wurde er hingerichtet – am 24. Jahrestag der Roten Revolution. Er schritt auf die Schlinge, die über der Falltür baumelte, still und stolz zu. Dann überfiel sein Gesicht eine ferne, schwebende Ironie. Seine Stimme klang klar und heiter; aber in dieser Heiterkeit nistete ein grausamer Schmerz.

Er sagte: „Für die Kommunistische Partei, die Sowjetunion und die Rote Armee!"

Seine Leiche wurde irgendwo verscharrt. Niemand weinte um ihn. Kein Vaterland existierte, das sich jemals seiner mit Stolz erinnern und ihn zu seinen Söhnen zählen würde.

Er krepierte, weil er keine Heimat hatte.

Dr. Richard Sorge und Ozaki wurden erhängt; am selben Tag, am gleichen Ort.

Der tuberkulöse Miyagi und Branco de Voukelitsch wurden zu lebenslänglicher Zwangsarbeit verurteilt; beide sind noch während des Krieges in der Haft gestorben.

Max Klausen, der Funker, wurde ebenfalls zu lebenslänglicher Zwangsarbeit verurteilt. Doch am 8. Oktober 1945 wurde er auf Befehl der Amerikaner aus der Haft entlassen. Er verschwand dann in Sowjetrußland und soll Jahre später in der Ostzone wieder aufgetaucht sein.

Der Tod ist fast immer das Ende der großen Spione. Wer das gefährliche Spiel unternimmt, muß von vornherein mit ihm rechnen. Dennoch wird dieser Einsatz immer wieder gewagt. Er ist so alt wie der Krieg.

Die letzte Karte aber spielt der Tod.